钱鉴

上

QIAN JIAN

吕新勇◎著

新世界出版社
NEW WORLD PRESS

图书在版编目（CIP）数据

钱鉴：全2册 / 吕新勇著. -- 北京：新世界出版社，2019.9

ISBN 978-7-5104-6877-3

Ⅰ. ①钱… Ⅱ. ①吕… Ⅲ. ①长篇小说－中国－当代 Ⅳ. ①I247.5

中国版本图书馆 CIP 数据核字（2019）第 181449 号

钱鉴（全2册）

作　　者：吕新勇
责任编辑：曲静敏
责任印制：王宝根
责任校对：宣　慧
出版发行：新世界出版社
社　　址：北京西城区百万庄大街24号（100037）
发 行 部：（010）6899 5968　（010）6899 8705（传真）
总 编 室：（010）6899 5424　（010）6832 6679（传真）
http://www.nwp.cn
http://www.nwp.com.cn
版 权 部：+8610 6899 6306
版权部电子信箱：nwpcd@sina.com
印　　刷：天津中印联印务有限公司
经　　销：新华书店
开　　本：710mm×1000mm　1/16
字　　数：750千字　印张：43.25
版　　次：2019年9月第1版　2019年9月第1次印刷
书　　号：ISBN 978-7-5104-6877-3
定　　价：79.00元（全2册）

序

一天，鲁蓿（本名吕新勇）先生托朋友请我为他的新书《钱鉴》题书名，朋友之请当然欣然允之。“钱鉴”，想必是一部写钱币鉴定方面的专业书籍，鉴定钱币用大篆来表现彰显古朴与庄重。

数日后鲁蓿来访，“以钱为鉴，可以知灵魂”。鲁蓿先生见面后是这样介绍他的书的……

经作者本人介绍，方知这是一部反映银行生活和案件的长篇小说。于是，铺纸、备墨，用汉隶凝重一书。

过了几天，鲁蓿先生发来《钱鉴》一书的封面图片，并留言道：“金灿灿的金币夺人眼球，既引发人们对财富的无限向往，又沉甸甸、重重压在人们的心头。您题的‘钱鉴’横亘在画面下方，如铁肩一般支撑着坠落的金钱，又如明镜高悬，照心摄魂！”这封面一直在网上和微信上传播。

现在读者看到的封面，是我第三次为《钱鉴》而题的。纸质版《钱鉴》封面的设计现代感强，贴近生活，用行书表达更为贴切。

一部书我用篆、隶、行书写了三次，两版封面都非常精彩，在我的朋友中平添些谈资。

鲁蓿先生从事银行工作 20 年，看一位数着别人钱的人说钱的故事，倒也有趣。于是，要来电子版抽空阅读。

《钱鉴》是一部全面昭示银行人的生活、工作的案情小说。情节如上弦一样，由缓到紧、环环相扣、抽丝剥茧地披露银行内部不为人知的故事。反映一代代银行人用青春、平淡和誓言守护着存款的安全，危机一旦出现他们便用鲜血、生命捍卫人民币的安全和尊严。

序

作者以香港金融危机为背景引领全书，追溯世界金融大鳄索罗斯率国际金融炒家对香港汇市、期市、股市进行疯狂金融进攻的过程。事件虽然发生在中国香港地区，但却震撼着整个中国金融界，严酷的国际金融形势，让中国银行业看到人民币国际化后不仅有机会亦有凶险相伴。正当精彩之时，鲁蓿先生的笔锋却转向了银行业最小的管理机构——县级支行。通过姜扬在县支行的工作实践，揭露县级支行的权力人对法律、法规和制度的漠视、践踏；同时也反映某些普通干部、职工对违法行为的宽容和事不关己的处世态度，纵容了违法乱纪行为的横行……

抚卷而思：1.发现违法乱纪行为并不难，难的是有没有人站出来去与之抗争。2.正义感存在于每位公民心中，一旦激发出来，人民的力量足以战胜不法行为和犯罪分子。3.国家、银行业不缺法律、法规、制度，可是银行业仍案件频发，上级部门粗放的管理方式不得不发人深省。4.本书解剖了一家县级支行，分析县级支行的管理工作，指出县级支行管理松懈、执行制度随心所欲、人治大于法治等问题。但是，能否通过《钱鉴》一书向银行业敲响警钟？作者的良苦用心能否为银行业开上一剂猛药？

最后不得不再说一下结尾：本书的结尾非常简洁，降职的姜扬与妻子、女儿走在阳光下，有点悲剧色彩又给人以希望，给读者有回味的空间……

杨波

2018 年 6 月 16 日

钱鉴

目录（上）

第一章　资本巨鳄战香港　江山画下比威望

1998年8月4日的傍晚，乌云从南海涌来，在香港上空堆积、翻滚、挤压，沉闷、湿热的空气让人窒息，仿佛要把人们胸中那仅剩的维持生命的一点氧气再挤压出去。

在香港英萃证券公司柏架证券所背面的柏架山大道上，有家门面不大起眼的小酒馆，门前的木制招牌上书写着“小蔡鱼记”，招牌上油漆已经有些脱落，金漆描的字已经淡去。

酒店不大，摆放着四张六人座和一张十人座的桌子，把酒店挤得满满当当的。

酒店里靠门口的桌子上，面对面地坐着两位客人，他们桌上放着一盆白煮杂鱼、两个鲜素小炒、一盆大枣炖猪心靓汤，一瓶广东生产的“荔皇牌”清淡型果酒。

一位剪着平顶头略胖的男人约50岁上下，略显老成，身着印着强悍机车的文化衫、一条绿花沙滩裤，这么随便的穿着，在这闷热的天气里倒也觉得清凉了许多。平头很享受地喝了口酒说：“教授，这小蔡白煮杂鱼说腥不腥、说臭不臭让人回味不绝的味道，能保持几十年不变还真不简单。”

被称为“教授”的人穿着整齐的浅色细格短袖衬衫和深色条纹短西裤，戴着金丝边眼镜，显得非常斯文，年龄和平头相仿，但显年轻一些。他低垂着头，桌上的酒菜一动没动。“教授”是名离职的中学教师，以炒股为生，对股市有着较深的研究，香港英萃证券公司柏架证券所大户室的股友们称他为“教授”。

平头又喝了口酒、吃了口菜，他突然发现坐在对面的教授神色异常，他放下筷子问：“怎么不动筷子？你气色不太好哎。”

教授没有回答平头的问话，他端起酒杯深深地喝了口酒，刚刚咽下，一道道闪电撕裂天空，一声声巨响仿佛就在头顶炸开，紧跟着倾盆大雨从天而降，教授吓得一哆嗦，手中的酒杯掉在地上摔得粉碎，一股荔枝的清香和淡淡的酒香在酒店四处弥漫。

平头取笑说：“教授是重演刘备天雷一震的情景啊。”

教授似乎被这突如其来的变故唤醒，连忙歉意地说：“一时失态，不好意思。”

说话间酒店老板小蔡已经拿着扫帚、簸箕、拖把来到面前，三两下就清扫干净。

“小蔡老板，对不起，酒杯我们赔。”平头抱歉地说。

“没事，一只酒杯算得了什么。”小蔡说完坐到靠门口的椅子上，傻傻地看着外面的茫茫雨夜。

平头感慨地说：“我们都叫你小蔡、小蔡的，这一晃20多年，你也快成老蔡了。”

“是啊，我从父亲手上接下这个小店，算算已经23个年头了，幸亏有你们这些老客的关照呀。”

“大雨下这么大应该没什么客人来了，过来喝两杯吧。”平头邀请小蔡。

“好的，我去厨房收拾一下。”小蔡起身去了厨房。

教授长叹一声说：“老张没了，就在我眼前……”

平头惊道：“是老张？跳楼的那个人是老张？”

教授看着平头点点头，郁郁地说：“‘嘭’的一声，人就没了。”说完他闭上眼睛，那情景仍然清晰地在他眼前闪动。

平头神色凝重，他沉默了一会儿说：“前几天，纪阿婆烧炭了。”

教授郁闷地说：“我也亏掉了80%，吐血啊。”

平头紧张地说：“别胡思乱想，亏了总会嫌回来的。”

教授盯着平头看看，突然“哈哈”笑了起来，“想什么呢？我才不会走那条路的。”

平头松了口气，夹了一块鱼肉放在嘴里品尝。“唉！”他也叹了口气说，“我也亏大了，一大半没了。”

教授咬牙切齿地说：“我一定要把本扳回来。”

平头摇头说：“难啊，现在搞不清后市如何。”

教授肯定地说：“涨，必涨无疑。16000多点跌到现在的8000多点，已没有多少空间可跌。再说，现在证券公司已经融不到券了，这不是等于禁止做空的单边股市了吗？”

平头想想说：“港府多次表示是不会托市的，外围风声很紧呀，东南亚的教训不敢忘了呀。”

“索斯夫，不是折腾了几个月，搞不动港市还不撤，在这里等死啊。”教授想想说："我觉得机会来了，我把祖房抵押出去，准备搏一搏。"

平头忙阻止说："抵押祖房太冒险了，不如再去融资。"

教授摇摇头说："成本太高了，300%以上利息，从 7.2%到 300%的利息，鬼知道证券公司想干什么嘛!"

平头也是一脸迷茫，他也摇摇头，端起酒杯大喝一口。

"我看股市还要跌。"小蔡端了盆红烧黄鱼肚上桌，红烧黄鱼肚是小蔡最拿手的一道菜。

"蔡老板客气了。"

"请，尝尝。"小蔡招呼平头、教授品尝他最拿手的看家菜。

教授夹了一块鱼肚悬在空中疑惑地问："小蔡，你也炒股?"

小蔡淡然地说："我也不是什么炒股，就是有了闲钱就放点儿进去。"

教授将鱼肚塞进嘴里含糊不清地问："亏了多少?"

小蔡笑道："没亏，现在是空仓。"

教授、平头同时呼道："空仓?"

教授急忙问："什么点位空仓的?"

"15000 多点的时候空仓的，那些日子我的酒店天天爆满，我想这股市也快要走到头了，所以我全部卖出。"

教授和平头同时呼道："成功逃顶。"两人用惊奇的眼光看着小蔡，一时说不出话来，他们天天炒股，研究股票，结果败走麦城，没想到一个小酒店老板能成功逃顶，而且还耐住诱惑空仓待入，这可不是一般的水平啊。

小蔡有点羞涩地说："我是不懂股票的，最近我的饭店生意越来越差，便当的生意越来越好，我就知道大家都在亏钱。"

教授心中不服，他问："你怎么知道股市还要跌?"

小蔡指着外面风雨中的香港说："你们看晚上便当的生意还是很好，这是附近证券公司的职员加班要的，说明股市还要跌。什么时候证券公司不加班了，股市就跌得差不多了，我就在这个时候买股票。"

教授心有不甘，他问："这些年赚了不少吧?"

小蔡想想说："这 20 年我只做过五六次股票，估计翻了 10 倍左右吧。"

教授和平头面面相觑、唏嘘不已。

小蔡端起酒杯敬了敬教授和平头，与他们打个招呼，又坐到门口看着远处被霓虹灯映红的夜雨发愣，他在看着在暴风雨中熠熠生辉给香港人民希望的中银大厦。

小蔡说的没错，此时的香港股市正处在崩盘的危险断崖之中，自去年 11 月份开始香港金管局12次发出了以索斯夫为首的奇点对冲金恶炒香港汇市、股市、期市的三市警示报告。

1997年索斯夫等国际大鳄携巨资横扫东南亚，印尼、马来西亚、泰国和菲律宾各国损失严重，韩国、日本、中国台湾等也难以幸免，导致大批企业、金融机构相继破产、倒闭，泰国和印尼分别关闭了56家和17家金融机构，韩国排名居前的20家企业集团中已有4家破产，日本则有包括山一证券在内的多家全国性金融机构出现大量亏损和破产倒闭，信用等级普遍下降。泰国发生危机一年后，破产停业公司、企业超过万家，失业人数达270万，印尼失业人数达2000万，泰国、印尼、马来西亚、菲律宾四国经济增长速度从危机前几年的8%左右下降到1997年的3.9%

索斯夫为首的国际炒家挟东南亚辉煌战果，眼睛里闪烁着贪婪目光，将香港视为下一个待屠宰猎物，他向港币乃至人民币露出了凶残的獠牙。

他如鹰一般的双眼时刻扫描着全球的经济、金融乃至政局，就像非洲大草原上的狮群猛兽，窥视着眼前的猎物，稍有机会就毫不犹豫、迟疑、放弃，只有进攻、进攻、再进攻！一招、两招……直至切断它们的咽喉，在猎物的哀鸣、挣扎中享受它们的饕餮盛宴。

索斯夫是犹太人的后裔。1992年索斯夫率世界资本玩家首先进攻意大利里拉和英镑，因而获得20亿英镑的收益。索斯夫等国际大鳄在横扫东南亚后，1997年11月12日，索斯夫的奇点对冲基金突然在伦敦抛售300亿港币，并连续3天抛售港币达千亿，使港币一度下滑到1美元兑8.44港币，动摇了港币的基础。

港币的冲击从宏观看只是一枚巨大的烟雾弹，奇点对冲基金在金融市场联动造市，全方位发动对香港汇市、股市、期市的立体式袭击：首先大量沽空港元现汇换美元，同时卖空港元期货，然后在股市抛空港股现货，此前后在恒生指数期货市场大量沽售期指合约，此时的索斯夫已经购买大量淡仓，只要恒生指数跌穿4000点，索斯夫每张空单盈利20万港币以上，金融决战一触即发。此时的索斯夫较之其前辈青出于蓝更胜于蓝了。

此时的香港，不仅是各证券公司灯火通明，香港金管局的各个部门也在高效运转着，世界各地的金融数据不断地在此汇集。

财政司曾司长、金管局的凌局长移师到中银大厦彻夜办公，此刻他们的面前摆放着世界各大证券报，“港币即将与美元脱钩，贬值40%”“恒指将跌至4000点”“香港政府干涉市场自由”等红色刺目的大字标题让人心惊胆战。

“又在制造紧张空气，又在给我们施加压力啊。”金管局任局长说。

曾司长说："山雨欲来风满楼啊，决战的日子就要到了。"

任局长担心地说："前些时候我们出手稳固港币，世界舆论对我们多有诟病，如果我们再在股市上护盘，会不会……"

曾司长严厉道："笑话！能让他们坐庄恶炒，不能让我们维持正常的市场秩序？难道世界规则就是他们定的？这里是香港，我们欢迎各路财神前来发财，但是，想操纵市场摘取果实，那就让他们尝尝我们资本玩家的厉害！"

任局长紧紧攥了攥拳头，轻蔑一笑说："他们就像惯坏了的孩子，不睬他就狂妄得上了天，给他一个巴掌满世界哭闹，且让他们哭泣吧，哭够了、闹够了这世上就清静了。"

曾司长站起来说："钱，需要多少给多少，中国银行、中国外汇银行等中资企业会打响金融保卫战的第一枪，你，给我打漂亮点，让他们把吃进去的都给我吐出来！"

任局长考虑了一番说："我们从明天起每天发一次警示报告，一直到 27 日，提醒市民们千万别跟风炒作。27 日晚上再加一次播报，28 日是期指交割日，也是我们决战的日子，成熟的股民能在其中看出端倪。"

曾司长站在挺拔的中银大厦上看着电光火石、风雨摇曳中的香港，眼睛里充满刚毅、坚定，又不时流露出丝丝温情，他说："保卫香港经济成果是要付出代价的，但愿市民们能理解我们，但愿他们在我们的播报中看出机会。"

8 月 5 日清晨，狮城的浪逐沙岛上风景怡人，阳光、椰树、沙滩、蔚蓝的海洋，蓝蓝的天上不时缓缓地飘过几朵白云。

一处私人豪华别墅里的海滨休闲区，索斯夫身着白色的休闲服，半倚在休闲椅上，他一双鹰一般的眼睛紧紧盯着大海翻涌出的浪花，仿佛那里有他捕捉的猎物，他手中的英国 Dunhill 石楠烟斗缭缭冒着青烟。

索斯夫从美国纽约移师到新加坡，他要在这里呼吸着新鲜的空气，品味香港金钱的美妙滋味。

索斯夫的助手悄声来到索斯夫身边，俯下身说："乔治，可以开始吗？"索斯夫更喜欢下属直呼他的名字。

索斯夫点点头，助手用遥控器打开屏幕墙。

屏幕上出现一位衣着考究的 50 岁左右的中年男子，他是奇点基金的总经理约翰，他毕恭毕敬地向索斯夫打招呼："早上好，乔治先生。"

"约翰，气色很好，看来都准备好了。"

约翰语气激昂地说："是的，决战香港的时候到了。"

索斯夫将烟斗里的烟丝剔除掉，重新装入烟草，划着火柴将其点燃，这是他长年形成的习惯，开盘前他都会重新装入一锅新的烟丝，他平淡地问：“你觉得机会到了？”

约翰自信地说：“是的，时间窗口开启了。”

烟斗冒出一缕青烟，散发着海军方块特有的淡雅香气，索斯夫在青烟中更显得深沉、睿智，他只是“嗯”了一声。

约翰立即说：“前几个月抛售的1300亿元的港币给香港汇市造成极大的恐慌，现在是风声鹤唳、草木皆兵。我们也已形成30亿元港币的盈利，近百万张空仓都已建好，预期可赚到200亿元港币。”

索斯夫淡淡一笑说：“30亿元港币只能是茶水钱，后面才是我们真正的大手笔。”

约翰得意、兴奋地说：“我们用6个月的时间把股指拉到16000点，又让它跌到8000点。这次我们从今天开始到28日股指交割日的24天内，让它从8000点跌穿4000点，让香港哭泣吧！”

索斯夫狂笑道：“这个世界只有我们能做到，什么政府呀，什么经济体啊，都是我们的奴仆！”

约翰也跟着一阵狂笑。

索斯夫冷静下来，他问：“声势都造起来了吗？”

约翰戛然止住笑声，说：“世界包括中国内部的几十家媒体昨晚都集中发力，人民币、港币、港股都在打击范围之内。”

索斯夫吸了口烟问：“港府那里有什么动作？”

约翰鄙笑一声：“除了加息他们能有什么招？加息只会让他们死得更惨。”

索斯夫吸着烟淡淡地说：“动手吧。”

约翰打了个响指：“OK。”

屏幕分出九个分屏，约翰向其他分屏上的操盘手下达攻击命令：“1、2、3、4号操盘手负责主攻，在香港股市开盘的半小时内给我砸下去40亿元港币，让恐慌占据市场，恐慌盘的小散们接过我们的棒子。然后每到一个整点砸下10亿元，让他们没有翻身的机会。”

1、2、3、4号操盘手齐声道：“是！”

“5、6号操盘手，你们手中的60亿元补充恐慌盘的间隙，不能让港币有喘息的机会，成功的关键在于你们。”

5、6号操盘手也大声道：“是！”

“1、2号在香港股市收盘前10分钟的时间连绵不断地抛售50个亿，造成尾盘极度恐慌的态势，让香港人对港币失去信心，不出意料明天一早我们就可以看到香港市民在银行挤兑排起的长龙。”

1、2号再次道：“是。”

“7、8号。”

“到。”

“你们配合汇市行动，在股市和期市上造成一定恐慌，但今天还不是你们唱主角，手法隐蔽点。”

“是！”

索斯夫满意地看着助手得意自如地运筹一切，他轻松、愉快地享受烟斗给他带来的感官上的愉悦：“时间就定在香港时间9点25分，香港股市集合竞价时行动。”

约翰率领8名操盘手大声道：“是！”

屏幕上化为6个屏，一个港币汇率分时图和约翰占据上方，1、2、3、4操盘手每人一个分屏，他们端坐在计算机前，已经进入临战状态。

时间一分一秒地过去，9点30分香港股市集合竞价开始，1、2、3、4操盘手通过日本东京、新加坡、新西兰惠灵顿和澳大利亚的外汇市场接连地抛售港币，港币立即在国际外汇市场做出反应，抛单绵绵不绝，港币价格一路下挫。

7、8号操盘手开始对港股进行小范围的攻击，他们选择了中国外汇银行为首要攻击目标，他们以1000手至5000手不等，100多万手的抛单，共计价值8亿元的股票，压在其股价下跌12%上。

国际游资的动作立即引起香港金管局的关注，并立即做出反应。各操盘手迅速进行回击，灵巧的十指在键盘上飞舞，一道道买入指令飞出，将抛单全部买入。港币在短暂的下跌后重新回到1：7.75元的安全水平线上。

索斯夫叼着烟斗冷静地看着，一切尽在他掌握之中，这就是他要的效果，在与港府的缠斗中充分打击港人的信心。

股市的战火在不断扩大，两个操盘手以10秒一笔的速度进行操作，中国外汇银行的卖出股票已扩大到130万手，他们不停地将前面的压单撤下，又将撤下来的股票再次输入卖出。这是为节约手中的筹码，慢慢让散户的股票排到前面先成交。

中国外汇银行的下跌带动中国银行股票下跌，从而又带动中资企业的下跌。不到中午恐慌盘大量涌出，股指也随之一路下跌，香港股市危在旦夕。

双方均在电光火石之间较量，鏖战正酣之时，索斯夫则放下烟斗戴上凉帽驾驶游艇海钓去了。索斯夫对钓鱼有一种近似于痴狂的热爱，他从不在江、河、潭、溪中垂钓，他只在大海中，那一望无际、深不可及、变幻莫测的大海中享受垂钓的乐趣。大海的宽广，大海的深邃，大海的宁静，大海的狂躁都会给他带来启迪、智慧和勇气。可是大海的宽容却给了他贪婪的理由，他梦想着包容天下的财富，广纳世上货币。

不出索斯夫所料，次日，离各大银行上班还有半个多小时，门前就排起长长的队伍，尤其是中国外汇银行门前焦急的人们达 1 公里之长。各大银行立即打开宣传显示屏，重播 5 日港币交易实况和正在交易的欧、美外汇市场的港币。同时立即派员进入队伍里进行解说，挤兑的人们的激动的情绪渐渐平息下来。

上午 9 点 30，昨天的一幕重新上演，人群又是一阵骚动，今天的抛盘更为凶猛，100 多亿元的卖盘汹涌而来。在人们惊恐未定之时，一股神秘的力量席卷而来，100 多亿元卖盘立即一收而净，港币稳稳站在 1 美元兑 7.75 的合理汇率上。人们在惊叹中真正放下心，挤兑的队伍慢慢散去。

索斯夫也在大屏幕中看着港币操盘情况，看到如此凶悍的买单，脸上没了笑容，他铁青着脸，不由自主地敲打着手上的烟斗。

时近中午，大屏幕上出现约翰的头像，约翰气急败坏地说："乔治，港府不仅动用外汇基金购买港币，而且将港币存入各大银行，缓解了银行的资金压力。"

索斯夫手中的烟斗越敲越响，突然停下来问："股市、恒期上反应怎样？"

"香港股市如惊弓之鸟，昨天动用 150 亿元的股票先向中字头的股票开刀，蝴蝶效应立即显现，中指下跌 843 点，恒指下跌 560 点，收于 7300 点。我们损失 20%筹码。"

索斯夫道："1300 亿元的港币，我们付出 60 多亿元的成本，利润都被港府抢去了，约翰，去找两位专栏作者给香港政府找找麻烦。"

"是。"

"今天仍然抛售港币，继续震慑、动摇港人信心。股市方面开始板块轮番攻击，用 10 个交易日的时间把点火扩展到各个板块，为 28 日恒指交易日的总攻打实基础。"

中银大厦会议室，任局长坚定地说道："中央给予港府全力支持，本次保卫战请外汇银行打头阵，各家中资公司也在第一阵容之列，港府会审时度势让港资公司选择出手时机，香港金融决战开始！"

索斯夫在港府的积极备战中进行疯狂的进攻，连续两天的天量抛售港币。8 月 7 日股市集合竞价散户集聚大量卖盘，国际游资趁机推波助澜，中国外汇银行的股价直线下跌了 12%，开盘价降至 1.87 元的历史低价。

吴天峰在外汇银行香港分行证券部的操作室里冷静地观察着眼前的一切，10点开盘股票继续下跌，时间不停地流逝，股价也不停地刷新着历史低价。半个小时过去，成交量逐步萎缩，股价也跌下16%，创1.78元的历史最低新价。盘中也堆积了大量抛售股票，股票市值达8亿多元港币。

吴天峰开始进行操作，一笔8亿多元的巨单将筹码全部收拾干净，股票在1.87元的位置只留下77手的股票，显得十分滑稽。

索斯夫的7号操盘手不知发生什么情况，连忙向约翰汇报，约翰查看成交记录后，指示7号在1.87元处加15万手进行试探。

吴天峰轻蔑一笑，泡了杯咖啡静静地等候。

约翰见没有反应又指示在1.86元卖出15万手。

吴天峰仍然没有行动。

约翰指示每档15万手，一路挂到1.78元。

吴天峰设定电脑自动下单，以每笔100手，每秒6笔的速度买进，到1.87元处止。

约翰心中存疑，不停地用或大或小的单子去试。

吴天峰一会儿自动下单，一会儿一笔买进，但股价一直稳在比上个交易日下跌12%的开盘价上。

其他中资银行也是如此，打打撤撤并不急于拉升股价。

要说索斯夫在中资银行的股票操作中有些丈二和尚摸不着头脑，但在其他板块战果颇丰，在他们的打压下恒生指数最终还是跌到了6600点附近的低位，这个点位低于国际炒家建仓的7500点近千点，这时他们已经在每张空单浮盈5万港币。但是国际炒家的野心何止这点，他们剑指4000点，争取突破3000点平仓，这样每张空单可以盈利20万港币左右，到那时他们就消消停停安全地撤离香港。

8月28日在万众期待中到来，这是香港政府打击以对冲基金为主体的国际游资操控香港金融市场的第十个交易日，也是期指交割日，双方经过前几个交易日的激烈搏杀后，终于迎来终结对决，生死就在今天。

上午9点30分集合竞价，索斯夫按兵不动，市面上波澜不惊，10点整开市后索斯夫亲自指挥8名操盘手飞快下单，凶猛轰炸24家蓝、红筹公司。

香港金管局指挥以中资企业奋起反击，股市的成交额瞬间达到39亿港元。半小时后，成交金额就突破100亿港元。

索斯夫在疯狂地咆哮，操盘手们在疯狂地抛售，恒指断崖式地下跌，6000点随即跌穿，5000点也不堪一击，迅速到达4000点，索斯夫仿佛看到胜利的光芒。

下午开市后，抛售有增无减，但港府开始进行小规模反击，成交量一路攀升，恒指和期指也逐渐回升。下午 3 点 50 分，任局长发出进攻指令，显示屏上不断跳动的恒指、期指、成交金额最终分别锁定在 7829 点、7851 点，成交量达到惊人的 790 亿港元的历史纪录。

仍然是浪逐沙岛上的那座豪华的私人别墅，索斯夫瘫坐在休闲椅上，两眼死盯着显示屏，屏幕上约翰和众操盘手们都低下狂傲的头，此役索斯夫直接亏损 20 多亿美元，间接亏损达 150 亿美元之多。

索斯夫沉吟良久，站起来踱了几步，用力将手中的烟斗掷向大屏幕，然后乘私人飞机离开这令他绝望之地。

据说索斯夫从此再没有来过这栋别墅，一位清洁别墅的工人捡到索斯夫最心爱的烟斗，烟斗已断成两截，后来在一次国际奢侈品拍卖会上拍出 20 万美元的高价。

吴天峰在操盘的闲暇之时，提笔上书中国外汇银行总行，提出市场的国际化必然导致金融领域的国际化，在中国即将加入 WTO 世界贸易组织之时，培养具有国际眼光的金融人才迫在眉睫。

外汇银行总行采纳吴天峰的建议，选派第二梯队的干部前去外汇银行在发达国家的分行进行深造学习。

滨江省分行沿江市分行副行长石海涛也在选派之列。

中国外汇银行沿江分行营业大厅高大、畅亮、豪华。迎面悬挂着巨幅国画——《江山多娇》，整件作品气势恢宏，尽显山河之壮丽。

一群人向大门口走去。一位红光满面、风度非凡的长者立在国画前，他的头发稀疏，但梳理得一丝不苟，眉宇间掩不住的庄重和威严。

魏宇标：“王行长，来，到这里拍。这幅《江山多娇》图，标志着我行兴旺发达、蒸蒸日上。”

魏宇标声音不大，但足以声动大厅。

一位 45 岁左右、中等身材、白胖的男子停下脚步向国画方向看去，他是中国外汇银行沿江市分行副行长王得江。

王得江：“石行长，走，魏行长叫我们过去。”

向大门走去的人们，闻声均停住脚步欲行欲止。

一位高个精瘦的 40 岁上下身着笔挺西装的男子停下脚步，回头看看魏宇标和王得江，又掉头看看前面的谢季风，脸上露出尴尬表情，他是刚刚提拔到沿江市分行副行长位置并选派出国培训的石海涛。

现任中国外汇银行沿江市分行行长谢季风停下脚步，看看魏宇标，又抬头看看国画。

谢季风宽容一笑，说："魏老钟爱这幅'江山多娇'。好，我们去拍一张。"

谢季风带头向后走去，一群人折返到国画前。

谢季风笑着对魏宇标说："魏老选的背景好啊。"

魏宇标环顾四周说："江山依旧在，山峦掩夕阳啊。"

谢季风招呼大家说："来，大家围绕魏老拍个合影，魏老退休了，我们班子成员还没和魏老合影留念呢。"

魏宇标："围绕我这老头子干吗？我是过去式了。"魏宇标语气有几分得意亦有几分伤感。

谢季风低声说："魏老，小石刚提拔为分行副行长就去纽约分行挂职学习，这个机会难得啊，总行对梯队干部建设，提高中、高层干部的综合管理能力是下了决心的，对石行长今后的发展大有益处。"

魏宇标中气十足："小石工作一直很好，新的党组还是很有魄力的。"

谢季风继续说："市行党组准备让薛凯同志去飞峰县支行任行长。飞峰县支行现主持工作的张云涯副行长，因牵涉到一起承兑汇票贴现的纠纷中，暂时不适合在飞峰行工作，等事情结束了再安排合适的岗位。"

魏宇标暗暗叹口气说："你是分行行长，这就别问我了，那个小薛去飞峰支行当行长也是可以的。"

谢季风："石行长刚到任就去了北京，紧接着又赶赴美国，时间安排太紧张，飞峰支行的班子没能好好听听您的意见，我这里作个检讨。"

魏宇标："我就是一个退休的老头子，听我什么意见？"

谢季风绵里藏针："市行党组准备让云阳支行副行长薛凯同志去飞峰县支行任行长，张云涯同志等事情结束了调到计划处任处长，这样也比效符合省分行的干部异地使用的精神，这里和你打个招呼。"

王得江在一旁一直关注着两人的对话，他及时插话说："老爷子，您站好别动，肚子叫唤了。"

魏宇标笑容满面地说："就你小子事情多。"

行长谢季风拉着石海涛的手热情地说："小石呀，站到中间来，今天班子成员为你送行，一起拍张照留个念。"

石海涛连忙向旁边让去，脸上堆满笑容嘴里不停地说道："谢行长别折煞我了，我还是在那里合适。"石海涛指着最边上说。

谢季风拉了拉石海涛说："今天主题突出，重点就是你。"然后扭头对大家说：“对吗？同志们！”

大家“哈哈”笑道：“对啊，今天你必须在中间，否则主题没了，文章就没办法做了。”

魏宇标乐呵呵地说：“好呀，小石啊，今天是你福气，新老行长一边一个护你的驾。”

石海涛只好连连作着揖说道：“恭敬不如从命，谢谢，谢谢了。”石海涛在大家热情、温暖的目光下站到队伍中间，石海涛身材高挑精瘦，脸上棱角分明，不大的眼睛显得非常有神，站在队里十分显眼。

“石行长，请别动。”一个清脆的声音传来。

随着“喀嚓、喀嚓”的响声，相机的时间定格在1998年11月7日12点19分。

长江边坐落着一幢灰墙黛瓦的现代风格3层楼建筑，楼不高占地颇大，楼顶一大型招牌：西沙湾大酒店。楼前假山花园，四人沿着江边闲逛，他们分别是中国外汇银行飞峰县支行信贷员宋昭军，审计科科长李平，信贷科副科长林宗森；副行长张云涯。

宋昭军忿忿地说：“这什么理由呀，一个行长的位子就这样没了。”宋昭军个头不高，一双眼睛滴溜转，浑身透出机灵。

“哎……”张云涯叹了口气说，“一朝天子一朝臣啊，石行长能顺利提拔分行副行长，并选派出国已经非常好了。”

李平在一旁说：“话不能这么说，石行长能选派出国培养，那是功德圆满，应该的！”

宋昭军：“张行长要接任一把手，我们的日子要多自在啊。”

李平：“你现在还不是逍遥自在啊。”

宋昭军：“别看现在姓薛的当行长当得起劲，用不了多久这行长还是要还给我们张行长的。”

李平微微一笑：“薛凯这个行长当得够可怜的，只能指挥丁志华到处拼命。林科长落得逍遥自在。”

林宗森：“我一直逍遥自在。”

张云涯：“林科长大才，以后一定有你用武的地方。”

林宗森：“谢谢张行长，我小日子过得挺好。”

宋昭军和李平对视一眼。

李平：“好啊，乐逍遥，放心，有我们一杯就不会少林科长一瓶。”

林宗森："哈哈，谢谢诸位，就让小丁好好表现吧，信贷上还缺个科长呢。"

远处一矮个男人走来，他个子不高，腿迈得很快，一会儿来到面前，一抱拳说："李汉良，抱歉、抱歉，让各位兄弟们久等了。"

李平："我们连江办事处的一把手，滨江分行的明星人物，谁人不识呀。李主任怎么想起来请我们吃饭啊？"

李汉良："石行长特地安排的，说是最近不宜聚，让我在这里宴请兄弟们。这'西沙湾大酒店'的老板是我朋友，今天在长江里捞上 30 斤重的野生肥王鱼，请兄弟尝尝。"

宋昭军："石行长让请的？只怕是醉翁之意不在酒吧。"

李汉良："哈哈哈哈，宋科长言重了。"

宋昭军："怎么，兄弟面前不说真话？"

李汉良："听说你们新任的薛行长在你们飞峰行干得不顺啊。"

张云涯警惕地看看李汉良，与宋昭军对视一下。

李汉良"哈哈"大笑说："咱们是兄弟，不说假话，张行长的事就要解决了，上面的意思可能是不会留在你们飞峰行了。"

宋昭军："你的意思？"

李汉良："上面意思请张行长先委屈到我连江办事处当个副主任，以后有机会拿下飞峰行的位置，这连江办事处的主任非张行长莫属了。"

张云涯："感谢领导还想着我，谢谢。"

李汉良："林科长多年屈居主持副科长职位，兄弟放心，我们一帮兄弟一个不会拉下，林科长的逍遥王可当不成了。"

林宗森："谢谢。"

李平："那我们要不要再烧把火？"

李汉良："不用，现在既要维持飞峰行的正常运转又不能让他干出成绩了。"

宋昭军："这容易，现在他已经焦头烂额了。"

李汉良："如此最好，走，品尝江鲜去。"

……

第二章　蚕茧保全得转机　转眼成空化泡影

飞峰县地处长江中下游平原和长江三角洲交汇处，跨过长江就是经济发达的苏南地区，是滨江省最南边的县。飞峰县地势西北部平坦，翠竹绿松的土丘点缀其间。东南部则为高、低不等的丘陵地带绵延至江边，在离丘陵十多公里的沿江部分突兀着一座高耸的山峰，似从天外飞来，故地名因山而得。飞峰县虽属沿江市管辖，但因过江便到了华东第二大城市江苏省省会——南京市，其人来客往、风土人情已渐显江南特点。

薛凯来到飞峰支行才知道这飞峰行的一把手可不是好干的，说是让他焦头烂额一点也不为过。薛凯上任后，他拿着报表就傻眼了，一个县级支行只有区区9400万元的储蓄存款，企业存款320万元，两项合计竟不超过亿元。贷款更是惨不忍睹，7200万元蚕茧总公司全部呆滞，呆账贷款960万元，正常贷款只有两家，薛凯这么稍稍一算他手中几乎无钱了。

“石海涛的日子是怎么过的?”薛凯在办公室里看着报表呆呆地想了半小时也得不出个结论，“那就找人谈谈吧。”薛凯拿起电话叫来办公室主任杨福康。

杨福康41岁，人民解放军营职干部转业，立集体二等功一次，个人三等功两次，中共党员，支委，办公室主任兼保卫科科长，这是薛凯从杨福康的档案中了解到的信息。

一声轻轻的敲门声杨福康进来了，他中等个头，剑眉大眼，皮肤黝黑，身板挺直，一眼看上去就有军人的豪迈气质。

薛凯打量了下杨福康，心中暗赞了一声，说：“杨主任，请坐。”

杨福康坐在软软的沙发上，身板仍是挺直的，双眼注视着薛凯，说：“薛行长好。”

“杨主任好，随便坐，不必拘束。”薛凯语气亲切，有意调节气氛。

“知道了。”可杨福康仍然端坐着，这是他部队养成的坐姿。

“杨主任，请你来就是想和你谈谈行里的情况。”

杨福康立即朗声说：“报告薛行长，本行共有73名员工，设有办公室、信贷科、储蓄科、审计科、保卫科和营业部，由于信用卡业务刚刚发展，所以由市分行信用卡部代管，一个副科级办事处、两个专柜、一个分理处、5个储蓄所。科长级干部5人，只有信贷科是副科长主持工作，各科室没设副科长。”

“嗯，信贷科是林宗森科长吧？他是副科长主持工作？”

“是，他自来到我们行就一直是副科长主持工作。”

“我看了下报表，我们行好像不咋地呀。”

杨福康脸上一本正经的，嘴里却有玩世的味道了，他“哼”了声说：“混呗，能混个吃饱饭就谢天谢地了。”

薛凯听出杨福康心中的不满，但杨福康的语气令他不快，他正色地说：“杨主任，你是支部委员吧，对一个行的兴衰也有着不可推卸的责任。”

“是，是有不可推卸的责任，可我也不想拿着千把块钱一个月啊。”

“你有什么建议？”

“我是一介武夫，不懂银行业务，但愿能保我行平平安安的，我也就不辱使命了。”

薛凯点头说：“每个人如果都能在自己的岗位上做好自己的本职工作，才算是我行的大幸，但愿每位科长都像杨主任一样忠于职守。”

“别的科长我不能保证，但我杨福康可以向薛行长保证。”

薛凯知道和他谈具体业务如同对牛弹琴，说：“行，我们先到这里，你把储蓄科周科长叫来。”

周世民28岁，上海复旦大学金融系4年本科毕业，方脸平顶发型，一副黑色宽边眼镜架在鼻上与脸型很配。“周科长，今年的任务刚完成1000万元，这不到两个月的时间要完成500万元够呛啊。”薛凯看着桌上的报表说。

“薛行长，这存款任务太重了，2000万元的任务有1800万元都压在我们储蓄科。这一年一年地积累下去，新的存款进去，旧的存款出来，一进一抵消耗巨大，实在是吃不消呀。”周世民叫苦连连。

“1500万元的任务还重？”

“薛行长，姜科长走后这任务就越来越难完成了。”

“小周呀，这么一来我们行的存款任务就难完成了，奖金会受影响的。”

周世民苦笑着说：“我们已经被扣惯了，再说就这千把块钱还能怎么扣？”

“现在行里资金非常困难，你们当科长的要理解，要有大局观，要挑担子。”薛凯不知不觉中语气渐显严厉。

“薛行长，我的前任科长姜扬您该认识吧，他有句名言叫‘老子挣钱给儿子花，崽卖爷田心不痛’。”周世民的话语中充满愤懑，也带有几许无奈。

薛凯的手轻轻敲着桌子，想了想说：“先这样，你把信贷科林科长叫来。”

信贷科是银行的创利部门，银行最原始的赚钱方式是，将资金贷给资金需求者并收取一定的利息，随着银行的业务顺应时代发展不断开发新的金融产品，其创利手段也日益增多，但这仍然根植在信贷的根基上。

林宗森和薛凯是认识的，薛凯是云阳市外汇银行的信贷科科长，两年后提拔为外汇银行云阳支行副行长。林宗森进门后丢给薛凯一支“玉溪”香烟，然后大大咧咧地坐在薛凯对面，说“欢迎薛行长”。

薛凯心中稍有不快，但表面上却温暖如春，说：“林科长，没想到在飞峰见面了，你要多帮助我的工作啊。”

“好啊，晚上我给你接风。”

“接风就不需要了，就不用破费了。”

“不用我花钱，让社会服务总公司的张总请客。”

“算了吧，飞峰行这种状况谁能吃得进？”薛凯将报表递给林宗森。

林宗森象征性地看了看，说：“工作归工作，吃饭归吃饭嘛。”

“这样，你帮我搞300万元存款来我就去。”

“300万元存款？我没办法。”林宗森一口回绝。

“300万元还多？我们的企业存款占存款比例仅3%。”薛凯强压着心中不满向林宗森算账。

这下林宗森更干脆地说：“存款又不是我的事。”

薛凯质问道：“那贷款呢？两呆贷款占全部贷款的82%，直接导致我行资产负债率超过70%，同志，那是要破产的！”

“这怪我什么事？”林宗森不服地说。

“信贷上的事和你没有关系？你不是信贷科长吗？！”

林宗森站起来向外走去，说：“是副的，没事我出去了。”林宗森摔门走了。

薛凯气得脸色铁青，良久才稍有平复，他叫来杨福康说：“这个林宗森是怎么回事，工作十分抵触，这样信贷工作能干好吗？”

“他有情绪是正常的，他如在政府工作也能混到副科级了，这点存贷款哪能轮到他的份儿？能混点烟抽抽、饭吃吃就不错了。听说他在活动往外调，可是高不成低不就的，所以他就在这里混着。”

薛凯想了想问：“杨主任，信贷科有没有能做点事的？”

“有，虽然我们行拿钱少，但人员素质都还挺高的，只是……”杨福康欲言又止。

“你帮我推荐一位。”

“丁志华，中共党员，信贷科信贷员，本县人，江浦金融干部专科学校毕业，自修成人金融本科毕业，27 岁。”

“好，就他，一会儿叫他过来。”

“薛行长好。”门外走进张涛。

张涛 43 岁，原是一家五交化公司的主管会计，外汇银行飞峰支行成立时调入任会计科长和营业部主任，只因会计科事情很少，大家都称他为张主任。

“张主任来了，我正想找你去，来坐。”

张涛焦急地说：“薛行长，我等下来坐，现在有一事向你汇报。”

“你说。”

“账面上没钱了，今天交换不出去。”

“怎么回事？”薛凯在云阳支行从未遇到过这种事情，他不知道该怎么处理。

张涛心道：“这是米萝萝跳到糠萝萝来了。”他耐心解释说：“这是企业间异地汇款所造成的，一企业通过其他银行如 A 向在本行开户的企业汇款，当地 A 银行接到报单后通过人民银行票据交换到我们行，我行将汇款存入我行企业，在这过程中，我行需先向本地的转入行支付汇入的资金，如果我们行在人民银行没有存款我们就不能将该汇款实现划转，也导致关联行无法平账，这就叫没钱关门。”

“我们行经常没钱关门吧？都是怎样处理的？”

“工、农、中、建、信用社加我们 6 家银行都相互有来往，全部轧算下来我们差哪家最多的就向哪家银行短期拆借。”

“就按以前办吧。”

“这是信贷科的事，可是我联系不上林科长。”

薛凯对杨福康说：“你去叫丁志华过来。”

“好的。”杨福康应了一声出去。

“薛行长，我们也可以向市分行要点钱，成本要低得多。”

“这也行？”

张涛笑着说：“云阳行肥得流油，薛行长当然不知道了。”

说话间杨福康带着丁志华进来，张涛向薛凯告辞，薛凯说：“张主任坐，杨主任、小丁也坐，我们谈谈。”

……

薛凯从那次谈话之后，致力行里的业务发展，但始终没能摆脱存款难以突破亿元瓶颈，贷款质量难以提升的命运，薛凯就这样拆拆东墙，补补西墙，不知不觉中浑浑噩噩过了半年。

这天，丁志华兴冲冲地来到行长室，他说：“薛行长，来机会了。”

“怎么呢？”

“今年蚕茧开始上市了，我打听到蚕茧总公司已经开始收茧子。”

“哦，他们哪儿来的钱？”

“我才不信蚕茧总公司没钱呢，我们可以暗中了解他们的茧子藏在哪里，然后我们通过法院诉讼就能取得这不菲的收入。”

薛凯“呼”地站起来，问：“大概有多少？”

“至少有 200 万元，或许更多。”

薛凯在原地转了两圈，激动地说：“200 万元？小丁，你如果办成了可是大功一件呀。”

“谢谢薛行长。”

“你需要什么直接和我说，注意保密。”

“知道了。”

飞峰县虽地处江北的滨江省，却与江南气候别无二致。这六月天正是“黄梅时节家家雨，青草池塘处处蛙”的季节，天不阴不晴的就像一个大蒸笼罩在人身上，湿漉漉、黏糊糊的让人心烦意乱。

丁志华坐在从飞峰县社会服务总公司借来的长安面包车上，满头大汗地指挥着驾驶员小李从 104 国道下到飞峰河堤上，他指着远处绿树青青的小山丘说：“李师傅，过了这个山丘向左转弯，再有两三公里路就到河岔村了。”

此时的原野上一片血红雾霭，西下的残阳一半落入飞峰河中，近处、远处的村落在竹丝林和马毛松树林遮掩下若隐若现，几缕炊烟从半遮的屋脊中袅袅升起，田间小路上晃动着扛着农具、牵着耕牛归家的男人们。

飞峰河从飞峰县右边的江边，沿着飞峰县中部向左边流淌，把飞峰县切成两半，擦着县城边形成一个巨大的弧度向左边的邻县江风市流去。飞峰河是一条以人工河为主，从江边一路串联七座大小水库和不计其数的小河、小湾。

河堤这路是连接圩区十多个村庄到国道的必经之路，粗石子垫底细石子铺面的村乡公路，形成大小不一的连环坑，雨后很久坑里还积着雨水，在太阳的夕照下闪射着刺目的光线。

李师傅小心翼翼开着车在颠簸的堤岸上扭着秧歌，丁志华帮李师傅点上一支烟递过去又自己点上一支说：“李师傅，不好意思，辛苦了。”

李师傅接过抽了一口说：“丁会计，走亲戚啊，怎么不跟公司要辆好车？”

“不是，去村委会了解一个情况，这个车是外地牌照办事方便。”

李师傅“哦”了一声说：“你们信贷员工作也蛮辛苦的。”便不再言语了。

汽车开到村庄边天色已渐暗，村子里四处响起农妇喊叫玩童回家吃饭的声音。迎面一排斑驳低平的旧房，空气中弥漫着牛粪与青草混合一起的农村田园味道。

丁志华对李师傅说："李师傅，顺着这排房子右转就到村委会了。"正说着听到一阵马达轰鸣，李师傅连忙按响喇叭，随着对方一声惊人的汽笛声一辆卡车的车头从墙角露了出来，李师傅将车让到一边让卡车先过。

这辆半挂卡车的汽笛声吓了在路旁叫孩子吃饭的中年妇女一跳，气得她从地上捡起一块土疙瘩扔向汽车，骂到："叫！叫丧呢！"土疙瘩砸到卡车后挡板上四处溅开，卡车一加油门开出了村子。

丁志华对李师傅说："李师傅，你将车掉个头，我去去就来。"

丁志华下了车对中年农妇说："大嫂，叫孩子回家吃饭啊？"

中年农妇打量了丁志华一眼说："是啊，这孩子不知又野到哪个塘里摸泥鳅了，大兄弟找人啊？"

"不找人，想收点蚕茧，不知村上还有多少？"

"不多了，周围十多个村子的茧子都让他们收得差不多了，你要收茧子？多少钱一担？"中年农妇又细细地打量丁志华。

"我们按市场价给，一担 800 元。"

中年农妇骂道："这个天杀的蚕茧公司，拿个红头文件吓唬人，一担只给我们 500 元。大兄弟，明年早些来我们卖给你。"中年农妇客气地说："大兄弟，天晚了到我家吃饭去，家里有我家那个野小子前两天从塘里摸上来的泥鳅、螺蛳，叫我男人陪你们喝两盅。"

丁志华连忙说："不了，谢谢大嫂，我还有事。"丁志华打着招呼和农妇道别，上车对李师傅说："李师傅，跟着那辆半挂，稍稍远些别让他发现我们。"

李师傅不紧不慢地跟着半挂卡车，远远见冒出一阵浓浓的黑烟，卡车加油冲上斜坡左转驰入 312 国道开往县城。

十多公里的路程一会儿就到了，半挂卡车开到近郊的一个大院门前停下，只听汽笛"嘟——嘟，嘟"一长两短响了两次，一扇包着铁皮的大门被一个看门人用力推开，卡车开到看门人面前停了下来，押车人递上香烟说："张师傅，辛苦了。"

看门人说："还有吗？"

押车人大声答道："最后一车了，很快就卸完车，多谢了。"

看门人"哦"了一声说："那就不关门了，我在这里看着。"看门人又叮嘱道："进了门千万别抽烟！"押车人又谢了一声让司机开着车进了里面的仓库。

丁志华请李师傅在路边停下车，想了想夹上公文包下了车，看门人发现有人走来趿着拖鞋向前迎了几步，丁志华来到看门人身边抬头看到大门一侧挂着“飞峰县供销总社棉麻总公司仓库”方块牌子，递上一支香烟故意用前舌声说：“师傅，还在忙呢?”

看门人推辞了一下接过烟说：“不忙，快结束了。”看门人警觉地问道：“小师傅，听口音不是本地人，来这里干吗的?”

丁志华赔着笑脸说：“是浙江湖州的，想来这一带收些蚕茧。”丁志华指指里面说：“这里的货多不多？不知你们单位能不能卖给我们一些?”丁志华将手中剩的大半包精品“大红鹰”烟塞到看门人手中说：“还要请师傅美言几句。”

看门人松了一口气说：“我只是个看门的能有什么用，存货是不少有二三十卡车了，不过这批蚕茧不是我们公司的，是蚕茧总公司寄存在我们仓库的，里面的人也只是干活的，说了也没用，明天你去他们公司找他们领导商量。”看门人又热心仔细地告诉蚕茧总公司详细的办公地点。

丁志华回到车里擦了擦满头大汗说：“李师傅，我们回去。”又从口袋里掏出手机拔通薛凯的手机说：“薛行长，我是信贷员小丁，终于摸到了他们的老窝。”

薛凯高兴地说：“小丁啊，这些天辛苦了，我在行里，你还没吃饭吧，我叫食堂师傅加餐，我们等你一道边吃边聊。”

丁志华打完电话对李师傅说：“李师傅，到我们行里去，你和我们一道吃饭。”

李师傅说：“谢谢了，我去了你们说话不方便，我回公司食堂吃一样。”

丁志华从包里掏了两包玉溪放到车上说：“那就不好意思了，谢谢了。”

卡车卸完货从里面开出来停到大门口，押车人跳下车递了一包“红塔山”香烟给看门人，看着刚刚起步的面包车问：“张师傅，是什么人?”

看门人说：“外地收蚕茧的，想要买你们的蚕茧，我叫他明天去你们公司谈。”

押车人有点疑心地对卡车驾驶员说：“这个车好像在刚才的村子上见过，不会有什么问题吧?”

看门人插话说：“不会，我们仓库经常有人来问，那个人说话我听得出来，一口地道的浙江普通话，车牌我也留意过也是浙江省的。”看门人从口袋里掏出“大红鹰”说：“你看，香烟都是浙江的。”

押车人这才放心地说：“谢谢张师傅，让你费心了，下次请你喝酒。”说完又寒暄了几句上车离去。

飞峰县外汇银行的食堂不大，饭厅摆放着4排条桌，一个大包间，装修得简洁明快，让人感觉既清爽又舒适。

餐桌上，薛凯亲自倒了杯水给丁志华说：“小丁这几天走乡串村，今天终于捉到狐狸尾巴，大体情况就请小丁说说。”

丁志华喝了口茶放下杯子说：“这些天确实没少跑冤枉路，我一开始去了传统的养蚕区，发现今年养蚕户非常少，只有几家利用路边不多的桑树养半张、一张蚕补贴家用。这是因为种桑养蚕受国际行情影响比较大，当地养蚕户也摸到了规律，一般是养3年蚕就砍掉桑树种其他经济作物，过两年后再种上桑树。”

张涛问：“现种桑树来得及吗？”

“桑树虽说是乔木科但经改良后对气候、土壤适应性都很强，当年种植当年就能出叶养蚕，第二年就能大量收获桑叶。”

“哦，还有这么一说，隔行如隔山呀。”

“后来还是从外地收茧子的人嘴里得知河湾乡今年养了很多蚕茧，应该是蚕茧总公司培育的新产区，我就从社会服务总公司借了辆抵债回来的浙江牌号的车，终于在进村的路上碰到拉蚕茧的车，便一路跟踪到县供销总社棉麻总公司仓库。”

薛凯点着头说：“难怪每次问今年蚕茧收购问题，都说今年是小年没有多少茧子收，但县里发布的计划比去年还多，约有150吨，原来藏着这个猫腻。”

丁志华说：“不过这一折腾还真摸到了一些情况，老产区茧子每担收购价和市场收购价相差不算太大，约有25%左右的价差，而新产区由于农户刚刚开始养蚕不了解行情，所以收购价要低到近1倍。”

张涛问：“估计仓库里有多少货？”

丁志华：“300万元开外的货吧。”

张涛一听来了精神：“太好了，今年的日子好过多了。”

薛凯沉稳地说：“没那么简单，不过收回150万元的欠息是我们的底线。”薛凯提高声音说：“小丁，明天一上班就去法院立即起诉飞峰县蚕茧总公司并进行诉前保全，起诉标的也不要太高，盯着今年的蚕茧计划就行，按300万元起诉，当然我们也不可能全部赢回诉讼标的，除去蚕茧公司的成本、费用，能够收回200万元就很不错了。”

丁志华心里默算了一下，说：“按300万起诉额算，诉讼费加诉讼保全费应该是三万五左右。”

薛凯继续布置：“张主任，今晚就把支票开出来。”

丁志华匆匆吃了碗饭来到办公室，就着窗外路灯的亮光径直走到自己办公桌前打开台灯，从铁皮柜中取出标有“飞峰县蚕茧总公司”字样的文件夹细细翻阅起来。

薛行长的指示让他有点犯难：“蚕茧总公司两年以前的贷款都挂了呆滞账户，在挂账停息之前发放了 90 多万元的贷款，收了 60 多万元陈欠利息，如果这次诉讼能够赢回 200 万元的资金大都用来收息的话，就必须将以前挂账的呆滞贷款重新计算利息，就会打破银行与企业的默契，会给后面的工作带来影响，这怎么办?”

丁志华陷入沉思……

只听门口“啪”的一声，随着两次闪光屋内一片雪亮。丁志华吓得腾地从椅子上站起来，薛凯行长从外面走进对丁志华说：“大灯也不开，对着材料发什么愣？遇到难题了?”

丁志华掩饰地说：“也不是什么难题，只是……”

薛凯爽朗地说：“小伙子干脆点，不要有顾虑，有什么说什么。”

丁志华被行长说中了心思不由得脸上一红，“薛行长，是这样，蚕茧总公司和一些呆滞的贷款，在挂账前都收过息，如果……”

薛凯说：“我们云阳市离飞峰县虽然只有 37 公里的路程，可云阳行职工年平均收入要比飞峰行职工收入高出近 4 倍之多。我既然来任这个行长，就要在其位谋其政，增加职工收入不是一句枉言！但如果按部就班地新增贷款、调整贷款结构，至少今、明两年改变这一现状很难。小丁啊，你帮我想想该怎么办?”丁志华的思维也随着薛凯运转着，一愣神发现薛凯已起身朝门口走去，丁志华急忙送行长到门口，薛凯顺手关上日光灯说：“资料做好交给文静，你也早点儿休息。”

丁志华回到座位上，他无法想出什么高招，他叹了口气从桌边抽屉拿出圆珠笔和复写纸，又从另一个抽屉拿出一本特种转账传票，从挂账停息借款借据中挑出需要用的单据，仔细计算着……

上午 8 点 20 分当文静带着材料和支票来到黄长江 6 楼办公室的时候，丁志华已经将情况介绍完，黄长江正在通话：“把文号报给我，我下去时取立案材料。”黄长江示意坐在对面的书记员周萍记录：“《飞法 1998 民字 263》，好的，就这样，一会儿见，谢谢。”

丁志华见黄长江挂了电话介绍说：“这位是我们办公室资深美女文静，文主任。”

黄长江微微一笑示意一下，说：“有几个事情交代一下：一是起诉了不代表一定就赢。二是即使赢了，据我分析是不太可能全部按照你们诉讼标的判的，从介绍的情况看这批蚕茧收购资金中，有一部分来源是职工集资的，这个事情就比较难办了，中国有中国的国情嘛，你们要有充分的思想准备。三是资产保全了，对资产的保管你们行要费点心，特别是易变质、有时效性的物品保管，你们要拿出个保管措施，出了事这个责任就大了；四是由于保全物品的特殊性，所以必须交保全保证金。你们看有异议吗？”

文静问：“保全保证金需要交多少？”

黄长江说：“按常规你们银行一般是不用交保全保证金的，只是这批活蚕子保管风险太大，所以让你们交纳保证金提高责任感，就交五万元吧。”

丁志华心里计算蚕茧市场溢价基本符合薛行长的要求，于是坦诚地说：“按照法律上来讲不应该考虑这部分资金来源，黄法官说得对，中国确实有中国的国情，我们能够理解黄法官的考虑。不过也请黄法官理解我们行多年在蚕茧收购中所做的工作，还请黄法官在审案时多考虑我行的实际情况。”

黄长江见大家没有什么要说的：“那么我们分头行动，你们办好事在楼下等。”

丁志华和文静只用了半小时就办完了所有手续。

丁志华带着黄长江乘警车到了飞峰县供销社棉麻总公司仓库，打开车窗向黄长江示意仓库地点便开车向前驰去。

警车闪烁着红灯停在棉麻总公司仓库的大门口，看门人忙不迭地从边门迎出来，周萍上前问道：“这是棉麻总公司仓库吗？”

看门人心想牌子上写得清清楚楚，这不是明知故问嘛，不过看门人还是十分认真回答问题：“是的，请问你们是？”

周萍不等他说完拿出准备好的法院工作证和查封文书说：“我们是飞峰县人民法院的，这是我的工作证和法律文书，我们将依法封存仓库里的蚕茧。”

看门人“嗨”了一声说：“你们搞错了，这是蚕茧总公司租了我们的仓库，存放在我们这里的。”看门人又说：“你等等。”拖着拖鞋跑进传达室，一小会儿，手上拿着一沓运货单出来对周萍说：“你看运货上的送货单位都是蚕茧总公司吧。”

周萍接过运货单随手翻了翻，回头对黄长江一笑，黄长江竖起大拇指，周萍对看门人说：“我们就是封存蚕茧总公司的蚕茧，一点都没错，单据我先收起来，待会儿开个收据给你。”

看门人急忙说：“那可不行，这茧子不是我们的，不能封！”说着就要上前抢周萍手中的单据。

法警小王及时横在周萍与看门人之间，不怒而威逼着看门人后退两步，小王说：“师傅，这事和你没关系，我们在执行公务，你应该知道阻挠我们执法的后果！你现在可以和蚕茧总公司的人联系来处理此事。”

看门人听后急忙跑进传达室，黄长江一行也跟随进去。小王等看门人挂上电话摆弄着手铐严厉地说：“立即打开仓库，否则将以妨碍执行公务罪拘留你。”

看门人口称：“是、是。”连忙从木柜里取出一大串钥匙，领着黄长江一行来到一号仓库。

仓库里的蚕茧用麻袋装好，码成一个个高大的垛子，垛子之间相隔数米，这样既有利于通风又利于计算数量，黄长江同周萍分头记录、核对蚕茧垛的数量。

20 分钟左右一男一女急匆匆赶了过来，身着妖艳短装的少妇看见黄长江扭着小腰上前拉住黄长江的手嗲声嗲气地说：“法官帅哥哥千万、千万手下留情，这蚕茧不能封呀。”

周萍心里一阵厌恶，喝道：“别拉拉扯扯的，你们是什么人？”

妖艳少妇缩回手又跟周萍热呼起来：“哎呀，这里还有个漂亮妹妹，瞧小嘴生得多精致呢。”

黄长江、周萍、小王都有些愕然，黄长江掏出法官证说：“同志、同志，等等再闲聊，我们在执法，如果与本案无关请离开执法现场。”

妖艳少妇旁边一位矮胖约莫 40 多岁的秃顶男人抢前一步尖着嗓子说：“别误会、别误会，都是自己人。”秃顶男人递上两张名片继续介绍：“这位是我们蚕茧总公司的副总经理，姓焦，名字叫焦娇。鄙人是办公室主任姓苟，叫我老苟就行。”

周萍见到两个活宝男女，听到滑稽的介绍实在忍俊不禁，偷偷躲到蚕茧垛后抱着肚子无声地大笑一番。

黄长江一本正经地说：“那太好了，既然是自己人事情就好办多了。”黄长江拿出起诉书副本和诉前财产保全申请书副本说：“这是中国外汇银行飞峰支行起诉你们公司的起诉书副本和诉前保全副本，请焦副总签收。”

焦娇双手直摆：“不能签，不能签，一签蚕茧就没了。”

黄长江严肃地说：“不签没用啊，事情你已知道了，法律文书我也算送达。再说诉讼了也不代表人家一定赢、你们一定输，一切还都有得商量。”黄长江见老苟不停地陪笑点头趁热打铁说：“如果你们现在拒绝这、拒绝那的，以后开庭你们不到场对你们不是更不利吗？”

焦娇和老苟叽叽咕咕商量了一会儿，老苟赔着笑脸说：“我们老总出国了电话打不通，请黄法官谅解、谅解，字，我们签、我们签。”

黄长江松了口气发现周萍不知去向，提高声音喊道：“周萍，周萍。”

“哎！”周萍应声从一个大垛后转出来，黄长江心想女人事多也没多问，说：“把起诉书副本和诉前保全副本送达手续办一下。”

黄长江等手续办完后说：“后面的事还得交代一下，你们都知道蚕茧这东西特别娇贵，时间长了会出蛹；温度潮湿会发霉，所以如何保管好这批蚕茧是当务之急。”黄长江有意停顿了一下说：“由你们蚕茧公司保管当然比较专业，但是考虑到你们与外汇银行的法律关系就不太合适，这样由外汇银行牵头你们蚕茧公司协助保管好蚕茧，涉及到的保管费用由外汇银行暂时垫付，你们看行吗？”

焦娇这次回答得很干脆：“一切由黄法官做主，奴家有令即听。”

黄长江说：“那就让外汇银行的同志到现场来，你们共同清点数量商量保管办法；你们之间都很熟悉有什么事情也可以商量着来嘛，我让法警小王在这里，为了更好地处理这批资产，3 天后也就是本周四开庭。”

黄长江说完叫上周萍离开仓库，坐上车见周萍揉着两颊，关心地问：“怎么了？牙疼啊？”

周萍“扑滋”一声又笑了出来，说：“笑得了，两个活宝笑煞人了。”

黄长江想想也不禁哈哈大笑起来……

两天后的下午，丁志华接到周萍的电话说，飞峰县蚕茧总公司正式提出延迟开庭。

3 天后，黄长江电话通知开庭时间定于 12 天后的上午 9 点 30 分民 2 庭小法庭正式开庭，并强调丁志华要妥善保管蚕茧，丁志华提出如果蚕茧有迹象发生异常反应由外汇银行负责联系外加工，将蚕茧加工抽丝，黄长江同意该方案，丁志华下午将具体方案送至法院。

接下来的 10 天丁志华奔波飞峰县棉麻总公司仓库、蚕茧总公司与银行之间。

第十五天上午，丁志华照常来到棉麻总公司仓库查看蚕茧情况，看门人也还是那样趿着拖鞋照例打开边门让进丁志华，丁志华发了支烟不咸不淡地聊上几句去了 1 号仓库，丁志华将 1 号仓库大门拉开够人进出的一条缝，丁志华猛然发现自己面对的是空荡荡的大屋子，几只借来的庞大的风扇孤零零地立在那里。丁志华不敢相信自己的眼睛回过身用力推开仓库大门，明媚的阳光立即冲了进来，还是一无所有的大屋子，几只麻雀叽叽歪喳喳地从破碎的窗子间穿来穿去更显得仓库空旷和静寂。丁志华的冷汗顿时冒了出来，他跑到传达室问道：“蚕茧！蚕茧怎么没了！”

看门人不急不忙地指指破桌子上的一只空酒瓶说：“我昨天喝多了，睡得很沉，什么都不知道。”

丁志华看着看门人的神态似乎明白了点什么，拿起电话拔通了黄长江办公室的电话：“喂，黄法官吗？我是外汇银行的丁志华。”丁志华等确认后说：“我在棉麻公司仓库，对，是的。”丁志华继续说：“我来了以后发现封存蚕茧已经不知去向，我跟你汇报一下马上向110报警。”丁志华听了一小会儿说：“暂时不用，为什么？哦，去你办公室。好的，好的，我马上到。”丁志华狠狠瞪了一眼看门人摔门上了车。

……

丁志华从黄长江办公室垂头丧气地出来，在空荡荡的楼梯间拨通行长薛凯的电话。

薛凯来到飞峰支行当行长就没遇到几件省心的事，这时他接到丁志华从法院打来的电话，薛凯听说后一股无名之火从心而起，薛凯对着电话喊道：“怎么可以这样，这批蚕茧是我行诉前保全的，怎么可以让他们任意拉走！”

听筒里传来丁志华的声音：“他们说现在是‘黄梅天’，如果不尽快处理，茧子上霉损失就大了，法院说他们负不了这个责任。”

薛凯质问道：“你们怎么拖了十多天才处理这个事？”

丁志华委屈地说：“诉讼保全后我们一直找蚕茧总公司的同志协调，他们就是不露面，说是老总出国考察去了。”

薛凯“啪”地一下把手中的毛巾扔在桌上说：“蚕茧总公司亏损严重，靠我们的贷款才苟延残喘着，贷款赖着不还，居然有钱去国外游山玩水。”薛凯对着话筒继续说：“我们不是定了方案，实在不行我们联系企业先将蚕茧进行粗加工。”

丁志华说：“法院不同意，说我们不是专业部门，他们不放心。”

薛凯说：“哪有这种道理，我让市法务室接手这个案子。”

丁志华说：“薛行长，说了您千万别生气，这是县委领导的意思，法院院长亲自布置的，如果搞僵了以后我们的事就很难办了。”

薛凯怀疑地问：“这事怎么会成这样，消息确实吗？”

丁志华肯定说：“是黄长江亲口告诉我的，他们庭长为这事和院长还吵了一架，但是胳膊拧不过大腿，这事就成这样了。”

薛凯气不打一处来说：“法院就不怕我们告它！你也别在那干耗着了，回来吧。”

薛凯刚刚有了丝丝希望又被突来的变故化为泡影，他沉思良久坐直身拨通了市分行行长谢季风的电话：“谢行长，有个情况想跟你汇报。”

谢行长说：“你说。”

薛凯说：“我们费尽千辛万苦保全的价值300多万的蚕茧，刚刚被法院放走了。现在飞峰县蚕茧总公司欠了我行近 7000 多万元的贷款，根据现在这种情况根本就无力偿还！”

谢季风沉稳地说：“蚕茧收购是总行对国家的承诺，但是这些年在各地方都出现了各式各样的情况，不是你一家银行的问题，听说最近你在飞峰行的工作不太顺手。这样吧，你下午三点半来市行，把你到飞峰行的情况汇报一下，我请在家的党组成员都出席，有问题尽可能地帮你解决。”

薛凯心头一热声音有点哽咽：“谢谢行长关心！”

第三章 风流挥洒银行钱 兄弟同心破残局

“铛啷啷……”一阵铃响，把熟睡的石海涛从梦中吵醒，石海涛迷迷糊糊拿起电话，只听电话里兴奋的声音：“石行长你好，我是老王呀！”

石海涛听出是飞峰县蚕茧总公司总经理王春生，便顺手拿了个靠垫倚在床头说：“我的王总啊，现在几点啊，我说你发的什么疯。”

只听电话那头说：“几点？我这里下午两点多啊，怎么了？”

石海涛没好气地说：“我的老总，我这里是半夜，你这么一折腾我还睡得着吗？”石海涛转念一想说：“不对啊，你现在应当是上午 10 点左右啊，你在哪里？”

王春生得意地大笑起来：“老弟没想到吧，我在新西兰。”

“你抽什么疯呀，跑那里干吗？”

“飞峰现在是‘黄梅天’热得难受，小美说新西兰凉快我们就来了。”

“小美？你那个大学生小姘？”

“别说的那么难听，这是我的第二青春。”

“悠着点，当心闪了腰。”

“不会，我威猛得很，石行长别说这里真漂亮，我还要住个十天半个月的，要不你也飞过来？”

“比不上你呀，最近是没时间了，天天宴会，走不了。我说老王，这半夜三更的打电话不会为这事吧？”

“我第一天到就想给你打电话，请你过来玩玩，想想给忍住了。今天刚刚把法院扣的蚕茧给弄走了，所以得要跟您说一声。”

石海涛淡然地说：“我知道了，以后当心点，别再搞出麻烦来。”

“没事了，是焦娇请刘书记出面找的法院，借口是长期拖欠职工工资，稳定第一嘛。”

“你以为刘书记就能一手遮天吗？”

“我知道，我知道，是嫂夫人……”

石海涛打断王春生说话：“知道就行了，至此为止，话不入二耳。”

王春生忙说：“是，放心。”又讨好说：“我说老大，你在美国过得怎样，要不要我过来慰问、慰问？”

“大开眼界啊，生意居然可以这么谈，比我们中国人要奢侈百倍，一场游艇酒会下来光酒钱就一二十万美金，不过杯中美酒喝下去是黄金还是鲜血就不得而知了。”石海涛停了一下说：“王总啊，蚕茧的事一定要处理好了，这次千万别动一分钱，留着把公司的尾巴扫扫干净。我们总行那边已经有消息了，以前蚕茧收购出的问题一次性解决掉，等贷款核销了，账务封存，资料进库，万事大吉，千万别为小利坏了大事。”

“知道了，石行长放心吧，一切听你的。”

石海涛不放心又吁嘱道：“最近低调点，新西兰玩个意思就行了，回去去薛行长那里赔个礼道个歉，态度一定要诚恳，以后核销还有求于他。”

“带件礼物回去，不过礼也不能乱送，像阿玛尼、劳力士什么的大家都知道就不能再送了，送了他也不会收。”石海涛想想说，“你去看看有没有红珊瑚，要宝石级的。”

王春生不解说：“珊瑚不值俩钱，行吗？”

“别小看了，红珊瑚古人称之‘明珠交玉体，珊瑚间木难’。现在的人不太懂，古代可是皇家、大臣用的上上品。送的时候别说价格，不然他不会收的。”

王春生咂了一下舌头：“有那么贵吗？”

石海涛说话中明显听出不满：“怎么？舍不得了，我告诉你这事处理好，后事无忧，赚钱的机会多得是，两年后我回来还是这个位置吗？眼光放远点，安全第一，懂吗！”

王春生连忙说：“我知道，我知道，一切听您的，我只是说说而已。”

“那就这样，摆平了打个电话给我。”

王春生挂了电话回头一看不见了张艳美的踪影，王春生面对空旷的沙滩、礁岩峥狞的凯库拉海，海洋远处咆哮掀起巨大的漩涡，海涛挟卷从南极洲带来的寒流冲击着海岸，心里产生巨大的恐慌，他不禁大声喊叫：“小美、小美……”王春生呼喊着攀爬过两个礁石，发现张艳美躲在前面不远处的礁石后面，正蹑手蹑脚地向海边摸去，大喊道：“死丫头，搞什么鬼，吓死我了！”

张艳美回过头压低嗓音说：“别吵，我要捉个活QQ回去。”

王春生抬头向海边看去，见一大一小两只企鹅一摇一晃地从海滩上走来，近海处几只海豹随着海浪起伏不时地翻滚着。企鹅听到人的声音停下脚步，东探一下脑袋西探一下脑袋就像个卡通片。张艳美见企鹅要逃跑连忙从礁石后冲出来，刚被海豹逼上岸的企鹅吓得笨拙地向大海逃去，好在手舞足蹈的张艳美也吓坏了沉浮在近海觅食的海豹，海豹厌恶地翻了翻白眼向深海游去。

张艳美转过身跺着脚道：“就怪你，把我的活 QQ 吓得不敢来了。”

“你就是捉到了能带走吗?”

张艳美跑过去就是一顿小粉拳说：“我不管，我就要捉回去馋馋我那帮小丫头片子。”

“好好好，别闹了，回酒店收拾收拾回去。”

张艳美瞪大眼睛说：“我的亲哥哥，我们才来几天就要回去呀，鲸鱼还没看，冰川还没爬，不，我不回去。”

王春生搂了搂张艳美说：“不行啊，老大发话了，办事要紧。”

“你还有老大，谁呀?”

王春生自知失言板着脸说：“小美，话说到那儿那儿了，你别多问，你出去也别乱讲，会死人的!”

张艳美吐了下舌头往王春生怀里拱拱说：“老大，我知道了。”

“这事告诉你也没什么，我们再回皇后镇看看有没有红珊瑚卖，如果没有我们要转道日本回国了。”

张艳美发嗲地说：“红珊瑚？春哥我也要。”

王春生不耐烦地说：“去、去、去！这你也敢要，小美的胃口不能太大哦。”

张艳美眼泪在眼眶转了一圈强笑着说：“那我们去皇后镇，好耶，那里还有很多地方没玩呢，走。”张艳美边拉着王春林的胳膊边晃着说：“买到了红珊瑚，我们再回来看鲸鱼好吗?”眼睛还不忘回头看看憨态可掬的活 QQ 和已上岸在沙滩上懒洋洋晒着太阳的海豹。

王春生驾着租来的越野车沿充满野性的海岸原路返回海滨住处，一路上点缀在如茵绿草上的驼羊，远处隐约可见的雪山、冰川，从汽车边掠过的碧玉般的湖泊已不能引起张艳美的兴致，她歪坐在副驾驶座位上不停地把电台选来选去，可是没有一个是她能听懂的，只好听着听不懂的交响乐。

王春生开着车想着心思，渐渐忘了新西兰是靠左行驶，汽车不知不觉中开到了右边道上，汽车转过一个弯迎面急驰而来一辆巨大的厢式货车，王春生发现大卡车居然和自己的车同在右车道上，不禁手忙脚乱起来，可这里的车是右舵车，和国内车的设置全都是相反，一切都不听使唤了，王春生想向左打方向躲避，可是方向盘和他别着劲就是打不过来，王春生连忙踩刹车，可忙乱中右脚到处乱蹬，左脚却僵硬得无法动弹，王春生下意识打开方向灯，汽车的雨刮器“啪哒、啪哒”扫了起来。

对面驶来的货车也发现了情况，一道雪亮的光柱刺来，汽车喇叭的巨响声震得王春生魂飞魄散。张艳美歇斯底里地叫道：“快躲开!”猛地推了一把方向盘，越野车发出刺耳的响声贴着大卡车的头部从两树之间冲出了马路，越过灌木隔离带在草地上颠簸着跑了一大截才停下车，王春生打开车门一下子就瘫倒在草地上，张艳美从另侧绕过来扑到王春生的身上说：“我的妈呀，吓死我了，春哥啊，差一点我们就卖到这里了。”

王春生躺在草地上仰望碧蓝的天空，天幕上点缀着朵朵白云和身旁青草的芳香渐渐平复了心中的恐惧。王春生扭头看着怀中青春扬溢的姑娘，心中一团邪火从丹田升起，眼睛里露出迷离的欲火。张艳美见到这熟悉的眼神吃惊地说：“春哥你不会是想在这就……”

“怕什么，这里没人，再说也没人认识我们。”

张艳美指指天上说：“听说美国的间谍卫星都能看清眼睛、眉毛。”

王春生哈哈大笑说：“那就让美国佬看看老子的屁股。”王春生接着感慨地说：“小妖精，我们也算死过一回的人了，你好好跟着我，我也想通了，回去就帮你买个克拉钻，等石行长回国我们再大捞几笔，就在这里买幢别墅，这辈子只干两件事：吃！玩!”

张艳美抱住王春生说：“春哥，我这一切都是哥给的，我张艳美早就是春哥的人了，哥愿意怎样就怎样。”

王春生兴奋地抱住张艳美……

中国外汇银行沿江市分行行长办公室在“世纪”大楼的第九层，楼层挑高到了5米，几乎高出其他楼一层，全部用欧式风格装修。行长室由宽敞明亮开放式的多功能办公室和行长办公室组成。

薛凯刚一露头田军就立即说：“薛行长你好，老大等你呢，快进去吧。”

“好的，出来我们聊。”

彭莉打开门，小声、清晰地说：“谢行长在小会议室接待德国客人，快结束了，你去行长室等。”

薛凯低声说：“谢谢，有空来飞峰行玩。”彭莉抿嘴一笑，微微点了点头。

行长室由行长室、行长办公室、秘书兼机要室组成。配有大小两间会议室，小会议室布置得温馨典雅；大会议室具有现代气息，配备音响、视频等现代化的设施。

行长室摆放一组欧式布艺沙发和欧式长条桌，薛凯思忖了一下选了长条桌的下首落坐。稍候就听到了谢行长送客的声音，伴随叽叽咕咕的洋文和清脆的女翻译声向门外走去。一会儿听到谢行长说：“小彭，飞峰行的薛行长来了吧？”

彭莉说：“刚到一会儿，在您的办公室里等着呢。”

谢行长走进行长室。

薛凯忐忑不安地站起来说：“谢行长，我工作没做好向您检讨来了。”

“小薛，任何一个人的工作都不是十全十美的，别先忙着检讨吧。”

薛凯：“嗯。”

谢季风关心地说：“家里还好吧？爱人、小孩的生活都安排好了吧？有困难跟组织反映，我们尽量帮你们解决。”

薛凯感动地说：“谢谢行长关心，一切都好。”

谢季风：“那就好，说说情况吧。”

薛凯：“感谢谢行长关心。”薛凯见谢行长微微点点头，心头一松说话顺畅了许多：“我到飞峰行半年多来工作基本理顺，班子比较团结，职工队伍情绪稳定，全行运转基本正常，上半年各项指标基本完成……”薛凯说到这里有点支唔地说：“只是这些指标的完成存在一定的水分，比如财务核算上……”

谢季风打断说：“刚刚说了，你来不是做检讨，是反映情况，说问题。”

薛凯气愤地说：“这次我们确实遇到了难处，万万没想到飞峰县人民法院能这么干，价值 300 多万的蚕茧就让被告拖走了。”

谢季风：“你们和蚕茧总公司交上火了？”

薛凯说：“是的，谢行长，我们在供销社租的仓库里，发现蚕茧公司收购的鲜茧，我们立即请法院进行了诉前保全，法院胡法官非常支持，查封了 1500 多担鲜茧，就在开庭的前一天晚上，所有蚕茧被抢运一空。”

谢季风问：“法院是什么态度？”

“黄法官解释说是考虑时间长一是怕变质，二是怕出蛹，所以就先让蚕茧公司加工完再说。后来小丁才知道是县委有领导打电话来强制放行的，搞得黄法官也窝了一肚子火。”

谢季风：“我们对蚕茧收购问题一直比较谨慎，处理不好牵涉到与地方政府的关系，怎么对蚕茧公司采取这么大的力度？”

薛凯沉思一会儿说：“我们行再不采取些措施，真的要关门了。”

谢季风：“这么严重？”

薛凯：“最近我们结算量比较大，与其他行的结算额也增大，我们行与其他行交换票据时经常是没有资金，幸亏王行长及时拔了 3000 万，不然我们飞峰行的人就丢大了。”

谢季风：“一般来说行与行的资金往来虽有差别但差额并不太大，工、农、中、建、交加上信用社一平衡基本上是相互不欠，你们怎么相差这么大?”

薛凯控制了一下情绪说：“根据去年财务报表分析，飞峰行各项存款不超过亿元，其中储蓄存款9400万元；企业存款320万元，这320万元中有250万是七天通知存款。贷款规模9910万元：7200万元蚕茧总公司全部呆滞，呆账贷款960万元。”

谢季风立即听懂了这几个数据的含义：“也就是说飞峰行基本上没有企业存款?”

“是这样的，我虽然到任半年，但精力都消耗在存款上，存款上不去贷款无从谈起，深层的东西暂时难以看清，比如蚕茧收购问题云阳市支行就和飞峰县支行的情况大不一样，想要深入了解这里的情况，最好请市行审计处的姜扬同志帮助解释解释。”

谢季风若有所思地说：“飞峰行的工作让市分行的同志来解释?”谢季风说到这就没往下说，他后面应该还有一句话是：“这合适吗?”

薛凯接着说：“我以前听说姜扬同志对蚕茧收购有些独到的看法，调到市分行前一直在飞峰行工作，对飞峰行的情况比较熟悉。”

谢季风往椅背上一靠说：“好吧，听听不是题外话的题外话。”

……

沿江市分行营业部里人来人往，工作人员有条不紊地处理着各项业务。工作间一处的桌子上整齐地码放着账簿、报表和传票，一男子神情专注，左手飞快地翻着凭证，右手食指在桌面上轻轻敲击着。他是中国外汇银行沿江市分行审计处科员，后任中国外汇银行飞峰县支行副行长、行长的姜扬。

彭莉快步来到姜扬面前：“姜会计，谢行长请你立即去行长室。”

姜扬没抬头：“等等。”

彭莉：“等等，你让谢行长等等?”

姜扬抬起头，一双眼睛清澈明亮：“彭莉啊，等我5分钟。”

彭莉：“谢行长等着呢，去去再来。”

姜扬不再理睬她，认真翻阅手中的传票。

彭莉快步找到营业部主任。

彭莉：“任主任，谢行长要姜会计去行长室，可他说等等，你快和他说说。”

任主任：“这家伙，认真起来谁也叫不动他，走。”

任主任带着彭莉来到姜扬面前，姜扬盯着一张传票反复看，他感觉有人来到他的面前，他扬起手示意别出声。稍顷，他突然一拍桌子：“找到了，巧平!”

任主任惊喜道：“找到了?”

姜扬将传票递给任主任。

姜扬：“是的，你看这五笔报单的小计少一角，当天的那个科目小计肯定多一角。”

任主任：“谢天谢地找到了，我们被总行通报了半年，谢谢、谢谢。”

彭莉催促道：“找到就好了，快走吧。”

姜扬：“好，好的。对不起，彭莉。”

彭莉和姜扬快步离去。

任主任打出电话：“谢行长……”

彭莉带着姜扬快步来到行长室。

姜扬说：“谢行长，您找我？”

谢季风看看姜扬说：“你就是姜扬？”

“是，姜扬是我。”姜扬正常回答，但听起来总有几分滑稽，薛凯想笑，但又没可笑的理由。

“坐。”

谢季风说：“听薛行长说你对蚕茧收购的问题很有研究，你帮我们解解疑惑。”

姜扬一听知道是薛凯卖了他，便使劲瞪着他用眼光杀了他一万次，薛凯立即用夸张的笑脸迎着，指指身边座位请姜扬坐下来。

姜扬没法只好坐下说：“谢行长，不能说是研究只是探了探棉麻及蚕茧收购时那些公司的底。”

“哦，那就说说你探到了点什么？”

“是，我调入外汇行之前曾经是在某国有商业银行农业信贷股负责农副产品收购的信贷员，农副产品收购具有很强季节特性，资金组织、调配在几天的时间内就必须完成，但资金回笼则有一个较长时间过程。当时飞峰县蚕茧收购约300万元，但贷款余额已近4000万元。”

薛凯问：“这能说明什么问题？”

姜扬侃侃而谈：“这就给地方政府一个回旋的余地，我们银行收购的只是工业原料，要实现其价值就要进行进一步加工、生产。当时工业企业都集中在中国工商银行开户，工业生产原料由工商银行负责贷款解决，但是纱厂、缫丝厂的原料供应在供销社，由我们提供收购资金。生产企业在工商行开户，县里的职能局只需一张调拨单，就可以从供销社的仓库里将原料调拨到纱厂或缫丝厂，这样提供收购贷款银行的资金就有了被变相挪用的可能。”

谢季风说：“这并不能完全说明问题，我们的云阳支行、江中支行蚕茧收购的情况出现的问题并不算严重。”

姜扬随口应道：“是的，这里有个共性，凡是纺织业发达的地区，比如江苏省的苏州、无锡等地区以及浙江省的杭州、湖州等地区基本没有被挪用的情况，而且蚕茧公司效益都非常好。沿着这些地区的外围县市情况就十分严重了，就拿飞峰县来说，县里只有一家缫丝厂，而且只局限于生丝的生产。说白了就是将蚕茧的丝抽出来，是丝绸生产的第一步，把原料生产成原料，当然这也包含着价值的实现，从蚕农手中收购价格是 16000 元 1 吨，3.5 吨蚕茧生产 1 吨生丝，成本是 56000 元，生丝 10 万多 1 吨，价格翻了一番。每 1 百克丝绸原料成本就是 10 元，用常用的真丝乔其纱举例，生产 1 米原料成本就是 6 元左右；1 米可卖 18 元左右，1 吨可实现价值 30 万元，就生丝而言翻了 3 倍，如果生产更高档面布料，实现价值会更高，飞峰县的蚕茧产业只吃了个鱼骨头。”

薛凯说：“这么说蚕茧公司还是赚钱的，而且还赚大钱。”

姜扬对薛凯点头说：“是的，蚕茧公司不赚钱是天大的笑话。”

谢季风说：“分析得很透彻，至少对飞峰的情况分析得很到位，他们就不怕在下年贷款时找麻烦？”

姜扬的口吻有些愤然，也有些嘲弄，说：“收购是政策性的，他们不怕你不给钱，到后来反到形成了默契，利息分文不少，贷款象征性还一点，其他全部挂呆账。”

谢季风问：“挂呆账？”

“等机会，造成政策性呆账的事实，让中央财政埋单。”

谢季风问：“形成报告？”

姜扬苦笑地说：“是。”

谢季风也笑笑说：“换地方了？”

姜扬又苦笑笑说：“是的，调到工业信贷股。”

谢季风问：“你对飞峰行的蚕茧收购怎么看？”

姜扬说：“我 1995 年调到外汇行后一直在储蓄上搞存款，对贷款情况不了解。既然有师傅在前，学学无碍。”

谢季风：“嗯，值得考虑。”

姜扬：“谢行长，没事了吧，我先回去？”

谢季风深深地看了看他说：“好吧，你先回去。”

姜扬向门外走去。

谢季风突然问道：“姜扬，你对飞峰行的存款怎么看？”

姜扬一听便僵在了那里，半晌才说：“谢行长，我说了您别生气，飞峰行所有从事存款工作的员工流行的一句话是‘老子挣钱给儿子花！’”

谢季风看着姜扬的背影沉思了一会儿，说：“小薛呀，不要因眼前的困难而缩手缩脚，要有打长期战的准备，要脚踏实地干好工作，加强企业存款方面的力度，调整存款结构。蚕茧收购是长期积累下来的问题，上面给什么样的政策是个未知数，我们不能等，要有战略眼光，找到符合飞峰发展的切入点进行重点扶持，一定要考虑项目的延续性、示范性、连动性，市分行给资金给规模，事情做好了落实点债务就不困难了。”

薛凯：“感谢谢行长支持。”

谢季风站起来向办公桌走去。

薛凯跟着后面，衣袋里手机“叮咚”响了一声，他打开手机屏幕是一条姜扬发来的信息：“晚上来我家吃饭，到时找你算账！”

薛凯收好电话可怜兮兮来到老板桌前，自言自语说：“要受夹板气了。”

谢季风唬着脸闭着眼说：“我听着呢。”

薛凯轻声说：“您不想知道是谁给我发的信息？”

“没兴趣。”

薛凯只好说：“是姜扬要我到他家里吃晚饭。”

谢季风睁开眼说：“你晚上没吃的？我可以给你几张饭菜票，食堂的伙食不错的。”

薛凯急忙说：“谢行长，我投降，我交代，我是有意请姜扬来表现的，我不是没办法嘛。”

薛凯见谢季风听他解释心里暗松了口气：“谢行长，姜副处长对收购资金的分析不得不说非常精辟。如果说他对收购资金的认识是一个巧合的话，他到了工业信贷股又强调固定资产贷款配套流动资金贷款问题，精准地揭露工业信贷普遍存在的问题。飞峰行如果想打破僵局，就需要他这种人才。”

谢季风不置可否，却笑笑说：“姜扬又要换地方了吧。”

薛凯惊奇道：“您是怎么知道的？”

谢季风分析说：“姜扬打破传统思维方式，又不懂规避因此给他带来的风险，客观上触动了某个利益链，让这个链条上的相关人频感不爽，又不知因地制宜，让自己没有了腾挪的余地。你说能有什么好的结果？如此说来只是个将才离帅才远去了。”

薛凯不失时机地拍着马屁说：“在您的口中能夸上个将才就不简单了，您再花点功夫锤打锤打就能成好钢。”薛凯腆着脸说：“我那里就是一个好钢墩，再帮您抡上几锤很快他就成才了，谢行长开开恩借给我两年。”薛凯用手比画着，

“就两年。”

谢季风“哼”了一声说：“你绕了这么大个圈子原来就为这个？你就不能好好提出来？”

薛凯小声嘟囔着说：“如果不是这个机会您有时间听他说吗？您不下决心谁能从陈处长那个吝啬鬼那里要走他。”

谢季风冷冷一笑：“你都算计好了。”

薛凯连忙说：“只此一次，再没有下次，不开玩笑，这关系到飞峰行的发展，所以我只好斗胆一试，再说把他放在审计上实在是浪费了。谢行长，看在我一片苦心上就原谅一次吧。”

“什么叫浪费人才，审计就不重要吗，我还想加强监管力度呢，他如果是块金子总会发光的。”

薛凯忙说：“那我先帮您给掘出来，让他先赚点利息，擦擦亮再还您 。”

谢季风绷着的脸松了下来，说：“臭小子油嘴滑舌的，好吧，虽说你是用了些阴谋，但还算是用在正道上，看在你为行里发展的份儿上，就不再追究了。”

薛凯连连说：“谢行长英明，谢行长英明。”薛凯这时才感觉到后背汗渍渍的。

“你就这么看好他？你对他了解吗？”

薛凯：“姜扬是查账高手。”

谢季风：“这我知道，我们全国联行的账半年多对不平，市行组织几批人马去查都没结果。他刚刚查到了，听说不到半天。”

“就是嘛，厉害吧。”薛凯说，“查账他有心得，说是查账是一个去伪存真的过程。”

谢季风赞道：“好一个去伪存真！”

“怎么你准备让你的千里马好好审计审计你们？”

“哪儿能啊，我想把计划信贷和存汇工作交给他。”

薛凯：“谢行长，他……”

谢行长说：“好了，故事听完了，事情也了解了，但我不能跟你保证，人的问题要经党组讨论。”谢季风看看手表说：“我不留你了，你赴宴去吧。”

一周后的早晨，薛凯揉着晕沉沉的脑袋推开房门，发现自己套房的大门大开着，对面姜扬的大房门也开着，这是外汇银行收回抵债回来的两套一大、一中户套房，经市分行同意暂时解决薛凯和姜扬的居住，薛凯和驾驶员小毕住大套，姜扬后到就单独住中套。

薛凯寻着香味到了客厅，只见餐桌上摆了 3 份早餐：1 杯豆浆；1 杯果汁；1 根油条；两个荤油烧饼。

厨房里传出“嗞嗞”的声音，驾驶员小毕兴奋地说：“姜行长，这个比那个还要漂亮。”

姜扬说：“煎这种蛋一定要小火，蛋白质慢慢凝结就雪白雪白的，你好好学明天就交给你了。”

小毕说：“姜行，你放心，明天看我的。”。

姜扬说：“蛋快好了，你看看薛行长起床了吗，昨天喝得够呛。”

小毕一手端一个盘子向外走：“薛行长真够厉害的，喝了一晚上愣是没推杯，云阳人也这么能喝？”

“他是给谢行长护驾，他不喝，凭谢行长昨晚高兴的劲，准倒。”

薛凯本想进去和姜扬调侃调侃，听姜扬如此一说，觉得现在进去不太合适，就顺势坐到餐桌上夸张地欣赏早餐。

小毕出来见到薛凯坐到餐桌上惊喜道：“薛行长起床了，姜行煎鸡蛋的功夫一流。”小毕将手中的盘子送到薛凯面前。

姜扬也端着鸡蛋出来，薛凯一见姜扬鼻泡眼肿的，不禁“哈哈”大笑起来：“我以为我喝得不行了，没想到姜扬你也有今天。”

姜扬抹抹脸说：“昨天那个场合谁都躲不过，没想到谢行长亲自来。辛苦了，薛行长。”

“没事，也是应该的。我去洗洗，你们先吃。”

姜扬端起豆浆深深地喝了一口，胃里顿感舒服了许多。

小毕则狼吞虎咽起来，等到薛凯从卫生间出来，小毕手里拿了半块吃剩的烧饼夹油条站起来说：“薛行长，我去楼下擦擦车。”小毕不等薛凯回话，对姜扬点点头示意转身下楼去了。

薛凯满意地看着小毕离去：“不错吧，很懂得进退。”

“是，职业素质很高。”姜扬面带为难地说，“薛行长，你看谢行长兴师动众地演了这么一出。”

薛凯安慰说：“别心里不过意，我是不会吃这个醋的，我心里高兴着呢。你想，市分行一把手是从来不送任何人上任的。谢行长这么一送，就把我俩紧紧地拴在一起了，这也是给了我这个当行长的天大的面子，我们现在是一荣俱荣、一辱皆辱啊。”

姜扬不以为然地说：“谢行长这么大个领导，有必要费这个心吗？”

薛凯瞪眼看看姜扬：“你是真不懂，还是装不懂？谢行长费这么大的劲，搞定了飞峰行两到三年的事情，以后他只需看看报表就行，这是领导艺术。两到三年内飞峰行发展了，我们俩走一个。如果业务下去，我们俩全部滚蛋，我们是一根绳上的蚂蚱。”

姜扬若有所思地说：“要费这么大的心思?”

薛凯：“不费心思行吗? 一个蚕茧的事件不足以让谢行长下这么大的决心。”

“我们行不会亏损吧?”

薛凯严肃地说：“市分行下拨的基金已经消耗殆尽，现在巨额亏损趋势已经形成。”

姜扬怀疑地说：“石行长在这里时还是行的，怎么一下子就这样了?”

“以前盈利是石行长通过私人关系，由我们省分行和洞庭省分行下属的资产经营公司委托放款1个多亿赚取的。石行长调走前归还了8000多万，还有2000万呆滞在金牛家具公司挂账停息，再这样下去，飞峰行迟早一天要关门。”

“怎么会这样?”

“所以谢行长亲自来送你寄托多大的希望呀。”

姜扬苦笑道：“是把我俩架在一个火堆上烤了。”

“晓得厉害了吧。”薛凯哈哈一笑，“好了，你来了，我是不再操这个心了。”薛凯心情大好啃了一大口烧饼夹油条。

“薛行长，我这个人是搞业务的，其他事情我不愿搅和。但是，事情来了我又不在乎，保不准日后会给你添麻烦，你要有思想准备。”

“只要把飞峰行的业务搞上去，你可以胡作非为两年，我撑你的腰。”

“谢谢薛行长，我可当真了。”姜扬停了停说，“我们行到了这种地步，如要调整存款结构，就必须调整贷款结构。薛行长，看起来这一措施的落实是迫在眉睫了。”

薛凯满意地看着姜扬：“我就知道你没闲着，有方案了?”

“没有你想得那么深，我们行的存款、贷款思想长期以来被模式化了。就从我做起吧，放心，薛行长。”姜扬随薛凯站起来向外走去，“薛行长，今天的行务会能不能放在下午开，我出去溜溜。”

薛凯锁上门问：“要去网点转转，想你的老部下了?”

“不是，去网点不急有周世民管着不会有大乱的，我想先去‘日月潭情’找个老朋友叙叙旧，下午开会底气足点。”

“行，让小毕送你去。”

两人上车后薛凯问：“‘日月潭情房产’在我们行有企业存款，不会是你弄来的吧?”

“他们一直在这里有存款，是我在这干储蓄科长时弄来的。”

薛凯叹口气说：“‘日月潭情房产’是我们行为数不多纯企业存款户，没想到还是你弄来的。”

“这是我调到市行前机缘巧合认识他们的。”

“是，他们一直有存款，只是进出不太频繁，我让张主任去拜访过，请他们考虑存企业七天通知存款，人家很牛，一句‘不用’。”

姜扬“嘿嘿”一笑说：“那就好办多了，他们没忘了我。”

“怎么？没有信心了？”

“不是，这很重要，决定我去用什么心境和他们对话。”

薛凯提醒说：“一个‘日月潭情’解决不了我们行的结构问题，你要有所准备呀。”

“薛行长，他们的楼盘是分期开发，存款量不是太大，而且周期性较强，存到我们行里的是他们的准备金，不到关键时是不会用的。不过，我看中的不是他们的存款。”

薛凯“哦”了一声，静候姜扬的下文。

姜扬介绍说，“‘日月潭情’真正的名字叫‘沿江市江润房地产开发有限公司’，是一家台资企业，公司实际控制人万承祖是台中市万氏家族企业第四代掌门人。1983 年机缘巧合来到飞峰县，是飞峰县最早投资的台资企业。当时的本意是建一座台湾城，为在这里投资的台商们打造一个台湾式的家园。主城堡建成后，由于欧美制鞋业务激增和东南亚房地产业极度膨胀，公司投资战略转移到东南亚房地产业和制鞋出口加工上，公司在东南亚建成了庞大的制鞋企业和十几个地产项目。而在飞峰县的项目被暂时闲置下来，万承祖接受当地政府建议，成立了‘沿江市江润房地产开发有限公司’，凭借万氏家族在台湾特别是台中市的影响，给万氏圈内的关联企业与飞峰县之间搭了一座畅通便利的桥梁，公司也获得‘沿江市台湾投资协会’指定副会长地位。”

薛凯有点兴奋了，说：“哦，是这样，这个桥梁要好好用用。”

“台湾企业来中国大陆的目的性很强，就是为了取得经济利益最大化，但他们对政府又顾虑重重，因此，相互之间抱团都很紧，一般的困难他们之间调济调济就解决了，对银行的依赖性不强，我看中的是他们之间的影响力，只要攻其一城便可略地无数。”

薛凯舒心一笑说：“有进攻方案了？”

姜扬自信满满地说：“我们是股份制外汇银行，我们的运营机制要比四大国有商业银行要灵活、高效，服务手段和信息渠道都与国际接轨，上级行对下属支行的政策、技术的扶持到位，只要充分利用好我们的综合优势，我想就能够撕开个口子挤进去。”

薛凯若有所思，说：“好！想法很好，难度很大，放手干吧，我做好你的后援工作。”

“如果顺利少不了辛苦你，省、市分行的协调工作我可够不上噢。”

“放心吧，干成了，大功一件，我请谢行长亲自出马。”

汽车在说话间就到了外汇银行后院，小毕下车在不远处等待着。

薛凯和姜扬的谈话仍在继续，薛凯担忧地说：“我又考虑了你的方案，关键是在台商内部，我们的交情未必够得上呀。”

“万氏家族没想到的是当年这一举措竟然是20年后挽救万氏家族的一个壮举。1997年东南亚暴发金融危机，万氏家族暴露出家族制的管理弊端，金融危机暴发后没有能够果断、有效地进行避险，万氏企业在东南亚的投资全线崩溃，房地产行业血本无归，十多家大型制鞋企业全部关闭。这时的祖国大陆成了台资企业的避风港，万氏家族拼尽全力集中东南亚倒闭的物资，在东莞市建成拥有6万员工的大型制鞋企业，勉强保住了祖宗留下的一点财富。一番拼争之后掌门人年近70岁的万承祖心力交瘁，他将鞋厂交代给跟随他们一路打拼过来的小舅子马宗祥管理，与太太携独生儿子万耀华重返飞峰县，重新启动当时竞争很小的房地产项目，一方面调整疲惫的身心，更重要的是培养唯一的儿子独当一面的能力，没想到这个家庭的希望竟是个浪荡公子，让老两口伤心不已。”

“那你和他们……”

姜扬笑着说：“一个机缘吧，我先与他们的公子有一战之缘，后有游艇之约，再有呵斥之厉，然后有援手之功，我在他们家族大受欢迎。”

薛凯大感兴趣，问道：“牛啊，受家族的欢迎，看起来你把这个浪荡公子镇服了，这故事一定精彩，说来听听。”

姜扬看看时间说：“回来说给你听，再不去就迟了。”

“好，等你好消息。”

小毕看见薛凯下车，连忙掐灭香烟上车，一个潇洒的掉头动作，一加油小车驰出院子向城北开去。

第四章　飞艇溅出真情义　姜扬定计台协会

近效的一处欧洲城堡式建筑，姜扬走进高大的拱门，迎面是“沿江市江润房地产开发有限公司”背景的秘书台，前台秘书见姜扬进来站起来说：“欢迎，姜先生。”

姜扬一看是宁芸惊讶道：“阿芸，快一年了还没跳槽?”

宁芸见四周没人夸张地叹道：“是你把我这跳槽专家的名头毁了，耻辱啊。”

“薪金涨了?”

宁芸点点头说：“这是我工作三年来第一次没拿试用工资 。”得意的话语中听得出自豪的味道

“听我的没错吧。”

宁芸开心地说：“我还升职了，秘书室归我管。谢谢你，姜先生，改天我请你。”

“算了，还是我请你吧。”

宁芸立即说：“那就说定了。”

“嗨，你顺着杆子就上啊。”

宁芸调皮道：“那是当然的，吃大户，我是愿意的。”宁芸指后面：“万总正在大厅开台协半年财务会。”

姜扬指指楼上问：“万先生和万太太在吗？我先去问个安。”

“都在，这大半年没少念叨你，快去吧。”

“不打个电话通报?”

“不用，万先生和万太太关照过，姜先生什么时候来都不用通报。”

“谢谢小美女，我进去了。”

“不谢，有空聊。”

姜扬说完离开接待台，宁芸见他从主席台后面绕过会场，拿起电话：“万太太，外汇银行的姜先生来了，他上去拜望您，我让他上去了。”

姜扬沿内廊绕到东首的小楼梯，那是与其他办公区域隔开直通 2 楼万先生办公室的专用通道。姜扬边走边欣赏着城堡内饰，石材都是不惜成本、不辞辛劳专程从意大利海运过来的，意大利大理石的质感和工匠们精湛的装饰工艺让人叹为观止。

小楼梯旁还有一个小型的秘书台，秘书小姐显然得到通知，微笑迎上一步说：“您好，是姜先生吧?”秘书小姐得到肯定后说：“姜先生，我姓刘，万太太在楼上等您，请随我来。”刘小姐在前面引导上楼。

2 层楼几步就到，秘书刘小姐抢先几步来到门口道：“万先生、万太太，姜先生到了。”

万承祖高大粗壮，此时正坐在宽大的欧式皮质沙发上灵巧地泡着茶，见姜扬进来操着浓郁闽南口音说：“姜先生，来尝尝今年的‘冻顶乌龙’。”

姜扬彬彬有礼道：“万先生好，喝了您泡出来的茶，一整天都会口留余香，您和万太太身体都好吧。”

万承祖脸上气色红润、中气十足：“都好，你大半年都没来了吧，大家都很想你。”

“我也想你们。”姜扬见万太太在办公室的另一头远远向他招手，对万承祖说，“万先生，我先去看看伯母再来喝茶。”

万承祖办公室非常大，欧式装饰得雍容华贵，各功能区划分不是很显著，四处都充满了温馨、轻松的感觉，这哪像一个董事长或总裁的办公室，更像是一个私人的休闲场所。

万太太依偎在高高的落地窗边，姣小的身体半遮在挂着流苏的窗帘之中，脸上泛出慈祥的柔光，指着楼下大厅的主席台对姜扬说：“小扬，你看耀华在那儿。”

姜扬透过洁净的大窗，高大的圆形穹窿下临时搭建的会场占大厅的三分之二，万耀华正襟危坐在主席台上，台下参会的台商约有 200 人。

万太太介绍说：“主席台上中间的是台协主席、远东润峰水泥总公司董事长王能达先生；主席左边的沿江市台办刘主任，其他三位都是台协的副主席，我们是这个季度的轮值主席，是我们家耀华在主持会议。”

姜扬赞道：“万大哥在主席台上很有气势。”万耀华继承了父亲的粗壮、母亲的矮小，父母的优点集中在了他的身上成了矮粗的身材。

万太太亲切地说：“自从耀华和你在这里搞了两次漂亮的活动，不仅沿江市的，还有南京的、上海的、昆山的、东莞的，只要路过这里的老乡们都会来坐坐，这次开个财务会还来了这么多人。”

“不好意思，给您二老添麻烦了。”

万太太没接姜扬的话茬：“耀华能这样我们就放心了，公司的事务也逐步压到他身上。”姜扬在这精明的老太婆脸上看到是慈爱，这是以往从没有的。

万太太转身挽住姜扬：“走，去品品你万伯伯泡的茶。”

一组欧式豪华的棕色皮沙发，配了一件庞大的根雕茶艺茶几，万先生丝毫不在意这极不协调的极品混搭，怡然自得地摆弄、把玩紫砂功夫茶具等着姜扬。这套紫砂茶具是姜扬陪同万氏一家畅游宜兴，由姜扬帮助挑选购买的。看得出万先生对这套紫砂器具喜爱有加，1 年多的时光这尊柿形冲罐壶已现浑朴润雅之态。

万承祖招呼姜扬坐下，万太太在工具架取了一顶安全帽说：“小扬，你喝茶，我去工地转转。”姜扬起身目送万太太出门。

万承祖不紧不慢地温壶、纳茶、润茶、冲泡、浇壶、运壶、倒茶，一切都是随心所欲、信手拈来。

姜扬抢先端起一杯茶盅双手敬万承祖，随即在茶几上自取一盅置于鼻下，深深一嗅清香淡雅之气直达肺腑，他双眼微闭，神闲气定享受着略带花香的气息游走在五脏六腑之中，他又将茶水稍留唇齿片刻冲过喉关，姜扬感觉就像伐毛洗髓一般全身通泰。

万承祖见状道：“姜先生品茶功夫可不一般了。”

姜扬谦逊说：“是万先生的泡茶功夫了得，淡定从容、挥洒自如，我试了多次就是泡不出先生如此感觉。”

万承祖帮姜扬斟满茶说：“姜先生回来探亲？”

“我又调回飞峰县了，昨天刚报到便赶紧地过来看看二老。”

万承祖欣喜道：“回来当行长啦？”

“惭愧，是副的，分管存款和信贷。”姜扬还是谦虚地客气一下。

万承祖慢条斯理地说：“不着急，有的是时间，去看过耀华吗？”

“还没有，他在开会。”

“耀华最近很用心，人也瘦了，你回来就好了，还要多帮帮他。”

“我这次回来保不准有很多事情麻烦您们呢。”

万承祖爽朗地说：“小扬，我们从没把你当外人，有什么事你就直说，叫耀华帮你去办。小扬，耀华他们开会你要不要去听听？”

“你们台协开会我听不合适吧。”

“没关系，我们台协开会谁都能听，有的时候很有意思的。”说完拿起电话：“宁秘书，你在会场后面帮姜先生安排个位子，他一会儿就下来。”

姜扬又和万先生寒暄了几句，便与万先生道别后下楼去了会场。

宁芸仪态端庄引导姜扬悄然入座。

主席台上万耀华正在宣读“沿江市台湾投资者协会1999年上半年财务报告”，台下衣着各异的台商企业代表认真听着万耀华的财务报告。

姜扬坐在台下感慨不禁由心而生，真是态度决定一切，此时的万耀华哪像是姜扬以前认识的那个纨绔子弟，这分明是位气宇轩昂、兢兢业业的CEO。

万耀华的财务报告仍在继续着：“上年结转21.36万元，至目前为止162家会员已经全部缴齐会费，加上去年结转总计67.86万元……”

万耀华的报告被一个尖厉的声音打断：“副会长先生，我可以插句话吗？”说话间从中间靠前的位置站起两位衣着时尚的女士，一位稍长约二十五六岁，另一位则年轻了许多约莫20岁刚出头的样子。

寂静的会场有了些骚动。

万耀华放下手中的文稿说：“可以，两位女士请到主席台来。”

其中一位穿黑色长裙操着浓重的闽南口音说：“不用了副主席先生，我们就提几个问题。”

“请稍等，宁秘书，请拿无线话筒给这位女士。”

那位女士高声说道：“副主席先生你听不到吗？”

万耀华笑着说：“别着急两位女士，你们要讲给在坐的会员们听，而不是我们几个坐在主席台上的人听的，会员之间不都是平等的嘛。”

黑色长裙被噎了一下，另一位长得小巧玲珑的，也操着浓重的闽南口音接话说：“副主席先生，你保证会员之间都十分公平和平等吗？”

万耀华仍然微笑着说：“我不能完全保证会员之间十分的公平和平等。”万耀华有意停顿一下说：“因为这主席台太小恐怕坐不下所有会员们，但如有申请可以坐到主席台上来，比如现在我就邀请两位女士上主席台就座。至于公平嘛，我们主席、副主席只是多缴会费多干事而已，其他的权利和普通的会员没有区别。”场内笑声四起。

姜扬饶有兴趣地看着这场突如其来的争斗。

黑色长裙女士拿到无线话筒，轻轻试了试音，神情优雅地说：“副主席先生，小妹初来乍到不通礼数，请大哥见谅。”

万耀华宽容一笑。

黑色长裙女士继续快言快语道：“我也长话短说，有几个问题质询一下主席们，一是今天是半年财务会议有必要来这么多人吗？中午一顿饭要花多少钱？我们谁没饭吃？二是我们进场时发现会议上准备了很多礼品，而且礼品价值都还较高，请问有必要花这钱吗？这钱省下来可以捐助需要我们帮助的小孩子们啊。三是我们会费节余那么多钱为什么不捐赠出来？你们知道吗，有多少孩子上不起学吗？主席先生，协会不是企业，钱多不一定是成绩。四是有必要设那多副主席吗？不会增加费用吗？而且会议也冗长，大家的事情都很多，我的问题完了。”说完两位优雅的女士并没坐下，显然她们在等满意的答案。

万耀华说：“两位女士请稍等。”

万耀华召集另三位副主席围到主席身边低声商量，稍顷，大家重归座位。

万耀华说：“感谢二位女士的菩萨心肠，我代表全体会员向你们表示感谢。你们请坐。”

两位女士仍执拗地站在那里。

万耀华说：“放心吧，我们的回答会让你们满意的。”

两位女士迟疑地坐下。

万耀华说：“第一个问题：今天来了这么多的会员是有原因的，这个原因等一下王主席会和你解释，中午餐经我们商量决定接受你们的意见就取消了，在座的会员们没意见吧。”万耀华等了一下会场的反应接着说：“我个人临时决定中午这餐由‘沿江市江润房地产开发有限公司’出资招待，请在座的各位务必赏光。”

黑色长裙女士小声嘀咕：“那还不如把钱捐出去呢。”放在两位女士面前的无线话筒没关，声音虽小还是通过话筒清楚地传了出去。

万耀华似答非答说：“今天来的会员们远近都有，但来到‘日月潭情’诸位就算到家了，不能到家了不‘呷蹦’(吃饭的意思)的吧。两位女士，我和‘日月潭情’也都欢迎你们，”

姜扬见万太太不知什么时候笑眯眯地站在靠他的屏风旁，姜扬走过去对万太太竖起大拇指，万太太用手比画了个“OK”。

万耀华在台上继续说：“第二个问题是这样的，这是我们的两家会员单位自愿送给今天参会的先生和女士的，没花一分会费。散会后如有需要请自取，取多取少也随便，有个原则是既然人家拿来了就不要再让人家拿回去，那会让人家很伤心的。”台下一片欢笑，“至于捐不捐赠的问题，我想该是自家的家务事，就不劳他人操心了。下面请王主席回答另外的问题。”

王主席接过话筒说：“我先说说第四个问题，这里我先感谢四位副主席先生，我这个主席是个甩手掌柜的，是他们做了大量的具体工作，谢谢。我们为什么要设四位副主席呢？很简单，一年四个季度，他们四位副主席一个季度轮值一次正好转过来。大家来大陆都是搞企业的，都很忙，所以多设点副主席有人干活啊。好在这些副主席都不拿任何酬劳，还时不时掏点出来，这等好事何乐而不为。”

王主席等大家嘻笑完了接着说：“今天的会议长、参加的人多是有原因的，可能两位女士来大陆不久，对协会的情况不太了解。在去年的年会上我们酝酿了一个大一点的行动，为我们的希望小学全部配置一流的电脑。我看得出来很多会员的衣袋里都是鼓鼓的，那是带着钱来的唷。我们协会省下会费 67.7 万，留下 7.7 万，60 万拿出来；我正主席拿 40 万，四位副主席各 30 万，计 120 万；三项合计 220 万元，我们有 256 家会员单位，平均每家两万元，我们预计可以筹集善款 700 万元左右。当然这些都本着自愿的原则，因为我知道我们很多企业都有自己的捐赠计划，‘沿江市江润房地产有限公司’已捐助了 9 家‘希望小学’，协会这块只是他们捐赠计划的一部分。小妹，对我们的回答满意吗？”

两位女士小声嘀咕了一下，黑色长裙女士站起来说：“主席先生，如此规划小妹倍感欣慰，小妹我和我小妹就凑个副主席的份儿吧，合捐 30 万元。”

王主席笑看万耀华，万耀华接话说：“两位小妹中午‘呷蹦’我敬你们酒。”

小巧玲珑小姐嘟囔说：“有人稀罕吗？”

万耀华接着开会：“两位女士已经给我们做了表率，我们也缩短会期，财务报告秘书室有备份，有需要和秘书小姐说一下，我们免费提供影印件。会后有捐赠的会员也请坐在位子上别动，我们会分头帮助大家登记……”

宁芸适时来到姜扬身边低声说：“姜先生，会开得差不多了，是不是去万总办公室坐坐。”

姜扬和宁芸走出来，姜扬问道：“今天万总是不是不方便？”

宁芸说：“万总开完会就没事了，我已发过短信，他请你在他办公室稍等。”

姜扬坐在万总的办公室里熟练地摆弄着泡茶器具心中唏嘘不已，万耀华今天的表现再也看不到那个曾经是多么狂妄、孤傲、颓废、顽世不恭的影子。

“叮呤呤……”万耀华桌子上电话响起来，姜扬抬抬屁股没有起身，电话铃停了一下又固执地响了起来。姜扬来到万耀华桌前接过电话：“喂，你好，万总办公室。”

电话里说：“祝贺你啊，姜兄，当行长啦。”

“是万总啊，是副的、副的。”

“你再稍等，我这里还有三五分钟就完事了，你先泡茶喝，不好意思，怠慢了。”

“茶已泡了，不急，一会儿见。”

姜扬挂上电话瞅见玻璃台板下压着 1 元钱硬币和两张自制的请柬。这一元硬币自然是姜扬那天扔给万耀华的，已经被万耀华摸得铮亮铮亮。

那天——

白色双层豪华游艇上，一声唿哨响，接着游艇微微一颤，轻微的马达声伴着强力的动力，游艇迅速、平滑地离开码头，精准、激情在游艇的迅速加速中完美体现出来，游艇渐渐抬起船头，破浪的设计使游艇高速行驶中保持平稳。

此时的江面已没了霭霭雾气，游艇迎着升起的太阳驶去，绚丽的艳阳在江面上窜起万道金蛇，姜扬来到主甲板迎着5月适意的江风，感受长江母亲河带来的情怀。

又是一声唿哨从姜扬的身后传来，姜扬倚着船舷转身看去，万耀华兴高采烈地在飞桥露天驾驶台向姜扬招手。小琪也开心地向他招手，宁芸则坐在姜扬身后日光区精致的户外小桌旁静静地注视着他。

万耀华见姜扬掉过头大声喊道："我在这儿。"

姜扬向上扬扬手。

宁芸见状跑过去挽住姜扬："走，我们上去看看。"

姜扬恨恨地说："你怎么总跟着我，自己玩去。"

"你看看这里都是一对对的，一个人多孤单，多没面子。"姜扬四处看看游艇各处分布着一对对帅男靓女。"我还没谈过恋爱，今天就拿你实习实习了。"宁芸双颊红红地又缀了一句："你别当真噢。"

"不上去了，去客厅坐坐。"

客厅约有30平方米，布置得富丽堂皇。酒吧、书柜全都是用高档柚木制成，沙发豪华舒适。姜扬看中了书柜旁的阅读区，一张精巧的小书桌，一对简约、温馨的沙发，江中、岸边的风景连同阳光透过明亮的舷窗尽收眼底。收藏的图书也是在市面难以看到的，姜扬选了本胡正跃先生撰写的《功名与功夫》细细研读了起来，心静了才感觉到客厅里淡淡地飘来小提琴与萨克斯的对话。

一小会儿，姜扬的小书桌上多了一杯酒和两个碟盘，姜扬抬眼一看宁芸手中也执了一杯，姜扬端起杯轻轻和阿芸碰了一下。

宁芸说了句"cheers"，然后轻声说："姜哥哥多喝点，这可是'路易十三'哎。"她又急切催促道："多喝点，多喝点。"

姜扬品尝了一口，欣赏手中的极品美酒："我看过介绍，品尝路易十三，就像经历一段奇幻美妙的感官之旅：最初可感觉到樱桃、水仙、茉莉、百香果、荔枝等果香，旋即流露香草和雪茄盒的香味；待酒精逐步挥发，鸢尾花、紫罗兰、玫瑰、檀香木树脂的清香更令人回味。"姜扬又喝了一口细品了一下说："我怎么喝不出这样的感觉啊，只有一股浓浓的茉莉花的香味啊。"

宁芸看看自己的手说："啊，不好，是我搽的雪花膏味，我去洗洗重倒。"

……

姜扬这一路在美景、美文、美乐、美酒、美人的陪伴下进入了浩渺无际的太湖，当然其间还享受了一顿虽简单但精致的午餐。

真正进入太湖已经是下午的5点多了，太湖不论是春、夏、秋、冬都有不同的美；太湖无论是清晨、晌午、傍晚、深夜都有不同的动人之处。如果说太湖的清晨是一幅水墨丹青，处处显得是那么俊秀淡雅，姜扬则更喜欢傍晚的太湖，娇艳的太阳即将浸入太湖的那一刹那，是多么地雄壮、惨烈。

万耀华打着阵阵唿哨，急驰的游艇犁出浪花飞溅，人间仙境般的三山仙岛，湖中撒网打鱼的点点帆船，波涛中神鼋翘首忽隐忽现，陡壁峭岩上的四个豪迈大字"包孕吴越"，岸边招手欢呼的游人，挺立在艇头享受乘风破浪的姜扬，无一不被浸泡在夕阳的血色之中。

"五湖淬剑光，勾践凝月霜。夕阳有情义，血祭吴夫差？"

姜扬突地心生一小诗，配合此景也算发乎此情，不禁手持美酒心占、口诵反复酝酿、斟酌，怀古之情油然而生……

游艇快到可以追逐逝去的滚滚江水，可有什么能追回这逝去的光阴？

游艇经过一番疯狂后速度渐渐缓了下来，姜扬却丝毫没有发现这一变化，与情与景交融了。

宁芸拉着万耀华来到艇首，"万总，你看都好长时间了，是不是中邪了？"

万耀华手持一杯酒来到姜扬身边，聆听了一会儿说："姜兄好雅性，好诗句，来，兄弟敬你一杯。"

姜扬这才还过神来说："万兄见笑了，有感而发而已，胡乱涂鸦不见得好。"

万耀华见游艇慢慢靠上一家渔船说："姜兄如有兴致我们登上渔船，挑些新鲜的湖鲜佐之其不更美？"

登上渔船跟本就不等万耀华和姜扬动手，两个小丫头手疾眼快，一大堆新鲜鱼虾已经挑好了，宁芸居然看上渔家的厨房里的自备菜，硬生生地从人家的筷子底下抢走了时令蔬菜：鲜藕、芦笋之类的。

一番手忙脚乱烧烤的忙碌、一阵大块朵颐后的欢呼，此时的太湖已是皓月千里，湖面银光鳞鳞、几盏渔火、数声渔歌，又是另一番柔情景象。

艇内客厅灯光五颜六色绚丽璀璨，一场化装舞会热闹开场。女孩子们化装成仙女、小公主、天鹅等，男人们则大多打扮成海盗、恶魔等。舞会最不受欢迎的是姜扬，一顶黑色礼帽、一条黑色眼罩、一件黑色披风，万耀华把姜扬打扮成帅气十足的佐罗。可偏偏这个正义的形象得不到女孩子们的青睐，纯洁的淑女也有最原始的邪恶冲动，正义和邪恶在虚幻和现实中同样是不容易的。

姜扬并不喜欢这种喧闹，礼节性的狂欢后一个人上了飞桥，在溶溶月色中独自静静地欣赏太湖春天的夜色。

“怎么，姜兄还在寻幽探古啊。”万耀华端了两杯酒寻了上来，坐在姜扬身边递上一杯。

“那股劲早就过了，只是不太习惯这种生活方式。”

“嗨！”万耀华深深地叹了口气说，“我也是及时行乐而已，只不过行尸走肉罢了。不像姜兄乃雅人也，活得潇洒、自在，活出自尊来。”

姜扬指着远方在朗月清辉的照耀下，若隐若现的一处港湾说：“范蠡有着与勾践同样的忍辱负重，灭吴后携西施出蠡湖泛舟五湖终成一代富甲。万兄出身豪门，天生就是享受的命，你摸摸口袋有1分钱是自己挣的吗?”姜扬说着从衣袋里掏出一枚硬币扔给万耀华，“当你用自己的汗水挣来自己的收获时，你看这1元钱的价值就不一样了。”那一块钱在甲板上飞快地转动着，发出的清脆的声音也仿佛嘲笑着万耀华。

万耀华情绪激动起来：“不是我非要享受，不是我不想要让人尊重，可是我怎么才能证明自己？没人信任我，没人要求我，钱可以随便拿，钱也可以随便花。可是，董事会我可有可无，企业经营我可有可无，没有人会多看我一眼，没有人能静下心听一听我的心声，我就像一个透明体，我的声音就像被吸入黑洞，没有一丝丝回音，这居然包括了我自己的母亲。姜科长，你认为我快乐吗？有人看到我心里流的血吗？人人都认为我是花花公子，人人都认为我不学无术。奇怪，我也是台北大学本科生，我还是美国俄勒冈大学的经济管理硕士。”万耀华又郁郁说：“今天疯狂够了我就回东莞去，那里虽然仍过着这样的生活，但比天天看着自己父母冷眼要好得多。”

“我怎么看你并不重要，别人怎么看你也不重要，关键是你自己怎么看自己，如果自己都看轻了自己，那就没救了。”

万耀华站起身旋转着：“赚那么多钱就是为这吗？可是我没觉得幸福，我倒觉得你生活得很滋润。”万耀华颓废地一屁股又坐在姜扬身边久久不语，万耀华脸色在月光下显得十分地惨淡。

“‘侯门一入深似海’，生在富家也不一定是幸事。”姜扬看着万耀华笑了起来。

万耀华忿恼地说：“我拿你当朋友，你就这样嘲笑我吗？我认为你和他们有所不同，看起来是一路货。”万耀华黯然地说：“算了，反正我这两天就要离开这永不留念的地方，去狂欢吧，只有那里是我的归宿！”万耀华说罢就要站起来。

姜扬一把拉住万耀华说：“听我说完，你愿上哪儿我决不挡你。”姜扬直视着万耀华，两个男人眼中的晶体在闪亮。姜扬说：“我笑你是你自己看不清自己，看不清你父母是多么殷切盼你成长，‘恨铁不成钢’啊。家族需要你；企业需要你；你父母需要你，你却躲进田螺壳里顾影自怜，令其产业大有拱手让予他人之势。”

万耀华横眉以对。

姜扬说：“我知道我这样说，你心里一定不服。你现在就像家里的盆景，看起来枝干遒劲，绿叶饱满，生机勃勃，但一遇到侍候不周便原形毕露，枯枝掉叶奄奄一息。你见过黄山的松吗？在光秃秃的悬崖上硬是顽强地生长着，在花岗岩石上的裂缝中，以无坚不摧、有缝即入的狠劲扎进根系，饮丝丝山泉，经风霜严寒，吸天地精华，铸就成钢铁打造的筋骨。你差这个狠劲，你是供人观赏的鲜花，你自己决定了你自己，所以你有什么可抱怨的？”

万耀华沉默良久：“不是我要当花瓶，他们从来就没给过我机会，从来就没信任过我，是他们把我当成了花瓶。”

姜扬说：“你父母一路血拼过来，当真不想歇歇脚？你们家就你一个儿子，不让你接班那还要让谁来接？你说没给你机会，但你自己想想你什么时候把自己当成家中一员？什么时候为企业生存和发展操过一点点心？”

万耀华抱着头嘴里喃喃说：“是我误会你了？我错了？”

姜扬品尝着手中美酒，静静地坐在万耀华旁边赏着月光下的太湖。

万耀华终于抬头问：“如此说来，我该怎么办？”

姜扬轻淡一句：“好好工作啊。”

万耀华气得夺下姜扬手中的酒杯说：“姜兄不愿帮我。”

“非也，尊重是需要用辛勤的劳动来换的。再则也有干涉家务事之嫌，总觉不妥。”

万耀华急切道：“这有何干，我若有建树，我家上下无不感激，有何计谋快快道来。”

姜扬沉稳地说：“未必！万兄，万氏家族叔伯之间已无优势可言，其传统主业皆为娘舅把持，万氏虽占53%股权，怎奈话语权渐淡，改朝换代并非耸人听闻。令尊韬光养晦、另辟蹊径，明里重振旗鼓，另开财路。暗里制衡掣肘他人，培养于汝，更待时日，羽翼丰满，助你掌控董事会，一切水到渠成。怎耐有人不识一番良苦用心，整日声色犬马，祖辈心血付之东流，导致令尊棋失一招，致使令尊信心顿失，举棋难定，其苦难言。”

万耀华听后目瞪口呆，不敢发出一声。

姜扬边思索边说：“至于如何解开当前困局，只需利用家族在当地的特殊地位迅速树立个人形象，我想做到这点并不难吧。”姜扬见万耀华还没缓过劲来就不再隐晦说：“比如制造个契机，利用个媒介搞两三个漂亮的活动，不知有没有这机会?”

万耀华兴奋说：“有啊，最近要筹划两个大活动，都是针对长江金三角地区台商的，一个是‘日月潭情’一期房台协会员大促销，二是飞峰县台协分会成立，我父母正烦着心呢。”

姜扬一拍巴掌：“此事成矣！两个活动若成，你在大众面前就有了一张铂金名片，台商言飞峰县必言‘日月潭情’，言‘日月潭情’，必言万耀华你，你在家族地位一跃而起。关于如何筹划……”

万耀华把酒杯塞进姜扬手中碰了一下一饮而尽：“不许推辞。”

姜扬看看手中的酒杯戏道：“好像我成酒鬼一般，好吧，我们回去再议。”

……

万耀华台子上压的两张请柬，是万、姜二人从太湖连夜赶回公司商量、策划的影响颇大的行动而自制的。请柬是姜扬从网上选摘下的现代派欧美风情别墅，进行淡化处理后为背景，邀请公司的文字进行图层叠加，用彩喷打印后封塑烫膜，一张精美的特色请柬从两人手中诞生了。姜扬也就是那天晚上第一次认识了万氏一家，以后他与万耀华忙碌的几天里见到万太太笑意渐浓，姜扬知道事情已经成功一大半了。

桌上放的是一摞摞各类资料，不像以前那样东放个车模西放个美女雕塑的。看得出万耀华现在的办公室是一个务实的办公室，万耀华也不再是奢侈骄狂的孟浪之徒。

姜扬细看着万耀华办公室的变化，万耀华夸张地摇着硕大的脑袋，夹了个文件簿匆匆进来：“姜兄，不好意思，让你久等了，忙死人了。”

姜扬一抱拳：“恭喜万总，贺喜万总，有点案牍劳形的意思了。”

万耀华对着姜扬轻轻地当胸一拳头说：“是你这教练的本事大，喝酒还是喝茶?”

姜扬笑道：“你真把我当酒鬼呢。”

万耀华伸手做出个请的动作：“喝茶去。”

姜扬说：“不了，看看你就走，你也有一堆事。”

“不行，你来了总要喝点什么，还是喝酒吧。”

万耀华说着打开红木书橱：“喝酒是一种生活态度，是喝一个心境，和姜兄喝永远享受。”书橱的一档摆放着酒和酒具，万耀华从里面取出做工精美的酒瓶和酒具，“砰”拔出橡木瓶塞，倒出金晶通透的琥珀色路易十三，万耀华递给姜扬说：“祝贺你。”

姜扬：“虽然是个副的，也是领导对我的信任，既然回来这个责任就要担起来，不在其位不谋其责嘛，万兄你这个资源我不能不用啊。”

万耀华干脆地说：“你若不用就不够朋友了，怎么办？你一句话。不过情况你也知道，我这里油水不大，而且所有的钱都在你那儿。”

姜扬自负地说：“你是知道的，我这人要么不干，要干就一定要干出彩头来。以前搞点存款维持我那一亩三分地就行了，这次我是被逼上梁山了，市分行一把手亲自上我家门，然后亲自送我上任，这情不领不行吧?!”

万耀华附和道：“上级一把手送下级副职上任，罕见，不领情说不过去的。”

姜扬无奈地诉苦说：“没办法，入瓮了。我们外汇银行不仅就搞点存款放点贷款，我们飞峰的现状导致许多业务功能没有发挥出来。你们这拨从台中市来的台商，大多是老一辈带过来的，虽然很多业务、生产已经接上现代化轨道，但是在管理上还沿袭着旧的模式，尤其是财务管理上更赶不上时代的步伐。”

万耀华连连称是。

姜扬对万耀华说：“你敷衍我。”

万耀华连忙说：“不是，你突然来冒这一下，我是在跟着你的思维转呢。”

姜扬怀疑地看看万耀华，说：“真的？”

万耀华真诚地说：“真的。”

姜扬继续说：“不是揭伤疤，如果当时在金融危机来袭的时候及时进行金融避险的话损失要小得多。”

万耀华思索着：“如果在这方面入手，配合你的结算、外汇等综合手段，只要工作做到位是大有文章可做的。我说你这家伙鬼精鬼精的，蓄谋已久了吧？”

“这些天是天天琢磨这些事，晚上都睡不好觉，你知道到什么程度吧，有时一摸脑袋却是滚烫滚烫的。”

“为你这种精神干杯。”万耀华端起酒杯。

姜扬和万耀华喝了一口，都陶醉了一下。

姜扬问：“你最近怎么安排的？我想去跑跑你们台资企业。”

“协会每年都有走访会员企业的惯例，我只需把走访提前就行了，我想想怎么安排。”

姜扬提议道：“那就把金融咨询当成你们这次巡访的一部分岂不更妙，也算是为你们台商协会会员做件实事，我们安排有关人员陪同。最后，由你们台协会牵头，我们请我们省、市分行的专家来这里集中上一课，不就完美了。”

万耀华爽快而兴奋地说：“行！就这么定。我一会儿跟王会长和其他副会长议一下，他们也是大户。日程尽量安排在最近，我会很快和你联系的。”

姜扬和万耀华又轻轻碰了一下杯，酒杯发出悦耳的清脆声，姜扬一口喝完：“万兄，我就回去了，等你好消息。”

万耀华连忙挽留：“在这里吃饭再走，你都知道了，反正是我们放血。”

“不了，你去应酬吧，你让你的车送我就行，我们来日方长。”

万耀华陪着姜扬穿过闹烘烘的大厅，宁芸见到也陪着送到大门口，看着送姜扬的汽车驰出视线才转身回去。

万耀华对宁芸说：“你去我办公室收拾一下，我去找会长们。”两人进门分头向各自方向走去。

大厅内仍然热闹非凡，“江润房产”和台协会的财务和工作人员正忙碌着收款、核实票据，缴完捐赠的台商们或坐或站聚在一起聊着天，工作繁忙的他们有如此轻松的时刻不多。

万耀华刚入会议厅就“巧遇”两位在会上提出异议的美女，两位看似无意却是有意地截住万耀华，一位仪态万方、一位楚楚动人，稍稍成熟穿黑色长裙的那位女士优雅地说：“好个英武雄壮的万副会长，小妹能否结识一下？”这个点评准确地表述出万耀华的优点。

万耀华只得停下脚说：“我叫万耀华，是这个企业的总经理。”

长裙小姐嫣然一笑，伸出手说：“认识一下，我叫唐婉儿，是飞峰湖高尔夫度假村的总经理。”唐婉儿的手在万耀华手上一掠而过。唐婉儿拉过身边楚楚动人的美女说：“她叫秦雪莹，是飞峰湖高尔夫玩具用品公司的总经理。”

秦雪莹对万耀华点头示意，说：“万总好。”

“两位总经理好，捐赠缴了？”

“我们刚来飞峰，没有准备，过几天一定送来，万副会长能不能……”

宁芸跑过来打断他们之间的谈话：“万总，万太太在您办公室等你。”

万耀华客气地对唐婉儿说：“对不起，失陪了，请两位将联系方式留给宁主任，日后我专程拜访。”

万太太手拿着安全帽站在万耀华办公室门口与几位台湾同乡闲聊着，万耀华急匆匆地赶来，问：“妈，找我？”

万太太和老乡们道别，挽着万耀华说：“王会长他们都在董事长那里，走。”万太太边走边问：“华儿，姜行长来只是礼节的拜访？”

“姜扬回飞峰外汇银行当副行长，上级行对他的期望很高，他提出一个金融支持方案，对我们台协的企业非常有价值，由此也能提升我们公司在这地区的影响，我正要找王会长和其他会长商量此事。”

万太太欣赏地看看万耀华，说：“那就放手去做，我发现小扬一来你的眼睛有神多了。”

“是吗？我怎么没发现。”

万太太和万耀华说说笑笑向 2 楼走去……

第五章　游走悬崖浑不觉　银行安全无小事

营业部储蓄专柜，杨慧慧和专柜主任王金铃手不停、眼不闲忙过高峰期，时间已近十点两人闲聊地站起来松松筋骨，透过明亮的落地大窗，杨慧慧一眼看见姜扬从轿车上下来，吓得头一缩躲进柜台里，王金铃有点莫名其妙地问：“你干吗呢？”

杨慧慧把手伸出柜台指指说：“姜……姜行长。”

王金铃学着杨慧慧的话不解地问：“姜……姜行长怎么啦？”

“我半道截过他50万的存款。”

王金铃看着杨慧慧的样子笑了起来：“你也不用吓成这样，再说外亮里黑，他看不到你的。”

杨慧慧慢慢站起来说：“是噢，他看不见。”

“你吓成这样，还敢去截道，当时怎么不怕了？”

“当时他不过是个科长嘛，哪知道他怎么出去转了一圈变成副行长了。50万元存款，我1年的存款任务哎，豁出去了。”

“行了，别怕了。姜行长当时就关照过，如果‘澎湖湾’取钱，任务从他的那里扣。”

“真的啊，嗨，你早不说吓死我了。”杨慧慧转眼间恢复了生气，她看着姜扬的背影说，“哎，主任，你看姜行长多帅气，这身材、这风度。”

王金铃拍了拍杨慧慧的脑袋说：“小丫头一惊一乍地想啥呢，人家可是有家有口的。”

杨慧慧不甘地说：“人家就是欣赏欣赏，解解眼馋不行啊？”

“这丫头，我得要给你找个婆家早点给嫁了，不然整天看着人家碗里的，危险！”

会议室，飞峰行的中层干部均已坐好，薛凯端了茶杯进来，扫了一眼会场后说：“我们就开始开会吧，今天这个会议很重要：一是姜扬同志充实到领导班子，任本行副行长并负责信贷和存款工作。二是成立信贷资产风险管理科，并由林宗森同志任科长。我们有理由相信，我行的信贷工作会在姜扬同志和信贷部门同志的共同努力下，其信贷管理和信贷质量都会得到提高；信贷结构更趋合理；信贷风险也能够得到有效控制。小丁同志今后负责信贷科的传达和具体工作落实，以后照此办理不再重复。下面请姜扬同志谈谈他对信贷工作的构想。”

姜扬：“薛行长，各位科长。为什么在这次行务会中提出改进信贷工作管理意见呢，要从我行的存款结构说起，我们行企业存款仅占总存款的3%左右，这说明我行的贷款企业在使用我们的贷款后，根本就没有在我行进行会计结算，企业的产、供、销无一不在资金的推动下进行的，而信贷资金在其中起了重要的催化剂作用。信贷资金在我行的体外循环，造成我行的信贷资产处在失控状态，企业如何使用我行的信贷资金，我们一概无从知晓。”姜扬选择从资金流动表象开始层层向信贷管理形成风险病灶旋切。

李平用眼睛余光瞄见林宗森和丁志华表情呆板地拿着笔记本乱画着，他心想要做点什么，不能让姜扬在这个问题上深挖下去。

李平如是说：“姜副行长，我插句话行吗？”

姜扬放下文件夹拿起笔记本说：“当然可以，我就是想广泛地听听各位科长的意见。”

李平：“薛行长，您来飞峰行的时间比较晚，可能对我们行的发展过程没有深刻的了解。一是当时我行的雏形已经形成，二是姜副行长来我行时一直从事存款工作，对我行的信贷工作形成的状况了解不够透彻。当时工、农、中、建、信用社战略布局已经完成，我们行是在石行长的带领下，在夹缝中杀出来站住脚，并得到了极大的发展，这已经是非常了不起的战果了。”

李平寥寥几句将姜扬推到与石海涛、信贷人员的对立面去了。

李平振振有词地说：“信贷工作有着自身的操作规程，贷款的‘三查’工作做得也是很到位的，市分行信贷管理处也定期、不定期地进行检查。所以，我们行的信贷工作我想这些年没有功劳也有苦劳。”李平言已达意他及时地刹住车：“当然，姜副行长指出的信贷结构存在的问题我是举双手赞成的，我个人表态今年我一定完成3到5家企业开户。”说完李平嘴一闭不再说话了。

李平是没话了，其他几个科长叽叽喳喳地说起来。有的说姜副行长一针见血刺中要点，贷款期限长点也有好处，可以多收点利息；有的说存款任务分配不合理，重储蓄轻企业存款，话题一步一步转移到储蓄存款问题上。

姜扬静静等待会场声音渐渐变小直至完全安静才说：“谢谢，企业资金的流动是监测企业正常生产、经营的一个重要手段，失去了这个重要的手段，一切信贷管理都是枉然。我们要十分地清楚，不一定明天就会出现信贷风险，但必须要有明天出现信贷风险的准备!”

姜扬自信地说：“信贷这个早已过时的名词，现在还能用信用贷款的理念去管理银行贷款资源吗？贷款风险管理就要有贷款控制的手段，比如……”

薛凯的行长室响起阵阵铃声，薛凯打断姜扬的谈话：“等一下。”

杨福康连忙说：“我去接？”

薛凯已站起来说：“不用。”

薛凯进去后不久就出来：“不好意思，市分行来电话要求我和姜行长赶到市分行开紧急会议，我们的会议顺延吧，散会。”

薛凯对姜扬说：“来我办公室。”

姜扬跟着薛凯来到薛凯的办公室。

薛凯把他的手机递给姜扬，姜扬不解地看看：“什么啊？”

薛凯指指：“通话记录，我已打开了。”

姜扬一看奇道：“刚才是你自己打的你办公室的电话？”姜扬见薛凯肯定地点点头，怪道：“你搞什么古怪，好好的一个会不开呢。”

薛凯轻蔑地一笑：“你跟他们费什么劲，你看得出吧，这里面有几个糊涂人和几个装糊涂的人？我断定不出半个小时该知道的人，就会知道得清清楚楚。”

姜扬一愣之后说：“该知道的人？我管他糊涂不糊涂，清楚不清楚，我们行的信贷再这么干下去，这个银行离毁掉就不远了，我不来就算了，我来就必须不，就非要给他扭过来。”

薛凯哈哈大笑说：“你这姜扬聪明一世糊涂一时，你这么一解释，你的底给兜得清清楚楚。再说你需要说服他们吗？你需要和他们费那劲吗？真理就一定是对的吗？那要看时间和场合，不对的也不一定就是错，要都按你的想法这世界不就太平了，你的发言稿呢？”

姜扬把手中的文件夹打开递给薛凯：“你这什么逻辑。”

薛凯拿起笔“刷，刷”几下签上字说：“我这逻辑就是不要先把自己搭进去，还有很多事等我们做呢。”薛凯拿起电话：“杨主任，来一下。”又对姜扬说：“不就行了。”

姜扬急着说：“这是草稿，很乱。”

薛凯：“本来想把走访台商的喜事和大家说说，看他们那德行！算了，我们自己留着开心。”

“哈哈，想什么呢。”

“我们一定要把握这来之不易的良机。”

杨福康来到行长室，薛凯将稿件递过去严肃地说：“这姜行长起草的信贷管理办法，对我们今后的信贷工作有着极其重要的指导意义，你去组织一下，行文、下发、执行！”

杨福康：“是，我现在就去。”

薛凯看看时间下午 4 点不到，对杨福康说：“文件明天抽空整理吧，你和我们一道去开会。”

杨福康应到：“我和小毕在楼下等。”便迅速离开。

姜扬一耸肩膀：“我们去哪里开会？”

“这个会不开是不行的，找个吃的地方，学习 108 号文件去。”薛凯开心地说。

……

姜扬桌上堆了一堆信贷资料，摆着 1996 年、1997 年、1998 年 3 年《沿江市圣兔礼品有限公司财务资产负债表》《沿江市圣兔礼品有限公司财务盈亏表》。这几天姜扬只要一有空闲便到信贷科仔细研究信贷企业，圣兔礼品是陶瓷娃娃的专业生产企业，产品 70%出口到美国大型零售连锁企业沃尔玛和塔吉特，10%～30%出口到欧洲诸国。飞峰县外汇银行支持较大的出口企业，流动资金贷款 1600 万元，固定资产贷款 500 万元。姜扬通过资料对圣兔礼品公司现有的基本情况有了一定的了解：固定资产 1800 万元，流动资产 2100 万元，资产负债率 56%，产值：650 万美元 ×8.86=5759 万人民币，利税 23%×5759=1325 万元，退税 5759×15%=864 万元。企业评为沿江市外汇银行 3A 级信用企业，总经理涂根生是沿江市明星企业家。

丁志华不能说看不懂，是弄不明白眼前这位顶头上司看完了即期的财务报表后又调出近 3 年的财务档案，一遍遍反复在看，还不时地用计算器计算着。丁志华不知是这位曾经是储蓄科长的领导，是看不懂这些财务报表还是其他什么原因。丁志华忍住从内心萌生帮助顶头上司，解读这些用简单的 0～9 阿拉伯数字组成的企业奥妙。

姜扬心里明白，一般企业都会有 3～4 套报表。一套报税务部门，虽说出口企业享受退税优惠，但税务方面仍有一大堆税费等着，所以这套技术性的报表是不可缺少的。第二套报表就是邀功的了，工业产值永远是政客们关心的大事，是行政主管为政一方的标志性政绩，这套报表必须要让领导满意。至于报给银行的报表相对来说较为准确，但也只能用相对准确看待，如果企业有需要仍然会在关键的数据上做技术性的修改。

姜扬并没有认定圣兔礼品公司有什么问题，只是这家公司是飞峰外汇银行为数不多的优质企业，选择了解剖这只麻雀，不仅可以对这家重点企业进行深入了解，为支持该类企业提供范本，又可以了解信贷人员对信贷企业信贷资产的管理水平。

姜扬有时聚精会神，一会儿愁眉不展，一时若有所思，一会儿提笔记录。姜扬的表情迷惑了丁志华，丁志华不停地抬头看看姜扬。姜扬写完一组数字后靠到椅背看看时间对丁志华说："不弄了，头都忙晕了，你的资料统计好了吗？"

丁志华说："我这里都是现成的资料，很快就好。"丁志华指指姜扬桌上："姜行长，还没看好？"

姜扬看看桌上，"这个差不多了，事情多定不下心，每次重新看这个数据衔接都要花好长时间。"姜扬见丁志华不能理解便解释说："我在反推企业这几年的生产、发展情况。"姜扬见丁志华还不能完全理解，"我从现在向前推，如果企业在生产的各个环节都很合理那就没问题，如果存在不符合逻辑的资金流动，问题就出来了。"

看着眼前的顶头上司竟然如此方式查阅报表，丁志华想想都头大，也为自己的想法汗颜，不由抓抓头说："推出问题了吗？"

姜扬考虑一下说："有点，从企业的资金使用和资金周转与原材料、在产品、产成品、库存商品的关系上看是有点问题。不过我们不是审计部门，我们对企业的报表有个合理的容忍度，具体事情还要具体分析。"

姜扬换了个话题："丁科长，我画了统计表，你把归类的资料做个详细的目录。抽个时间我们跟薛行长汇报一下，定个方案，落实责任制，信贷上要动起来，在我们手上不能再有信贷资产流失的情况。"说着递给丁志华几张草稿。

丁志华接过去逐页翻看：

《飞峰县外汇银行信贷企业未落实抵押、担保企业统计表》；

《飞峰县外汇银行呆滞、呆账信贷企业未落实债权、债务企业统计表》；

《飞峰县外汇银行信贷企业呆账未诉讼统计表》；

《飞峰县外汇银行信贷企业诉讼未执行统计表》各表均有细化的分项。

丁志华手拿着几张轻飘飘的纸，心里却被压得沉甸甸的，他清楚知道这是飞峰行早就应该这么做的，但轮到自己去主持做这件事情心中不是一点点忐忑，但他心中就是再有诸多想法，嘴上必须应承他的顶头上司，"是，明天我就着手统计。"丁志华不由自主地看了看时间。

"你不必赶进度，但要有详实的数据和材料支持，后面的工作就以你这次整理的资料为基础展开。"姜扬也看看时间已是近下午 5 点，"是不是有事？"

"不急，今天社会服务总公司到一批货，我们贷款 250 万，想去看看。"

"好啊，你带个信贷员去，这些常规工作逐步放手让分管信贷员去做。"

“知道了。”丁志华起身叫上信贷员吴明一道出了门。

晚上9点多，两道雪亮的车灯刺开黝黑寂静的山林和若隐若现的山道，一辆面包车和一辆半挂卡车急驶在既无人迹又无车迹的公路上。

公路标牌被灯光照得十分耀眼，向右指向江苏省，向左指向安徽省，此处已处于天目山脉支系的尾端，右转再行驶20多公里便可出山区进入平坦的104宁杭国道，这条路显然不是他们要走的路，否则他们早就有足够多的选择进入这条便通的国道。

这两辆车是要向左转走安徽界，从安徽和江苏的边缘走个弓型到飞峰渡口过江即到滨江省飞峰县，虽然路况不好且绕行多跑60多公里路，但对于这趟车来说是最好的选择，因为这两辆车是飞峰县社会服务部总公司的运烟车。

车上的人都精神饱满，稍带紧张的神色渐渐掩去了兴奋之情，不知不觉中两个小时过去了，重要卡口清塘镇就在不远处。

卡车上的对讲机响起：“飞鹰、飞鹰，我把速度放慢点，你让严师傅跟紧点，前面就要到卡口了。”

飞鹰拿起对讲机说：“是，老大。”严师傅不用他们催促，随即又关闭大灯，卡车仅开着微弱的夜行灯，他一加油门凭着高超的技术紧贴前面的面包车，在面包车刺目的大灯照耀下，迎面是不可能再发现这辆卡车的。

夜晚的山区小镇非常的寂静，只有镇头、镇尾亮着两盏路灯，昏暗的光亮甚至掩不住朗月的清辉。

面包车上身刺黑虎的领头大哥王虎说：“小心了，稍降点车速，保持50迈。别急刹车，当心后车追尾，转过这个弯就过卡口。”又拿起对讲机，“注意了，马上要过卡口，保持50公里车速。”

两辆汽车转过弯道公路前方200米处，昏暗的路灯下停着一辆闪烁着红蓝警灯的警车，警车旁边站着一名身穿反光背心的交通警察。

王虎立即拿起对讲机：“沉着气，保持车速。”他放下对讲机骂道：“他妈的，穷疯了，现在还上路。”两辆汽车很快接近警车，卡车严师傅向左打把方向稍一加速躲到面包车的左侧。

执勤交警看一眼来车的灯距，又在路边闲逛了。

两辆车从交警身边急驰而过，交警才发现异常，他眼睁睁看着两辆汽车绝尘而去，他对坐在警车里的另一名交警说：“他娘的，跟老子玩这手，还是我们副中队厉害，看你们往哪儿跑！”说完拿起车中的对讲机：“邵队、邵队，一辆面包掩护一辆加长大卡过了卡口，完毕。”

车里的接受器响起：“知道、知道，别在后面撵，两分钟后过来堵住他们的退路。完毕。”

交警打开车门坐到车里，说：“今天要发财了，慢慢跟上去。”

卡车顺利通过卡口，驾驶室里一阵欢呼：“严师傅，这手玩得漂亮，小交警们吹胡子瞪眼了吧，让他们也长长见识。”严师傅沉稳地打开大灯，不急不躁又跟到面包车的后面。

小镇很快就穿了过去，镇尾的路灯甩在车后，汽车又冲进茫茫夜色中。正前方突然射出刺眼灯光，在汽车大灯的照耀下，两名警察手持闪光的警棍，威风凛凛地站在公路中间。

严师傅瞥了一眼后视镜，发现镇前的那辆警车已不紧不慢地靠了上来，严师傅嘟囔着：“完了，这下跑不掉了。”

对讲机响起王虎的声音：“大家别慌，停到路边暂时不要下车，我先看看情况。”王虎心里清楚今天这个阵势，不拿点特殊手段是不可能善终的。

公路中间的交警手挥警棍示意两辆车靠边停车。

王虎等车停稳跳下车。

后面的警车别在两辆车的后侧停了下来。

邵副队长手持警棍站在车头，另两名交警上前盘要驾驶员行驶证和驾驶证，追上来的那辆警车的交警则坐在驾驶室里做出应急准备。

王虎就着卡车的灯光看清坐在车里的交警，喳喳呼呼地跑过去：“队长、队长，我们可是遵守‘交规’的好司机，把我们拦下可冤啦。”

车里的交警手一扬：“你认错人了，前面才是我们队长。”另只手偷偷塞了一张纸条在王虎手里。

王虎又跑到邵副队长面前点头哈腰地说：“队长、队长，您看我们一路都是规规矩矩地开车，从不敢违反交通规则。不过，我们愿意接受罚款。”

邵副队长打量着王虎不急不忙说：“你是领头的？你叫他们把证件都拿出来。”

王虎连忙说：“当然要拿，当然要拿，队长您看罚多少？”

邵副队长慢悠悠说：“这么晚还跑山路，危险啊，车上都装了什么？”邵副队长喊道：“小李，上去看看！”

王虎立即叫道：“慢！队长，查货可能不是你们的责职吧？”

邵副队长笑道：“我们当然有权先行检查，如果是违法、违规涉及到其他部门的，我们会通知有关部门共同执法！你只要配合我们执法，其他的就不用你操心了。”

王虎冷冷一笑："队长，这事就不能商量商量?"

邵副队长加重语气说："如果再不合作，你们就妨碍我们执行公务了！赶快出示相关证件吧。"

王虎说了句，请等等，他钻进面包车里，打开纸条："邵国庆，副中队长；爱人，蔡爱华，三涧乡信用社职员；女儿，邵玉，三涧乡幼儿园大班上学；邵母开了个小卖部……"王虎默背了背对魏进说："这次我们有麻烦了，你抱上十条'三五'去警车，趁机给车上坐在驾驶室里的警察塞上2000元，要不是他，我们今晚可能要栽。"王虎拿了一摞证书出了车门。

邵副队长倚在警车上等着王虎，王虎递上各类证书说："一点心意，不成敬意，望队长高抬贵手。"

魏进抱着香烟塞进汽车里，顺手将钱装进车上交警的衣袋里。

邵副队长连连喊道："这是干吗！你们这个行为是贿赂警察。"

王虎说："大哥，就几条烟，这是我的饭碗。您高抬贵手，放我一条生路，兄弟我必当厚报。"

邵副队长说："厚报就不用了，我活得很好，只要你们守规合法，没人会为难你们。"邵副队长拿着王虎递过去的证件漫不经心地翻了翻，突然眼前一亮发现是一摞《强制劳改释放证》《刑满释放证》等，邵副队长镇静地一一翻阅："呵呵，14岁就进宫了，最长也不过3年啊，一般般呢。"最后一本上面放了一个纸包，邵副队长抬头看看王虎。

"这里两刀（两万元）给兄弟夜宵。邵队，您听我把话说完。其实我们也算是半个老乡，所谓山不转车转。您是从三涧乡调过来当副中队长的，我婆娘也三涧乡的，和您的家属蔡爱华在三涧乡信用社同过事。您女儿，叫邵玉，三涧乡幼儿园上大班，我婆娘特喜欢她，常逗她玩。您母亲的小卖部生意还好吧？我在那买过烟……"

邵副队长摆摆手打断王虎说："你们车违章超速，罚款50元。"对驾驶室里说："小秦开罚单。"另一只手就势把纸包放进了肥大的口袋里。

小秦认真地开罚单，收罚款，撕罚单。

邵副队长喊道："收队。"坐上了副驾驶室，其他交警也都上了车，警车原地掉头闪着红蓝警灯扬长而去。

王虎一伙见警车离去纷纷站到路边放尿，嘴里骂骂咧咧地咒骂着，王虎率先上了面包车，魏进打着电话也上了车。

魏进挂上电话对王虎说："王哥，帮你多报点。"

王虎一拍魏进的臂膀说："兄弟够意思，我们一人一半。"

存款是银行的血液，勤劳的人民都选择将辛辛苦苦挣来的收入，放心地存入象征国家信誉的银行，中国因而成为世界上为数不多的高储蓄国家。储蓄存款成了银行最稳定的资金来源，决定着银行前途和命运。

开发区办事处是飞峰行唯一的办事处，杨福康指挥运钞车在离办事处50米的地方停下来，对姜扬说："姜行长，你们稍等几分钟再进去。"杨福康叫上赵宁下了车，顺着墙根摸了过去……

突然袭击的检查方法确实有其特别的效果，姜扬虽不太赞成这样的检查方式，但也不好明说，他在杨福康刚进办事处门就让汽车开了过去。

姜扬仅比杨福康迟了不到两分钟进门，办事处大厅里已传出杨福康气急败坏的喊声："赵平原，你凭什么不让进门。"

办事处大厅有五大间门面，从中间用明快、简洁的柜台隔开，柜台的上方用钢铁做的防盗栏杆包得严严实实的，只留下一个个小的办事窗口，这样就自然分成接待区和办公区。

办事处的业务清淡，开发区办事处主任赵平原坐在办公区靠门的一张桌子旁，手里乱翻着账本头也不抬说："杨主任，不是我不让你进来，请你出示行里的介绍信，我立马开门迎接。"

杨福康厉声道："赵平原，你这是不接受行里的检查！你搞清了，我是陪姜行长来检查的。"

赵平原一扬头说："杨主任，你不用吓我，今天不管谁来，要进这个门都要出示介绍信……"赵平原还想说些什么，看见姜扬把食指放在嘴上，笑嘻嘻地从门外进来，赵平原有些尴尬地站起来说："姜行长，你来了。"

姜扬不等赵平原多说从衣袋里掏出"介绍信"："赵主任，杨主任逗你玩，介绍信带来了。"

赵平原打开边门请进姜扬，转脸狠狠瞪了一眼杨福康。

杨福康神态自如地跟随姜扬进了营业厅。

杨福康请示姜扬说："姜行长，我们就开始了。"

"行，你们忙。"

银行网点安全设施是银行人员和资金安全的重要保证，银行网点用铁栅栏构筑第一道防线，条件好的银行网点已经开始用防弹玻璃进行隔断。

杨福康和赵宁认真检查铁栅栏和门窗防护状况，第一道防线当然是固若金汤。

杨福康和赵宁很默契地开始检查第二道防线，杨福康按下红色测试按键，按键上方立即闪烁起刺目的红灯，5 秒钟后红灯停止闪烁红灯长亮，杨福康和赵宁同时脱口而出：“线路通畅。”他们测试的是警银联防的报警装置，这防线才真正是银行营业机构的生命线。每个柜台下方都有报警按钮，如果遇到歹徒抢劫的话立即可以触动报警，就近的警力不出 5 分钟即能到达银行网点。

杨福康指示赵宁道：“测试内部线路。”

赵宁到每个柜的下面仔细查看按钮开关的完好程度，随即按下按钮 3 秒钟。杨福康喊道：“1 号位正常。”赵宁继续一个座位一个座位地检查。

开发区办事处设储蓄柜台，两台崭新的电脑摆放在办公桌上。储蓄柜有两位职员当班，一位男职员见赵平原陪姜扬、周世民过来连忙站起身：“姜行长好、周科长好。”

一位年轻的女职员伏在桌上编写报表，听到声音也慌忙站起来，推了推鼻梁上眼镜拘束地让到桌边。

“新来的吧？做什么报表？难吗？”姜扬随手拿起桌子上的报表看起来。

“是的，她叫方萍。”

方萍点点头又急忙摇摇头表示不难。

赵平原介绍说：“方萍，中专毕业考入我们行刚半年，现在年轻人素质高，3 个月就单独上柜了。”

姜扬“哦”了一声，抬头看看方萍：“小姑娘，不简单啊，比我们那时强多了。”

周世民指着报表，语气中掩不住心中的得意：“姜行长，我根据市分行要上报的数据，设计了一套报表，由储蓄网点填报储蓄科汇总后上报市分行。表一，1 号上报；表二、表三，3 号之前上报；这是表四、表五，10 号之前上报。”

姜扬认真看着在手中的报表未置可否。

周世民坐到电脑面前熟练地输入管理密码，打开总分账界面，进行账务检查。周世民双手不停地输入各项指令，电脑屏闪烁、变换着各类数据、表单。

周世民打开用铝合金特制的现金箱，根据电脑上显示的现金日记账认真核对现金库存，他先根据从大到小的票面进行成扎的大数核对，然后才清点零散的现金，核对无误。接着又将成扎的钞票打开清点，近千张钞票的大小票在手中像瀑布样地流淌着……

警报器检查很快结束，杨福康喊道：“5 号位正常。”赵宁起身立定道：“线路检查完毕。”杨福康和赵宁虽然都知道不会出问题，但都轻轻地舒了口气。

杨福康和赵宁又各自拿起一根电棒按下开关，电棒放出百万伏的高压电，接触柱和一圈金属防抢圈窜出连续不断的刺目蓝光，伴随着惊心动魄的“嗞嗞”放电声。

周世民示意柜员收拾钱箱。

杨福康手里掂着石灰包：“赵主任来看看这个石灰包有什么用？板结成了块石头，不如直接拿几块二五砖更方便，这样的安全措施能保证安全吗？”

石灰包是银行网点唯一可以长距离攻击抢匪的“武器”，也是银行系统传承几十年的安防利器，具有制作简单、杀伤面积广的特点。

赵平原立即涨红了脸分辩道：“我们刚刚换的，哪知道一星期不到会变成这样。”

杨福康：“现在是黄梅天，湿气大，你这个当主任的还想不到？”

姜扬抢过话头说：“杨主任，等等说这事，我先把检查的情况说一下。”

杨福康：“您请，姜行长。”

姜扬看看大家说：“今天也算是突击检查吧，整体印象非常好，营业厅干净明亮，桌面清洁整齐，安保意识很强，器具也基本完好，员工精神状态都十分饱满。看得出赵主任为我们分理处的发展是尽心尽职的。周科长检查了储蓄业务，从检查情况看是非常不错的，就不多说了。”姜扬说完办事处同志都松口气，面露喜色。

姜扬看了一眼周世民说：“我说个题外话，周科长设计了一套储蓄上的报表，我想说说我的想法。”姜扬稍加停顿说：“我仔细研究了这一套报表，发现设计还是比较系统、合理的，较我们现有的报表体系似乎更加完美，以我看这套报表更适合在电脑上使用。我们银行账务设计有个原则，叫‘上繁下简’，意思是基层网点的账务越简单越好。其目的就是让基层机构简化账务，化繁为简，保持办理原始业务时的原貌，基层的账务一目了然。往好里说万一出现差错很容易查找，往坏里说谁要在这玩什么坏把戏，这些原始记录会让他无处遁形。所以，在账务设计时把大量的统计、分析工作留给上级行去做。”

赵宁和其他人一样聚精会神地听着，他闹不明白这个姜行长怎么讲起这个不相干的问题。他又发现姜行长的眼光在自己脸上掠过后又回到他脸上注视了一会儿才移开。赵宁站得更直了，听得更认真，虽然他不懂是什么意思。

“其实，我们有许多具体工作，也可以参照这‘上繁下简’的精神去做。‘上繁下简’四个字看似简单，细细玩味意义深远。”姜扬说着逐一看着杨福康、周世民和赵宁。

赵宁终于听明白姜扬的意思，立即说：“姜行长，我能就安保事情说两句吗？”

姜扬欣慰地说：“当然可以，你是保卫干事，大量的具体工作需要你来做。”

赵宁说：“我每天都会跟着运钞车去网点两次，可以说我们的网点安全保卫是相当强的。石灰包是网点反映最多的问题，目前石灰包都是各网点自制，其石灰品质不一致，石灰包的威力也各不相同，各网点也为寻找生石灰深感头疼。刚刚听了姜行长的一句‘上繁下简’让我豁然开朗，如何服务好基层，为基层干实事是我们每位干部应该认真考虑的事情。我想关于石灰包这事想起来并不难，我们保卫科可以统一制作，统一配给。这里我先做个检讨，是我的工作做得不够细致，给网点同志添麻烦了。”说罢赵宁向赵平原鞠了一躬。

姜扬赞赏地看看赵宁对杨福康说：“杨主任，你看这事是否可行？”

杨福康连忙说：“当然可行，前几天我还和赵干事议这事，今天赵干事提的这方案很好。”

“好，事情就先这么定了，以后石灰包出了状况板子可要打到保卫科身上了。”

“请领导放心，我保证不折不扣地完成任务。”

姜扬：“赵主任，麻烦了，我们就撤退了。”

“谢谢姜行长，谢谢赵干事。”赵平原还是客气地向杨福康点头打了个招呼。

姜扬一行上车坐定，汽车驰离新开发区办事处。

周世民跟在最后上的车，心里琢磨着姜扬的话。他不停地反复咀嚼、回味，才感到其品味无穷，他没想到这里藏了这么个巨大的智慧，也有茅塞顿开、醍醐灌顶之意。

周世民这时才真正从心里服气：“姜行长，回去我通知把报表停了。”

“这套报表还是非常系统、科学的，比现用的这套报表要强很多，可以充分发挥电脑强大的计算功能，省得我们需要数据的时候算得是天昏地暗。我联系储蓄处胡处长，请他看看是否适用，具体工作你去做。”

姜扬将手中的介绍信递给杨福康：“杨主任、周科长，要按这样速度我们一下午跑不了几家。我看这样：核对库款和账务检查，周科长以后有时间再查，我们今天的重点放在检查安全上。”

姜扬到了储蓄网点不再进营业厅，由杨福康带着赵宁进行安全检查。空闲的网点由网点主任陪着站在柜台外同职工聊聊天，听听意见或建议。网点要忙的话姜扬和职工们打个招呼，或站在门外或坐在接待椅子上和网点主任谈谈管理、聊聊发展。检查速度明显加快，时近五点，姜扬到了最后一个网点——飞峰路分理处。

姜扬一行来飞峰路分理处时正是分理处最忙的时候，两名员工开了两个窗口，紧张地忙碌着。

杨福康和赵宁放轻手脚认真检查安全设施。

姜扬饶有兴趣地察看挂在灯箱旁边的上级和政府部门颁发象征荣誉的各种铜牌，这些铜牌镶挂在门旁的包柱上与设计现代、明快的装修风格格格不入。

分理处主任荆玉急匆匆从外面赶回来，身边一名年轻的小伙子拎着沉甸甸的收款箱，荆玉发现姜扬惊喜地喊道：“姜行长!”

姜扬笑了笑做了个你先忙的手势。

荆玉对身旁的小伙子说：“你进去抓紧时间整理，一定要轧进账内，款项上缴入库，减少库存。”

荆玉开心地来到姜扬身旁：“姜行长来行都一个星期了，怎么现在才来看我们?”

姜扬打趣道：“我迟来一天你们不就迟一天挨训。”

“怎么会，我们现在做的好得很呢，看看我们门前的铜牌。”荆玉得意地说。

“看见了，不简单。”姜扬随手拿起柜台上的“顾客意见簿”翻了翻，“评价不错，表扬蛮多的。”

“姜行长，那天欢迎宴会我们网点主任都没尽兴，大家准备请请你。”荆玉的眼睛流露出期待。

“好啊，我也很想和大家聚聚，这一阵子忙完了，让周科长牵头，我们好好聚聚。”姜扬说着将手中的“意见簿”来来回回地翻来翻去，疑惑地对荆玉说：“荆主任，你看这‘意见簿’好像少了一页。”

“不会吧?”荆玉接过“意见簿”仔细查看发现其中有一页是被撕去的痕迹“会不会是小孩子撕着玩的?”荆玉不自信地自言自语地说。

“不会，小孩子撕纸是随手撕去，这个好像是很仔细地把装订在里面的纸一点一点摘去的。”

荆玉又仔细看看点点头，抬头对柜台里问道：“你们知道是怎么回事吗?”

柜员们账务轧平，款项核对完毕都在做收手工作，姜扬和荆玉的对话都听得明明白白，荆玉猛地这么一问，个个都连忙摇着头称：不知道。又埋头找点事做。

姜扬和荆玉对视了下，两人心里清楚这里面肯定有猫腻了。

姜扬对周世民说：“外面‘意见箱’的钥匙带了吗?”

周世民从皮带上摘下一串钥匙：“带了，带了。”快步出去。周世民有点费劲地打开“意见箱”，一个白色信封静静躺在里面，周世民打开递给姜扬，他在姜扬旁边一道看起来：

银行领导：我是你们银行一名普通储户，7 月 28 日下午因急需到你飞峰路分理处兑换200元零钱，与你柜台服务人员产生了纠纷。你柜台服务人员态度极其蛮横，出口伤人。更加恶劣的是竟然将墨水瓶掷出柜台，泼了我一身，这暂且不说，还殃及其他储户。其他的我不想多说，希望你们领导带领你们的员工去看看你们门前所挂的铜牌，你们能否对得起上面的称号。如果你们处理不公，10天后我来帮你们摘牌！落款：一储户，时间：7月28日晚”

姜扬看完将信递给荆玉：“周科长你协助荆主任调查，我在办公室等你们。”说完自己便独自上了车，杨福康和赵宁连忙跟着上车回行。

第六章　把握细节抓关键　解决奖金靠索贿

姜扬办公室。

荆玉苦着脸汇报：“这事情是前天下午发生的，当时正值收款高峰，柜台外排了比较长的队。当班的是何群和胡雪，有位叫陈芳的客户要求胡雪兑换200元零币。胡雪十分不满，事情发展得很快，没说几句两人就争执起来。最后，胡雪隔着防盗栏将墨水瓶扔了出去，泼了陈芳一身蓝墨水，陈芳拿过意见簿写了几笔转身离去。”

荆玉低声检讨说：“姜行长、周科长，是我没有管理好我的员工，我向你们先做个检讨……”

姜扬：“别忙着做检查，先说事情。”

荆玉：“胡雪事后知道犯了大错，连忙把污渍打扫干净，将意见薄的留言撕掉，又关照何群千万别说出去。胡雪的叔叔很快就知道了情况，带着她上门给陈芳道了歉，加倍赔偿了损失。这么一来反而把我们蒙在鼓里，要不是姜行长您心细，还不知哪天我们才能了解到事情的真相呢。”

姜扬看看周世民对荆玉说：“荆主任，你看怎么办？”

荆玉说：“胡雪这个丫头我还是比较了解的，人没什么坏心，小时候父母工作忙没人管玩野了。最近工作还不错，业务技能提高比较快，存款也搞了不少，贡献还是有的。虽然这次做得非常恶劣，但善后工作做得还不错，影响也挽回不少。不过，我觉得还是应该处理她的，警告一下是必要的。”

姜扬沉思一会儿，看看手表说：“周科长，通知网点主任来开个短会，叫胡雪过来旁听。”姜扬把桌上的电话机递给周世民。

周世民一一拨打网点主任。

姜扬埋头写起开会提纲。

边门被推开，“还在忙啊，晚上不是有事吗？”行长薛凯声到人到。

姜扬抬起头：“薛行长啊，网点服务上出了点问题，我要周科长通知网点主任来开个会。”

薛凯看看腕表："这么急？5点20分了。"

"安全无小事，服务事也不小，发现了就要及时处理。"

"好，就在小会议室开吧。"薛凯转身把门完全推开回自己办公室了。

周世民带着网点主任静静地坐到小会议室，胡雪耷拉着脑袋跟在最后，找了个旮旯的位置蹩在那儿。

稍候，姜扬拿着笔记本进门坐到首席位，说："各位主任，今天只说我们储蓄上一个永久的话题——服务。银行储蓄部门的实质工作就是服务。通过今天下午的走马观花，我行的'优质文明服务'开展的是风生水起、卓有成效，让我是感触多多、收益多多。所以呢，借着这股劲和各位主任谈谈服务。我这里谈的服务是狭义的服务，即我们储蓄上对我们储蓄客户提供的服务，服务两个字说起来简单，但它蕴藏的内涵大不简单，它是我们银行制胜的法宝……"

胡雪静静坐在那听姜扬滔滔不绝讲服务的硬件与软件，内涵与外延，服务的持续性而形成偶然性和必然性，口碑与企业文化的关系，心里不以为然。她想，我们天天傻不拉叽地点着人家的钱，还要点头哈腰地赔笑脸想想都没意思，如果点的是自己的钱倒是一件开心的事。胡雪在心里不停地反驳这个姜副行长的理论，一句也不让他。她听姜扬说到："树立服务意识的关键，就是要树立正确的人生观、价值观，爱岗敬业，以行为家。"胡雪回头想想是既没爱过岗又没敬过业，以行为家倒是有点儿，那就是在家想干啥就干啥，胡雪想到这儿心里偷偷乐了一下。可又一想今天为什么要我来开会？提拔我当主任？那绝对是不可能的。坏了，那天的事是不是被发现了？又听姜扬说："在我们这里绝不能出现损害我们银行形象的行为，一旦出现坚决清除出银行队伍!"胡雪吓得脸上一阵白一阵红，心想完了，会不会把我开除出银行？开除了我能干什么？到叔叔的农机厂？那些女工夏天是一身臭汗，冬天是双手冻得像馒头一样，下班累得像死猪一样，男人还爬上来折腾一番。有了孩子后，人前人后都撩起来衣服，奶孩子。天呢！这个日子怎么过啊！胡雪这时才知道什么是后悔，她忐忑不安地认真听姜扬继续谈服务。

姜扬："我们网点机构有着特定的服务区域，在这个区域里的居民、店铺、企事业单位是我们的服务对象。随着网点机构开设时间的延续，就会沉积一定的客户群，这个客户群就是这个网点的基础，是我们的饭碗！是我们的上帝！我给你们算一个很简单的账，一位客户应该有七八位亲戚吧，还该有10个左右的朋友，10个左右比较好的同事等。他的关系人至少达30位，这30位关系人也有亲戚、朋友、同事、同学、战友等，他们还影响多少人我们不得而知，总之是不会少的吧，要赢得他们良好口碑需要一个长期优质服务的积累过程，但是只要一个人做了一件坏事，就很可能将我们大家的心血毁于一旦！”姜扬停下话头看看在座各位，大家都很认真地听、记，胡雪也在认真地听，发现姜扬的目光扫过来连忙低下头。

姜扬继续说：“各位主任，你们可能想，我们现在做得很好啊，‘优质文明服务’我们做到啦。”

网点主任全都抬起头脸上显露出赞同。

姜扬笑笑说：“这就是今天临时请你们来的原因，是我下午去你们网点突然萌生的一个想法，也算一个课题吧。你们发现了吗？飞机上的空乘小姐做起事来都是有条不紊的，两三个人服务一二百人还应付得绰绰有余，部队夜里紧急集合在黑夜里从穿衣到队列不超过5分钟。”

主任们纷纷点头。

“那是一套有严格的秩序、固定的流程，通过严格的训练做保证。我们‘优质文明’服务开展得非常好，也赢得良好的口碑。但在实施的过程中也遇到一些问题，比如说领导在与领导不在服务态度相差很大，比如说各网点之间开展极不均衡。行领导、科室领导、所主任对‘优质文明’的理解各不相同，要求也不一致。我们一个县支行都做不到统一，更何况市分行、省分行？我们全国外汇银行怎么能统一呢？也就是说我们现在实行的‘优质文明’服务，只是一个没有具体操作规范，一个随意性极强的理想化的要求。”

各主任顿时议论纷纷，有人神情中透露出疑惑。

姜扬解释说：“比如微笑服务，微笑到什么程度，是发自内心的吗？不要不笑还好，一咧嘴笑得比哭还难看。”各主任哄堂大笑纷纷点头称是。

姜扬停顿了一下说：“这就是我今天要提出的课题：柜台服务人员‘优质文明’服务操作标准及流程。”有几个主任一听大声称赞。

“内容分成两个部分：一是工作规范，包括钱箱里票面的摆放，具体到所有票面的摆放固定位置；各种存单、借、贷记卡、传票的摆放，具体到在钱箱中摆放和抽屉里摆放位置；各种办公用具的摆放位置等。还有阿拉伯数字的书写规范，计算机、计算器指法运用等。二是工作流程，包括接待客户的礼貌用语，微笑标准，接单或钱的姿态，业务办完后递单顺序，细化到回单或存单（卡）谁在上谁在下等。由于时间关系今天就不做讨论了，大家既然赞成就大伙一起出力，想到什么就写什么，写好了送到周科长那里汇总，等周科长汇总后我们再找时间专题讨论。”姜扬环视了一下会场，“如果大家没什么意见就散会。”

各主任议论着起身，胡雪见没她什么事迅速地悄悄地溜出会议室。

姜扬回到自己办公室发现周世民和荆玉在等他，“姜行长，你看胡雪的事？”

“这事处理要慎重，她只是代表她个人道歉，我们必须上门向我们的客户表达深深的歉意，明天上午就去，我带队。如何处理等请示薛行长再说，我的意见是再给她一次机会，但也不能处罚太轻，隔靴搔痒她不当回事。”

荆玉：“姜行长，是我工作没做好，给你添麻烦了。”

姜扬深思着：“说不定这事催生出一个完善的措施，就未必是件坏事。就这样，你们先回吧。”

周世民和荆玉前脚出门丁志华后脚进门：“姜行长，可以走吗？我打电话让他们来车接。”

“这就好，不用了，我坐你的摩托车去。”姜扬放下笔记本，锁上抽屉。

“那怎么行……”丁志华话没说完一个声音接过去：“我们一位堂堂的副行长，坐着摩托车去赴宴，传出去让我这个行长的脸往哪儿搁。小丁，叫小毕跟你们一道去。”

“你怎么回去？”

薛凯指着姜扬笑道：“聪明一世糊涂一时，飞峰城才多大，多跑两趟不就行了。”薛凯对丁志华说：“去叫小毕把车开出来在门口等。”

丁志华：“好的。”

“下午转悠了一圈还转出了点名堂，刚才的讲话很有创新意识。”薛凯赞到。

“也是被逼得才临时想到的，薛行长你看有没有可行性？”

“当然，我认为有很强的可操作性，至少有强烈的实践性。当然，需要我们下一定决心，采取有力措施才能得以实现。比如，我们可采取强制推行上岗培训制度，保证这个规范的实现。”

姜扬若有所思地点点头。

薛凯：“姜行长，这个课题我来主持做行吗？”

姜扬：“你主持做太好了，刚才我还担心推行不下去。谢谢，谢谢。”

“你先别谢，我要主持这课题是有私心的。今年 4 月份我参加省行组织的行长培训班，结束时省行一把手在结业典礼上，亲自布置一道特殊的作业。要求我们完成一项对我行发展有积极作用的调研、建议或改革。你提出的这个课题完全符合行长精神，对我行的‘优质文明’建设方面有着积极的作用，到那时不要怪我抢了你的风头啊。”

“薛行长，放心吧，成功了我为你祝贺。”

“好个姜扬，我就知道你有君子之量，我也不是见利忘义之人。”薛凯换了个话题，“下午去网点遇到点特别的事吧？”

“你怎么这么快就知道了？”

薛凯狡黠地笑笑：“等你当了一把手就知道了。”

姜扬嗤之以鼻：“装神秘，你说胡雪？”

“算是一个，你真的开除她？”薛凯问道。

“开除人是你的事，我必须帮助教育她。”

“你要开除人我还能不支持？不过，开除她对石行长是不好交代，你打算怎么办？”

“这丫头没轻没重的，不给她点教训她不长记性。薛行长，我看让她下岗培训 3 个月，把我行的规章制度、条文条例都学一遍，发生活费，上岗前严格考试。”

“行，我没意见，让她把毛主席的《为人民服务》也学一遍。明确告诉她闭卷考试，我不信我们团队的力量还改变不了一个小丫头片子。”

姜扬指指门外：“没事我去了。”说着向门外走去。

姜扬走了两步发现薛凯没动，疑惑地问：“薛行长，还有事？”

“没事，没事，你去吧。”

姜扬突然想起：“你刚才说‘算是一个’说明至少还有一个事，你看我这人，不好意思。”

“听说你们去开发区办事处检查，赵宁表现不俗啊。”

“是，不仅帮赵平原解了围，还主动承担起责任。”

“你就不考虑考虑让人家再进步进步？”姜扬不解地看着薛凯，薛凯说：“赵宁充分理解并发挥了你的意思，可谓是心有灵犀一点通，你就不能在他的前程上帮帮他？”

“我能帮什么？你是行长，你愿意提拔他提就是了，我没意见。”

薛凯用一种奇怪的眼神看看姜扬：“这事你就真的没想法？”

“什么想法？”姜扬莫名其妙地看着薛凯。

薛凯干脆把那天的疑惑一并说出来：“上次要你推荐信贷风险管理科科长，在那种情况下，你完全可以弄一个自己的人占据这个重要的位置，增加自己的掌控力量。看你平时玲珑剔透的，怎么一点政治智慧都没有。”

“累不累啊，我才不要玩这些政治智慧，我就干干具体业务就行。”

薛凯无奈地摆摆头自嘲道：“看来我是干着急，替你这个超凡脱俗人担忧了。”

姜扬眨了眨眼笑了：“薛行长，你这么使劲不会有什么阴谋吧？”

薛凯一听开心地“哈哈”大笑：“你这个姜扬，这时你的机灵劲倒来了。行！真人面前不说假话，我就是要培养你能接下这个摊子，当下一任的飞峰县外汇银行行长。我的姜副行长，够明白了吧。”

姜扬心里虽然释怀，但还是不明白：“你不想干了？你不想干还把我拖下水。”

薛凯简直要崩溃：“我干得好好的怎么不想干了？这样讲吧，没有好的接班人接班，我怎么能够离开？”

“飞峰不好啊，刚来就想走。”姜扬有点不快。

“飞峰除经济实力差点其他的都非常好，我越来越喜欢这儿了。但我总不能在这干一辈子吧，你越早接班，我不就越早……”薛凯用手指指天。

姜扬终于明白了：“你这家伙当官当上了瘾，想得够远的。”

“不想不行啊，等你当了一把手就知道了。古人有句话‘预者立，不预者废’，我总会走，行长总要有人当，我能把这摊子交给一个不责任的人吗？”

姜扬想想不禁有点感动：“谢谢，谢谢对我的信任。”

“我们共同努力把飞峰的事做好吧。”

“我该怎么做？”

“把办公室和保卫科分开，开行务会时提提网点安全保卫的就行。”薛凯说完便回自己办公室。

姜扬立即明白，办公室和保卫科分开，赵宁就成了无第二人选的保卫科科长。赵宁今天在姜扬面前表现后就立即提为科长，赵宁当然感谢姜扬了。姜扬不禁为薛凯的智慧而叹服，如果有一天飞峰行真的交给自己确实有好多要学的。

姜扬走出门默默对心问一句：“权力当真就这么好？”

飞峰河从飞峰县城擦背而过，原来飞峰县的护城河和一些小河、小渠成了飞峰河分叉出的河湾，由于飞峰县城不断扩大，原来的护城河大部成了县城的内河。“西沙湾”就坐落在紧靠县城的原护城河边，是飞峰河一个美丽的河湾，霭霭的雾气给夕阳下的飞峰山庄凭添一份农家的宁静、安详。

“西沙湾”的门牌不算高大，上方用竹片编成竹排，竹排上挂一木匾，木匾刻着“西沙湾”，两侧同样挂着一副对联，左侧是“莫笑农家腊酒浑”，右为“丰年留客足鸡豚”。竹篱笆扎成的园墙只是圈出个界线的意思，左侧伸到紧邻的河边。篱笆上爬满了藤蔓，藤蔓上开着红红、黄黄的小花，有许多花朵下抽出嫩嫩的、细长的、长满绒毛的瓜纽。沿着碎石子铺路进门，右侧有几垄菜地，一老汉坐在两水桶之间的扁担上擦汗、抽烟。老汉旁边趴着一条本地寻常黄狗，见一群人进来抬头看看又漠不关心地趴下，伸出长长舌头喘着热气。

远处是一片正在拔节的稻田，绿油油的一片，小河从右边一小丘后拐了个弯，静静流淌出来形成一个不算太大的河湾，田野、小丘、小河湾、河边杨柳、芦蒿和天边仅剩下的一抹晚霞组成一幅水乡田园应时小景。

庄园酒店沿河湾用杉木搭建约莫六七间大小不一、错落有致的木屋，木屋中或摆设小型农具，或挂斗笠、蓑衣、渔网。木屋大部建在水中，相互间均有外廊相连婉转曲折，外廊的倚栏下都有木制长凳相配，随时可以坐下可以观水、尝荷、戏鱼。

张祥前面领着后面一帮有六七人护拥着姜扬，直奔河中的水榭“听荷轩”而去。

“听荷轩”建在河湾中心，也是用杉木搭建的仿园林建筑，有一木制栈道通往，是“西沙湾”最好的包间。姜扬一行谈笑踏着“吱吱”作响的木道前往，廊檐下几杆竹丝不时地伸出、收回。荷花叶上的几只青蛙被纷乱的脚步声惊吓，“扑通”“扑通”潜入水中，河里几条鱼也“泼刺”“泼刺”地蹿出水面划出道道银光。“听荷轩”门楣也有一匾上题“荷映鱼影”，右联题着“生机红绿清澄里”，左联写道“不待风来香满池”。

姜扬停下脚步赞道：“好雅的去处。”河中吹过阵阵略带荷香的凉风，把暮暑中的骚热消除得干干净净。

张祥：“姜行长是才子，那年行长在太湖之上凭栏御风，触景怀古作诗，万总每每谈起不禁令人神往。所以，要请姜行长定要寻雅致之处，才不辜负了姜行长的一身才学。”

姜扬谦虚地说：“我那日一时兴起顺口吟来，倒是既不像诗又不像打油诗，让张总见笑了。”

“姜行长太谦虚了，其诗的境界非寻常一般，是我们俗人不能企及的。”

姜扬不愿在此事纠缠下去，他引导话题说：“张总和万总很熟?”

张祥引出这话题就是为了和姜扬套套交情，他说：“我们和万总有些业务往来，今年我也在‘澎湖湾’买了一套连排别墅，有时我们也聚聚。”

“让张总费心了。”

“姜行长请，丁科长请。”

包间内不见一点奢华，迎面墙上一幅清秀小楷书法，是北宋学者周敦颐的散文《爱莲说》，两侧摆放着一对青花大缸，一只缸中盛开的荷花发出淡雅馨逸的暗香；另一只缸中一个莲蓬已破花而出，纤嫩中萌发出勃勃生机。

姜扬身后传来一个清脆的声音：“这几个字可入姜行长的法眼?”姜扬闻声回头，见一位 30 岁出头，体态丰盈、面貌姣好少妇般模样的女子站在身后。

“这位是?”姜扬转向张祥问道。

“姜行长，这位是‘西沙湾’的老板娘傅清荷。”张祥介绍说。

“张总，我是这里的老板不假，可不是什么老板娘。各位领导都是贵客，如能叫我清荷，我心中最是欢喜了。”

“清荷老板，幸会了。”

“这幅书法是清荷老板亲手所书。”张祥补充道。

姜扬“噢”了一声好奇地看看傅清荷，傅清荷也期待地看着姜扬，姜扬只好应付说：“清荷老板，不好意思，我实在不懂书法，看不出其中的笔法、功力。不过清荷老板的小楷中隐隐有赵孟頫的笔意，笔法娟秀、洒脱、飘逸，用来体现荷花之韵致再贴切不过了。”

傅清荷原本也是随口一说，一般人顺竿赞扬两句算是打过招呼了。眼前这个男人脱口便说中傅清荷当时书写时的心态，这见地当真是不同一般。

傅清荷仔细打量下姜扬更觉得他才是洒脱、飘逸、卓越不群，说：“姜行长谬赞了，快请坐。”。

“清荷老板，客气了。”说话间酒菜已布好，主客稍稍谦让便坐定。

来到庄园自然是要吃农家菜，稻香庄家的农家菜更具江南水乡的特色，仍然是农家红烧鸡、鹅、鸭、猪肉，但肉香中透出浓郁的略带甜甜的荷香，与鸡、鹅、鸭、猪肉香相互映衬、相得益彰。配料只选用莲子一项，莲子并不去心，与鸡、鹅、鸭猪肉同嚼在嘴里，突地感到一股略略微苦的清香冲出浓郁的荷香，让人感到一种惊奇的享受。庄园守着飞峰河当然离不开丰富的鱼虾，庄园厨师紧紧围绕鲜嫩做文章，或蒸，或煮，或炒或焯水冷拌，舍弃油炸、油煎。所有烹制入口均有若有若无的荷叶清香，这种清香又不同于红烧菜中那种浓郁的略带甜甜的荷香，是种淡雅、清沁，达人心脾，一种荷叶两种荷香，据说是西沙湾大厨的不传之密。

傅清荷站在姜扬身边，端起他面前的蓝边大碗盛上鸡汤，体贴地说：“姜行长，今天吃得迟先喝碗水鸡汤，这水鸡汤养气、固阳，等会儿喝酒就不会醉了。”水鸡汤是西沙湾一道名菜，水鸡栖息于江河、湖泊，出没在沼泽、芦苇丛中，长年寻食昆虫、小鱼、小虾、仙草、嫩叶，肉质细腻鲜美。炖出汤清澈见底，没有一点油花，姜扬喝了口，果然觉小腹升腾起一股暖流，直达每个毛孔，浑身通泰。

“清荷老板，您也请坐。”

“不了，姜行长您先请用，我去安排一下，等会再来向姜行长讨教。”

张祥目送傅清荷出了包间，“姜行长，我们开吃?”

“好，我们开吃。”

张祥咧开嘴得意地笑了笑，端着酒杯站起身说：“姜行长，感谢姜行长和外汇银行对我们公司大力支持，我代表公司敬姜行长一杯。”

姜扬也端起酒杯站起来：“谢谢张总，也谢谢多年来对我行的信任和支持。”酒桌上的人纷纷站起来干了第一杯。

姜扬端起酒站起来说：“张总、诸位，我提个提议行吗？”本不热闹的酒席顿时安静了，眼睛虽看着姜扬，其实都在等张祥的态度。

张祥也端起酒杯站起来：“姜行长有什么指示，我第一个遵照执行。”

姜扬喝了一口说：“张总，我建议我们就来个军阀混战，各自找对子，一帮一对红，怎么样？”

张祥将手中酒一饮而尽：“姜行长这招是挑动群众斗群众，好，我先赞成！我们就动起来，有看得不顺眼的，心里不服气的，平时受气找不到机会出气的，报仇的时候到了。”

桌上一阵嘻笑，接着“叮叮咚咚”一阵乱响，酒桌上立即热闹起来。

张祥说：“姜行长，还是你这招管用。”

“还是张总手下有战斗力，一切行动听指挥，张总我敬你一杯。”

“还是我敬你，姜行长。”

“张总，该我敬你了，我总不是能阎王老爷喝酒——光敬不还呢。”

“姜行长，你真风趣。”张祥得意地看看手下说，“姜行长，我们公司也就六七个人，全都在这里了，一个萝卜一个坑，没一个吃闲饭的。”

“我记得你们是供销社下属企业吧，好像是以收购甜叶菊为主要业务，现在怎么卖起香烟了？”

“改制了，以前公司有 20 多人，靠收购甜叶菊还不至于饿死，改制后总社只给了我们一栋不到 300 平方的小楼，落实农行 260 万的贷款，我们只用了两年就让公司翻了身，我们的职工终于过上舒坦的好日子。姜行长，要不是你们银行在关键时候拉了一把，我们公司就没有今天的好日子。姜行长，再敬你，以后还要靠您多关照呢。”

姜扬也客气地说：“张总是能人，你们公司对我们行支持也不小，我们银企一家嘛，我们同干。”

丁志华是社会服务总公司的熟人、常客，酒席开始不敢多喝，一直关注姜扬的动向，见姜扬与张祥逐渐地谈笑风生也放宽心。

丁志华端起酒杯敬魏进：“魏科长这次是功不可没，换个大杯我敬敬你。张总，其他兄弟也别闲着，相互也敬敬。”丁志华指挥着服务员用三两三的大杯给每人满上，只漏掉姜扬和张祥。

魏进站起来：“丁科长，这酒怎么能敬起我，要敬就该敬姜行长，敬我没名头。”

“怎么没名头，这叫‘大卡车月夜行千里，魏科长智斗过五关’。所以，这酒必须敬你，你还必须喝。”

丁志华触动了魏进的痒痒筋：“行，丁科长这么看得起我，我先干为敬。”魏进一仰脖子大杯见底。在丁志华的“逼迫”下，除姜扬、张祥之外其他人都先后干了大杯里的酒。六七两酒下肚，大家就不再文雅了，一个个开始粗脖子大嗓子地斗起酒来，魏进是最得意之人，又一次添油加醋地吹嘘运烟时过卡口的惊险过程……

薛凯宿舍的客厅里，驾驶员小毕把电视声音调得很低，聚精会神地看着《动物世界》，角马不畏鳄鱼凶残的利齿，以汹涌澎湃气势渡过马赛马拉河，河对岸的原野上已经过河的角马，有的在享用鲜嫩的青草，有的撒开四蹄尽情狂奔、跳跃……

薛凯的房间摆设很简单，一张大床，一个立橱，一张写字台，一对单人布艺沙发，一只写字台沿着床头摆放，靠床的一侧一盏调光台灯，灯下摞着一叠金融类书籍；写字台的中间放着台式电脑；写字台另侧摆放了一盆艳丽的红珊瑚，红珊瑚虽不大但枝蔓曲伸、鲜艳夺目，占据了不小的桌面。

薛凯坐在灯下面前放了一沓稿纸，时而冥思苦想，时而挥笔疾书。文稿上写着《柜台服务人员‘优质文明’服务操作标准及工作流程》，他在标题上面又写了行“银行工作人员”。这一扩充虽然大大提高了应用范围，但也提高了操作难度，他便陷入深深思考之中……

薛凯调任飞峰县支行任行长有着很大的偶然性，飞峰县支行副行长张云逸本该是飞峰县支行行长的最佳人选，但市分行却任用资历尚浅的薛凯，是新的市行行长在重新布局沿江市分行？还是市分行领导敏锐地察觉飞峰县支行在经营过程中出现的一些问题？薛凯糊里糊涂来但不想糊里糊涂走，从姜扬来到飞峰行的作为看，飞峰行的翻身指日可待了，薛凯并不担心姜扬的风头压过自己，姜扬干出的成绩就是他的成绩，而且还能落下认人为贤的美名。

小毕舒服地躺在沙发上看着电视，电视画面上角马群在湿漉漉的河堤上滑倒，奋力跃起，又滑倒，又奋力跃起以一往无前的气概奔上河岸。突然在沸腾的河中腾空跃出一条凶残的巨大鳄鱼，它张开血盆大口咬住一匹年轻角马的脖子，年轻的角马挣扎着向前，但鳄鱼有力的咬合力和拖力迅速将角马拉进河水，角马几经挣扎终于消失在马赛马拉河水之中，小毕紧张地从沙发上坐起来。几只硕大的鳄鱼在河中翻滚撕碎、吞噬着角马，它们的旁边成千上万头角马列着几路纵队冲过马赛马拉河……

小毕竖着耳朵目不转睛地盯着电视画面，突然门口响起几声清脆的敲门声，把聚精会神看着电视的小毕吓得打了个激灵，小毕打开门看是姜扬连忙让进门：“姜行长回来了，怎么没要我接你去？”

“他们送我回来的。”姜扬立即被电视里的画面所吸引，几只凶猛狮子潜伏在马拉马拉平原上茂密的草丛中，“狮”视眈眈地盯着刚刚过河的角马群。

“这么小的声音听得到吗？”姜扬说完才发现薛凯不在客厅里问道：“薛行长呢？”

小毕指指房间，小声说：“在里面用功呢。”

姜扬夸张地点点头，小声说：“走，去我房间看。”

小毕也点点头关上电视，两人蹑手蹑脚走到门口，背后响起严厉的声音：“你们两个偷偷摸摸干什么去？”

姜扬回头看见薛凯倚在房门上笑着，说：“薛行长，怎么出来了，小毕说你在用功，吓得他看电视都不敢出大声。”

“好长时间不忙具体业务了，冒冒地写个具体的操作规范，还要仔细回忆才行。”

“要不我先写个大概，你后期修改、修改？”姜扬关心地说。

“不用了，正好趁这机会下下网点，重温一下基层工作，避免养成官僚主义。”薛凯实在是不太愿意占姜扬太多的便宜。

薛凯看看腕表问：“怎么这么早就吃过了？招待不好？还是对你不尊重？”

“招待得太好了，就差喂我吃了，这么说吧，热情得让人受不了。”姜扬略带嘲讽地说。

薛凯见状忙道：“来，到我房间坐，小毕泡茶。”

姜扬来到薛凯房间。

薛凯关心地问：“什么情况？”

姜扬叹口气说：“我真不知道这些信贷员是怎么当的，明明是个高风险企业，这么多年我们行却把他们当成优秀企业来对待。”薛凯看着姜扬静听下文，姜扬也坏笑了笑说：“我就跟你学了那一招，把手机的闹铃弄响，我接电话说是有事了。”

薛凯听了“哈哈”大笑：“他们企业问题有那么严重吗？”

姜扬严肃地点点头：“他们是供销社当成试验品进行首个改制的企业，靠以前的业务根本就无法生存。供销总社从下属企业转了张烟草零售、批发专卖证给他们，一开始他们从烟草公司批一些烟卖卖，可是他们没有香烟计划，议价烟利润微薄，半年后他们不知通过什么渠道就开始做走私香烟的生意，而且越做越大，越发不可收拾。”

薛凯询问道：“现在这家公司的贷款有问题吗？”

“暂时没问题，刚刚到了一批货，利润丰厚。薛行长，这家公司不仅是政策的风险，他们存在的隐形风险还很多。”

“哦？”

“他们运的是走私货，我们就不讲被查被罚吧。假如遇到撞车起火或翻车到河里，香烟不就全部完了，几百万的损失，我们的贷款全都泡汤。这家公司在我们行存款长年在 20 万左右，从这家公司的盈利状况看，其主要存款在其他行，我们行只是他们赚钱的工具和风险避风港。”

“丁志华是什么态度？”

姜扬没想到薛凯问了这么一个问题，深思了一下说：“从目前的情况看丁志华对这家公司是持支持的态度，不过我发现丁志华对这家公司的贷款很担心。我个人觉得丁志华是沿袭的上代信贷员的贷款思维习惯，认为这家是个非常优质的公司，我行必须贷款给这家公司的前提下进行风险控制。”

薛凯松了口气说：“你真的这样认为？”

姜扬又想想认真地说：“我有把握这样认为。”

“这样就好，不要我们行的信贷队里没一个可用之人。”

姜扬安慰地说：“丁志华水平应该是有的，只是我们还没有给他个思维的余地和开拓的空间。”

“这还需要有个过程，要靠你传、帮、带了，培养人嘛，不能一蹴而就。”薛凯补充说，“这家公司贷款的事你看着处理，注意方法就行。”

“嗯，这样的公司绝不能放一分钱贷款！薛行长，必须要给我添人了。晚上吃饭时这家公司张总无意提起改制问题，给我提了个醒，政府对企业改制的力度会越来越强，我们可要应对了，如果企业进入改制程序我们就十分被动了。”

“市分行有布置吗？”

“暂时还没有。”

“未雨绸缪啊，我们信贷工作就要把资金安全放在第一位，尽快落实所有企业的债权债务关系，把我们的做法和遇到的困难、难题写专题报告报市分行。人员，你看中谁尽管要。另外，存款工作你就暂时放放吧，我正好要为那个《操作标准及工作流程》去网点调研，顺便管管就行了。”

“谢谢薛行长。”

说完事，姜扬眼睛被一树红彤彤熠熠生辉的珊瑚吸引，姜扬神情不禁为之一振。姜扬揉揉眼睛再次看去，红珊瑚在台灯照射的圈外发着灿烂的毫光。姜扬“腾”地站起身快步凑到红珊瑚的面前，姜扬调整台灯照射角度，让光线打在红珊瑚上，姜扬不停地变换角度仔细观察红珊瑚的光线变化，最后在薛凯的转椅上坐下，深思了一小会儿。薛凯被姜扬的举动搞得有些莫名其妙，也走到写字台旁学着姜扬的模样东瞧瞧西望望。姜扬霍地站起来指着红珊瑚冷冷问道：“这东西是哪里来的!?”

薛凯疑惑地说：“人家送的啊。”

“送的?”姜扬口吻越发加重。

“是，有问题吗?”薛凯有点莫名其妙。

姜扬狠狠地说：“当然！我怎么跟你搞到一起!”

薛凯不满说：“你什么意思，我有什么对不起你的?”

“当然!”姜扬指着红珊瑚说，“这东西你也敢收!”

薛凯一看松口气笑道：“我当什么呢，不就是件工艺品嘛。”

姜扬口吻中严厉中带有嘲弄：“工艺品？有这样的工艺品吗?”

“是啊，你当是什么?”

姜扬又凑到红珊瑚面前看了一眼确定说：“有价值十多万，甚至二十几万的工艺品吗?”

“什么?!”薛凯露出惊愕的表情，薛凯瞪大眼睛仔细看着写字台上的红珊瑚，一时间无语了，半晌说道，“不可能吧。”薛凯仍不相信地看着姜扬说：“你能肯定吗?”

姜扬打开写字台上的电脑，搜索栏上输入“红珊瑚。”立即出现上万条关于“红珊瑚”信息，百科中出现“红珊瑚”的详细介绍并配有大量图片，姜扬依然冷冷地说：“你自己看吧。”

“红珊瑚生长在海中，又像树枝又像花，红珊瑚是宝石级珊瑚中的一种，红珊瑚是历代宫廷装饰品。现在珍贵的红珊瑚数量稀少，得之不易。由于珊瑚的稀有及不可再生性，使它极具收藏价值……”

房间分体式空调“滋滋”发出轻微的声音，均匀地送出舒适的冷气，这是在夏日的炎热中人为地创造出春天的气候。

薛凯挑着重点阅读红珊瑚的介绍，遇到介绍红珊瑚的特征和图片时不时和眼前这树美丽的红珊瑚比较、揣摩，看着、看着，他的汗就流下来了，“乓”的一声，薛凯拍桌而起：“他娘的！他们在设计害老子!”姜扬被这突如其来的动静吓了一跳。

一会儿，小毕也推房门伸头看看，觉得没事又将房门轻轻掩上。

薛凯回到沙发上坐下对姜扬招招手："来，坐下说。"

姜扬看着薛凯没有挪地方，大有不说清楚绝不和他为伍之势。

薛凯见状也不勉强："这是蚕茧总公司王总送来的，放在一个大纸箱中，说是一件工艺品。我是几番推辞不过，想想不过几百元的东西就收下来，我们还是要合作的嘛。妈的，这么值钱的宝贝，居然放在纸箱里，脑筋动足了！"

姜扬将信将疑地问："真的？"

薛凯态度诚恳得不能再诚恳了，说："真的，骗你干嘛，我若想收还会放在这儿？明天就交到办公室去。"

姜扬走过去坐下来，端起杯子喝口水松了口气："不好意思，错怪你了。"

"谢谢了，要不是你，被反贪局弄进去怎么也要个10年、8年的，还不知道怎么回事呢。"薛凯指指红珊瑚奇怪道："姜行长啊，你是怎么懂这个玩意儿？"

"我是在《船帮老大》的小说中看到过的，书中有一段对红珊瑚的描写写得特别精彩，我记得很清楚。"

薛凯用怪怪的眼光看着姜扬，姜扬发现薛凯表情不对问道："怎么啦？"

薛凯笑答："没什么，看书也能学到这？"

姜扬也笑着说："这不碰巧嘛。"

薛凯劝说："蚕茧公司王总要请我们吃饭，我想这饭还是要吃的，以后我们两家纠结的事很多，不宜正面冲突，有什么想法我们暂且放在肚里。"

"好吧，什么时间？"姜扬这点道理还是懂的，干脆地答道。

薛凯想想说："星期三、星期四吧。"

"行，我过去了。"薛凯和姜扬都站起来。

"你等等。"薛凯突然说，姜扬站在原地等薛凯的下言。

薛凯并没立即说下去，而是在想着……薛凯想着、想着开心地大笑起来，姜扬莫名其妙地看着，薛凯终于一拍巴掌开腔了："真正是'踏破铁鞋无觅处，得来全不费功夫。'你说这红珊瑚能卖一二十万？太好了，我正愁着年终奖金没钱发呢，这送钱的人就来了。每人发个3000块，加上奖励，怎么也得要30多万吧，一棵红珊瑚钱还是差了点。明天再找他们去谈谈，送礼怎么没你这个兼着信贷科长的副行长，这奖金钱不就足够了嘛。"

姜扬惊讶地看着薛凯，说："你怎么可以这么想，这是高压线不能碰的。"

薛凯朝姜扬翻了翻白眼，说："怎么？怕啦？这钱我们又不拿一分，我们这是为职工谋利益，哪个单位不这样干？不然我们的队伍怎么带？职工怎么稳定？"

姜扬被薛凯一顿炮轰，不知所以，也不知如何回答这位掌舵人的问题。

薛凯断然决定，说："下星期开个支委会，讨论这事，做好会议记录，出事由集体担责任。我在云阳市认识几个有钱的大老板，找他们卖个好价钱。”

姜扬无奈地强调道：“反正我不会找蚕茧总公司要礼品的。”

薛凯干脆地说：“行啊，这事你别管了，不过支委会你可不能提反对意见，这一点我们的思想一定要高度地统一。”

姜扬只能说：“好吧，你是一把手，我支持你的工作。”

薛凯高兴地与姜扬握握手，说：“这周你安排休息吧，回家陪陪弟妹和小宝贝，过了这个星期怕是没得闲了。”

“我怕是休息不下来了，星期六我想再去网点转转。”姜扬还是放不下网点的安全，尤其是休息日。

“你不用去了，反正我要去一线，近期这些事情就交给我吧，等你把那摊事弄清楚，我再把网点还给你。”薛凯见姜扬还想争辩，改成命令口气，“叫小毕送你回去，就这么定了。”

“好吧，那就辛苦你了。”

近午，棋牌室里热闹非凡，已经凑成一桌的已经开始有胡的了，人不够一桌的便在一旁观战。老板陈芳一会儿喊来呼去指挥着、调配着适当的人搭配上桌，一会儿麻利地泡茶、斟水，6 张麻将桌眼看就快坐满了。

荆玉推门进屋：“陈老板。”

陈芳看是荆玉热情地迎上来，说：“荆主任来了。”

荆玉进门说：“我们姜行长带着我们科长、我和胡雪向你赔礼致歉来了。”

“你们行长来了？快，快请进。”陈芳迎出门外，看到姜扬连忙说，“不用再道歉了，荆玉已经道过歉了，你亲自来弄得我都不好意思了。”

棋牌室里麻友们都停了手上的动作，看着姜扬一行进门，胡雪搭拉着脑袋跟在最后。

姜扬四处点头向大家问好示意，然后对陈芳说：“陈老板，前些日子我们单位的员工给您造成麻烦和损失，也给您带来不愉快，我代表行领导和全行员工向您表示道歉，我们将对肇事员工进行下岗 3 个月的处分并记行政警告一次，对给您造成的损失进行赔偿，希望能得到您的原谅。”说着姜扬准备鞠躬致歉。

陈芳手疾眼快及时拦住姜扬，说：“嗨，早就没事了，她们家都赔过了，我再要你们赔那成什么人了，事情过去了就不再提了。姜行长，她就是个小孩，能不能不处分了？”

姜扬笑笑坚定地摇摇头。

陈芳奇怪地问：“姜行长，这事你们是怎么知道的？”

姜扬笑着说："您不是还留下一封信嘛。"

陈芳懊恼地打了一下自己手，说："这手贱的写什么信啊，后来想拿又拿不出来了。"

姜扬诚恳地对着陈芳也对着大家说："陈老板，我要感谢您对我们行进行监督，只有这样我们行才能更好地为我们广大的储户服务，才能切实提高我们的服务质量和水平。陈老板，您这里能不能让我贴样东西和提个要求？"

陈芳爽快地说："行，贴啥都行，什么要求都行。"

姜扬从包里拿出一张打印好的四开纸对陈芳说："这是我们外汇银行省、市和县三级的监督电话，贴在您这儿，让广大储户监督我们行的服务。"姜扬又拿出一个红本子，"我想聘请您任我行的行风监督员，看到我行只要有不正之风您有权当场指出和予以制止。"姜扬话音刚落棋牌室里响起一片热烈的掌声。

胡雪在一旁已是泪水满面，她对陈芳鞠一躬，又转向大家鞠一躬，说："对不起陈大姐，对不起储户们。"胡雪又转向姜扬鞠一躬，说："对不起姜行长，我胡雪向大家保证，今后会以最热忱的工作状态、最优质的服务为我们的储户们提供最好的服务，请领导和大家给我一次机会。"说完她又深深地鞠躬。

胡雪话说完棋牌室一片寂静，大家都注视着陈芳，陈芳对姜扬看看，然后开心一笑向姜扬和大家示意，姜扬也会心一笑，跟随陈芳和大家一道鼓起掌来。

胡雪内心百感交集，感动、愧疚、懊恼、感激、振奋，一种从未有过的满满的正能量从心底升起，这时的她感到从未有过的工作自豪感，工作的责任感和工作、生活的乐趣也伴此而生，她含着泪花和大家一起鼓起掌……

第七章　研究遥控两不误　米豆画展成主角

中国外汇银行是继中国银行之后在美国纽约开设分行的第二家中资银行，外汇银行不仅在当地华侨、华人中有广泛的影响，也在当地的中资机构和与中国有贸易联系的美资企业间有良好的声誉。纽约分行不仅成为中国外汇银行对外成立分行的范本，也成为中国外汇银行培养外汇、外贸高级操作技能和高级综合管理性人才的基地。

石海涛被分配在金融研究室，没有具体职务和业务。金融研究室是个没有界限的科室，上至行长室，下至营业间都可以随时了解情况。

纽约分行坐落在美国纽约麦迪逊大道上，在这寸土寸金的地方办公用房十分紧张，石海涛和十多个一般工作人员一样，挤在研究室公共办公区的隔子间里。隔子间分成 4 个方阵，排列得井井有条。办公室最里面有五架高大书柜，陈列着世界各国有关金融类的年鉴、文献、法规、论文集及期刊等图书，沿窗根据地方大小，分布着三四一组或单、双张休闲的沙发，从落地飘窗看出去麦迪逊花园广场近在眼前，研究室既具有紧张的工作氛围又有散闲的思索环境，这是研究室不同于其他科室的地方。

石海涛目前的文凭是沿江市党校金融专业四年本科毕业。石海涛的金融知识全部来源各种各样的银行会议和下属的工作汇报上，他可以将这些东鳞西爪的知识巧妙地化为己有，这一超乎常人的能力不得不让人叹服。石海涛对在半年的集训中的国际金融不太感兴趣，这个“Capital Accord”(巴塞尔资本充足协议)那个“Agreement of the lntenational Finance Corporation”(国际金融公司协定)把石海涛搞得是晕头转向，石海涛基本上就听听而已，反正集训考试都是走过场，随便拿份同学的卷子抄抄就行。但是，石海涛知道去了美国不会英语是件多么痛苦的事，他精准地将英语学习定位在日常会话上。石海涛除培训中心要求用英语会话外，把所有的时间都用在学英语上，他听的是英语歌曲，看的是英语大片；阅读的是英语连环画。当石海涛来到美国后，前一个星期用结结巴巴的英语和同事交流，以后就越来越顺溜了，同事赞叹他有深厚的英语功底，石海涛大为谦虚地说：

“英语没什么难的，美国的小孩子会说话时就会说英语。”

一个月后石海涛已经能和当地居民进行较为流畅的对话了，以至于在麦迪逊广场花园的NBA赛场的看台上，经常出现石海涛与当地球迷大谈纽约尼克斯队的排兵部阵，当地球迷引他为知己。

石海涛的英语交流水平日见臻熟，但不代表他英语的阅读水平有多大提高，尤其是金融专业书籍方面更是让他一筹莫展，好在他在纽约分行没有具体事务，只需在他认为合适的时候报个研究课题或研究方向就行。石海涛能够自信地用电话了解、掌控着国内情况，但在这异国他乡、精英成堆的地方就不是一切都能随他所愿的。于是，石海涛颇有自知之明地从杂志上开始他的选题，他打开杂志除了阿拉伯数字能看得顺畅些外，连篇的英文让他头脑发涨、发晕，早间勉强学了点英语单词，在如汪洋大海般英语文章中难寻踪影。这本《Wall Streetelite》（华尔街精英）杂志，石海涛已经在手中攥了许多天，他想，熟能生巧总没错吧，先看顺溜了再进行琢磨。石海涛手捧《Wall Streetelite》杂志斜倚在沙发上，眼睛游离在手中的杂志和窗外景色之间，旁边的茶几上咖啡渐渐变凉，香气已不再浓郁。

石海涛隔壁位置的欧阳飞是复旦大学国际金融研究生毕业，来纽约分行已经3年了，从事分行国际贸易结算研究工作，不仅为纽约分行的国际贸易结算提供制度、法律、理论上的指导，还为国内各分行提出的国际贸易提供咨询工作，被欧阳飞查出的美国空壳公司不下20个，为国内外贸企业和银行挽回数千万美元的经济损失。

欧阳飞去水吧倒了杯咖啡坐到石海涛旁边，伸头看看石海涛手中的杂志，说：“石行长，在研究房产?”

“啊，是。”石海涛通过几天对杂志的熟悉，杂志上的英文依稀眼熟，倒是对杂志上精美的广告插页已是了如指掌，广告语大多是跳跃式的表述，加上配上漂亮的图片，这让石海涛读起来省事不少，他在广告语的熏陶下阅读障碍得到缓解。石海涛经不起广告的诱惑，已经去Mac’ys百货公司买了款精致的“江诗丹顿”腕表戴了起来，房地产广告也是他关注的重点，美轮美奂的豪华住宅让石海涛心动不已，他琢磨着是不是也去买上一套。

“了不起。”欧阳飞大拇指一竖，“美国房地产发展得非常成熟，我们国内才刚刚起步，石行长眼光犀利啊。如果石行长在这课题上有所建树，为国内房地产发展和房地产新的金融产品开发提供思路和见解，石行长在国内可是独树一帜了。”欧阳飞不禁心服赞道。

“我刚到美国不久，深入研究有点难度。”石海涛心中一动，挥挥手中的杂志说。

“石行长，您等等。”欧阳飞走到自己的桌前，从桌边拿了几本小册子，小柜里拿出一沓手稿，又到书柜上取出两本厚厚的图书。欧阳飞回到沙发上递给石海涛说：“这是我搜集的有关房地产证券资料，您可以参考参考。我觉得我们不需深究造房的过程，我们是银行，可以重点研究房地产贷款、购房抵押贷款及房地产证券方面的内容。”

看着欧阳飞手中的资料，石海涛几乎已经垂涎，他问：“您也研究这方面的内容？”

“我现有的事情太忙了，根本没时间顾及。再说我在国内上完学就来到纽约分行，对国内的房地产没有概念，只是对美国的房地产现象有点兴趣，搜集了些资料谈不上研究。这两本书是有关房地产证券的政策、法规等依据汇编，对形成论文有理论上的支持。”

石海涛心中一阵暗喜，困扰多天的问题竟然这样解决了，有了研究方向英文资料对石海涛就不是难题了，只要化俩小钱找个中国留学生翻译一下就行。石海涛感激道：“小飞，我们之间不要您啊您的，也不要石行长的，太见外了，我叫你小飞，你叫我老石。”

“行，石行长。”

石海涛嗔道：“你看又来了，小飞，晚上有安排吗？”

“没有。”

“我请你去看 NBA 比赛。”

“票很贵的，再说是总决赛，现在能买到票吗？”欧阳飞心中痒痒。

石海涛得意地说：“放心吧，没问题的，纽约球迷协会帮我留着票呢。小飞，你不去看可别后悔啊。”

石海涛果真在纽约大学斯特恩商学院的信息墙上，贴了张用中文写的翻译要求，立即有十几位中国留学生前来接活。石海涛自信地在应聘者中选了位相貌平凡、穿着朴素的经济学研究生。一星期后石海涛如愿拿到翻译的中文资料，资料翻译得很实用，小册子是美国三大房地产融资公司的贷款、基金宣传资料，文字不多且册子中空隙大就直接翻译在册子里。需要注明出处的用小标签粘在上面，查阅十分便利。欧阳飞的手稿则是用稿纸另译，为方便阅读将所涉及的名词、条款、名称等都编号进行解释、注明出处。石海涛翻翻十分满意，弹了一下资料。爽快地从衣袋拿出 2000 美元付清报酬，石海涛在达到目的的同时还扶了一次贫。

石海涛拿到翻译的资料后，不愿挤在狭小的鸽子间里，把休息处当成了他的办公用桌，他跷着腿惬意地坐在沙发上，呷了口香气扑鼻的咖啡，实实在在用了几天时间认认真真地研究美国的房地产，内容越来越广泛，远远超出了欧阳飞建议的范围。茶几上除欧阳飞推荐的两本金融汇编，逐渐地有关书籍越堆越高，他拖来一张圈椅安顿这些资料。石海涛能混到今天的位置也并非浪得虚名，真正钻研起来其能量也是不可小觑的，而越琢磨就越觉得对上口味，越看越投入，看着看着猛地冒出一句："他奶奶的！"石海涛把国骂升了一级，"咣"的一声，他不由自主地拍了一下茶几，突如其来的声音把自己也吓了一跳。

附近位置上的同事们已经习惯了英语会话，但对国骂还是很敏感的，有几位同事伸头看看，站起来笑问："怎么了？石行长，有何感慨？"

石海涛说："这美国佬居然这么玩，一块钱变出几块钱。"

同事们知道这两天石海涛一会儿像花果山猴子东跑西蹿，一会儿像修行高僧老纳入定般安坐在沙发上，听他如是一说，纷纷笑道："不稀罕，美国就是信用高度发达的国家，不这样还就怪了。"说完有的坐下继续忙活，有的伸伸腿晃晃脖子。欧阳飞站起来揉揉眼睛去水吧倒杯咖啡，又帮石海涛续上，在旁边沙发上坐下说："石行长，有心得了？"

石海涛："19 世纪中期荷兰土地公司进行社区化的成功动作，是美国房地产进行城市化、规模化经营的标志。20 世纪 20 年代房地产金融公司开始出现，储蓄和贷款协会、人寿保险公司、商业银行在个人住宅建设、商业、工业及住宅的建设和抵押贷款中各自起到不同的角色，各种形式的专业公司应运而生。目前投资信托进入了房地产行业，商业抵押贷款证券化和二级抵押市场将全球资本引入美国房地产行业，就是美国房地产从产业资本到金融资本再到资本市场的发展历史。"

欧阳飞认可道："以前美国房地产商大多以自有资金、基金等形式投资，近年来房地产金融和金融衍生品超快发展，吸引了世界各国热钱流入，美国房地产呈几何级增长。"

石海涛边思索边归纳："我国根本就没有房地产这个概念，最早在海南、广西北海银滩形成的房地产热只能算投机，没有政府支持和金融资金参与只能是昙花一现。而浦东的兴起也只是受上海市地域挤压的无奈之举，也算是一个有益的尝试吧。"

"是不是我们国内的收入太低？"

"不完全是这个原因，美国的老百姓也没多少钱。如果打破金融壁垒；完善金融法规，靠老百姓手中几辈人省吃简用，存下的可怜的一点钱去买房，难！我国的房地产业得到很好的发展，难！"石海涛喝了一大口咖啡，从旁边圈椅上拿了份报纸递给欧阳飞，说，“现在报纸、杂志、电视各种各样的房地产广告铺天盖地而来，这个《星岛日报》有则广告称：‘您只要踏上美利坚合众国的土地，您就能拥有您的温馨之家，房利美帮您拥有一切；别说您没有绿卡，没有工作，没有收入，房利美让您一夜之间成为有产阶级。”

“这就是资本主义国家发达的信用体系所致，房地产的低首付甚至零首付是美国房地产澎湃发展的发动机。在欧洲的西班牙、荷兰等众多国家，也在这信用的发达下房地产业得到高速发展，并成为国民经济强有力的支柱。就在我国近邻的日本房地产业的贷款更是令人瞠目，他们银行业提供的房地产贷款是 13 成。”欧阳飞见石海涛不可思议地瞪眼看着他，欧阳飞无比羡慕地解释：“就是如果需要 100 万购置资金，银行可以贷给你 130 万，索性连添置安家费用都贷给你了。”

“靠，日本人疯了。”石海涛又忍不住骂了句，“昨天我去信贷部看了看，发现我们纽约分行对这块根本就没有什么动作。”

“我们行把贷款主要方向仍放在与中国的贸易支持和结算上，我认为我们海外行的贷款方向不应放在支持美国个人贷款上，总行领导对这一观念比较认可，这也是我放弃这方面研究的主要原因。”

石海涛若有所思停顿一下，从圈椅中拿出两本小册子：“这是你给的房地美、房利美的房产债券的宣传册，这种债券在美国、欧洲、日本等发达国家销售很好，我去投资部咨询过，我们行对此类债券少有涉足。”

“我们研究室的意思还是注重投资国有债券，兼备外汇买卖的传统投资，另外配备一定数量的现货黄金。不过，行里有许多专家对此提出很多意见，总行有些领导也开始关心这方面债券的动态，但还没有要求我们进行课题研究，石行长如果这时入手倒是正当时。”

“房地美、房利美两家住宅贷款抵押公司，他们经手贷款达 5 万亿美元，几乎占美国房地产贷款的一半；为提供购房者充足的房地产贷款，发行以房地产为抵押品的 MBS 债券达 4 万亿美元；提供的房地产抵押担保证券或债券达 3.2 兆，也占全美国的一半；两家股价都高达 60 多美元，这两家公司真是牛啊。”

欧阳飞对这些方面的动向了如指掌，他应答自如，说：“房地美、房利美两家住宅贷款抵押公司，虽说是私人性质的上市公司，但他们都在美联邦法律创建‘政府赞助企业’，承担一定意义上的政府职能，享受政府给予包括税收在内的各种优惠，享受美国财政部 22.5 亿美元的补贴。这两家共同建立起美国房地产贷款二级市场，这两家公司真不是一般的牛！”

石海涛想象着那个壮观的景象，眼中似乎要喷射出金钱的欲火。

欧阳飞看看石海涛的表情，笑了笑继续说：“从日本房地产衰败的原因是美国政府逼近日元汇率升值，日元升值直接影响日本经济的发展，房地产一落千丈，这是美国军事力量对世界经济影响最突出的表现。但美国的军事力量对本国经济能否有此般影响呢？就像自己拎着自己头发是不能把自己拎起来一样。所以我们不得不思考：日本房地产业的悲剧会不会在美国上演？现在房地美、房利美两家住宅贷款抵押公司的股票、证券、债券都有很好的收益，看起来到嘴的肥肉不吃是有点可惜。我们研究室的权威经济专家认为，我们行应该致力于在外汇、外贸上发展，对其他方面还是多看少动，应该是对其他方面是有所顾忌的。”

石海涛想了想说：“仔细想想这些债券的构成是有很大疑点，不过问题出在哪儿，一时难以厘清头绪。”

石海涛看出欧阳飞心中的犹豫，拿出欧阳飞的资料说：“从你搜集和评语上看好像很矛盾，是不是有什么想法？”

欧阳飞迟疑了一下说：“如果我们撇开这两家房地产公司所占的地位来说，这些债券肯定存在巨大的风险。石行长，我们还是从贷款先谈起，美国的对个人贷款首先由财务机构对申请人进行信贷评等，叫 CreditScore。分数从 300 至 820 分，得分 620 分以下的评为信贷不良，很难得到一般的优惠利率信贷。据统计，美国人有四分之一属于信贷评等不良者，信贷不良者通常无法得到银行贷款，这些人若要借钱就要尝试苛刻的条件和较高利率的次级贷款。次级贷款获得的渠道是非银行的各类财务公司的住房抵押贷款或由他们担保的住房贷款，如我们熟知的房地美、房利美等。次级贷款条件原本相当严格，近几年由于美国联邦储备委员会减息和放宽银根，市场上银根充裕，市场对信贷证券有庞大需求，这就为各类有机会成为证券的资产提供了便利的条件。”

“这等于开了闸门。”

“是，有了发行证券的保证，不论什么人只要想要买房，房产中介都能帮您搞定贷款，就像他们广告词中所说的那样。”

石海涛用力点点头十分认同。

“我们再说说证券，实体性证券不是目前市场上的主要目标，将债务证券化才可让证券功能得到更大限度的发挥。财务机构通过贷款经纪人和房地产、车行经纪人积极寻找需要借钱的人，尤其是想购置房产和车辆的消费者。说起来好笑，美国人只要签个字就可以在车行里开部车走，但是他的钱包未必有加油的现金，许多美国人的钱包里不会超过 50 块钱。贷款问题解决了，可是贷出去的款在一定时间形成了沉淀，这对华尔街的精英们是一个挑战。长时间的证券发行，使证券资源产生枯涸，于是他们便盯上了贷款给那些穷人的贷款，即次级贷款。

这时房地美、房利美深厚的政治背景起到了关键作用，两家公司协助贷款机构将次级贷款打包成抵押贷款证券，并对这些证券信用质量提供担保，增强了证券的可销性，也就是穆迪、标准普尔、惠普等评估公司敢给出‘AAA’评级的主要原因。目前这类证券的未赎回额达 25 兆美元，是 10 年前的两倍，目前这种情况还在加速，不停地贷款，又不停地将贷款转化为债券，流向市场，资金从市场回笼再贷款出去循环往复。”

“这倒新鲜，不就成了派生贷款，这些美国佬有办法。”

“刚才您拍桌一喝，您已经道出问题的关键奥秘。”

石海涛随手写下《美国银行业贷款债券化的成因及启发》，递给欧阳飞，“你看看这个题目行吗？”

欧阳飞认真想了想说：“这个题目太大，包罗整个银行的各类贷款，搜集资料、陈述资料都比较困难，不如直接聚焦到住房抵押贷款上，剖析住房抵押贷款和使之债券化的过程，加个副标题：对我国金融创新的启发。”

石海涛在纸上重新写了一遍，看看比较满意，“行，就是它了，一会儿上报行长室。”石海涛对举一反三的事特别感兴趣，念念不忘地问道：“小飞，他们为什么这么干？”

“资本家靠赚取利润赚钱，高管们靠的是业绩拿钱，业务量翻了几番，他们高管的收入不也要翻上几番。石行长，您猜猜看这些机构的 CEO 的年薪是多少？”

“我们纽约行的行长年薪是 100 万美元，他们翻一倍吧，200 万美元？”

欧阳飞一笑说：“再翻上 10 倍！2000 万美元出头。”

石海涛往沙发上一倚，说：“难怪，这一切都好解释了，这样干上一年半载一辈子便衣食无忧，干上 10 年、8 年也成大富翁了。”

茶几上放在震动上的手机“嗡嗡”作响，石海涛打开看是飞峰县蚕茧总公司王春生的电话，向欧阳飞示意接电话，站起来走到落地飘窗前，欣赏着曼哈顿的繁华街景按下接听键：“石行长，我是老王啊。”石海涛用嗓音“嗯”了一声：“我在上班，怎么又打电话来了？”

“石行长，是这样，刚刚接到薛行长打来的电话，说是和姜行长说好了，星期三有时间来我们这里吃饭。”

“就这事？”

电话里那头王春生气恼地说：“还有呢，薛行长提到了红珊瑚的事，他说非常漂亮，很喜欢。他说，姜行长不仅分管信贷还兼着信贷科的科长，是不是也给他一份。石行长，你看这事怎么办？”

石海涛沉思着但脸上仍挂着微笑转过身，见欧阳飞已回到自己桌前，便倚在窗框上轻声说：“一不作，二不休，给他！弄个十多万的。”

“又是十多万啊。”王春生肉痛叫道。

“别他妈的废话，为干大事花点就花点吧，能把钱花出去是你的福分。”

王春生心有不甘地应承道：“是，便宜了他们，明天就去办。”

石海涛听到答复后直接挂了电话回到沙发上，石海涛嘴上虽说得轻松，心里却像吃下个苍蝇般难受，一时思绪乱纷纷，住房抵押贷款债券这个课题，总是飘浮在大脑皮层上，再也无法深入地思考下去，他索兴去水吧重新倒上热咖啡，回到沙发上想起心思……

星期六的上午，姜扬心中无事，一觉睡到自然醒，他只觉得神清气爽，看看时间已是 8 点 35 分，拉开窗帘炽热的阳光夺窗而进，他下意识地向后躲了躲，眯起眼看看天，不紧不慢地到了卫生间打扫个人卫生。

姜扬三下两下洗漱完毕，背起挎包打开门。

对面薛凯的房门半开着，姜扬推门进去，驾驶员小毕衣着整齐坐在沙发上看着明尼苏达森林狼队和孟菲斯灰熊队的 NBA 比赛，小毕见到姜扬连忙关上电视：“姜行，这就走？”

“好，走吧，去省城江城市。”

下着楼梯小毕问道：“姜行，不说好回家休息的，还去工作？”

“不，大画家东方彦在江城市博物馆有个书画展，市分行组织老干部摄影兴趣小组去现场采风，我正好去沾沾光。书画展结束我跟市分行的车回沿江，你送我过去就行。”

省会江城市离飞峰县只有不到 40 公里的路程，飞峰县普通百姓与江城市的联系反倒比直管的沿江市还多。小毕熟门熟路的，不到一个小时就来到了博物馆的大门口。姜扬下车穿过博物馆厚重的铸铁漏花大门，沿着被两侧法国梧桐浓荫遮盖的青砖大道向展览大厅走去。

小毕一手把住方向盘缓缓开动汽车，另只手拨通薛凯的电话做简要报告：“薛行长，我送姜行到江城市了，他参加一个画展后跟市分行的车回沿江。”

“嗯，姜行长爱人是市行摄影兴趣小组的辅导员，你也回家休息吧。”

“是。”小毕挂上电话。

江城市博物馆是一座端庄的民国初年建筑，3 号展厅入口张贴着一幅大尺寸的东方彦画展海报，入口处人来人往，厅内正中摆放一张画案，画家东方彦正在现场绘作一幅岁寒三友国画，他的画家朋友们在旁边谈笑风生，有的拿着画笔看样子是要合作作画。

徐涵雨带领几位沿江市分行的离退休老干部，兴致勃勃地寻找、变换拍摄角度，上任行长魏福源也霍然在列。

姜扬拘谨地来到魏福源身边："魏行长，您好。"

魏福源稍稍抬抬头："小姜啊，来了，帮我看看这个角度怎样。"

旁边有知情的用两个大拇指一碰说："他对你这老头子没兴趣，是冲我们小徐老师来的。"

魏福源这才站起身来，说："你们俩是一对，嗯，不错，不错，你女儿挺好玩的。"然后用手一指说："小徐老师在那边，去吧。"说完又专心找摄影角度。

徐涵雨早早就看到姜扬走进大厅，徐涵雨心里就像灌满了蜂蜜一样甜蜜，含情脉脉地注视着他的一举一动，看到姜扬摆脱窘境向他招招手，姜扬浑身都带着笑来到徐涵雨身边。

"怎么才到?"

"一觉睡到自然醒，舒服。"

徐涵雨关切地问："工作累吗?"

"你老公是什么材料做的？没事。你还好吧?"

"当然。"徐涵雨摆弄了一下手中的相机，"你们谢行长下了血本了，光相机就10万元，好用。"

"米豆没累着你吧?"

"没有，妈常来帮忙。现在放暑假来校的孩子不太多，平时小米豆跟着我上下班，这职业就这好处。"

"等我忙过这阵子，你们就过来住一段时间。哎，米豆呢?"

"刚刚还在这儿，听说你要来，兴奋着呢。"徐涵雨四处张望寻找米豆。

米豆早就瞄到爸爸姜扬的行踪，一缩身躲进东方彦的画案下，小手撩开案围一角时刻观察姜扬的动向，见爸爸、妈妈四处找她便从案下悄悄钻了出来。

东方彦正聚精会神用毛笔点着梅花花瓣，猛地从身下钻出个人来吓得手一抖，"啪"一大滴朱墨从笔尖摔到宣纸上。米豆想从姜扬身后扑上去，伸手发现双手在画案下面沾上黑乌乌的墨汁，抬头看到面前一大片雪白的纸，情急之下抡起双手三下两下将手上的墨汁全都抹在东方彦的画纸上。在场的人们被这突如其来的变故都惊呆了，一片惊叫之余姜扬一个箭步抱起米豆，米豆被众人的惊呼和姜扬的举动吓坏了，眼泪在眼圈打着转，撇着嘴忍着没哭出来。

"啊呀……"东方彦被突然钻出的米豆吓了一跳，也被她的举动弄得措手不及："这、这……怎么回事？怎么冒出个小孩子？这画……"东方彦举着笔愣在当场。

姜扬见画纸上被米豆涂抹得一片狼籍，对东方彦诚恳地说：“对不起，孩子小，不懂事，这……东方老师，您看这画还能补救吗?”

东方彦缓了缓神仔细揣摩了一番说：“今天是被小孩子考上了，看起来要和这位小朋友合作一幅梅、竹双杰图了。”又问米豆说：“小姑娘叫什么名字?”

米豆被莫名其妙地吓了一下，心中也有气，眼睛里噙着泪花忿忿不平地大声说：“我叫米豆。”周围的人都被米豆的神态逗得“哈哈”大笑。

东方彦也“哈哈”大笑，开心地对她说：“米豆名字好听，长得也漂亮，敢不敢和伯伯一起画画?”

米豆在姜扬怀里扭扭身子溜到地上，挺着胸、叉着腰、仰着头仍然大声道：“当然敢!”

众人又是一阵欢笑：“还当然敢!”

东方彦从画案下端出一盆墨汁认真地说：“米豆，这会儿要听伯伯指挥，行吗?”

米豆用衣袖抹去挂在眼角的泪花，严肃而认真地用力点点头，不过脸上不知不觉中拖了几道黑墨，严肃的脸平添几分滑稽。

东方彦用墨加上靛青调成墨绿色，指挥米豆或用掌，或用指，或用拳在宣纸上或轻或重一阵挥舞，米豆从未体验过如此画画，银铃般的笑声响彻展览大厅。东方彦见画面已达到要求，抱起米豆用张宣纸帮她擦擦手说：“米豆该伯伯画了，你在旁边看行吗?”米豆懂事、乖巧地点点头。

东方彦先用毛笔浸饱清水将滴下的朱墨化开，然后在化开的丹红中轻点些朱墨，饱含水分的朱墨在宣纸上渐渐化开扩散，形成了盛开红梅的背影，画面顿有丰富的层次感。东方彦提起精、气、神循着米豆类似泼墨的构图，时而挥毫狂舞，时而凝神勾勒，或点或擦或皴。米豆的指印、掌印、拳印渐渐成了竣峭的岩石、挺拔的翠竹，一会儿一幅气势非凡的大写意梅、竹图在东方彦手下诞生了。东方彦满意地拈着胡须前后左右打量他的新作，提笔题道：《凝寒双友图》，落款：“与米豆小友偶遇金陵博物画展，共同趣作。戊寅仲夏。”随即盖上一方朱红的印章和压角印。

著名书法家陈然之一时技痒，欣欣然说：“我来个题跋。”陈然之稍稍默思笔不带点地疾书道：“戊寅夏，彦画展于江城，众笔友聚此为之一欢，欲共作梅竹松以记之，突天降神娃施以拳掌，化一片怪石翠竹与梅相映成趣，彦遂作梅竹图。然之题。”(画中跋无标点)众人又是一片叫好。

东方彦指着画对米豆说：“你没有印章，我把你的掌纹、指纹都留在画上，行吗?"

米豆眨眨眼，伸手用大拇指在桌案上的印泥中按了按，说："不行，你的印章红彤彤的好看，我的手印黑乎乎的不好看。"在众人的嘻笑声中米豆踮起脚，在东方彦印章、压角章边庄重地一一按下鲜红的指印，她看了看，又在陈然之的印章旁按了个鲜红的指印，这才跑到姜扬身边安稳了。

就在大家惊讶、嘻笑、叹服之际，徐涵雨显示出一位摄影爱好者的素质，这一精彩的过程、一连串的表情均没逃过徐涵雨的镜头。直到米豆回到姜扬身边，徐涵雨才同姜扬、米豆站到一块对东方彦说："对不起，孩子淘气给您添麻烦了。"

东方彦早就瞧见一位美丽的身影在忙前跑后，手中专业级的相机疑是哪家报社或杂志的记者，东方彦想忙过这阵再去认识认识，哪知这位美丽的女士竟是米豆的母亲。当徐涵雨洒脱地站在东方彦面前时，她的纯美让东方彦为之窒息，口中不免有些木讷，答非所问道："这没、没什么，小孩子挺可爱的。"徐涵雨莞尔一笑，东方彦更是窘迫万分。

张学诚接过话说："要说还要感谢小米豆，一个无意而为，一个有意为之，此情、此景天造地设成就了一幅梅竹精品，也造就了画坛一段佳话，这是天赐机缘，不是谁想要就能得到的。"

旁边有人介绍说："这是我们的摄影老师，那位是她的爱人。"

东方彦缓过神说："谢谢来参加我的画展，谢谢米豆。"

徐涵雨和姜扬见没其他事便向东方彦等人告辞，带着米豆去洗手间洗净手和脸继续参观画展。

围观的爱好者也随之散去，欣赏东方彦的展览作品去了。

东方彦心头不断萦绕着徐涵雨风姿绰约的身影，人不觉中有几分痴了。

东方彦在一堆宣纸中找出张撒金宣纸，对折后裁成一张条幅，默默地调了会儿色。提腕几笔勾勒出一只青花瓷瓶轮廓，接着随意地点些青蓝，包含水分的青蓝在宣纸上化开，形成或浓或淡的青花，接着蘸上深绿色，用中锋两笔画出遒劲的主枝干，随即一阵狂扫乱抹，生机勃勃地枝叶跃出画面，东方彦换了支羊毫软笔，用心调着朱砂，又拿了小张宣纸不停地用笔试色直到满意，东方彦小心地用笔尖、笔肚浸上不同含量的鲜红，用侧锋一层一层画出牡丹花瓣，他精心调色起到了绝妙的效果，朱墨在宣纸上立即分成浓淡五色。宣纸的特质让含着不同水分的朱墨显现不同的特效，朱墨在花瓣的每个边缘沉淀下来，使花瓣既融为一体又有分明的层次，一枝艳而不媚、娇而不俗的牡丹呼之欲出。东方彦点上花蕊后满意地退后一步仔细观摩，心里总觉还没过瘾，又提笔在下端画了些散落的糖果，甜甜蜜蜜的多好，他心里想。东方彦想想还是不过瘾，他又提笔在笔尖上蘸了少许墨又蘸了少许绿，在下角画了几只活灵活现的嫩梨。东方彦掩不住得意的神情打量了再打量，然后洗净手中的羊毫，直接用极软的羊毫蘸上墨汁题道：“国色”。在左上题道：“山之光，水之声，月之明，茶之香，文人之韵。致美人之姿态，无可名状，意可执着，真足以摄召魂梦，颠倒情思。戊寅夏东方彦并题(画中无标点)”。

姜扬和徐涵雨带着米豆一一观看东方彦的画作，米豆原本对国画毫无兴趣，只因有了刚才的一段奇遇，兴奋地“叽叽喳喳”说个不停，恨不能在东方彦的画上都涂抹上她的手印，姜扬只好紧紧抱着米豆，生怕她再弄出些不可思议的事情来。

姜扬一家三口转了一圈出来，画案前众画家已经在闲聊，画案上摆放了一支毛笔和条幅。

东方彦的声音有些激昂：“这次画展是我历届画展办的最成功的一次，也是让我最激动的一次，米豆小朋友给了我惊喜，徐老师给了我灵感。”东方彦拿起条幅，“这是我专门为徐老师创作的画，请指正。”

徐涵雨浅笑辄止：“这怎么好意思，谢谢。”

众画家、书法家纷纷拿出为米豆画的小品、励志书法，米豆又是一阵忙乱，姜扬、徐涵雨一一致谢。

第八章　羽鸩之酒解近渴　姜扬曲线赢客户

星期一，8 点 5 分，行长会议室，党支部书记薛凯亲自主持会议：“支委同志们，今天开个短会，一个决定、一个议题。”薛凯从桌上拿起一份文件念道：

飞外银委 1998（5）号

关于姜扬同志当选支部委员的通知

姜扬同志经过党支部全体党员选举为党支部委员，选举符合规定程序，选举人数符合规定人数，特批准姜扬同志为中国外汇银行飞峰县支行党支部委员。

中国外汇银行飞峰县支行党支部

1998 年 8 月 6 日

薛凯看看在座的支委说：“从现在开始姜扬同志就是我们支部委员了。今天有个非常重要的事情请各位支委议一议，星期四和星期六我和姜扬分别收到蚕茧总公司送来的礼品——两棵红珊瑚树，昨天我回了趟云阳市一共卖了 32 万元，我想请各位支委议议这钱怎么办？”

本来大家听听不过两件红珊瑚礼品，没什么大惊小怪的，可一听居然价值达 30 多万，全都瞪大眼了。

李平说：“王春生发疯了，怎么有这个好心。”

杨福康忿忿地说：“私自弄走我们几百万的蚕茧，弄个蜜枣给我们吃吃，他的算盘打得真好。”

张涛：“老杨，能在他们嘴里撕块肉吃吃就不错了，可以多收点利息了。”

姜扬婉转地说：“我们行底子薄，创收手段少，各方面都很缺钱，张主任你看财务方面能不能有变通的办法？”

杨福康抢先说：“不行，按规定是要上缴市分行的廉政账户的，截留在行里收利息已经违反廉政规定，再要做其他处理那就更不得了了。”

杨福康此言一出大家都缄口静默，会议室一片寂静。

李平从口袋掏出香烟散发着，大家点着香烟，会场气氛随之稍稍轻松了一些。

李平说：“我这样看，将这笔钱留在行里是有违反规定的嫌疑。不过，要看这钱怎么用法，其他单位不是没有干过这样的事情，张主任，你看呢？”

张涛被逼上梁山只能表态，说：“李科长这样说自然有现实上的意义，政府部门、国有企业条条框框太多，会计部门在必要时做一些必要的技术处理还是必要的。不知这钱打算怎么……”

薛凯接过话头说：“我到飞峰行半年多了，感触颇深，我们的职工、干部吃的苦比发达地区多得多，可收入又是低得多得多，我的心里不好受啊。有了这笔钱到年底好给职工们发发奖金，平均每人4000元的话，大概还剩5万元，用这5万元奖励那些为我行做出贡献的同志。杨主任，我知道你的想法，也是对我和姜扬同志负责，可是非常时期没有非常手段，工作就不能迅猛地发展。杨主任，你看还举手表决吗？”

杨福康欲言又止，停顿一下说：“不用了吧。”

薛凯环视了其他人说：“如果没有其他异议就算全体通过了，杨主任，把处理意见和结果记录清楚。”

杨福康：“好的。”

薛凯看着杨福康写完，看看手表：“姜行长，什么时候出发？”

“如果没事了现在就走，我们和万总约好10点在天盛车业集团总公司大门见，正好路过圣兔礼品公司，我想顺便进去看看。”

姜扬话声刚落张涛兴奋起来：“天盛车业？是那家台资企业？它可是飞峰自行车产业链的龙头，配套企业都唯它马首是瞻，一年产值好几十个亿，弄个十分之一也有大几个亿的。”

姜扬：“八字还没一撇呢，这家企业虽然总部在飞峰县，但财务结算在外资银行，其他商业银行没少做工作，我们怕是也要碰一鼻子灰。不过，这些既有存款又有贸易结算的台资企业是我们信贷工作的重点，再难也要去干。”

“是啊，不容易。”众人都点头说，失望的神情中带有渴望。

“姜行长啊，这工作一经开展可能就忙得脚不沾地了，现在时间还早，趁班子成员都在，有什么想法啊、困难呢、要求呢就提出来，大家也可帮助拿拿主意。”薛凯启发姜扬说。

姜扬终于想起来薛凯要他做的事情，他说：“上周我和杨主任去网点转了转，一是感觉到我们的网点服务范围扩大了，网点的上门服务的次数在增加。二是社会上流动人口在不断增加，人口结构越来越复杂。三是觉得道路越来越好，各种交通工具越来越多。如此就对我们的安全保卫工作提出更高要求。所以，我建议单设保卫科，加强我行的安全保卫工作。”

薛凯听着姜扬随口说出三条理由是条条站得住脚，心中又是一阵好笑，看来这世上没一个简单的人呢，薛凯心中感叹一声，挺腰坐直认真说："安全保卫工作是我们金融部门的头等大事，任何时候都马虎不得，姜行长今天及时提出来是件好事，安全保卫工作可不能亡羊补牢啊！同志们有想法和意见尽管提。"

这里除了杨福康其他人怎么会有意见？再说安全保卫的事情谁敢反对？出了事情谁也兜不了。

会议顺利通过提议，并一致同意杨福康不再兼任保卫科科长，保卫干事赵宁在姜扬的提议下任保卫科科长。

薛凯强调说："杨主任，这个决议立即呈报市分行，谢行长那里会后我就电话汇报，会后叫赵宁来我办公室，谈过话就立即接手，不用等市分行的批复。就这样，散会。"薛凯不等大家表态直接宣布散会。

李平散会后回到办公室拨通了石海涛的电话。

电话响几声，话筒传来石海涛的声音："喂，哪位？"

李平赶紧说："石行长，是我李平。"

"是小李啊，还好吧？"

"石行长，有事汇报给您。"

"你说。"

"今天我们开了支部会，姜扬成为支委。"

副行长当选支委是惯例，李平不会为这点小事专门打越洋电话的，石海涛静静地听着没打断李平的话。

"会上还讨论了一件事，蚕茧总公司的王总送了薛行长和姜扬两株红珊瑚，薛行长卖了 32 万元，准备留在行里发奖金。"

石海涛一听头脑"嗡"一声作响，一口气被闷在胸中难以出来，手中攥着的一支笔不自觉中被掐成两截。

"喂，喂，石行长，在听吗？"

"我在，你是什么态度？"石海涛稍稍缓过劲问。刚才，石海涛没有出声是一个当领导的基本功，倾听是一种风度，是一种美德。不过，石海涛现在没出声是被气的，他辛辛苦苦做了个局，是为了后面几步棋，没想到被这个臭小子摆一道。

"当时，薛行长说明这事，姜扬挑了个头，老杨反对，张主任没吭气。我想这个姓薛的不知死活，这钱你偷偷留下来，没人知道算你运气好，居然留下来要做奖金，就算公家用了，他也逃不脱干系，这事可大可小。我想正好让他留个把柄，我就从侧面帮忙烧了把火，结果让薛行长如愿以偿了。"

石海涛听到李平如此一说，冷静了下来。是啊，只要东西收下，没上缴到廉政账户，不论你怎么用，只要想挑你问题，那是分分钟的事，这下你是跑不掉了。石海涛想到这心里立觉舒坦了许多，他想想这个结局也不错，人情有了，把柄也有了，就看以后怎么用了，他心情大好地对李平说："过些日子你嫂子要来美国，我让她带个打火机给你，是 Zippo 镶 18k 金的。"

李平喜欢玩打火机，Zippo 是他梦寐以求的珍品，石海涛给他是顶级的 Zippo，价格不菲啊。李平感动地连声说："谢谢石行长。"

今天还有个人一直想给石海涛打电话，从想打到打足足等了八个半小时，直到晚上九点半，算起来是纽约时间早上 8 点 30 分才打出这个电话："喂，石行长吗?"得到肯定后说："老大，是我，根生。"

叫根生的人，全名涂根生，英文名 jack（杰克），是沿江市圣兔礼品有限公司董事长兼总经理。

石海涛："哦，杰克。"

"老大，别拿我开涮了，那不是糊弄别人的嘛。"

电话那头传出爽朗的笑声："有事吗?"

"是这样，今天小丁带了个新上任的副行长来厂里了，叫姜扬，你认识吗?"

"那是我的老部下，刚提拔的，管信贷。"

涂根生松了口气说："那就好，这个姜扬真是个厉害的角，从订单到材料到生产，从财务到仓库没有他不问的，问起话来句句是关键，处处是要害。妈的，只在我这里待了半个小时，我这汗就没干过。"

"你这家伙一点用都没有，他们去企业了解情况是正常工作，不过，他在农村银行干过，乡镇企业做得那套他都门清，你们说起来是中外合资企业，干起来还是离不开乡镇企业的那些套路。你呀，最近用点心，把账都弄弄清，别让人挑出毛病来。"

"那你和那个姜扬打个招呼，他可有查我们库存的想法，如果让他随便查下去情况可不妙。"

"别慌，你不要先乱了阵脚，这两天我问问情况再联系。"石海涛挂上电话。

姜扬只是去沿江市圣兔礼品有限公司去认个门，闲聊几句，他哪里想得到，这就给他们带来诸多的猜疑、百般纠结。

车上姜扬好奇地问丁志华："这个叫杰克的外籍人士是公司董事长?"

丁志华笑道："姜行长，他确实是外籍人士，是马绍尔共和国的公民。不过，在公司他从不用这名字，只用他的中国名字涂根生。"

"马绍尔?"

“马绍尔是太平洋中的一个岛国，美国在那里搞核试验被核弹炸过六七次，天知道他怎么成了那儿的人，也不怕被核污染了。不过，这家是真正的外资企业，注册资金 150 万美元，生产的陶瓷娃娃全部是自己公司的出口订单，主要销往美国，也有少量销往欧洲，不像我们许多厂大多数做的是外贸公司转来的出口订单，每年出口稳定 400 万 ~ 600 万美元之间。”

陶珊珊插话说：“是的，他们公司的订单多数是美国的沃尔玛和塔吉特，而且是用‘TT’结算。”

“算是一家不错的外贸企业。”姜扬若有所思地应道。姜扬不带情感的语言丁志华和陶珊珊无法听出姜扬的褒贬，也无法接着话题往下说，车厢里出现片刻的沉默。姜扬从短暂的思考中醒来，“丁科长，你对这家公司了解多深？”

“我，我对这家公司不能说不熟悉，也不能算非常了解。这家企业一直是信贷员宋昭军分管的，是我们行一直大力支持的优质企业，所以说我们信贷人员对这家企业都有一定的了解。要说对这家企业了解程度的话，确实不是太深。”

姜扬点点头表示理解，说：“回去你看看我对这家企业近 3 年财务报表的分析情况，然后我们碰个头交换个意见。”

天盛自行车集团总公司在圣兔镇的邻乡柳元乡，十多公里的路程转眼就到。远远看到绿色的田野上出现一片片各种建筑，显示出集市的景象。

驾驶员老李说：“姜行长，柳元乡到了。”

姜扬向座位中间侧侧身，从汽车的前窗向外看看，又看看腕表说：“提前 5 分钟，时间刚好。”

说话间汽车停到自行车厂门前，姜扬说道：“你们就不用下车了。”推开车门下了车向门卫室走去。

门卫室里宁芸早早就等候着姜扬，看姜扬走来蹦蹦跳跳跑出来迎接，说：“姜行长，来了，已经登记过了，请进。”说完右手划出个漂亮的弧线。

姜扬询问道：“万总来多久了？”

“他到了半个多小时，说是先谈谈协会上的事。”宁芸说完指指右边不远的一幢小楼：“那就是公司的办公楼，估计万总他们谈得差不多了。”

姜扬见小楼不远就信步走去，宁芸向门卫招招手大门自动打开。

宁芸向姜扬的司机交代几句，快步赶上姜扬陪同姜扬来到办公楼的接待大厅。

宁芸同前台打了招呼，带领姜扬一行来到 2 楼宽大的董事长办公室。

宁芸轻轻敲敲董事长的门，没等回答就推门请姜扬进去。

万耀华听到声音已起身向门口走来：“姜行长，好准时啊。”万耀华看看腕上的金表。

“不好意思，让万总久等了。”姜扬虽然按约定时间准时到达，但还是客气地道歉说。

“老弟不必过谦，来，我介绍董事长给你。”万耀华拉着姜扬来到曾念祖面前。

曾念祖，50岁上下模样，身材中等微胖，天盛车业集团总公司董事长，掌管着旗下总装和车架、传动、制动、轮组和散件五个分厂。

曾念祖紧握住姜扬的手对万耀华朗声笑道：“姜老弟，果然如你所说是一表人才，不仅如此还是位谦谦君子。”

姜扬感到曾念祖的手中传递过来的信息粗壮、力量、敦厚、温暖。

曾念祖拉着姜扬坐到木根雕刻的茶艺几前，说：“姜行长，请坐，大家都坐，我们边喝茶边‘打屁’。”

万耀华在旁边安排丁志华和陶珊珊入座，解释说：“‘打屁’是我们台湾方言，是聊天的意思。”

姜扬静静地观赏着曾念祖娴熟地摆弄着功夫茶具，好像台湾人天生就会泡茶似的，一双粗壮的手灵巧地摆弄起茶具让人赏心悦目。

曾念祖提着公道杯一一注入茶杯：“喝茶，喝茶，小靓妹喝茶。”

姜扬一口饮尽杯中茶：“曾董事长，今天冒昧打扰，请见谅。”

曾念祖朗声再起：“不打扰，不打扰，姜老弟不要见外，我也是台协会的副会长，姜行长为我们台商贴心考量，我们真心感谢。”

“感谢董事长理解，我们这次来主要是想将我们行所开设的业务介绍给贵公司，贵公司如果觉得方便或有利于公司业务的发展，不妨我们可以合作合作，达到双赢的目的。”

“能吸引姜先生的银行想必不差，我很愿意和姜先生讨论我们之间的合作。”姜扬听曾念祖改称自己为“先生”，心里知道这不是一场简单的谈判。曾念祖继续说，“有关具体业务我也不会，就让你们漂亮的专家和我们的财会人员详谈，那些东东我听了头疼，我们还是继续‘打屁’比较痛快，姜先生你看如何?”

“能和曾老哥‘打屁’是件幸事，当然求之不得。”在聊聊几句中，姜扬展现出他的机智，把称呼从“先生”转回“老弟”。

曾念祖的朗朗笑声再起：“那就依了姜老弟。”曾念祖更是掌握着主导权，而且还不留痕迹地掩藏着锋芒。

曾念祖按了下办公桌上呼叫器的8号键，不一会儿，门外响起轻轻的敲门声，随即门被推开，进来一位个头高挑，面貌清瘦，十分干练的中年女性。

“这是我们的财务总监周敏沁女士，这位是飞峰外汇银行的姜副行长，这两位是……”曾念祖稍一停顿。

姜扬自然接过话介绍说：“这是我行信贷科副科长丁志华和负责国际贸易结算的陶珊珊。”

周敏沁礼貌地向诸位点头示意，静静地等候曾念祖的指示。

“周总监，丁科长、陶会计有一些业务要和我们介绍和沟通，你安排有关人员参加。”

“是。丁科长、陶会计请。”周敏沁简洁地答道。

姜扬仍然坐在原来的位置上，享受着正宗的“台湾冻顶乌龙”。

曾念祖泡着茶，宁芸在一旁敬茶配合得天衣无缝。

“高手，看你董事长泡茶真是一种享受，您和万伯父泡的茶如出一辙。”姜扬继续打亲情牌。

“我和万老相比还是略输一筹。”曾念祖话题一转说，“姜行长，我和万总讨论过你们的计划，也是了解过贵行，应该说都很不错。只是对我们企业来说没有实在的意义，因为我们的结汇和资金调配都设在台湾的总部结算中心，而结算银行我们主要选择在上海的汇丰银行。不过，姜老弟和我们有缘，帮你存上一两千万人民币的存款倒是没问题。”

“生产厂与财务管理脱钩？”财务管理与现代化生产有着密不可分的关系，动态的进、销、存及生产过程能够进行及时分析，合理调配人、财、物，节约管理成本、资金成本，有效避免资金的营运风险。

姜扬端起茶杯一饮而尽，诚恳地对曾念祖说：“久仰天盛车业自动化程度世界领先，管理水平不亚于欧美发达国家，董事长，能否让小弟一睹为快？”姜扬采取迂回战术，增加交流的机会，在实际工作中找到突破口，取得工作中的共鸣。

“好啊，难得小弟有此雅兴，大哥我亲自陪同，走！”曾念祖兴致勃勃、精神抖擞带着姜扬、万耀华出了办公楼。

天盛车业的厂房设计不同于一般工厂的布局，一座凹字型主体厂房，至少有三个标准厂房大，高度也比一般标准厂房高出一截。厂房接驳出众多的装卸货平台，各种集装箱货车有条不紊地穿流其间。说是一家工厂，不如说更像一个忙碌的航站楼。

“姜行长，这个厂房和生产线是曾董亲自设计的，所有装配件由运输车辆直接送到各装配点，各种装配材料零库存。”万耀华边走边介绍说。

“哪里，我只是提了提总体要求，具体的还是设计人员辛苦出来的。”曾念祖谦虚地说。不过，万耀华一句话分明是挠到了曾念祖的痒痒处。曾念祖眯着眼看着厂房、设备、生产线上的车辆，他的笑意渐浓了，“姜老弟，你别看这近 20 条组装线热闹，这只是装装配配小打小闹而已。”曾念祖故作轻松地说。

车间里各条组装生产线高效运转着，各种自行车组件整齐有序运送到各个组装点，工人们飞快地装配着自行车忙而不乱，一辆自行车从零配件到整车装箱前后不到十分钟。

“这小打小闹就已经让我大开眼界了，一直听说贵公司是零库存管理，这可是一项精准的系统工程，欧美和日本有一些管理先进的国际化的大公司才有能力实现。曾董事长，佩服，佩服啊。”姜扬由衷地赞道。

曾念祖不再掩饰心中的得意，“哈哈”大笑起来：“姜老弟怎么对这也有兴趣?”

“我们学金融的当然关注企业的现代管理，企业实现零库存管理不是放在嘴上说说就能完成的，涉及到进、销、存一系列生产、经营全过程，需要精准地统筹安排，考验着管理者的智慧啊。”

“这 1 楼没什么好看的，我们上楼去。”楼梯间散落着一些自行车辐条，曾念祖弯下腰捡起散落在楼梯口旁边的几根，姜扬见旁边的楼梯下还有几根，便走过去一根、一根地捡了起来，曾念祖站在楼梯上等着，姜扬捡完将手中辐条递给曾念祖跟随着他走上 2 楼。

2 楼是天盛车业的核心所在，自行车流水线像条长龙盘旋在一二层之间，流水线先从一层带着车架滚滚而上，一头钻进长长的类似火车车厢的自动喷涂中心，车架从另端进来时穿上漂亮的外衣，然后从喷涂中心自动分出了数十道输送线，奔向一层形成组装线。

曾念祖介绍道：“这是我们天盛车业的核心，一切生产活动都是围绕它进行的，是我们在德国专门定制的，集清洗、喷涂、烤漆、分配一身的全自动化流水线。”

“这流水线怎么时而上时而下这不费事吗?”姜扬不解地问。

“这条流水线的设计根据生产工艺和一些特殊性考量的。自行车生产前道工序比较脏，尤其打磨时的铁屑多，还要经过酸洗，就不合适和清洁度要求非常高的喷涂中心靠得太近。另外，车架是我们整个自行车生产用钢材最多的部位，我们自行车绝大部分用的是进口钢材。所以，我们的免税仓库放在 1 楼车架车间旁边，喷涂中心放在 2 层自然就不用说了。”曾念祖指着远处排列整齐的自动化车床说，“那也是德国定制的自动化车床，用它生产关键部位的轴承，自动化程度相当高，只要放进适当的钢坯一会儿就自动生产出优质的产品。我们也算是家族企业吧，传至我这辈也有 3 代了，欧美那边虽然都是老客户，但我们从材料到生产工艺都是一丝不苟，产品一直保持着高品质。”

“零库存并不是我们管理的追求，我们讲究高效率与高品质的完美结合，零库存的管理正好符合我们的理念，我们就拿来用用。祖国大陆给了我们台胞一个优越的待遇，从征地到税收林林总总，给了发挥、实现自我企业管理理念的空间，所以我的厂房才能设计成这样。”

进入 2 楼需要更换无尘服，姜扬没必要进去细看，只是站在楼梯边欣赏了一番，又同曾念祖原路回到 1 楼。曾念祖带着姜扬穿过一扇不大的边门来到免税仓库，他隔着门将手中的辐条递给仓库保管员。

“这是沿江市海关设在我们企业的免税仓库，以前这里的进口钢材能垒到房顶。现在大陆的钢越炼越好，经过一段时间的试验、使用，各项指标均达到欧美标准，现在我们钢材大都从宝钢进货，只有关键部位的材料我们还是从国外进口。”曾念祖比画着向姜扬介绍。

“这不仅降低了材料成本，还会节省资金成本和管理成本，经济效益该是要大幅提升了。”

曾念祖苦笑了一下说：“本应该至少节省 20 个点以上，可是钢材涨价和汇率的变动，这 20 多个点被平抑掉了，细算起来如果不是大陆优质低价的材料对冲，搞不定今年就要亏损。”

姜扬心里一松，用肯定的语气说：“这就需要金融工具来抵御风险了。一般出口企业 1 年与国外商户签订两次购销合同，产品价格基本是在签订之时固定下来，不会因市场原材料价格变动而变动，结算也按即时外汇牌价结算，这就给企业利润带来极大的不确定性，这不是一个成熟的企业所愿意担负的。”姜扬看看曾念祖，见他静静地听便继续说下去：“成熟的企业一般会采取在期货市场锁定利润的做法，即签订合同后，购买近期一定量的生产用材，然后根据出货期购买远期期货，比如贵公司可以分月购买钢材期货，只要等到期货到期时进行平仓，在现货市场买进所需用的材料就完成期货套保。外汇结算也同样进行套保操作，企业可以完全抵御从这方面带来的风险。”

曾念祖没有接姜扬的话茬，他沉默着、思考着……

一会儿，曾念祖另起话题说：“一个企业就像这钢铁一样，只有千锤百炼才能堪当大任。这个千锤百炼的过程充满了艰辛、困惑、责难，我们企业从台湾地区迁至菲律宾、马来西亚等地，又从东南亚迁到祖国大陆，当时在菲律宾爆发的排华事件中我们差点血本无归。”曾念祖心有余悸回忆道：“1986 年菲律宾爆发排华示威流行，我们当时意识到在菲律宾的风险，从那时起我们开始考虑企业的出路，有位台湾老乡从祖国大陆回来说，大陆就像一架正待起飞的波音飞机，等飞起来就赶不上趟了。我们就把目光瞄上了大陆，幸亏大陆给了我们这个机会，我们逐步将主要生产车间移到大陆并组合成目前这中心。”曾念祖说到这儿唏嘘不已。

曾念祖叹道：“大陆又给了我一切，我们是商人，企业兴亡是我们的一切，是我们的全部。”

万耀华万万没想到曾念祖在这个场合主动挑起政治这个话题，在大陆的台湾商人政治成分很复杂，主要是国民党和民进党两个大派别，但到了大陆都尽量忘记自己的党派，一般不随意谈论政治这个话题。万耀华一时难以插话，只好在一旁用目光示意。

“曾董，我不清楚您的家族史，我父母、岳父母都是经历过战争、打过日寇，也与国民党军队有过生死相搏。可是才过去一代，我们之间相见有仇恨吗？我的前辈们在回忆那场战争时更多的是怀念，看不出一丝丝的仇恨。如果再过几十年，再后几代的子女，不要说是无恨，结下美好良缘的事情恐怕比比皆是。我们毕竟是中华民族的子孙，血浓于水，中华民族之崛起，不论是任何党派的中华民族的子孙都会共同为之奋斗的!”

姜扬稍稍停顿接着说：“曾董当初能选择大陆发展，足见曾董高瞻远瞩、胆识过人，听说的不如亲身经历的，曾董的企业在大陆所受的待遇，台湾商人在大陆所受的礼遇该是有目共睹的。我们了解一些在大陆台湾人的习惯，一般社交都封闭在台湾人圈子里，台湾人之间又会封闭在台北、台中或台南人这些圈子里。曾董的胸襟不限于此吧，投之以李报之以桃，就是现在的大陆。”

曾念祖眉头舒展，开心地说：“姜老弟言之凿凿，听万总说姜老弟酒量不错，中午我们喝两杯。”

姜扬心中一喜，成了！他按捺着心中的激动说：“现在中午工作时间，喝酒有破曾董的规矩吧。”

“规矩是人定的，是为企业服务的，这是工作酒，必须喝!”曾念祖霸气地玩笑道。

“恭敬不如从命，如果薛行长有空也请他过来行吗?”

“当然好啊，耀华，现在 12 点，半小时后开吃，请你先和姜老弟去我办公室泡茶打屁，办公桌下面的柜子里，有从台湾带来的小点心。我有点事，一会儿让秘书请你们过去。”曾念祖说完独自离去。

财务室里曾念祖在仔细听取财务总监周敏沁的汇报：“曾董，大陆的银行门槛都非常高，都有国家的背景，资金的安全是有可靠的保证。我听他们介绍该银行的操作灵活度很高，加上他们所说的由省外汇分行统一操作，对我们企业资金运作、管理能够积极支持、帮助，如果能够实现这个目标我们的财务成本会大幅下降，资金安全得到保障。现在国际金融环境越来越恶劣，曾董，是到要改革的时候了。”

“周总监，我知道你对我们财务的状况颇有微词，我从心里感激你对企业的关心，这些年也埋没了你这位人才，是时候了，到时你不要喊累啊。周总监，你看如何设计我们的财务，包括我们设在台北的财务中心。”

“董事长，我是这样看，台湾财务中心仍然保留，虽然我们公司的重心转移到大陆，但在东南亚还拥有众多公司。但其职能进行转变，从原来的资金调配转变为计划、监督、指导、培训，把资金使用的审批权根据各分公司的业务情况进行有控制的下放。撤销上海结算中心，和我们财务部合并，配合外汇银行对我们公司的量身定度，财务部在原有的基础上新设资金部、合同部、证券部，统一国内公司的进出口资金调配的各项工作，在省会江城市设金融办事处，方便与省外汇银行的沟通与我们公司结算便利。”周敏沁一口气说出心中早已酝酿成熟的想法。

“感谢周总监对公司财务有了深思熟虑的考量，你先去我办公室陪陪万总和姜行长，中午一道吃饭，你的办公室借我用一用，我要和秦董沟通一下。”

周敏沁掩住心中的喜悦，轻声关上门走向董事长办公室。

姜扬坐在茶几旁和万耀华随意聊着：“万总，现在飞峰招商引资活动轰轰烈烈，各项政策也是非常优惠的，你们在东莞的制鞋企业不如搬到飞峰来。”

“老弟呀，这你就不知道了，一个产品只有集中在一起才能形成优势，你别小看了一双鞋子，就比如鞋底吧，要分真皮、棉布、橡胶、PU、PVC、MD、TPR、EVA等等，而且还不断有新兴材料的推出，不同的材料需要不同的机械设备生产，所以就形成专门生产鞋底的专业工厂，还有很多辅料、配件都是这样。所以，一个鞋企需要很多专业性大、小不一的工厂去配套，我们企业所需要的所有材料，只要一个电话十分钟内就能送到我们的流水线上。曾董这个自行车城倾注了他毕生的心血，加之东南亚的华人遭遇，促成了这个产业在飞峰的形成，可谓天时、地利、人和。”

“哦……”姜扬恍然大悟。

姜扬表面平淡地和万耀华聊着，心中却有着从未有的忐忑不安，他在等待薛凯向沿江分行行长谢季风汇报后的答复。姜扬之所以要薛凯放下刚刚到嘴的饭碗前来赴宴，因为姜扬是想让曾念祖看到飞峰市外汇银行的领导班子是团结、健康的；姜扬之所以催促薛凯立即向谢季风行长汇报，是想让包括万总在内的台商们看到外汇银行高效、务实的企业精神。姜扬的努力没有白费，当薛凯精神抖擞地来到曾念祖的办公室向姜扬微微一笑，姜扬知道办妥了。

中餐十二点半万耀华和薛凯及姜扬在周敏沁陪同下来到宴会厅，曾念祖已在宴会厅的沙发上静候。宴会厅装修是豪华的欧式风格，灯具也是昂贵的西班牙水晶灯饰，餐桌椅、沙发都是以欧式雕花的奢华风格，休息区和就餐区巧妙地用壁炉相隔，四壁挂着一些世界著名油画的复制品。一套占据大半个茶几的地道的中国功夫茶具，与这个欧式氛围格格不入，姜扬早已熟知台湾人这个饮茶习惯，当然是见怪不怪。

周敏沁推开雕花木门，曾念祖闻声起身迎了出来。

第九章　银企合作谋共赢　薛姜初识靓双姝

“曾董事长，这位是我们飞峰外汇银行的行长薛凯。薛行长，这位是天盛车业的董事长曾董。”姜扬向双方介绍。

“薛行长也是一表人材，请。”曾念祖将众人引导坐到沙发上说：“我们再等几分钟，有两位总经理要来，我们等等她们。”

薛凯用眼示意姜扬，姜扬自然心领神会，姜扬说：“曾董事长，薛行长已经向沿江市分行谢季风行长做了详细汇报，谢行长又向省分行的分管行长进行了汇报，两级分行领导都十分重视，具体情况由薛行长向您通报。”

“好高的工作效益!”曾念祖脱口而出。

薛凯提足精神说：“曾董事长，我得到消息第一时间向我们上级行谢行长进行了汇报，谢行长十分重视，当即联系了省分行吴天峰分管副行长，对贵公司的情况进行沟通。吴副行长当即表态，将由省行国际贸易部、证券部、营业部等部门成立一个专家小组，将全方位对贵公司进行调研，会对贵公司有一揽子支持方案。”

“谢谢，谢谢诸多行长的关心。我刚刚和秦副董事长进行商量，秦副董事长非常支持我们公司财务改革。我们决定，撤销上海财务结算中心，将大陆所属企业的结算业务集中在天盛车业总公司，至于如何开户等事项，就静候贵行的统一规划了，我公司随时迎候贵行的专家调研和指导。”曾念祖心情大好地说。

说话间门外传来公司秘书的迎客声，曾念祖哈哈一笑说：“人都到齐了，今天开心，一人一瓶‘中国梦’酒，上了酒桌就不谈公事了!”曾念祖后面一句说得很重。

“曾大哥该不会看中小妹的姿色，用酒把我俩放倒吧。”人未进门声音先传了进来，紧跟走进两位风姿绰约的年轻女士。

曾念祖站起来说：“岂敢、岂敢，两位美女请吧。”

“哇，一屋子帅哥，小妹我看得都眼馋了。”

曾念祖仍是哈哈一笑：“上桌，先上桌再介绍。”

一番推辞、谦让主客座位坐定。

人刚坐定，菜就上桌了，顷刻间满满当当摆上了一大桌。

姜扬吃惊地看着曾念祖，曾念祖得意地说：“姜老弟，没想到吧，我们台湾人在大家印象中就是四菜一汤。其实我们台湾人就爱吃，我们远离家乡，不弄点好的吃吃，太对不起自己了。有空姜扬老弟到我们台湾去，我陪老弟逛逛台湾夜市，包你不嫌美食多，只怪胃口小。开饭迟了，各位先请，我们边吃边介绍。”

唐婉儿端起酒杯站了起来深深喝上一口，说：“曾大哥，我先喝上一口，算是敬敬在座的新朋友。自我介绍一下，我叫唐婉儿，飞峰湖高尔夫度假有限公司的总经理。那位漂亮的妹妹是富华高尔夫用品有限公司的总经理秦雪莹，请各位多关照。”

唐婉儿说完明眸流盼，仪态万千地坐了下来。

姜扬也端起酒杯站了起来：“这杯酒先敬敬曾董，以及万总和周总监，算是敬敬老朋友。”姜扬深啜一口，又说：“我介绍一下，我是中国外汇银行飞峰县支行的姜扬，那位是中国外汇银行飞峰县支行的行长薛凯，在座的还有我们行的信贷科科长丁志华和贸易员陶珊珊。这杯酒我就借曾大哥的酒敬敬两位年轻、漂亮、敢说敢当的总经理，以后我们飞峰外汇银行还盼两总经理多加支持。”姜扬说完将手中酒一干而尽。

唐婉儿奇道：“谁敢说敢当？这位帅哥，我们见过？”

万耀华“哈哈”一笑说：“两位女士在我们公司召开的台协会议上的表现，姜行长是在场的，他可是一一收入眼中啊。”

唐婉儿心中暗乐，真是天助我也，想什么来什么，前些日子在各大国有银行没少碰钉子，“这是我的菜!”唐婉儿心中一乐嘴上脱口而出。唐婉儿话出口感觉不对连忙掩饰道：“这菜色泽淡雅、清甜可口，真对我的胃口。曾大哥，我让我的厨师来学几招，千万别推辞哦。”

曾念祖得意地说：“不是吹的，你们的厨师是学不来。我们的厨师是我们在菲律宾时的老厨师，结合了台湾菜、东南亚菜的特点，来到飞峰后发现当地的菜基本上是清汤、清蒸、清炒不放有色的调料，我们的大厨又进行改良。现在主要以当地的清为基础，讲究个真，吃到嘴里的各种色彩、滋味均是用水果调制出来，世界独一份，就在哥哥这儿!”

唐婉儿点点头说：“听起来是够费劲的，算了，馋了来曾大哥这里讨吃的更省事。”唐婉儿不想再和曾念祖继续纠缠，端起酒杯说：“薛行长，小妹能品尝到如此美妙的美食，想必是沾了行长的光，小妹敬你一杯。”

“唐总真是爽快，这酒不喝都不行，不过，说来说去都是沾了曾董事长的光。”薛凯喝一杯又立即斟满酒敬了曾念祖。

“我再敬敬对面的姜帅哥，上次开会我们有些唐突了，望帅哥哥别见笑呀。”唐婉儿继续她敬酒之旅。

“我非常敬佩两位总经理，敢说敢当，好样的！”

“他是飞峰外汇银行的副行长，是耀华的好朋友。”曾念祖补介绍。

唐婉儿想起来了：“啊，是姜行长，听说你的故事，与我们万总大战数十个回合，最终旗开得胜，与万总是不打不成交。”

“唐总是玩高尔夫的，可能对保龄球不太了解，我们当时用的2.6磅的球瓶，这种球瓶是娱乐用球，比赛用瓶是2.8磅以上的球瓶，我们飞碟球打法是很难打动的，而万总的弧线球是小菜一碟，如果真的比赛我早就不是万总的对手了。”姜扬帮万耀华找回面子。

“原来还有这个门道，敬佩，敬佩。听说万总的高尔夫打得相当好，我们高尔夫球场练习场已经建好，敬请万总赏光。”唐婉儿当然不想得罪任何一个人，于是顺水推舟又倒满酒敬万耀华。

一开席唐婉儿就占据主动，都是围着她的话题转。不过，曾念祖大事已定，兴奋劲也过了，毕竟多年养成了习惯，中午喝酒还是很节制的，唐婉儿如此表现曾念祖倒也乐享其成。

唐婉儿和秦雪莹反客为主酒桌气氛被带动得热烈、活跃，酒过几巡，唐婉儿与薛凯已相谈甚欢，她对薛凯说：“薛行长，我们公司在湖西乡投资建设一个18洞的标准高尔夫球场，到时会有一系列配套设施，不知贵行有没有兴趣开办一个外币兑换点？”

“当然有兴趣，我们还可以提供各种金融服务。”天盛车业的合作成功薛凯底气十足。

“择日不如撞日，吃完饭请两位行长去我公司考察考察。”

“行！恭敬不如从命，吃完饭就去。”

行程一定，喝酒也节制了，酒宴很快就在欢快的气氛中结束。

曾念祖客气地抱拳相送，只是到了姜扬时，曾念祖用粗壮的大手握住姜扬诚恳地说：“老弟啊，你至真至诚的态度打动了我，为我们企业着想也为你们银行着想，你们大陆银行业有句话叫‘银企一家’，这句话非常好，互惠互利，共同发展，多话不说，老哥这里随时欢迎你。”

“谢谢老哥对我的信任，我们飞峰外汇银行会在薛行长的领导下把工作做得更好，今后少不了麻烦老哥。”

曾念祖又握握姜扬的手：“好，一言为定！再见。”

唐婉儿钻进宝马 530 开到大门口带路。

宝马车上唐婉儿对秦雪莹说："雪莹，我们的机会来了，这两人都有实权，必须两个都拿下，你挑一个。"

"婉儿姐，他们都是大陆的。"

"什么大陆的、台湾的，只要能弄到钱，你管是哪里人。你啊，傻气直冒。我跟你说，老板已经很不高兴了，说是进展太慢。眼看着大批土地就要征用下来，我们还搞不定银行贷款，老板一生气把我们扔回南投山区，再去当槟榔西施你哭都来不及。你看这两人多帅，还是银行行长，比你我有身份多了。"

"我不是那个意思，只是刚刚认识，有点不好意思。"

"切，装清纯啊，你出来混不是一天两天了，那个叫姜扬的比较帅，你也水灵，就归你啦。我的话你记住了，有了他俩我们就有了钱，有了钱就有了自由。到时要爱谁就爱谁，要去哪儿就去哪儿。那个变态的死糟老头子，不就仗着财大气粗把我们呼来喊去的，妹子懂吗!"后面的话唐婉儿一字一句地说出来。

秦雪莹从嗓子挤了点声音"嗯"，点着头想着自己的心思。

唐婉儿和秦雪莹并不是亲姐妹，她俩是台湾南投县仙姑山区的槟榔妹，在台湾号称槟榔西施。她们有着相同的经历，都有一个赌博、酗酒、暴力的老爸，生活的压力让她们从 14 岁开始走上卖槟榔之路。不过，失去的不等于没有。这个道理唐婉儿和秦雪莹比谁都明白，她们的付出让她们比任何人都了解和理解生活，她们共同发誓：她们要比谁都活得更好，她们要在家乡最美的地方建立一个属于她们的家。

飞峰湖高尔夫度假村坐落在飞峰县东南的湖西乡，湖西乡的东面是清澈、美丽的飞峰湖，另一侧南临飞峰山，此地属丘陵地形，依山傍水，风景秀美，但也地处僻壤是飞峰县的贫困乡。飞峰湖高尔夫度假村进驻后，乡里让出经管站的独立小楼供飞峰湖高尔夫度假村临时办公和居住。

1 楼展示厅一个巨大的高尔夫球场沙盘占据半个展厅，几位仿真高尔夫高手在绿草茵茵的球道上尽兴挥杆。姜扬上前细看，老虎伍兹也赫然在列。

唐婉儿指着老虎伍兹边上的一位矮个说："这是我们董事长洪克嘉与泰格·伍兹共同打球的场景，那次我们洪董打了 79 杆的好成绩。"

这位叫洪克嘉的董事长个头矮锉，四肢短粗，方方正正的国字脸与整个身材匹配的倒也均称，一身雪白的高尔夫球装束，手中的高尔夫球杆让洪克嘉凭添几分潇洒，真乃是马靠鞍装，人靠衣装。

唐婉儿双手一拍说："高尔夫是荷兰文 kolf 的音译，意思是在绿地和新鲜氧气中的美好生活，它是一种把享受大自然乐趣、体育锻炼和游戏集于一身的运动。各位领导可以想象：您，在蓝天白云之下，脚踏松软的茵茵芳草，身后是卓卓远树，鸟儿纷飞，清香随阵风袭来，尽情挥杆放飞自己的心情，这该是多美的一幅场景啊！”

“我们飞峰湖高尔夫球场将建成18洞的标准球场，可以举办任何规格的高尔夫比赛，我们打算在飞峰湖高尔夫休闲度假村揭幕时，邀请伟大的高尔夫手泰格·伍兹前来助阵。”

“飞峰湖高尔夫休闲村还将配套两个练习球场，一个5洞迷你练习场，将建成一个休闲会馆和数座度假别墅，整个度假村将会有完善的配套服务，包括金融外汇服务，不知贵行是否有兴趣？”唐婉儿比画着墙上的效果图一项项地介绍，最后收尾时抛给外汇银行的领导们一块美味馅饼。

薛凯立即回应道：“我们行当然愿意，至于代办还是开设分理处我们可以根据情况再具体定。”

唐婉儿也立即给予回应：“这就太好了，我们董事长倾全家族之财力投资百亿打造这个项目，如果能与贵行的合作得到薛行长的支持，我们这个项目的成功就更有把握了。薛行长，我会立即跟董事长汇报，让他尽快来大陆与薛行长见面，你们两位大佬谈好了我们小鬼好做事。”

“行，我们恭候董事长大驾。”

唐婉儿趁势提议说：“薛行长，姜行长，我们是否可以去现场看看？”

“太好了，我们也见识见识，有劳唐小姐了。”薛凯客气地说。

“请各位稍等。”唐婉儿和秦雪莹一同出门。

不一会儿，门外传来汽车的轰响，唐婉儿和秦雪莹又一同进门邀请薛凯一行上车。

门外停着两辆高大的悍马越野车，两位佳丽也换成了紧身束腰的迷彩野战服，一身的迷彩服没让人感到英豪之气，反倒平凭出几分妩媚。

唐婉儿邀薛凯、万耀华上车。

秦雪莹直奔姜扬而去，姜扬见状说：“秦小姐，我是否有幸乘你的车?”

秦雪莹停下脚步得意笑笑说：“姜行长，请。”

姜扬招呼丁志华和陶珊珊一同上了秦雪莹的悍马。

两辆肌肉雄壮的吉普，在两位娇滴滴的小姐的驾驶下一前一后向球场驰去。

这是一片带状丘陵，右手的不远处是秀丽挺拔的飞峰山,左手紧挨飞峰湖。这段丘陵地带比效低矮且很平缓,沿着飞峰山向飞峰湖逐渐走低，丘陵中有两个自然形成的水泊与飞峰湖水系相通，长了些不成林的小松树，小块的田野里水稻已在拔节孕穗，满眼看去一片葱绿。

两辆悍马在崎岖的小道上穿行，时而离开无法行驶的道路冲上山坡，时而绕过泥泞的水泽，汽车一直开到一处高坡才停下。

唐婉儿跳下车从后备箱中拿出一卷图纸铺在汽车的引擎盖上，对照图纸进行实地讲解：“薛行长、万总、姜行长，眼前这片平缓的地带是我们高尔夫休闲村的主球场，沿湖一带是休闲场所，以东南亚建筑为特色，在湖边将建成一个人工沙滩和湖滨浴场。高尔夫练习场和9洞的迷你练习场，放在主球场顶端与休闲村的结合部，休闲、练习都方便。我们脚下和那些较高的地段将建成大小不一的别墅群，原则是在每一幢别墅里都可以清楚地、全面地观看到高尔夫比赛。”

“一座高尔夫球场加上休闲中心有两三千亩足够了，看唐小姐比画下来怕是有万亩地吧。唐小姐，你们的高尔夫休闲度假村的工程可不小啊，而且建筑工程要远比高尔夫球场工程大得多。”姜扬心中边盘算边向唐婉儿发问。

“姜行长，不要小看高尔夫球场的建设，这是一个很精细、很繁杂的工程，既有设计者的智慧，也有施工者的勤劳。”唐婉儿机智地将话题转到高尔夫球场建设上。

姜扬只是将心中的疑惑随口问出，这个阶段也就是听听呗。

唐婉儿仔细介绍高尔夫球场的设计理念：“我们会根据这里的地形特点，设计出独一无二的飞峰高尔夫球场。各位领导请看，前面靠右的水泊那片平地，是我们球场的第十二洞的主球道，共538码的5杆洞，这段地形是飞峰山的一个风道，而且地势在这里转折，风在这里有旋转变化。高尔夫球在通过这段球道时要经过两次不同的风速、风向的变化，而且一年四季风都有不同的特性，高尔夫比赛就是对自己的挑战，想在这里打出好成绩不是一年两年能够达到的。”

唐婉儿继续介绍说：“各位领导再看，靠湖边的那个水泊有个自然形成的小岛，我们将利用这个小岛，设计一个超高难度的果岭，将栈桥隐藏在水底，只有所有选手击球上果岭，栈桥才会升上来，增加击球人的心理负担。球下水必须原球捞上来重打才有效，也让球童增加些收入。”

薛凯插话道：“这都不好，略显霸道还显小气，我看不如一年搞一次捞球竞猜活动，平时击下水的球不得捞出，1年只捞1次，届时广邀高尔夫球界名人和会员，参加1年1次的捞球趣味比赛，看谁能猜准1年击球进水的个数。”

唐婉儿成功地将话题转到球场上，心中一阵暗喜，嘴上赞美词也就随即而出：“啊呀，薛行长，你这个创意太好了，薛行长真是个才子，一件平凡的小事经薛行长加工一下，就化腐朽为神奇了。我们一定好好消化薛行长这个创意，让这创意成为我们球场的一个闪亮的卖点。”

“薛行长、姜行长、万总，有劳领导这么长时间，不如去我们的高尔夫练习场，我们边休息边聊天。”

“行，这些技术活我们也不懂，技术的东西交给专家去解决，我们务虚不务实。走，我们见识见识高尔夫球去。”薛凯豪爽地说。

秦雪莹一直话不多，时间接触长也就没那么倨促了，听到要去练习场，指着远处的高尔夫练习场豪气十足地对姜扬说：“我们直开过去好吗？”

姜扬放眼看去，一直开过去要经过两个山包，一片荆棘和一处水泊，姜扬兴致也提了起来，说：“哪有秦小姐敢开，我们不敢坐之理。走，让我们见识秦小姐的车技。”

秦雪莹不等唐婉儿起动车，一加油率先冲下山坡。

唐婉儿不急不忙和薛凯、万耀华聊着，发动车准备起步，突地秦雪莹的车冲到前面，车窗中还伸出一只大拇指向下的拳头。

“这野妮子，发疯了！”唐婉儿也一加油冲了出去。

秦雪莹开着一直前行，灵活地打着方向盘躲避山陵上不高的松树，荆棘和蒿草在车轮下“咔咔”作响。

唐婉儿没有紧跟秦雪莹的车，选择道路较好的山坡右侧绕过去，路程虽远但车速却明显比秦雪莹的车要快。

悍马车左冲右突来到了水泊之滨，秦雪莹身体内爆发出原始的野性，一点没有减速的意思，她要从水中冲过去。荒草、芦苇在车前纷纷倒下，悍马车在四驱催促下在泥泞的水中扭曲、挣扎、怒吼，水渐渐漫到车的腰间，悍马车发挥着强大的越野功能，像一只乘风破浪的快艇冲向对岸，悍马一声低吼，冒出一阵黑烟，摆脱泥潭的束缚，威风凛凛地站到了对岸，这时的悍马更像是桀傲不驯的非洲野马。

秦雪莹停下车，紧紧握住方向盘的手轻轻松开，稍稍喘口气。

姜扬赞道：“好棒的车技，好大的胆识！”

秦雪莹扭过头对姜扬媚媚一笑，漂亮的小脸涨得通红，姣小的秦雪莹在高大的悍马中显得更加可爱。

秦雪莹透过姜扬看到窗外发现唐婉儿的车从山的右边冒了出来，银牙一咬，汽车四轮齐动扬起一阵尘烟，“轰”的一声蹿了出去。

唐婉儿看到秦雪莹拼命的样稍稍松了松油门，秦雪莹的车从唐婉儿的车前蹿到还算平整的土路上，很快两车一前一后到了刚刚建起的高尔夫练习场。

高尔夫练习场由会馆、打位房和落球区组成，飞峰湖高尔夫球练习场有 180 个打击位，算是较大型的练习场，呈扇形排开，高出会馆大半截。打位前方是一片开阔的绿茵草坪，四周高耸的网柱拉起的球网并不显得压抑，球场的半空中挂了十多个铜锣，地上也放了七八个藤编的筐篓。球场刚建，加上地处僻野，只有几个工作人员在练球，球场显得分外冷清。

球场经理眼神好用，远远看见两辆公司的悍马威风凛凛地冲了过来，连忙带领所有的员工迎候在球场的大门口。

唐婉儿将薛凯一行交代给球场经理，和秦雪莹一道匆忙去为两位行长准备专用球具去了。

飞峰湖高尔夫度假村的老板洪克嘉并不在台湾，此时正在省会江城市的阅江阁古玩市场闲逛。

阅江阁古玩市场是滨江省最大的古玩市场，不仅有正规的大型古玩商店,也有占据古玩市场一隅的跳蚤市场。

洪克嘉在跳蚤市场的一家地摊上与摊主闲聊着：“黄老板,这些货不怎样，没有好点的吗?”

老黄赔着笑在一旁说：“上次您把我这里好货都包圆了，要聚起好东西没那么容易了。”

洪克嘉东张西望、心不在焉地说：“上次的货也不怎样，只有郑板桥的墨兰还可以看看，为修复那件作品我可花了一倍多的钱。”

老黄哈着腰说：“您是大老板，哪在乎这点小钱。”

“也不能这样说，花钱总是要买点好货吧。不过，如果东西好，多花点也是洒洒水啦。”洪克嘉拖着长腔说。

老黄心中暗乐，上次搞了个仙人跳设计他，用不值钱的青田石童子送财的手玩件，刷上黄漆冒充价格高昂的田黄石，以 40 万的高价卖给眼前这位财大气粗的台湾老板，他还以为捡了漏。

老黄在此摆摊子已有 20 多个年头，好货、歹货，行家、凯子基本能分别出八九，各方面的货源渠道也积累不少。老黄对这个台湾来的有钱人心存疑惑，该人好像是一夜之间在古玩市场出名的，那天傍晚，这位老板用了两个小时扫了近百万的货，其中大部分是假的不能再假的假货。从那以后这位老板经常出没在跳蚤市场，收购的古董从瓷器、字画、玉石到青铜器、木器无所不及。可是根据老黄对这位老板的观察，他不像是一无所知的雏儿。更让老黄不解的是，当老黄用刷过漆的假田黄卖给这位老板时，他说了一句令老黄想了很久的话：“这个田黄果然不错，这个钱花得值，交朋友嘛，不花点钱行吗?”

“洪老板，今天不带点什么?”

洪克嘉拿起一个铜镜看看扔回摊子上说：“前些时间买得够多了，不是好东西就不想再玩了。”

老黄想想没多言语，他心里一直琢磨着洪老板，从直觉上这人不会有什么问题，只是心里仍不放心，这些事还是小心点好，洪克嘉不再看摊子上的真假古玩，而是静静看着老黄在等着什么。

“洪老板，我好的古玩真的不多了，但现代的有几件精品，比如紫砂大师顾景舟设计、制作的汉云紫砂壶，好壶要配好水、好茶，洪老板我家……”

“这好办，去我那儿不介意吧，我那里有各色紫砂壶，你来了我请你欣赏葛军大师设计、制作的金钱豹特色壶。水是飞峰山的山泉，茶叶从飞峰毛尖、苏州碧螺春到福建大红袍、安化茯砖、台湾冻顶乌龙样样都有。”

“那太好了，不知洪老板家住?”

“哦，这是我的名片，上面有我的地址，来时打个电话约一下。”洪克嘉说完，给了老黄一张名片便晃晃悠悠地继续逛去了。

老黄接过名片仔细看着：名片上只有洪克嘉的姓名、一个固定电话、一个地址，地址是双桥宾馆 7 号楼，他如获至宝小心地放到钱包的里层，他心中犹豫很久的事很快就要水落石出。

洪克嘉继续踱着四方步东瞧瞧西看看，不时地和地摊老板聊上几句，但他一改往日的疯狂，始终没有再出手。洪克嘉正逛着觉得裤子口袋一阵震动，他掏出手机，屏幕上显示的是唐婉儿名字，便接通电话。

“老板，我是小婉。”

“小婉啊，那个老狐狸拿下了?”

“今天我们去了，没来得及谈，在老狐狸那里碰到飞峰县外汇银行的两个行长和一个信贷科科长，我给截到度假村来了。”

“哦，情况怎么?”洪克嘉心情大好。

“谈得很好，我用开办分支机构先套住他们，然后再逐步谈贷款的事情。”唐婉儿非常清楚和她老板汇报的技巧，她把结论放在前面先讲。

“嗯，办得不错，要抓紧攻关。”

“是，老板。我负责攻薛行长，他是一把手，小莹攻姜行长，他是实权派，今天小莹的表现很不错，一招抓住了那个有点清高的姜行长。”唐婉儿从不吝惜在老板面前表扬属下。

“很好，很好，哈哈哈哈。”

“我对他们说你在台湾，先晾晾他们。老板，您看什么时候和他们见次面，有些事您说才有分量。”

“我的小婉越来越能干了。”洪克嘉想想说，“就下周这个时间吧，等得太久对他们就不够诚意了。”

“是，老板。”

“老狐狸那里你还要抓紧了，他在台商之间是很有影响的，只要他买会员卡，其他人就会望风而动，知道吗?”

“老板，我知道，曾董和外汇银行好像在谈合作，到时多约曾董、万总和薛、姜两位行长几次，那个老狐狸的最后一点顾虑就打消了，一切就会 OK 了。”

“这个计划很好，老鹰球。小婉，这两天收了两个和田玉的挂件，下次来记得在我这里拿。”

“谢谢老板，听声音您在古玩市场。老板，不能再收了，上次收回来的破烂我们还没处理完，不是白白送钱嘛。”

“你不懂，这叫放长线钓大鱼。”

“是喽，我也去钓大鱼了。老板，拜拜。”唐婉儿等手机响起“嘟嘟”的挂断声才收起电话。

唐婉儿急忙从经理室出来，秦雪莹已换好一身粉红的高尔夫运动装在大厅闲等。

秦雪莹见唐婉儿出来急着说：“球杆我已挑好了，你快去换衣服，我在这儿等你。”

唐婉儿看看秦雪莹一身装束，上前摸了把屁股说：“小荡妇，打扮得这么可爱、性感……”

“别闹，快点。”秦雪莹上身是上宽下窄的既宽松又紧身的短衫，刚刚露出圆圆的肚脐。肚脐上穿着一个小挂件，让圆润的小腹略显俏皮，惹得人不由自主地想看上一眼，下穿淡同色的超短裙，一双修长的腿更彰显得性感。

“他们人呢?”

“在开球区休息，挺自在的。”

“我去把衣服换了，还要补补妆，对了，老板夸你了。”

“还不是姐姐美言的。”

“加把油，这票干成了，我们就自由了。”

“加油!”

休息区薛凯、姜扬、万耀华坐在一道，万耀华身边已放着他专用的高尔夫箱包，丁志华、陶珊珊由宁芸陪着坐在另一张休闲桌，身后站立几位工作人员，一位讲着闽南普通话的教练讲解高尔夫球的击球动作要领：“各位领导，前面我们了解了高尔夫球杆的种类，现在我们用钛合金 7 号球杆示范击球动作分解，7 号杆长度 41.5 寸，可击出 150～170 码的距离，是比较好的练球选择。 7 号杆叫 Heaven，是天堂的意思，也就是说我们可以把球送上天堂，下面请看我是怎样把球送上天堂的。”

休息区传出轻松的笑声。

教练用球杆从脚下一堆球中熟练地挑出一个，经过上、下振杆、击球、送杆，球杆划出一个弧线，“砰”的一声直飞蓝天，远远落在200码开外。

“啪，啪，啪。”后面传来掌声，“王教练的开球越来越完美了。”

大家回头看到是唐婉儿和秦雪莹拉着高尔夫箱包出现在身后，王教练腼腆地说：“比起唐总、秦总差得还很远。”

“这样，请王教练去教丁科长和两位漂亮的妹妹，我和秦总与薛行长和姜行长搭配。”

王教练立即让出球位。

唐婉儿和秦雪莹分别走到薛凯、姜扬身旁：“走，换件衣服去，两位帅哥玉树临风，换上洁白的高尔夫球衣多帅气，往秦妹妹身旁一站这叫金童玉女。”

“不换了，我们也就看看，不用那么专业。”薛凯起身推辞道，随着唐婉儿来到打击位。

“我不打，我在这里观敌瞭阵。”姜扬坐在椅子上纹丝未动。

“这……”秦雪莹窘迫地愣在原地，眼睛不住向唐婉儿瞟着。

唐婉儿也听到姜扬的话，见秦雪莹愣在当场，连忙来到姜扬身边坐下：“小莹，去陪薛行长打球。”

秦雪莹如释重负去了薛凯身边，手把手地教薛凯如何上杆、下杆。薛凯如是反复挥动球杆，来来去去几十个球打出去，渐渐地也摸了些门道，一聚气、一凝神，一时心神合一，自如地挥杆而去，只觉得杆把微微一颤，听到“砰”的一声清响，杆头与球形成甜蜜点，高尔夫球“嗖”地划出一个漂亮的弧线飞向远方。远处传来“咣当”的一声，“哇！老鹰球！”原来球场当中挂着那些铜锣是为了增加击球者兴趣而设的，击响锣声代表打出老鹰球。薛凯心中得意，没想到身旁的秦雪莹踮起脚，搂着薛凯的脖子“啵”的一声就亲了一口。薛凯被这突如其来的一吻“啊”地惊呼出来，秦雪莹也羞红脸低着头站在一旁。

王教练见状笑嘻嘻地解释说：“薛行长好厉害啊，刚上来就是一个老鹰球，按我们球场的规矩，陪练小姐都要献上一个香吻，薛行长，其他的小姐都在等着啦。”

“啊哈，行了，一个足已，不能再来。”薛凯有些享受地说。

王教练带头鼓起掌，球场顿时“啪，啪，啪”一片掌声。

薛凯受一吻的刺激顿时兴奋起来，可是，无论是再聚气、再凝神、再认真也不管用了，高尔夫球不是飞不远就是打歪，看来再获一香吻不是那么容易做到的了。

姜扬和唐婉儿坐在休闲桌旁谈得正欢，不过谈话的内容不是那么合拍。

唐婉儿启发性地诱导姜扬说："姜行长，你看薛行长打得多开心。"

姜扬不屑一顾："他并不喜欢这些玩意儿，只是他是一把手，有些场合要顾及罢了。"

唐婉儿眼睛画出个大问号。

姜扬笑笑："他是乒乓球高手，他只崇尚我们的国粹，其他的运动一般不碰，别看他现在打得欢，一小会儿他就没兴趣了。"

"那姜行长也崇尚国粹？您的保龄球不是一般水平噢。"唐婉儿立即将话题引到姜扬身上。

"我乒乓球水平一般般，不过我对所有的运动都会感兴趣。"

"可姜行长坐在这一动不动，在参修啊。"

"不，是不敢打。"

唐婉儿奇怪道："哦，愿闻其详。"

"我这人好奇心比较重，对新鲜的东西都很感兴趣，尤其是体育运动类的，还有个致命的缺点，新鲜的东西一上手就越发不可收拾，不把它弄通了是不会罢手的，所以这个球是不敢打的。"

唐婉儿"扑哧"笑出声来："这什么理由，这里的球场对姜行长全天候开放，那怕是半夜三更来，小女子定是倒履相迎。"

"先谢了。唐总，我这人比较随性，生活也简单，不会刻意去追求什么，能做则做，不能做则避之。"

唐婉儿双手一摊说："今天没有什么刻意啊，我们在曾董那里偶遇，因为合作来到这里，自然要体验你们合作者的项目，多自然、多随性，不对吗？"

姜扬无奈地笑笑："这是你的理解，你想，你们这里随便一套高尔夫球衣有个三五千都是小意思，我总不能只穿一套吧。一根球杆卖个两三千也平常，一套球杆十多根，两三万没了。据说一场高尔夫球打下来仅小费就得两三万，我每年工资也就一两万，打场球的小费都不够。唐总，我不属于这个阶层的，既然这样，何必自寻烦恼。"

"我们是合作单位，合作单位我们有合作单位的规矩，不用花钱的。"

"可是，唐总，我们的规矩也挺多的，我可不敢越雷池半步。"

唐婉儿似笑非笑地看着姜扬，心想这家伙表面看上去嘻嘻哈哈，骨子里倒也硬气，要把这家伙放倒想必要另换手段。看着姜扬，想想这钱这么难挣，又想想卖槟榔时的惨境，眼圈一红"啪、啪"几滴眼泪掉了下来。

“唐总，你这是怎么了？”姜扬有些莫名其妙。

唐婉儿心想，还不是你这家伙太死心眼弄的。心里这样想，嘴上却是那样说：“姜行长，不怕您见笑，我从看到你起就想起我前男友，那么英俊、潇洒，通过和你谈话，哪知你们性格还如此相像。只因他父母嫌我家地位低，逼着我们分了手，我一气之下来到大陆发展，没想到在这里遇到你，让我情何以堪。”唐婉儿悄悄地将“您”换成了“你”,大片、大片的泪花随之落下来。

姜扬一下子被弄得坐立不安、手脚无措。

唐婉儿心中暗乐，这傻子原来吃这套。唐婉儿适时收回泪水，羞赧一笑，娇声道：“让姜行长见笑了。”

姜扬松了口气说：“没事就好，没事就好。”

“姜行长，我们可以交个朋友吗？”唐婉儿眼中流露出真诚、渴望。

“当然，我们银行的工作就是与人交朋友，你看我和万总就是朋友。”

唐婉儿见好就收：“既然姜行长不愿打球，小妹我就陪着哥哥聊聊天。行吧？”

姜扬笑笑，东看看西瞧瞧没话找话：“看起来他们，还是薛行长学得最快。”

薛凯打了一个好球后，又打了十几个球就索然无味了，薛凯脱下手套连同球杆递给秦雪莹：“好了，过了瘾了。”

秦雪莹陪着薛凯回到休闲区，薛凯喝口茶说：“这玩意儿玩不来。”

姜扬说：“这类运动和我们喜欢的乒乓球用力方法不一样，乒乓球是小臂带大臂再带动全身，而高尔夫是以腰、胯进行大臂的轴心运动，例如，棒球、网球、保龄球都是一个道理。”

薛凯想想说：“哎，是这个道理，你怎么早不说，等下再去试试。”薛凯来了兴趣。

“还打？”

“当然，人类的进步就是不停地探索和尝试。”薛凯说完情不自禁地看看秦雪莹，秦雪莹感觉到薛凯炽热的目光，一张漂亮的小脸羞得通红。

姜扬直接夸张地哈着嘴无语了，薛凯则得意地“哈哈”大笑。

薛凯突然想起姜扬没去打，问：“你怎么没打？”

姜扬当然不能直说心中的想法，他支支吾吾地说：“我对这个不感兴趣。”

薛凯怀疑地看看姜扬，又看看坐在一旁的唐婉儿，说：“你会对这不感兴趣？在我的记忆中你对这些新鲜玩意儿有着浓厚的兴趣。”

姜扬狡辩说：“我对没有创新性的运动不感兴趣。”

薛凯不止一次见识过姜扬胡扯的能力，左右无事且听他如何精彩评说，于是问："怎么就成了没有创新的运动了？"

姜扬把休闲椅往薛凯身边拉拉，说："薛行长，你看这高尔夫球貌似高雅，其实不过是用根杆子把球打入洞中而已，这和我们小时候玩的打弹子的本质是一样一样的，这都是我们玩剩下来的。"姜扬语气和神情中隐隐含有藐视的意思。

唐婉儿一听漂亮的脸蛋涨得通红，她刚想反驳，薛凯"哈哈"大笑抢先说："你这个姜扬，还真的能扯，我想原因不是这个吧？是不是看到……"薛凯看着唐婉儿调笑姜扬。

这下姜扬急了，连忙分辩说："薛行长，别乱说，我只是觉得打不起这球罢了。"

薛凯笑着对唐婉儿和秦雪莹说："他呀，我一激就露馅了。我说姜行长，谢老大怎么批评你的，忘啦？我们这是工作，这和去工厂的车间、仓库了解情况没什么区别，你听说我们信贷人员去工厂还要收费的啊？"

姜扬听薛凯这么一解释，想想没什么理由反驳过去，他挠挠头对薛凯做个鬼脸，苦笑笑。

薛凯得意地朝唐婉儿笑笑，然后对姜扬说："走，陪我打两球。"

姜扬夸张地对唐婉儿做出一个讨好的笑脸，说："那就有劳唐总教导了。"

唐婉儿笑颜似花，说："小妹愿意效劳。"

大家说笑着准备下场，薛凯放在桌上的手机响了，薛凯拿起手机见是市分行办公室电话，起身走到一边才接通电话："喂，我是薛凯。"

"是薛行长吧，谢行长要你立即来市行。"

"哦，知道了，是张主任吧，有什么急事吗？"薛凯看看手表，已是下午 3 点 50 分了。

"不知道，只说要你过来，老大在办公室等你。就这样，我挂了。"

薛凯走回来说："打不成了，我要去市行。"

第十章　迷迷糊糊入幻境　实实在在忆从前

涂根生与石海涛通完电话，心里暂时平复下来。石海涛抹平了姜扬给涂根生心灵中留下的一丝阴影，倒到床上很快进入了一个不由自己掌控的世界，涂根生很少做梦，更准确地说应该是很少能记住晚上做的梦，他头依偎在柔软的枕头上，一种温暖的安全感让他心身彻底放松，迷迷糊糊之间飘入了他的未知世界。

一望无际的蔚蓝色的太平洋，洁白的海沙、温暖的阳光，海波粼粼，色彩炫丽。

小岛上椰子树下，芭蕉搭建的凉棚里传来声音：“老涂，怎么才来啊。”

“这是哪儿?”涂根生环顾四周疑惑地问。

“马绍尔，你的祖国啊。”

“我？我是那里人吗?”涂根生心中困惑，他记得他是中国人啊。

“当然，你看看你的护照。”

涂根生想起来了，他的确是马绍尔的公民，他心里一阵兴奋：“我是外国人，现在我是外国人，还有谁敢看不起我!”以前，涂根生常常纠结于他是城里人还是农村人。

“你是谁?”

“不认识了，我是老胡啊。”

“老胡?”涂根生费劲地想，终于想起来了，“你不是破产了吗？怎么到这里了?”

“哈哈，”老胡得意地笑道，“我是马绍尔的公民，我是外国人，我的钱早就存到这里了。”

白云下、大海中，涂根生骑着大白鲨四处游荡，一会儿跃出波涛汹涌的海面像鸟儿飞翔，一会儿钻进深深的海洋追逐鱼群。

“老胡，你也下来。”

“不行，这里被美国原子弹炸过，水里有毒。”

涂根生极目远望，身边海涛平息，海水变得浑浊不堪，涂根生纳闷，这不是我家那条被污染的河嘛？突然，周围的鲨鱼掉转头张开血盆大嘴，露出尖锐的牙齿向他冲过来，大白鲨一跃而起将他抛向空中，涂根生看到如锯齿般牙齿朝自己咬来。

“啊”的一声涂根生被吓得坐了起来，浑身已被汗水浸透，心脏剧烈地狂跳，久久不能平息，身边的妻子厉晓萍含糊地嘟囔了两句，翻了个身继续做她的春梦去了。

涂根生再也睡不着了，他起身到卫生间冲了澡，换了件睡衣，看看时间才三点半，便坐到办公桌前愣了会儿神，平息心中的不安。他休息一会儿心情稍稍平静便从办公桌上拿起《周公解梦》，他想看看梦里提示着什么。他想：先看看大海吧，于是他翻到海洋那一章，嘴里嘀咕着舍弃无关的内容：“女人梦见海洋，没用；梦见海涨潮，没用；……”

“商人梦见海洋——生意兴旺，遍布各地。”这倒是，我的生意已经做到美国、欧洲，周公用“各地”这个词有点意思，涂根生想到这儿得意地暗暗在心里乐了一下。

“再看看鲨鱼怎样？”涂根生心里想，翻到“鲨鱼”篇：“梦见鲨鱼——要发大财！”涂根生开心地笑了笑。

“商人梦见鲨鱼——漂洋过海出国做生意，能赚大钱。”

“准！”

紧跟着下面出现的这条让涂根生的心立马揪了起来，冷汗又冒了出来：“梦见鲨鱼扑向别人——是不祥之兆，灾难会临头。”“灾难”是涂根生最怕听到的词，可是“鲨鱼是扑向别人”，但梦里的鲨鱼是咬向我啊，他回忆梦中的细节，这到底和我有关系还是没关系？这灾难是对我说的吗？“鲨鱼”是谁？是姜行长？石行长？还是其他的什么？涂根生一时有太多的疑问，他慢慢地在这纠结中倚在厚实的老板椅中睡着了……

日上三竿，太阳向人间发射强大的能量，阳光从窗帘的缝隙中钻进来唤醒正在熟睡的涂根生。

“晓萍、晓萍……”办公室和里间的睡房一片寂静。

涂根生掀开身上盖着的毛巾被，松松浑身筋骨，走到窗前，看见厉晓萍在工厂大门口迎接着工人们上班，她时而眉开眼笑，时而严肃有加。这个叫厉晓萍的是涂根生的二婚妻子，比他小 14 岁。

涂根生满意地看了看又坐回到老板椅上，有些事他还要好好想想。

涂根生的工厂是镇上工业区最好的地方，紧挨镇边，四四方方的约 40 亩地，沿街一幢 4 层楼的展示中心、研发中心、职员办公室和几套标准间。三幢双层

80 米长的厂房，与办公主楼构成“已”字型，厂房之间用钢架支撑、PVC 明瓦覆顶。保证在风雨中各车间人货来去自如，订单多的时候还可以充当临时仓库。在“已”上那一勾上建造着一幢两层楼的别墅，是他的办公兼居住地，独享着一片水塘和一方绿地。别墅的道路两旁用刷着白漆的水泥柱搭成了葡萄架，葡萄架上已结满即将成熟的串串葡萄；水塘边、绿地上种着油桃、苹果等果树，既能绿化又能解馋。

厂里的工人是 7 点钟上班，上班时间是涂根生亲自定下的，一年四季就这一个点，他认为早睡早起是很好的习惯。他常年都是 5 点 30 分起床，然后去厂区仔细转一圈，这要 50 分钟左右。6 点 30 分食堂准备好早餐，3 个菊花煎的荷包蛋外脆里嫩，一大碗大排或皮肚面，这一堆东西下肚，时间就到 6 点 40 分了，这个时间他掐得很准。

涂根生会在 6 点 45 分准时来到工厂大门口，工人们必须 6 点 50 分到厂打扫卫生，7 点钟准时工作。526 名工人他不可能全认识，但他喜欢这个感觉，成群结队的属下一一从他面前走过，他的面上笑得像弥勒佛，可他心里起起伏伏的感觉不是常人能理解的。

7 点钟中层干部例行早会，当董事长兼总经理的涂根生通常有一通训话，业务上的事他并不太多说，由他任副总经理的妻子厉晓萍另外开会安排。他认为只要抓好思想教育其他事情便迎刃而解。他所讲的内容非常广泛，也会不时地推出先进事迹号召员工们讨论、学习，有的时候还要员工写心得贴在学习栏里。

开完会，涂根生深深埋在硕大的真皮老板椅里，厚重的窗帘过滤了大部分光线，办公室里半明半暗，人处在半梦半醒状态之中，思想则游离在现实和躯体之间。

这是他多年养成的习惯，若非有重大的事情，他每天上午 9 点多钟都会小憩一会儿，他的精神状态太需要这样的休息了。涂根生认为人有个懒筋，他每天就是督促工人们要把身上的懒筋抽掉！而他去小憩不是偷懒而是在考虑问题，至少他自己这么想。

涂根生的办公室很大，巨大的老板桌和老板椅营造出舒服甚至享受的办公环境；花梨木的一长四短的沙发和满墙的多用书柜一道形成一个小型的接待区；最得意的是他亲自设计的背景墙，用纯正的金箔精心制作一块块梯形金砖叠砌而成，金砖上还清晰地雕刻着“SWISSBANK”的徽记及金砖六位数编号和 999．9 成色，金砖上标着 400OUNCE。

涂根生蜷缩在老板椅里背靠着黄金墙，心里感到自豪、踏实，手中捏着支中华香烟，不时地放在鼻尖上细细地嗅。纯正、浓郁的烟草香中，丝丝地透出甜滋滋的茴香味，沁心沁肺，品吸起来顺畅饱满，层次丰富，烟香馥郁，口感圆润平滑，余味悠长，尤其用火柴点燃香烟的第一口，带着微微的火药和木柴的焦香味令人回味无穷。

今天不一样，回笼觉让涂根生精神有些恢复，思维也随之活跃起来，他下意识地从烟盒中取出一支烟，贪婪地嗅着中华烟独特的香味，这香味唤起深深烙在他记忆深处的那些事情。涂根生心里嘀咕着："真香啊！"涂根生看着手中的中华烟丝金黄光泽油润，自豪感从心底腾地升起，那首歌不由得在心中升起。

涂根生是城关人民公社五里村人，离县城约5公里路，小时候有一段影响他一生的奇遇。20世纪60年代后期，涂根生那年刚刚上小学。一天，涂根生的妈妈带他出村去公社赶交流会。交流会上人头攒动，热闹非凡，各式商品琳琅满目，有着平常买不着的各种商品，价格也非常便宜，关键是他此时可以向妈妈要上几分钱，买几块连过年都难以吃到的水果糖，平时非常抠门的妈妈这时会显得大方了一点，基本都会满足他的欲望。

这次刚到交流会上，涂根生就被设在人民公社大院旁边的一个简易舞台所吸引，台上有几个人正在跳舞。涂根生从未看过现场表演，几个舞者活泼帅气，把涂根生的魂给钩住了死活不离一步。涂根生的妈看看篮子，篮子里装着她从鸡屁股和人嘴里抠出积攒了3个月的鸡蛋，她渴望着在交流会上卖个好价钱，可以补充些农具和生活用品。涂根生的妈实在没办法，从蓝花手绢中拿了五分钱递给涂根生，千嘱咐万叮咛托付给同村的十多岁的大孩子，便急着忙自己的事去了。

日近晌午，涂根生的妈买了许多称心的物品，放到生产队的拖拉机上托邻居带回家。她掸掸身上的尘土，整整衣裳，拢拢头发，精神抖擞地找她宝贝儿子涂根生，准备给他买件新衣服。可来到人民公社门前，表演的人已不在，简易的戏台上已是空空荡荡，看热闹的人群已散去，她的宝贝儿子涂根生也不知所踪。涂根生的妈就像是被泼了一桶冰凉的井水，从头凉到脚，一阵眩晕向她袭来，她连忙跑到人民公社传达室向看大门的师傅打听，说是演出早就结束了人都回到城里了，至于她儿子却无从知晓。涂根生的妈顿时身上好像失了血、抽了筋一样，软软的没有一丝气力，她坐到传达室的门沿上缓了缓，踉踉跄跄地回到交流会上，一处一处地找她的宝贝儿子涂根生，一声声唤着他的小名"狗子……"

涂根生这时已随着参演人的大型拖拉机到了飞峰县城。

飞峰县城有着2000多年历史，初建于西晋，历经历朝历代的扩建，逐渐形成了两纵三横、纵长横短的城镇格局。

如果细细算来，真正算上街的只有两条，一条纵向的，自东向西约1.5公里左右，从东门的城门楼子算起，至西门的城门止。只是西门的城门，早在太平天国时期太平军与南大营的清兵激战中被毁，从此西门只是飞峰人们口中的一个代号而已。东门楼子却避开战火奇迹般地保留下来，据老人说，只因东城门上加盖了3座小楼，这3座小楼表示该城出了三位进士，清兵将领也是个进士出身，他尊重自己的同道之人而选择在西门进行主攻。

街是用鹅卵石铺成的，鹅卵石被穿着草鞋、布鞋的人们打磨得光滑、铮亮。两边用约30厘米左右的青石条镶成车道，当时街上走的车不是现代意义上的汽车，而是用全木做的独轮车，唯一有铁的地方就是在木制的车轮上包上的铁条，这种车推起来会“咯咯”地叫，当地居民根据它发出的声音叫它为“公鸡车”。这种车只需一人操纵，可以推上两三百斤的货物，有经验、有气力的壮汉可以推着坐上老婆、孩子加上适当货物的公鸡车来去自如，这也是女人心中的好男人。久而久之青石的中间部位，慢慢地被车轮磨出或深或浅的圆润的车辙。

街的两旁是白墙青瓦的商铺，多数是一层建筑，只有少数有两层楼的。白石灰粉刷的墙在长期的风吹雨打下已经斑驳，有的地方裸露出被腐蚀的青砖，阴湿的墙跟、墙角长满雪花般叫硝的东西，墙头上和青瓦长着稀稀落落的青草和苔藓。这条街叫人民大街，但飞峰人都会把这条街叫大街，人民大街的称呼直接被忽视、遗忘了。如果有外地旅客问及人民大街时，本地人都会想上半天，然后恍然大悟地说，是大街啊，便会仔细地告诉旅客行走的路线。大街上分布了一些饭店、旅社，以东风饭店、清真饭店、飞峰饭店最为出名，其余的有卖柴、米、油、盐、茶的专门商店，也有经营杂物的综合商铺。

另一条于大街中部垂直交叉，大约五六百米长，一大清早沿街摆满从近郊赶来卖菜的小摊贩子，新鲜的疏菜保证城镇居民中午的菜碗。在这两条街的交叉处会有几个卖鱼人。奇怪的是，这里几乎卖的都是死鱼，但这交叉口却被飞峰城里人称之为鲜鱼巷口，想必是有着不同寻常的故事。

涂根生东瞧瞧、西逛逛来到鲜鱼巷口。

首先吸引涂根生的是香味，一股诱人的无法抗拒的香钩住他的魂，他循味而去发现在一个两墙交界狭小的中间上方，用油毛毡搭成简陋的顶篷，下面摆了一个摊烧饼的泥炉，泥炉上摆着几块早上没有卖的烧饼，余火将芝麻和酥油混杂在一起的诱人的香味传得很远。

这烧饼的诱惑也忒大了，他不由自主地越靠越近，眼巴巴地看着炉上的烧饼，不加掩饰地大口大口吞咽着口水。

卖烧饼的是个小个子的精瘦男人，正摇着蒲扇打着瞌睡，猛然感觉有人在身边，睁开眼发现一个纤瘦的男孩站在炉前咽着口水，精瘦男人问道：“这是谁家的孩子？没吃中午饭吗？”

涂根生吓得退后一步，他一脸窘迫地从嗓子里挤出点声音：“吃过了。”

精瘦的男人没有听清涂根生在说什么，但口音是听明白了：“哦，农村来的，来，拿块烧饼去吃吧。”不由涂根生分说就塞了一块烧饼给了他。

涂根生没想到就这样得到一块梦寐以求的香喷喷的烧饼，他心里一阵激动，但不知如何表达，只是呆呆地看着卖烧饼的精瘦的男人。

精瘦男人看懂涂根生的心思，挥挥手说：“去吧，去吧。”又闭上眼摇着扇子打瞌睡了。

涂根生拿起烧饼咬了一口，烧饼立即成了一弯弦月，他品尝着烧饼，发现已不觉得像以前那么香了，他把弯月小心地揣进衣袋里。

涂根生继续他的好奇之旅，沿着大街向西而行，卖米的、卖油的，卖脸盆、卖扫帚杂物的，他终于在一家糖烟酒商店停了下来，他摸摸口袋上午妈妈给的5分钱还安在，便挺着胸走了进去。

糖烟酒的柜台是玻璃的，台上放着几个大玻璃罐，玻璃罐里装满了花花绿绿的各色糖果，烟、酒、糖果混杂在一起的醇厚的味道，牢牢地勾住了他的魂。

涂根生迈过不算太高的门槛，直奔柜台而去，高高的柜台让发育不是很好的他刚够冒出个头来。他踮脚朝里面看看，发现柜台里没有售货员，便趴在柜台上贪婪地欣赏玻璃罐里包装漂亮的糖果，他发现柜台上撒落了些许白砂糖的颗粒，便不由自主地用手指蘸了起来，他的口中立即有了美妙的甜蜜感，他觉得现在他是世界上最幸福的人了。

突然，柜台下面冷不丁地冒出个戴着老花眼镜的老头，老头手中拿了个鸡毛掸子，用力一敲玻璃柜台的金属包边说：“快出去，不要在这里闲逛。”老头显然是冤枉了涂根生，他口袋里有钱。

“我……”涂根生抬着头想分辩，可是嘴里含着的分明是砂糖粒还甜着呢，一下让他心虚了、气馁了，说话声音也小了：“我要买糖。”他指指糖罐。

“你也要买糖？哪来的钱？快说！”

“我妈给的。”涂根生气愤地说。

“从妈妈钱包里偷的吧，快回家还给妈妈去。”老头手一拍又说:“今天没有了，明天早点来。”老头的脸转为慈祥。

“不卖就算。”涂根生也火了，抬脚就出门。

其实，卖东西的老头是远近有名的老好人，每天都会拿几块糖果给讨喜的小孩子，尤其是会唱个歌、跳个舞的还会给几块饼干、京果之类的小点心。

涂根生抬腿要出门，发现插门板的门槽里有个鲜艳的东西，他蹲下来抠出来一看，居然是两块糖果，涂根生连忙揣进口袋。此时，涂根生又听到后面鸡毛掸子拍打柜台的声音，吓得他落荒而逃。

眼镜老头开心得“哈哈”大笑。

涂根生一头扎进一个对开的大木门里，两旁用木制隔墙隔成厢房，两边黑暗阴森，墙下堆了许多杂物，中间是泥地，屋檐下是用青石砌成的台阶形成通道。

涂根生放慢脚步故作镇定沿着通道向前行进，房屋层层叠叠也不知多少进，涂根生越走越镇定，越走越自信，他不时地东瞧西望。涂根生发现每进之间都有个天井，天井用青砖铺出几何图案，天井里有石桌、凳，还有些假山、石头等，陈旧的白石灰墙上长着爬山虎。有几个老少爷们儿在天井的石桌上下着象棋，看见有人进来抬眼瞅了一下，又聚精会神地注视着棋盘，旁边有站着、蹲着的在争论棋局，根本就无视涂根生的存在。通道里靠着墙摆着凉床，上面躺着睡午觉的男人，有的一个凉床上躺着一大一小俩人，也有空着的。

涂根生感觉中不知过了多久，走了不知多少路，终于走出另一扇同样的大门。出了大门，涂根生面前是一片蔬菜地，蔬菜一畦一畦满园绿色，一条小路顺着墙边弯弯曲曲地在不远处不知拐向何处。

涂根生已别无选择，他实在不敢再走原路回去，他怕这个院落的人盘问他的来历，怀疑他来到这里的目的，他硬着头皮顺着墙根躲避着毒辣的日头向右方走去，这一去竟成了他人生的第一个转折……

其实，涂根生时常进入从前的世界，记忆中的童年并没有随着时光的流逝、消磨，而是随着回忆越来越清晰，越来越完善，甚至自己加上些传奇的色彩。

涂根生办公室的门被轻轻打开，他知道这是第三次了，这次与上两次不一样，涂根生嗅到了他钟爱的大排面的味道，他不用睁眼就知道，这是他的前妻菊花来了，麻油、葱花、面条的香味把他从虚幻中拉了回来。那是在热腾腾的面条起锅后淋了点麻油，再撒上一些葱花，被恰如其分的热度熏烘那种特有的香味，这不是随便能得的，那是菊花的绝活，无论涂根生再怎么折腾都离不开这一口。

菊花是他的前妻，包括现任的妻子厉晓萍，都是峰西乡任家生产队的女人，而厉晓萍是菊花的亲侄女。菊花嫁给涂根生那可是明媒正娶的，想当年菊花也是村上一枝花，是生产队的生产能手。可是，峰西乡丘陵绵绵，水田都是在一小块一小块的山洼里，种的粮食仅够糊口，村里的人过得很苦。这里苦归苦，山上可以种上成片的山芋，这样就能活人啊。菊花的表二姨的堂姐家的四姑娘嫁到涂根生的村里，能嫁出村的人都很幸运，即使在婆家再过得不好，可回娘家的时候还是很荣耀的。涂根生的妈央求她帮他宝贝儿子也找房媳妇，两个月后菊花就嫁到了涂家，菊花嫁到涂家可是里里外外一把手，不怕吃苦，不贪吃喝，村上人都为涂家修来这么个好媳妇高兴。涂根生在村上人的眼睛里就是一个不务正业的二流子，提绳唤不走牛，拿鞭扶不起犁，这种人能干什么嘛。

徐根生的事业只有自己能懂，菊花嫁到涂家心里已经满足了，她的男人干什么她一概不问。她的男人几乎每天早晨出门天黑回村，也有两三天不回家的时候。菊花打定主意要为她的男子做点什么，她在社里更勤奋地劳动，在外面对人都非常礼貌客气，在家更是孝顺乖巧。菊花的努力渐渐冲淡了人们对涂根生的非议和厌恶，涂根生也不负菊花的用心，不时地从城里带来花布，有一次还带回城里人刚刚时兴的“的确凉”，两人的日子过得是风生水起。

她男人不仅喜欢在她身上折腾，在其他方面也能折腾，他出去转一年半载后回家办了养鸡场，正当生意红火时又转成饲料加工厂。菊花没因为她男人的事业越来越成功而得到一丝丝享受，她比以前更加忙碌、更加辛劳，两个一女一男的孩子也留在婆婆家，她全心全意帮助男人开创事业。

江南的初夏天气多雨，在生产队时下雨意味着可以在家休息，可现在是饲料加工厂，只要厂里在生产，菊花就没有休息的时间。涂根生仍然那样来去如风，行踪飘忽不定，厂里平时的杂事菊花自然而然地管了起来。

这天，菊花检查厂房各处漏雨情况，指挥工人四处堵漏，劳累一天的她加上突击性的忙碌十分疲惫，洗洗上床立即进入了梦乡，她睡着睡着觉得身边有些异样，迷迷糊糊从梦中醒来，感觉身边睡着另一个人。

“谁?”

“姑姑，是我。”

菊花松了口气，原来是16岁的侄女厉晓萍。厉晓萍是半年前饲料加工厂成立时，放寒假来玩顺便打打临工的，可这一来她就再不愿回到那片贫困土地上去。厉晓萍学也不愿意上了，死活要留下来做工，在她的坚持下，家里人也就顺了她的心意，因为大家都清楚她就继续上学也学不出什么名堂，能在姑父的厂里谋个出路未必是坏事。

“怎么睡到这里来了?”菊花问道。

“雷打得太响了，我怕。”

“你往我这边靠靠，万一你姑夫回来不好睡。”菊花仍然把厉晓萍当成小孩子。

厉晓萍既期待姑父涂根生的回来，又害怕这个比她大近1倍岁数的男人，不过她心里对拿下她姑父还是充满信心的，因为她发现她姑父不止一次用色迷迷的目光扫瞄她的关键部位。男人对刚刚16岁的黄毛丫头来说，仍然是一个遥远的概念，但她知道跟着这个男人就不会再去眼馋别的女孩子吃的、穿的、戴的，意味着不再受穷。

厉晓萍睁大眼睛没有一点睡意，浓浓的夜色挡不住她对未来的憧憬，她脑子里浮现出漂亮的花裙子，闪闪发亮的发卡和一双窥探她的眼睛，渐渐她的眼前变得虚无、缥缈了……

就在厉晓萍即将进入梦乡之时，房门“咯吱”打开了，她的姑父回来了，此刻的她直觉得咽喉发紧，呼吸困难，心儿乎跳到嗓子口。

“啪”的一声灯亮了，厉晓萍赶快平定呼吸，装着睡着了，她感觉到姑父在床头站了一会儿，去了脸盆架前洗漱一番。厉晓萍眯着眼偷偷看了一眼姑父，发现姑父不像一个农村的庄稼汉，身上白净净的倒是一个十足的城里人。她姑父三下五除二清洗完，来到床前犹豫了一下，掀开毛巾被……

菊花不久就察觉到她男人和侄女的变化，不过她既没闹事也没声张，只是把厉晓萍从外屋搬到了里屋，并在她的枕头下放了一本大队赤脚医生发的“计划生育丛书”和一瓶避孕药。

厉晓萍也逐渐从零工转到仓库保管员，又从仓库保管员转到会计，掌管起工厂的钱财，两位两代女人相安无事，外人也不为所知。

涂根生的事业蒸蒸日上，从一个小作坊式的家庭小工厂发展成一个外资企业，把产品卖到美国和欧洲，厉晓萍随着企业壮大而茁壮成长，企业的日常事务逐步都归到她的手中，菊花则退到后面，自愿去管理大伙的伙食。

厉晓萍 24 岁的那天，涂根生请了家里的亲戚办了几桌酒席，宣布两人正式成为夫妻。菊花听从了涂根生要求，与他们共同生活在一起。

第十一章　创业艰难步步险　主动防御出奇招

涂根生一碗大排面下肚，整个人活了过来……

厉晓萍从各个车间转一圈，处理完车间主任汇报来的繁杂琐事后到了食堂，她每天两个荷包蛋，一碗稀饭，一碟糖醋生姜或腌黄瓜什么的，一个咸鸭蛋，一个菜包子。厉晓萍是全厂吃早饭最迟的人，这时的她可以定心地边吃边思考，她需要考虑出早上检查发现问题的解决方案。

食堂不算大，一个可以摆两张十人桌的开间，白墙到顶。开间里面有一间中式装修的豪华包间，宽宽松松坐上十多个人，厂里来客的招待都在这里，在自己食堂吃得既好又省钱。

涂根生是不会去饭店花那个怨枉钱，他为食堂配备了 3 个人，菊花、大厨李婶和杏儿。菊花的红烧肉、砂锅鱼头、清炒牛肉丝那是一绝。食堂大厨李婶是全乡最能干的妇女，她可以操办婚宴几十桌的流水席，做上一桌或几桌具有浓浓乡情的农家菜那是小菜一碟。杏儿则是涂根生从车间挖掘出来的小美人，人长得水灵、秀气，尤其一双手就像白嫩嫩的葱白，说是食堂档次要提升，必须要有一个端菜递茶的人。

厉晓萍最介意的是这个无端冒出来的杏儿，这个现象不得不防！厉晓萍一方面关照菊花注意提防，不过她对菊花的防范水平实在是不放心，否则，厉晓萍也不会取代菊花成了这个外资企业的女主人。另一方面撮合杏儿早点成婚，杏儿的对象也是厂里的员工，算是技术能手。

厉晓萍吃着早饭问道:“杏，姑姑去哪儿了?”

“老板一直没下来吃饭，姑姑不放心，下了老板最喜欢的大排面端上去了。”

“哦，杏儿，今年 20 多了吧?”

“22 了，老板娘。”

“过年前把婚事办了，我给你主婚。”

杏儿脸一红，低声说：“谢谢老板娘。”

“春是个不错的好青年，你们过年结婚我就送你们一份大礼，结婚时提春为

2车间副主任，等下了班你们俩商量商量。”厉晓萍说完便与早饭拼上了，她比平时多喝了一碗粥，多吃一个包子，一碟咸菜也吃得精光。

杏儿见老板娘笑得越来越僵，她的笑容也逐渐僵硬，大气不敢出一声静静地站在一旁伺候着。

厉晓萍竖着耳朵听着楼上的动静，当她拿起第三个包子咬了一口，听到一个轻盈的脚步声从楼上下来，她叹了口气扔下包子出了食堂的门。

涂根生的厂生产部，一共有3个车间，一个仓库，一个研发中心。3个车间分别是陶瓷车间、缝制车间和装配车间，仓库很大，原材料、半成品、产成品统统在一起；而研发室只是名称好听，说白了就是一个打样室，涂根生还不具备研发能力，研发中心的技术人员是把国外客户送来的样品先临摹下来，画出各种方向的立面图，然后再肢解样品，这是一个细致活。一件陶瓷娃娃有眼睛、睫毛、衣、帽、裙、鞋和各种装饰品等20多件，都得一一画出标准纸样。

涂根生平时都会从研发中心转起，然后1车间、2车间、3车间，最后再去仓库转一圈，展示大厅平时是不大去的，那里摆设的每件展品他都清楚记得它们的模样，来了领导、重要的客户他都能非常精确地描述它们的特点、个性及市场前景。

一车间是陶瓷车间，也是最让涂根生心疼的车间，涂根生厂里没有建造自己的制陶车间，他理智地选择用外购的方式为产品配套。陶瓷娃娃的人脸、手、脚这些关键部位均用陶瓷烧制而成，周边地区有五六家烧制陶瓷娃娃配件的厂家，品质最好的是台资企业——大洋精细陶瓷有限公司。可是在大洋陶瓷购买人脸等陶瓷实在是贵啊，能比其它的厂家贵到40%以上。不仅如此，只要是专门为涂根生厂开模生产的，不论好坏都归他的厂，每年平均下来不下15%的报废率。涂根生每次去一车间，看到这些报废品就是一阵肉疼，他总是不惜再花上一笔钱用崭新的包装箱装好入库。

2车间是缝制车间，300多台的工业缝纫机、20多台电脑绣花机，还有缝边机等各种设备构成这个车间的主流，也是涂根生财富最集中的地方。陶瓷娃娃和真人相比穿戴只多不少，各种饰品与真品相差无几，这些缩小版的行头比正常人穿着制作更为困难，涂根生的二婚妻子厉晓萍，大部时间都泡在这个车间里。

今天，涂根生直接去了3车间和仓库，3车间和仓库让他有成就感。

3车间主任宋琴是原服装厂留下的技术工人，涂根生接手服装厂她就一路与他打拼过来的，是涂根生最信任的，也是最依赖的车间主任。

3车间是组装车间，别小看这个组装车间，它不仅是简单地将各个组件装配在一起就万事大吉的，装配水平不行的话，再完美的组件也会装得别别扭扭成为不合格产品。宋琴的水平是一流的，而且带出一批技术过硬的徒弟，她们能将不甚完美的组件，经过她们的巧手掩瑕成瑜，一个个栩栩如生、姿态万千的娃娃在此诞生，为涂根生挽回许多损失。涂根生只要遇到不顺心的事都会去和宋琴聊上几句，看看一个个毫无生气的组件在她们一双双忙碌的巧手下，变成活灵活现的姿态各异的洋娃娃，他的自豪感便从心底升起，这些化腐朽为神奇的精灵使他注入这些美的灵魂，每每这个时候，涂根生就能从心里迸发出藏在身体内部最原始的拼搏动力。

涂根生无厘头地和宋琴聊上几句，心里暗暗下定决心，转身去了仓库。

徐根生为了便于管理将原料和成品库合一，仓库负责人是大字不识一个的涂二叔。涂根生只信赖这涂二叔，仓库交给涂二叔他能睡上安稳觉。

仓库现在处在一个正常的储货状态，4 年前这个仓库平时还显得很空荡，总是刚垒到一多半时，一辆辆大卡车拖着夸张的大货柜，将它们运送到港口，装载上昂首待发的远洋巨轮。这些可爱的精灵漂洋过海，被热爱生活的人们一只只领回家融入了他们的生活，有的陈列在专用的展示柜中，有的则躺在女孩子的枕边成为她们最好的朋友，人们的生活赋予了它们不同的命运。现在让涂根生心疼的是那些箱子越垒越多、越垒越高、占地越来越大，以至摆放成品的地方越来越小直到略感局促。

涂根生进入仓库的门，涂二叔正指挥着两个小青年整理仓库，见他进门并没有停止忙碌，他叫了声二叔，便上前帮助码放箱子。

“好了，再把东边的箱子再往上摞一层，当心别把箱子弄坏了，干完了再休息。”涂二叔对俩小青年交代说，虽然箱子里都是报废的半成品，但他仍然当宝贝爱护着。

“哎！”两个小青年应了声，去了仓库东头。

涂二叔扶着箱子对涂根生说：“狗儿啊，留着心疼，不留心也疼，咋弄啊。”

“二叔，没有这些宝贝垫底，其他的钱是赚不到的，不过看看心疼啊，多漂亮、多美的小脸蛋。”涂根生打开身边的箱子，心里泛出多种滋味。

“不能把它们做出来在国内卖了？”

“陶瓷娃娃只有欧洲人、美国人喜欢，只要出现新款式都抢着收藏，许多家里都有专门的装饰柜摆放，凡是重大节日是必送的礼品，我们中国没市场，陶瓷的容易破，家长都不愿意买给孩子。”

涂根生掏出烟盒、打火机，递给涂二叔一根烟，自己叼了根准备点上，涂二叔连忙制止说：“可不敢在这儿抽，要抽去我房间。”他连推带拉把涂根生弄到自己的小屋里。

涂二叔的小屋紧挨着仓库，是菊花亲自设计、督促建造的，涂根生有时想，菊花永远都是那么体贴、周到，才是真正的家庭主妇。当时在建造仓库时没有想造这间小屋，可是涂二叔坚持要睡在仓库里，他必须守望着这些价值上千万的宝贝们才能睡得着，是菊花想出个折中的办法，帮涂二叔造了约 40 平方米的小屋。小屋共 3 间，1 个卧房、1 个厅堂，另外一个隔成厨房和卫生间，包括锅、碗、瓢、盆、电话、电视在内的一应家什都是菊花亲手操办的，涂二叔自 5 年前住进这小屋就没有在别处过过夜。

涂根生进了小屋仔细查看着对涂二叔说："屋里很干净，二叔，还缺少什么吗?"

"哎，要说啊，菊花真够上心的，早、中、晚饭都给送来，每天都派人来打扫卫生，每星期还亲自来查一次。"涂二叔说完又长长"哎"了一声。

涂根生知道涂二叔"哎"的意思，也不多说，两人点着烟各自埋头抽了起来，谁都不说一句话，一支烟抽完，涂根生端起涂二叔的搪瓷茶缸深深喝上一口说："二叔啊，当时你怎么就卖了房子，把钱给了我，你不打算过了?"

涂二叔抬头看看小屋，说："你看，我现在住得多安稳。"

涂根生走到门外打量着仓库对涂二叔说："二叔啊，看来要给这些小精灵们找个归属了。"说完便径直离去。

涂根生回到办公室打电话叫来杏儿："杏儿，你立即去叫大阿姨、小阿姨来办公室开会，你也参加。"涂根生觉得从仓库回来有一股豪气注入丹田，唤醒了他从前的斗志。

很快，3 个女人一同来到办公室，涂根生召集到小会议桌并一一帮她们倒上茶，看看一男三女的阵容笑了起来，"我们倒有了'四人帮'的意思，'四人帮'好啊，毕竟有人帮嘛。这样，临时召集开个紧急会议，把公司最近的工作布置一下。"

厉晓萍、菊花都知道她们这个夫君向来是一惊一乍的，不知道他花花肠子里又出了什么鬼主意。杏儿则毕恭毕敬地像坐凳子一样坐在椅子上，目不转睛地看着她的董事长。

涂根生简洁明了地说："我准备建一座成品仓库，将原材料与半成品和成品分开管理。杏儿去任仓库保管员，明天就去仓库跟二叔学习，一个月后正式上任。"

杏儿的心激动地"嗵嗵"乱跳，但她还是从嗓子里挤出点声音说："我初中文化。"

"我知道，这是对你的信任，二叔不识几个字，仓库管得多好。"

厉晓萍立即接口说："杏儿，你到厂里也有两三年了，在食堂没有出息，当了仓库保管员也算是公司白领了，工资要涨几百块。"

"谢谢老板，谢谢老板娘。"杏儿涨红脸兴奋地说。

"好了，没事了，你先去食堂收拾一下吧。"

杏儿被这突如其来的幸福砸得不知所措，晕晕乎乎地退出办公室。

涂根生继续布置任务，说："菊花你辛苦点，配合我着手建造新仓库，争取两个月之内完成。晓萍，厂里的生产抓抓紧，另外，联系保险公司把我们新仓库的固定资产加到我们现有的保险中，保险费用可以少加点，所有原材料、半成品、产成品全部足额保险，当然，费用越少越好，这是你的能耐。"

"好的。"菊花干脆利落回答。

"杏儿干仓库保管员行吗?"厉晓萍担心地问。

"没事，我自有安排，你们听好了，记在心里就行。"涂根生说话间语气阴沉起来，"晓萍，你督促杏儿把阿拉伯数字练练，练得必须和李会计的字一模一样。我会要求李会计把成品库的账重做一遍，把我们长期积累下来的损耗全部做进成品账，我们不能眼睁睁地让这些货打了水漂。"

"具体怎么做?"

"你们其他都别管、别问，按我安排的去做就行。"涂根生心中一番得意，我是怎么过来的？不仅仅靠一路打拼就行的，必须有敏锐的危机感才能混到今天。涂根生从姜扬简单的问话中发现公司漏洞，他决不能坐以待毙，这里是他一生的心血，是他生活的全部，是他生命中的一部分，他决定玩把大的，至少是有备无患。

厉晓萍、菊花领了任务各自做准备工作去了，涂根生重新躺在老板椅中，他不再恐惧、恍惚、迷茫，他需要认真考虑下一步行动的各个细节。

他从少年就开始奋斗的经历是刻骨铭心的，既有一个农村少年成功的喜悦，又有觉醒后的耻辱，还有得志以后的狂妄。

涂根生多次回忆时清楚地记得，那天，摆在他面前有两条路，向左他可以看见路的不远处有一个向左转弯的巷口，这样他有可能回到原来的那个卖烧饼的地方。向右的路是从菜地边蜿蜒过去，消失在菜地的尽头不知通向何方，当时的涂根生顺着走路的习惯向右走去。

大中午的，四处鸦雀无声，蝉儿也懒得叫两声，天气虽热，身处绿地，清风不时地吹来倒觉得几许清凉。涂根生沿着菜地躲在藤架的阴凉里往前走，他顺手在藤架上的藤蔓上摘了个黄瓜，在衣角上擦擦喀吧清脆地吃起来，他吃得很带劲没有感到一丝的不妥，农村孩子没有糖吃，没有烧饼吃，还没有黄瓜、番茄吃吗？一根黄瓜吃完，一堵高墙挡住去路，顺着墙边的小路更窄了，仅够一个人通过，这次倒没走多远，转过墙角他来到一片大空场地，空地上堆着一堆堆金属垃圾，一辆工程翻斗车正在倾倒着新的金属垃圾。看得出来这里原本是一个大水塘，水塘已经被填埋了大半，三五个和涂根生一般大小的孩子，围着翻斗车翻捡着成块的铁块、铜块。

不远处，马路上的树荫下，一个中年汉子坐在担子上用草帽使劲扇着风，不时地敲两下竹筒：“换糖啦。”

涂根生眼前一亮连忙赶了过去，学着他们的样子也开始捡起来。这时一个霸道的声音在他耳边响起：“你是从哪里来的？这里的东西你能随便捡吗！”涂根生抬起头发现一个较为壮硕的男孩站到他的面前，他可怜地站起来，眼巴巴地看着那个壮硕的男孩。

“听不懂吗？这里不是谁都可以捡的！”男孩的声音还是很凶。

涂根生摇摇头。

“是个哑巴？”男孩对他伙伴们说。

“我不是哑巴。”涂根生反驳道。

“哦，农村来的，在这里不能白捡的。”壮硕的男孩口气稍缓。

涂根生一脸茫然。

“这样，你口袋有什么东西掏出来我看看。”壮硕男孩发现和涂根生说不清，干脆提出要求。

涂根生从口袋里掏出一颗糖和没来及花掉的五分钱。

壮硕的男孩从涂根生手中拿过糖和5分钱说：“按规矩是要缴1毛钱1天的，现在是下午，就5分吧，明天来要缴1毛，去捡吧。”说着壮硕的男孩将手中的铁丝弯的两丫爪扒递给涂根生，“先用我的吧，待会自己做一个，对了，捡到好东西别卖给那个换糖的，他净骗小孩。”

涂根生自此进入了捡垃圾的行列，并以此作为他一直到青年时代的事业，积累了他的第一碗金，这一碗金给了他一个闯荡世界的机会。

涂根生在城里待了3天，直到同村上街卖菜的人，发现在街上闲逛的他，发现他的人就是后来与他命运共进退的涂二叔。当涂根生被涂二叔死拖活拽弄回家，他妈一看到他，不问青红皂白拎着草鞋满村地追打，直打得全村鸡飞狗跳的。人撵累了也打够了，当涂根生从衣兜里抠出4块5毛钱递给他妈时，涂根生妈一把抱着涂根生，抚摸着被金属条划得道道伤口的小手边哭边嚎道：“狗儿啊，要是没了你，妈可怎么活啊，下回可不敢乱跑了啊。”

可是，涂根生非但没听妈妈的话，还越跑越凶，以致每周放学都要到城里去偷偷发自己的财。到了初中涂根生不满足周末的那点时间，他是整天整天地旷课干着快成了他的主业的副业。初中很快过去，他不愿再上这名不副实的学，成天在城里围绕着垃圾堆转，这时的涂根生一度认为自己已是城里人了，直到一同捡垃圾的城里人一个、一个都被各个单位招工时，他才意识到他还是个农村人，不过此时的他，除了补贴家用以外，自己存上一笔在当时算是不菲的钱。

涂根生是一个有理想的拾破烂青年，他费心收集了足够卷一支烟的中华烟丝，用一张薄薄的日历牌纸，卷了一支正宗的中华香烟，可他并没有点燃这支珍贵的香烟，他闭上眼睛把烟放到鼻子上，凝神嗅着中华烟特有的香味，心里那个美啊，他不敢奢望再有机会获得一支中华烟，他贴身藏好这支具有中华烟内涵的“中华烟”，这支中华烟也是他向伙伴们炫耀的资本。

中华烟特有的香味在涂根生心里打下了深深的烙印，他在巨大的老板椅中挪了挪，嘴里嘟噜了一句“可惜了”。

涂根生一直没有抽这支烟，累了，乏了，委屈了，就拿出来品品味，有一天这支烟终于霉了，他心里略带遗憾挖了一个小坑，埋葬了这支给他巨大精神支持的中华烟。

办公室大门被打开，涂根生清楚一定是小妻子来了，厉晓萍在多年的磨炼下已相当得力了，这让他省事不少，关键时候他们夫妻之间只要一个唱红脸，一个唱白脸，许多问题就能迎刃而解。

涂根生从老板椅中坐直身体看着他的尚处年轻边缘的妻子，厉晓萍径直来到涂根生身边倚在老板椅上说:“保险公司已经联系好了，王经理 40 分钟后到。”

“通知食堂，按照贵宾待遇准备伙食，甲鱼一定要两斤以上的，酒就用飞峰特酿。”

“一个小经理有必要吗?”

“别小瞧了一个小经理，后面的戏全靠他了。”

厉晓萍不解地看着她充满智慧的丈夫。

“这事只能你一个人知道，而且有些事必须你亲自去办。”

厉晓萍点点头，涂根生示意关上办公室的门，厉晓萍打开办公室门向外看看，又关上门锁上，走到涂根生身后按摩着他的头。

“你第一件事，让杏儿把进销存的账全部重做，时间从建厂开始，把残次品、报废品全部做进成品库，估计这些年积累下来的不下 2000 万元，等成品库建好，把那些物品全部进成品库。保险公司那边就按 3000 万库存商品投保，我们与保险公司的协议全部重签。我们公司一直有两个名称，这次以飞峰县圣兔礼品厂的名称与保险公司签，这个厂的基本账户在江城市，一定要用这个账户。”

厉晓萍点点头，但疑惑地问:“这是为什么?”

“这些年我们企业发展得是不错，不过国际市场的玩具行情已经发生了重大变化，陶瓷娃娃有被芭比娃娃完全取代的趋势，芭比娃娃是高科技新产品，凭我们厂目前的状况是生产不了的。我们厂目前看来还不错，国内许多做外贸公司单子的企业已经纷纷停产，而国外销售惯性让我们厂的接单量一直很满，但不超过两年我们的日子就不会很好过了，业务可能还会有得做，只是订单量、利润水平和资金结算速度会大不如以往，风险也加大了。”

涂根生反过手抚摸着厉晓萍滚圆的屁股继续说:“我们认识石行长后厂子搞大了，业务也做上去了，钱也赚了不少。可是，我们的银行贷款也近 3000 万元，石行长这几年弄去了 1000 多万元，这个 1000 多万元的贷款还不是要我们还！娘的！这都是我们的血汗钱，我得把这钱找回来!”

“你是想?”

“别，这事你别插手，把我布置的事做好就行。石行长占我们 30%的股份，但这些年一直也没分红，所以，他从贷款弄去的钱我们也不好要。第二件事，忙过这阵子，去一趟马绍尔那边了解情况，掌握一些渠道，把你户口办出去，把菊花和孩子们先弄出去，什么身份都行。”

厉晓萍停下手问：“需要这样吗?”

“这个姜扬我不能不防，石行长能搞定最好，但是，我不能把到手的钱白白送出去，也不能傻乎乎地在这里等死。”

“嗯。”厉晓萍应了声……

涂根生一上午在他喜爱的两个女人身上找到他拼搏的动力，他感觉到现在生活的美好。但是涂根生清楚地感觉到企业的前途充满危机，他从铁柜里取出外贸银行的抵押合同扔在桌上，不用打开他也知道，所有的厂房、设备、土地全部抵押给银行了。

涂根生即使就凭现在的存款，也能在国内过上富豪的生活，可是他的心里好像要失去所有，心态又回到了一无所有的时代，那个时代的记忆是永远不会抹去的。

涂根生眼睁睁地看着他身边的伙伴们一个一个去了工厂上班，他实在忍受不了城里人在他面前的优越感，他可比他城里的伙伴们强多了。涂根生在一番思索后做出一个改变他人生的重大决定，他打算学学那位上大学的青年弃贩从学，只不过他是弃捡从商。在涂二叔寄回的家书中得知他在遥远的青藏高原之上的首府西宁过上城市人的生活，于是他带着多年卖废铜烂铁、旧书破报纸积攒下来的 700 多元钱，只身前往青海的西宁去投靠涂二叔，他想通过这个桥梁做一番大事业。

涂根生怀揣着梦想千辛万苦来到西宁，他按照家书上的地址在一排草屋前找到涂二叔家，他试探地喊道："二叔、二叔在家吗？"

可能是涂根生浓郁的家乡话触动了涂二叔，话音刚落从草屋中钻出个蓬头垢面的人来，人刚出门声音已到："谁找我？"高原上强烈的阳光让他不得不眯着眼睛逆光看着来人。

"二叔，是我，狗子。"

"狗子啊，你怎么来了？"

"来投奔二叔，想在西宁发展。"

"投奔我？进屋说吧。"涂二叔苦笑。

涂根生这才惊诧地发现他的二叔胡子拉碴邋里邋遢的穿着一件油晃晃半长的蓝色旧夹袄，刚过40岁已是白发丛生。

草屋在当时的农村还是非常普遍，即使在城市的郊区不乏有大量的草屋的存在，但当他跟着涂二叔进屋后，眼前的一切给他当头泼了一盆冷水，黑暗草屋只是用青稞秸杆象征性地隔一间大点的堂屋和一间小屋，一个挺大的火炕满满当当占据整个小房间，堂屋的中间用砖砌成一个不规则的圆形火塘，火塘中不时地蹿出火苗，一个木架横跨火塘，木架上吊着只水壶，青烟从水壶的底部向四周散开，发出呛鼻的牛粪和青草的混杂烟味。

涂二叔指指火塘边的小木凳说："坐吧。"然后去屋角的灶台上取来一只搪瓷小盆用衣袖擦了擦，从火塘上的水壶倒出浓浓的酥油茶递给涂根生，在涂根生旁边的小凳上坐下拿着长杆烟袋埋头抽着旱烟。

涂根生喝了一口，一股重重的羊膻、奶腥味让他差点吐了出来，他把瓷盆放在火塘的砖石上，问："二婶呢？"

"没了，大前年在转圣湖的途中去了天堂。"

涂根生一时不知说什么好，又端起酥油茶喝了口，稍稍适应了浓重牛、羊的膻味，觉得口齿留香，此时他的眼睛也逐渐适应屋内昏暗的光线，他边喝边打量着房间说："二叔，怎么不回家呢？"涂根生的意识中眼下这个家不算是二叔的家。

涂二叔抡起烟杆用烟锅敲敲鞋底，说："家？我还回得去吗？"

"嗨，早就没事了，现在村里家家都养几头猪呢。"

涂二叔浑浊的眼睛立即闪亮了，问："不抓投机倒把了？"

"早不抓了，数支书家养得最多。"

涂二叔将烟锅又装上烟丝，划着火柴点着，整个过程双手都在微微颤抖，他吸了几口烟，叹了口气说：“我的自留地没了吧？”

“还在，还给大爷了。”

“哦。”涂二叔混浊的眼中闪烁着亮光，他偷偷用衣角抹去情不自禁流下的泪水。

“二叔，不如先和我做生意，春节我们一道回家。”

“生意我不会做，还是捡我的破烂吧。”

涂根生东瞧西看后问：“二叔，怎么这么早就升火炉了？”

“高原上气候说不清，说冷就冷，平时你要多穿些。”他又说，“你什么时候到的？住在哪里？”

“昨天下午到的，在市郊找了个车马店。”

“住到家吧。”

“不了，大车店来来往往的人多，可以多了解点消息。”涂根生一来看涂二叔的家住得太偏了，二来看到他家破落样对自己也没什么帮助，便打消了依靠他的念头。

“好吧，你坐坐，我准备午饭。”

“还早，随便炒两个蔬菜就行。”

涂二叔从灶台拎过一口铜锅，把水壶往外挪了挪，把铜锅挂在木架上，说：“蔬菜在高原上是稀罕物，我可招待不起，这里平时吃的是牛、羊肉。”他又在碗橱里拿出两斤左右的熟羊肉块放进铜锅，说：“锅里煮的是羊杂碎，当地人不吃让我享受了，这肉是昨天刚煮的，蘸些盐吃，香着呢，正好你来派用场了。”

涂根生眼圈一红，他心里暗暗发誓：“一定带二叔回飞峰。”

涂根生没有在他二叔这里得到帮助，但却在无意中获得一条极有价值的信息，就是高原上的紧俏物资是蔬菜，他决心在蔬菜这个金矿中挖出属于他做生意以来的第一桶金。

高原上蔬菜很紧俏，利润当然也很好，他投入少量的资金在二道贩子那里批了些白菜来试试水，一天下来竟赚了30%。

涂根生又尝试地做了其他蔬菜，感觉还是白菜比较好做，于是他果断决定所有的钱全部批发大白菜来卖。数日后的一天下午，他赶到远在30公里外的郊区蔬菜集散地，从屁股后的暗袋里掏出个小塑料袋点了点，他发现这几天在不知不觉中花掉了一百多块，真是穷家富路啊，出了门什么都要靠钱打发。涂根生留下50块，其余的钱批发了2000斤大白菜。他坐着雇来的大马车一路怀揣发财的梦想，欣赏着高原的迷人风光，来到为民菜市场，这里有他租的临时摊位。

涂根生兴奋地从马车上一棵一棵地将白菜卸下来垒成一个垛子，用塑料布仔细盖上，在交代给市场管理员时在管理员的衣袋里塞进两包“飞马”香烟才放下心来。

涂根生走出大门时回头看看白菜垛子，心里盘算着这趟能赚多少钱，他想这样干上一年就能盖房娶媳妇了。

涂根生忙活了一下午，忙完后已近傍晚，虽然很累但心里痛快着，他决定犒赏自己一下，便找了一家小餐馆，叫了一盘红烧牦牛肉，一碟花生米，打了一碗青稞酒，一个人痛痛快快地喝了起来。青稞酒是店家自己酿的，淡淡的清香掩盖了酒的力度，涂根生豪迈地喝了三大碗。涂根生吃饱喝足，出了餐馆，他摇摇晃晃慢慢地向大车店逛去。

“大哥。”涂根生身边有人喊道。

涂根生顺着声音看去，一位打扮得花枝招展，脸上画得像猴屁股样的年轻女人站在一个店铺的门口，他不敢确定是叫他的，于是四处环顾见周围没其他人便问：“叫我吗?”

“噗嗤”，猴屁股脸女人夸张地笑出声，“帅哥，当然是叫你了。”

涂根生停下脚步问:“有事吗？我不认识你啊。”

“帅哥，过来说话。”

涂根生既兴奋又迟疑地来到猴屁股脸女人面前，猴屁股脸女人拉着涂根生就往房间里去，徐根生急忙问:“这是干吗?”

“帅哥，你头上一股怪味，妹妹帮你洗个头。”

涂根生警惕地问：“洗头？要多少钱?”

“就一块钱，帅哥哥是大老板，还在乎一块钱。”

涂根生将信将疑地问：“就一块?”

“是。”

涂根生一听立即活跃起来：“美女，你的小手真软和。”

“帅哥，我身上还有更软和的地方，进去我让你慢慢地摸个够。”

“要多少钱?”涂根生又警惕起来。

“不多，就 20 元钱，对您这样的大老板来说，还不是毛毛雨。”

涂根生一想是啊，我是大老板，20 块钱算什么。想到这里涂根生手上就不客气了，嘻嘻哈哈地和猴屁股脸女人进了洗头房，洗头房里立即传出夸张的浪声……

大车店是奔波在东西南北的贩夫走卒的最佳去处，也是天南海北消息最灵通的地方，涂根生贩卖蔬菜的想法在涂二叔的草屋中萌芽，最终在这大车店里拍板定案。涂根生花 5 元钱要了个大通铺，他在捡垃圾的年代什么苦没吃过？暂定住半个月，花费了他45元，把涂根生肉疼的啊，好在明天就要开始他新的人生了。

涂根生在两小时内享受了人生的两大基本功能——食与性，他满足地爬上了还没有烧热的炕，拱进散发着酸、霉、臭且已板结的被子，迷着眼看了看几个在昏暗的灯光下，坐在被劈柴熏得黑乎乎的木头柱子旁，喝着烧锅子酒谈着女人的汉子。涂根生心里笑笑，他从不空谈，他们所谈的津津有味的事情，他全做完了。

大车店里混杂着酒味、烟味、汗臭味、脚臭味和牲口的骚味，涂根生刚来的时候这一切都能忍受，可是现在的他对这一切有了难以忍受的厌恶，他想："我是做大买卖的，明天必须换个地方，最好是政府招待所，那里才符合我现在的身份。"涂根生虽然很累、很困，但这种环境再也不能让他安心入睡，直到他身边传来此起彼伏的鼾声他才迷迷糊糊进入了梦乡，睡到半夜他越睡越冷，被子也越裹越紧，朦胧中隐隐约约觉得有人拉拉他被子，涂根生把被子裹得更紧了……

天光放亮，太阳从不大的气窗中射进大车店，房里升腾起一道白雾的光柱，涂根生从梦中醒来，他从被子里钻出来，立即打了个寒战，他发现屋里已空无一人，便下意识地摸摸屁股后的暗袋，想起暗袋里已经没钱了，他自嘲地笑笑。

涂根生走出房门就感觉天特别冷，他去井台打了桶水拎回房间将就地洗了洗，穿上所带的3件毛衣才觉得暖和点，急忙出门赶往为民菜市场他的摊点。到了摊位他拉开塑料布，一瞧就愣在当场。高原的气候变化莫测，白天还是晴空万里，穿着秋装都觉得很热。夜里突然冷空气降临，温度居然降到零下七八度，他的白菜因为没有防冻措施，全部冻成一个个冰坨坨，在蓝天白云的映衬下晶莹剔透甚是漂亮。可是，上了冻的白菜不仅不好吃还存不住。

涂根生的一切梦想一夜之间化为乌有，他傻傻地看着那堆已没有价值的大白菜，一屁股坐在地上，他的每个细胞都感到了什么叫绝望。

这时的为民菜市场正是卖菜最忙碌的时光，不过这与涂根生已没了关系，忙碌的人们甚至都不愿停下脚步多看上两眼，他呆呆地看着来来往往的人们，大脑已停止了思维。

不知过了多久，一个工头模样的人晃晃悠悠来到涂根生的菜摊面前，上上下下、前后左右打量一番白菜垛问："这菜冻坏了，你是卖不掉的。"

涂根生沮丧地说："哪知道这里的鬼天气，说冷就冷，这会儿又热了。"

"你是南方人？"

"是，我是滨江省的。"

"哦，我是江南省的，在青海我们算是老乡了。"

涂根生像是找到了根救命稻草："是老乡，我们只有百十公里。"

“你这菜怎么办?”

涂根生不由自主地摸摸口袋，钱包里只剩下几块钱了，他无奈地说：“怎么办？连来看看的人都没有，全完了。”

“这样吧，看在老乡的份儿上，我就帮你一把，帮你出个回去的路费钱，白菜全都算我的。”

“回去?”涂根生已经考虑过这个问题，在飞峰捡垃圾与在西宁捡垃圾有什么区别？涂根生决定在西宁捡垃圾也不回到飞峰丢人。

涂根生当然不会拒绝这个老乡抛来的橄榄枝，他的眼神已替代了他的回答。

“那就给你回家的路费，30 块差不多了。”

涂根生心里在流血，仅一夜平生心血化为冰水!

“好吧，看在老乡的份儿上再加 5 块，乘没化冻帮我把菜运到地窖里。”

涂根生艰难地点点头。

涂根生和他的老乡的手下一直忙到中午，涂根生留在他老乡的食堂吃了顿牦牛肉炖白菜。通过这顿饭涂根生知道了他的老乡是个建筑工地的工头，还兼做着两家装修，姓齐，工人们都称他为齐老板。

涂根生傍晚提了两瓶桃花醉酒，揣了包红南京，拎了几个熟菜，到了工地找到齐老板。齐老板一看涂根生又来了，还带着东西，心里暗暗赞了声，他让食堂送来白菜炖羊肉，用木板搭个简易饭桌，拉来两只油漆筒坐上喝了起来。他俩人边喝边谈，涂根生显示出平时与伙伴谈天说地时的才能，山南海北地聊了起来，虽然是一知半解，没有依据，没有考证，只要有点影子无不在他吹牛的范围。只听得齐老板如痴如醉，他觉得这个老乡是个不可多得的人才，便挽留涂根生在他的工地当监工，条件是 5 块钱 1 天，包吃包住。

至此，涂根生在西宁算是有了一个落脚之地。

第十二章　骗局捞取第一金　坚持创业出成果

涂根生日子虽然过得轻松，但口袋里的钱还是轻飘飘的，涂根生虽然制订了一整套的发财计划，并在想像中乃至在梦里演绎了无数遍，可算来算去还差几百块钱。

涂根生琢磨来琢磨去不如重操旧业，赚点外快实现计划。涂根生以专业的眼光在西宁的大街小巷转悠了两天，可是这街头可以变钱的废品实在太少了，难怪涂二叔混得那么惨，他垂头丧气地溜达回宿舍。

"狗子。"宿舍门口蹲着涂二叔。

"二叔，你怎么来了？"

"来。"涂二叔示意蹲到他身边。

涂根生蹲在涂二叔身边，涂二叔发支烟给他，说："春节和你回去。"

涂根生手一哆嗦，火没点着，他看看涂二叔，发现二叔剪了头剃了胡子显得精神了许多。涂根生犹豫了，他拿什么回去见爹娘？

"拿着。"

"什么？"涂根生心神不定，看也没看。

"我只有这么多。"涂根生手中多出一沓钱。

"这……"

"卖了房子、家当只凑了这么多，春节带我回去。"涂二叔站起来头也没回消失在巷口。

这天上午，一位身着西装革履、坐着小轿车的商人来到新世纪装饰城总经理办公室，他气派地向商城提出租用 3 楼 500 平方米的商用房，用于开办装修公司。商城 3 楼大都空闲着，能在这开办一家如此规模的装修公司，商城的配套商家就更齐全了，商城当然是双手欢迎。当即以最低的租金价格，长达 5 个月的装修期，免一年的物业费的优惠条件谈妥租房事宜。商人声称公司注册正在进行，为了不影响公司在节后开业，要求先将房屋交给他装修。总经理想，真是一家更比一家精啊，反正是装修公司把材料往我的房子里装，没什么可担心的，便毫不犹豫地将空房交给了来者，这个商人就是涂根生。

拿到钥匙，涂根生找了几个搬运工打扫卫生，涂根生把图纸已钉到了墙上，他装模作样地思考着装修方案，图纸排头醒目地写道：“爱家装饰工程有限公司”。

首先到来的是做家具生意的李老板。

李老板一抱拳，说：“恭喜涂老板，涂老板好大的手笔，光这房租就不少的钱吧，以后还要靠涂老板多多照顾。”

涂根生客气地说：“相互关照、相互关照。李老板，看看我这展厅还行吗?”涂根生指着图纸说。

“当然行了，涂老板准备自己布展?”

“不完全，为商家准备了300平方米的地方。”

“我们的家具摆进您的展厅行吗?”

“你们的家具是名牌吗?”涂根生十分认真地问。

“当然，我们的家具当然是国家的名牌产品。”其实他们也就在郊区租几间房，雇几个工人的手工作坊，产品做出来贴个牌就成了国家名牌。

“行，看在我们相识一场的份儿上，你们就进场吧。”

“你看我们的产品怎么摆放?”李老板看着图纸问道。

“这是家具推荐区。”涂根生有意把推荐区的字咬得很重，“主要是以展板为主，不过费用也低。”

“不免费?”

“当然免费的，但场地费总要付点吧。”涂根生轻松地说。

“那得多少钱?”

“展牌占场面积少，千把块钱吧，不过你是第一家来又是朋友，收你三分之一，就300块钱吧。”

李老板想想300块钱也不多，不过展牌的效果不怎样，不如玩大点。李老板经过深思熟虑后说：“这样，展牌我们就不用了，你们办公用的家具我们全部免费提供给你们使用，家具上放点我们的产品宣传，您看行吗?”

“行，不过你们的家具上不要贴满了广告，注意美观，艺术点。”

“那是当然，你们这里还要装修?”

“当然，我们装修会从装修公司直接下好模板，来这里装装就行，既漂亮又简单。”

“那这样，我们先给您拉套豪华牛皮老板桌、秘书台和两组四人的接待用休闲桌，其余的等装修好再配。”李老板随即走到一旁打出电话。

涂根生也没闲着，另外一家商户老板姓田，是做瓷砖的，也和涂根生谈起摆放展厅："涂老板，您知道的我们是做瓷砖的，您看是如何打算的?"

"是这样，瓷砖的展示需要做样板，必须打展示柜，占地也大，价格要贵些。"

"钱是另外一回事，您能提供多大的地方?"田老板有着自己的算盘，在这里占块地方是一举多得的好事。

"可以根据需要提供，不过如何布局，我们两家共同商量。"涂根生想，你要的越大越好。

"涂老板，请等等。"田老板也打出电话。

不要说李老板的动作真够迅捷的，十多分钟后老板桌、老板椅等全部送到，李老板亲自指挥摆放，偌大的房间立即有了生机，涂根生坐在老板椅上还真有了老板的味道。

"涂老板，我们准备用 3 块展示板，一间样品间。"田老板那里有了消息。

"那不下 20 个平方。"

"这笔费用由厂家出，五六千元没问题。"田老板申请一万，他留了个心眼。

"按说这么大的地方没 8000 元是下不来的，这样，我就收你 4000 元，收据给你的那张按 8000 元开。"

涂根生的大方让两位老板大为好感，当场缴钱、交货，当时李老板、田老板就拿到了盖着鲜红的爱家装饰工程有限公司大印的收据。

两位老板见展厅来了同行们，他俩相视一笑，共同约涂根生晚上一聚，便告辞出门，这叫前客让后客嘛。

就这样，涂根生一天就和近 70 家商户谈好展示厅的事宜，当场收到展示费用 43800 元。

第二天他带着 43800 元和涂二叔乘坐 T166 去了西安，又从西安转道回到飞峰县的家。

涂根生回家没花钱享受也没有花钱造楼，他花了 2000 元的彩礼钱娶了全县最穷的峰东乡五里沟村的菊花，他盘算着用这笔肮脏的钱来开创他真正的事业。

菊花不仅漂亮，在村上是劳动能手，在家里也是一把治家好手，她建议不如做点自己熟悉的事情，比如养鱼、养猪、养鸡，或者搞点稀罕的，养貂、养狐狸、养蝎子。涂根生一听就毛了，急着说："老婆，这是赚钱还是玩命啊。"原来涂根生在捡垃圾的时候吃过蝎子的亏，一条手臂被蜇得乌黑的，还是一位老中医一副帖子把毒血拔了出来。

"我不就说个思路吗?"菊花委屈道。

“那就养鸡吧，这个简单。”

“行!”小两口一商量就订下养鸡的计划。

第二天，涂根生找来白纸和铅笔，自己画下养鸡场的蓝图，然后提了烟和酒去了村长家，又请村委会的大大小小干部喝了顿酒。他用五分上好的自留地与村上换了村边一处 3 亩大小的临水山坡地，开始了他的创业之路。

这块山坡地长满了食指粗细的竹丝，涂根生和菊花边砍边编边围，十多天的工夫便围起大片的地盘，估摸着 5 亩地也不止。乘农闲的时候，涂根生请了本村的乡亲们，每天好吃好喝地供着，一个星期便沿着河建了不下百米的鸡舍，涂根生的养鸡场便初具规模了。

鸡场经营两年后的一天，涂根生和菊花去岳父母家，姑爷、女儿上门自然不免一番忙碌，中饭时菊花发现几乎是一桌鸡宴，有炖鸡汤、红烧鸡、腌菜炒鸡杂、卤鸡脚、宫爆鸡丁，其他的肉类几乎没有。菊花玩笑说：“妈，今天摆百鸡宴啊。”

“最近家里的鸡一个个没精打彩的，还不如杀吃了。”

涂根生一听匆匆忙忙吃完中饭领着菊花回家，两人从头到脚洗了个遍，换上衣服才来到鸡场。涂根生指挥工人们进行消毒带加了石灰，又让工人在离鸡场 5 里外地方的路上挖了个不深的坑，往里面灌上 3 担生石灰加上水，来往运送成鸡的车都要在石灰坑里洗个澡。由于涂根生措施及时、得力，使鸡场以零损失成功躲避了一次灭顶之灾。

在一个合适的时候，涂根生将养鸡场以一个合适的价格，卖给了一位合适的人。事后涂根生和菊花细细地算了，养鸡场共投入 3700 元，除去人工工资，各项开支，两年赚了 12000 元，每年赚 6000 元，利润率 16%，涂根生和菊花平均每月 500 元，这比当时的普通的机关干部的收入整整高出了 1 倍。可是，涂根生对菊花说：“花儿，这个钱不好赚，打上饱嗝都是臭鸡屎味不说，风险太大，这次鸡瘟病我们是躲过去了，可是下次呢？以后还有无数个下次，一个不小心就血本无归。”

“那我们做什么呢?”菊花从心里佩服她的丈夫。

涂根生嘿嘿一笑：“我们做鸡饲料。”

“鸡饲料行吗?”

“行吗？你等着发财吧！菊花你说，我们的鸡为什么长得快、长得肥?”

“我们在饲料中加了蚕蛹，肉鸡才长得快、长得肥。”

“对了，我们就用这个配方做鸡饲料，保准他们的鸡吃了我们的料就不想吃别的了。”

“可是，他们不能自己买蚕蛹。”

“哈哈哈哈，”涂根生得意地大笑说，“他们是买不到了，我把方圆 150 公里内的缫丝厂的蚕蛹全部包圆了。”涂根生得意地拿出一沓合同说：“你看，省城、市里、县里的都签了。”

菊花喜盈盈地称赞：“就你贼精贼精的。”

涂根生当然是贼精贼精的，他没有因与厂家签了合同而忽略了小节，他每次去缫丝厂总是带上应时的甘蔗、山芋、黄瓜、番茄等等之类，从门卫到车间的大小负责人一个不少。久而久之，涂根生便成了最受欢迎的人，100 斤算成 80 斤、70 斤、60 斤，到了最后也就算个三四十斤了事。出门更是简单不过，门卫们抽着涂根生递上的香烟，打着哈哈便开闸放行。

涂根生解决了饲料中最贵的问题，其他的一切事情便成了毛毛雨，涂根生获得了丰厚的利润，鸡饲料加工得到了快速发展。3 年后涂根生的家庭小作坊逐渐成了小型工厂的规模，涂二叔一直是他得力、信赖的帮手，而后任妻子厉晓萍也就是这时候进入了涂根生的家庭生活。

远在朝鲜半岛南部的韩国，在全罗南道木浦市的儒达山旁，有个风景秀丽、依山傍水的小镇叫清水河。镇上有家普通的特色餐馆，老板娘李妈妈不仅能做出一手口味绝妙的泡菜，还能充分利用当地的食材，做出小虾、小蟹、小黄鱼泡菜，既保持泡菜的酸、脆、辣、麻、甜，还充分保留了海味中的鲜。李妈妈最拿手的菜是蚕蛹，煎、炒、烹、炸、卤，一个蚕蛹能做出 8 个花样。李妈妈更绝的是将蚕蛹也做进泡菜里，将蚕蛹的独特香味发挥得淋漓尽致，没吃过“李妈妈蚕蛹泡菜”的人不能算是去过清水河。

这天中午，李妈妈的儿子垂头丧气地回到家，坐在堂前沉默不语。

李妈妈一只手端了一碟小黄鱼泡菜和一碟清炒蚕蛹，一手持了壶米酒和两只酒盅坐到儿子的对面，她放下碟，倒上酒，端起一杯喝了。她儿子看看妈，也端起酒一饮而尽，叹口气说：“妈，这工作太难找了，再不行，我明天上码头了。”

“码头上的活太累，也对不起你读了这么多年的书，不能想想别的办法？”

李妈妈的儿子吃了口菜说：“我跑了那么多的贸易公司，可僧多粥少，我不能总让您养着我。”

“这是什么话，什么养不养的，以后我们老了，不能动了你还不管我们了？实在不行就在我们自家店里干活吧。你看，我们蚕蛹的原料越来越难找，存货吃不上俩月，你可以各处走走，找找哪里有好的货源，这不算是白吃家里的饭。”

李妈妈的儿子眼前一亮说：“对了，我的中国同学说，他们家乡养蚕的人很多，我同学说他们江滨一带人不吃蚕蛹，说不定我们可以在那里买到价廉物美的蚕蛹。妈，您记得吗，就是上次来我们家那个圆圆脸的中国人。”

“记得、记得，是个不错的孩子。我看行，出去看看也是好事，不行就回家。相啊，要记得，这蚕蛹一定要活取，缫过丝的一定是不能用的。”李妈妈嘱咐说。

李妈妈的儿子叫李根相，全罗南道大学对外贸易专业的应届毕业生。

李根相来到中国，来到他中国同学的家乡。同学带着他转遍了沿江市大大小小的缫丝厂，不用说活取蚕蛹，连抽完丝后的蚕蛹都不可能卖给他们。不过他们通过走访还是得到一个有价值的信息，就是缫丝厂的蚕蛹只有一个去处——涂根生的饲料厂。李根相知道他的机会来了，这个涂根生能与众多的缫丝厂签订合同，说明他和这些厂的关系非同一般，要取活蚕蛹就必须靠他了，他要说服涂根生共同来做这个生意。

说服涂根生是很容易的，只要有足够的利润，没有任何风险他何乐而不为呢？经过李根相两天的解释、算账，涂根生终于在生硬的、夹带着韩语的汉语中，了解了这位不远几千里、漂洋过海来到中国的韩国人的意图。涂根生对这个项目当然是满意的，毕竟能够到涂根生口袋里的利润比现在要翻上数番。而且，这个韩国人只需要涂根生将活蚕蛹运出厂，进了自家大门就可以付出现款。这对涂根生来说是零风险，即使这个韩国人不要，他也可以拉回去做饲料，他决定玩一把。

涂根生一人去了缫丝厂，涂根生 3 天跑遍 8 家，终于有两家答应了涂根生的请求，要求是不能影响抽丝的速度和质量。

涂根生就这样与李根相合作了 3 年，最盛是第二年，为了保证新鲜李妈妈亲自来到涂根生的厂子，在这里加工成蚕蛹泡菜后运到韩国。可是好景不长，由于食品安全问题官方渠道被封死，走私也越抓越紧，无奈中关闭了蚕蛹加工厂。好在涂根生在这生意上几乎没有设备投入，只是可惜了大把大把的钞票，就在这短短的 3 年中涂根生积累了不菲的资本。

涂根生仍然是饲料加工厂厂长，不过此时的涂根生，非彼时的涂根生，他的几百万的存款，让他成了各家银行的香饽饽。他如鱼得水般地游走在各家银行之间，他既偶然又必然地结识了中国外汇银行飞峰县支行行长石海涛。

涂根生是由营业部主任请到行长室的，石海涛取了一个青花茶杯，放进自己喝的碧螺春，亲自端着茶杯放在涂根生面前并坐到他旁边。俩人亲密无间地并排坐在一起，这让涂根生倍感亲切和温暖。石海涛亲切地说：“涂总，早就听说你啦，今天终于见面了，兄弟，还没我大吧。”

“怎么会，我属狗的，石行长您呢？”

“别您的，太见外了，论起来你比我大两岁，我属老鼠，得叫你声老哥。”

石海涛一声“老哥”叫得涂根生热乎乎的，涂根生通过石海涛这简单的几句，他隐约地能听到内心自己的声音，这些摸不着、猜不透的无形的东西一直困扰着他，让他寝食难安，是焦虑，是期待，还是渴望？涂根生盼望着眼前这位银行专家能给他一个满意的答案。

“石行长，你客气了，我也就是个家庭式加工厂的小厂长。”

“涂总，千万别小看了自己，你啊，干过国际贸易，而且比我们飞峰县的所有的出口企业都强，你是自营出口，就是我们的外贸总公司都没有进出口权。”

“哎，这不没得做了嘛。”

“涂总，别灰心，你有了这段经历，以后干起来会顺风顺水的。老哥啊，你看国家这形势，机会多的是，你啊，必须早做准备。再说，你还不有个韩国的那个李根相嘛，没准啥时一个电话，老哥你啊，又要东山再起了。”

涂根生听此一言，心中盘绕已久的困惑，就像一块巨石“砰”一声落了地，心中的阴霾一扫而尽，他终于知道自己在想什么、要什么。涂根生近似虔诚地看着石海涛诚恳地说：“石行长，能不能给我指条明路。”

“老哥，我们在这说都是空话。这样，下个月广州秋季进出口交易会就召开了，我们先去那里转转，看完了我们再商量。”

“一切听石行长的安排，我先回去听信。”涂根生站起来告辞。

“老哥，今天我还有事，我们去广州有的是时间，到时我请老哥好好喝两杯。”石海涛送涂根生出门。

“知己啊！”这是涂根生走出石海涛的行长办公室时从心里的一声感叹，人家给脸他可不能不要脸面啊。当即去了营业部请营业部主任办理开户，用了约十天时间开设账户，没两天涂根生分散在各个分理处、办事处的存款全部集中到飞峰外汇银行，存款额达 820 万。

涂根生把事情办妥当了，与石海涛约定的时间也到了，他忐忑地坐上飞机，坐在舷窗边看着窗外的景物飞快地向后倒去，飞机一昂首呼啸着直上蓝天，他突然发现舷窗外刚刚还飞速后退的景物不动了，飞机就像悬在空中，涂根生吓得脸色铁青，两手紧紧抓住扶手，身体僵硬两眼发直。石海涛见状微微一笑，递给涂根生一张彩纸：

第 N 界广州秋季进出口交易会日程表

开馆：上午 10 点—下午 5 点

第一期：（10 月 15 日—19 日）

机械展区 自行车展区 摩托车展区 化工展区 五金展区 小家电展区

电工工具展区 电力电气展区 灯具展区 卫浴展区 进口展区

第二期：（10 月 23 日—27 日）

餐橱用具展区　日用陶瓷展区　工艺陶瓷展区　家居装饰展区

玻璃工艺品展区　纺织及藤铁工艺品展区　园林产品展区　铁石（户外）

家居日用展区　浴室用品展区　钟表眼镜展区　礼品及赠品展区

第三期：（10 月 31 日—11 月 4 日）

箱包展区　男女装展区　童装展区　内衣展区　运动及休闲服展区

裘皮展区　服饰物与配件展区　家用纺织品展区　纺织原料面料展区

地毯及挂毯展区　食品展区　土特产品展区　医疗保健展区

医疗机械展区　体育旅游休闲民用品展区　办公文具展区　鞋类展区

“老哥，这是广交会的日程表，我在广州只能陪你两天，等到 11 月 3 日我再过来，那时你对出口贸易就有了个概念，我们好好合计合计。这边的酒店都安排好了，我请飞峰县外贸公司的业务员陪你，有什么需求、有什么问题尽管提、尽管问。”

“石行长，11 月 3 日就别来了，飞来飞去挺累人的。”涂根生经石海涛打岔内心的恐惧渐消。

“不行，有些事在这谈才有感觉，情景交融嘛。”

“行，听行长的，这飞机票、酒店要花多少钱？”

“老哥，不就几万块钱嘛，你就别管了，这俩钱老弟还是出得起的。”

“石行长，这怎么行，这钱哪能让你出。”

“老哥，这事不急，等我再来的时候再说。”

广州是一座睡得迟，起得晚的城市，四周还是寂静一片，涂根生已经醒来，他看看表才 6 点 10 分，可他在这柔软的席梦思上再也躺不住了，这张悬悬乎乎的席梦思让他一夜不仅没睡安稳，还睡得是腰酸背痛。涂根生打开窗帘，太阳已经从东方冒头，街上几乎看不到一个行人，偶尔有一两辆公交车驰过。涂根生站在窗前傻傻地看了一会儿实在是无聊，他觉得时间漫长百般无聊，拽了床被铺在地上，补上晚上没睡好的觉……

“叮叮叮”，一阵电话铃声将涂根生从睡梦中唤醒，睡眼惺松的涂根生连忙跑到床上接听电话，电话里传来石海涛的声音：“老哥啊，睡好了吗？”

“睡好了，石行长你睡醒了？”

“10 点钟，我们去早茶。”

“好的。”涂根生看了表，9 点 40 分，心想：早上不吃早餐就喝茶，石行长的茶瘾真是够大的，回去弄点好茶送送。

广州的早茶无处不在，宾馆的 3 楼就有。石海涛领着涂根生进了茶楼的大厅，大厅里哄哄闹闹全都是人，还有十几个推着小车到处转悠的服务生更显得热闹非凡。石海涛在对着桌号找座位，77号桌站起俩人拼命地招手，石海涛看见了也挥挥手，对涂根生说："在那边，我们过去。"

挥手的俩人占了个方桌，他俩都站着等候石海涛和涂根生。石海涛过去反客为主说："坐，都坐下说。"4个人各据一方坐下，方桌显得宽宽畅畅的。

"这位是我老哥，涂总。老哥，这两位可是飞峰县国际贸易的大佬，这位是飞峰县进出口贸易总公司的总经理吴总，那位是他们总公司的业务经理桂总。"石海涛一一介绍给涂根生。

涂根生和吴总、桂总客气地相互打招呼。

"老哥啊，你如果想要在外贸上有所发展，少不了麻烦两位老总。"

涂根生连忙致谢，吴总、桂总又是一番客套。

"石行长，我们先弄吃的，边吃边谈。"说完，吴总向服务生招招手。

服务生推着车及时出现在面前，只见小车分了几档，上面摆的各色小吃琳琅满目。

石海涛说："请吴总代劳了。"

吴总拿着菜谱稍加示意就帮石海涛和涂根生点起餐来。

吴总随口报了6样小吃：芝士焗龙虾，冰镇黄鳝，炭烧生蚝，大红袍烧肉，拔蚌刺身，金牌化皮乳猪。又点了8样点心：莲蓉包，菠萝包，榴莲酥，XO酱萝卜糕，娥姐粉果，濑粉，鸡丝粉皮，广东薄皮虾饺。4碗粥：荔枝湾艇仔粥，鱼生粥，瑶柱白果粥，砂锅海虾粥。炖品是：党参北芪炖竹丝鸡，高丽参炖鸡，怀山枸杞子炖羊肉和怀山枸杞子炖狗肉。

吴总点完后将菜谱递给石海涛，"石行长，还需要点什么?"

"吴总是行家，我就坐享其成了，就是汤给我换一个莲子炖鸡就行，你点的太补。"

"到这广州来，不补不行啊，不是说，到了广州才知道身体不好嘛。老哥，昨晚小姑娘可好?"吴总嘴上说着，让服务生换了炖汤。

"没有小姑娘啊，不过昨晚是有小姑娘打电话来，都十一二点了还在找人，害得我觉都没睡好。"

"嘿，老哥，那是找你。"

"找我干吗，我又不认识她。"

"找老哥能干吗，想上你的床呗。"

"你是说……这么大的宾馆也有这个？难怪浪声浪气的。"

"老哥，不仅有中国的，还有外国的，昨天的损失今天补，晚上我带你出去转转。”

“老哥。”石海涛插话道：“市行下午有个紧急会议，我中午就要回去，这两位老总都是我兄弟，他们会照顾好你的。别拘束，该吃就吃，该玩就玩，我争取早点过来陪你玩两天。”

“石行长，有事尽管去，今后少不了麻烦你。”涂根生也是走南闯北之人，心里也灵慧着呢，事情一点就透。

“行，就这么定，多吃点，中午可没饭吃。”

一伙人不急不忙吃到 11 点才结束，石海涛打的去了白云机场，涂根生跟着两位老总去了会展中心。

会展中心太大了，大得涂根生难以想象，人也多，多得让涂根生无法下脚。两位老总领着涂根生不慌不忙地东穿穿、西挤挤来到离大门百十米的栅栏旁，有人从里面递出 3 张“参展证”，两位老总和涂根生挂到身上又东穿穿、西挤挤到大门口，工作人员见到“参展证”打开边门放进他们三人。

涂根生进了会展中心，就像刘姥姥进了大观园，展区隔成一个个整齐的方间，方间之间形成参观走道。从中间的大门进来向两边看，没有一边能看到头的。进大门的地方空着一片场地，迎门处搭建着一个梯台，租用给商家用来宣传、发布产品。

飞峰县外贸总公司的展厅是由两间组成，16 平方花了近 40 万人民币。展厅摆放许多展牌，介绍飞峰县的经济、政策、各项优惠，以及风土人情、地形地貌、物产资源，出口企业介绍等情况。第一期飞峰外贸展出的品种并不多，只有一些家用的电工工具、手电、电动气泵和勉强归到化工类的稀土、高岭土等，几个日本人对展出的稀土、高岭土感兴趣，叽叽咕咕地和工作人员说些什么。

“涂总，这就是我们的展厅，记好了 D 区 256 号展位，我们 17 点 10 分离场，你在这之前回来就行。这是我的名片，上面有我的电话，有事也可以打电话。”吴总关照道。

涂根生走出飞峰县的展厅。

涂根生一下午转遍了整个展区，看了一些从未见识的东西：奇形怪状的自行车、会自动烧饭的电饭锅，还有咖啡机、加湿器，大的有会挖沟的挖沟机、割草机等，至于车床、刨床、变压器、变电柜等工业产品涂根生一点兴趣都没有。幸亏吴总有先见之明，涂根生从 4 点钟开始七转八转竟花了一个小时才找到他们的展厅。

吴总他们展厅已冷冷清清，工作人员收拾资料，整理展厅准备结束一天的工作。

“涂总回来了，看得怎样？”吴总问道。

“全都转过来了，好看是好看，没适合我的。”

“第一期主要是工业产品，下面二期你会感兴趣的，涂总，明天就不要来了，我帮你订好广州—深圳 3 日游的旅行团，出去玩个几天再来。”

“吴总，这要多少钱？”

“老哥，你是石行长的老哥就是我的老哥，别提钱。”

“这怎么好意思，这样晚上我请大家吃饭，我们住的宾馆不错，就在那儿行吗？”

“那是个四星宾馆价钱不低啊。”

“没问题，这点钱还是有的。”涂根生豪气十足地说。

就这样，涂根生在广州是连考察带休闲，痛痛快快地过了十多天，也真正让涂根生开了眼界，广交会的最后一天涂根生终于盼来了石海涛。

香江阁茶楼的听涛包间里，石海涛吃着海鲜锅仔饭，涂根生坐在对面喝着大红袍。

“这飞机上的饭太难吃，你不再吃点？”石海涛边吃边嘀咕道。

“这个早茶吃得多，中午一点胃口都没有了。”

“老哥，这些日子过得还好？”

“当然好，谢谢石行长，他们太客气了。”

“你不也花了不少。”

“都是应该的，再说，以后不定有多少事得麻烦人家呢。”

“怎样？有看好的项目吗？”

“我看那个娃娃非常漂亮，我能做吗？”涂根生迟疑地说。

“漂亮娃娃？哦，是陶瓷娃娃吧？老哥，可以啊，欣赏水平挺高的，那可是艺术品呀。”石海涛放下筷子，稍加思考说，“能做，如果做些服装出口比这简单多了，做陶瓷娃娃难度比较大，必须有个过程，你没这方面的人才，我得好好帮你盘算盘算。”石海涛三下五除二将饭吃完继续向涂根生分析说：“老哥是这样，真正的外贸出口是很赚钱的，利润一般都 30%以上。但是，如果自己没有渠道，没有自营出口权，这个利润就说不清了，我们飞峰县的宝峰服装厂每年出口达 3000 多万美元，可利润只有可怜的 1%不到，只赚了个劳动力的钱，管理稍稍不善一年就白干了。陶瓷娃娃的利润要高些，如果自营利润会达到 50%～60%，加工利润大约在 5%～7%之间，不过技术含量要高许多，尤其是技术骨干更加重要。”石海涛对利润这块的介绍不免夸张了点。

“石行长，前些日子逛进口展区，看到这款手表很好看，你戴上试试。”说着涂根生从包里掏出一块梅花男表。

“这怎么行，这表名贵得很。”石海涛一眼看出这款腕表没有三五万拿不下来。

“就几万块，你戴上衬托身份。”

石海涛推脱不掉，只好戴到手上。

“石行长，上次你的分析启发了我。我是这样想的，我先找个行业干起来，先练手，只要不亏损就是赚。只有这样才能抓住机会，否则机会来了又干不了，还不是瞎瞪眼。”

“就是这个道理，机会是给有准备的人的。老哥啊，下决心了？”

“下决心了，一切听行长的！”

“好，说来也巧，该是老哥走财运，有家服装厂是我们的贷款企业，挂的是乡办企业，实际上是个人的公司，叫盛发服装有限公司。总经理是浙江人，姓任。姓任的花心，今天勾勾这个姑娘，明天搭搭那个妇女，根本就没心思抓管理，没两年厂里亏损严重。这个厂才建起 3 年，厂房有一幢 4 层楼和两个两层楼的生产车间组成。设备有电动裁剪机、电动缝纫机、电动边机、自动熨烫机，还有一台先进的电脑绣花机，这些设备基本是新的而且比较先进。厂房后还有一大片土地，以后厂做大了有地方发展。当时投入厂房、设备达到 900 多万元。现在要建一个同样规模的厂，没有 1200 万是拿不下来的，不知老哥有没有兴趣？”

“当然有了，可是那么多钱我拿不出来啊。”

“不用那么多，他们欠我们贷款 400 多万元，利息近 200 万元。这样，你把这个厂盘下来，我给你减免 50 万元利息，你给这个任总 100 万元，让他有点钱混混，问题也好解决。也就是说，你一共出 650 万元把这个厂拿下来。”

“我没有基础，我能干吗？”

石海涛看着涂根生笑笑说：“老哥怕了？放心吧，他们厂的技术人员的水平都很不错，工人们也都是熟练工了，陶瓷娃娃很大一部分工作量是在缝纫上，只要补充些关键岗位的技术人员就行了。至于报关、结汇等工作我请外贸公司帮你做，你付点管理费就行。外贸公司每年有一些订单，给人家做和给你做不都是一样？我让他们挤一些给你，然后逐年增加，一定会满足你生产的。”石海涛说完端起茶杯品起茶来，他是给涂根生一个思考的时间。

“石行长，这个厂的产权没问题吧？”

“产权抵押在我们行里，不仅有产权证，建厂时的立项、审批、单据复印件我们都是齐全的。”

“盘下这家厂要花去 650 万元，只剩下 100 多万元流动资金，厂接下来总有些说不清的费用，我怕钱不够。”

“哈哈，”石海涛爽朗大笑，说，“老哥啊，聪明一世糊涂一时，你老弟是干吗的？你要需要，650万元全部贷款给你都没问题。以后，业务做起来不仅可以贷款，还有多种融资手段，有信用证贷款、票据贴现等，这都需要统筹安排，我会安排县外贸和我们行里的业务员，去帮你们建立全套的业务管理体系。老哥，管理出效益，管理是门科学啊。”

“石行长，你这么帮我，真不知怎么感谢你，那就按你的意见办。”

“行，这样，回去我让信贷员和你联系，具体手续让他帮你办就行。”

“那就这么定了！谢谢，谢谢石行长！”涂根生心中一阵激动，他即将拥有一家真正的工业企业，涂根生庄重地伸过手用力地和石海涛握手。

“放心吧，你的事就是我的事。”

石海涛一点都没妄言，涂根生的事还真是他的事，甚至比涂根生的事还要重要，石海涛那天匆匆赶回飞峰，根本就没什么市分行的紧急会议，而是他筹划已久的方案只差最后一步。

第十三章　核销贷款大腾挪　天外飞饼入私囊

下午两点，飞峰县枫林雅阁茶楼最里间的5号包间，宋昭军喝着茶，不时地看看手表，显然他在等人。

直到下午4点半门被推开，石海涛从外面进来，宋昭军站起来迎接。

“小宋，等着急了吧，机场流量控制，晚点了个把小时。”

“老大辛苦了。”

石海涛坐下问道：“资料都准备好了吗？”

“全准备好了。”宋昭军从拎包里取出一沓资料，一一递给石海涛，“这是盛发服装厂的借款借据复印件和飞峰外汇银行债权转让书。另外，上报到省行的核销贷款资料全部替换好了，已经通过市行审批，只差省行最后一道关了。”

“很好。”石海涛认真地翻阅资料，看着笑了起来，“你把这个厂做得够烂的，这个照片拍得也不错，破壁残垣的，这个烂资产省行的大佬们眼睛都不会扫一下。行，就这样，我先去办公室盖章，一会儿你来我办公室去取。你去金牛红木家具厂找我堂弟，让他带几个人去盛发服装厂逼一逼，吓唬吓唬那个任总。你也一道去，如果他立即交厂就给他100万元。注意这100万元要慢慢加上去，别一下子把他胃口吊上来。”

“知道了，这个任总来的时候也不过带了60万元，其他的都是借的，他赚大了。”

“说好了就立即交厂，和我堂弟说下，要把公司的技术骨干保留下来，注意保护厂里的机器设备。”

“是。”

说完两人先后离开了茶楼。

盛发服装有限公司总经理室，宋昭军向盛发服装有限公司总经理任志强介绍道：“任总，这位是飞峰县金牛红木家具有限公司的潘总。他已买断了你们公司的银行贷款及利息共计642.3746万元，这是贷款及利息清单，这份是债权转让协议，请你过目。”宋昭军把相关文件摆放在任志强的办公桌上。

任志强翻阅着文件嘴里咕噜道：“不就400万元贷款吗，怎么这么多的利息？”

“任总，你们企业已经近两年不仅一分钱贷款未还，利息也一分未付，要不是我们石行长仁慈我们早就将你们厂封闭了。不过，现在和你已没关系了，债权已由潘总接手，如果他们不要你们的钱与我们不相干。”

“宋科长，看在我们多年相识的份儿上不能再贷点款给我，那怕一百万，不，七八十万也行。”

“任总，你说有可能吗？再说就是贷个百把十万对你们公司来说又有什么用？”

“可是，我这厂……”任志强站起来在办公室转了个圈也没说出个所以然，“我打个电话给石行长。”任志强做最后的努力。

任志强走到窗前，掏出手机，他突然发现厂外停着一辆桑塔那轿车，车旁站着两三个戴着墨镜的壮汉，他吓得向后一缩，忐忑不安地回到办公桌前一屁股坐到老板椅上。任志强定了一会儿神拔通石海涛的电话，他稍带哭音说：“石行长，是我，任志强。”

“哦，任总啊。”

“别任总了，我的厂快保不住了，石行长，看在我们多年的交情上，能不能帮我想想办法？”

“任总呢，这事我是知道的，本想抽个时间好好和你说的，没想到他们这么快。这样吧，我现在就跟你说一下，做出这个决定，一来我们被逼无奈，为你们这事我没少挨市行行长的训。二来是为了你好，我们不转让债权就会去法院起诉你们，官司你们必输无疑，你们不仅要输掉工厂，还要白白花了诉讼费和律师费，对你来说更是雪上加霜，我不忍心呢。任总，你也是在外面闯的人，有些事必须当断即断，你守着一个满是债务且没有前途的厂有什么用？”

“石行长，我这一交厂可什么都没有了。”

“这样，我做个和事佬，我在贷款利率上给金牛公司一些优惠，让他们补贴你点现金，算是老哥我不枉和老弟相识一场。”

“石行长，他们能给多少？”

“你呢，别狮子大开口，我知道你来的时候也没带多少钱，让他们不低于这个数，行吗？拿到钱就赶紧地回去，不要在这里节外生枝。”

任志强想想也不错，这几年吃、喝、玩、乐都是净赚来的，想到这里，任志强连声谢谢石海涛。

石海涛和宋昭军没想到这么简单就说服了任志强，下面的谈判就省事多了，最后以75万元成交。宋昭军拿出转让协议，当场签定盛发服装有限公司资产转让协议：

甲方　飞峰县盛发服装有限公司

乙方　沿江市金牛红木家具有限公司

甲乙双方本着公平、公正的精神，为有效解决甲方债务问题，经双方友好协商，特签署以下协议：

一、经甲方统计，甲方共负债717.3746万元，其中：欠乙方642.3746万元，欠其他债务75万元。甲方于1998年建厂完成时用土地、厂房、设备进行抵押（见厂房、设备抵押明细、附件一）。

二、甲方以所抵押的厂房、设备偿付给乙方，并结清所欠乙方的642.3746万元的债务。

三、乙方以现金形式付给甲方75万元（见甲方法人代表收款收据、附件二），甲方自行偿还所欠债务，甲方的还债行为与乙方无关。

四、有关甲方包括归还债务、注销公司在内的一切公司行为，与乙方无任何关联，乙方对甲方的任何公司行为，不承担检查、监督、督促等任何责任。

五、甲、乙双方核对、移交资产行为由飞峰县公证处监督进行，并另出具公证书。

六、合同自签字起生效，本协议一式三份，甲、乙双方及公证处各执一份。

甲方签字：

乙方签字：

1998年10月15日

任志强拿起笔签上名字："还要公证去?"

"不用去，人在楼下。"宋昭军打电话叫上公证处的公证员。

公证员来到办公室问道："任总，我们现在开始清点?"

"还清点什么，这里一切全都是他们的了，把钱给我就行。"任志强这一刻已不想在这里多待一分钟。

公证员花了近10分钟认真地记录事情过程，并出具公证书。

任志强拿到公证书和一箱新崭崭的人民币，头也不回地走出工厂大门。

距宋昭军和石海涛上次喝茶后的15天，仍然是飞峰县枫林雅阁茶楼最里间的5号包间，仍然只有宋昭军和石海涛，仍然是宋昭军等候石海涛。不过，今天没让宋昭军等候很长时间，10分钟后石海涛提了个塑料袋进门。

宋昭军站起来迎接，石海涛将塑料袋扔给宋昭军说："里面有30万元，他们俩不要太多，每人5万元就行。"

“谢谢行长。”

石海涛从公文包里取出一沓材料递给宋昭军，“这是省行批准核销的资料，我直接从省行计划处要来的。明、后天也就是星期五、星期六，我会召集中层干部在黛山湖宾馆开会，主要研究明年的工作计划。你星期五中午吃饭的时候赶过去直接找我，就说省行快件必须在10月底出账，核销资料换成盛发有限公司，让我立即签字。你赶回去出账，再将报省行的资料换回那个破厂的，留在我们行里的资料一定要是盛发服装有限公司的材料。会计档案上不要留附件，由信贷上统一归档，清楚吗？”

“清楚了，放心吧。”

“我走了，你再坐个三五分钟。”

“好的。”

石海涛一连串的事情忙完，广交会进入尾声，石海涛不失时机地和涂根生谈好收购盛发服装厂事宜，当晚和涂根生一道乘最后一班红眼航班飞回到金陵国际机场。

机场出口一拨一拨急匆匆的人群带着疲惫的神态，从出站口涌出，宋昭军站在机场出口不停地向里张望，看得出他来了有些时间了。又过了大约十多分钟，出站口又有三三两两的人走出，宋昭军一眼看到石海涛和另一位拉着箱包的人一道走出，宋昭军知道这人是涂根生，他迎到出站口，伸手接过石海涛身上的挎包。

“涂总，这位是我们行的信贷员，宋昭军。小宋，这是涂总。”

“涂总好。”宋昭军客气道，又拿过涂根生手中的拉箱。

“宋科长，谢谢。”涂根生也客气道。

“涂总，你和小宋的车回去，我打的去金陵市，明天有事去省行就不陪你了。”石海涛带着涂根生和宋昭军走到僻静的边上。

“石行长，已经够辛苦你的了。”

“没事，这事你再和家人商量商量，考虑好了就让小宋陪你去厂里看看，如果没问题就和小宋说，他会帮你办好一切的。”

“没什么好考虑的，我还信不过石行长？”涂根生已经在飞机上把这事想了一遍又一遍。

“行，想好了就行，厂接下来立即注册个新公司。具体怎么做，小宋会和你交代。”

“涂总，我们上车详谈。石行长，我先开车送你去市里。”

“我们不在一条道上，要走金陵就得兜一大圈，就不用了，我打个的很快的。

涂总，等你一切办妥了，我摆酒祝贺。”

“我请石行长。”

“都一样，都一样。”

宋昭军和涂根生在站台上等着石海涛坐上的士离去，才去停车场取车向飞峰县的家里出发。

宋昭军陪着涂根生一家三口来到盛发服装厂。

宋昭军说：“我们先不上去，先看看车间。”宋昭军先让涂根生看看厂房、设备，好让他有个直观印象，便于一会儿的谈判。

门卫出值班室拎了一串钥匙走在最前面为宋昭军一行带路、开门。

涂根生在外面闯荡惯了，尽量掩饰住内心的一阵阵兴奋，他绷着脸装着深沉。两个女人才管不了许多，一会儿惊奇，一会儿叹服，当门卫打开缝纫车间的大门，屋顶一排排 40 支光的日光灯，灯下一列列电动缝纫机整齐排开，她俩更是一阵尖叫，这也太壮观了。两个女人不再议论该不该买下这个厂，而在商量怎么能管住这么大一个现代化工厂。

看完厂房、设备，大家顺着围墙向办公楼走去，菊花发现围墙有个边门，门是用钢管焊成的铁栅门，菊花伸头一看发现离围墙很远的地方又有一堵围墙圈着，围墙的中间有个大水塘，涂根生和厉晓萍也停下脚步向里张望。

宋昭军介绍说：“这是这个厂后来征下的地，准备再建一些厂房的，现在养些鱼、虾。”

“老涂，这个好，可以养鱼，还可以养猪，种上菜，自己的伙食足够了。”菊花终于找到自己熟悉、拿手的事情。

“行，这个厂都是你的，你说了算。”涂根生应付道。

“好啊，后勤交给我了。”菊花说的是认真的，她真的一心一意管起了后勤保障工作，有时客串一下大厨的角色。

厂长办公室，宋昭军为大家相互介绍，大家坐定后宋昭军先开头说：“涂总，厂看过了，感觉怎样?”

“谢谢石行长想得这么周到，下一步需要怎样做宋科长尽管安排。”涂根生诚恳地说。

“宋科长，这价格能不能……”厉晓萍轻声问道.

“不用，石行长为我们都想到了，价格已经让了我们很多了。”涂根生打断厉晓萍的问话.

潘直亮从桌上拿起一沓资料递给涂根生：“涂总，这是产权证明、盛发服装有限公司的债权转让协议、飞峰县资产转移公证书、厂房、设备等固定资产明细，包括不在转让在内的库存商品，我们都是按原价转让给你们的。这些天的看厂费、设备保养费用是一分没要你的，石行长对你很偏心啊。”

“涂总，这是因为盛发服装有限公司因偿还不了我们银行的贷款将厂变卖的，因为时间原因，就先由沿江市金牛红木有限公司归还我们银行的贷款取得了该公司的资产。所以，现在你们只要和沿江市金牛有限公司签定资产转让协议就行了。”宋昭军向涂根生介绍转让程序。

涂根生看了一会儿文件觉得没有什么问题，但心里不是十分踏实，求助地看看宋昭军。

“涂总，如果拿不定主意或者对协议有疑问的话，你可以把协议拿回去，找个律师或者专家问问。”

“我把这些材料拿回去？这怎么行。”

“没关系的，需要就拿回去，石行长非常信任你。”

宋昭军几句话让涂根生下定决心，他果断地说：“宋科长，我觉得没问题了，我们现在就签协议，钱是打到你们行还是潘总的账上？”

“签好协议将账款打到潘总的账上，协议上有户名和账号，涂总方便的时候将支票开出来就行。”

涂根生毫不犹豫立即拿起笔在《沿江市金牛红木有限公司转让原盛发服装有限公司资产协议》上签上自己的名字，他随即从包里拿出转账支票簿，根据协议上的账号、户名、开户行认真写好，最后写下陆百伍拾万元整，他撕下支票递给潘直亮。涂根生将转账支票放进皮包，又从包里取出一本现金支票分别写下“壹万元整”和“贰万元整”的两张支票，他将10000元支票不容宋昭军推辞硬塞给他，说：“宋科长，谢谢您这两天为我跑来跑去的，以后还要麻烦你。”然后将20000元支票放到老板桌上，对潘直亮说：“多谢潘总这些天的操劳，我知道潘总不在乎这点钱，我这是给潘总的弟兄们点儿茶水钱，我涂根生谢谢他们。”

涂根生就这样完成了他人生中的第二次转变，他从一个家庭作坊正式成为一个现代化的出口加工企业——飞峰县圣兔工艺礼品厂。石海涛也没食言，由宋昭军为主，外贸公司报关员为辅，帮助涂根生建立了一个颇为科学的管理体系，很快涂根生的工艺礼品厂就投入生产，半年后圣兔工艺礼品厂运转自如。

涂根生人生的第三次转变来得很快也很突然，涂根生自信地和飞峰县外贸总公司一道去广州参加广州春季进出口交易会，他这次去参加广交会完全不同于去年，去年他完全是一个看客，是一个彻头彻尾的局外人。今年他带着自己生产的产品参加广交会，虽然他没能在广交会上有一点建树，但没有一点气馁，没有一点沮丧，那些漂亮的外国女人驻足他的摊前，脸上洋溢出迷人的笑容，口中赞到："beautiful."涂根生完全相信，明年、后年他一定会有客户和他签订数量可观的出口订单。

涂根生带着梦想乘上回程的航班，涂根生已不是去年那个上了飞机害怕，见了漂亮的乘服员害羞的土包子。涂根生向空乘要了张毛毯盖在身上，放倒座椅闭上眼睛继续幻想着他的未来。

飞机平稳地着陆，涂根生随着人潮下了飞机，乘上飞机与航站楼接驳的客车，去行李输送带等待行李的出现。

"涂？Mrtu？"

涂根生听身旁有人用英文试探地喊道，他惊讶地掉头看去："是李根相。"

"你怎么在这儿？"两人几乎同时出口。

"我来飞峰找你。"

"我参加广交会刚回来。"

"你参加广交会？"李根相的中文顺溜了许多。

"是啊。"涂根生语气中不免有些得意。

"那做什么产品？"

"陶瓷娃娃。"

"做陶瓷娃娃，有多大规模？"

"300 台电动缝纫机，一些配套设备。"涂根生又补充道，"以前是整套的服装企业。"

"这个规模不小啊。"

"你这次还是来找蚕茧？"

"不做了，那个太麻烦。"

"那干什么？"

"行李过来了，具体情况到你厂里再说。"李根相没有正面问答，上前一步伸手取下一个精致的拉箱。

涂根生也看到自己的大拉箱过来，吃力地拎下传送带。

"这么个大箱，有什么宝贝？"李根相玩笑地说。

"参展的样品。"

"样品？打开看看。"李根迫不急待地要打开箱子。

涂根生看看四周人已稀少："去车上看吧，厂里的展示厅还多得是，让你看个够。"

……

涂根生的办公室里，李根相郑重地说："涂总，我看过你们的设备，也了解了你们的技术人员，我认为现有的设备完全可以生产高档的陶瓷娃娃，如果要生产高档的陶瓷娃娃必须要明确几件事：一是高档陶瓷娃娃的陶瓷部分不能用现在厂家的，必须用高档的，估计综合价格会比你们现在用的要高 30%。二是有的工艺要进行调整，比如，现在的针脚太大，速度也快，做出的产品不够细致，质量不均衡，这些我会派我们的技术监督来进行指导。三是高档产品我们是免检的，我们在中国有指定的检测单位，你们产品必须接受他们的质量检验。”

“那么生产低档的产品利润和生产高档产品利润一样吗？”

李根相“哈哈”笑起来：“涂总，不愧是老江湖，一语中的啊。生产高档产品有着几个优势，一是利润高，除去各方面因素会比低档的产品高出 10%以上。二是业务稳定，高档产品有着比较稳定的客户群。因此而产生了第三点，就是结算方便、快捷，订单下达后我们会有 30%的预付资金，用 T/T 形式结算，而低档产品就没有这些优惠了。”

“我做高档产品。”涂根生毫不犹豫地说。

“涂总，有个事必须说清楚，在我的职权之内的我会和你说的，也会大力支持你，我们毕竟是朋友嘛。但是，诸如产品质量等问题我是毫不留情面的，这个事情你必须要充分认识到。”

“这没问题。”

可是，涂根生现有的圣兔工艺礼品厂是个纯粹的乡镇企业无对外出口权。当谈起以李根相的身份帮助注册一家外资企业，李根相连连摆手，说是如果以他的身份注册，他就不能将业务下达给涂根生，这是不可逾越的红线。飞峰县外贸总公司同样没有自营出口权，就必须通过具有自营出口权的公司来代理出口业务，但这会给涂根生的业务带来诸多不便或风险，这是万万不行的。

此时已近立冬时节，西北风渐起，江南的早、晚有了些寒意。涂根生的礼品厂忙得是如火如荼，美国查尔诺顿进出口公司质管员、飞峰县外贸总公司报关员、飞峰外汇银行贸易信贷员轮流进驻帮助培训厂里的各方面人才，厂里的技术水平、管理水平在短时间内得到迅速提高。

涂根生天天忙得是不亦乐乎，但他心中的那件事让他无法快乐起来，出口权如何解决？

涂根生酝酿了一会儿打通石海涛的电话：“石行长，最近忙吗？”

“哈哈，是涂总啊。我说老哥，你现在过得挺滋润的，就不要再折腾了吧。”

涂根生紧张了起来：“怎么了？石行长。”

“我们信贷部门对你们的综合状态进行了评估，如果按照订单的工作量势必要进行扩张，这样你们的风险就很大了。老哥啊，这是为你好。”

涂根生："石行长，昨晚我们去河边罩了些大螃蟹，中午来我这尝尝鲜，行吗?"

"哦，自己罩的，老哥还有这手，行，中午我过来。"

中午，涂根生的办公室里摆了不大不小的圆桌，圆桌只摆放着红烧螃蟹、清蒸螃蟹、昂刺鱼炖豆腐、清水河虾、红烧肉 5 个荤菜，全都用半大的小盆装着，两个大盘装着清炒荠菜和蒜香菠菜两样蔬菜。

涂根生和石海涛挨在一道坐着："石行长，尝尝，这是我昨晚去河边罩的螃蟹，都是野生的，大的清蒸，小的红烧，那是真正的鲜，这些菜都是菊花伺弄的，新鲜着呢。"

石海涛夹了块红烧螃蟹尝了尝说："嗯，是鲜，大嫂的手艺精湛。"

涂根生端起酒杯站起来说："石行长，我这一切都是你给的，这杯酒我干了，你随意。"涂根生一饮而尽，石海涛啜了一口。

涂根生站着将杯斟满："石行长，一直没能好好谢你，这杯酒权表谢意。"涂根生又是一饮而尽，石海涛仍然啜了一口。

"李根相说，如果要配套这个厂没有 1500 万是下不来的，现在的业务还是你安排来的，资金是需要多少就解决多少。没说的，这个厂一半是你石行长的。"涂根生又要端起酒杯，石海涛一把按住涂根生的手。

"兄弟啊，说这话就见外了，我们这不是投缘嘛。"

涂根生 6 两白酒下肚，说起话来就带点酒气了："这不是投缘的事，我和你投缘吧，我怎么没把厂给你。我想过了，是我做得不对。"

"老哥，不会对我有什么想法吧?"

"怎么会，我确实认真想过，这钱就应该大家一起赚。石行长，你看，李根相凭什么跑这么远来帮我? 你，石行长，地位尊贵要什么没有? 凭什么来帮我? 这钱是大家一起赚就越赚越多，人抬人高嘛。"

"涂总，你这话倒是大实话，李根相测算的和我们测算的差不多，你们的机械设备基本差不多了，再添个一二百万就足够了。可是其他的配套就跟不上了，光土建这块就要一大笔投入，若按 5000 万的生产量算，要正常生产没有 1000 多万的流动资金配套是不行的，这样七算八算你要扩大生产就筹集 1780 万的资金，我们行贷款个三五百万没什么问题，再多你的资产负债率超过了 100%，不论那家银行都不可能获得贷款。"

"这么说一点希望都没有了?"涂根生沮丧地说。

石海涛没有正面回答："涂总，你必须这么做吗? 负债这么多你不怕吗?"

"石行长，我是一个地道的农民的孩子，从小在城里捡垃圾赚了一些钱，我比那些城里的同伴们强多了，当时觉得我是世界上最有本事的人，可当和我一道捡垃圾的同伴，一个个穿上漂亮的工作服神气活现地站在我面前的时候，我彻底崩溃了，我看不到我的未来，我不甘心面朝黄土背朝天地当一辈子农民。在绝望之际我带着所有积蓄去了西宁，在西宁一夜之间亏掉了我所有的钱，那时我没气馁，我又用 4 个月时间赚到我人生中真正的第一桶金。回来后用这钱办了养鸡场、饲料加工厂，一个偶然的机会让我步入有钱人的行列，凭这个钱在农村当个舒舒服服土老板，几辈子都不用愁吃愁穿。不知怎么的，我对饲料加工厂再也提不起兴趣，我也不知自己要什么，只觉得人生没有了动力，去了广交会才知道居然有这么丰富多彩的东西，我们中国人竟能生产出这么漂亮的产品。石行长，这才是我要的，我觉得我的生命中充满了希望和激情。可是，我只能做做加工，吃吃残羹剩饭吗？石行长，我不甘心，我有机会，我有能力啊。”涂根生一口气说完，坐在椅子看着酒杯发呆。

“老哥啊，钱也不是绝对没办法，只是目前不能从我们行里贷，事情真正要做起来比较麻烦。”

石海涛一句话就像一道闪电照亮涂根生的心灵，涂根生激动地说：“石行长，只要能干成什么条件我都能答应。”

“老哥啊，别忙，这事要好好合计。一是用什么身份，如果借用别人的身份会对企业造成风险，如果借用的身份人到你这里主张法人权利，这个事情就麻烦了，尤其还是个外国人。所以，这个身份问题必须首先解决，那就必须让你变成外国人。解决方案和途径我都有了，如何办你也别问，你只要按我的要求去做就行，估计费用 200 万，你看……”

“我要这个身份，钱，没问题。”

石海涛笑笑说：“老哥精明啊，有了这个身份，一年的减免税不止这么多。二是资金来源，我们行再贷个 500 万倒是没问题，再多就违规了。那么这钱就得从别处融资，路子我是有的，只是怕成本比较高，所以，这成本还要和你说一下，我有个朋友是湖东省外汇银行投资公司的副总，可以用委托放贷的形式给你企业融资，利率高达 24%，按 2000 万元算每年利息达 480 万元，等你自己资产充足了，我再慢慢用我们行的贷款替换出来，成本会逐步降低。”

涂根生感动地说：“只要能做成此事，一切由石行长做主，再说你也要当半个家。”

“半个家我是不能当的，这样，我再和我朋友商量商量，利息能不能转成利润分红，分红按 30%吧，这样的风险要小些。”

“这不行，石行长你什么都没有，白忙了。”

“怎么能说白忙，有你老哥就行。”

“谢谢，谢谢石行长。”

“不谢，明天你派人去江边买 36 只半斤以上的大闸蟹，后天我们一道去北京，记住带上公章和所有的身份证明，我给你开一个银行存款的资信证明。”

第二天涂根生带上一应材料、钞票、公章随着石海涛乘红眼航班来到北京，这里他有刻骨铭心的记忆，今天他终于来了。涂根生到了北京去办自己的身份，可偏没他什么事，石海涛安排他跟着旅行团 3 日游，玩遍了北京城。第四天，也就是星期二，石海涛走了，宋昭军来了。涂根生和宋昭军被喷涂着“大中华旅行社”字样的商务车接走，上了去美国夏威夷檀香山的 CA125 航班，经过 17 个小时的长途飞行，早就把涂根生的好奇心磨得无影无踪。飞机降落到檀香山国际机场，在中转区休息了三个小时又登上去马绍尔的 MAJ 机场的航班，漫漫的途程让涂根生疲惫不堪，好在他从小就练就随遇而安的本领，什么时差不时差的对他无效，飞机上、休息室内无不响起让人羡慕的呼声，只是苦了宋昭军和大中华旅行社的业务经理。

填了整整一上午的表格，盖了无数个章，最后拍了一张标准像，这张标准像让涂根生越看越别扭，简直像个通缉犯，还不如飞峰县城里的工农兵照像馆里的哑巴拍的好。当天下午日近黄昏时，“大中华旅行社”的业务经理带着他七转八拐地到了一套白色别墅，说是马绍尔移民局的所在地。移民局的外观在蓝天白云的衬托下非常漂亮，可进了门一切设施已显得陈旧了，涂根生在踩着“咯吱”作响的陈旧的、掉了油漆的木地板上找到了自信。移民局接待涂根生的移民官叫沃斯宁，当他傲慢地问及涂根生为什么要加入他们国家国籍时，涂根生看着移民官的猥琐样，早就把什么“我爱你们的祖国啊”“你们的人民友好啊”这些练习好的词忘个干净。其实，这些移民官早已收到了好处费，也就习惯性地寻常一问。涂根生只要按练好的词说一遍，最差就冲着移民官傻傻地一笑就没事了。

涂根生两眼一瞪说一句话，让“大中华旅行社”的业务经理急出了一身汗，“老子有钱啊，有钱不能去你们国家享受享受?”移民局的翻译不懂“老子”是什么意思，直接译了“老子先生”。

“大中华旅行社”的业务经理心想完了，这次白跑了。哪知移民官沃斯宁立即满脸谀媚：“我们国家最适合像您这种人来，我们马绍尔群岛自然环境优美，是镶嵌在碧波浩瀚的南太平洋中的一串串黑珍珠，这里空气清新，令人身心舒畅。碧蓝的海水，晶莹洁净的沙滩，到处是扶疏的椰林，踏上这片土地，令你心旷神怡。您可以定居到我们的首都马朱罗，这里有白色的沙滩、浓绿的棕榈树丛和有珊瑚礁防护的平静海湾，构成一幅诗意般的图画，使得这里成为一个迷人的旅游小岛。您可以买一艘游艇，驾驶在碧波荡漾的大海之中，您可以垂钓到世界上最美味的金枪鱼，您可以枕着海涛睡去，清晨醒来您会看到世界上的第一缕阳光。涂先生，这是我的名片，您要买游艇一定找我，我帮您打八折。”沃斯宁说完掏出一名片递给涂根生。

涂根生接过名片说：“游艇一定要买的，第一缕阳光还是要的。”涂根生搞不懂马绍尔为什么是世界上的第一缕阳光。

“大中华旅行社”的业务经理惊讶地看着这戏剧性的一幕，移民官沃斯宁拿起证件“咣”的一声盖上章，伸手握住涂根生的手说：“欢迎您成为我们国家的一员。”

涂根生的事就水到渠成了，回国后宋昭军帮他搞定一切，涂根生的圣兔工艺礼品有限公司华丽转身，成为一家享有各种特权的国外独资企业……

涂根生像个老衲入定，内心翻滚起来的波涛在他的记忆中汹涌而出，又在他坚定的信念中平息，他在记忆中寻找自己的方位，在现实中明确自己的行为。涂根生在老板椅上睁开炯炯发光的眼睛，拿起桌上的电话拨通厉晓萍的电话：“厉晓萍，保险公司的王经理来了吗？”

第十四章　没有缘由的烟瘾　不能松懈的责任

晚上 8 点多，薛凯和小毕从沿江市分行回到宿舍，小毕抢先一步去开房门，薛凯走到姜扬的门前敲敲门，听听没动静，问：“你在楼下时看到姜行长的灯开着吗?”

“好像没开吧，没在意。”

“哦，去父母家了吧，我们进去。”薛凯说着准备进门，姜扬的门打开了，房间里黑洞洞的。

“薛行长，你怎么回来了?”

“你过来说，房间里怎么没开灯?”薛凯指指房间里。

姜扬兴致高昂地说：“先到我这里。”不由分说就拽着薛凯进了门，姜扬让薛凯和小毕在卧房门口稍等，然后打开了台灯，请他们进去。姜扬的卧室和薛凯的卧室一样简单。

姜扬安排他们坐下，他将手中的中华香烟一人发了一支，又随手关上台灯。

“你这个老姜搞什么名堂?”

“先别说话，点上，点上。”姜扬殷情地帮他们点上烟，说，“抽两口，抽两口。”姜扬等了一小会儿问，“问个问题，好不好抽？这是什么烟?”

“嗨，别闹了，当然是红中华喽，不过关上灯倒也抽不出什么特别的香味。”

“啪”，灯打开了，姜扬得意地站在面前说：“你们看手上的烟。”

薛凯和小毕拿起手中的烟一看居然是“大前门”，姜扬看着两位惊讶的表情开心地“哈哈”大笑：“没想到吧，这就是我的研究成果。”

小毕不相信地看看，用力吸了两口，一不小心被烟呛得一阵狂咳。

姜扬重新换了香烟说：“味道不同了吧，这个实验说明人对香烟不是天生的需求，而是后天培养出来的。”

“你神秘兮兮地就为了这个?”

“我们想想我们当时在什么状况下抽的烟？无非是小时候无知的炫耀；青年时盲目地耍帅，或者是毫无目的的趋众效应，有几个人是为了期中考试不及格犯愁而抽烟？有几个为技术不精湛而吸烟？也没几个为没当上官而吸烟的？没有吧？”

“你想说明什么？”

“人们为什么总觉得有按捺不住的烟瘾？没了烟会觉得心神不宁，无法安坐，团团乱转，身体内有着无法控制的念想，这就是烟瘾。人们在累了的时候，意识中需要香烟为之解乏；人们在闲了的时候，意识需要香烟解除寂寞；人们在思考的时候，意识需要香烟找到灵感；人们在喜乐的时候，意识中我要抽根烟了，因为我太高兴了；人们在伤心了的时候，意识中我要抽根烟了，我需要香烟给我安慰，最后形成了抽烟习惯，3 分钟、5 分钟手中没了烟，就像自己的生命中缺少了什么。其实是习惯欺骗了意识，意识控制了行为，是人们自己欺骗了自己。人们把情感寄托给一缕淡淡而去的青烟中，把喜悦、欢乐、惆怅、失落的情绪溶化到被火焰洗礼过的烟灰中，不觉得很傻吗？”

“你搞得这么悬悬的，烟怎么没戒掉啊？”薛凯用姜扬的矛攻击姜扬的盾。

“我得要把事情琢磨透，而后用意识控制行为，但如果将意识强加给行为，那就没太大意思了。比如说我们坐在飞机上或在一些特定的场合中，你就不需要烟了，因为你的意识清楚你不能抽！但这种被强迫式的戒烟是无法长久的，我得想想用什么方式来快乐地不抽烟。”

“这是一个很有意思的尝试，成功了是吸烟者的福星，你现在疯够了？”

姜扬夸张地点点头。

“不玩了？”

姜扬依然点点头。

“你就不问问我为什么提前回来。”

“无非是谢行长一番表扬，激发出你强烈的爱国、爱行之心，激动之下你就放弃休息回来投入工作呗。”

“我有那么浮浅么，有事和你谈。”

小毕起身告退。

“帮我倒杯茶过来。”薛凯吩咐道。

“怎么了？这么严肃，不会是挨了训吧？”姜扬有点丈二和尚摸不着头脑了。

薛凯等小毕送来茶，出门、关门，才说：“比挨训严重多了，告诉你吧，早上我们开支部会的内容有人泄露给谢行长了。”

姜扬一脸惊讶：“这也太快了吧？”

“大老板叫我过去是一顿好训，上纲上线了，问我有没有党性。”

“我们这钱又不是装进了自己的腰包，是为了我们行的广大职工，我们行的职工也是人民啊，这叫全心全意为人民服务。”

薛凯不怒反笑说：“早知道让你去就好了，一个一把手行长，一个纪检书记，那阵式，不过你行，你可以谈谈如何为人民服务的。嘿嘿，怕是你呢，现在还回不来。”

姜扬忿忿不平地说：“本来就是嘛，干吗这么兴师动众的？”

“别看你平时鬼精的，党纪国法意识还是不强，我们这次真的越了红线了。哎，我的仕途恐怕就这样了。”薛凯声音有点凄惨。

“不会，你没听说，领导骂得越凶，对你越好，这叫爱之深恨之切，没事的。对了，这钱我们可以收利息了吧？”

“不行，谢行长明确指示，星期一做的第一件事就是将钱汇到市行的廉政账户。”

“亏大了，搞了一阵子被市行占了便宜，这钱都归了市行我们还要挨训啊，这也太不公平了，他们是又吃粽子又蘸糖。”姜扬一阵肉痛叫起来屈来，他又关心地问，“这钱给了市行，谢行长不追究了吧？”

“说是算了，接受教训，下不为例，可我在谢行长那里的印象算完了。”

“你多虑了，我们是干业务，又不是政工干部，过几天就没事了。哎，谢行长就没表扬你？”

“表扬是表扬了，这训起来更厉害，不过答应我们职工年底奖金不会少于云阳县。”

“值了，只要天盛车业集团总公司一动，我们行的业务蹭蹭地就上去了，你还愁奖金？”

“也是，那就在业务上多加把油，老弟啊，你还要多加加劲，帮我扳回一局。”

“还要加劲，你把我命拿去得了。”

薛凯不听姜扬叫苦：“你看那个飞峰湖高尔夫度假村怎么样？能不能搞定它？”

“你对它感兴趣？”

“高尔夫球度假村的影响比较大，可以扩大我们飞峰外汇银行在本地区影响，尤其在台商中间。”

姜扬想想：“我们以前做的都是实业，这种性质的贷款还真没经验。这样，我们一边接触一边了解，行吗？”

“可以，快到月末了，你看这几天把大库查查，以后每月一次查金库的事就交给你了。”

“好吧，这两天就查。薛行长，我们信贷上需要加个人手，陶珊珊推荐储蓄专柜上的杨慧慧，说是她的英语非常棒。这样就将陶珊珊调到信贷上从事国际贸易专员工作，让杨慧慧接替她国际贸易结算工作。”

“行啊，上次就说过，信贷上缺的人你定。对了，星期三晚上飞峰县蚕茧总公司王春生请吃饭。”

“娘的，这帮乌龟王八蛋拿我们的钱请我们。市行刚训完话，出去吃饭不怕了？”

“这也是革命工作，不吃不行，好歹人家送了30多万，吃顿饭的面子还是要给的，一定把这个时间腾出来，别忘了。”薛凯再三关照。

薛凯的一声“别忘了”激发了姜扬的灵感，姜扬连声答应敷衍着送薛凯出门。

薛凯出了大门回身问：“星期六、星期日你有什么安排？”

“没什么重要事，早上去网点转转，中午看看父母，然后回来睡一觉，再写写东西，有事吗？”

“没事，你还不如回家陪陪弟妹，我们俩没有必要都在这儿守着。”薛凯关心地说。

“还是你回去吧。”

“我要回去就不来了，我去网点待两天，尽快把标准化搞出来。”

“凭你的水平，不去网点也能弄出来。”姜扬做了个怪脸。

“也趁这个机会下去了解职工的思想动态。”

“好吧，今天你们都累了，明天你们睡个懒觉，我先跟运钞跑一圈再回家。”

“好，就这么定，明天让小毕送你，走啦。”

姜扬回到桌前思路又到戒烟上，他想：“我是不是可以用遗忘的形式把这潜意识下形成的习惯给淡化掉，直至完全忘记香烟的存在。”

……

周一，对于每个单位都是最忙的时候，飞峰县外汇银行警卫值班室，赵宁和陈努将手枪别到腰上。赵宁对陈努说：“我去看看车辆准备好了吗。”赵宁说罢出了警卫室通过与营业部之间的过道到了后门，他拉开察看窗观察门外院子里的情况，依维柯运钞车驾驶员林鹏在车旁对窗子竖起大拇指。他突然发现车边多出一个人，又重新凑上察看窗看看是姜扬，赵宁连忙打开门出去，“姜行长早。”

姜扬对赵宁说：“我和你一起去送款。”

“是，姜行长请。”赵宁立正道。

姜扬走进警卫室，警卫室报警显示器两排红灯闪烁着刺眼的光束，墙上挂着五根高电压电棒，桌上一切摆放得井井有条，床上的被子叠得像豆腐块一样见棱见角，警卫室的里端有一扇看上去非常厚重的大铁门。

“姜行长，有什么指示?”赵宁保持着军人的姿态。

“我就跟你们看看，你们按平时的工作程序进行就行。”

“是，陈努开库。”

金库外库的两把钥匙由警卫一人和营业部出纳一人分开保管，并由营业部出纳保管金库密码。陈努打开第一道锁让到一旁，出纳员王彬打开第二道锁，转动铁门上巴掌大小的密码盘，王彬转动5次后扳动把手，只听“咔嚓”一声清脆的金属声，金库的大门打开了。

飞峰外汇银行的金库分内外两部分，内库大约三四十平方，靠着三面墙竖立冷冰冰的不锈钢材料制成的3层架，钢架上一层层码放着一摞摞没有生命的各种纸币，它们躺在那象征着财富，但又毫无实际意义。只有它们逃脱出金属牢笼的束缚，进入缤纷繁杂的社会时才能展现它们的光彩。外库不到20平方米，沿墙也竖立着一排不锈钢材料制成的3层架，不同的是每层架上都有内穿钢筋的不锈钢门。不锈钢架上整齐地摆放着铝合金钱箱。

姜扬在一旁静静观看从出库到装车的全过程，直到所有人员上车他才进入车厢，7点20分挂着101银行特别通过证的车驰出后院。

小城的早晨格外清冷，街道上只见步履悠闲的老大爷、老大妈提拎着装着菜的塑料袋，大多数商铺还没开门营业，早点摊铺开始了一天的生意，接待三三两两的食客。运钞车快速在街道上行驶，很快来到既定的运钞路线中的第一个网点——飞峰路分理处。运钞车的尾门打开，警卫下车站在尾门等待网点工作人员接款，陈努从驾驶室下来站在分理处门旁警惕地注视着四周。分理处主任荆玉和营业员从柜台内出来到车厢取钱箱，荆玉向车厢里看了一眼发现姜扬正在看着她，她高兴地打招呼：“姜行长好，来我们所吗?”

姜扬微笑着：“不了，我转一圈看看，快去吧。”

“荆主任，石灰包需要换吗?”

“不用，挺好的，谢谢赵科长。”

营业员离开，警卫立即上车关上后门，陈努则等着营业员拎着钱箱进了柜台关上边门才上车出发到第二个网点。

“赵科长，这运钞路线多长时间换一次?”

“每个星期换一次。”

姜扬点点头。

送完款汽车里轻松起来，赵宁先起了话头：“姜行长，有什么指示?”

“很好，比我们这些基干民兵出身的要强上10倍。”

“姜行长，这个季度快过去了，我想组织一次实弹射击行吗?”

“这事跟薛行长说去，我不管这块儿。”

“薛行长那里肯定是要说的，但还是要跟您汇报的。”

“好吧，薛行长要是问我的话，我一定支持。”

“谢谢姜行长，到时候你要来打几枪。”

“行啊，不过，你们当心了，打个二三十发可能不是你们对手，但是要比个5发10发的我不一定输你们。”

“到时比比?”

“比比就比比，你们要是打不过我看我怎么罚你们。”

“姜行长，听说其他银行的分支网点已经开始安装防弹玻璃了，我们行什么时候能够进行?”

姜扬：“这要看我们的经营成果了，如果能赚钱了，明年第一件大事就是装防弹玻璃。”

“姜行长加油!”

“加油!”

外汇银行营业部由对公结算、储蓄、出纳、联行结算、交换、本行结算等业务组成。分为3个专柜，分别是：储蓄专柜、外汇汇兑与结算专柜、会计结算和出纳专柜组成。储蓄专柜办理对私本外币存款，隶属储蓄科。外汇汇兑与结算专柜是中国银行、外汇银行特有的。

周一，银行职员大都比平时提前5分钟上班再早上5分钟到单位。早点来的会拿起拖把先拖起地来，后来的或会要过拖把继续拖完地或者帮助拖地的人把桌面一道清洁干净，然后各自整理用具，摆放好各种票据准备。

外汇汇兑、结算专柜的陶珊珊忙完手中的准备工作，倾过身对邻座储蓄专柜的杨慧慧说：“小胖，你准备请客!?”

杨慧慧对陶珊珊翻了个白眼说：“去，你才是胖子呢，又没喜事，我请什么客?”

陶珊珊得意地说：“你就瞧好吧，记住喽，只要有喜事就是我的功劳，你就要请我的客。”

保卫科警卫小周打开卷帘门，门外稀稀落落地进来几个办理业务的客户，一位年轻女士拿了张现金支票去取现金，一对老头、老太率先来到储蓄专柜。

“莫名其妙，不和你说了，来业务了。”杨慧慧面带微笑站起来耐心回答前来的老太的询问。

陶珊珊等着杨慧慧忙过一阵，又歪过身说：“嗨，小胖，你以后得好好听我的话，多孝敬孝敬师傅。”

“你要当我师傅？你的意思？”杨慧慧停下手中的活，指指陶珊珊的位置。

陶珊珊大卖其功：“你别出去乱说，还没定呢，我可是大力地向姜行长推荐你的。”

杨慧慧惊喜道：“你是说你向姜行长推荐我到这个位置？”

陶珊珊得意地用力点点头。

“估计是没戏了，我半道上截过他的存款，50 万啊，太诱人了。”杨慧慧又接待一顾客，她手上飞快地点钞，验钞，打印传票，嘴上也没闲着。

“你看看，因小失大了吧。”陶珊珊脸上表情露出些责怪。

杨慧慧心情复杂，说：“50 万哎，够我两年的任务了。”

陶珊珊安慰说：“姜行长好像对你印象还不错的。”

“但愿吧。”

“当时只知道痛快，现在知道烦了。”

“哎，陶姐，你说我们姜行长帅不帅？”陶珊珊把杨慧慧的话头挑起来，话匣子一时关不了。

“废话，他不帅，我们行的男人就不用看了。你不知道，那天我和姜行长去天盛车业，那风度、那气度、那口才，硬是把天盛的董事长说得是心服口服，人家当场表态，拆掉上海结算中心，在江城市建立新的结算中心。”陶珊珊眼里流露出崇拜目光，其实当时陶珊珊并没在现场，她正和丁志华长吁短叹的。

“哇，有这么神？”

“有这么神嘛！那是铁板钉钉的事。你想想那么大个企业，不知有多少家银行去拜望过，只有我们的姜行长马到功成。一个那么大的企业居然为他改变结算企业组织结构，而且撤掉的是上海结算中心哎，那是需要什么样的水平。”

“要是天天跟着他该多好。”杨慧慧一脸仰慕之情。

“怎么，你喜欢他？”陶珊珊警惕地看了杨慧慧一眼。

“哎，轮不上我啊。”

“什么意思？”

“我听说姜行长爱人才艺双全、美貌非凡，是我们市行的摄影老师。”杨慧慧语气中有点酸酸的。

“我们行好的帅哥也有啊，你又看不上，哪有那么多的又是帅哥又是行长的让你挑啊？！姑娘，醒醒吧，这个思想要出大问题了。”陶珊珊心想，我何尝不是如此？

人说，3 个女人一台戏，陶珊珊和杨慧慧两个一唱一搭，戏也唱得够热闹的，两人东一句西一句，一会儿开心一会儿惆怅说得正起劲，杨慧慧眼尖看到姜扬从边门来到营业部，她连忙坐好低声说："姜行长来了。"

姜扬来到张涛的桌前，张涛让坐，姜扬递过特种传票，说："不坐了，把这转到市行去。"

张涛看是薛凯缴来的现金，问："姜行长，这不是支委研究过发奖金的钱吗？"

"市行另拨钱发奖金，这事不用声张，知道就行了。"

张涛看看特种传票上薛凯和姜扬的签字，也签上"同意转账，张涛"，去了对公柜台，他把转账单交给会计吩咐几句，等盖章后取了回单，回到姜扬身边将回单递给姜扬。

"张主任，有个事先和你说一下，我们准备将陶珊珊调到信贷科，将专柜的杨慧慧顶替陶珊珊的位置，陶珊珊在营业部带一段时间杨慧慧，她们俩一样实行双重管理，只要到了营业部就属于你的管理。"

"知道了。姜行长，天盛的战果还好吧？"张涛关切地问。

"天盛车业总公司账户全部转移到我们外汇银行来，可惜的是将所有业务放在省分行办理，我们实力不够啊。"

"那不是白忙了？"张涛遗憾道。

姜扬解释说："当然没有我们直接办理效益高，不过省、市两级分行都答应在信贷政策上为我们倾斜，只要有好项目上面给资金、给规模。张主任，如果发现有好的项目也可以推荐的。"

张涛有点兴奋，说："好啊，姜行长。这个头开得好，又要劳姜行长忙一阵了，我们营业部是全行的结算中心，请姜行长多来指导，有政策也要对我们倾斜倾斜。"

"我们信贷上的许多事离不开营业部门的支持，以后麻烦张主任的事情多着呢，星期五的报表出来了吗？"

张涛看看用钢化玻璃封闭的电脑房里"行打机"正在一打十行地卖命吐着纸张，桌上已经堆起厚厚的一沓，说："快了，我去看看，给你拿过来。"

"不用，社会服务总公司这几天资金回笼情况还好吧？"

"星期五下午交换时从工商行转过来 70 万元，当天进账了。"

"从工商行转来了？柜台有没有来缴款？"

"没有，以前我们需要现金时，只要跟他们打招呼，他们都会来缴现金的。"张涛解释说。

姜扬若有所思地点点头："张主任，你忙吧，我去专柜跟王主任谈谈。"

那边陶珊珊密切关注着姜扬的动向，突然她兴奋地对杨慧慧说：“小胖、小胖，你调到我们国际贸易的事成了。”

杨慧慧几乎哀求道：“珊珊姐，我都叫你姐姐啦，你行行好，不要叫我小胖了，行吗？”

“哎，你调到我们国贸上怎么一点都不开心啊？”

“珊珊姐，你一口一个小胖，我不胖都给你说胖了，能开心吗，再说你怎么知道呀？”

“姜行长和张主任说话时，姜行长连看了我们这里两眼，不是调动工作是什么？”

“天啊，这你也能琢磨出来。”

“切，一点警觉性都没有，当心哪天被人卖了。”

“珊珊姐，我要是到了国际贸易上是不是经常和姜行长出去？”

“小花痴，想得美，你就好好给我守着这摊子，姐出去给你带点好玩的回来。”

营业部的一角，姜扬和专柜主任王金玲随意地站着，“王主任，你是我们的老大姐了，有个事和你商量商量，就在这说行吗？”姜扬看似随意选择了一个地方，可用意一点儿都不随意，他不想用行长室的环境给王金玲带来压迫感。

“什么事？姜行长。”王金玲今年47岁，中等个，一脸善良，她工作勤恳、作风踏实、为人正直善良。

“我想调杨慧慧到国际贸易结算上，想征求你的意见。”

“这个丫头人品不错，业务上也是一把好手，国际贸易上不是有陶珊珊吗？信贷上还有个国际贸易业务员可以代班，人手还不够吗？”

“我们与台协有合作，需要跑遍所有的台资企业，这样人手就远远不够了。再说，如果我们的努力有成效，国际贸易的业务就会大幅提升，现在不培养人就来不及了。”

“这是我们行里的大事，我全力支持。姜行长，我们行还有希望吗？”王金玲不无担忧地问。

姜扬露出自信的微笑：“看起来我们行目前是遇到了一些困难，主要是信贷质量不高而形成的，反映在呆滞、呆账贷款增加，利息收入明显减少，企业结算业务清淡，企业存款比例不高，储蓄存款压力明显。”

王金铃：“是这样，光靠我们储蓄哪成啊？!”

“把贷款的增量全部寄托在储蓄存款上，这是个愚蠢和无能的行为，如果这种现象不彻底改变，我们行的前途确实渺茫了。”

“有办法改变吗?”

“王主任请放心，我们行发放贷款 1 亿元，据了解有几家经营状况还是不错的，我们只要加强监管，督促企业资金在我行运转，我们行的资金窘迫状况就可以缓解。”

王金铃撇撇嘴表达对现状的不满。

“第二块就是我们的呆滞、呆账贷款，看起来已没什么希望了，但细细挖掘是大有可为的。比如，蚕茧贷款是政策性的，迟早一天中央财政会解决这些历史遗留问题，一旦解决我们行就有了几千万的贷款额度和资金，外加几百万的利息；还有我们加大落实两呆企业追贷力度，也会挖掘出潜在的资金和利润。我们行一年新增储蓄存款几千万，我们再在企业存款上采取一些必要的措施，增加企业存款比例，让我们的存款成本明显地降低下来，这样只要坚持二三年的存贷款结构调整，我们行就会彻底改变面貌。”

“姜行长，这样就太好了，听你一说我就有信心了。我们专柜的人员准备怎么安排?”

“准备让储蓄科先来个外勤在你这儿代班，等行里招聘职员时，再给你调个业务好的来，这里毕竟是我们行的门面嘛。”

“这样吧，飞峰路分理处的胡雪不是在下岗培训嘛，放到我这里，让我来培训她。”

“这会给你添许多麻烦，你们这儿挺忙的。”

“没关系的，这个丫头本质不坏，我了解，放我这里不出 3 个月还你个业务能手。”

“谢谢王主任为行里挑担子。”

“姜行长客气了，你们两个行长怎样，我们都看在眼里呢，谢谢薛行长、谢谢姜行长。”

姜扬听到这出自肺腑的话，不禁眼圈一红，姜扬往背光处挪了挪，玩笑地说：“我们不是一个人在战斗，对吧。”

信贷科，丁志华把姜扬交代的四张资产清理表填写好，放在姜扬的办公桌上用文件夹压住，又在姜扬办公桌上拿起一摞沿江市圣兔礼品有限公司的财务报表回到自己座位坐下研究起来。

丁志华对圣兔公司大致情况只有些知道，但对圣兔公司的具体的财务状况并不知晓。这功课还是要从头做，他先找到圣兔公司 1999 年 8 月份《资产负债表》，然后打开又厚又大的工作笔记本，在笔记本上画了个大大的 T 字，他在 T 左边写上资产，右边写上负债，然后在资产负债表上摘抄自己需要的内容。他在左边摘抄到：货币资金，应收票据，预付账款，应收利息一栏改成应收税费，应收账款，存货，固定资产账面价值，合计。右边摘抄到：短期借款，应付账款，预收账款，应缴税费，长期借款，合计。丁志华用资产总额/负债总额得出47%资产负债率。

丁志华心想："这个资产负债率非常低，几乎没有风险呀，姜行长怎么在资产负债表上写上资产负债率，并打了个问号？"丁志华要不是在此前与姜扬就报表问题有过交流，他定是怀疑姜扬对报表的分析能力。丁志华又测算了几份前期的资产负债率，都在48%、47%上下。丁志华有点搞不明白了，他只好放弃心中疑惑，他找到存货明细表细细查看，因为他看到姜扬在资产负债表的存货上打了个问号，他想在这找到姜扬在这里发现了什么。丁志华投入地翻阅、记录、计算着，以致没有发现姜扬的到来。

姜扬来到自己的办公桌前，看到丁志华专注的神情不禁笑笑，拿起丁志华压在文件夹下的表格细细地琢磨。这4个表格中所列的企业不算太多，一张纸足以罗列出各类型的贷款状态。《外汇银行飞峰支行信贷企业未落实抵押、担保企业统计表》中的企业只有7家，是正常经营的企业，飞峰县劳动服务总公司列在最后，贷款金额260万元，一家贷款70多万元，其他5家均是30万上下的小额贷款企业，想必是人情贷款占了多数。

《外汇银行飞峰支行呆滞、呆账信贷企业未落实债权、债务企业统计表》中有24家信贷企业，几乎是满满一张，姜扬看得出大部分是历年累积下来的问题企业，有工业的、商业的、类似皮包公司的经营公司。其中精细化工厂引起他的注意，他在笔记本上写下："飞峰县精细化工厂什么情况？300多万贷款为什么没有抵押、没有诉讼？"

《外汇银行飞峰支行信贷企业诉讼未执行统计表》有8家胜诉后未执行的案件，最大的一笔是蚕茧总公司，诉讼标的达到2200万元。

薄薄的几页纸，姜扬仔仔细细看了两遍，最后眼光落在2200万元蚕茧总公司的诉讼未执行案上，这笔诉讼基本上全行都知道，1986年省行信贷资产大检查后责令诉讼的，虽然胜诉了但一直未能执行，时间一长事情就搁置在了一边，姜扬回到飞峰行就琢磨着加紧把这笔横财弄回来。

"这笔钱能要回来，日子就好过多了。"姜扬想着抬起头，发现丁志华静静地用询问的目光看着他，于是对他笑笑说："研究报表呢？有什么发现没有？"

丁志华抬头对姜扬苦笑笑说："各项财务指标都显示这是家非常好的企业，它的负债率只有47%，没什么问题啊。"

"你发现了吗？近3年这家公司的资产负债率都是稳定在47%左右，那么他们 3 年的利润去哪里了？如果按该企业的正常盈利能力，它的资产负债率应该逐年下降到 40%左右，当然好一点的企业想隐藏点利润什么的也是有的，这我们可以理解。因此，我核查了可能瞒藏的科目，发现他们的存货上有异常。1997 年 5 月份他们从原材料中转了一笔 1356 万元到在产品中，这是一。二是每年的 11 月份是圣诞礼品的出货期，也是他们最大订单的出货期，这批货出了他们的库存应该大幅下降，可是 12 月份报表显示他们的在产品仍高达 2179 万元，而且这 3 年的数据表明他们的在产品居高不下。另外，他们公司在开办时与飞峰县金牛红木家具厂的往来账也有点令人不解。”

丁志华随着姜扬讲述不停地翻看桌上的报表并思索着。

“本来想多让你研究研究这家企业，从报表的连接性、相关性发现企业在进、销、存中的运行轨迹，增加实战能力。不过，现在没时间了，我们行的信贷资产的清理、保全工作从现在起就开始进行，由你全权负责这项工作。人手比较紧张，只能由你一个人去完成，必要的时候请个律师。我们行企业不多，但都很分散，时间也久要辛苦了。”

“没问题，其实这些工作我们也做了许多，只差最后落实，一定完成任务。”

“这次一定把工作落到实处，对拒绝配合的、有问题的企业一律提请诉讼，对诉讼企业都进行资产保全。一定要搞出结果出来，决不拖拉。如果遇到困难立即汇报，决不敷衍了事。蚕茧总公司的执行案子也要多加关心，把这家公司的具体材料整理出来，我们共同研究对策。另外，储蓄专柜的杨慧慧调到外汇专柜接替陶珊珊，陶珊珊任国际贸易员，国际贸易员小葛任外贸企业信贷员兼国际贸易员，他们俩谁有空谁就和我一道去拜访台商。”

“姜行长，这报表还用吗？”

“不用了。”

丁志华把资料整理好放归到资料柜中，又从资料柜取出一些资料，回到座位上。

姜扬接完了个短暂的电话站起身说：“小葛，有没有时间和我去台路金属管件有限公司？”

“我手上有几份出口打包的案子，走不了。”

“你把资料带到专柜上去做，把陶珊珊换出来，另外多教教杨慧慧。”姜扬说完走出信贷科。

“哦。”小葛将桌上的资料收拾好，快步走出信贷科。

宋昭军在一旁耳听、目睹着这一切，看到姜扬出门便去资料柜取信贷资料，顺手取走沿江市圣兔有限公司的财务报表。

第十五章　建造仓库藏玄机　赢得客户靠真诚

涂根生经过一天的精神洗礼，重新焕发了体内蕴藏已久的斗志，像往常一样站在大门口迎接他的工人们。工人们像受检阅般地一一从他面前经过，今天经过他检阅的不仅有他的工人，还有建筑工人和拉建筑材料的车辆。涂根生满意地看着一切，菊花的执行力还是很强的，一个下午搞定一切，第二天仓库就正式破土动工了。

建筑工地上石子、水泥、钢材、砖瓦堆得到处都是，几个工人在安装简易的混凝土搅拌机和卷扬机，菊花叉着腰指挥着一帮民工放线、挖墙基。

涂根生小心地绕过各种建筑障碍向菊花走来，一路上不时停下查看建筑材料，不一会儿他来到菊花身边。

菊花早早就看到涂根生溜溜达达走过来，她向前迎上两步说："来了。"

"来了，动作好快。"

菊花用手拢拢额前的乱发说："不快行吗，过 10 天就是农忙了，你看行吗?"菊花指指工地。

"我正要和你说这事，你过来说。"涂根生向边上走两步稍稍避开挖墙基的民工们，菊花一脸茫然跟着他。

"墙基准备挖多深?"

"墙基深 60 厘米，宽 40 厘米啊，我们那个仓库就是这个尺寸。"

"我知道就是按那个标准的，刚才一路上我看过准备的材料。"

"不对吗?"

"这次情况不同，具体原因别问，你按我说的去做。"

菊花看看神神叨叨名不副实的老公点点头。

"墙基深 30、宽 25 厘米；单砖墙；地坪厚 6 厘米；水泥用 400 标号的，在浇地坪表层时用 500 号水泥，有 2 厘米厚就行；钢梁和钢柱壁厚 1.5 厘米。"乡镇企业的仓库大多是钢砖混合，用方钢、方梁做整体结构，再用砖砌墙。

"这材料几乎少了一半，能行吗?"菊花有些担忧。

“不会有问题的，原来的价格是多少？”

“1 个平方 320 元。”

“你去找工头谈谈，我看 220 元 1 个平方能拿下，半个月完工。”

菊花心里估了下说：“差不多，半个月没问题，不用我们催他们也会加快的。”

“谈完了就回食堂，保险公司上午来人，你去烧个红烧肉，这里每天来看个几次就行了。”涂根生说完径直走了。

“这保险公司没事干整天到我们这转悠什么，还没吃够。”菊花嘀咕道。

涂根生回过头瞪了一眼说：“你别管，按我说的去做就行。”

这次保险公司来还真的有事，而且是涂根生亲自邀请而来，涂根生脸上堆满笑容在办公室里迎接群利保险公司一部经理任军和业务员小王，他伸出肉乎乎的双手握住任军的手说：“任总，好久没到我这小庙来了。”

“涂总，你可是我们的衣食父母，平时那敢打扰啊。”

“任总客气了，别光顾说话快请坐，晓萍，敬香茶。”

大家开着玩笑落座，保险一部小王开场白，说：“涂总，我们任经理接到你的电话马不停蹄地就过来了，贵公司重新布局有什么需要我们服务的？”

“太谢谢了，我们现在业务量比较大，原有的仓库早已满足不了需要。再则王经理早就提醒我们的工厂布局太密集，万一有什么意外是非常不利于风险防范和控制。所以我们下决心花点钱，再建个成品仓库，仓库离厂房远一些。”

任军接上话说：“好啊，涂总风险防范意识加强了，说起来保险不出事才叫保险呢，这叫你好我也好。”任军“哈哈”一笑，他知道后面才是最关键问题——保险费。

果然，涂根生跟随任军一起干笑后说道：“任总，我们这次动作并不大，这保费就没必要增加了吧。”其实涂根生决计重签赔偿条款，他是用保费引出这个话题。

“涂总，我们公司对贵企业是相当重视，我们按综合资产计量保额，并且都是给最优惠费率，这是给资产在亿元以上优质客户的。”

厉晓萍一旁插话说：“十分感谢任总对我们企业关心和支持，固定资产和流动资产按单项最高额投保，只要任何一处出事故都按保额理赔。这事我们反复衡量过，感觉是挂在驴嘴前的一捆嫩草，看得到是吃不到的。”

“这是多少企业想都想不到的优惠，你们怎么有这样的想法？”任军还是第一次听到这种论调，他觉得有点不可思议，或者他认为这女人有点不可理喻。

“任总别不高兴，我细说给你听。”厉晓萍感觉到任军的不快，她不急不忙地道来："财产遭受最大的损失无非是战争、地震、水灾、火灾，战争、地震和部分水灾，它又属于不可抗力因素，你们保险公司是不赔的。"

"是。"任军不得不承认。

"其实，火灾对我们工厂的威胁是最大的，万一一把火烧起来，它才不管你是固定资产还是流动资产，它是不会像任总一样讲情面的。我们的产品娇贵着呢，沾点水落些灰什么的就没用了，这么一来我们等于花了1倍多的保费只保了一项保险。任总，是这个账吧。"

任军挠挠头尴尬地笑笑说："嫂夫人分析得透彻，这倒是新情况，小王啊，我们是好心办了件蠢事。"

涂根生既欣赏又得意地看了看厉晓萍，他知道主动权已牢牢掌握在手中，他心里清楚此时最好的选择是不发表意见。

厉晓萍见涂根生不吭声，她也就心领神会不说话了，他们要做个业务总得有个更好的方案吧。

果然，任军和小王交换了一下眼神说："这个问题我们还真的没想到，幸亏嫂夫人提出来，不然我们中午这红烧肉怎么好意思吃呢。"楼下的厨房里飘出阵阵红烧肉的香味，任军夸张地咽了下口水接着说："这样吧，我们就固定资产和流动资产分开投保，固定资产按照造价最高的独幢建筑，加上折旧后的机械设备打八折，流动资产按照账面最高额打八折，然后再打八五折缴费。行吗？"

厉晓萍的余光瞟瞟涂根生，涂根生不知什么时候手里摆弄着一只丑娃，他正在仔细研究着丑娃脸上的雀脸斑，厉晓萍想想说："任总这个方案看起来是帮我们固定资产打了八折，但是保险公司理赔时都会将赔付金额打个八折甚至打到七折，算下来我们是一点便宜没有占到。流动资产能不能这样，我们投保按照月平均数，理赔按照账面额赔偿？"

"打八折是我们最高折扣了，这样吧，我们再让0.5折，然后再打八折，流动资产这块就按你说的办。"

厉晓萍眼珠一转说："那不如直接打六五折来得干脆。"分次打折与一次性打折的基数不一样，厉晓萍平时采购材料时经常运用这个技巧。

"嫂夫人真够精明的，折扣不能再让了。厉总，不瞒你说我们在折扣基础上再打折，其实都是在我们保险员的奖金上抠下来的，如果再打下去我们的保险员就要喝西北风了，等过年过节了我们多给些礼品给你们，行吗？"

涂根生及时插话道："哎，任总客气了，这么多年我们合作得相当愉快，任总和王经理为我们公司没少费心，谢谢了。"

"涂总客气了。"任军暗暗松了口气，如果这个厉总再逼下去，不得再挤出三五个点的空间。

涂根生诱导地说：“我们合作愉快嘛，我们的保险协议是 4 月份签的没有到期，那这份协议什么时候签呢?”

“当然现在签，后面协议可以替代前面协议，没问题的。”任军怕夜长梦多。

“好，签完我们去尝尝你嫂子烧的红烧肉。”涂根生似乎忘了他早就和菊花离了婚。

小王对任军看看，任军点点头，小王起身坐到涂根生办公桌前的接待椅上，从手提包中取出圣兔公司上年 9 月至当年 9 月份报表、格式合同、计算器和签字笔，认真填写合同条款。

任军说：“涂总，保费就一次缴清了吧。”

这次涂根生非常爽快，说：“行，任总都大驾光临了，不缴清中午这酒怎么喝?”

算算保费、填写合同对小王来说是轻车熟路，不一会儿他就将保费计算出，他填好数字后将合同递给任军。

任军要来计算器，噼噼啪啪地核对了数据，然后直接递给涂根生说：“涂总，请过目，前面未到期部分的保险费已经减去了，满意了就签字生效。”

“好的，好的。”涂根生“嘿嘿”笑着，他拿着合同看看说，“任总，你们这合同字密密麻麻的像蚂蚁一样，我看上去头就晕，我在这里慢慢看。这样，我让晓萍先陪你们去摸两圈麻将，你们就不用在这里陪我了，小赌怡情嘛。”

“好吧，就去摸两圈。”任军平淡地说，小王掩不住内心的兴奋。

涂根生向晓萍伸了两根手指向任军和王经理摆摆，意思是每人 2000 元，晓萍点点头引导他们下楼。

涂根生听到杂乱的脚步声逐渐消失，拿起电话拨给公司法律顾问：“贡律师啊，我是老涂。保险公司刚刚起草了个保险合同，你帮我看看。”

“行，下午我过来?”

“不用，我传真给你，不过要想喝酒你就来，保险公司的任经理在。”

“不了，我还有事，我给个信号。”

涂根生将合同一一传真过去，他躺在老板椅上悠闲地点了根烟大脑里重演了一番，他觉得没有任何纰漏便闭上眼睛。约莫两根烟的工夫他的电话响了，他让电话响了五声才接听，电话里传来贡律师的声音：“涂总，合同看过来，这样签对你们更有利，只是保险费用比去年高点。”

“我想过，还是你说得对，不然万一出什么事还真的有说不清的官司仗。”

“是啊，我可不想赚这钱，没事我挂了。”

“好的，没事就过来，让你嫂子给你弄个野生甲鱼给你补补。”

“说得嘴都馋了，下次一定来，拜拜。”

涂根生拿起笔在理赔的各栏上填到：开户行：中国银行江城分行关平办事处；户名：飞峰县圣兔工艺礼品厂；账号：2345665432。在法人代表栏签上：涂根生，从抽屉拿出单位章盖上，然后拿着合同下楼去了。

楼下饭堂的包间里一场麻将鏖战正酣，任军、小王、厉晓萍、菊花四人各霸一方，任军、小王和厉晓萍面前的钞票已寥寥数张，屁股冲门的菊花面前摞了厚厚的一沓。

涂根生进来伸头一看不禁乐了，菊花一家铲三家，今天新仓库破土动工“吉利”！他围着麻将桌看了一圈，菊花的牌已经成型万字3对：红中、条子各一对，2筒、6条、东风各一张，只要再摸一张2筒、6条或东风就可以听牌了，虽然是“对对胡”成牌小，但目前的局势只要不给他人机会就胜算已定。涂根生牌兴大发也要沾沾好手气，他硬是把菊花挤下牌桌，这个位置的确旺牌，涂根生落座立马就摸到了东风，他打掉2筒听牌。任军、小王和厉晓萍的牌涂根生看过，只有任军的牌有戏，是大三元，但是他要的红中在他手上，只要他不出手任军他胡不了牌，涂根生得意地发圈烟点上等着自摸。

任军两圈后也听牌，他闲中对涂根生说：“涂总，合同看的怎样了？”

“好了、好了，字签好，章也盖上了。”涂根生把合同递给任军。

任军接过合同随手翻翻，然后把目光聚焦到收益账户上，他看看后又核对签约方名称，问：“涂总，这收益账户怎么是圣兔厂呀？”

涂根生神态自若随手打出一张红中，说：“我们与省外贸联系比较多，方便。”

任军一看红中再也顾不上什么合同了，他兴奋地大喊道：“胡了，大三元！”他一把推倒桌上的牌。

厉晓萍白了涂根生一眼把桌上仅剩300元扔到桌上，小王拿出皮夹准备掏钱。

涂根生把牌往桌上一盖说：“我点的炮，我包了。”他“嘻嘻哈哈”地数了2700元放到任军面前，而他面前厚厚一沓的钞票立即矮了一截。

任军当然是心知肚明，说：“涂总这个炮点得及时，不然这牌就结束了。”

涂根生率先洗牌、码牌，说：“继续、继续。”在他刻意地输送下，牌局很快地结束了，筹码也在他精心输送下巧妙地分配到任军和小王手上。

小王经历翻天大逆转自然是笑逐颜开，任军则理所应当地将辉煌战果纳入怀中，沉稳地拿过合同签上字，说：“收益人的选择是保险人的权利，只要你们能收到我们公司的赔付款就行。”

涂根生双手合十脸上笑成了弥勒佛样，说：“谢谢，谢谢任总。”然后扭头冲着门外大喊一声：“上红烧肉！”

姜扬带着陶珊珊在行门口等来万耀华的车，一开车门迎面扑来的是宁芸的笑颜：“姜行长好。”

“小美女好，万总好，怎么你开车，辛苦你了。”

“这刚两天不见怎么这么客气了，上车出发。”

姜扬坐到万耀华身边，问：“万总，这台路公司怎么样呢？”

“这也是一家做总公司外加工业务的工厂，业务依附着母企业，业务稳定、效益不错，是家个人投资企业，刚来飞峰不久还没参加台协。”万耀华说的这类企业现在大陆有许多，他们是原来企业在某个专业上的精英，原企业为降低人事成本，分散企业扩张带来的风险，有目的扶持一些业务骨干自己创业，原公司给予业务或资金上的支持。这些企业所使用的设备都是当前世界最先进的，专业性特别强。他们专业素养高，人品极佳，可是他们有个自身无法克服的问题，就是太专业，他们不太懂人情世故。

“我知道了，对待他们有什么说什么，不勉强，真诚就行。”

果然，粗眉大眼、剪着平顶头的台路公司总经理郑志，非常礼貌但不热情地在会议室接待万耀华和姜扬一行，每人奉上一杯淡咖啡后便坐下静候着万耀华和姜扬阐明来意，台子上规整地摆放着万耀华和姜扬的名片。

万耀华也是见怪不怪，他认真介绍台协的宗旨、组成等，着重说明最近的万台电脑支持希望小学活动的计划。

郑志不仅认真听还认真地拿出工作笔记认真记录，当即表态参加台协并捐赠10万元支持台协活动。

万耀华最后说：“飞峰县外汇银行针对我们台商，设计了一套全方位支持方案，这套方案受到沿江市、滨江省两级上级银行的支持，我们台协副主席会员天盛车业总公司已接受他们的建议，积极寻求新的财务管理模式。”

“天盛车业？”郑志眉头动了一下。

“我还不了解贵公司的具体情况，所以不能承诺任何事情。如果贵公司符合我们银行的支持对象，我们银行将对贵公司从固定资产投入、流动资金需求、利率、结售汇、外汇套保乃至有关国际贸易结算人员培训等进行全方位的支持。近期我们将与台协合作举办一次外汇业务、国际贸易讲座，不论贵公司是否选择我们银行都可以参加。”姜扬压缩说话长度，尽量简洁地说明情况。

郑志思考了一会儿说："我们到飞峰县不久，厂房刚刚建好，机器设备正在调试，预计一个月后投产。我们的账户已开设到信用社，虽然目前贷款不多，但已经建立了联系，此时去你们那里就不太好了。"

"没关系，选择哪家银行企业都会有自身的考量，我诚恳地邀请贵公司来参加讲座。另外，这位是我们行的国际贸易交易员陶小姐，如果贵公司需要对我们行的国际贸易结算操作程序进行了解的话，可以向她咨询。"姜扬说完示意万耀华。

万耀华接话说："对啊，这次讲座是以台协和外汇银行两家的名义办的，许多公司也不是外汇银行的客户都答应参加的，郑总如有需要尽管参加。"

"谢谢姜副行长、万总的美意，我们一定参加。陶小姐，我让财务人员来请你过去，辛苦陶小姐了，谢谢。"

"没关系，这是我的职责。"陶珊珊显得端庄、礼貌。

"万副会长，入会手续现在能办吗？"

"可以的。"

"那就有劳……"郑志看看万耀华和宁芸。

"小芸，帮助办手续。"

宁芸从文件夹中取出表格递给郑志，郑志仔细地浏览一遍，对万耀华和姜扬说："两位坐坐，我带两位去财务室。"

宁芸和陶珊珊连忙跟着郑志出门。

一会儿，会客室进来个身材姣小的女人，把一张支票放在万耀华面前："是万总吧，我是郑太太，我也是台中市的。"

万耀华和姜扬站起来齐声说："郑太太，你好。"

"请坐，老郑去车间了，一会儿就来。这位是姜行长吧，两位小妹妹也很漂亮。"郑太太性格开朗得多，一来就把每人点了一遍。

"中午就在这里吃个工作餐。"郑太太说。

"不用。"万耀华说。

姜扬说："好吧。"

姜扬和万耀华分别同时回答。

万耀华看看姜扬，说："好吧。"

姜扬也改口说："不了。"

姜扬和万耀华又分别同时改口。

郑太太"扑哧"笑出声来说："都别争了，就在这吃个工作餐。"说完就出了门。

“你还想争取？”万耀华问。

“你听她留我们吃饭的语气吗？”

万耀华用表情表达询问。

“郑太太是用的实问句，而不是疑问句，他们是希望我们留下来吃饭。”

“你是说他们已经感兴趣了。”

“应该是，谁说这些工科生只有一根筋，再说他们不求证我们所说的也不是他们的个性。”

“有道理，我又有好戏看了。”

“没戏看的，对他们没有那么多的弯弯绕，直接告诉他们想要了解的就行。”

正如姜扬所料，郑志过了一会儿又转了回来，坐到姜扬对面说：“姜副行长，我有一事讨教。”

“请讲。”

“你们的利率是多少？”

姜扬介绍说：“我们贷款分固定资产、流动资金、出口打包贷款。固定资产分 1 年期和 3 年期，还有一些更长的约定贷款期。一年期贷款 5.4%；3 年期贷款 4.8%；更长期限贷款利率要更低。流动资金贷款最长期为 6 个月，如果有特殊情况可以展期 3 个月，利率是 6.8%。出口打包贷款根据开证数进行贷款，执行的是优惠利率，即在人民银行规定的基准利率的基础上下浮 10%。由于万主席的努力，本次活动期间在我们银行开设基本账户的所有贷款下浮 10%。”

“这么说你们贷款利率要比一些银行便宜 30% ~ 40%，那你们怎么赚钱？”郑志的心里总是琢磨着赚钱的合理性，暴利和微利都会让他警觉。

“我们是以外汇贷款和外汇结算为主要业务，我们赚钱的手段比一般商业银行要多，其中外汇结算和汇兑业务是我们利润的另一个重要来源。”姜扬自信地侃侃而谈。

“哦。”郑志松口气接着问，“我们企业可以办理哪些贷款？手续麻不麻烦？”

姜扬刚要回答衣袋里的手机响了，姜扬拿出手机看到屏幕显示唐婉儿，他拿给万耀华看看，对郑志说：“对不起，接个电话。”

一个清脆、美妙的声音响起：“喂，姜行长吗？”

姜扬客气地说：“是，唐总好，唐总有事吗？”

“没事就不能给你打电话吗？中午在西沙湾请你品尝江鲜。”

“当然能，中午没空，等我忙完了再给你回电话。”姜扬说完就要挂电话。

唐婉儿听出姜扬的意思：“别挂电话，那你什么时间有空？”

姜扬思忖着说：“明天吧，明天上午 8 点，我在办公室等你。”

唐婉儿不依不饶："晚上行吗？我想请你喝杯咖啡。"

"工作上的事还是在办公室里谈比较好吧。"姜扬拒绝道。

电话里清脆的笑声传出："怎么，你这位大男子汉，还怕我这个小女子吃了你不成。"

"这……"姜扬犹豫了。

唐婉儿煽动说："了解业务单位的高管水平也是你们考核一个企业的重要内容吧。"

"好吧，我回行里给你打电话。"姜扬挂掉电话抱歉地对郑志笑笑，郑志十分关注姜扬的回答，见姜扬对他笑笑，他咧咧嘴表示理解。

姜扬："贵公司可以办理任何一种类型的贷款，其中打包贷款最简单，只要有符合要求的信用证就行，流动资金贷款我们会根据贵公司的经营状况、财务状态等一系列经济指标测算你们企业的健康程度，然后给贵公司一个合理的贷款额度，你们可以在这额度内较灵活地运用。固定资产贷款要麻烦一些，审批时间也稍长，如果贵公司申请固定资产贷款就必须提供有关项目可行性报告、基础建设规划、设备详细参数等技术指标。"

郑志又咧咧嘴说："听起来够复杂。"

姜扬正色地说："对，你们的机器设备是门科学，我们银行管理也是一门科学，其严谨程度不亚于任何一门科学，其重要性不逊于任何发明。"

郑志紧绷着的脸露出丝丝笑容，说："说得对，任何事情都要用严谨的科学态度对待，一切都要按规律办事，我同意按照贵行的要求办。"

"另外我还得提醒郑总，如果我们初审成功的话还会对贵公司的主要订货企业进行海外调查。"

郑志干脆地说："没问题，我们会配合的。那么就这么定了，我让各部门准备资料，两天后送到贵行。"郑志说完同姜扬和万耀华握握手说："谢谢，谢谢。"

郑太太进门说："午餐时间到了，请去就餐。"

台路公司的餐厅简洁、明快，十几排快餐式的便捷桌椅整齐排开，餐厅一侧用了屏风隔出一块，里面放了张十人圆桌，沿餐桌摆放了六只餐椅，圆桌上已经摆好七菜一汤，菜品清淡。

郑太太热情但随意地招呼客人就坐，万耀华和姜扬也随遇而安就近入座，服务员为大家装上饭，盛上汤退下。大家相互点头致意便公筷、私筷对付面前的餐食，就餐时席间鸦雀无声，都闷头对付盘中、碗中的饭菜，那情景更像是一种仪式，是生物界必备的生存技能，10 分钟不到连吃饭最慢的陶珊珊也吃完了。吃过几颗葡萄后，万耀华和姜扬告辞离开台路公司。

车上万耀华问："这样吃饭还习惯吗？"

"不习惯，且没趣，不过简明快捷，效率高。"

"我也不习惯，做作，跟西方学的。其实，西方的富豪们吃饭热闹非凡，这些规矩都是对着平民来的。"

"万总，这飞峰湖高尔夫度假村的唐总怎样？"

"唐总和秦总都不重要，关键是她们俩的身后人，我只知道他很早就来大陆，最早在海南发展。"

"哦，下一站我们去哪里？"

"菲尔达桶业有限公司，做橡木桶酒，业务主要在澳大利亚、加拿大和美国，黄总是我朋友。"

万耀华的车出门后，郑太太问："这家银行行吗？"

"这位副行长工作态度非常严谨、诚恳，说话简练，吃饭时神态自如，不像是个贪得无厌之人。"

"也是，我们那家银行的信贷员稍稍吃得不好，脸色就不好看，利率还那么高。"

郑志和郑太太不约而同地向大门看看，分别忙自己的事情去了。

丁志华需要整理的资产保全资料全都是现成的，它们被封存在档案袋中，安静地被压在资料柜的最底层，他从资料柜中一一取出放在桌上，点着一支香烟抽着，看着一摞资料发着愣。

这些资料大多是丁志华熟知的，他知道在每份资料后面都有内容不同的故事，故事背后总会有个主角，一个小行的主角是谁不言自明。现在丁志华要扮演故事的终结者，这让他思绪不宁、内心难安。这一页页没有生命的薄纸，就像一架破旧的钢琴，随手一碰都可能激发出稀奇古怪的声音，可他不得不去做，这是他的职责所在啊，而且他也认为这样做是对的。

丁志华看看最上面一份档案袋的封面，上面写道：华强五金厂。第一笔放款时间 1990 年，呆账时间 1994 年，金额 30 万；对账时间 1997 年 11 月、1998 年 12 月。丁志华从里面抽出资料，借款借据、贷款合同已经陈旧，只有近两年的对账单显得较新。丁志华去过这家厂，有两幢破旧的 8 间车间，一个大院子，简易机器设备只剩一堆废铁，座落在城县所在地新市镇的边郊。该厂形成呆账，本可拍卖其财产，后因当地镇政府说情就不了了之。丁志华数着指头算算日期，5 年了，就算 1 年 3 万元也有 15 万元的房租收入。丁志华在便笺贴上写下"诉讼收回财产”，贴在档案袋的封面上。

丁志华又拿起一份档案袋，档案袋封签写道：沿江市精细化工有限公司。丁志华不用打开就知道这是一家以生产甘草精项目申报的技改贷款，是由宋昭军负责的项目，其实大家心里都清楚，这是石海涛钦点并亲自去省行跑来的项目，420万元技改贷款，200万元配套流动资金，共计620万元。公司技改后只进行了试生产，尚未正式生产就倒闭了。向法院起诉，只是保全了620万元的贷款这个概念，这家真正还有多少价值谁都没有一个准确的判断。本来已将这家企业上报核销，不知什么原因临时被服装厂替换掉。

丁志华听说，这家公司根本就不打算上马这个项目，它们用技改贷款的名目套取了620万的贷款，真正用在项目建设上不到50万元，其他500多万挪用去购买宁州电器有限公司职工内部股。

丁志华挠挠脑袋心想：“这该咋办啊？就几间破厂房，论斤秤的破铁烂铜都没有。如果随便应付过去两位行长怎么看我？玩命追究吧，可以以挪用贷款起诉，但是这厂早就人走厂空，难以取得充分的证据证明他们挪用贷款。再说这里面还夹着个石行长，他现在不是一般的人，该怎么办？”丁志华重重地在便签上写道：“起诉？核销？”后放到一边。后面几个贷款企业丁志华比较熟悉，贷款性质简单，金额不大，抵押标的明确，这些资料都是丁志华一手整理归档的，资料整理后就没人过问被束之高阁了，丁志华在每张便签上都写上了：“起诉（自诉）。”

丁志华面前的档案袋只剩下了一个，飞峰县社会服务总公司，全行上下共认的好企业，不仅企业好，企业的领导也好。不能说飞峰县外汇银行的用烟全包了，但行领导、信贷科科长的香烟至少解决大半，特别是行里职工有什么红白大事需要用烟，只要找到他们都是以平价供应。丁志华心想：“姜行长对信贷风险是不是有点反应过激？”丁志华掂着笔，点上烟心里又想：“姜行长那天饭都没吃完就匆匆离去，事后再没提起这个企业，看来是有些想法的。”丁志华在便签上写道：“一、以经营楼房做抵押。二、收回所有贷款。两选一。”丁志华梳理完资料，心情变得异常沉重，他平时和信贷科的同事们稀里糊涂地混混日子倒也自在，但真正一个一个地梳理这些信贷企业，发现他们行所存的好一点的企业就屈指可数了，回顾这几年信贷工作他真的为他们信贷科脸红。丁志华桌上还有一份没打开的档案袋，就是多次执行未果的2200万房地产的案子，这是姜扬要亲自办理的，丁志华决心一定协助好姜扬追回对飞峰银行至关重要的信贷资金。

丁志华还在发呆，宋昭军来到他的桌前说：“丁科长，这一上午都在做功课呢？”

丁志华指指面前一摞材料说：“积冗已深。”

“怎么又把那些陈谷子烂芝麻的破事翻出来了。”宋昭军神态不屑地说。

丁志华应付地说：“不翻不行啊，你看我们行的信贷资产质量。”

宋昭军嗤之以鼻，说：“谁能保证放贷款不出点问题？我们是人，又不是神仙。”

丁志华只能解释说：“这问题也多了点，难怪行长们着急呢。”

“老薛和老姜急啦？”宋昭军试探地问。

“能不着急吗，我们行要靠信贷科吃饭呢。”

“杞人忧天，天塌不下来。”宋昭军轻蔑地一笑。

丁志华抬头看看宋昭军，脸上露出不悦。

宋昭军振振有词地说：“乍看我们行的信贷资产质量是不太好，总是能挑出这样那样的毛病，其实是对我们行前期工作的偏见甚至是挑刺。”

丁志华皱皱眉说：“偏见？挑刺？”

“当然！”宋昭军高喊一声开始了他的演讲，“我们行始建于1989年，成立时也就十几个人，七八条枪，而工、农、中3家银行虽说是1979年成立，但它们都是从人民银行将业务分离出来，信用社也是如此，它们垄断了飞峰的工、农、商、学、兵的所有业务。就是最后成立的建设银行，独霸建设领域。丁科长你想我们刚成立的一家没有名气的股份制商业银行，是石行长带领我们从工、农、中、建加上信用社的夹缝中杀出来的，这容易吗？不是说，有奋斗就会有牺牲吗，没有这些牺牲，我们行能有今天和今后的发展吗？”

宋昭军一番话搅混了丁志华的思想，丁志华从学校毕业以后觉得有一身用不完的劲头，一肚子使不完的知识。银行，国民经济的“杠杆”，是国民经济的“寒暑表”，而丁志华则是掌握这些工具的银行人。在这上百人的单位中，信贷岗位只有寥寥数人，他决心在这引人注目的岗位上发挥自己的才华。

可理想不是现实，丁志华进入银行后发现自己是多么的渺小，他就像一个木偶，一举一动都操纵在别人手中，他的理想、他的抱负、他的一腔热情在被不知不觉中化解掉。几年过去了，丁志华偶尔回顾时发现他所效力的银行已满目疮痍、百孔千疮，他也内疚过，也自责过，但很快他的心声就飘落在时间的尘埃之中，他的理想消失了、被埋葬了，他逐渐习惯了这里的一切，他坦然了，他享受这个岗位带来的荣耀和实惠。

薛凯的到来让丁志华又活泛了过来，他惊奇地发现他心中的那份雄心仍然还在尘埃中“嘭嘭”跳动，他满怀信心地投入到工作中去。人说有一份耕耘就有一份收获，丁志华的努力没有白费，很快他就得到行长薛凯的信任，27岁的他获得了信贷科副科长的职位，这是在国有银行想都不敢想的事情。姜扬布置给丁志华的任务正是他想做而做不到的事，丁志华当然准备不遗余力地拯救这些已是危如早露的信贷资产。

宋昭军一席话虽然不至于动摇丁志华的信心，但也对他设定的穷追猛打的想法产生了一定影响。

第十六章　核销悖论成真理　金库狸猫换太子

宋昭军知道光凭这几句看似牢骚的话是不能打动丁志华的，随手拿起华强塑料厂的档案袋用手一弹说：“丁科长，就拿这家厂来说吧，谁都知道它们倒闭后资产应该归我们行所有，可是我们为什么不去做呀？难道我们就不知道提高我们行的经济效益、增加职工收入吗？现实往往与理想是相悖而行的，这是新市镇的镇办企业，书记、镇长亲自打招呼要求放这企业一马，其实这家厂的厂房出租收入是解决镇工业办的部分奖金。我们行现在有近 100 号职工，以后发展壮大了会发展到 200 号、300 号职工，别看我们是直属企业与地方无关，可我们行的职工都是飞峰人吧，这吃、喝、拉、撒、睡都在人家的地盘上，小孩子上幼儿园、小学、中学都在人家手上攥着。不说生活上的事，就是居委会的大妈们有事没事地来查查你卫生，说说你治安，你有什么办法？更别说还有工商、税务、卫生等诸多部门等着你，丁科长，你说怎么办？”

丁志华被宋昭军一顿天花乱坠忽悠得是晕晕乎乎的，不由得求助道：“是啊，这该怎么办呢？”

宋昭军心中一阵得意：“办法是现成的，不知丁科长愿不愿采纳？”

丁志华急切道：“当然愿意，只要对我们行有利我当然愿意。”

宋昭军不紧不慢地说：“为什么放着这现成的关系不用？”

“谁啊？”

“石行长啊。”

丁志华撇撇嘴没说话，心想：“这些乱七八糟的贷款还不是在他的领导下放的？他在位时没能解决这些问题，人走了就反而能解决这些问题？”

宋昭军像读懂丁志华的心思一样，说：“你想啊，石行长是我们的老行长了，飞峰行的事他能不管吗？以前他只是一个支行的小行长，有些事他是没办法。而现在不同了，那是我们外汇银行的未来之星，是我们外汇银行的栋梁之材啊。就是现在凭他在市分行的地位和影响，想要解决我们飞峰行的几百万的呆账贷款也不是不可能的。”宋昭军越说越自信，好像这一切就要成为现实一样。

“你的意思是全部核销掉?”

“也不能全部核销，核销一部分，保全一部分，起诉一部分。”

“怎么讲?”

“你看这华强塑料厂关系这么复杂，何必去趟这浑水，不如核销算了。”其实华强塑料跟宋昭军一点关系都没有，他只是拿它说事，下面才是他要说的重点，“这沿江市精细化工有限公司的情况你也知道，牌子听起来挺响的，其实就剩了一堆垃圾。你要起诉它收回来的钱恐怕还不够诉讼费的，账上的资产减少了，这差额还得要我们行里自己补，这得不偿失，得不偿失啊。”

“可是核销了，还不是要用我们行里的利润来冲减。”

“用我们行的利润来冲减?我们行有利润吗?上次核销还是石行长向上面要的钱。所以啊，我们多向上面要些钱，这样我们不仅收回了信贷资产，还让死寂已久的资金运转起来。除这两家其他贷款的金额都比较小，能弄点钱就弄点钱，不能弄到钱就把房啊地啊的抵回来，你对行长也好交代呀。”

“唉!”丁志华深深叹口气，一个银行到了这种地步他都觉得丢人，难怪薛行长、姜行长盯着那么紧。不过，宋昭军的主意确是目前解决困境比较好的办法，他念头一闪而过，便问：“石行长已经调到市行，人又远在地球另一端的美国，这办法能成吗?”

“石行长对你还是很赏识的，你给石行长打个电话不就行了?”

丁志华推辞说：“我哪有那个面子，只能是你有这个面子。”

宋昭军顺水推舟，说：“好吧，看在我们丁科长的面子上，我给石行长汇报汇报。”宋昭军看看时间说：“现在是纽约半夜，你先弄那些其他的，明天我给你准信。”

这两个老大难问题得以解决，其他问题就容易得多了，丁志华收好资料下楼，骑着长江750偏三轮摩托车一家一家地落实去了。

姜扬回到行里时已近下班，营业部的铁栅栏门正在缓缓下降，陶珊珊从万耀华的车上下来向车内摆摆手，快步来到门前一猫腰从栅栏门下钻了进去，姜扬和万耀华打了招呼也下了车。

赵宁见陶珊珊从栅栏门下钻进来，问：“姜行长进来吗?”

“不知道，轧账了，我去杨慧慧那儿看看。”陶珊珊边走边说。

赵宁停下电动门，一猫腰从门里钻到门外，迎向姜扬，说：“姜行长回来了。”

“赵科长啊，落门了。”

“是，姜行长进去吗?”赵宁指指大门。

姜扬想想说："行，找下张主任。"

"我去把门升上去。"

"不用，我也能钻。"姜扬笑道。

"不成，哪能让我们行长钻。"赵宁一猫腰又进去了，按下上升按键，铁栅栏门又缓缓地上升。

姜扬笑笑道："这门没少钻过，那时行，现在就不行了。"姜扬耐心地站在门前等着。

姜扬进了大门没有立即去营业大厅，而是陪着赵宁等铁栅栏门落下。

赵宁急忙说："姜行长，您有事不用等我。"

"没那么急，保卫工作很辛苦吧？"

"保卫工作要说累是一点都不累也没多少事，平时一天两趟送接款，加上有些网点临时调款、缴款，晚上值班也就睡睡觉。非要说累吧，也就是神经累，责任大，神经整天绷得是紧紧的。"

"是啊，保卫工作责任重大，工作上有困难吗？"

"没有困难，我们都是部队回来的，军人的本色是不会丢的。是姜行长您让我当上保卫科科长的，我绝不会给您丢脸的。"

"这是集体研究的，是大家看好你，最近工作干得不错，你们保卫科的同志个个都精神饱满，是有军人的劲头。"

"谢谢姜行长夸奖，有事情尽管吩咐。"

姜扬心里一动问："晚上有事吗？"

"晚上十点半到 11 点之间来查岗，其他时间就没有事了。"

"轧完账我们查库，你负责检查金库的安全，八点钟陪我去有点事，到时等我电话。"

"是，姜行长。"

"那好，你忙吧。"

赵宁点头致意，转身去检查门窗。

姜扬沿着营业部柜台向最里面的边门走去，时值一天业务结束是反映一天成果的时候，因此这是一天最忙碌的时候，姜扬清楚记得他在农行时这个时候往往是忙到忘我的境界。飞峰县外汇银行的营业厅内则是另外一种景象，两个会计柜台的会计已经闲得在吹牛，外汇专柜上陶珊珊拿着张兑换单对杨慧慧在讲解着什么，出纳柜两个钱箱打开着，两名出纳正在不紧不慢地装着已经分票面整点成把的钞票，只有储蓄专柜在有序地进行轧账，姜扬发现下岗的胡雪在一旁翻打一沓凭证，王金铃在一旁察看，见到姜扬走过便笑了笑，姜扬也还以微笑。

张涛手中拿着传票，眼睛瞟着姜扬的动态，从边门进了营业厅内部，张涛拿着传票迎上姜扬：“姜行长，辛苦了。”

“还好了，账轧完了？”

“差不多了，正在向市行上传数据，等市行批处理后才能确定当日账务平衡。”

“哦，估计要多长时间，我们今天查大库。”

“还有 20 分钟吧，5 点 20 分能好。”张涛看看墙上的电子万年历钟。

“行，结束打电话给我。”。

“好的。”

薛凯坐在办公桌前正在结束一通电话：“好，就这么定了，可能会迟点，去之前给你电话。”

姜扬和丁志华敲门进来。

姜扬等薛凯通完电话说：“今天我和丁科长分别去了企业，我们就一道汇报情况。”

“行，你们辛苦了。”

“我先来，5 点 20 分要去营业部查库。”

“不急，来不急就让他们等等，还是丁科长先说吧。”

丁志华看看姜扬说：“那我就先汇报。”

薛凯和姜扬各自拿出表格对照丁志华的汇报。

“我们行两呆贷款比例高，金额小，基本上都是国营和集体所有制企业，今天我已和大部分企业取得联系，他们的态度是他们不可能归还贷款和利息的，已抵押的资产也必须通过诉讼来取得，否则他们无法向上级管理单位交代。另外数额大的蚕茧总公司是政策性贷款，凭现在蚕茧总公司的资产是无法偿还贷款的，只有靠上面政策了。”丁志华迟疑一下说，“这里有两家企业比较麻烦，一个是华强塑料厂，该厂贷款 30 万元，1994 年挂账停息，这家企业有两幢一层八间的车间和一个很大的院落抵押给我们行。该厂 1994 年就停止了生产，新市镇工业办公室接管了该企业，以落实职工就业的名义将厂房出租给一家生产五金的企业，租金每年 3 万元由镇工办收取一直到现在。”

“没有收贷款或利息？”姜扬惊讶地问。

“没有，具体情况我也不是很了解，据说是新市镇的书记、镇长都出面打了招呼。”

“书记、镇长打个招呼 30 万就可以不要了，这不荒唐吗！”姜扬觉得太不可思议了。

丁志华不敢搭腔低头不语，就像是自己做错了一样。

薛凯也觉得不能理解，想想问道："是不是有什么原因?"

"可能是因为我们行在人家的地盘上，有许多事还要依靠当地政府，所以处理这类的案子就比较慎重。"丁志华低声答道。

"也是，姜行长，且不说我们确有想到的和想不到的琐事求人家，我们就是收回这家厂的房产，人家把路一断，我们做一切都是白费。"

姜扬嘴上没说，可心里不以为然，如果按此说法任何一笔贷款都能找到不能收回的理由或者叫借口。

"丁科长，你看如何处理?"薛凯询问道。

"这家企业确实很棘手，收回来变现困难，摆个几年恐怕就成了断壁残垣。不收回也说不过去，我看不如核销掉。"

薛凯和姜扬听到丁志华核销的建议都没有表态，丁志华这个建议出乎两位行长的预想，他们目前还不能对飞峰行其他企业贷款核销得当与否做出正确评价。但是，丁志华提出核销方案也不能不说是一个解决问题的有效办法。

姜扬思量下说："核销是解决历史遗留下来的难以解决问题贷款的一种手段，哪些企业需要核销、需要核销的贷款额是多少还要商量、研究。"

薛凯认同说："是的，我们不能否认历史，也要对历史负责任，核销是个严肃的事情，我们行还有多少需要核销的?"

"除蚕茧总公司外还有一家是需要核销的，是沿江市精细化工有限公司，贷款共620万元，早就挂账停息了。其他的企业贷款金额小，抵押标的地点较好，资产收回后或租或卖难度却不算太大。"

"我们行有过几次核销?"姜扬问道。

"只有一次，是石行长向上要的指标和资金，只核销了一家服装企业，共计650万元。"

"我们行没有利润，核销指标都是占用的其他行的收益，所以核销难啊。"薛凯叹道。

"薛行长、姜行长，我们是不是找石行长想想办法?"

"这……"薛凯和姜扬对视一下。

丁志华："宋昭军说他愿意跟石行长说说。"

薛凯和姜扬又对视一眼，薛凯神情放松笑道："如果小宋能够弄来指标和资金那是大功一件，我们给他发奖金。"

"谢谢薛行长、姜行长，未落实担保的主要有两家，一是由我联系的新华铜材厂，贷款60万元，资产负债率59%，是农业银行的优级企业。我已与新华乡的工业办公室主任取得联系，他们基本同意用乡里的企业改制基金做担保，约好明天去办具体手续。”

薛凯：“很好，工作就是要落实到位，保证每笔贷款风险防范有着落。”

姜扬道：“丁科长提醒得好，最近政府改制力度越来越强，私有化进程越来越快，我看这个星期需要诉讼的案子全部先诉前保全起来，否则进入改制或破产程序我们的抵押合同就是废纸一张。”

“是的，动作一定要快，一但进入程序诉前保全都不保险。”

“知道了，薛行长。”

“还有吗?”

“还有最后一家是社会服务总公司。”

“我听姜行长说过，我们不可能改变历史，但我们不能去复制历史了，按照贷款原则办事没有例外。”薛凯斩钉截铁地说。

“是。”

姜扬看看时间说：“我这里简单，今天一共去了 5 家企业，有两家原来在农村信用社开设的基本账户，现在和我们有合作的意向，资料在两天内送来。有一家也是在信用社开户的，不过他们对信用社没有贷款要求，所以会到我们行来开一个辅助账户，将外汇结算放在我们行。另外两家因为是在农行和工行开户并得到很大的支持，所以不太可能再到我们行了。”

“这 3 家公司规模怎样?”

“每家都有 300 万美元以上吧，这样我先去营业部查库，一会儿再来详细汇报。”姜扬办公室的电话就像配合他一样急促地响了起来，姜扬对薛凯做了个无奈的表情准备起身。

“别急，丁科长，去接电话，说姜行长在我办公室商量事情，让他们等等。”薛凯吩咐道。

丁志华连忙起身出去，薛凯也对姜扬做个无奈的表情说：“你不是在调我胃口嘛，稍安勿躁，说完再去。”

“早说迟说不都一样嘛，他们等我呢。”姜扬无奈地重新坐好。

“老大说不清什么时候就来个电话问情况，我能像你这样说一半吗?”薛凯站起来倒杯茶放在姜扬面前。

姜扬说：“对了，度假村的唐总约我晚上出去喝茶。”

“唐总约你？她可是个风情万种的大美女，你们好好聊聊。”

“想什么呢？要不你去，切。”

“我可没这个艳福。”

“幸亏我早有防备，我叫上赵宁陪我去。”姜扬得意地向薛凯坏笑笑。

薛凯心里一动：秦雪莹也约他晚上喝咖啡，这秦雪莹与唐婉儿有着不同的美丽，唐婉儿是妖艳妩媚，秦雪莹则是清纯靓丽。薛凯见丁志华接完电话进来坐好，心中难以决定是否像姜扬一样也带个人去赴这蕴香之夜。

姜扬继续原先的话题说：“在4家企业中有3家台资企业，基本状况都差不多，是母公司扶持的小型专业企业，为母公司生产配套的专用零部件，它们紧紧依附在母公司上，这类企业的风险在母公司。我已向这3家公司说明，我们会通过上级行了解其母公司的经营状况和信用等级。”

“你就这么直白地说？”

“别担心，这类企业的经理都是务实的近乎变态，直来直去更能增加他们的信任感，他们认为越是苛刻的要求就能合作得越久。他们对其他金融机构走过场式的调查深感不安，认为没有科学的认证，就没有科学的结论，企业的合理诉求就不可能得到支持，企业的长期利益也就不可能得到有效的保障。他们就这个想法，说是简单也简单，但简单中蕴含最朴素的处世哲学。”

“说得也是，你怎么这么清楚他们的个性？”

“万总在去的路上介绍了他们这些新兴的有知识的中产阶层的特点。”

“万总真不错，事情完了真的要好好谢谢他，有没有向万总了解度假村的情况？”

“问了，万总说不是太了解这个公司的情况，只说他们的老板是最早来到大陆的，其他的要么真的不知道，要么是不方便多说。”

薛凯若有所思地点点头说：“万总的态度能够说明一些情况，可能都是台湾人的缘故，有些话不愿说或不好说，这事先放一边以后再认真了解。”

“另一家是做橡木桶出口的，叫菲尔达桶业有限公司，主要向澳大利亚、加拿大和美国这些新兴的葡萄酒产地出口，用机械化制作橡木桶目前尚属首家。”

“橡木桶，装葡萄酒的？”

“嗯，别小看了制作橡木桶，其制作工艺复杂而考究，号称是葡萄酒的摇篮。这家橡木桶公司将橡木桶制作定式化，把橡木桶制作分解成各个环节，用机械代替人工，大大降低了劳动强度和生产成本。由于各项制作指标都有严格的科学指标，它们根本就不管所谓的葡萄酒本质以外的东西，实用主义主导着经营者的思想，把酿造葡萄酒时的理念延伸到葡萄酒桶上，这种品质高价格低的橡木桶在葡萄酒新兴产地大受欢迎。由于菲尔达桶业有限公司面临的是一片蓝汪汪的蓝海，所以该公司迫切想扩大生产规模。我们这次也赶巧了，该公司的规划刚刚得到董事会的通过，将现有的生产规模扩大3倍。我们的到来就像下了场及时雨一样，没谈多久就一拍即合，同意我们行为他们的首选合作银行。”

“他们规模有多大?”

“目前年生产能力是2.5万只，约800万美元，扩大3倍后为7.5万只，约2400万美元；税前利润30%，计720万美元。需要固定资产投入7000万元人民币，其中自筹资金3000万元，贷款4000万元；需流动资金3000万元，自筹1000万元，贷款2000万元。由于台商在大陆已具备非常先进的机械设备加工能力，因此该公司可以接受人民币贷款。”

“6000万元贷款，2400万美元销售乘上8.9的汇率，就是2亿2千万的销售结算，结售汇差价该有百十来万，同时怎么样也能形成五六千万派生存款。加上今天其他3家的业务，今天一天就可以让我们行全年都能吃个饱饭了。姜行长劳苦功高，晚上我们喝两杯，我要为你庆功!”薛凯兴奋起来。

“薛行长，今天晚上不行。”

薛凯想起晚上也有约，心有不甘地说：“改天，改天我们来个一醉方休，小丁，你也参加。”

“薛行长，我们飞峰县一共有28家台资企业，最大的是江润水泥有限公司，是省政府挂牌的重点扶持台商，他们业务一直在上海的汇丰银行，几乎不可能来我们行。天盛车业总公司下属有六家配套企业，他们都会跟随总公司，这要看我们省行的功夫了。飞峰湖高尔夫度假村和飞峰高尔夫用品有限公司我们在接触中，今天我们去了5家，这样我们一共拜访15家，还有13家企业，这13家企业万总有4家关系比较好，其他的万总不是太熟悉，后面的工作就比较困难了，万总的意思这个星期全部走访完，他们公司的事情也比较多。”

“这就非常好了，再说工作要循序渐进，不能一口吃个胖子，明年市行给我们层层加码那就受不了了。”

姜扬说：“现在有个问题，说不定明天就有台商上门了，我这几天还要去跑，丁科长那头的事情也不能停顿，我们科没有个有身份的人接待是不行的，我想请审贷科的林科长过来协助工作，一来他是信贷上的老人熟悉情况，二来他是审贷科科长，以后还需要他一同进行企业调研。”

“不行!”薛凯没加思索一口否决，他缓缓口气说，“这些台商对我们行今后的发展至关重要，可以说要靠他们打下我们飞峰行发展的基础，我不放心再把这么重要的事情交到他们手上。这样，你交代下去，凡是台商来我们行的，只要你、小丁不在的话，就让内勤直接带到我的办公室由我接待。”

“这就太麻烦你了，你要顾及全行的工作。”

“不存在麻烦，你们天天在外那么辛苦地奔跑就应该的啊?”

“那行，明天晨会我就布置下去。”

“我在食堂等你吃饭，小丁也一块去。”薛凯心情大好。

姜扬看看时间已经过了下午6点便匆忙赶去营业部，走到营业部后门口，门就立即被打开了，赵宁站在门口。

姜扬看到赵宁，问：“你一直在这等我？”

“检查金库外围，恰巧姜行长来了。”

姜扬点点头说：“走，我们一道进去。”

张涛听到声音带着两位管库出纳来到过道，姜扬打招呼道：“不好意思，让大家久等了。”

“看姜行长这精神，今天一定是大有收获。”

“还行吧，以后营业部要忙了。走，查库去。”

“忙好啊，只有忙起来才有精神，无事容易生非。”

姜扬和张涛说着话来到金库的铁门前，赵宁从保卫室的保险柜里拿出一个密封的信封和一个登记簿说：“按规定查库都要更换新的密码，请姜行长检查信封是否密封，如果没问题请在登记簿上签字确认。”

姜扬接过信封仔细查验问：“这密码是怎样产生的？”姜扬虽然在银行工作很久，但严格的分工和制度，他并没有多少机会进金库，也不知一些具体操作细节。

赵宁介绍说：“每个月都由张主任随机编写7组密码，每组密码用信封密封后交给我保管，正常情况下每星期更换一次，不论星期几每月查库再更换一次，然后交给一号管库员保管并输入开库密码，更换密码工作由我进行。”

姜扬略加思考觉得这样设置已经非常严密，便点点头在登记簿的更换密码的签字栏签下自己的名字。

打开金库大门，靠墙的不锈钢架上整齐摆放着十只钱箱，库房里还有一个铁门。网点查库一般都在现场查，所以姜扬只需清点了钱箱的个数和钱箱上的网点封贴就行。

赵宁关上金库大门将门后的密码设置盒打开，拆开信封更换完密码后将信封交给今天的一号管库员王彬。

内库大门不设密码，由营业部主任和一号管库员各执一把钥匙，只有两个人双双在场才能打开金库大门，实际工作中加上开启第一道大门的另一位管钥匙警卫，至少3个人在场才能开启所有的金库大门。

打开金库大门，庄重、神密的金库呈现在姜扬眼前。

姜扬在农业银行时进去过农行的金库，那时正是金秋时节，广阔的田野中到处散发着成熟了的稻香。这时是农行最繁忙的时候，每天通过 21 个乡镇营业网点向农户发放一两千万的收购资金，全行上下全部人员为此要进行为期 10 天到半个月的突击收购工作，成捆成捆的钞票直接从地上码到屋顶，一间偌大的金库被堆放得满满当当。不到半日堆放在金库里满满当当的钞票就被一车一车地运走，再过半日这崭新的象征财富的特殊纸张就会攥在淌满汗水洋溢着幸福笑脸的农民手中。姜扬也是在这个时节去过人民银行的金库，他站在金库门口看到金库工作人员用推车一车车将钞票运送出去，他心里震撼着、自豪着、骄傲着，他真正感到了作为一个金融人的意义。

姜扬看到自家银行的金库里只有三四十捆票面不一的钞票，冷清地蜷缩在高大的金属架的一角，姜扬立即从内心深处泛出阵阵苦味，振兴飞峰外汇行任重道远啊。

姜扬接过金库现金登记簿看到：百元票面 8000 张，计 80 万元；50 元票面 10000 张，计 50 万元；20 元 8000 张，计 16 万；10 元 20000 张，计 20 万元；块票 5.6 万元，辅币共计 3.2 万元，破钞 162700 元，新钞 18.65 万元。合计：2097283.65 元。

张涛见姜扬在仔细查看现金登记簿便说：“姜行长，我来清点你核对。”

“行。”

银行查库至少两个人进行，由一人清点钞票，清点完毕向核查现金登记簿人报数，查大库成包成捆的一般情况下是不打开清点的。飞峰县外汇银行的金库只有区区不到 300 万的现金，张涛不到 5 分钟就全部清点结束。张涛走到单独摆放一堆破币的搁架边拿起上面的纸条，纸条上写道：1999 年 6 月 12 日 125100 元+1999 年 8 月 2 日 17030=142130+1999 年 9 月 23 日 20570=162700 元。

张涛说：“姜行长，这些破币整理起来费事，成扎的就不点了。”

“看看上面的封签就行，人民银行规定我们上缴额是多少？”

“四大国有专业银行不少于 50 万元，我们行规模小只要有到 20 万元就可以上缴了。”张涛核对过数额，只要仔细核查封条上的印鉴就行。

姜扬身边的搁架上摞着不大一堆新钞，姜扬把登记簿放在搁架上说：“我们就这点点新钞？我来点。”

“这里有历年积存下来的，放个几十年说不定就值钱了。”张涛调侃说。

“想得美，人民银行金库里不知积存了多少，我们这里这点东西我看永远发不了财。哎，100 元、50 元的票面好像没有。”

“为减少现金占用资金，100 元、50 元的新钞，只要过年换不完我们平时就用出去。”

“不错，会过日子。”

现金属于资产占用，放在库中是不能生衍出任何附带收益的，所以合理调配现金库存是营业部主任的职责，飞峰行连这点破币都算着用，这日子过得实在是寒酸了。

搁架上的新币分三排五层两面靠墙整齐地摆放，有 20 元、10 元、5 元和 2 元、1 元的票面，以 10 元票面为主。10 元票面共有 16 包，分 3 排 5 层码放在最里面，其他票面靠着 10 元票面从 5 元向外依次摆放，20 元钞只有 4 把放在 10 元钞的上面，下面压着一张纸条：20 元 4 捆，计 8000 元；10 元 18 捆，计 18 万元；5 元 10 捆，计 5 万元；2 元 10 捆，计 2 万元；1 元 28 捆，计 2.8 万元。共计 27.8 万元。记录单上又记载着 3 年前的调现记录，一共 4 笔，分别是：1994 年 1 月 12 日 3.2 万元，1995 年 2 月 22 日 4 万元，1996 年 1 月 8 日 1.2 万元，去年春节前调现 2000 元 20 元钞，每次调现在余额上减去相应的数字，最后显示余额为 18.6 万元。

那些破币整点起来非常麻烦，用纸条记录每次增减情况还能说得过去，这些新币每年春节才会进出库，其他时候几乎不变，记录新钞的使用变化也用这偷懒的方法实在是说不过去，而且这么一干就是若干年。姜扬心中有些不悦，一般来说查大库核完大数后就算查库结束，可是姜扬决心清点这些久存的新钞，他拿起标签开始泛黄的新币，说：“我看看最早的是哪一年的。”

人民币的包装简单而实用，半透明的包装纸可以在封底隐约见到人民币的票面，成捆的人民币包装非常板扎见棱见角，拿在手中沉甸甸的，立即就能感觉到人民币的质感。姜扬一边感受着人民币的庄重，一边一包一包地细细查看着，张涛这时已核对完破币帮助姜扬重新码放钞票，一给递一个码很快就剩最里面的 10 元券了。

姜扬拿起 10 元券看看封签说：“这些 10 元的钞票年代好像近点。”

张涛说：“我们还有一捆我们行开业时领的 10 元新钞呢。”

“哦，应该是第三套人民币，我要欣赏欣赏。”

姜扬加快手上的速度，第一层、第二层很快验完，当姜扬拿起第三层的第二捆时愣住了，拿在手中再没有前面的那种平滑、舒畅、厚重的品质感，心中泛出莫名的腻味，姜扬反反复复地查看着。

张涛见姜扬停下来问：“姜行长，怎么了？”

姜扬没说话将手中的那捆钞递给张涛，张涛接过来也立即感到不对，浑身的血一下子涌到脸上，拿钱的手不由自主地颤抖起来。

张涛长期在营业部工作，接触现金的机会比姜扬多得多，一上手张涛就知道这捆钱绝假无疑。

张涛情急之下就要撕开封签，姜扬连忙制止说："别动封签，我在旁边抠了个小洞好像是记账用的传票。"姜扬嘴说手不闲又从钱堆中挑出 5 捆说："应该就这么多了，一共 6 捆。"

6 捆就是 6 万元，金库里玩了场狸猫换太子的游戏。

两个管库出纳带着哭腔说："姜行长，这事不是我们干的。"

"事情没搞清楚之前你们都先别嚷嚷，你们把所有的登记簿全部找来，我和张主任再核实一下。赵科长，你请薛行长过来，别张扬，就说有事，让丁志华吃饭先走。"金库出事非同小可。

赵宁从里面打开金库大门，对外面的警卫说："我马上就回来，你们一级警卫守住大门。"

"张主任，这 6 捆先别动，等薛行长来处理，你把所有的未拆封的新钞全部拆开看看是不是还有假的，拆封时用剪刀从没有接口的中间剖开，保留封口处的原貌，我检查历年来的进出库的登记情况和进出库人员记录。"

姜扬半蹲着趴在空闲的搁架上边翻阅边记录着，张涛用剪刀小心地剖开包装纸簇新的钞票露了出来，一捆十把张涛核对着。

很快"咣"的一声轻响金库的门重新关上，薛凯一脸铁青在赵宁的陪同下到了金库，姜扬停下手中的工作直起腰说："薛行长来了。"

"什么情况？"

"有 6 捆未开封的 10 元票面的新币被人用记账凭证替换掉了，一共 6 万元，这是这 6 捆新币的冠字号和调款日期。"姜扬递给薛凯一张信笺。

"这都是几年前的了。"

"是，一直压在最下面。"

薛凯严厉地看看两个管库出纳，两名出纳连忙说："薛行长，不是我们干的，我们也不知道怎么回事。"

薛凯又看看姜扬，姜扬解释说："这 18 捆 10 元券码放在一起，下面积存了些前几年的新币，就是这些新币出了问题。"姜扬说着递给薛凯那张记录新币增减情况信笺继续说："这是记录这些年新币库存增减情况，他们一直就用这种方法核对库存新币，也就是说这堆钱有可能几年都没盘点过。"

薛凯惊异地看着姜扬说："有这种事？"

姜扬点点头说："确实。"

薛凯不可思议地说："工作竟然如此懈怠？"其实薛凯来到飞峰行已经大半年了，也参加过金库的突击检查同样也没注意这个情况，薛凯看看张涛又瞪瞪两个管库的。

“薛行长，我们先把数字确定了，再分析具体问题行吗?”姜扬大体浏览了一遍金库登记簿，时间拉得太久，涉及的人员太多，一时无法搞得清楚来龙去脉。

“行，数字出来了吗?”

张涛语气沉重地说：“就这么多了，其他的我都拆开点过。”

“嗯。”薛凯没好气地哼了一声。

姜扬说：“我们就去办公室?”

“赵宁你带两位管库的去食堂吃饭，吃完饭就在食堂等候通知，让李师傅送三人的饭到我办公室来。”

出了金库姜扬的手机连续不断地“叮叮”地响起，姜扬拿出手机查看，前面是七八个电话未接提醒短信，后面是唐婉儿的两条询问短信。

姜扬对薛凯说：“我得回个电话。”

姜扬拔通唐婉儿的电话，说：“唐总你好，不好意思我正在开会，所以没能接到你的电话，今晚可能没时间了，对，会议还没结束，现在是会间休息才发现短信。”

“什么，多晚都等，没有必要吧，这会影响你休息，我们有的是时间。”

“好吧，既然这样我们散会见，不过，我的时间不能确定。”

“好，知道了，咖啡我不习惯。”

“八点半，好的，子牛生活馆，好吧，再见。”

姜扬挂上电话发现走在前面的薛凯也刚把手机放进口袋里。

金库的意思不仅仅装钱，更象征着信任、权威和庄严。

薛凯的办公室，张涛低垂头坐在沙发的角落里听着薛凯的训斥：“你这个主任怎么当的！金库少了 6 万元竟然浑然不知，要不是姜行长发现了还要隐藏多少时间，总不能我们行长替你当主任吧！”

“薛行长，我赔，我赔这 6 万元行吗?”

“这是赔的问题吗? 这是犯法！窃取国库是什么罪你知道吗?”薛凯心里像烧了把火，这飞峰行刚刚看到曙光，还没兴奋过来又出了这档子事，他压不住心中怒火，拍着办公桌怒斥道，“这警察一插手我们行岂不乱了套，在飞峰县的声誉是一落千丈，这几天你知道会有多少台商要来我们行洽谈业务吗? 这样谁还会信任我们飞峰行！你叫我怎么向市行交代！你让我们的心血白费了！”

第十七章　年代久远难追责　心为伊人巧打扮

姜扬帮张涛解围说："薛行长，我们是股份制银行，这金库的钱是业务周转金不能算国库的钱吧？"

"那也是失窃啊，居然在我们防卫严密的金库里，想想都丢人！"

"不是国库钱就好办点，我们企业内部的事可以由我们企业内部排查，我觉得不需要由警方插手。"

"6万！就是企业内部的事也是犯法。"

"张主任不直接管库，就是有错也是工作失误，不能算是犯法，薛行长你等等，我把管库人员记录统计出来再说。"

薛凯使劲了一声"哼"！拼命地吸着香烟没再出声，张涛低着头看着手中的烟冒着青烟，办公室暂时陷入短暂的沉默中，只有姜扬在信笺上写着什么发出"沙沙"的轻响。

不久，姜扬打破沉静说："薛行长，我统计了一下，从新币调出入记录上看已经有五年半没有盘点过新币，涉及管库人员达17人之多，我在飞峰行时就有三人调离我们行，张主任你再看看还有人调离我们行没有。"姜扬将信笺递给张涛，张涛看了看摇摇头又将信笺还给姜扬。

"17人，怎么这么多？"

"飞峰行在那个时期发展很快，人员变动也大，有3位已经成为网点主任了。"

"这两个管库的就没有嫌疑？"

"我问过张主任，这两个管库的一个是今年五月份、一个是今年七月才接手，根据这几捆假币的成色看，他们俩作案的可能性很小。"

"是这样，这样查起来就很困难了。"

"是啊，不能为这6万元打倒一大片，影响了我们行发展的大局。再说，这么久了就凭这点证据恐怕是无法指向具体的人。"姜扬说完办公室又陷入沉默。

张涛抬头说："我是负责人，我赔这钱。"

“就你能，赔6万，你知道6万是什么责任吗？不用说你这主任，你的工作都难保！”薛凯心里已经接受姜扬提出不报警的理由。

“薛行长，由于涉及人员太多，我看谁来查都难有准确的定论，既然是17个人都有嫌疑，也就是说这17个人都有责任，这6万元平均下来每人也只有3500多元，这样大家的责任不就轻点了。”

薛凯立即回道：“亏你想得出来，有这样分责任的吗？”

姜扬也没把握只能问道：“那怎么办？”

薛凯想想，也没想出个所以然，只得说：“吃饭去，吃完饭再说。”

2荤2蔬4菜1汤3碗饭早就摆放在小会议室，好在天气不算太冷，饭菜还有点热度，勉强能够进口。这顿饭吃得是简单而郁闷，席间只有偶尔发出筷子与碗碟碰撞的清脆声和各人发出的轻微的咀嚼声。张涛这顿饭是食而不知其味，他几乎没吃任何菜，用汤泡泡饭连汤带饭没两分钟就下了肚，张涛回到薛凯办公室里的沙发角落闷头抽起烟来。薛凯和姜扬也是食其味如咀蜡，三五分钟也草草结束战斗，枉负了厨师老李的一片精心烹制营养搭配合理的晚餐。

姜扬先吃完饭发了支烟给薛凯轻声说：“薛行长，我想来想去这个警不能报，而且这个板子不能打在张主任一个人身上，否则他一辈子就完了。”

“我也不想责任让他一人担，这两个出纳也可能是为别人背黑锅。但是，他们三人现在是第一责任人和嫌疑人，不找他们找谁去？”

“能不能这样，钱他们三人赔，我们支行内部处理就行了？”姜扬的意思是就不上报市分行了。

薛凯吃完饭点上烟说：“我也没这方面经验，也不知行不行。不报到市分行恐怕是不行了，我们行能出这种事，其他行也可能会出同样的事情，宁愿挨批也要上报。”

“哎！”姜扬叹一声说，“你又要挨训了。”

“这次你得和我一同去市行汇报情况。”

“行，我和你一同去！”姜扬大有视死如归的气概。

“别误会，我们去不能净汇报坏事，有机会我们把这些天所做的工作和我们行今后的发展思路一并向老板汇报。”

姜扬点头说：“有理，这3个人怎么办？”

薛凯叹口气说：“都不报案了还能怎么办，不过他们的位置都要换换。”

“张涛怎么办？他人不错的。”

薛凯叹了一声：“我比你急，你说这个飞峰行还有多少人能够信任？是不是让他和办事处的赵平原换换？”

“行，正好办事处要适度放些贷款，他去了正好可加强业务管理。”

“行，如果市行没有特别处理意见就这样定。另外让赵宁查一查，看看在那6捆东西上能发现什么，再暗中调查调查这涉及到的17个人的情况，即使查不出是谁干的，至少能够排除谁没干，做到我们心中有谱，否则我们以后怎么用人。”

“那就让他们回去？”

“让赵宁带他们上来，我有话要交代。”薛凯起身回到办公室。

姜扬站起身打通赵宁的手机，说：“赵科长，带他们来薛行长办公室。”

姜扬回到薛凯的办公室坐回原位，张涛将头埋在双手中，谁都能感到他的极度沮丧。

姜扬大声说：“张主任，振作点，你的部下就要到了。”张涛抬起头看看姜扬又看看薛凯，苦笑一下张嘴想说点什么，想想又将话咽了回去，但把身板挺直了。

赵宁带着两个管库进来，薛凯语气十分严肃地说：“不用多说了吧，你们自己都十分清楚这件事情的严重性了吧，你们看管的金库里居然少了6万元，真是闻所未闻！警方一旦插手你们是要坐牢的！你们受到法律的制裁也就罢了，还连累了我们飞峰行！”

“薛行长，我们真的没拿这个钱，交接的时候我们只过了个大数，那上面写了几年新币进出情况，我们以为就这样管钱就没清点细数，我们是冤枉的。薛行长，只要不报案我们俩赔，行吗？”

“今年刚刚有点起色，大伙都盼着能多拿些奖金，过个好年。这下好了金库出问题，那是一票否决，整个全年奖金全完了，这何止6万元，几十万没有了，你们让我这个行长怎么当！”

“只要不报案，怎么处分我们都行，让我们干什么都行，我们以后一定加倍努力工作。”

“刚刚和姜行长商量了，我们就暂时不报案了，记住这是暂时的，我们还不知道市行的意见，当然我和姜行长会向市行争取内部处理，这是其一。我们不采取报案是为了我们行的现状和长远发展着想，不代表我们就不追究这个可耻、可恶的窃贼！你们可能不知道，赵宁同志曾经在上海警备区大比武中获得第五名的好成绩，对刑侦工作有一定的研究，赵宁同志将具体负责我们行这起金库盗窃案的侦办工作。我奉告这个盗窃金库的窃贼立即投案自首还有一条生路，否则定然逃脱不了法律的制裁！”

薛凯用严厉的目光扫射了一下继续说：“你们的工作肯定是需要重新安

排，明天你们继续在原来的岗位上班，等我和姜行长去市行回来再进行调整。考虑事情的保密性，我们行为你们垫付6万元库款，以后根据你们的收入情况逐步扣还。”

“谢谢薛行长，谢谢姜行长。”

“你们俩可以先走了，晚上回去想想，如果是你们干的，早点投案自首争取主动！如果有什么可疑线索立即向赵科长反映，去吧。”

“是，是。”两名管库如释重负，逃一般地离开这令人窒息的行长室。

薛凯脸上阴晴莫测地一直看着两位出了门才说：“张主任，你也知道，我们银行经营的是货币，银行的货币安全是我们的重点工作，金库被盗是我们银行的耻辱，你这主任有着不可推卸的责任。我来到飞峰行已经大半年了，你的工作我都看在眼里，积极、主动、认真，你的人品我也看在眼里，真诚、正直。我和姜行长明天去市行会好好为你争取的，我想给你换个地方到新区办事处当主任去，我们新区办事处办理综合业务的权限下批已久，一直没有开展工作，让你去加强业务管理让各项业务尽快走上正轨，你看行吗？”

“感谢薛行长，谢谢姜行长，如此为我着想，我没意见。”张涛波澜起伏的一颗心稍稍安定下来。

“这个案子我让赵科长负责，如果有什么线索可以找他商量。”薛凯为了不让张涛过分难堪没有明确要求张涛回避，张涛从薛凯的语气和眼神感觉到自己应该退出了。

“薛行长、姜行长，如果没有其实事情我就先回去。”

“行，明天辛苦点，多盯着点。”

“是。”张涛退出行长室。

薛凯等张涛走远才从嘴里愤怒地吐出一句脏话：“他娘的，居然对我们的金库下手！不要命了。”姜扬和赵宁在心里也跟着骂了一遍心里才舒服了一点。

“赵宁，你对这件事情怎么看？”

“薛行长、姜行长，从包装纸上看确实很陈旧了，有一捆钞票封签上记载的日期是1989年10月28日，应该是开业时期领的，另外5捆钞票封签上记载的日期是1993年10月12日，这离我们已经5年之久。这人作案手段并不高明，可以说是明火执仗，他用刀片从封签底部划开，将钱掏出，然后塞进特种转账支票压紧，直接用胶水贴上封签。从封签上胶水的干结程度上看，确实有很长一段时间了，3年、5年都有可能，完全可以排除1年内作案的可能，在这期间涉及到金库人员多达十五位。由于时间久远包装上留下的痕迹几乎难以提取，况且作案人也未必会留下手纹等可以证明作案人的证据。但从作案人不顾一切后果地窃取金库来看，一是这个贼人喜欢赌，而且赌注押得会很大，因为他也知道这件事情总有一天会暴露在世人面前的，他在赌时间、赌运气。二是他迫切需要一笔钱去干什么，或是还因赌而欠的高利贷。或是一把看似必赢的赌局，他可能想赢了之后再把钱人不知鬼不觉地还归到金库里。总之，这人必须要有这6万元。”

薛凯和姜扬听了赵宁的分析都轻轻点点头认同。

赵宁见两位行长都认可就接着说：“家里比较困难的人一般来说不会这么铤而走险，除非家里有人因生命危险而急需这6万元的救命钱。但是，一般来说这种人作这类大案在今后的工作中是非常容易暴露的，因为他们的心里根本就承受不了巨大的精神压力。”

“分析得很好，就按这个方向去逐一排查，记住一定要保密，不要打草惊蛇了，一定要把这人揪出来，不能被人卖了还帮人数钱吧。”薛凯咬着牙齿说。

“赵科长分析得很透彻，如果在账务上有任何问题，哪怕是小小的疑问都可以来我这里商量。”

“谢谢薛行长、姜行长支持，我一定认真调查，摸清情况，及时汇报，一定完成任务。”

薛凯和姜扬对视一下觉得今天也只能到此了，于是问姜扬：“晚上还要去与美女约会?”

“没办法，说是不论几点都不见不散，要不你和我一道去?”

“不行，我要准备准备明天的汇报，你也要准备准备，业务上的事你来。”

“好的，赵宁，走，带你见个台湾美女。”姜扬带着赵宁出了门。

薛凯用一种奇怪的眼光看着姜扬的背景，不知是为自己庆幸坚持选来这么一位出色的副手，还是像以前那样无私地欣赏，或是从心里深处泛出自己也无法获知的嫉妒，薛凯用力摆摆头甩去大脑中的怪念头，用心地准备明天的一场大考。

有人说酸、甜、苦、辣、咸是人生的滋味，其实这世上的味道何止这点，钱最能包罗世间的各种滋味，唐婉儿则是体会最深刻的一位姣美女子。

唐婉儿来到大陆纵横驰骋、所向披靡、御男无数，唐婉儿只有用金钱去弥补这一切，买！买！买！还是买！她取得肮脏的金钱，再用肮脏的金钱去买全世界最美、最纯的东西，她逐渐自由地在此角色中自如转换，也只有这样她才能得到满足！只有那天巧遇姜扬，在她的高尔夫球场，他那副懒散、拽拽的、目空一切的样子突然让她的内心狂跳不已，他一副说着飞峰普通话的男中音一下子将她沉寂的心搅动了起来，她第一次感到男人居然这么有魅力，男人居然让她心醉、让她脸红。唐婉儿从来都是行动者，拿下姜扬既是公司的需要也是她的需要，她要的东西她会不惜一切代价都会争取！

世人往往会被眼前的假象所迷惑，“闻香识女人”就是最能让男人进入一个迷宫一样的女人世界，他眼前有可能会出现衣着华丽、举止优雅、姿态高贵，散发出令人着迷体香的女人，可这个高贵的妇人不一定就是与你眼中形象相一致的女人，事实往往与眼前的一切相左。可是又有几个男人能够分辨出她们的真假？或许根本就没有必要去分辨什么，各取所需嘛，心里想的是什么她就是什么岂不更妙？

唐婉儿就是那一种女人，此刻她正在精心打造着那样一位高贵的女人。她要塑造出这样一位女人并不难，她有姣美的脸蛋，苗条的身材，高雅的气质，她几个衣橱里有着世界奢侈品的服装、鞋帽，她有她自己都数不清的各种化妆品和世界上顶极香水。

唐婉儿此刻全身浸泡在飘着玫瑰花瓣的科勒青花瓷按摩浴缸中，这座奢华的浴缸中温暖的泉水包裹着唐婉儿，时急时缓的水流像无数双手轻抚着她，一串串气泡调皮地从唐婉儿的身上肆意游走，让她的肌肤顿时敏感起来，撩得她时不时地发出浅笑。唐婉儿非常喜欢这种感觉，这不仅会让她的肌肤变得娇嫩，还让她的心身得到彻底的放松。唐婉儿在水中游戏了一会儿便从浴缸中出来，平时她一定会站在那落地大镜前自我欣赏一番自己的胴体。

唐婉儿今天心里有事，她要为伊人梳妆打扮，她摘下沾在身上的几片花瓣穿上浴袍来到卧室的梳妆台前，她对镜子左顾右盼一番，挑了一款淡粉色液体粉底，从面部、脖胫到前胸轻轻涂抹、认真擦拭，直到看不出化妆品的痕迹才罢手，她满意地对镜子里的她浅浅一笑定了妆，再拿起眉笔在已经修整得十分精致的眉毛上小心地一根一根地精心描绘着，为了不让眉笔画到皮肤上她竟用了十多分钟，又在放大镜里细细地查看一遍，她对自己的化妆技术还是十分得意的。就这样，唐婉儿接着在脸上各个部位进行一丝不苟的雕塑，50分钟过去，一张足以摄服男人们魂魄的精致、美丽、可爱的脸蛋出现了。她调皮地对镜子做了个鬼脸来到高大的衣橱前，面对衣橱上的穿衣镜唐婉儿抖落身上的浴衣，在镜子前扭扭身腰自我感觉很好，便从衣橱中挑出件克里斯汀·迪奥经典新款题为“梦幻仲夏”的紫色晚礼服。这是一款双V字领设计的两条窄窄的吊带向下扩展直到乳沟，背部一直到腰际，让女人两处最有诱惑力的部位若隐若现，淡紫色的塔夫绸饱满、飘逸映衬着唐婉儿的肌肤更加粉嫩、娇艳。唐婉儿重新回到梳妆台，她的梳妆台上有着世界上最好的香水，而穿着“梦幻仲夏”紫色晚礼服当然要配上克里斯汀·迪奥Poison（毒药）香水，唐婉儿小心地在颈后、乳下、腋中、手腕上喷上适当的香水。唐婉儿戴上“火光”紫水晶制作的项链，“梦幻仲夏”点缀着用乌拉圭的“火光”制作的紫水晶薄片，在灯光的辉映下发着神秘的毫光，让她浑身上下散发出梦幻般的魅力，一双魅眸流转娇媚，一张秀美的脸庞立即灵动迷人，唐婉儿痴迷地看着镜中的她，她甚至爱上镜中的自己。

唐婉儿化完妆看看时间尚早，便懒懒地倚着对着镜子想着自己的心事，不知过了多久房门被轻轻推开，秦雪莹走了进来，她看见梳妆台前的唐婉儿不由得惊叹道：“婉儿姐姐，太美了，爱死你了，抱抱，抱抱。”秦雪莹发着嗲奔向唐婉儿。

“别动，别动，我刚刚弄好，你帮我看看是这样好，还是盘头好?”唐婉儿惊呼着躲开秦雪莹的偷袭说。

“穿晚礼服当然是盘头好，这样可以露出你迷人的脖子，你粉嫩的肉体从脖子前后两面一直延续到腰际，侧面开得高高的裙叉接着腰际向下延伸，一双玉腿若隐若现。天啊，要是在晚宴、舞会上，你这小妖精要迷死多少人啊，便宜了姜扬这个臭小子。”秦雪莹还记着姜扬的仇。

“啊!”唐婉儿突然失声叫道：“不对，晚上我们喝茶，穿这身去与场合不符。”

“喝什么茶呀，这个臭小子也太没情调了。”

“没办法，是我们往人家门上送。唉，你怎么还没化妆?”

“约不到，说是有事。”

“你就不坚持坚持，发个嗲，姜扬这个臭小子也说没空，我还不是约来了嘛。”

“还是姐姐有魅力呀。”

“你再发个短信去约约，说不定能成。我不和你说了，我得重新化妆。”

秦雪莹坐到沙发上发短信，唐婉儿去卫生间将脸上的妆容洗去。“毒药”的热烈、奔放的香水味让她大费周章，洗了三四次身上的香味才淡去，她仔细闻闻身上的气味，身上残留着“毒药”淡淡夜来香的清香让唐婉儿的体香十分诱人，她这才满意地离开卫生间。唐婉儿这次直接去了大衣橱，她左选右挑找了件云锦旗袍穿上，又选了一串南海珍珠项链戴上，这才去梳妆台重新化妆。

房间里已没了秦雪莹的踪影，梳妆台的镜子上留着她用口红写的一行字：“我去了”，还有一个调皮的女孩在微笑。

唐婉儿笑笑又认真地化起妆，她的这次妆扮与上次的浓妆大相径庭，一改“仲夏梦幻”热烈、艳丽为淡雅、娟秀，配上“飞燕”式小波浪卷发，一个清新、娴丽的淑女在镜子里出现了。唐婉儿近似苛刻地在镜子里反复审视良久，她又从梳妆台上取了眼膏，在眼睑上抹上淡淡的水红色给她平添了一丝甜美。唐婉儿习惯性地去取香水，梳妆台上有世界各种顶级香水，可是她却在选择什么样的香水上迟疑了，她能够清晰地闻到自己身上“毒药”后调“夜来香”的香味，要用其他香水盖去这太浓的香味。今晚是去喝茶，喝茶讲究个清心寡欲，就是要喝出茶叶自然的原香，喷得浑身香水味会让喝茶变得庸俗不堪。最后，唐婉儿索性放弃喷香水的念头，她挽了个“爱玛仕”腕包出了门。

唐婉儿在飞峰县有两处住所，一处是在度假村所在的乡镇，另一处则是她们现在的住所，是唐婉儿花高价租来的一幢3层别墅。屋外庭院里一轮明月挂上银杏树的枝梢洒下冷冷的清辉，月色溶溶下花影重重，墙边盛开的蔷薇摇曳着花枝相互攀谈日间的趣事，一阵清风袭过满院浸在了甜甜的花香之中。

“啊”，是金桂的香味，唐婉儿贪婪地深深吸了一口，这醉人的暗香当时让她陶醉在当场。突地，一阵冷风吹来唐婉儿打了个寒战，酷暑已经过去，初秋即将悄悄来临，她回房找了一件丝巾披上后又重新来到桂花树下，她想用金桂甜甜的香做前调，身上原有的夜来香做中调，沐浴时的玫瑰花和着她的体香形成后调，这些都是大自然的香味与体香相互交融、相得益彰。唐婉儿为自己的奇思妙想而激动，她兴致勃勃地在桂花树上选摘金桂蓓蕾小心地藏在身上各处，甜甜的花香在唐婉儿的肉体温暖下散发馨馨芳香，她得意地哼着小曲开着宝马座驾驰出小院。

就在唐婉儿琢磨着心思捣鼓身上香味的时候，姜扬带着赵宁来到子牛生活馆，一位身着中式织绵旗袍的娇美女士为姜扬、赵宁打开门，问道：“先生请，请问有没有预订？”

“要预订？”

娇美女士甜雅一笑，说：“两位先生请进，子牛生活馆是一家诠释高品质的生活方式和生活态度的生活体验馆。”

“哦？”

“来了就是缘分，两位请。”

姜扬和赵宁进门。

“请问有没有位唐女士来了？”

“唐总还没来。”

“哦……”姜扬不由一愣。

“唐总订了包间，先生我带你进去。”

“主人没来，不好吧？”

娇美女士开朗一笑，说：“我姓吉，吉祥的吉，是子牛馆的馆主，朋友都叫我吉姐。”

赵宁说：“吉姐？看起来就是位小妹妹。”

姜扬："吉妹妹，我们外汇银行的。"

吉姐笑笑说："妹妹就妹妹，两位哥哥请坐。"吉姐请姜扬和赵宁在红木沙发坐下。

姜扬和赵宁打量这家精致的子牛馆，一间百十平方的通间装饰得古色古香，屏风、博古架、茶台、挂件、字画无不散发着中国古典之美，厅内传来著名音乐人火风深情演绎的《七朵莲花开》。

吉姐端上两杯清水："两位哥哥喝点水，等唐总来泡茶。"

姜扬和赵宁喝了口，不约而同地说："这水好香，是米汤吗？"姜扬看看杯子，其水清澈香。

吉姐一笑说："这是霍山米斛，九大仙草之首，多饮有益，煮水异香。"

"长见识了。"

"两位安坐。"吉姐离开。

姜扬和赵宁又喝了口水："神奇。"

赵宁说："姜行长有什么指示？"

"指示？你说这个案子？"

"是啊，谁胆这么大，不要命了！"

"要说查账我可以帮帮你，破案我不懂啊，你要多费心了。"

"姜行长，我大胆推测一下，觉得盗库的贼以前在银行干过，至少在企业会计岗位待过，而且很可能是一个人干的。"

"哦，有根据吗？"

"我没有证据，但从目前掌握的情况我们可以大体推断下，一是作案年代已久，后来新进的人员基本是学校毕业生，作案可能性较小。二是我们行的员工是陆续进来的，进行前联系不多，相互间感情不深，在一起作案的基础不够。三是我们行 5 年换了十几位管库员，没有接触过银行工作的，可能还没来得及动坏心思就被调走了，只有听说过或者知道有这样的案例才起了盗库的念头。当然其他人不是没有嫌疑，只是我们目前的重点放在排查这些人身上。"

"哎，经你这一分析还有点道理，至少我们怀疑的范围缩小了。"

"姜行长，我就按照这个思路去排查？"

"我看行，等我这段时间忙完了你把进出库登记簿拿给我琢磨琢磨，当真就这样神不知鬼不觉地没有一点痕迹？！"姜扬的思路和斗志被赵宁激发出来不服气地说。

"姜行长，这是要请谁啊？"赵宁有点好奇。

"一个台商，飞峰湖高尔夫度假村的美女总经理。"

“那我在这是不是不方便?”赵宁坐立不安。

“废话，想要方便能叫你来吗?赵宁，今年多大了?”姜扬转换话题。

“29岁，1970年生，属狗。”赵宁举一反三一口气全报了出来。

“结婚了吧?”

“结了，都3年了，转业那年结的。”

“孩子多大了?”

“还没要呢，不急。”

“还是要个孩子好，没孩子的时候不觉得什么，有了孩子才知道这孩子是上天赐给人类的天使，这种乐趣只有身在其中才能体会到。有了孩子才是一个完整的家庭，你对爱人、家庭乃至社会的理解都会有全新的认识。”

“是吗?难怪我爸妈见我就催，经你这么一说想想是这么回事。”赵宁有些坐立不安了。

“怎么这下就猴急、猴急地了?”姜扬打趣地说。

赵宁不好意思地笑笑喝口水掩饰一下，赵宁放下茶杯向前凑凑说：“听说姜行长爱人是个大美女。”

姜扬笑笑说：“什么大美女啊，还不是两个眼睛一个鼻子。”

“美女的眼睛当然就不一样了，有歌唱道，一双眼睛会说话。姜行长，你们俩的小孩一定非常漂亮。”

说起女儿姜扬来了兴致，姜扬打开手机相册说：“小赵，你看我姑娘的照片。”两人就这样边看边说边笑，时间不知不觉地流逝……

“不好意思，让姜行长久等了，我们去包间喝茶。”姜扬闻声抬眼一看，唐婉儿站在面前。

“好的，一切听便。”

唐婉儿上前一步就去挽姜扬臂膀，姜扬下意识地向后让了让，神情尴尬地看着唐婉儿苦笑笑。

唐婉儿见好就收对姜扬嫣然一笑说：“姜行长请。”

“唐总请。”

唐婉儿轻摇身姿走在前面，出后门进后院，这后院别有洞天，院墙上书了一“茶”字，太湖石砌成一处小巧玲珑的假山立于水潭之中，山上有清泉汩汩而出，有一石块上书着“泻玉”。泉水入溢水潭成小溪蜿蜒流淌，假山上、溪边数支竹、几株兰花相映成趣，溪流忽地钻进一块巨石下不知去向，巨石上一处题道“曲径”，巨石与数杆翠竹挡住了去路。转过翠障见一拱门，上悬横匾道“闻茶步止”，两边对子称：“觅来涧里一仙水，修得口中数杯茶”。房间当中摆放着一张古色古香的老红木八仙桌，旁边的博古架上点缀着一些青花瓷仿品。木窗撑起，窗棂若隐若现院外美景。

房间已有一位身着青花旗袍年轻美女候着：“各位好，请问用什么茶?”

唐婉儿接话说：“姜行长的茶道造诣很深，如何喝还得听姜行长的。”

姜扬：“喝杯茶嘛，用不着那么麻烦。”

张领班笑道：“先生，在我们这里喝茶不麻烦恐怕是不行的，我们这里光点心就有 18 道金陵小吃和 12 道姑苏面点，都是高薪从当地聘请的国家特级面点师亲手制作。”

“这也太夸张了吧。”

“先生请坐，不瞒先生说，能到我们子牛生活馆来的都是我们长期会员，有些高官显客我们还不一定接待呢。”

“可我们什么都不是，还是外面的米斛水喝得过瘾。”姜扬摆个苦脸对赵宁说。

“我听这位小姐称先生为行长，行长是要官有官，要钱有钱，那是一般官员和富翁不能比的。米斛泡茶更是一绝，行长是喝绿茶还是岩茶?”

张领班一番机智、精辟的论调惹得唐婉儿抿嘴直笑，姜扬更是目瞪口呆。

姜扬自嘲地对赵宁说：“看起来我们是级别没到，享受先到，钞票没到，口福先到。谢谢唐总一番美意，那就讨扰了。”

“张领班，有没有我们飞峰本地的‘飞峰玉笋’?”姜扬有意刁难张领班。

张领班盯着姜扬看了看说：“行长是行家呀，我敢说整个飞峰县城除了我们春怡茶楼，没有第二家能拿出一两‘飞峰玉笋’来，各位贵宾请稍候。”张领班一摆手，《高山流水》随即响起，姜扬隔窗看去，翠竹之中，一位姑娘，一袭绿纱，一架古筝，美妙的音乐在姑娘的纤纤十指间流淌而出。

不一会儿，张领班端着茶具和点心前来，张领班介绍说：“这‘飞峰玉笋’是我们飞峰县茶叶中的珍品，产量稀少，从不对外售卖，我们的茶牌中也无此品种，要不是在此包间中，又遇行长茶道行家点出此茶，我们不可能为贵宾提供的。”

“飞峰玉笋”产自飞峰县飞峰山脉中的大茅峰山崖边一块 16 亩的坡地上，1 年只出 5 斤左右，向来是飞峰道院的圣品。据说乾隆皇帝第五次下江南时，上飞峰道院一游，道长为乾隆帝沏上绿茶一杯，乾隆品尝之后赞不绝口，手书“飞峰玉笋”赐予道长，寺院制成御匾保存至今。

张领班继续说：“论起价格 8888 元一两可能还无处去买，我们老板一年也只能弄个三两、五两解解馋。不过，茶也讲究个茶缘，行长识得其中奥妙，这茶也得了其所。”张领班将泉水注入紫砂水壶，置于卡色炉上烹煮，又从青花瓷罐中取出一纸包打开数层包装纸，扁平光滑挺直，色泽嫩绿光润的“飞峰玉笋”呈现在众人面前，张领班准备纳茶……

“停、停、停。”姜扬连声说。

张领班停下手和唐婉儿惊讶地看着姜扬，张领班问：“行长有何见教?”

姜扬抢先将茶叶包好放回罐中，说：“这太贵重了，饮之有愧。”

唐婉儿抿嘴一笑，说：“姜行长有趣之极，知道‘飞峰玉笋’，想必也品过此极品，怎么落到这就有愧了?”

“那是一次缘分所至，无心而得，品之无愧。”

唐婉儿看看姜扬执拗，便不与他争执，她说：“既然姜行长如此坚持也就罢了，那就随便喝点吧。张领班，把我存放这里的茯砖茶泡上一壶对付着喝点吧。”

茯砖是黑茶类，姜扬虽有所听说，但并不了解，想必是地方的名茶而已，想到这里他也就不再坚持了。

一会儿，茶叶送到，不经意地看上去乌黑油亮。张领班不再让众人欣赏直接将茶纳入紫砂壶中，张领班将正在沸腾的泉水倒进壶中，顿时茶叶随着泉水注入上下翻滚、沉沉浮浮，一股松烟的香味随着一缕缕热气充满房间。

张领班洗茶后再次悬壶泡茶，然后一一敬茶，茶盅里汤色橙黄，清澈明亮，深嗅之，香气醇和，松烟香中竟掩不住淡淡的松仁之香。喝一口，滋味醇厚，回味不绝，如蜜非蜜之甜，如兰非兰之香，啜之淡淡似以无味，饮之太和之气弥漫齿额久久不绝。

张领班这才介绍说：“‘茯砖黑茶’自明、清以来就是皇家贡品，香气中带着山野之香，这是它常年与松竹为伴，淫浸日月雨露之故，又长年陈化去了火气。所以，泡此茶切莫惺惺作态、搔首弄姿，如此便玷污了此茶脱凡出俗的品质。”

姜扬一干人观其茶，果然是其叶舒展内敛，神品自晦，不露其毫，似老衲入定，圣徒面壁，展示不一样的内涵，姜扬拍案称绝，“果然好茶，既放浪形骸，旷达豪爽，又有儒、道、释这内蕴，如此对立竟蕴藏在这纤纤嫩芽之中，神奇、神奇。”

张领班笑逐颜开道：“有道是‘红粉送佳人，宝剑赠英雄’，今天‘茯砖茶’也遇到知音了，也不负唐总的一番用心。”

姜扬这时才缓过神了，问：“此‘茯砖茶’似乎非同一般吧?”

“当然，我就不妨碍行长的雅兴了，各位请慢慢品尝。”她看看座位的格局不由得对赵宁笑了笑，说，“这位先生如果喜欢唱卡拉 OK，我们隔壁就有，我可以陪先生去唱。”

赵宁正处在一个尴尬的境地，姜扬和唐婉儿面对面坐着，他坐在两人之间就像一盏电灯泡亮着，经张领班如此一说赵宁就像解放了一样，他刚准备说好，姜扬接过话说：“不用了，大家在这里聊聊天挺好的。”

唐婉儿听得张领班要把眼前的电灯摘去心中大乐，暗夸张领班有眼光，忽地听姜扬直接拒绝恨得是直咬银牙。

张领班心中偷偷一乐，说：“那就告辞了，若有需要请按电铃。”张领班和两位姑娘退了下去，只有古筝还在叙述伯牙觅知音的故事。

唐婉儿接管泡茶，她帮姜扬倒上一盅，只在赵宁的杯中滴了几滴，姜扬见状笑笑说：“茶是好茶，但毕竟有其致命弱点。”

唐婉儿放下水壶，问：“有什么弱点？”

“不经泡，怕是不够喝，你都不敢倒了。”

唐婉儿一声娇笑，这茶可泡20开，怎么会不够倒？她只是怀点小心事小小报复一下，既被姜扬说穿只得重新帮赵宁续上茶，她放下水壶，说：“姜行长智慧中见风趣，小女子喜欢得很呀。”唐婉儿不在乎旁边的电灯泡，直接了当地表露心迹。

姜扬当作没听见，说：“唐总，看那领班神神叨叨的，这茶有如何玄妙？”

唐婉儿面对姜扬总是那么狐媚，她眼睛里秋波荡漾，说：“我说了可不准不喝。”

“说吧，既然泡了就是金子做的我也喝。”

“这茶可比金子珍贵百倍，此茶产于湖南安化的冰渍岩的中心位置，富含各种矿物质，尤其是硒的含量十分丰富。”

姜扬笑笑说：“我们是喝茶，还是喝矿物质？”

“别打岔，我还没说完嘛。”唐婉儿佯嗔道，一种女人风味洋溢在亭间，她说：“刚才说的是其一，这第二……”说话间她打开张领班特地留下的一个小纸包，一团黑茶不起眼展现眼前，唐婉儿将茶叶放到姜扬面前说，“你看这茶叶上是不是有金星闪耀的黄金？”

姜扬和赵宁看看惊奇地说：“真是黄金啊，这么多，这黄金也能泡茶？真是神奇了。”

唐婉儿如打了胜仗般，她得意扬扬地说：“这叫‘冠突散囊菌’，俗称‘金花’，是国家二级保密菌种，你们都知道灵芝吧，只有千年灵芝才有生长这‘金花’。”

“这么神奇，有什么作用？”姜扬和赵宁深感天下之大，无奇不有。

“作用那是大了去了，‘金花’富含15种氨基酸，能平衡人体代谢，对多种癌症的发生具有抵制作用，还有好多、好多呢，我也记不过来。”

姜扬又开始欣赏茶叶，端起茶盅细细品味，突然问：“你说比黄金珍贵百倍，多少钱一斤啊。”

唐婉儿对姜扬媚媚一笑说：“我就知道你就有这一问，这么说吧，这一壶总得要两三千吧。”

姜扬惊讶道：“一壶要两三千？”

赵宁脑筋一转，惊道：“天啊，一斤要上百万！”

唐婉儿看着姜扬惊诧的表情，也不顾身份、形象喽，不禁张大嘴“哈哈”大笑起来……

唐婉儿得意之后，说：“姜行长，有事想请教。”

“唐总请讲。”

“飞峰县的治安是不是不太好？”

“我们飞峰民风朴实，热情好客、人人都安居乐业，治安好得很。”姜扬随口即出。

“我不太相信，不然我们大行长出门都要带着保卫科长呢？”唐婉儿怨怨地说。

赵宁大窘埋头专心对付桌上的点心。

姜扬稍稍一愣，说：“唐总见笑了，我和赵科长是一起开会的，赵科长家在这附近，我就请赵科长一同来见识唐总的风采。再说，唐总不是有工作要谈吗？我们合作建办事处，这保卫工作是要先行的，从选址到如何浇灌地基、墙壁都有一套严格的标准，所以就……”

“真是这样？”唐婉儿将信将疑。

“是的，是的，今个一见唐总果然是美艳照人。”赵宁在一旁帮腔。

唐婉儿仍不相信，眼睛直直地注视着姜扬。

“是的，唐总果然美艳动人。”姜扬重复了赵宁的评价，如果及时收住也就罢了，但姜扬接着又赞美道，“唐总人长得漂亮，打扮得体，尤其身上有一种若有若无的桂花香让人心醉。”姜扬说出去就立即后悔了，心中暗自打了自己一个耳光。

唐婉儿这下心里乐开了花，心道这姜扬倒是馋猫鼻子尖，她笑盈盈地从文胸中取出一枝金桂说：“姜行长真是识香高手，这送你了。”

“这、这……”姜扬手足无措。

第十八章　香饵本身是钓钩　圈子当中有圈子

“咯咯咯”，唐婉儿笑逐颜开,她见好就收将金桂放在桌上说：“姜行长，我那天第一次见到你就觉得特别投缘。你知道吗，你特别像我在台北大学上学时的男朋友，一个让我心动的男生。”

姜扬无语，赵宁只得拼着命对付桌上的点心，好在这点心做得确实精美百吃不厌。

“姜行长，我以后叫你姜哥，你叫我婉儿好吗?”

“唐总，听说你们公司以前是在海南发展的?”姜扬打岔说。

“是啊，我们是海南的明星企业。姜哥，你平时都喜欢做些什么，以后我陪你。”唐婉儿回答后又把话题转回来。

“对了，你不是说你们公司董事长要来飞峰吗，大概什么时候到?”

“这个星期五，我们老板要请你们吃饭，姜哥一定要参加哦。”

“这要薛行长定，当然我争取参加。”姜扬松了口气，终于把话题转移过来。

“姜哥，要不明天我陪你打高尔夫行吗?”唐婉儿话头又转了回来。

“唐总。”赵宁突然插话，“你不知道吧，我们姜行长手机里的小姑娘可爱极了。”

“是吗?姜哥快让我看看。”

姜扬将手机中的照片调出来递给唐婉儿，唐婉儿接过电话一看立即惊呼：“多可爱、多漂亮、一双眼睛多明亮。”唐婉儿翻看下一张，“这张更有趣，小嘴嘟得那样，让人从心里要疼爱她。”唐婉儿一边翻看一边兴奋地嚷嚷。

赵宁在一旁问：“唐总，这孩子可爱吧?”

“当然。”

“这是姜行长的宝贝女儿。”

“哦，”唐婉儿停下手说，“我太喜欢这宝宝了，你看还长了颗美人痣哎。姜哥，什么时候带来去我那里玩。”唐婉儿说完又饶有兴致地翻看照片。

赵宁无奈地向姜扬做个鬼脸，姜扬也向赵宁耸耸肩苦笑笑。

唐婉儿看着看着，手机里出现一位美丽、清纯的少妇，唐婉儿明白一定是姜扬的夫人，她立即调动全身的细胞与姜夫人比起美来。唐婉儿本来就长了美人胚子，经过多年的走南闯北，身上逐渐有了一种成熟女人的韵味，唐婉儿充分了解自己的美丽，她用金钱把身上的美丽发挥到了极致，她走到任何地方都是男人眼光的焦点、追逐的对象。唐婉儿从脸型到发型，从眉毛到眼睛，然后鼻子、嘴巴，甚至连脸上有几颗痣谁长得可爱都比较一番，唐婉儿得意地向手机中的少妇笑笑，她觉得她不输半毫，她感觉手机中的少妇虽然美丽，但远没有她惊艳，没有她那么风情万种。唐婉儿脉脉含情地向姜扬偷偷撇了一眼，这个男人让她一见倾心，她不在乎他有妻子，以后离了就行；她也不在乎他有小孩，她可以连他带孩子一起喜欢；她不在乎他的地位有多高，她可以赚足他们一辈子需要的钱。她甚至憧憬和眼前这个男人的生活，她太累了，她需要一个爱的港湾，她需要一个能够靠着安睡的臂膀。唐婉儿又撇了眼手机上的少妇，默默地说了声：对不起，我也喜欢这个男人。就在唐婉儿一瞥之时，她心的深处突地一凛，她看到了一双眼睛，那是一双清澈、干净、无邪，足以透视心灵的眼睛。唐婉儿盯着这双眼睛，看着、看着，她的眼神黯淡了，慢慢地失去了神采，她暗暗地在心里叹了口气，将手中的手机放在桌上推还给姜扬淡淡说了一句“真漂亮”，闷在一边不再说话。

姜扬也不知唐婉儿说他女儿漂亮还是说他妻子漂亮，随着唐婉儿的沉默气氛逐渐冷清下来，3 个人都默默不出声专心品着茶，气氛不免有点尴尬。

赵宁一阵牛饮，一杯水见底，他替姜扬、唐婉儿斟上水后将自己杯中斟满，他发现新大陆似的对姜扬说：“姜行长，这些漂亮的红木家具是我们的信贷单位金牛红木家具厂生产的。”赵宁的话打破了尴尬。

“是嘛，真漂亮，有点水平。”姜扬附和道。

“姜行长，你看这里有他们的名牌‘金牛家什’。”

姜扬侧身看看，摸摸桌面说：“看起来档次蛮高的，这是老红木的吧？”

旁边的唐婉儿忍不住地“哼”了一声说：“老红木是老红木，可接近一半是假的。”

姜扬和赵宁脸上都带着疑问看着唐婉儿。

唐婉儿有一种被崇拜的满足感，她得意地说：“乍看上去是老红木，这种货只能在这些地方糊弄人，姜行长你看，这张桌子的衬材、辅材和雕花件的亮度和桌面稍稍不同，这些小的雕花件木纹更是难以分辨，但纹理的粗细中还是能看出点端倪，应该是用马来西亚产的菠萝格木，价格相差二三十倍。”唐婉儿自信地敲敲桌面说：“我敢肯定这桌面下面也是旁衬着菠萝格木。”

服务员听到敲桌子声音忙上前询问，唐婉儿一愣后笑道：“这茶我们自己添过了，这点心……”唐婉儿指指已经狼籍的盘碗。

“不好意思，我看你们在谈事情不敢来打扰，点心已经准备好了，这就换。”

姜扬趁更换点心左看看右瞧瞧，等服务员离去对唐婉儿说：“唐总厉害啊，这都能看出来。”

唐婉儿说：“小意思，你看这款是仿明代家具，如果是真材实料定是用手工制作，可它分明是深圳下关地区家具厂用机器制作的，从这个线索摸下去就不难发现其中的奥妙。”

“唐总高明，有机会好好向唐总请教请教。”

“好啊，我早就跟姜哥说过，我的房门任何时候对你都是敞开的。”唐婉儿又把称呼换了。

姜扬又是一阵无语。

唐婉儿见好就收：“姜哥怎么对这感上兴趣了？”

“我们搞信贷的就是个杂货铺什么都要了解点，否则我们这贷款放出去不是儿戏嘛。”

“哦，这么说我这一鳞半爪的可教不了大行长，我们老板可是行家，什么字画、玉石、陶瓷、家具无一不通，等我们老板来了，你们可以多交流交流。”

“太好了，谢谢唐总。”

“先别谢，听姜行长的意思是不愿意贷款给我们公司了。”

姜扬奇道：“何以见得？”

“姜哥不愿意学高尔夫啊。”

“嗨，那不是一回事。”

唐婉儿调皮地瞪着姜扬一脸无知样。

“我们了解一个企业是了解企业的生、供、销及生产工艺、管理能力等，而不是非要亲历其中，比如我们了解这套红木家具，只是了解它的原材料、生产及销售成本和销售能力，我们了解这一切并不是我们就拥有制作家具的能力。同样，我们以后考察贵公司高尔夫项目也不需要会打一手漂亮的高尔夫球。”

唐婉儿扑哧地笑出声飞了姜扬一眼说：“切，这个理由不咋地，这件事我觉得有点奇怪，不知当不当问？”

“唐总请问，鄙人定是知无不言，言无不尽。”

“贵行是家股份制银行吧，怎么姜行长搞得比政府官员还要谨慎。”

姜扬从未想过这个问题，他琢磨了一下笑笑说：“我可能是职业习惯吧，我走上社会就在银行工作，我的师傅就是一位令人尊敬的银行人，他良好的职业素养影响了我，所以我不贪、不赌、遵纪守法。”

“难道麻将都不打?”

“是的。”

“你不寂寞?”

“我有我热爱的工作，我有一个美满的家庭，我也有我的兴趣爱好，如果这算是寂寞的话我享受寂寞，我觉得生活很美好。”

姜扬喝着茶、听着丝竹、嗑着爪子悠闲地东瞧西望突地笑出声，“前些日子和薛行长在我家喝茶还抨击茶楼是沽名钓誉，看来我们是枉言了，这姑苏的‘流水、小桥、人家’都搬到室内，喝起茶来感觉确实不一样，难怪有这么多人围着钱转，这钱确也不是坏东西。”姜扬准备夸上两句就结束走人。

“姜哥说得是。”唐婉儿及时接过话，“钱用好了，是艺术、是享受。”

“看来我这辈子注定是穷光蛋了。”姜扬站起来。

“不一定，这看你怎么想了。”唐婉儿安坐不动。

姜扬看到博古架两侧放着两尊高高的千两花卷茶，饶有兴致地比了比个头。

唐婉儿：“我们一来到飞峰县就遇到姜行长，这是缘分，如果我们合作成功了，我们就是一家人了。这样，我们送给姜行长两张会员卡，每张会员卡价值3万美金，姜行长人缘广泛，只要姜行长介绍的会员我们都会给姜行长提取两成做为活动经费。”

姜扬大骇，连声说：“再说，再说。”

唐婉儿来到姜扬面前也兴致勃勃地比画了一下，说：“这茶好，个头快和我差不多了，也金贵着呢。姜行长，抱了回去?”唐婉儿媚眼飞向姜扬，一语双关。

姜扬大窘，说：“不用、不用。”

唐婉儿哈哈大笑带头走出门去。

赵宁作扇风状说：“我的乖乖，财大气粗啊。”

“你没看到她那一身行头? 恐怕不下几十万。”赵宁吐吐舌头，不再说话。姜扬暗自庆幸带了赵宁赴约，心中也暗生警觉。

唐婉儿刷卡付账后出门与姜扬告别后昂首上车，刺目的尾灯迅速消失在夜幕中。

姜扬看看悬挂在中天的朗月，眼前的一切都被镀上一层银光变得朦朦胧胧、虚无缥缈。姜扬一步一步地走在回家的路上，心里想着什么甚至他自己也不是很清楚。

杏儿享受着爱的滋润，她在春的伴拥下走在月色溶溶的乡间小道上。这条小路她与春走过无数遍，他们可以熟知哪里有几个坑、哪里多了几棵草。终于她的爱情有了归港的时候，她的春的胸怀是她爱的港湾，她甜蜜地停泊在她的港湾里。

“杏儿，不知爸、妈喜不喜欢我们买的衣服?”

杏儿“咯咯”笑了起来，她抬头亲了亲她的心上人，说：“春，是不是担心我爸妈不同意?”她不等春儿回答就安慰说：“放心吧，我爸妈最疼我，再说我帮他们找了这么好的女婿，他们高兴还来不及呢。”

“真的吗?”

杏儿点点头。

“杏儿，农忙我俩都回不去，要不要再寄点钱回去?”

“钱是足够了，村上都相互帮忙用不了多少，就怕他们舍不得花。”

“那怎么办?”

“没办法，他们舍不得就是寄回去再多也不行。我涨工资了，明年帮家里把房子翻翻新。”

“要不今年就重新翻一翻?”

“不行，我们长年在外，回去结婚要花钱的，我们家房子还不错，明年、后年再翻不迟。”

“杏儿，字练得怎样了?”

“愁死了，你让我拿个锄头、锅铲，哪怕是绣花针都没问题，那几个阿拉伯数字七弯八绕的就是写不好，还必须和张会计写得一模一样，太难了。”

“练了有几天了吧?”

“三四天了。”

两人不知各自在想些什么都不再说话了，不约而同地掉头向回走去。

良久，春说：“杏儿，我有办法了。”

“有办法了，快说。”

“这样我们回去让张会计写个样子，我用样板纸雕刻出来，你按照模板描不用两天准行。”

杏儿一听乐得搂着春的脖子蹿了上去，春笑着抱住杏儿，杏儿双手得空对着春的肩膀一顿好打：“你怎么不早想出这个办法，害得我这几天吃饭都不香。”

春对杏儿嘴亲了一下说：“那还不快走。”

杏儿跳下地来推着春说：“快走，快走。”

涂根生手里提了个强光电棒巡视厂区，这是他多年来养成的习惯，一年365天，只要涂根生在厂里都会雷打不动地巡视一圈。厂区一片漆黑，涂根生严格控制晚上加班，陶瓷娃娃生产是一个精细活，晚上生产需要高亮度的照明，高额的电费开支会让他心疼的，所以他只会在突击生产圣诞礼品时才安排晚上加班生产。

涂根生走走停停，手中的电棒发出强烈的光线毫无目的地东照西晃，厂房的玻璃上不时反射出耀眼的白光，他来到正在兴建的仓库工地停下来用电光四处照了照，关掉电源默默地站在黑夜中，谁也不知道他在想些什么。

一会儿，黑夜中的他迅速离开工地径直向涂二叔的小屋走去，厂里的每个花花草草涂根生都烂熟于心，不用说是平坦的水泥大道了，他更是驾轻就熟。涂二叔的小屋是涂根生巡夜常去的地方，更多时候是在他心情不好的时候，有时与涂二叔说说话，也有些时候就在涂二叔那里坐坐一句话也不说，今天他只想去坐坐。

涂二叔的小屋里，涂二叔抽着烟、喝着茶乐呵呵地看着一对年轻男女，自从杏儿当了仓库保管员，他就没有以前那么寂寞了，杏儿和春经常会到他的小屋玩，这是一个非常好的幽会地方。今天一对热恋中的情侣没有切切私语，更没有耳鬓厮磨，两人全神贯注地忙活着自己手中的事情，杏儿在认真描写着阿拉伯数字，春用一把刻刀在一片长长的不规则的透明塑料板上雕刻着 1 车间、2 车间、3 车间、入库、出库、承前页、转下页、结转等汉字。

“春哥，这个塑料板太薄、太软容易坏，帮我多刻几个，而且板也小了点。有没有大点的?”

“没有大的，这是我们设计用剩下的边角料废物，我再多刻些，能用就行。”春头也不抬认真刻着。

“好吧。”

“效果还行吗？有没有写顺畅了？”春停下刀问。

杏儿得意地说：“还真行，就写了这么一小会儿，竟比我前两天写的强多了，我估计用不了三两天就和张会计写得差不多了。”

“那就好。”春开心地继续刻着。

涂根生从窗外看到也听到一切，脸上露出一丝满意的笑容，他从窗外看看涂二叔转身离去，立即就消失在漆黑的夜色里。

7 点 40 分，沿江市分行行长办公室接待室，薛凯和姜扬早早就坐在沙发上等待谢季风行长上班。时间一分一秒过去，薛凯和姜扬心中越来越忐忑，面前的茶水纹丝未动，随着时间的流逝渐渐失去热气。

7 点 55 分门外传来谢季风与王得江的说话声音，薛凯和姜扬连忙站起来走到门口。谢季风推门进来发现薛凯和姜扬站在面前，脸上诧异的表情一闪而过瞬间便恢复了正常。

“谢行长早。”薛凯、姜扬同时说。

“小薛、小姜，你们怎么来了？”

薛凯说：“谢行长，我们昨天盘点金库发现短款6万元。”

“哦？”谢季风看看薛凯和姜扬，发现差错谁错谁赔就行，没有必要两个行长来市分行找一把手行长，看起来事情没那么简单，谢季风对薛凯和姜扬说：“到办公室去说。”又对办公室主任张宇新说：“请刘炳南书记来我办公室。”

行长室的小会议室，谢季风和刘炳南听着薛凯汇报。

“谢行长、刘书记，昨天例行查大库，姜行长发现在10元票面的新钞中，有6万元用传票充填的假钞。”

“用传票充填的？”刘炳南问。

“是的，是在整捆的包装中发现的。”

刘炳南说：“这种作案手法很早就有过案例，现在鲜有发现。薛行长，你继续。”

“由于我们行业务量比较小，新钞用量相对也较小，因此盘点新钞都是在原来的余额上加加减减记录新钞的变化情况，根据对包装纸的陈旧状况和粘贴胶水分析，这6万元假钞应该是3至5年前发生的，当然近几年作案的可能性也是存在的。在这个期间管库人员多达17人，基本上无法确定重点排查人员。”

谢季风和刘炳南听取薛凯简要的汇报后沉默了一会儿，刘炳南定性说：“这不是金库短款那么简单了，这是盗窃！是犯罪！”

谢季风问：“这么多年就没清点过这部分新钞？”

薛凯摇摇头说：“没有。”

“查库时也没点过？”

薛凯仍然摇摇说：“没有，几年来每个月都查库，但没有一次清点过。”

“市分行每年查库也没清点？”

“没有，我们查过查库记录，每次查库记录齐全。”

“砰”的一声，谢季风一巴掌拍在桌子上，说：“这比盗窃金库更可怕，制度如同虚设不出事才怪呢！有没有报案？”

“没有，我们考虑案件形成的时间无法确定，涉及人员太广泛，所以没有向公安部门报案，而且也不打算立即向公安部门报案。”

“不打算报案？”

“是不打算立即报案，请公安部门介入不仅可能破不了案，而且会给我们飞峰行带来非常负面的影响，我们最近业务上升势头迅猛，尤其最近有许多台资企业要来洽谈业务，不能因为这6万元影响到我们行业务的开展。”

“你们想自己内部处理？那你们俩跑到我们市行来干吗？”谢季风质疑道。

薛凯诚恳地说：“谢行长、刘书记，这件事虽然出在我们飞峰行，但是不能保证其他行不会出现同样的案件，所以我们必须第一时间向市行领导汇报情况。第二我们不是放弃对此案件的追踪，6万元的短款让三位管库的先赔出来，等到案件有了结果再处理，我们安排了保卫科长赵宁同志侦缉此案，有了线索后再请公安部门介入。”

谢季风赞许地点点头说：“嗯，有大局观了，赵宁有这个能力吗？”

“赵宁是名退役的连级上尉军官，自学过刑侦学等刑事课程，有一定的专业知识。我们让他在行里内部不动声色地排查，可能比警方侦查更为有效。”

谢季风想了想把薛凯晾到一边，对姜扬说：“你们与台协共同举办台资企业培训班准备得怎么样了？”

姜扬坐直身体说：“这个星期就能走访完在飞峰的所有台商，基本上都参加这次活动，有三十家左右。”

“不错，抓住这个契机乘胜追击。”

“是，已经有几家台商有来我们行开户的意向。”

“很好，姜行长，最近辛苦了。”

“谢谢谢行长关心。”

谢季风转脸对刘炳南说：“这个把月薛行长和姜行长做了大量工作，业务有可能会有一个出乎想象的突破。”谢季风对薛凯和姜扬说：“我正式通知你们：省行吴行长昨天下午亲自打电话给我，这个星期五上午安排天盛车业集团总公司的相关人员去省分行参观、考察，市行我亲自去，你们行你们俩人去一个，马上回去后就落实，将天盛车业集团的人员名单传真到市行。星期六、星期天省分行派专家组现场测评天盛车业，顺利的话可以当场签约。”

“是，太好了。”薛凯兴奋地应道。

谢季风看看薛凯和姜扬还端坐着，佯装惊奇说：“怎么还有事吗？”

姜扬刚想询问被薛凯狠狠地拽了一下说：“没有，没有，我们立即去天盛车业去落实。”

“好，去吧。顺便说一下，我们市行明天会在辖内进行全面财务大检查包括核查金库，一切将以市分行的查库报告为依据。”

薛凯说：“知道了，谢行长、刘书记再见。”薛凯不等姜扬告别推着他就出了谢季风的办公室。

刘炳南铁青着脸冷冷地看着薛凯和姜扬出门，非常不满地对谢季风说：“就这么让他们走了？”

“是啊。”

“不再追查下去？”

“他们不是已布置了嘛。”

“鬼才相信一个退伍的军人能搞刑侦，你也不追究他们的责任？”

谢季风笑道：“别生气，我的辖内出现这种事情我能不愤怒嘛，但愤怒是没用的。你想这么多年懒到金库的现金都点不清，这还真的不是一个偶然现象，我敢肯定这种情况我们下面的支行还会大量存在，三五年过去了，谁能保证警方能够把这个耗子挖出来？”

刘炳南气稍稍消点儿，轻轻点点头。

“飞峰行近年经营困难想来是有些原因的，金库的问题是不是冰山一角？还是所有的问题终结？我们不得而知。薛凯在飞峰行的大半年时间里居然天天为头寸而烦恼，可想而知飞峰行到了一个什么样境地！从薛凯设了个局向我推荐姜扬来看，薛凯在飞峰行的工作可能不是一般的难度。”

“这个石海涛是怎么当行长的？”刘炳南若有所思。

“任用姜扬我是冒着一定风险的，并不是说姜扬同志有什么问题，使用两位没有丰富领导经验的新人搭班子是冒了点险，我就是想用新人的冲劲去冲涤一下飞峰行已经麻木的状态。姜扬上任后工作有了显著的起色，这一轮工作下来飞峰行不仅可能彻底翻身，还可能领先其他县级支行，我们的一块心病可能完全摘除掉。在这个当口出了这种恶心的事情，完全有可能让他们先前的努力付之东流，也难怪他们不愿意报案。再说这个案件追究起来与他们也没有太多关系，甚至可以说姜扬同志是立了功的。他们也可以不向市分行上报，自己掏点赔了就行了，薛凯这样处理说明他们慢慢成长了，我很高兴，悬着的一颗心也可以放下了。”

刘炳南笑道：“这两个年轻人好，有冲劲，可是就放任不管了吗？”

谢季风声带杀气说：“这样，请你亲自负责这个案子，单独与赵宁联系，时刻掌握案件侦破进度，市行保卫处喻处长是从公安部门调过来的，如有需要给予赵宁必要的帮助。下午开一个行长临时办公会，布置在辖区内进行会计账务、重要凭证、现金库存检查工作，还是请你带队，选调业务精、责任心强的同志，彻底清查各分支机构的账务、重要凭证、金库情况，坚决杜绝此类案件的发生。”

“行，我支持这个决定，我带队一个一个单位地查，不查清楚绝不罢休！哎，你说这个石行长是怎么管的？一档一档事出得是没完没了的，这下好弄出盗金库的。”刘炳南再次提到石海涛。

“石行长能力是有的，不说这，把审计处的胡处长叫过来我们研究研究检查细节。”谢季风避开这个话题。

姜扬被薛凯推着、拽着出了谢季风办公室，姜扬挣开薛凯说：“慌慌忙忙地着什么急?”

“还不快走，等着挨谢行长骂啊。”

“切，做贼心虚，老大想骂你你还能出得了那个门？笨。”

薛凯想想也是，不好意思笑笑说：“我是坐在个火山口上整天担惊受怕的，回去组织力量全面自查一次，不要再出什么么蛾子，要是再闹点什么事情出来我就死定了。”

“这样的话张主任就不用去办事处了。”

薛凯想想说：“不行，我们还是按照先前商量好的去做，谢老大放我们一马并不代表他不管这事，上次我们俩的那事就是个教训。”

“那个钱又不是用在我们身上。”姜扬仍然不服地说。

“好了，不说那事了，干脆我们回去时从天盛车业绕一下，上门去邀请、落实。”

“这样最好，礼多人不怪嘛。”

“你还回家看看吗?”

“不去了，行里还有一大堆事。”

“算是过家门而不入，我给你记下了。”

“这算什么，这个星期刚回的家。”

“那就走喽，还有许多事情我们上车再谈。”薛凯、姜扬说话间已到了车前，小毕已打开车门等候。

双桥宾馆的一幢独立的两层楼别墅，客厅宽敞而高大，摆放着大多不成套的各色中国古典家具，只有客厅的正中间摆放了一套完整的红木雕龙镶着大理石沙发，显得高档而气派。

沙发上端坐着古玩街的张老板，他的脚边放了一只鼓鼓囊囊帆布旅行包。茶几上的茶水已经喝得发白，他按捺住心中的焦虑，挺直着腰板等候洪克嘉的到来。可是，张老板的一只手出卖了他，他的一只手紧紧握住扶手，另一只手的指头下意识地敲击着茶几。

2 楼的回廊上洪克嘉俯看着 1 楼客厅中张老板，觉得让他等的时间够长了才不急不忙地下楼。

“张老板，不好意思让你久等了。”洪克嘉人未下楼梯招呼先到。

“哎呀，洪老板，总算等到您了。”张老板一脸谄笑，张老板是地道的本地人，当地人使用第二人称都是“你”来“你”去，今天张老板硬是憋出个后鼻音的“您”来。

“昨天应酬得太迟，张老板今天来有事吗?”

“洪老板忘啦，我们今天不是约好了吗?”

“是吗? 不好意思，忘了，真的忘掉了。”

“没关系、没关系，我们不是见了嘛。”

“对、对、对，正好上午我没事，有事我们慢慢聊。来，给张老板重换杯茶，再来点点心。”洪克嘉在张老板对面坐下。

“洪老板客气了，谢谢。”

“张老板，这幅画你还认识吗?”洪克嘉指着挂在中堂的一幅巨幅立轴说。

张老板这才轻松地顺着洪克嘉指的方向看去，是一幅清代“扬州八怪”之一著名画家郑板桥所画的“墨竹图”。张老板左看看、右看看，又疑疑惑惑走到立轴面前细细观察一番然后问道：“这是不是从我那里买的那一堆碎片?”

“哈哈哈哈，”洪克嘉一阵狂笑后得意地说，“这正是从你那里买的那一堆不值钱的废纸，怎么样，漂亮吧?”

“哇，太美了，洪老板有眼光，厉害、厉害。”张老板“嗵”的一声咽了口中的口水说。

“你也别羡慕，也别懊恼，我花 2 万元从你那儿买了一堆已经失去光彩的古代文化瑰宝，我花了 5 倍的价钱才恢复成这样，这是你做不到的，也不是一般人能够做到的。”

“是、是、是，洪老板的能量不是一般人能比的。”张老板又欣赏了一番准备回到座位上，他惊奇地发现立轴下的红木条案上摆放的全都是从他店铺里买来的大小古玩，那块用黄漆作假的田黄石雕格外刺眼。张老板心中一阵狂跳，他故作镇定地回到座位上，可是那件田黄石总在心中晃荡，他不时地瞄上两眼。

“张老板，有何见教?”

“不敢、不敢，今天带了一件国宝级的文物想请洪老板掌眼。”张老板从旅行包里拿出一件用红绸缎包裹得严严实实的长型物件放在茶几上，其实张老板的旅行包里还有一些铜镜、陶罐等杂物，他被条案上那堆垃圾货搞得心惊肉跳，包里的破烂货再也不敢拿出来现世。

洪克嘉不紧不慢地啜了口茶说：“张老板，我呀，最近不再收货了，那幅郑板桥的墨竹搞得我是心力憔悴，想歇歇手啦。”

“好货也不收?”张老板急切地问。

洪克嘉轻蔑一笑说：“你能有什么好货。”

“洪老板，小看我了。”张老板一脸不服气打开茶几上的绸缎包袱，一把古朴的青铜剑呈现在眼前，剑柄、剑格已没有了任何装饰布满着斑斑锈迹，剑身发出刺眼的毫光。张老板自豪地介绍说：“这是今年 3 月 17 日在飞峰县石羊乡出土的，据考证这柄剑与越王勾践所用剑是属同时代的，剑通高 56.1 厘米，比越王勾践剑高 0.4 厘米，宽 4.3 厘米，比越王勾践剑窄 0.3 厘米，柄长 9.2 厘米，比越王勾践剑长 0.6 厘米，重 925 克，比越王勾践剑重 50 克，剑上用鸟篆铭文刻了 8 个字：‘逵拓将军自用剑’，居今已有 2400 多年的历史。”

洪克嘉毫不在意地接过宝剑，上上下下打量一番说：“不就一把剑嘛，有什么大惊小怪的。”

张老板急道：“这把剑 2400 多年过去了，剑身仍然毫无锈斑、锋利无比、寒光四射，奇迹啊，这可是件国宝级的文物啊。”

“这么说，这把剑就更不值钱了。”

张老板争辩道：“怎么会？这剑不说价值连城也是价值不菲，怎么会不值钱呢？”

洪克嘉喝口茶笑道：“别急，听我说，听你这么一说好像是有点价值，可充其量不过是文物价值而已，我们讲究的是价格，而不是价值。张老板，这点道理总是懂的吧。”

“这、这……”张老板情急之下不禁有些语塞。

洪克嘉气定神闲不急不忙地说：“张老板，你查查历年的拍卖会记录，什么时候拍卖过春秋战国时代的青铜剑？古董跟货币是一个道理，要流通，不能流通就不能赚钱，谁买就砸在谁的手上，所以啊，卖不出价格来。”

张老板重新组织表述卖点：“洪老板，您是收藏大家，您当然清楚这个同时代的青铜剑曾经在国际上拍出过 300 多万美元，只要能够将这把宝剑带出国，凭这把剑的悠久历史和精湛的制作工艺，我想比那柄剑只会多不会少。”

洪克嘉淡淡一笑从容地说：“张老板所说的是一个假设，‘只要能够将这把宝剑带出国’，这个前提是这把剑要能带出国，可是这把剑明明在这里，在中国国内，时间、地点、环境决定了这把剑的命运。”

张老板心里恨得直咬牙根，心想：“我要能将这把剑弄到国外还在这里和你费劲？”张老板不是没想过其他办法，但耳朵里听到的，眼睛看到的让他清楚地知道这条路是十分艰难的，钱重要，命更要紧。张老板实在想不出来为他这把剑提高售价的言词，无奈之下只能进入主题：“洪老板，您看您能出多少钱？”

洪克嘉故作惊讶状说：“我没准备收藏这把剑啊，我不是说过，歇歇手了。”

张老板彻底打消靠这把剑暴富的想法，他也感到烂到手里的可怕，他能感觉到警方的脚步越来越近，一种恐惧由心里悄然升起，他挣扎地说："洪老板，说实话这把剑我也没想赚大钱，能赚个酒钱就让给您了。"

洪克嘉根本就没放弃对张老板心理的打击："张老板，其实我真的不想收这把剑，主要风险太大了，我又不靠古董赚钱，只是我的一个小小的爱好而已，总不能为了一个爱好去蹲你们大陆的大狱吧。你看，收了这件宝贝，只能关上门一个人躲在家里偷偷欣赏，这就没意思了吧？张老板。"

张老板彻底绝望了，失望、失落之情溢于脸上。

洪克嘉心中一笑说："张老板，我们是朋友，既然来了这个忙还是要帮的，面子还是要给的。"洪克嘉竖起 3 根手指说："行吗？"

"300 万？行、行！"张老板一阵狂喜，虽然比理想价格差了一些，但这个价格已相当不错了。

"不，张老板误会了，30 万。"

"啊！30 万。"这比张老板的收购价还低 10 万块。

洪克嘉肯定地点点头。

"不行，不行！这个价格不能卖！"张老板不假思索脱口而出。

"买卖嘛，你情我愿，张老板留着也不错，可以传给后代。"洪克嘉打着哈哈说。

"洪老板，150 万，少一分就不能卖了。"

"张老板，我们是老朋友呢，常言道，买卖不成仁义在，平时都好两口什么？中午我请客。"

"别，洪老板，再开个价，合适我就卖给您。"张老板崩溃了。

"哎，看在我们是朋友的份上就帮你一把，50 万元吧。"

"50 万元？"张老板痛苦地思索着。

"张老板，你看这幅裱装好的墨竹图能值多少钱？"

"三四十万吧，毕竟损坏太严重了。"张老板抬头看看立轴。

"这样，剑的价格不能动就 50 万，然后我再送你些值三四十万的物件，这是我最后的底线了。"洪克嘉看着墨竹图诚恳地说。

张老板听后眼睛一亮，这幅墨竹虽说损坏严重，但毕竟是郑板桥的精品之作，且修补水平之高不是一般人能够看出来的，找个雏儿卖上百十万甚至几百万都有可能，张老板一边动着心思一边装着为难说："洪老板，这把剑可是国宝级的啊，太漂亮、太神奇了，50 万我是一分钱没赚。唉，谁让我们是朋友呢，我就在您送我的物件中找回点酒钱吧。"

“张老板，不要太勉强，好东西总会有人要的，不妨再等等买家。”洪克嘉是一点情都不想领。

“不用了，就这样吧，成交！”张老板咬着牙齿说。

洪克嘉按捺着心中的狂喜说：“成交？”

“成交！”

“好。”洪克嘉拿支票本“刷、刷”写上金额，签上名说，“自己填上日期，千万别填错了，下午我就要出差。”

“是、是，谢谢。”张老板点头哈腰接过支票。

洪克嘉喊道：“阿熊！”

“到。”从门外进来一位虎背熊腰打手般模样的汉子。

“把我送给张老板的东西包好，请张老板带走。张老板，我还有事就不陪你了。”洪克嘉拿上剑起身上楼。

“洪老板，走好。”

阿熊拿起张老板的旅行包把条案上的杂件全部装进去，包括那件刷着黄漆的田黄雕件。阿熊拎给张老板说：“张老板，请吧。”

“怎么是这些？”张老板眼巴巴地看着郑板桥的墨竹图。

阿熊笑起来，笑得比哭还磅人，他说：“不对吗？这都是我们老板真金白银从你那里买来的，如果不对我们就要说道说道了。”阿熊把几张收据塞到张老板手中。

张老板哭笑不得，手中拎着一堆又回到自己手上的垃圾只好说：“对、对，可是……”

“可是什么？我们老板对你够客气了，你仔细想想吃亏吗？”

张老板叹口气说：“没有、没有。”这些垃圾出去绕了绕又回到自己手中。

“那就行了，记住行里的规距别到处乱说。”

“是、是，这我清楚。”

“请吧，张老板。”

楼上洪克嘉的办公室，洪克嘉仔细把玩着新得到的青铜剑，他用二指顺着剑身抹去，宝剑“铮”的一声发出摄人心脾的龙吟，他玩着玩着一时兴起举手一挥，身旁的一只红木花架被一劈两半。

第十九章 希望下春心骚动 高效中赢得客户

小毕开汽车走走停停渐渐驰离沿江市的闹市区，车速逐渐加快了起来，很快就到了三环的十字路口，穿过三环向西南方再行驶30多公里，就可以到达飞峰县。

“姜行长，这些日子我去网点比较多，不错，你打下的基础还是比较牢靠的。现在信贷上有你坐阵，小丁素质很高，外汇结算人员整体素质也不错，只有个别的老信贷人员不是让人太放心，会计上服务质量和服务态度比储蓄上就差得太远了。”

“是不是想动动?”

“我来到飞峰大半年一直没有打破原先的结构，主要是为了稳定。你来了，我也有了底气，是到了动一动的时点了。”

“怎么打算?”

薛凯没有立即回答，他看看窗外向后飞一般的树影，沉默了一会儿说：“你看，这些事情很有意思，我们在向前而我们看到的东西却在向后。”

姜扬笑笑说：“站在路边的人看到我们是飞速向前。”

“不进则退！宋昭军当信贷员很久了，不提一提说不过去，我打算让他去新区当副主任兼信贷员，让吴明去菰中储蓄所当主任。”薛凯说完又看着窗外，他的思想跟着急驰般汽车一样飞了起来。

姜扬松了口气说：“这样我的后院无忧了。”

薛凯笑笑说：“你的后院也是我的后院，菰中储蓄主任孙国忠顶他的位子，另一位你选挑一个吧。”

“中山路储蓄所主任叫顾群，不错的一个小伙子，我就把信贷科的内勤交给他。”

“具体分工你安排，才尽其用就行。会计上要大动一下了，柜台的5个岗位全部换掉，每次看到他们没精打采的样子就一肚子的火，让他们去储蓄所好好锻炼锻炼，学学网点的同志是怎样工作的。”

“薛行长，不行吧，全部换掉工作开展不起来。”

“他娘的，真恨不得一次到位，我考虑过了，两个出纳先换掉，然后从储蓄专柜抽两个，飞峰路分理处抽一个，一共3个人先去云阳县支行学习半个月，回来就彻底调整营业部，你看行吗？”

“当然好了，只是储蓄专柜的压力大了点，我让周科长亲自去帮助专柜的工作。”

“好，下午就开个支委会，明天就先调整第一批。姜行长啊，大本营我们搞牢靠了，业务上要多想想点子喽。”

姜扬疑惑地看看薛凯，眼睛画出个大问号。

“唉、唉，别这么看我，你一下子搞来那么多钱，不给它们找个出路是不行的。”

姜扬想想也是，钱多了也是个问题。

薛凯继续问：“你看这飞峰县有哪些好的贷款企业？”

姜扬突然想起了唐婉儿便脱口而出：“飞峰湖度假村？”

薛凯眼中一亮，说：“你也觉得行？”

姜扬脱口说出飞峰湖度假村心里一惊，怎么会第一时间想到她呢？于是解释说：“不是飞峰湖度假村能不能贷款，没有具体考察，此时下结论太早，只是她们唐总给人印象太深。”

“怎么，昨晚有艳遇？”薛凯打趣道。

“哪能呢，我叫上赵宁一道去的，只是她们出手太阔绰，喝个茶居然花了6000元，有点受宠若惊呢。”姜扬想想有些后怕，要不是赵宁这个电灯泡，保不定这个唐婉儿会做出什么出格的事。

薛凯昨晚也应秦雪莹之约，去了情调暧昧的“巴黎之夜”咖啡馆，薛凯犹豫了一阵子还是一人赴了秦雪莹的约会，昨晚虽然并没有什么暧昧举动，但秦雪莹羞答答、怯生生的娇态让人想疼、想爱，现在回想起来还如嚼甘饴。薛凯回味了一会儿说：“飞峰湖度假村是一个贷款增长点，我们不仅可以贷款，外币汇兑还有企业存款，不能放松啊。”

“我也这样想，我们不能光盯着工业生产企业和流通企业，我们信贷结构太单一，通过对飞峰湖度假村信贷实践我们尝试着对其他领域进行拓展。”

“嗯，有点意思，有想法吗？”

“没有，和你谈话长学问，是和你谈了才有些想法的，比如我们可以支持当地旅游业、高效农业的发展。”

“很好的课题，这两个产业都是一次投入长年受益，风险不见得比工业企业高。”

“薛行长，前面就是往天盛车业集团的路口，去不去？”小毕减慢车速问。

“几点了？”

小毕看看车上的时钟回答说：“10 点 11 分。”

“到天盛车业快十点半了，这时去不太合适吧？”

姜扬说：“有点，好像我们巴巴赶去吃饭似的。哎，对了，我带你们去一个地方吃饭，吃过饭再去天盛车业。小毕，目标过天盛车业 10 公里处，前进。”

“是。”小毕夸张地抖擞精神握紧方向盘。

薛凯“切”了一声说：“搞得神秘兮兮的。”便闭上眼睛养起神来。

在离 205 国道不算很远的乡村土路旁，一排 5 间白墙红瓦砌成的农舍，建在这里既离开繁忙公路的喧哗又不离交通要道。农舍边紧挨着一个水塘，几棵杨柳斜斜地指向塘心，柳枝随风摇戈着不时地在水面点出串串涟漪，水中不时有鱼跃出水面追啄柳叶。农舍依着一座不大的小山，小山生长着并不高大的马尾松，沿山边生长着一丛丛细细竹丝，非常茂密。

农舍门沿用竹子搭了个很大的凉棚，薛凯、姜扬、小毕三人在凉棚下围坐在杉木板钉成的简陋的桌子边的板凳上，喝着大麦茶、嗑着葵花子笑嘻嘻地看着身着青底白花中式服装的农妇老板四处撵鸡、捉鸡。

锅里倒上自家磨的菜籽油，锅底烧的是后山砍的松枝柴，点上火松枝烧得吱吱冒着松油，炉膛里不时传来噼噼啪啪的响声，屋里顿时弥漫着松枝的清香。主妇用大火烧、炭火焖，搁上酱油，随手施以青椒、毛豆米等配料，不经意间锅里便腾腾冒出诱人口水红烧鸡味来。主妇并没闲着，把鸡的肝啊、肫啊、肠啊什么的，洗净或切丝或切丁，去菜地揪上几把韭菜或芹菜等应时蔬菜，很快一盘炒鸡杂就上了桌。主妇又去竹架上摘一些四季豆、扁豆或丝瓜，也不见她怎么用心，随手一炒一盘青翠欲滴、鲜美可口美味又端上来，如果客人少再加上一盆长年不变的豆腐烧青菜令人百吃不厌。若是人多视情况再上个红烧花鲢头、臭鳜鱼或腌制的咸鹅、咸鸭、咸肉等，这都是自家精心腌制的，别有一番风味。

当客人们吃得正起劲的时候，另一口大锅突突地冒出香气，主妇用的是当年产的香米，在松枝燃烧下油旺旺地透着松籽的香喷喷味道。更令人称绝的是，米饭烧熟后铲出，锅里留下一层厚厚的锅底，再用细火耐心地烤上一会儿，贴锅的一面烤得金黄，而上面的那面粘着珍珠般的米粒，一面酥脆一面软糯，沾着鸡汁或鱼汤听着清脆的声响，此乃人间至尊的美味啊！也有些客人要求主妇两面都烤焦脆，主妇也不多说随手扔进灶膛里几个松球，灶膛里的火恰到好处地重燃起来，主妇笑盈盈地仔细翻烤着，不过如此吃法便落入了下品。

姜扬趁未上菜的空当介绍说："飞峰县因山得名，北面是沿江丘陵，从省城开始绵绵百公里顺江而下，直到沿江市，飞峰县据其中，其所在的山脉是沿江丘陵的精华，不仅蕴藏着丰富的矿藏资源，而且也是植物的天堂，飞峰山是沿江山脉的一部分，只因它跳出沿江山脉 3 公里外独立成山，当地人称'飞峰'，久而久之飞峰山便成了该县的地名，是著名'律宗第一名山'——'华宝寺'的所在地。飞峰山上的玉兰是世界上独有的植物，国家以'飞峰玉兰'命名，这里森木茂密、物种独特、空气清新，是国家级的森林公园。飞峰山山脉蜿蜒曲折、山势险峻、如游龙盘旋，两面是沿江丘陵，方圆几百余里，是沿江山脉的最高峰——海拔 374 米，陈毅元帅在此率领新四军抗击侵略者并建立了江北根据地……"姜扬喝口茶继续说："华宝寺有着悠久的历史和深厚的释家文化，寺院始建春秋时代的吴国，兴于始皇，盛于明洪武年间，一直延续至清朝，太平天国年间毁于战火，据史料记载在华宝寺全力保护下只留下两处建筑。"

"你的意思是在这方面做做文章?"

"是飞峰湖高尔夫度假村让我打开了思路，既然规划打通省城与沿江市的道路，以后飞峰县的旅游区位优势就被打开了。宗教旅游不同于纯风景旅游，寺院的释家文化决定了有相当一部分旅游者需要重复、反复来寺院进行宗教活动，从而形成固定、稳定的收入。"

"有道理，我们要好好研究研究，项目可行的话尽快进入。"

"关于华宝寺的美好传说很多，古迹也很多，吃过饭我们不妨上山去拜访拜访，我和寺院的主持有数面之缘。"

"今天就不上山了吧，好多事必须立即处理，等调整到位我们再专门拜山。"

"好，我们就安排个行程多带俩人，与有关部门和当地政府接洽一下，搞个专题调查和可行性研究，为我们行中、长远贷款提供个方向。"

"嗯，不错，形成文字后上报市分行。"薛凯心中一阵舒坦开心地说，"菜来了，来干一杯。"

说话间红烧鸡率先上桌，随后小炒、清炒等农家特色菜陆续上桌，薛凯和姜扬干了两杯啤酒就再也顾不上喝了，三人一时大快朵颐，风卷残云，只吃得小毕直喊："撑死了，撑死了。"不一会儿桌上只有残汤剩菜了。

薛凯去柜台问道："大嫂，多少钱?"

农妇老板拿了菜单看看说："76 元钱。"

薛凯递上一张百元钞说："菜很便宜嘛。"农妇老板边找零钱边说："大兄弟呀，自家养的鸡、鸭、鱼，田里种的是自家米、菜、油，能贵到哪里去? 只要你们多来几次照顾生意比什么都强。"农妇老板不失时机做起宣传："再过两天我们自家腌的咸肉就好了，切上一盘搁到饭锅里一蒸那叫一个香啊。”

薛凯笑道：“大嫂快别说了，再说我们的口水又要流下来了。”薛凯接着问道：“大嫂生意还好吧？”

农妇老板双手递上钱，又给他们边添茶水边道：“生意还算好，我们是沾了山里的光，从这里再往里五六里有座寺庙香火挺旺的，特别是节假日城里人都是一大家子过来，烧过香拜过佛会来我们这里吃个新鲜。”农妇老板说到这里不禁笑出声来：“特别是小孩子看到我们这里什么都新鲜，一看到鸡、鹅、鸭、猪啊、狗的，可兴奋了，撵得它们满地跑满天飞。”农妇老板顿了一下说：“不过也是，我们去了城里也觉得这里也新鲜那儿也新奇的。”

薛凯笑道：“说得也是，谁到了没去过的地方都有新鲜劲。大嫂，再见了。”薛凯和农妇老板道别后就出门上车。

“大兄弟，再来啊。”农妇老板包了一包瓜子、花生米追出门从车窗递进去说，“大兄弟，路上吃。”

“谢谢大嫂，再见。”

“再见，大兄弟。”

小毕开着汽车缓缓驰离农舍，车上薛凯感叹道：“多么朴素、善良的大嫂。”

宋昭军像得了心病，有事没事都被靠墙的一排资料柜勾着魂，那里面藏着的秘密他太清楚了，那叠被姜扬勾画的圈圈、问号等记号的圣兔公司财务资料，就像一把刻刀在他的心上一刀刀地刻着触目惊心的印记。

那排柜子本无生命，里面的材料也无生命，只因它容纳了企业的数据，而这些数据蕴含着企业的兴与衰，蕴含着企业领导者的喜与悲、工人们的辛勤与汗水，是破译企业产、供、销整个过程的密码。它默默地竖立在那里一年又一年，本与往年没有什么不同，可现在偏偏有人感觉它在注视着他，它要想和别人诉说点什么。

宋昭军心里越来越不是个味，辗转反侧坐立不安，终于他走到僻静处拔通石海涛的电话，说：“老大。”

话筒里清晰地传出石海涛响亮且平稳的声音：“小军呀，有事吗？”

美国此时已经夜深，宋昭军听到石海涛的声音心中踏实了许多，他说：“老大，最近回来吗？”

“回来干吗？有事直说。”石海涛有些不厌烦。

“姜扬把圣兔礼品的报表都翻了一遍。”

石海涛打断宋昭军的话，说：“就这点事啊，值得让我回来吗？”

“老大，这小子研究得可仔细了，在报表上杠杠画画的，还不时地画上个大问号。”

“哦，他发现什么了吗?”石海涛有点紧张。

“好像也没有，他把资料交给丁志华就不问了。”

电话里久久没有回答，宋昭军对电话“喂”了两声。

“别慌，那是老涂的经营问题和我们无关，我给老涂打过电话。不过，你还是要多盯着点。”

“我知道，我说服了丁志华将精细化工的贷款核销了。老大，你再和王行长说说，把蚕茧公司的贷款一并核销算了。”

“嗯，我有数。行里还有什么其他情况?”

宋昭军顿了一下说：“薛凯和姜扬干得挺欢的，本来薛凯一人单枪匹马的成不了气候，他把姜扬弄来一下子把局面打开了，听说有许多台资企业要来开户。”

“这样也好，只要不惹我们就行。就这样，辛苦了。”石海涛结束谈话。

“是，老大再见。”

人生在前进的道路上，不免要进行几次人性与灵魂、肉体与欲望的搏斗。薛凯一天都在期待、盼望黑夜的来临，他不能控制身体中冲出的欲望，导致晚上上演了一场拷问灵魂的丑剧。

梦巴莎卡拉 O K 厅的小包间里，一场温情的烛光晚餐。小包间额外多放了一张小桌，小桌上摆放了 6 碟精致的菜肴，今天请客的只有一个主人叫秦雪莹，被请的也只有一位客人是薛凯，两人面前的酒杯已经斟上葡萄酒，一只纤纤玉手端起酒杯娇滴滴说：“凯哥，谢谢赏光，小妹敬你一杯。”说完浅浅地喝了一口。

“秦总。”

薛凯的话刚出口就被挡了回去：“凯哥，千万别秦总、秦总的，在您这儿我永远是小妹，叫我雪莹或者叫我莹儿、莹妹都行。”

薛凯结结巴巴地叫道：“雪、雪莹。”

秦雪莹扑哧笑出声来，说：“凯哥，你真逗，我的名字有那么难叫吗?”

薛凯也笑笑说：“有点难以出口，拗口，还是叫你雪儿吧，雪儿好听。”说完薛凯端起酒杯说：“谢谢雪儿盛情，干杯。”

“干。”秦雪莹随同薛凯干掉杯中酒。

秦雪莹斟上酒神情变得有点忧伤，她看着留在玻璃杯口的淡淡的红唇印说：“凯哥，你不知道，我第一次看到你的时候都惊呆了，你太像我的初恋男友了，我的心‘嗵嗵’跳个不停。”秦雪莹说了个与唐婉儿对姜扬说的相同的故事，可能她们认为这种故事更能打动男性的心吧。秦雪莹稍停说：“我和他是青梅竹马、相亲相爱，后来因他家竭力反对，送他去了美国后便杳无音讯。为此我伤心透了，至今还没找到我的真爱。”秦雪莹说完偷偷地看了薛凯一眼。

薛凯显然是被这个简单的故事打动了，他看着略带伤感却更显楚楚动人的秦雪莹心疼地说：“雪儿，人不能向后看，一定要向前看，爱你的人和你爱的人会有的。”

秦雪莹飞了一眼薛凯说：“像凯哥这样的人不多。”

薛凯听得懂秦雪莹的意思，眼前这个尤物撩拨着他心中最痒痒的地方，可是他有爱他的和他爱的伴侣，更有两人的结晶，社会道德和法律枷锁让他不敢往那上面去想，他一时不知说什么好，只有沉默才是回答。

秦雪莹见状即收，帮助薛凯挟了些菜，说：“凯哥，今天你能来我太高兴了，小妹唱支我们家乡的歌谣送给你，叫‘为你痴情为你迷’。”秦雪莹去点歌台上操作一番，电视屏幕上出现了台湾美丽的自然风光，过后一位美丽的少女占据影屏大部，秦雪莹用闽南话唱起：

我无恨天也无怨地

只恨对你了解无彻底

将着真情甲一切

全部献给你一个

为你痴情为你迷

谁知你真情拢是假

反面无情就来切

全无代念过去的关系

啊负心郎叫我怎样未怨嗟

一生一生怨叹你一个……

薛凯一句都没听懂秦雪莹唱的闽南歌词，但对着字幕他还是弄懂了词意，这是一位少女唱给负心情郎的一首情歌，同样的歌词反复唱了3次诉说少女爱恨情愁的复杂心态。闽南歌特有的韵味从秦雪莹清脆的嗓子唱出来更是百啭千声、声声动心。第一段秦雪莹的声音还带着一丝哀怨、一丝悲叹，唱到第二段时她则将前面的愁思情肠变成俏皮、撒娇，更像是在与情郎打情骂俏，直唱得薛凯是心旌神摇。

一曲唱完秦雪莹脸上泛起嫣红，两眼带着秋波来到薛凯身边说：“凯哥，喜不喜欢？”

薛凯傻傻地说：“喜欢，喜欢！”

秦雪莹含羞一笑用眼角扫了薛凯一眼说：“喜欢就好。”

薛凯被秦雪莹的眼神扫得又是心神一荡，他稳稳心志说：“雪儿，大哥敬你一杯。”

“哎，谢谢哥。”秦雪莹回到坐位上端起杯一口干了。

薛凯将两杯子添上酒，因为心中有了异样的感觉，加上秦雪莹那句“喜不喜欢”是不是有点泛指的含义？薛凯心中波澜初起还真不知说些什么好，包间里沉静下来。

秦雪莹低着头心中暗自得意，拿下这个痴情的男人是迟早的事，秦雪莹不想让刚刚点燃的情火熄灭，于是她说：“凯哥，我们俩合唱一首歌好不好？”

“好啊，不过闽南语我可不会。”薛凯恢复常态。

“我们来首《情浓半生》好吗？”

“行，就是粤语不是很准。”

“没关系，我的粤语也不准。”秦雪莹冲着薛凯调皮一笑说：“闽南腔的粤语。”

秦雪莹在点歌台上点出歌，一曲优美的男女对唱的情歌在包间里响起，秦雪莹和薛凯一人一句地唱着：

秦雪莹唱道：“人海里偶遇跟你雨中轻擦过，回忆当天刹那像结织的你我。”

薛凯唱：“如今彼此眼里比起当天欣赏更多。”

秦雪莹转向薛凯深情地对薛凯唱：“时刻赞叹命运有你必须有我，能一起抛去世上错综的对错？”

薛凯迟疑一下连忙加快节拍跟上音乐节奏：“难得今生有你开心伤心始终伴我。”

秦雪莹含情脉脉地对薛凯唱道：“情深如海同倾出一生丰足的爱。”

薛凯应道：“情比蓝天和你永远两心一起载。”

薛凯逐渐被秦雪莹的情绪所感染，歌声中有了反应：“情浓这半生能和你相衬，能觅知心感觉最动人。”

秦雪莹继续煽情：“我这份爱是永远也真全凭你的一颗爱心。”

薛凯彻底放开了，他充满激情地唱道：“情浓这半生能和你相衬，能遇知心豁出这灵魂。”

秦雪莹轻轻拉起薛凯的手，俩人一起唱道：“也许跟你命中早经配衬，也许苍天偷偷将你心里印。”

薛凯被秦雪莹纤嫩的小手拉着，心儿就像在蜜糖里泡着，一曲唱完薛凯放下话筒，他不好意思他的手总被秦雪莹牵着，将手往回一缩，哪知秦雪莹并没有松手的意思，而是顺着薛凯的劲往他身前一旋，便与他面对面贴在一起，秦雪莹就势将薛凯的另一只手拉起来说：“凯哥，我今天太高兴了，这是我这么多年来最开心、最幸福的一次。”

薛凯几乎半拥着秦雪莹，他能够感觉到秦雪莹的身体若即若离地轻触在自己身上，挑动着他的每个感知细胞，这尤物身上的馨香直入他的心肺，这让他心辕意马，一时不知如何回答才贴切。

好在秦雪莹不等薛凯回答就有了其他要求，她说：“凯哥，我们跳一支舞好吗?”秦雪莹不等薛凯肯定与否已经依偎在他的怀里，随着浪漫的萨克斯的轻柔、舒缓的音乐慢慢摇动。

薛凯彻底放弃内心的挣扎，他无法拒绝怀中这个让他动心的尤物，他闭上眼睛随着秦雪莹的节奏轻轻摇摆，享受着这个女人给他带来的心身愉悦……

秦雪莹也在享受着这个男人，尤其他像个羞涩的大男孩一样，让秦雪莹从心里慢慢升起疼爱之情，这是她从未有过的感觉，她心里暗自打定主意：“能爱就爱，不能爱就利用，总之是不能落空的。”秦雪莹也在暗自得意，她设制这场卡拉 OK 见面真是太英明了，不像昨天在咖啡厅正襟危坐、文质彬彬地、没咸没淡地说些没滋没味的话，她美滋滋地抱紧薛凯的腰，脸蛋靠在薛凯宽厚的胸膛上。

就这样，秦雪莹和薛凯跳一会儿、唱一会儿、喝一会儿、说一会儿、笑一会儿，度过一个充满温情、暧昧的夜晚……

次日早晨，薛凯一身疲惫推开姜扬办公室的门，一屁股坐在沙发上说：“有个事跟你说一下，市行的王副行长一早就打电话来，说是宋昭军能不能不去办事处。”

姜扬问：“你怎么说。”

薛凯脸上明显流露出不满说：“我能怎么说，人家是分行的副行长，我只能表示可以。”

姜扬奇怪道：“哎，我说这个宋昭军有点怪哎，办事处副主任兼着信贷员的位置不挺好的，为什么不干啊?”

“还没完，石行长也从美国打电话给我，也是为这事。”

“啊，这阵容也忒大了吧。”

薛凯也奇道：“是啊，这个安排对他是非常好啊，他居然动用了两位分行的副行长，就为的是不干？怪不怪啊?”

丁志华敲门后推开门见薛凯坐在沙发上说话又缩回头。

姜扬向门口看看说：“管他干不干，办事处也不少他一个，我们信贷上也不多他一个。”

“你不要说，这宋昭军还真有点能耐，王行长电话里说，建议暂时不调整宋昭军的位置，是为了更好地做好飞峰行今年的不良贷款核销工作。王行长还说，市分行准备专门为我们飞峰调剂一部分指标和资金，彻底解决我们飞峰行的一些遗留的‘两呆’问题。说是宋昭军是位老同志了，飞峰行的贷款情况熟悉，他留在这个岗位上有利于工作。”

姜扬随口应道：“宋昭军如果能够在核销上做出贡献，我举双手赞成他去办事处当一把手主任。”

薛凯认真地说：“宋昭军一下子搬出两个分行的副行长，他现在想弄个科长、主任的位置坐坐我们还能拒绝？”

姜扬调侃说：“也是，他费这么大劲又不为官，一心为了飞峰行，莫非他想当劳模啊？”

薛凯叹口气说：“随他吧，不动就不动。”

姜扬问道：“信贷上其他人员还动不动？”

薛凯站起来坚决地说：“动，就让宋昭军专职负责核销工作，你再帮新区办事处物色一位信贷员，其他的人员按原计划进行。”

姜扬也站起来说：“好的。对了，我了解到一些关于飞峰高尔夫度假村老板洪克嘉的一些情况。”

薛凯向边门走去：“不急，我们找时间专门讨论这个问题。晚上别安排，蚕茧总公司请我们吃饭，叫上丁科长。”薛凯站住想想说：“把宋昭军也叫上吧，蚕茧总公司下一步工作只有核销了。”说完推门从边门去了自己的办公室。

薛凯回到自己的办公室，桌子上的专用茶杯里已泡上绿茶，薛凯试了一下水温正好，他一口气喝了半杯倚在办公椅上闭目养神。昨晚薛凯太兴奋了，回家上床后秦雪莹清纯姣美的容颜，洁白如玉、光滑似锦、柔软无骨的肉体让他想入非非、难以入眠，一直折腾到凌晨 3 点多在面前晃悠着的秦雪莹的影子才慢慢消退，薛凯晕晕沉沉睡到早上 7 点 10 分被市分行王副行长的电话吵醒，接过电话后他想再睡个回笼觉便让小毕先送姜扬上班。一通电话后薛凯再也睡不着了，人员调整已经结束，这让薛凯硬生生地收回决定，薛凯心里就像吃了个苍蝇，吐不出来又咽不下去，薛凯越想越睡不着索性起床。

薛凯坐在椅子上东想西想，最后聚焦到秦雪莹身上，她那甜甜的笑容让薛凯心里充满了快乐，愉悦的心情让薛凯一扫疲劳，他睁开眼拿起手机拨打出秦雪莹的电话。“嘟、嘟、嘟……”秦雪莹的电话响着久久没人接，薛凯耐心地等着，好一会儿才传出睡眼惺忪的声音：“喂，是凯哥吗？”

“雪儿，是我，还在睡觉。”薛凯觉得此时秦雪莹的声音特别可爱。

“是，昨晚想你想得睡不着，天快亮了我才睡。”秦雪莹声音更加娇滴滴的了。

“她居然和我一样，”薛凯一听更开心了，他激动地说，“我也没睡好，也在想你。”薛凯说完就听电话里“啵”的一声。

“凯哥，刚才我亲了你一口，收到吗？”

“收到了，收到了。”

“凯哥，你怎么没回亲我一个。”秦雪莹撒娇说。

“下，下回亲，下回。”薛凯有点结巴。

秦雪莹不依不饶说：“说定了，下次一定亲噢。凯哥，这么早有事吗？”

薛凯这才想起正事，他说：“你说你们洪董什么时候来飞峰？”

“明天，明天晚上请你们吃饭。”

“明天我要去省城金陵市，下午应该就没事了，我想在江城拜访洪董，这样礼貌点儿，可以吗？”

秦雪莹迟疑了一下说：“我想是可以的，他明天来飞峰也是为了拜会你们，你能去江城会面我们洪董，他肯定很开心，不过，我得向他报告一下，10 点钟左右和你通话。”

“行，就这样。”

“好的。”

“想你了，再见。”说完“想你了”薛凯脸上一红。

“啵”：“拜拜。”电话里又发出让薛凯惊心动魄的一声。

秦雪莹放下电话心里也有了触动，看起来薛凯是在乎她的，这个男人还不错，人长得没姜扬帅，但很有男人味，又是行长。像她这样的女人还需要什么？钱，她不缺，只要有个好男人爱着她、疼着她就行。至于人家有家庭、有孩子那都不是个事，好的话抢过来就行。秦雪莹心里想：“下一次再见的话，他想要什么就给他什么。”秦雪莹又想：“是他要还是我要呢？他不要的话我也要给他。”秦雪莹想想开心地笑了，她想着、想着又睡着了。

薛凯放下电话回味了两个“啵”，心里有个声音说：“暂且先把她从心里放下吧，行里人员大变动还不下去看看？”

他稍稍整理一下桌上的资料，离开座位，推开门走了出去。

杨福康坐在办公桌前发现薛凯的门开了，他连忙起身快步走到门前。

薛凯说：“叫小毕，你和我一道去网点。”薛凯说完便向前走去，到了姜扬办公室门口停下来对姜扬说：“我和杨主任去网点看看，今天是人事调整的第一天。”

“好，我守家。”

薛凯出去不久，丁志华带了一男两女来到姜扬办公室。

姜扬一看是台路公司夫妻俩和财务主管黄会计，便热情地迎上去：“郑总，你们好，请到会议室坐。”

丁志华将他们领入后便出去，姜扬安顿他们坐好，帮他们倒上茶说：“我们的业务人员马上就到，有什么具体的问题他们可以现场回答。”

郑志一行被引到行长室心里有些不悦，他们来并不是闲聊天的，听到姜扬如此一说脸色才好转，郑志说：“谢谢姜行长上次亲自到我们公司，这次我们来就是要确定我们能否合作，这是我们企业的所有资料。”说完将两个文件夹递给姜扬。

姜扬将文件夹放在桌上说：“我们已经通过我们省分行信息处，对贵公司的母公司进行了解，我们省分行有你们母公司台湾富友有限公司的备案资料，我们行已经收到省分行信息处关于你们母公司的资料和评介，等一下我们的业务人员会将评介情况向贵公司通报。”

郑志满意地说：“让你们费心了。”

丁志华敲门后带着杨慧慧、陶珊珊、葛清林进门坐下，姜扬介绍说：“丁志华，是信贷科副科长，主持日常工作，负责项目调查，流动资金审核；这位是葛清林，是我们的国际贸易结算员，这位杨小姐上次见过，也是国际贸易结算员兼外汇专柜前台，还有一位叫陶珊珊是专柜前台，他们构成了我们飞峰行国际外贸结算的中坚力量，现在你们有什么疑问可以向他们提问。”

郑志摇摇头说：“我们没有任何问题了，如果能够像上次姜行长所说的那样，提供全方位的支持的话，我们现在就可以从信用社撤户到贵行来。”

姜扬拿起台路公司资料递给丁志华说：“这是郑总提供的公司资料。”

丁志华从手提包中取出一沓资料说：“这是我们省分行信息处寄来的贵公司母公司——台湾富友有限公司的 3 年年报表和省分行信息处的评介报告，他们认为只要是台湾富友有限公司的业务都可以以任何一种形式贷款。”

郑志自信地对妻子笑笑，郑太大方地也还以微笑。

丁志华继续说：“关于配套资金，要请郑总等等了，大约需要一个小时的时间。”

“没问题，我们正好有些事办，1 个小时后我们再过来。”郑志客气地向各位告别。

……

1 个小时后，郑志一行又回到姜扬办公室，姜扬依旧将他们迎到行长室里的小会议室安顿好，丁志华和其他业务员已经不在会议室。

姜扬敲敲薛凯办公室边门，薛凯从边门来到小会议室，姜扬向郑志介绍说：“郑总，这是我们飞峰银行薛凯行长，他听说郑总来我们行里，特地从网点赶回来见见。”

姜扬又一一向薛凯介绍郑志妻子及其黄会计。

郑志答谢道：“薛行长客气了。”

大家重新坐定后姜扬说：“郑总，我们业务人员已经对贵公司的综合情况进行了评估，评估结果请薛行长向贵公司通报。”

薛凯说：“郑总、郑太太，我们评估结果是，我们行可以向贵公司提供1200 万人民币的设备配套贷款，以及 700 万元人民币的无担保的流动资金贷款，以上贷款都可以直接提供美元贷款，其他国际贸易结算贷款可根据业务单据进行信用证贷款或直接电汇贷款。”

姜扬补充道：“薛行长为贵公司资金支持的事情，专门请示了市分行行长，市分行领导研究了我们的综合方案，已经完全同意了我们的请求。”

郑志惊讶地问道：“这么说在我们出去的 1 个小时内，你们完成了我们公司的贷款支持问题?”

姜扬答道：“是的。”

郑志感激道：“贵行是我到飞峰县来办理业务最简洁明了、服务意识最强，也是最科学严谨的银行，我们十分感谢贵行对我们公司的支持。我们公司已经决定将所有业务转移到贵行，我们已经在贵行开设了人民币和美元临时账户，并去信用社撤掉了基本账户，这是撤户证明和 820 万元转账支票回单。”

薛凯兴奋地说：“感谢郑总信任选择我们外汇银行，我们一定会全力支持并服务好贵公司的发展，让我们在今后的合作中取得双赢。”

郑总说：“这样我们就先回去，我们黄会计留下来协助你们办理所需手续。”郑志向黄会计要过授权书签上姓名递还给黄会计。

薛凯客气道：“郑总和郑太太中午就在我们食堂吃个便餐。”

“不用了，我们公司刚起步，公司离不开人，我们来日方长。”郑志及郑太太起身告别。

薛凯一直送郑总出大门上车离去， 他也坐上自己的车去网点继续自己的工作。

姜扬则带公司的黄会计去信贷科，丁志华忙着让座、倒茶，黄会计从包里取出营业执照正本及副本原件，组织机构代码证正本原件，税务登记证正本原件，外汇营业许可证，公司法人证原件，郑志的台湾居民来往大陆通行证原件，黄会计身份证件原件。

丁志华已经准备好了一式四联的开户申请书，账户密码申请书，账户管理协议及印鉴卡片递给黄会计。

丁志华征得黄会计同意后叫来陶珊珊去办公室复印所需材料。

黄会计对这一切驾轻就熟迅速填写、盖章……

时光对每个人都是公平的，它给了每个人同样的时间。但是时光对每个人的感受来说却各有不同，有的人是数着秒过，可谓叫度日如年。有的人恨不得把时钟拖住、拉住，让时间慢点、再慢点过去，可它却像白驹过隙一样飞逝而过。

姜扬和薛凯今天就是被时间赶着跑的人，这些台商像是约好似的，一批批、一拨拨地川流在行长室和信贷科、营业部，薛凯更是不停地奔波在网点在行长室之间。

下午四点半，薛凯从网点回到行里，他推开姜扬办公室的门，看看姜扬不在从边门去了自己的办公室。

不一会儿，姜扬从营业部回到办公室，发现他与薛凯的边门全都打开，知道薛凯回来了。他从桌上拿起一份清单，端上茶杯来到薛凯办公室，见薛凯低着头写着工作日记，便将手中的清单放在他桌上，自己坐在沙发上喝茶。

薛凯听到声音没抬头用余光看到是姜扬，手中加快写字速度，将一段写完后放下笔，对姜扬稍带歉意地笑笑说：“忙完了？”

姜扬也对薛凯笑笑说：“忙完了，你也忙完了？”

薛凯伸伸腰开心地说：“忙完了，今天是我来行最开心的一天，我们行翻身了！”

姜扬也开心地说：“是有一种翻身做主人的感觉。”

薛凯拿起清单说：“这就是我们的战果？”清单上是前来开户企业的基本情况，薛凯数了数共 7 家，其中 4 家人民币基本户，配套 4 户美元账户，3 家一般账户，一家开设美元账户。

姜扬介绍说：“那个 4 个基本账户现在还是临时账户，估计要下星期能够开户成功。这 7 家一共转入企业人民币存款 5660 万元，美元账户未结汇资金 390 万元美元。今天收到这几家打包贷款申请 2460 万元，开具承兑汇票 1740 万元。据估计仅这几家会给我们行带来近亿元的人民币、700 万以上的美元存款，所需人民币贷款近亿元。”

薛凯兴奋地站了起来，他稳稳情绪拿起水瓶帮姜扬倒上水，说：“加上明天天盛车业集团的业务，我们将一举超过所有的县级支行。姜行长，今年我要给你报功，省分行的先进个人是必须的。”

姜扬谦虚地说：“我要什么先进个人，给其他人吧。”

薛凯断然地说：“你不当，没人能当。不说这了，就这么定了。”薛凯迟疑了一下说：“姜行长，看起来明天行里不能缺人啊，明天去省行我们俩只能去一个。”

姜扬想想说：“明天还是我守家，你和小丁去。”

薛凯面带难色说：“你不去说不过去呀。”

姜扬轻松地说：“去省行是工作又不是争功，我们是配角，只是陪同而已。”

薛凯想想也只能这样，说：“这样，小丁给你留下，我带小陶去，我们顶多就是跑跑腿的事。”

姜扬说：“行，就这么说，等你好消息。”

薛凯也说道：“我也等你好消息。”

两个人情绪都十分高昂。

姜扬看看时间站起来说：“我去信贷上开个会，你去说两句。”

薛凯拿起笔记本说：“操作规范试点基本成功，还有点小的细节再深化一下，下星期在全辖展开，我就不去了。”

姜扬说：“那我走了。”

薛凯嘱咐道：“晚上吃饭，我们5点30分出发，蚕茧公司来个车接我们。”

姜扬说了声“知道了”，便去了信贷科。

薛凯看着姜扬离去不知为什么心里竟泛出些醋意。

第二十章　敬畏存款震人心　一场酒宴如演戏

5点10分，信贷科里一帮人正和其他科室的几个人兴奋地聊着，只有杨慧慧在进行最后的审单，今天这个架势自飞峰行开业以来就没遇见过，这让大家一下子看到了希望。姜扬走进门，大家纷纷问好，有人自豪地问：“姜行长，像这样下去我们的奖金不会少吧！”

姜扬笑答：“当然不会少，一定让大家过个小肥年。”

大家脸上都是阳光灿烂。

姜扬说：“如果大家没有问题我们就开个会。”

其他科室的人立即离去，信贷科的人回到各自的座位上。

姜扬说：“今天我们开个短会，近来我们信贷科的人员有了较大的变化，有我们信贷科出去当主任的，也有其他科室前来增援我们信贷上的。开会前先立个规距，这个规距就是：开会时大家有想法、有看法、有不同的意见尽管说出来，我们开会不仅是布置工作，也在讨论工作，工作是大家在做，所以工作上遇到问题，不妨说出来，大家可以集思广益，我们的工作才能干得更科学、更合理、更加符合实际情况。但是，如果开会时什么都不说，开会时讨论出来的意见你不认可，也不发言，散了会以后发牢骚、阴阳怪气，甚至到处乱说，那就不行了，这种人我是绝对不会让他留在信贷科的。”

姜扬严肃地看看后继续说：“这是我们信贷科的会风，也是我姜扬的会风，大家切记。现在我们把时间给我们的新人，顾群你先说说，目前你接手的这块有什么问题吗？”

顾群知道老领导的工作作风，所以毫不犹豫地说：“我接手的信贷资料好像缺了‘两呆’贷款的部分，据说这部分资料在宋会计手中，这样我所掌握的资料不完整，不知这样安排有什么原因？”

姜扬赞许地看看顾群说：“不错，进入情况了，这部分资料没有交给你是有考虑的，宋会计现在专职负责‘两呆’贷款核销的工作，后两个月这项工作就要开展起来，等这项工作完成后就移交给你。”

顾群点点说："没问题了。"

姜扬又问："杨慧慧和仲飞有什么问题吗？"

仲飞刚到信贷科一切还摸不到头绪，所以就摇摇头。

杨慧慧忙完手中事，收拾好资料抬头看看说："在上面做资料不是很方便，是不是可以到专柜去填写？"

姜扬说："丁科长，你说呢？"

丁志华说："在信贷科做客户资料主要是为了方便你们相互间的信息交流，我们营业间是封闭的工作环境，对客户来说不是很方便，如果你能保证在让客户得到充分的便利的情况下完全可以。"

姜扬做更深一步的解释："国际贸易结算上我们配备了三位业务人员就是出于这方面考虑，方便、高效为客户办理业务，小陶主要工作在外汇专柜，你和小葛主要工作在信贷科。以后工作正常了，你和小葛就必须轮换着配合信贷员去外资企业了解情况，及时掌握我们所服务企业的产、供、销情况，将你们所学的国际贸易上的知识与我们的信贷工作结合起来，这样我们的信贷工作才能更加有的放矢，才能防范一切可能出现的风险。国际贸易的打包贷款不是一张信用证就能抵御一切风险，以韩国最为典型的国家行为的信用证风险，虽然在我们这个地区出现较少，但不代表我们可以忽视这种风险的存在。所以，今后你们俩的工作不仅是填个单子那么简单，功夫要做在题外。这项工作如何开展，如何和信贷人员协调工作，我们还要专门在一起研究。"

丁志华、杨慧慧和葛清林当然不知道姜扬有如此深的考虑，这是国际贸易结算没有过的操作方式，这个方案的提出让全体信贷人员眼前一亮，精神为之一振。

姜扬看看说："如果没有问题的话，我今天想说的第一个事情是：尊重存款、敬畏存款，我们以一颗虔诚的心来对待、珍惜存款。"

姜扬说到这里薛凯从门外进来说："姜行长这个命题精彩，'尊重存款、敬畏存款、珍惜存款。'我也来听听。"

大家连忙让座，杨慧慧和陶珊珊两人挤在一张椅子上，将座位让给薛凯。

姜扬等大家坐定说："说件我们储蓄上的小事，我们飞峰路分理处有一位老储户，一位60多岁的老婆婆，她每个月都来存50元的零存整取，她带来的钱都是零头八脑的块票、毛票，还有许多分币。一天，一位新同志面对着一堆零钱很不耐烦，便嘻笑地说，老婆婆这点钱还存什么？不如买点吃的算了。老婆婆也不恼，她说，小伙子，不当家不知柴米贵，别小看了这点钱，这可是我每天从嘴边省下的，算算已经存了有20多年啦。一开始就1元、两元，直到现在存50元，以后还会存上 100 元、200 元。我孩子上学，家里添置电器全都靠这零存整取，以后我孙子上大学也靠它了，你们银行不有句话嘛，叫‘聚沙成塔’，钱放到你们银行放心。”姜扬停了一下说：“这个小故事说明了一个道理，我们银行的基础是十多亿位像老婆婆这样的储户夯成的，没有这些储户就没有我们银行，没有这分分、角角、块块的人民币也没有我们的信贷工作。所以，我们每当放出一笔贷款时就要想想那个老婆婆，她的钱放在我们银行能放心吗？”

信贷科沉默着，大家都在思考着。

姜扬等了一会儿继续说：“第二件事情是给大家变个魔术。”说着从口袋里掏出一副扑克，“我从扑克里取出 6 张牌，你们各自记住是什么牌，我数一、二、三后就把你们记住的牌变没了，大家清楚吗？”

“清楚了。”

姜扬将手中的牌摆成两横三列后说：“大家在心里记好了吗？”

“记好了。”大家纷纷说，陶珊珊叫得最响。

姜扬将牌收起来摞在一起，用手捂了捂后说：“我得吹口仙气。”姜扬用力在牌上吹了两口气，然后按刚才的排法一张张摆放出 5 张说：“少的这张就是你们记住的那张牌。”

“哎，真的没有了。”陶珊珊首先嚷嚷起来，其他人的脸上也先后露出诧异的神情。

薛凯想了想，“哈哈”一笑。

宋昭军则眼睛不停地滴溜溜乱转。

姜扬收起桌上的 5 张牌，又摆放了 6 张牌说：“你们第一次看到的 6 张在这里，我刚才放的 6 张牌全部换掉了。”

“难怪呢，我们这么多人记住的不是同一张牌，怎么会少的是同一张？”这时大家才反应过来。

姜扬等议论结束说：“其实这是一个心理测试的小游戏，考的不是记忆力，而是观察力，大家都觉得自己记住的那张牌少了，而没注意到这 5 张牌已经全部给换掉了。这说明人一般都注重关心自己所看到、所听到、所想到的事物，对其他事物就不太注意。我们信贷工作是一个综合性的工作，你看到的报表、你听到的汇报未必是你想象的真实，你的工作必须贯彻到企业生产的全过程。如何做到这点？你就必须下到车间、仓库，和工人师傅们交朋友，他们最了解实际情况。这还不够，我们还得注意国际经济动向，要注意国家产业政策、发展方向、支持重点和限制对象、淘汰趋势等综合因素，用广泛联系的眼光看待问题，只有这样我们的信贷工作才能立于不败之地。”姜扬稍加停顿说：“我的话结束了，薛行长有什么指示？”

听到姜扬一番话大家又陷入沉思状态，大家在想如果按姜扬的方法去工作，我们飞峰行能像现在这样吗？

宋昭军听后脊背一阵阵发凉，他已不止一次感受到来自这个副行长的威胁，他只盼着赶快将那些乌七八糟的烂账核销掉，他好逃脱这个令他恐惧之地。

薛凯感叹道：“没有指示，我只是旁听。姜行长一番话令人感触啊，三句话概括：一个工作作风，一个经营意识，一个方法论。会后大家好好思考一下，事情想通了，这个信贷员我看也合格了。”

姜扬问：“大家还有事情吗？”

姜扬看看说：“散会。”

薛凯在门口等着姜扬一道出去，薛凯说：“这么精彩的演讲，怎么没在行务会上说？”

姜扬笑笑说：“你忘记了？上次不是打断了我的发言。”

薛凯一想自嘲地笑道：“忘了，还真忘了。别说，提起他们现在还生气。今天这个小板子敲得好，信贷这个队伍必须要过硬，飞峰行的历史不容重演！”

姜扬坚定地说：“我们对问题贷款零容忍！”

薛凯拍拍姜扬说：“今天高兴，收拾收拾赴宴去。”

饭店是姜扬去过的那个环境优美，荷花飘香的“西沙湾”，时近10月，荷花已经凋谢，但满院仍然是荷的清香。

仍然是那个建在河中的那间最好的包间，不过花缸里的那对睡莲换成了一排已开放和即将盛开的菊花。

酒桌的主位上坐着飞峰县蚕茧总公司总经理王春生，苟主任坐在副主人位子上，薛凯和姜扬分别坐在主宾、副主宾的位子上，蚕茧总公司副总经焦娇紧挨薛凯坐着，姜扬的旁边坐着一位美艳的少妇，经介绍是飞峰县文化馆美女主持人崔萍，两边顺下来坐着丁志华和宋昭军，一共8个人坐得是宽宽松松。

在宾主一番客套时，酒菜上桌了，菜依旧是“西沙湾”的拿手当家菜，满满当当摆了一大桌。酒则是华贵的“中国梦酒”，当酒拿上桌时薛凯连忙制止，可是为时已晚，两瓶酒两个美女一人一瓶贴身服务，但凡是个正人君子是无法阻挡的。

王春生得意地看着薛凯一干人的酒杯倒满，他满脸堆着笑容说：“薛行长是尊贵的客人，我们以最好的美酒、飞峰县最美丽的女子相待，足以显得我们是非常心诚了吧。”

薛凯指了指桌上说：“这菜太丰盛，这酒更奢侈了，我们哪能吃得进、喝得下呀。”

姜扬端起酒杯喝了一口，说：“好酒，不愧是酒中之王。薛行长，喝吧，不是有句话叫，酒肉穿肠过，佛主心中留嘛。”

薛凯也“哈哈”一笑，说：“酒肉穿肠过，没错，倒是我太拘泥形式了，王总那就开始吧。”

薛凯的矜持，姜扬的圆场让王春生的开场白简单了，他站起来端上酒说：“薛行长、姜行长，你们都是爽快人、明白人，我多话不说了，我、焦总、苟主任干了这杯酒，以前有什么不快就让它过去了。”说完，王春生一口将杯中约有二两五的烈酒一干而尽，焦娇和苟主任也站起来干尽杯中酒，喝完杯中酒三人都站着、等着。

薛凯浅浅地喝了一口说：“我可没有王总的酒量，见笑了。”

姜扬嘻笑着说：“我可是刚刚喝过了，不能喝两次吧?”

丁志华稳稳坐在位子上，没有一点端酒杯的意思。

宋昭军一句话没说，端起酒杯喝了半杯。

姜扬身边的崔萍一见也站起来带着点京腔味说：“姜行长，小妹敬你一杯。”

姜扬也站起来夸张地说：“哇塞，崔小姐不仅人长得美，没想到声音也这么美，这酒要喝。”姜扬接着又笑嘻嘻地说：“崔小姐，这中国梦酒清香口爽，个性独特，是酒中王者，要一小口、一小口地品，否则，不仅糟蹋了这酒，也糟蹋了喝酒之人。”

姜扬话里夹棍，崔萍哪里能听得出来，听不出来也就算了，她还卖弄自己知识，她嗲声嗲气地说：“姜行长，是不是就像《红楼梦》里所说的那样：一杯为品，二杯解渴，三杯牛饮!”

姜扬忍着笑说：“正是、正是，崔小姐高见。”

崔萍摆出个优雅的造型与姜扬碰了碰杯说：“姜行长，我们就品一个。”

丁志华见缝插针端杯说：“崔小姐，我也品一个。”

不论王春生尴尬也好，焦娇气恼也罢，这杯酒经崔萍一搅和多多少少是喝了，大家重新坐下后气氛缓解了许多。

薛凯神色自如与众人有说有笑，杯来盏去。

丁志华则不愿意同流合污，只与行里的人喝上一点，显然他记着蚕茧总公司的仇。

宋昭军不温不火地，该喝则喝，不喝时且听别人高论。

姜扬似乎找到了知音，他撇开众人与崔萍相谈甚欢，不时地端起酒杯潇洒地与崔萍微微一碰抿上一小口，俨然是个翩翩君子。

崔萍今天是最开心的一个，好酒好菜不说，身边坐着既帅且有风度，更是国粹京剧的粉丝。崔萍一年零三个月在飞峰县京剧团的艺术生涯，让她一直以京剧行家自居，京剧院解散后崔萍付出了肉体的代价，幸运地分流到县文化馆，当了名可有可无的主持人。怎奈何现在喜爱京剧的人越来越少，知音难觅。面对姜扬的提问崔萍是津津乐道，生旦净末丑、唱念做打这些姜扬是听过、见过的，还能应付两句，到了最后崔萍说起西皮、二黄，一眼板、三眼板就不是姜扬能够理解的了。不过这一点都不妨碍崔萍对姜扬这个超级京剧粉丝的认定，崔萍说到兴起还不时地来上两段，用手比画出几个动作，当真是做到手到、心到、眼神到。本来姜扬只是借崔萍躲开酒桌上的不适，听着听着当真也听出点味道。姜扬心有感叹："在这个知识的世界里，任何人都不能小瞧了，说不定就遇见一个什么领域的高手。"

崔萍越说越投入，说得正兴奋的时候手机短信提示音响了。崔萍颇有风度地向姜扬示意，打开手机短信看是焦娇发来的："别再说话了！"崔萍满脸疑惑地向焦娇看看闭上了嘴，但心里强烈不服：是你说要把客人陪好，你看不到啊，这姜行长多开心。

焦娇对姜扬越来越不满，自从开席以来他是一杯酒没和其他人喝，倒是和这个小骚货眉来眼去、相谈甚欢，左一口右一口喝得来劲得很。这个小骚货也不知趣，还越来越来劲，你以为是谁啊？焦娇心道："他是没把我们放在眼里，我也要刺闹、刺闹你。"

焦娇想定后端起酒说："姜行长，刚才我们王总说得是不是好，如果好的话你得喝一杯，如果王总说得不好，你要说出道道来，说得不对你还要喝一杯，怎么样？"

姜扬想了想说："我不说就可以不喝了吧？"

众人一听都笑了起来。

焦娇恨恨地想"狡猾"，她媚媚地对姜扬一笑说："那就喝掉小妹手中这杯酒。"

姜扬奇道："这又是什么道理？"

焦娇又是一笑说："小妹的创意好啊，你给小妹点奖励？"

姜扬挠挠头，碰到难缠的了，姜扬问："你是说刚才王总说的要把喜马拉雅山炸了？"

焦娇又好气又好笑说："不是要把喜马拉雅山全炸了，是炸一个宽几十公里的大缺口，让印度洋的湿热空气进入青藏高原，可以将青藏高原、新疆和黄土高原变成江南水乡般的鱼米之乡。姜行长，你说这个创意好不好？”

姜扬心中暗笑，这个所谓的创意是一位商人说的豪言壮语，也就一笑谈，现在还拿这事来说，实在是可笑之极。不过，不回答是不行的，焦娇手中的那杯二两五的酒是实在的，再说，真的要喝那杯沾满她手上的香气和她留在酒上血红色的唇印的酒也太不雅了。于是，姜扬夸张地说：“王总您啊，千万、千万要手下留情，那喜马拉雅山炸不得，您这一炸可就毁了。”

王春生得意地说：“怎么可能，我这是造福人类。”

其实喜马拉雅山脉有110多座高达7350米以上的山峰，人类根本就无法改变这里的地形地貌。

姜扬当然知道这个道理，不过他想再让这个狂妄者膨胀点，他表情紧张地说：“王总你想，这湿热空气到达青藏高原后不仅带来充足的降水，而且把青藏高原的雪山、冰川全都溶化掉，长江流域、黄河流域洪水泛滥，两河流域的中下游地区一片汪洋。黄土高原本来植被就不好，被雨水冲刷的是千沟万壑，印度洋的水再一来，完了，这黄土高原还不成了稀烂泥汤。完了，我们就完了。”姜扬说完又诚恳地说：“王总，你什么时候要炸喜马拉雅山得提前告诉我，我要把家搬到西藏去。”

姜扬话说到这里大家都明白他是在调笑了，只是大家都忍住笑。王春生脸上是红一阵白一阵，焦娇只恨得银牙直咬，可偏偏找不出他的一丝毛病，焦娇恨恨地将手中的酒喝了一口。只有崔萍睁着一双无辜的大眼睛东看看、西瞧瞧，心道这是怎么了？

姜扬并没有就此罢休，他又说：“哎，妹妹怎么一人喝上了，有言道美酒、佳人，是人间快事，来，哥哥陪你喝一口。”姜扬也端杯喝了一口。

王春生心中有事，不愿与姜扬正面交锋，他大度地说：“姜行长，吃鱼，这是我刚刚钓上来的。”王春生说完这话就算了吧，可他偏偏又说：“这钓鱼最能陶冶情操，这竿、浮、水、鱼得到统一，天人合一，人的情操就得到升华。”

丁志华一听就想说些什么，姜扬抬手制止了他。

姜扬冷眼看看这个贪婪者的嘴脸，他从容地说：“钓鱼是目的性最强的活动，钓鱼就是以鱼上钩为唯一目的，以钓上来的鱼多、鱼大者为胜。”

王春生表情得意，自豪地说：“那是当然啰。”

姜扬又冷冷看着王春生说：“钓鱼又是逐利性最强的活动，人们研究、制造各种钓鱼器具、饵料，欺骗无知的鱼类上钩。有人说，我钓鱼不是为了吃鱼。请问，你花了钱财、花费时光、花费精力钓鱼，不为吃是为了什么？”

王春生想辩论，姜扬已帮他假设了提问：“有人说，是为了兴趣，其实都是一种托辞、一个借口。钓鱼者不为吃鱼，那是贪欲的表现，鱼吃够了还要占有。钓上来的鱼咋办？送人啊，钓鱼者在炫耀中，一颗虚伪心得到了极大的满足。更有人说，我是磨炼性子，陶冶情操。请问，在欺骗、贪婪、虚荣下能有道德高尚的情怀吗？”

王春生气得脸色青一阵紫一阵，丁志华开心地端起酒杯喝上一口，薛凯不动声色。

焦娇心中那个气啊，她一双眼睛扫来扫去，这个面子一定要扳回来，她眼睛落到了崔萍身上，心中一乐说：“姜行长才思过人，小妹出个谜语请姜行长解一解，如何？”

姜扬不愿再与她纠缠，说：“我能不能不猜？”

焦娇爽快说：“可以，请姜行长喝了我手中酒。”

姜扬无奈说：“我万一猜错了，我喝自己的酒行吗？”

焦娇向姜扬抛一媚眼说：“行，小妹的酒没毒，不过姜行长不愿喝，我总不能强迫吧。”

姜扬松了口气，心想，凭她能出什么难的谜语。

焦娇一谜出口，姜扬一脸窘迫，她是这么说的：“姜行长你看看你身边的崔萍妹妹身材多好，多性感。她呀，一屁股坐在青石板上，打一成语。”

姜扬连忙把眼光从崔萍身上收回，一时无语。

焦娇得意地看着姜扬等着他的答案，崔萍低着头“吃，吃”偷笑着，眼角不时地向姜扬瞟上两眼。

姜扬端起酒杯喝了一大口说：“我猜不出来，我认罚。”其实，姜扬哪能不知道谜底？不就“因小失大”嘛，“因”与“阴”同音，焦娇说的是女人的屁股，又落实在崔萍身上，这让姜扬如何说出口？

焦娇又说：“还是崔萍。”

姜扬连忙说：“打住，打住。”

……

姜扬的窘样让身旁的崔萍笑得是花枝乱颤。

姜扬双手举起说：“我认输，我投降，我把这杯酒干了，不猜谜了。”说完一口干了杯中酒。

宋昭军在一旁对王春生眨眨眼睛，王春生心领神会也端起杯说：“姜行长豪爽，我陪姜行长喝这一杯。”王春生对焦娇说：“你啊，动不动就崔萍的屁股、屁股的，你怎么不说你的屁股？不猜谜了，听着累。”

焦娇好孬出了口气，被王春生一搅和心有不甘：“我的屁股就我的屁股，姜行长有没有兴趣猜一猜我的屁股。”

姜扬哭笑不得说：“不好意思，我对各位屁股均无研究，能不能不研究屁股了？”

焦娇“咯咯”笑得花枝乱颤，她笑够了才说：“行，我们就不研究崔萍的屁股了。姜行长，最后一个问题，放心，绝对与崔萍和我的屁股无关。”

姜扬无奈说：“行，说吧。”

阁外一声音传来：“怎么一桌好好的美酒佳肴和屁股扯不开了？”

“清荷姐。”

“清荷姐。”

焦娇和崔萍一齐站起来喊道。

姜扬一看认识，是酒店老板，也微笑着点头示意。

王春生嘻嘻哈哈地说：“是老板娘来了，快请坐。”

清荷一嗔道：“去，我才不是谁的娘，听说我的知音来了，特地过来敬两杯。”

清荷关照服务员在姜扬旁边加上座，清荷坐下说：“这位姜行长是个才子，是我的知音，姜行长我们喝一个。”

王春生忙说：“等等，这是什么说法？”

清荷轻蔑一笑说：“王总，你看这墙上挂的字是谁写的？”

王春生说：“这我知道，是清荷老板所书。”

清荷又问：“你知道是什么字体？有何特点？”

王春生挠挠头讪笑道：“我哪有这个本事。”

清荷又是轻蔑一笑说：“不就得了，姜行长一言中的，王总你是没那本事。”

王春生嘻嘻一笑说道：“想不到姜行长有这才气。”

大家纷纷应和道：“这酒是要好好喝上两杯。”

姜扬本来是不屑以一帮蚕茧公司人为伍，所以借口与崔萍谈论京剧以避开与他们过多的接触。那知经这么一闹反成了桌上的重点，这让姜扬始料未及，躲是躲不过了，他只好说：“清荷老板，我帮你介绍一下，这位是我们行的老大，薛行长。”

清荷哪能不知主宾上坐着的肯定比姜扬官大，只是她没将任何人放在眼里，她有能力做她自己愿意做的事。但是，既然姜扬郑重介绍，她丝毫不予怠慢，她一口喝去一半说：“薛行长，请了。”

薛凯又岂是糊涂之人，看到清荷的气度和众人对她的态度，当然不会大意。薛凯对清荷致以微笑也喝去半杯。

清荷深深地注视了一下说："薛行长也是个豪爽之人。"

姜扬继续介绍丁志华和宋昭军，清荷将杯分为两次喝完，丁志华喝了三分之一表示同等，宋昭军则向清荷笑笑，将剩下的大半杯酒一干而尽。

服务员随即帮助清荷倒上，姜扬在一旁关心道："少倒点，多吃点菜。"

傅清荷："谢谢。"

清荷轻轻地问崔萍："刚才你们说了什么好笑的?"

崔萍轻声地将焦娇给姜扬出了两谜语及姜扬的窘样说给清荷，两人边说边笑乐不可支。

王春生趁机将傅清荷的过去轻声说给薛凯和姜扬听："清荷老板丈夫原来是现任沿江市政法委书记杨卫国的秘书，傅清荷是金陵大学高才生，在沿江市政府政策研究室工作。他们夫妻俩都是他的救命恩人，她丈夫为救杨书记牺牲了。她丈夫牺牲后傅清荷不愿留在沿江市工作，便回到飞峰县老家开了这家'西沙湾'。而傅清荷一直独来独往，算一算已经有 3 年多了。"

薛凯和姜扬听后都唏嘘不已，心中不由升起对傅清荷敬重之意。

傅清荷笑够了才安静下来，姜扬主动举起酒杯说："我敬敬我们飞峰的才女。"

傅清荷也不谦虚，她自信地说："我这俩字还算能拿得出手，哪天我这店开不下去了，我就浪迹天涯卖字维生。"

崔萍在一旁插嘴说："我们清荷老板可是省书法协会的会员噢。"

姜扬说："那更要敬敬我们美女书法家了。"

薛凯也端起酒杯说："我和姜行长一道敬敬我们美女书法家，日后还要向美女书法家讨张墨宝。"

傅清荷玩笑道："可以啊，只要有一顿饭就把我收买了。"

薛凯紧接着说："不要说一顿饭，十顿饭都值。我们最近要请台湾协会以及一些台湾企业，我们到时还要麻烦清荷老板。"

傅清荷淡淡一笑说："我们开餐馆的，来者都是客，不存在麻烦，更何况薛行长是贵客，请的又是贵宾，清荷这里谢谢了。"

薛凯道："一言为定，姜行长，回去请你跟杨主任说一下，以后我们行的招待全部定点在'西沙湾'。"薛凯转脸又卖了个人情给姜扬。

傅清荷暗暗赞了声"厉害"，薛行长这机会、时机拿捏得恰到好处，既来照顾她的生意，又不露一丝痕迹。而这个姜扬看起来文质彬彬的一身书生气，要论起心机，他绝非薛凯的对手。薛凯可利用不可相交，姜扬可相交而不能去利用他，傅清荷心中评价后对服务员说："小莲，去我办公室，桌上有一幅我刚书写的王昌龄的《采莲曲．其二》包好送给薛行长，把墙上挂的这幅《爱莲者说》摘下来包好送给姜行长。”

《采莲曲》与《爱莲者说》有着截然不同的意境，采莲曲唱道：“荷叶罗裙一色裁，芙蓉向脸两边开。乱入池中看不见，闻歌始觉有人来。”描写了江南采莲少女的劳动生活和青春的欢乐，表现了采莲女子天真烂漫、朝气蓬勃的性格，将一幅江南水乡美丽的画卷展现在人们面前。而傅清荷则以《爱莲者说》表明自己心迹：“予独爱莲之出淤泥而不染，濯清涟而不妖，中通外直，不蔓不枝，香远益清，亭亭净植，可远观而不可亵玩焉。”其思想性与前者不可同日而喻。傅清荷以这两幅分别赠予薛凯和姜扬，心中孰轻孰重彰显无疑。

薛凯目的达到了，对于傅清荷送他哪幅字并不在意，他客气地说：“谢谢清荷老板送这么贵重的礼物，薛凯发财了，敬清荷老板一杯。”薛凯说是喝一杯，只是深喝了一口，说笑间两杯半已经下肚了，再这样喝下去非醉不可，得悠着点了。

傅清荷淡淡一笑说：“薛行长客气了，小女不才，拙作只是聊以自娱而已，今蒙行长看得起，小女已倍感荣耀，贵重自是谈不上了，如果要靠小女拙字发点小财，怕是要过上三五十年也说不准。小女不胜酒力，只能少喝一点，请薛行长不要在意。”傅清荷说完浅浅地喝了一口。

薛凯根本不在乎傅清荷喝多少酒，人情、面子都有了这才是关键，薛凯也回一笑说：“清荷老板谦虚了。”

话都让薛凯说完了，姜扬也不知说什么好，那些世俗的客套姜扬不屑说，估计傅清荷也不屑听，姜扬只是端起喝了一口说：“敬你。”

傅清荷高兴地喝了一口说：“谢谢。”

经过一阵客套、暄谈后桌上归于平静，焦娇当然也无法再向姜扬发难，大家都知道傅清荷是专门来找姜扬喝酒的，自是不会多多打扰了。这时，民间组织部部长是最能发挥其才能的时候，王春生既津津有味又神神叨叨地说起飞峰官场的人事变动和官场艳事，一时间成为了酒桌上的中心。薛凯当然是最开心的一个，今天业务大增，明天更上一层楼，晚上这顿饭既目的达到又获得意外收获，也就饶有兴趣地听王春生乱侃飞峰趣事。

傅清荷与姜扬这时才有谈话的机会，傅清荷客气地说道：“看起来姜行长在书法上的造诣颇深，小妹书房里有笔、有砚、有纸，要不要去挥毫一书？”

姜扬为难地说：“不好意思，我不会。”

傅清荷惊诧道：“不会吧，凭你对书法的认识，会不会书写？”

姜扬既不好意思又诚恳地说：“我真的一点都不会，我除了做做账、查查账还行，如果清荷老板缺个账房先生我定能胜任，其他的实在没什么能力。”

傅清荷斜过头看看姜扬说：“这倒怪了，一般喜欢书法之人好孬都会来上两笔，你对书法这么有研究居然一点都不会。”

姜扬笑笑说：“我不会不代表我不去喜欢、不去欣赏，审美存在每个人的心里，有的人是自觉的，有的人是不自觉的。我只是偶识省著名美术评论家张学诚先生，在他那里学了一鳞半爪而已。”

傅清荷表情露出向往的神情说：“这里面一定有好多动人的故事，有空说给我听。”

“行，有机会说说。”

傅清荷对服务员说：“我的那幅送薛行长的字拿来没有？”

服务员说：“拿来了。”

“把它打开，请姜行长雅正。”

服务员将条幅打开，一幅娟美的行草展现出来。众人停下手中的筷子，止住说话，屏住呼吸静候姜扬的评价。

姜扬注视片刻，反复思忖说：“清荷老板，可喜可贺，这幅字与《爱莲者说》已经有了质的突破，既继承了卫夫人清秀平和，娴雅婉丽，又皆王羲之之笔意，隐约有了飘若游云、矫若惊龙之态，依稀看得到正在逐步形成自己的风格，很难想象是一位刚出30的年青貌美女子所书。”姜扬迟疑了一下欲言又止。

傅清荷一双真诚的眼睛看着姜扬。

姜扬继续说：“假以时日滨江省就要出一位出众的女书法家了，让人大跌眼镜的是，她居然是一位整天抓金扒银的酒店老板。”姜扬话中有话，既有赞美又有惋惜还带了点讽刺。

傅清荷脸上一红，想想说：“姜行长，问个问题，是关于我的。”

姜扬点点头认真地看着她。

傅清荷说：“你是怎么看我这个人和怎样看待我现在生活状态？”

姜扬一听觉得责任重大，大脑紧张地思索着。大家也听到她的问话，也思考自己如何看待这问题。姜扬喝了一口酒说：“清荷，出泥荡漾清水之间，在这浮华中找寻内心的宁静，在宁静中寻求真正的自我，一颗不时在萌动的心说明你还年轻；享受寂寞是人的高贵品质，在寂寞中享受寂寞，说明你是个极品女人。极静思动、极动思静，发现、开拓是人的生活本能，这酒店你不会开得太久，至少你不应该亲自打理这酒店。你生命的意义不在于往客人肚里塞多少美酒佳肴，而是该给人们煲一锅心灵鸡汤，把美传递给人们。”

傅清荷说：“这酒店让我赚了很多钱，假如我一直将酒店开下去呢？”

姜扬一笑说：“以上推断全部错误。”

傅清荷端酒感激地敬道：“你先给我煲了心灵鸡汤，谢谢。”她又说：“不知怎么的，我一直欢乐不起来。”

姜扬说：“有的人数钱是一种快乐，有的人成功是一种快乐，如果两者能够统一当然最完美，可又有几人能做到呢？与往事干杯，给自己一颗快乐的心，你的要求就满足了。”

傅清荷站起来将杯中酒干完说：“朋友之间不言谢，各位慢喝，清荷告辞。”

傅清荷出门，薛凯的手机响起，薛凯听了一下走到一边向姜扬招招手。

姜扬走过去薛凯说：“市分行刘书记带队来行里查金库，赵主任赶去了。问题是刘书记没有通知我们，我们是不是也要去？”

姜扬想想说：“他没有通知我们，说明他不需要我们在场。不过，这酒是不能再喝了，我们回宿舍等消息。”

薛凯同意道：“就这样，再喝下去也太不像话了，回宿舍吧。”

宾主相互间想要达到目的都达到了，没有什么目的的却另有所获，可谓是皆大欢喜，既然行里有事也就各自道别，结束了这场算是完美的酒局。

第二十一章　云集省行结硕果　姜扬胆大荐行长

上午八点半，薛凯精神抖擞地带领曾念祖及两名董事会成员和周敏沁、王能达和万耀华、宁芸一行连驾驶员在内共 12 人，分四辆车从飞峰县前往中国外汇银行滨江省分行参观、考察。

谢季风带着张宇新也乘车从沿江市行驰在去省分行所在地江城市的路上。

姜扬在办公室拿出“两呆贷款”资料认真翻阅着，时间在不知不觉中流逝，他手机短信的提示音打破了宁静，姜扬打开看看，是宁芸发来简短的信息：“台协会王能达会长一同前往。”

王能达在飞峰县是神龙见首不见尾的人物，姜扬只是在台协会议的主席台上远远看见过，他旗下之一的远东润峰水泥总公司是一家超大型企业，年产值 50 多亿元，其生产的特种水泥为我国填补了特种工程水泥的空白，是我国现代化基础建设不可或缺的建设原材料。远东润峰公司所涉及到包括国际贸易，本外币结算、贷款，财产及货运保险等金融业务均在上海的汇丰银行办理。沿江市各大银行省、分行、保险公司或一把手行长，或分管业务行长都以不同形式进行过接触、拜访，但都是空手而归。

姜扬立即拨通薛凯的电话：“薛行长，到哪里呢？”

薛凯：“出飞峰城了。”

姜扬说：“王能达在车上。”

薛凯不太清楚王能达是谁，他问：“他是谁？”

姜扬没有回答，继续问：“万总没有介绍吗？”

“没有。”

“他是台协主席，是远东润峰水泥总公司的董事长，万总没介绍说明他不愿声张。”

薛凯：“听说过这人，牛得很。”

“是，该公司的金融业务全都在上海的汇丰银行办理，多家银行上门做工作，可是油盐不进，他能去我们省分行，说明他有了松动的迹象。薛行长，这个机会要把握住啊。”

薛凯说：“知道了，我马上向谢行长汇报。”

薛凯挂上姜扬的电话立即拨通谢季风的电话。

沿江市距离省城金陵市要比飞峰县去金陵市远40多公里，谢季风早上七点半就从沿江市出发，此刻谢季风倚在后排的座椅上补觉。

张宇新坐在副驾驶座上也在假寐，突然手上谢季风的手机振动起来，张宇新看是薛凯来电，便接通轻声说：“薛行长吗？我是张宇新，有事吗？”

薛凯说：“有事。”

张宇新掉头看看后对薛凯说：“老板刚睡着，等10分钟再打行吗？”

“好的，等谢行长醒了打电话给我。”

张宇新准备挂上电话，谢季风的声音在后面响了：“是谁的电话？”

张宇新回答说：“是飞峰行薛行长的电话。”张宇新对电话说：“薛行长，你等等。”

“有什么事？”谢季风问。

“我没问，说是等您醒了给他回话。”

“把电话给我。”

谢季风接过电话说：“薛行长吗，有什么事？”

“刚刚姜扬打电话来说，王能达一同来省行。”

“王能达是谁？这样你把姜扬的电话给我，我直接问他。”谢季风虽然不知道王能达是谁，但薛凯专门打电话来汇报定是不同寻常之人。

张宇新插话说：“谢行长，我有姜行长的电话。”

谢季风挂上薛凯的电话，接过张宇新的电话，电话里已传出姜扬的声音：“张主任您好。”

谢季风亲切地说：“是我们小姜行长吗？”

姜扬：“谢行长，您好。”

谢季风“哈哈”一笑说：“我们的小姜行长干得不错啊，王能达是什么情况？”

“谢行长，王能达可是个人物，他创办了许多大型企业，飞峰县的远东润峰水泥总公司就是他旗下的企业，年产值50亿以上。他是沿江市台协会会长，据说是省里重点倾斜的对象。该公司的金融业务全部在上海汇丰银行办理，这次一同来我们省行不知有什么深意，我觉得这是一次机会，所以打电话给薛行长汇报了此事。”

“嗯，很好，非常敏锐，看起来我们对天盛车业集团总公司量身定制的方案对他有了吸引力，这是个机会，至少可以扩大我们在台商间的影响。小姜行长啊，你有什么想法？”

姜扬道：“他这次随车前往，没有事先通知，也没介绍给薛行长，说明他在观察，在考量，我们没有必要捅破这层纸，只要做好我们该做的就行了。台商比较现实也非常敢做敢当，只要有利于他们企业发展的，他们就一定会去做，相对来说人情讲得就少了一点。”

谢季风点点说：“分析得不错，好像那个万总挺对你讲人情的。”

“主要是有利于他，当然只要功夫深一切皆有可能，人心都是肉长的嘛。”

谢季风心中一暖说：“‘润物细无声’呢，很好，我们就用这个方法接待王能达。”谢季风挂上电话递给张宇新说：“这个姜扬很有点想法，再磨炼一段时间堪当大用。”

谢季风打开自己的手机找出省分行吴副行长的电话拨了出去……

两路汽车在去省分行的路上飞奔，一小时十分钟在江城市水庆门外与市分行车会合。市分行车领头，小毕开的车转为押尾，一行五辆车向坐落在江城市金融中心中山东路的中国外汇银行滨江省分行驰去。

中国外汇银行滨江省分行在中山东路与中山南路的交会处，是原来滨江省丝绸进出口总公司所在地，占地 7000 平方，两幢一高一低带有中国元素的欧式建筑，一幢 32 层为主楼是省分行行政机关用楼，一幢 6 层为裙楼，是省分行综合业务用楼。

谢季风乘坐的汽车首先开进省分行大门驰向主楼，引导后面车辆驰入下客区，其他车辆鱼贯而入停在主楼的大门前。

薛凯指挥小毕从旁边绕到前面，下车跑到大门前迎接。

谢季风已经和一些人站在一起，谢季风见薛凯跑步过来对他招招手说：“过来，这位是省分行吴行长。”

吴行长叫吴天峰，是中国外汇银行滨江省分行的副行长。

薛凯站好恭敬道：“吴行长好。”

吴天峰：“你好。”

谢季风说：“小薛，快去客人那边看看。”

“是。”薛凯走到万耀华旁边引导台商们。

吴天峰问谢季风说：“就是他把这些台商动员来的？”

谢季风道：“他是飞峰县支行的行长，这些台商的工作是叫姜扬的副行长做的。”

“哦，那他为什么没来？”吴天峰问。

“昨天他们一共开设了 7 家本、外账户，今天估计还有台商要去咨询或开户，所以小姜走不开。”。

吴天峰感触道：“上次你打电话来说这事，我也就以为说说而已，无非想要点资金或技术上支持。这个小姜给我们工作提了醒，需要转变观念了，我看只要有无私的奉献精神，什么事都能办好。”

吴天峰还想说些什么，谢季风轻声说：“他们过来了。”

薛凯带着一群人走到吴天峰面前，薛凯介绍说：“吴行长、谢行长，这位是沿江市台协副会长、沿江市江润房地产开发有限公司总经理、副董事长万耀华先生。”

薛凯又向万耀华及台商们介绍说：“这位是我们外汇银行滨江省分行吴副行长；这位是沿江市分行行长谢季风先生。”

万耀华分别与吴天峰和谢季风握握手说：“劳驾两位行长久候，我来介绍一下：这位是天盛车业集团总公司的董事长曾念祖先生，也是我们台协的副会长。”

万耀华将一行来的天盛自行车总公司的股东们和财务总监一一介绍给吴副行长和谢季风，最后介绍到王能达时只简单说是王先生。

谢季风也将省分行的办公室成主任、国际贸易处金处长、金融研究室吕主任、营业部张主任等人介绍一遍。

吴天峰说：“欢迎各位来我行考察，我们先去营业部等业务部门实地了解情况，然后再去会议室介绍我们外汇银行的情况。”

曾念祖说：“感谢吴行长和诸位领导亲自迎接，能不能这样，我、郑总和王先生就不必去业务部门了，具体事情就交给专业人员办吧，我们务虚上门讨杯茶喝就行。”

吴天峰“哈哈”一笑说：“曾董事长爽快，我们就去员工绿岛喝茶如何？”

曾念祖奇道：“到你们员工绿岛？”

吴天峰指指上面说：“我们的员工绿岛，在主楼的 7 楼有 600 多平方，利用综合业务楼上的平台做了一个漂亮的露天花园，咖啡厅是装修高档的欧式风格，主要是提供给来我们行办理业务的客户和本行员工休息使用。不过，各位老板如果喜欢喝茶的话，我们也有上好的冻顶乌龙。”

曾念祖看看王能达说：“怎么样，我们就到员工绿岛去‘打屁’。”

王能达笑笑说：“一切听悉曾兄安排。”

吴天峰说：“行，我们就‘打屁’去。成主任，去我办公室将我的茶叶和茶具送到露天花园来，金处长、吕主任、张主任陪同各位专家考察。”吴副行长布置后对三位说：“今天这个天气好啊，蓝天白云、风和日丽，是走亲访友的大好时光，能与各位肝胆一诉最是痛快，我们就去露天花园。”

曾念祖说：“客随主便，一切听从吴行长安排。”

吴天峰对谢季风说：“我们，还有小薛行长一块聊天去。”

谢季风、万耀华、薛凯也根据情况，让一同前来的张宇新、宁芸、陶珊珊一道去休闲区。天盛自行车总公司的两股东和周敏沁则去业务部门考察、讨论天盛自行车总公司结算中心实施的初步计划。

吴天峰等大家安排好，指着前方说：“我们从综合楼进去，向各位老板介绍我们综合楼大体的布局，最后从综合楼进入员工绿岛。”

人群分为三拨向综合楼走去，第一拨是金处长、吕主任、张主任陪同天盛车业集团总公司相关人员匆匆走在前面，第二拨是吴天峰带领曾念祖、万耀华、王能达，谢季风和薛凯两边陪着不快不慢的速度悠闲地边说边走，第三拨则是张宇新、宁芸、陶珊珊不远不近地跟在后面。

吴天峰一行进到宽敞明亮、富丽堂皇的营业大厅，第一拨人已经上手扶电梯直奔2楼而去。吴天峰介绍说：“1楼是办理对私业务，包括存款、个人贷款、信用卡和外币汇兑等；2楼、3楼是对公业务，包括企、事业单位的本、外币结算、贷款等业务，实行是一对一的敞开式办公；4楼是我们综合业务部的心脏——计算机中心，这里有我们租用的卫星信道，我们实时与美国纽约、英国伦敦、德国法兰克富等金融中心交换数据，保证我们客户的账务结算与世界同步；5楼是综合楼配套的职能科室，其中占据一半空间的是我们的金融研究室。金融研究室单设了一个外汇交易中心专门操作我们省分行套汇、外汇期货等业务，也代理一些有需求的关联企业进行必要的套汇保值业务。6楼是国际贸易部和VIP客户包间，包间配置包括电脑、打印机在内的办公用具，配有国际长途电话。包间分为两种，一是共享包间，也就是说，哪间包间有空VIP客户都可以使用。二是专属包间，这类包间专门配给有特殊需求的VIP客户使用。曾董事长，如果贵公司将公司的结算中心移至江城市，我们分行考虑到贵公司的结算中心承担海外公司的财务活动，会为贵公司配备一间这样的包间。”

曾念祖说：“让吴行长费心了。”

吴天峰说：“让客户满意是我们外汇银行唯一追求。各位，请随我从观光电梯上7楼的员工绿岛。”

观光电梯从营业厅向上直接进到咖啡厅，吴天峰带领着一行人参观员工绿岛。

员工绿岛与一般咖啡厅不太一样，这里简约式欧式装饰让人感觉到既豪华又明快，枣红色的大小不一的欧式书柜遍及整个室内，书柜里放满各种语言的金融、经济、政治书籍。厅内、厅外散坐着十多位身着统一西装的银行员工，他们或是低头查阅资料、或是在笔记本电脑上飞快地打着字，也有的在喝着咖啡仰天冥想着。

吴天峰说："在这里忙碌的大都是我们分行的金融专家，都是从事创造性工作的，他们喜欢这里自由自在的氛围，有些人长年在这里工作，再过半个小时工间休息，这里会聚集很多人休息，他们照样可以做到心无旁骛。"

万耀华说："这种企业文化常见在欧美的高科技企业，银行倒不多见，尤其是国内的银行更是罕见。"

吴天峰带着大家走进露天花园，他说："我国的经济迅速发展，这就要求我们银行需要不断地创新，他们的工作复杂性不亚于一个电脑程序的设计，其工作的压力也不亚于建造一座宏伟的建筑，所以我们设计了这露天花园。"

这是座具有欧式风情的浪漫花园，如茵的草坪、整齐的树墙，蔷薇和栀子花组成的花坛。花园的中心有座欧式凉亭，凉亭里摆放着一套户外休闲桌椅，凉亭周围以罗马著名雕塑装饰。

花园里散落地坐着些客户，凉亭里的桌上趴着一位穿制服的中年男子正在呼呼大睡。

成主任急匆匆地赶到，身后跟着位年轻的女服务员，两人手中捧着、拎着茶具、水壶等泡茶用具。成主任见凉亭中有本行员工趴着睡觉，眉头皱了皱将手中的茶具递给陶珊珊，小跑几步上前准备叫醒他。

"成主任，别叫他。"吴天峰看出他的意图出声制止。

成主任停下脚步看看台商们，他将目光收回后看着吴天峰。

吴天峰爱惜地说："这人我认识，是外汇交易中心的交易员，我们行就数他们最辛苦，过着颠倒黑白的生活，这个时间本应该是他们休息时间，在这里睡觉肯定是在等重要的客户。"吴副行长对服务员说："以后遇到这种情况请帮他们盖上条毯子，别让他们受了凉，他们可是我们行的财富哦。"

吴天峰转身对曾念祖一行说："不好意思，他先来我们后到，我们去那边吧。"吴天峰指着花园最靠里的一处水畔。

曾念祖说："那里好，是这个优美的花园里最有野趣的地方，在那里喝喝茶聊聊天最是惬意。"

吴天峰说："谢谢，我们就过去？"

"行，这就走。"

大家在水边宽大的枫木户外休闲椅坐定，成主任带领服务员打开遮阳伞、布放电线、摆放茶具，一阵忙碌后一切就绪，他问吴天峰道："这茶谁来泡？"

吴天峰说："当然你来泡。"

成主任说："我这水平差了点。"

吴天峰说："你那水平还行，能把茶泡出味来，要说泡到什么意境来，当然不如在座的各位泡茶高手了，将就着喝点吧。"

众人听吴天峰如此一说，都纷纷笑道说，泡吧，这茶怎么泡都是喝到肚子里，没那么多讲究。

成主任在大家的鼓励下认真而略显笨拙地摆弄茶具，陶珊珊在一旁帮助敬茶。

曾念祖对松散式管理不以为然，他问道："吴行长，这花园不仅漂亮而且太休闲了，长期以往会不会让员工们养成安逸、懒惰的工作习惯？"

吴天峰说："当时设计这个员工绿岛时确实有许多人担心这个问题，从启用这个员工绿岛效果看几乎没有负面的作用。这需要两方面来保证，一是制度和纪律，在使用员工绿岛上我们有一套严格的规章制度，用以保证员工绿岛的作用。二是宽容之心，当时员工绿岛刚启动时，员工们对员工绿岛好奇和对其使用方式模糊不清，一段时间适应后来这里办公的都是我们行的精英，他们都承担着重要任务，他们知道他们肩上的责任。在这里他们的工作时间往往不自觉地延长了，以致我们的值班干部经常来撵他们下班。"

曾念祖若有所思地说："制度、纪律、宽容，既对立又相容，这是一个管理精英的方法。"

吴天峰笑笑说："曾董事长一针见血，银行是金融的范畴，现代银行业不是企业的出纳会计，也不是单纯地放放贷款收收贷款，我们与世界金融业站在同一平台上，谁服务好、服务到位，谁就能站稳在世界舞台上。我们不能只看到我们中国银行业没有风险，更应该看到近年来日本就有近 10 家大大小小的银行业破产倒闭，1995 年巴林银行破产倒闭案更是轰动世界。以后还有更多、更大的银行业会破产倒闭，所以我们现在就要建立风险机制，这些精英是我们防范利器之一。"

吴天峰停了停又说："当然，财富是我们全体员工共同创造的，我们也针对不同的工作层面设定不同的物质的、精神的需要，这也符合我们滨江省外汇银行奉行一个理念：服务！所有的一切工作都是围绕这个理念展开的，所有的承诺都是体现在我的服务上，其他口号都是空话。我们对你们客户是服务，我们对我们的员工也是服务，而我们的员工所做的一切也是对我们客户的服务、对我们管理者的服务。在这个理念下我们滨江省分行得到快速发展，可以说，我们现在的规模不亚于任何一家国有专业银行，我们的外汇结算市场份额与中国银行平起平坐。"

曾念祖和万耀华点头称是，王能达也在心中默默地赞同。

吴天峰说完喝了一口茶，奇怪道："这好像不是我的茶叶。"他又仔细品味着说："这比我的茶叶好多了。"吴天峰心生疑惑看了看成主任。

成主任说："这是徐行长给的顶级冻顶乌龙，徐行长听说来了台湾客人特地拿给我的，茶叶是青桐油品总公司的董事长郑元庆先生送给徐行长的。"

吴天峰介绍说："徐行长是我们分行一把手，和郑元庆董事长是朋友，青桐油品总公司是我们分行的重要客户。"

"青桐油品总公司在贵行开户？"

"是的，在我们行开设人民币基本账户和美元账户，并代办套汇保值业务。"

吴天峰话说完曾念祖、王能达等不约而同地端起茶杯品起茶，表情立即轻松了。

这时花园里人逐渐多了起来，有的做起工间操，也有三三两两喝着咖啡轻声地聊着天。

树墙后绕出个人来朗声说道："好雅致，躲到这里来了。"

吴天峰、成主任和谢季风立即站起来，薛凯和陶珊珊也跟着站起来。

吴天峰说："怎么有空了？"

"我们贵客来了，怎么样也要挤出时间来拜会拜会。"

吴天峰说："我来介绍一下，这位是我们滨江省外汇银行行长徐开新先生。"

接着吴天峰将曾念祖和万耀华介绍给徐开新，徐开新一一握手，当介绍到王能达时，王能达接过话头说："我自我介绍吧，我是远东润峰水泥总公司王能达，是公司董事长。"

徐开新上前一步握住王能达的手说："久仰久仰，我听郑元庆董事长说过您，一直想去拜访，总是被这事那事的拖住，这里先道个歉，还是心不诚啊。"

王能达说："徐行长客气了，应该我来拜会徐行长。"

曾念祖说："你们就别客气了，我们在这里见了面不也挺好的。"

徐开新问："这倒是，有机会让我尽尽东道主之谊？"

大家重新坐定后徐开新说："怎么清闲了，没去我们的处室看看？"

曾念祖说："我们有两位董事正在参观贵行的业务，他们是宾夕法尼亚大学的博士，我们去了反而碍他们手脚。"

徐开新说："宾夕法尼亚大学，吴行长，你的校友来了，你得好好陪陪他们。"徐行长介绍说："我们吴行长是宾夕法尼亚大学的金融博士，一直在华尔街的一家金融研究所任高级分析师，是我死拖硬拽把他弄回国内来的。"

王能达感触地说：“还是徐行长有办法，我进入这个员工绿岛就有感觉了，那个交易员能够安心踏实地睡在这里，正是体现了徐行长给员工们创造出的一个如家一样的环境，在这样的行长的领导下谁不卖命地工作。”

徐开新说：“这是吴行长一手创建起来的，我可不能贪天之功为己有。”

曾念祖问：“吴行长怎么愿意回到国内来?”

吴天峰指着徐开新说：“这问题要问他，他是哈佛大学的博士，知名学者，某投资公司战略合作人，年薪几百万美元。”

大家都将目光投向徐开新。

徐开新说：“我虽然是经营钱的，可我对钱没有野心，钱到一定数量后就是一个符号。各位都是大老板，深知钱后面的责任。我更希望、更愿意看到中华之崛起，机缘巧合我就回国了。”

王能达说：“我们都是玩钱的，也更加知道钱的意义、钱背后的责任，没了钱我们的工厂就会停产，就会倒闭，我们的工人就会失业，就会流离失所。”

曾念祖接过话说：“台湾与大陆之间的差距也体现在钱上，台湾普通老百姓流行一个说法：台湾有 2300 亿美元储备，人口不到 2300 万，每人可以分到 100 万美元。如果台湾与大陆统一，大陆有 13 亿人，而美元储备还不到 2000 亿，每人才能分多少钱? 凭什么让他们来分我们的钱?”

徐开新说：“曾董没有把后面更难听的话说出来，但是这个简单的算术题说明了一个最朴素的道理，穷亲戚不招人爱，钱包里塞得鼓鼓的走到哪儿就会香到哪儿。另一方面说明某些台湾人的不成熟，外汇储备不是普通老百姓的，不是他想用就能用到、想分就能分了的，如果能把这钱分了，台湾不比我们大陆更早实现共产主义?”徐开新说完，大家都笑了起来。

徐开新继续说：“国家富了、强盛了我们才能挺起胸膛，我们应该看到中国大陆正在向着这条道路前进。我们就从外汇储备上看，1979 年我们实行改革开放时外汇储备才 8.4 亿美元，1990 年用了十年时间突破 100 亿美元，1996 年用了 6 年时间我们外汇储备突破了 1000 亿美元，据最新统计截至 9 月份我们现在的外汇储备已经达到 2600 亿美元。以后还会呈几何级向上攀升，我们应该看到大陆正在孕育着新的希望。我回来的时候我很多朋友都担心我，我在国外赚的美元还好好地存在我们行里，还有利息。有意思的是，共产主义是欧洲人发明的，现在欧洲人反而反对这一制度，天天担心，那么老百姓的资产被共产了吗? 没有，我们的老百姓只要有钱就存银行，我们国家是全世界储蓄最高的国家，我们自己的老百姓都不担心，我不知道他们瞎喳喳操什么心? 回头再看看资本主义国家的私有化，不用担心财产被共产，可是普通老百姓盘盘家底除了欠债根本就没存款，汽车、房子倒是有，汽车成为生产资料，没了汽车班都上不了，房子欠着一大堆债务，个人负债率90%以上。信用卡、债券的泛滥让生产资料、资本高度集中，所有社会资源都成了资本家赚钱的工具，普通百姓整天为还债而工作直至麻木。经济学家、政治家美其名曰：透支未来，享受生活。可是未来会怎样？能透支多少？有人说，没关系有国民保障，可是美国政府都可以关门停业，你到时去哪里去找养你的人呢？”

曾念祖说：“徐行长看得挺透彻的。”

徐开新说：“想清楚了才敢回来。”

王能达说：“这些年我们台湾人在外面到处闯荡，过着亲妈管不到、后妈不愿管的日子。东南亚各国纷纷上演的排华、虐华、杀我们华人事件，受害者大部分是我们台湾人。也只有大陆政府帮助我们撤出万劫不复的境地，我们那时才知道大陆政府是真正地关心我们，是我们的一奶同胞。当时一狠心，再惨不会像印尼一样吧，就这样来到大陆。我来大陆已经5年多了，大陆各级政府、官员、人民给了我的企业莫大的帮助。说来羞愧，我啊，还心存疑虑，不应该，不应该！老曾，你是对的，谢谢你。”

曾念祖说：“别谢我，要谢郑老弟。”

万耀华说：“追根求源要谢谢姜行长。”万耀华适时推出姜扬，他不想功劳被薛凯抢走。

王能达、曾念祖同时说：“对，是要好好谢谢姜老弟。”

吴天峰稍前听谢季风说过姜扬的事情感觉还好些，徐开新第一次听讲，这三人绕来绕去怎么绕出个姜行长？徐开新问：“呵呵，这里面好像有故事。”

万耀华说：“这事的由头来源于贵行飞峰县银行的副行长姜扬，是他说服了曾董将在上海花旗银行的结算中心拆到贵分行的，王会长不放心就跟来把关，看起来他也快成俘虏了。”万耀华又简单述说了与姜扬相识的过程。

徐开新听后感叹道：“想不到你们与姜副行长有这么一段缘分，他怎么没来？”徐开新问谢季风。

谢季风说：“他啊，发财了，在家忙着接待开户的台商。”

徐开新说：“哦。”徐开新心想这是一个到省分行卖功的机会，他怎么这个机会都不抓住？徐开新看看薛凯还想问点什么，花园里来了一群人奔这边而来。

吴天峰说：“他们来了。”

大家又是一阵忙碌，重新坐定后一位董事说：“董事长，滨江省分行准备得非常充分，各个细节考虑得都非常仔细，框架结构已经形成，我们结算中心转移到江城市完全可行。”

曾念祖果断地说：“既然可行就着手将结算中心转移过来，你们三人全程配合外汇银行的专家们，人员、车辆立即给你们调配过来，争取下周江城市结算中心正式运转。”

“知道了，董事长，有个小问题，我们基本户开在江城市，现金存取不是太方便。”

“我们公司以前是怎么做的？”

财务总监回答说：“以前我们公司需要现金都是向下属厂调，然后走往来账。”

曾念祖想想说：“这也不是个好方法。这样，多给你们结算中心配辆车，把保险箱搞大点、安全点。”

大家想想虽然麻烦，但也只有这样企业财务管理才正规点。

徐开新对薛凯说：“你是飞峰行的行长吧？打个电话给姜副行长，问问他有办法吗？不要让他知道我们在。”

薛凯心中忐忑地拨通电话后打开免提：“喂，姜行长吗？”薛凯心中念到姜扬啊、姜扬千万别乱说话。

“是，薛行长啊，事情搞定了？我惨了。”姜扬在电话里叫苦道。

薛凯焦急道：“怎么了，出什么事了？”

“什么出什么事了，今天上午‘西沙湾’会计到我们行存了260万的定期存款和86万企业存款，现在正在办理基本户，‘西沙湾’就是昨天晚上我们吃饭的那家。”

“你这家伙吓我一跳，这不是好事嘛。”

“好不起来，人家是把三五年未到期的定期存款全部提前支取存到我们行的，她亏大了。”

薛凯叹道：“姜扬啊，你这个知音还真是了不起的知音，毫不吝惜钱财。”

姜扬：“想起来头都大，欠人家一个天大的人情。”

薛凯说：“先别说这，问你个事，天盛车业将基本账户开在省行，这样公司日常用的现金存取很不方便，你有什么想法。”

姜扬轻松地说：“我早就想好了，让他们成立一个销售或采购全资子公司，在当地农行或信用社开设基本户，存取现金的事就解决了。”

“这行吗？”

“当然行，人家是大企业，成立销售或采购公司合情合理。账务就更好处理了，反正他们是由结算中心进行集中式账务管理，只要在现金科目下设立一个子科目就OK了。”

徐开新点点头。

薛凯结束谈话说："那就这样。"

姜扬说："你还在省行吗？"

"在，省行行长都表扬你呢。"

"表扬有什么用，那是虚的，真想表扬弄点实在的给我们。"

薛凯急忙说："别乱说。"

徐开新示意薛凯让姜扬说下去。

"真的，我们县行那么困难，我们网点的柜台现在还用铁丝网拉着，让省行帮帮我们，这点小钱对省行来说是九牛一毛。"

大家听姜扬一说都偷偷笑了。

薛凯苦笑地看着徐开新说："我可不敢说。"

姜扬嗔道："你怕什么，又不是让你自己掏腰包，胆小鬼。"

薛凯苦着脸看看谢季风和徐开新，徐开新心情大好指指电话又指指自己。薛凯将电话送到徐开新面前，徐开新说："是小姜行长吗？想要点什么？"

姜扬随口便说："您是谁啊，我要了，您给得了吗？"

徐开新笑着说："你敢要我就敢给。"

姜扬唉地叹口气说："我从没跟人要过东西，如果您真的能给的话就帮我们网点装上防弹玻璃吧，我们的员工每天都过着战战兢兢的日子，他们是在用鲜活的性命拼国民素质和当地的良好治安。放心吧，明年我们行就挣钱了，挣了钱还您。"姜扬意识到通电话的人一定是有权的人。

徐开新眼圈一红说："行，明天我就派人去你们飞峰支行进行网点安全改造，不要你们花一分钱。而且，我们今年全省的县级支行将全部装上防弹玻璃，你们将是全省第一家装上防弹玻璃的县级支行。"

姜扬沉默了一会儿，声音有点哽咽说："谢谢，不管您做到还是做不到，我都十分感谢您。"

徐开新问："你能想得到我是谁吗？"

姜扬分析道："从善如流，能够达到如此境界的人，素养不在我们谢行长之下；说话如此肯定，一定是能够做决定的人，您至少是省行副行长。"

"你这个小姜有点眼光，我是徐开新。"

"啊，徐行长。"姜扬千想万想再也想不到是省分行一把手和他通电话。

徐开新得意地大笑说："想不到吧，听曾董说你对茶有点心得，我让你们薛行长给你带上一斤，下次去你们飞峰我要喝你泡的茶。"

姜扬叫苦道："徐行长你就饶了我吧，我这水平骗点茶喝喝还行，要我泡茶就勉为其难了。”

徐开新说：“我不管，我到飞峰来你必须泡茶给我喝，要不，明天的网点改造就放放？”徐开新说完对大家做了个鬼脸。

姜扬无奈地说：“好吧，您什么时候来？”

徐开新一愣，他还真没想过，他说：“不知道，明年吧。”

姜扬突然觉得不能放弃这次机会，于是鼓动地说：“徐行长，要不我帮您安排一个时间，您全年都在忙，只有那个半天没您什么事，您就那天来飞峰视察。”

徐开新想想他哪天都是排得满满的，居然有半天没他的事，他好奇地说：“哪天？”

姜扬说：“12 月 31 日下午。”

徐开新一想是啊，11 月份试算平衡，年终决算前各项财务调整结束，12 月 31 日一切尘埃落定，各分管副行长再进行技术性调整，上午再定笃、定笃，下午他除了等待还真没有他什么事。徐开新心里做出决定：“好吧，今年下基层走走。”

薛凯及时插话道：“徐行长，您来我们飞峰支行视察绝不会失望的。”

徐开新“哦”了一声看着薛凯。

薛凯鼓足勇气说：“我们飞峰支行正在试行‘优质文明服务’活动。”

徐开新和谢季风均想：“优质文明服务”没什么新鲜的，全省都在实行，顶多存在实行差异而已。

薛凯解释说：“我们行试行的‘优质文明服务’是将省分行的要求具体化，分解成每一个动作，形成‘优质文明服务’标准，不仅将‘优质文明服务’落实到行动上，还大大提高了工作效率，据测算我们服务速度提高了 20%。”薛凯想了想加了一句，说：“这是我和姜行长共同商量的。”

徐开新说：“优质文明服务标准，这有点意思。谢行长，要不 12 月 31 日我们一道去看看？”

谢季风说：“一切听从徐行长安排。”

徐开新对着电话说：“小姜行长，我会考虑你的建议，与你们共度元旦，就这样，再见。”

“徐行长再见。”

徐开新把手机递还给薛凯，说：“行，暂时就这样决定了，不知各位董事长能否抽出时间？”

“没问题。”万耀华率先表态。

“这是一个令人期待的一天。”曾念祖说。

王能达说：“你们滨江省外汇银行是一个充满生机、充满激情、四处都洋溢着青春活力的银行，到处都充满温情、关爱的银行，并且还是一个高效的、服务周到的银行，如果让我和大家一起度过元旦，你们就必须帮我设计一套可行性方案，我也要将我在上海汇丰银行的结算中心迁移到江城市来，开户行就选择滨江省外汇银行。”

徐开新说：“太好了，欢迎各位董事长选择我们外汇银行，也感谢对我们外汇银行的信任。择日不如撞日，中午就在我们餐厅小聚，我看看青桐的郑董事长有没有空，请他一道来与各位聚聚。”

这一来情况就发生了变化，省分行行长的宴请有些人留下来就不合适了。薛凯知趣地告辞道：“徐行长、吴行长、谢行长，我想去拜访一位在江城市的台商。”

徐行长说：“行，去吧。”徐行长补充道：“你们的工作都很好，成主任，去我办公室拿斤茶叶让小薛带给小姜。”

薛凯一一打着招呼带着陶珊珊离开员工绿岛，在大厅等成主任送来茶叶后到汽车前，他对陶珊珊和小毕说：“你们就先回去吧，我去拜访一位台商，他们有车送我。”

小毕答应一声驰出滨江省分行，薛凯出了大门顺墙拐了个弯拨通秦雪莹的电话……

第二十二章　痴汉迷情艳蛇女　欲火焚身困孽缘

上午10点35分，唐婉儿和秦雪莹两人躺在宽大、松软的双人床上谈论着薛凯、姜扬，憧憬着项目顺利拿下，大把大把的酬金进入口袋，与心上人过起幸福的生活，两人开心说着在不知不觉中进入了梦乡……

"今夜风微微，窗外月当圆。双人约束要相见，思君在床边。……"一首浓郁的闽南歌曲《春花梦露》唤醒了唐婉儿和秦雪莹，唐婉儿拿起秦雪莹的手机，手机上显示"薛君"，唐婉儿将手机递给秦雪莹问："是薛行长?"

秦雪莹点点头，准备接电话。

唐婉儿看看时间才上午11点15分，说："等等再接，耗耗他。"

"……今夜月光光，照在纱窗门。空思梦想归暝恨，未得倒落床。……"秦雪莹忍不住说："不行，等得太久了，我得接了。"

唐婉儿说："真没用，接吧，接吧。"

秦雪莹接通电话，唐婉儿凑到秦雪莹耳边一道听，电话里传来薛凯的声音："是雪儿吗?"

"是我，雪儿。"

唐婉儿刮刮秦雪莹的脸在秦雪莹耳边轻声说："还雪儿、雪儿的，起鸡皮疙瘩了。"

"我的事情忙完了，你在哪里?"

秦雪莹看看唐婉儿，唐婉儿指指飞峰县方向。

秦雪莹说："我在飞峰的公司里。"

"没到江城来吗?"

秦雪莹解释说："我以为你要吃过午饭才有空，打算吃过饭再去的。"

电话里明显听出薛凯失望的声音："我找了个理由没在省行吃饭，本想溜出来约你一块儿吃个饭的。"

唐婉儿指指江城方向，秦雪莹兴奋地说："你找个餐厅等我，我现在就从飞峰出发。"

薛凯开心地说："行，你喜欢吃什么？"

秦雪莹灌迷魂汤："随便，只要有你在，比吃什么都好。"

"那就去'听雨阁'吧，就在中山西路的恒元大酒店的2楼。那里情调好，地道的姑苏菜，尤其是'松鼠桂鱼'天下一绝，就是口味微甜，不知你吃得惯吗？"

秦雪莹继续猛灌迷魂汤："吃得惯，你耐心地等着我，我让我的心先飞到你身边陪你。"

薛凯感动道："我已经感觉到了，我感觉到你的心和我的心一起在跳动。"

秦雪莹动情地说："薛郎，等我。"

"好的。"薛凯依依不舍地挂上电话。

秦雪莹扔掉电话兴奋地与唐婉儿滚到一起，秦雪莹喊道："我有爱情喽！"秦雪莹不放心地问唐婉儿："他是不是爱上我了？"

唐婉儿看着秦雪莹期待的眼神说："他为你着迷了，你啊，金钱、爱情要双丰收了。"

秦雪莹认真地说："他要是真的爱我，我就全心全意地跟他过一辈子。婉儿姐要是把姜行长再拿下，我们两家就住在一起，我们永远不分开，好吗？"

唐婉儿神情忧伤，叹了口气说："估计没戏，这个姜扬刀得很，只要能把薛行长摆平，有了大把大把钱，找个比姜扬强百倍的有的是。"

秦雪莹用劲点点说："婉儿姐，放心，今天就摆平他。"

唐婉儿爱怜地抱抱秦雪莹说："去准备准备吧。"

……

"恒元大酒店"的"听雨阁"，从内部的雕梁画栋，到漏窗造景无不精致、典雅。一扇半高姑苏四景的苏州双面绣屏风隔出一个小小的客厅，使得不大的"听雨阁"功能齐全，小巧玲珑，小中见大，将姑苏装饰风格表现得淋漓尽致。

薛凯闭着双眼纹丝不动地坐在红木圈椅上，旁边的红木茶几上放着一杯已经喝得发白的茶水，他已经在这里坐了近1个小时，不过他没有感到一丝的寂寞、无聊和烦躁，他在一点一点地回味着与秦雪莹共处的一点一滴，他的嘴角向上稍稍扬，想到开心处还忍不住地轻声笑笑。

薛凯不是不知道他已经处在一个危险的边缘，可是他的思想无法克制自己身体上的渴望，他心中熊熊燃烧的欲火指挥着他一步一步地攻破道德底线，此刻的薛凯只有期待别无他想。

"听雨阁"的门悄悄地打开，看到薛凯如老衲坐定一般，秦雪莹调皮地笑笑，蹑手蹑脚地来到薛凯面前，噘着嘴向薛凯脸上凑去……

薛凯心神合一，每个细胞都充满快乐，突地一缕幽香袭来，薛凯睁开双眼发现时刻想念的秦雪莹就在眼前，立即站起来兴奋地说道：“雪儿来了。”

秦雪莹琢磨着心思逗逗薛凯，薛凯突如其来的动作让她吓了一跳，秦雪莹“嘤”的一声扑到薛凯怀里，一只粉拳擂着他说：“凯哥哥，吓死我了。”

薛凯怀里抱着秦雪莹，只觉得她身软似绵、声若娇莺、吐气如兰，顿时血脉偾张不可自制，他情不自禁地低下头吻着秦雪莹的脸颊说：“别怕，别怕，是我不好。”

秦雪莹抬头用双唇迎接着薛凯的吻……

下午 2 点 40 分，秦雪莹甜甜蜜蜜地挽着薛凯走出“恒元大酒店”大门，俨然已是一对亲密的情侣，他们俩坐上秦雪莹的跑车向“双桥宾馆”驰去。

“恒元大酒店”离“双桥宾馆”连等红绿灯只有不到 20 分钟路程，当秦雪莹将车停在别墅的门厅时洪克嘉和唐婉儿已经在门庭等候了。

汽车刚停稳唐婉儿为薛凯打开车门，薛凯连声谢谢下车。唐婉儿向薛凯介绍说：“薛行长，这位是我们公司董事长洪先生。”

薛凯的双手迎着洪克嘉伸出的双手握住说：“久仰董事长大名，今日一见果真气度非凡。”

洪克嘉客气地说：“我对薛行长也是仰慕已久，本想今日去飞峰登门拜访，哪知薛行长玉趾亲临，告罪、告罪了，薛行长请。”

洪克嘉陪同薛凯进入高大宽敞的客厅，洪克嘉不厌其烦地介绍他从各处古玩市场淘来的宝贝，最后来到挂在堂前的墨竹前说：“这是郑板桥 61 岁去官后的画作，画间无不体现洒脱的心境，薛行长不妨带回去赏玩、赏玩。”

薛凯推辞道：“我对琴棋书画上一窍不通，挂在家里黑乎乎的一团，实在是欣赏不了。”

洪克嘉干笑了两声说：“薛行长有点意思，我们去我办公室谈。”

薛凯随着洪克嘉来到他在 2 楼的办公室。

洪克嘉的办公室里洪克嘉和薛凯分别坐在华丽的欧式沙发上，一位漂亮的女秘书为每人送上一杯磨制咖啡便悄声退出。

洪克嘉开门见山地说：“听说薛行长已经去过度假村考察，不知能否入得薛行长的法眼？”

薛凯也直接了当地说：“我和姜行长讨论过度假村这个项目，认为这个项目值得考虑。”

洪克嘉继续问：“不知贵行能够支持我们这个项目多少额度？”

“董事长想知道我们的实力，我们干脆地说，度假村项目我们至少可以支持两个亿。”

洪克嘉站起来走到办公桌前打开抽屉，挑了两块手表回到沙发上坐好，把手表放在薛凯面前的茶几上说：“这是瑞士精心制造出来的劳力士手表，每块表都足以传世，这块满天星尤其珍贵，请薛行长自用，那块是蚝式恒动表就送给姜行长如何？”

薛凯看看手表说：“这表真是漂亮，我也知道价值不菲，可是我不能收。”

洪克嘉盯住薛凯看了看说：“这表只是小意思，如果薛行长能够提供我们所需贷款，我会按照6%提成给薛行长。”

薛凯心中一凛，6%的提成那可是1200万元，良好的素质在薛凯身上体现，他立即拒绝说：“董事长可能误会了，我们准备支持贵公司贷款需求，是贵公司项目符合我们行的发展方向，这次来此拜访董事长也是想了解贵公司是否有意与本行合作，这提成之事万万不可再提。”

洪克嘉狡黠一笑说：“薛行长，我洪克嘉能行走大陆若干年全凭一个义气二字，结交的官员、名人不计其数，薛行长乃性情之人，我非常愿意交你这个朋友。薛行长放心，你的情义先在我心中放着，容日后报答。”

薛凯真诚地说：“报答不敢当，如果董事长有意合作，我们行下星期就派专人进行立项调查。”

洪克嘉按捺心中的兴奋说：“就这么定，我会叫唐总和秦总全力配合贵行调查。”

薛凯起身说：“行，就这么定。董事长，行里有事我就告辞了。”

洪克嘉一把拉住薛凯真诚地说：“薛行长，既来之则安之，给一个我们相互了解、亲近的机会嘛。”

薛凯心中挂牵着秦雪莹并不想立即离开，于是说：“恭敬不如从命，一切听从董事长安排。”

“我们公司的模特儿马上就要在宾馆的综合厅带妆彩排了，我们这就过去观摩观摩，还请薛行长指点。”

薛凯爽朗一笑说：“我看个热闹还行，其他的都是门外汉。”

洪克嘉伸手说：“薛行长请。”

综合厅四周的墙壁上悬挂着巨大高尔夫度假村的宣传画，中间位置布置成一个小型高尔夫果岭台，在果岭台的四周放置了许多布艺圈椅，已经有许多人坐在圈椅上正在高谈阔论。

洪克嘉和薛凯走到厅门前，唐婉儿手拿着报话机和秦雪莹已经在门口候着，见洪克嘉和薛凯从电梯出来连忙上前迎接。洪克嘉边走边问：“都准备好了？”

唐婉儿回答说："一切都 OK，就等董事长和薛行长了。"

洪克嘉点点头没再发问继续往前走，唐婉儿快走几步到前方引路，秦雪莹侧身让过洪克嘉和薛凯跟随在后面。薛凯在经过秦雪莹身边时用手指轻轻地在秦雪莹的手心划过，秦雪莹面带桃花含羞偷看着薛凯，两人心里充满了甜蜜和幸福。

唐婉儿带领着洪克嘉和薛凯来到最前面的一对豪华沙发前请他们落座，唐婉儿俯身请示洪克嘉道："董事长，现在开始吗？"

洪克嘉点点头，唐婉儿对报话机说："张导，老板到了，开始吧。"

洪克嘉对薛凯说："薛行长，我们这台模特儿秀是去东南亚各国巡回演出的最后一次彩排，主题是宣传、展示我们飞峰湖高尔夫度假村以及我们的高尔夫用具。这些模特儿都是万中取一挑选出来的，个个都是蜂腰翘臀、逆光妖娆的尤物，薛行长看好谁就举一下号牌，彩排结束就让她过来陪行长吃饭、宵夜。"

薛凯这才发现中间的茶儿上不仅摆放着茶水、水果、香烟、点心等，还放着一柄标着一号的号牌和一大蓬玫瑰，薛凯明白洪克嘉所说的"宵夜"不仅仅是吃完饭再吃点茶点、喝喝小酒那么简单，薛凯不忍扫了洪克嘉的兴致，应付地笑笑说："好的。"

综合厅音乐响起清雅、婉转具有浓郁异国风情的歌曲，坐在薛凯后面的秦雪莹介绍说："这是泰国民谣'Puyingkunneng'，泰国是这次巡回演出的第一站。"

随着音乐响起从后台依次走出十六位身着短衫、短裙休闲装的模特儿，有的手握球杆摆出挥杆击球之态，有的拉着球包做出潇洒之状，她们变换着队形和姿态展示着青春活力和高尔夫球的魅力。然后从 1 号开始逐一走向前台摆出诱人的 poss，随着一个个模特儿来到前台，台下一阵阵喧闹号牌不断地举起，一支支红玫瑰送到台上的模特儿手中。这时，一位体态稍稍丰腴腰间悬挂着 3 号标牌的模特儿又来到台前，草草地向众人摆了个 poss 就来到靠近主席台的一面，她做了一个漂亮的挥杆动作脸部正好对着洪克嘉，她一双美目紧盯着洪克嘉。洪克嘉"呵呵"一乐举起手中的一号牌，唐婉儿取出 10 枝玫瑰从台下递上去。3 号模特儿对着洪克嘉盈盈一笑，说声"谢谢"！便迈着猫步走回后台。台上主持人宣布说："3 号模特儿最先获得洪董的 10 枝玫瑰，她是今天的花魁了，获礼金 1 万元，我们鼓掌祝贺！这 10 朵玫瑰是我们敬爱的洪董事长倾情奉献，我们也对尊敬的洪董事长表示感谢！"台下口哨四起，寥寥掌声。

洪克嘉俯过身对薛凯说："薛行长，该出手时就要出手了。"

薛凯摇摇头说："谢谢，不需要。"

洪克嘉劝道："玩玩嘛，晚上我们喝花酒，我让 3 号来陪你。"

薛凯能感觉到后面的秦雪莹射来的忧怨目光，而且在这种场合下继续待下去实在不妥，薛凯推辞说：“洪董事长，明天我们省行要来我们飞峰行考察，看完这场模特儿秀我就要回飞峰去，我们来日方长。”

洪克嘉咂咂嘴遗憾地说：“太可惜了，这小妹正点的啊，你看那小腰。薛行长既然有事，我们下次找机会吧。”

薛凯起身说：“好，那就下次吧，我就先回去了。”

洪克嘉忙着站起说：“我送薛行长。”

薛凯拦住洪克嘉说：“洪董事长，项目开展后我们会经常见面，就不用这么客气了。”

“这次劳驾薛行长亲自前来，我们失礼了，下星期我一定去飞峰拜访薛行长。”

薛凯看看身边的唐婉儿和秦雪莹说：“行，到时再联系。”

洪克嘉对唐婉儿和秦雪莹说：“你们俩代我送送薛行长。”又对薛凯一拱手说：“薛行长，恕我不远送了。”

薛凯说了声：“再见。”便快步走出综合大厅，唐婉儿和秦雪莹在薛凯后面跟着，三人来到电梯门前，唐婉儿上前按下下行的按键，她趁等电梯的时间问：“薛行长，是回飞峰？还是另有安排？”

薛凯说：“准备回飞峰去。”

唐婉儿看到秦雪莹眼巴巴地看着唐婉儿，故意逗她道：“我和雪儿谁送好呢？哎，还是我辛苦点吧。”

秦雪莹着急道：“婉儿姐，这里这么忙，你还乱跑啊？”

唐婉儿刮了刮秦雪莹的鼻子说：“我是说，我辛苦点留在这里忙啊，这轻松的活让给你了。”

秦雪莹跺着脚举起小粉拳就要追打唐婉儿。

唐婉儿凑到秦雪莹面前笑嘻嘻说：“你要打我，我可要开车送薛郎喽。”

秦雪莹对薛凯撒娇说：“薛行长，你看她老是欺负我。”

薛凯不禁被秦雪莹的率真感染，目中含笑说：“你啊，尽上婉儿的当，电梯来了，我们走吧。”薛凯对唐婉儿笑笑说：“唐总，我们飞峰见。”

唐婉儿调皮地道个万福说：“薛行长一路平安，小妹告辞。”

薛凯和秦雪莹下楼上车，秦雪莹说：“凯哥，今天必须回飞峰吗？”

“虽然行里事情繁多，但不一定非要回去。”薛凯说完心中一阵狂跳，他知道他说完这话的意义。

秦雪莹双眼荡漾着秋波看了一眼薛凯低头说：“凯哥，我们何不找个地方游玩游玩。”

薛凯小腹一紧浑身发热，嗓子不免有些发紧，说：“我们不如跨江去江南，那里有个汤山镇，那里的温泉天下一绝。我们何不去那里泡泡温泉，去去土性。”

秦雪莹发动汽车：“一切听从凯哥安排。”

秦雪莹的跑车快，百十公里的路程，过江、穿城用了不到两个小时，远远看到几座青山，一片城郭，公路的交通标志牌上标注着“汤山镇”。

汤山山清水秀，风景优美，泉眼群集，终年泉水汩汩，热气腾腾。汤山主峰海拔233.2米，因泉而得名，因泉而著名，汤山温泉水质清净，含有钙、镁、硫等30余种矿物质，还有微量氡氟等放射性元素，因此，温泉的全称应为“含氡的硫酸盐中温钙镁泉”，具有健身、益体、治病的效能，被中国医药卫生界权威人士推崇列为“全国四大疗养温泉”之一。

薛凯对秦雪莹说：“雪儿，往前进入汤山镇，第一个红绿灯右拐顺山盘旋而上直至山顶，山顶有座独立别墅，我们就去那里。”

“好嘞。”秦雪莹甜甜地答道，顺畅地开着车一路上山。

薛凯进门便有服务员上前介绍说：“先生，我们度假别墅一共有大小套间9套……”

薛凯打断服务员介绍，问：“价格是怎么算的？”

“小套1500元，一个1.5米乘2米的浴池，一个大房，一个标准房；中套2600元，可以住上两三家人；大套4000元，有两浴池，住上5家人没问题；总统一号12000元，上下两层，入住一个警卫班绰绰有余，浴池大的可以游泳。您只有两位，我建议您要一小套就完全可以了。”

薛凯说：“谢谢姑娘，我要总统一号。”

服务员边开票边说：“首长，您看这样行吧？您只需要那套房间，下面那层您也没用，如果有客人需要我们就包给别人，我们将上下层的通行门锁上，绝不会影响到您。不论有没有客人开房，我们都给您免费送上今晚、明早、明天中午的精美餐食。”服务员见薛凯在考虑接着鼓动说：“首长，我们送您的餐食绝对是珍品，有鱼翅、鲍鱼和我们当地的特色，如果去我们餐厅点的话两位不下1800元。”

薛凯笑笑说：“小姑娘误会了，我在想明天日程安排，估计中午饭没时间吃了。”

服务员立即说：“这样，我们晚上9点钟给您加送一盏燕窝和一盅宫廷养生汤如何？”

薛凯服气道：“好厉害的小姑娘，行，听你的。”

“先生、小姐，请这边走。”服务员引导薛凯和秦雪莹前去总统一号，服务员陪着他们进入房间，说："首长，我现在就是您的管家，您任何需要都可以跟我说，房间里的饮食、洗漱用品、个人护理产品，包括内衣裤等一切用品都免费，我们提供的都是国内、外名牌，请先生、小姐放心使用。"然后挂好衣物，调试好水温向水池内注水，一切停当后礼貌告退。

服务员出门后薛凯在里面将门反锁起来，还没等薛凯回身就被秦雪莹在后面一把抱住，薛凯感受着来自背后的温柔，莫名的快感冲进身体让他血脉偾张，这强烈的快感又从身体深处携带着最原始的冲动席卷、占据全身，薛凯浑身一阵像触电般的战栗，他转过身也一把抱住秦雪莹就是一阵疯狂的热吻。

秦雪莹抱住薛凯时心中不免一阵狂跳，虽然几次亲密的接触可以说已与薛凯心意相通、情投意合，那层窗户纸还是需要秦雪莹来打破。薛凯的反应让秦雪莹欣喜若狂，她知道这个热吻着她的男人会给她带来一个她朝思梦想的生活。她热情地迎合上去，渐渐地她的心溶化在这男人的怀里……

汤山温泉果然名不虚传，汉白玉的浴池中散发出浓浓的硫黄气味，在此洗涤后皮肤光滑、润嫩。

更衣室传出一阵悦耳的铃声惊醒薛凯，他连忙赤条条地从浴室中跳了出来跑到更衣室接听电话，这铃声是他专门为谢季风设定的，他接通电话，说："谢行长，您好！"

电话里传出谢季风的声音，薛凯听得出谢季风的声音轻松、愉快，"小薛啊，回飞峰了？"

薛凯恭敬地回答说："没有，我在外地，和富华高尔夫用品有限公司的秦总在一起。"薛凯倒是一句假话没说。

薛凯觉得身上一暖，一件浴衣披上了身，秦雪莹一脸爱意赤裸着站在面前，薛凯顺手一拉秦雪莹抱入怀中，宽大的浴衣包裹着他俩。

谢季风说："省行徐行长决定明天派出薛副处长去你们行，我让喻处长去陪同，你们趁这机会研究研究你们的金库案。第二件事是，省行已经和天盛车业集团和远东润峰水泥总公司达成战略合作协议，明天就去天盛车业开展工作，你们一定做好接待工作，必须有个行长陪同。经与三位台协主席商定，下周四的下午举办'国际贸易与外汇银行业务讲座'，由省行金融专家主讲，各市分行都会派人参加，时间一天，地点：沿江市台湾协会飞峰分会。会议费用由省分行划拨到你们行，由你们统一安排食宿，各分行来人费用自理。薛行长啊，费用预算会很宽松，你们不要小气，晚餐安排好点。"

薛凯认真地说："是，保证接待好、陪同好、睡好、吃好。"

谢季风笑道："贫。"

薛凯不好意思地笑笑。

谢季风继续说："关于你们行核销的事情，王行长和我说过多次，考虑飞峰的实际情况，飞峰行也是石行长工作多年的地方，我们分行挤出核销指标一次解决你们行的呆账问题，这项工作你们就立即开始，1个月之内完成上报工作。"

薛凯兴奋地说："谢谢谢行长，蚕茧总公司算不算在内？"

谢季风说："蚕茧总公司要等国家政策，本次核销就不考虑。另外，你们这次业务增长迅猛有没有什么考虑？"

薛凯说："我和姜行长讨论过，我们目前的信贷投入单极化，清一色的工业企业。我们想在其他领域进行一些尝试，地理环境的和特殊人文文化，造就飞峰县有着丰富的旅游资源有待开发。旅游休闲项目目前有两家值得考虑：一家是飞峰山华宝寺，可以整合资源形成内容多样的宗教旅游；第二家是飞峰高尔夫度假村项目，这个项目地我和姜行长都去过，山清水秀、紧邻省城，可以建成高尔夫球场和五星级酒店及一些高档的休闲别墅。"

秦雪莹听薛凯说起她们的高尔夫项目心里充满激动和感激，她在薛凯的脸上吻了吻，又咬着薛凯的耳朵轻轻地说："谢谢薛郎。"

谢季风想想说："想法很好，是要找点好项目去省行弄些钱回来，不能便宜都让他们占了。趁省行行长对你们印象不错尽快找些好项目报上去，不过项目的选定一定要慎重，虽然我们是股份制银行，但国家的产业政策我们还得严格遵守，工作上要讲究策略。"

薛凯感激说："明白了，谢谢谢行长。"

"好，就这样。"谢季风挂断电话。

薛凯稍想了想后拨通姜扬电话："姜行长，我是薛凯。"

"薛行长好。"姜扬问候道。

薛凯好奇地说："你怎么不问问情况怎样？"

姜扬的回答让薛凯哭笑不得："你现在打电话给我肯定是说这事，还要我问什么？"

秦雪莹在旁边听了一阵哑笑，用手指刮刮薛凯的鼻子。

薛凯有些不乐地说："你这家伙就不能天真点，天天绷得那么紧干吗。"

"啊！"姜扬看看时间，放下手中的笔将资料合上正色说："哦，情况还好吧？"

薛凯察觉到姜扬的心不在焉，问："你在干吗呢？"

姜扬扭扭腰说："在忙资料，审核两呆贷款资料，万一市行真的给指标再做就来不及了。"

薛凯看看时间已经5点多了，心里有点感动也有些惭愧，关心地说：“事情不是一天忙完的，好好休息了。告诉你吧，不仅天盛集团在省行开户，远东润峰水泥总公司也全部来省行了。”

“薛行长威猛啊。”姜扬赞道。

秦雪莹听到姜扬的夸奖也夸张地点点头，竖起大拇指，薛凯张开大嘴对着手指就要咬，秦雪莹吓得一头扎进薛凯怀里，薛凯得意地哑笑着。

姜扬没听到薛凯的回音，对着电话连连“喂”几声。

薛凯缓过神来说：“是这样，市行谢行长打电话来，省行明天就来进行网点安全改造……”薛凯将谢季风所说对姜扬说了一遍，然后安排道：“我们这次招待用餐全部安排在‘西沙湾’，你亲自给傅老板打电话订餐，她为我们付出的，我们就应该补偿人家。”

薛凯急忙结束通话说：“就这样，明天你先陪陪，我中午回来，再见。”

薛凯不等姜扬回答就挂断电话，然后抱起秦雪莹……

姜扬兴奋地拿起电话拨出号码说：“赵科长，到我办公室来，我有事交代。”

不一会儿，赵宁就到了。

姜扬示意赵宁坐下，本来想告诉赵宁明天省分行会来网点进行安全改造，可是转念一想，这事还是开会时说吧，他改变话题问道：“赵科长，金库新钞被调包的事情查得怎样了？”

赵宁为难地说：“这个事情时间太久，实在找不到可以挖掘的线索。”

姜扬“哦”了一声对赵宁说：“明天市分行的喻处长可能会来我们行，你准备准备明天好向喻处长汇报，看看他能够有什么办法。”

赵宁低下头对姜扬说：“对不起！是我无能。”

姜扬安慰说：“这不能怪你，这么长时间确实难找线索，你去把进出库的登记簿拿来我看看。”

赵宁应了一声，起身出门，姜扬闭上眼考虑着查阅登记薄上的细节。不一会儿工夫，赵宁捧着一摞账薄急匆匆地进了门，分成三类整齐地放在姜扬的办公桌上，然后将一张纸递给姜扬说：“姜行长，这是金库、营业部出纳和网点现金登记簿，这页纸是记录新钞进出库变化情况的复印件，原件锁在保险柜。”

姜扬看看桌上呈一字排开的三摞账簿对赵宁说：“谢谢！你先忙吧，有事我叫你，出去时把门关上。”

赵宁帮姜扬的茶杯里添上水才出去关上门。

姜扬看看时间离开办公室。

按照银行的规定营业部下午对外营业时间到5点整，此时的外汇银行营业部早已过了打烊的时间，可是营业部的柜台外仍然有两位正在办理业务的客户。柜台内的会计结算柜上一片繁忙景象，原本只有两个对外办理会计业务的窗口，因为突然增加的客户量，便在会计结算柜和外汇结算柜之间加了一个临时柜台，三组结算人员都在紧张地忙碌着。营业部赵平原和储蓄专柜的金主任站在柜台前帮助接单，审查、核对凭证上的日期、金额大小写、印鉴等各个要素。出纳柜上两名出纳员已经开始整理整点完毕的一沓沓钞票，将它们打包成捆。

姜扬进到营业厅内没有打扰任何人，一人坐在赵平原的位置上默默观察着、思考着。

很快柜面上的业务办理结束，警卫打开防盗门送出客户，赵平原向业务员交代了几句转去出纳柜。出纳柜的整理台上已经摞了许多捆扎好的钞票，新调来的出纳员见主任来了说："赵主任，我们钞票整理得差不多了，要交大库。"

赵平原说："稍等等，我问问。"赵平原对会计、联行等柜问道："印鉴章、密押还用吗?"

各柜纷纷回答道："都用完了。"

"那就先入库吧。"

"好的。"

出纳柜的出纳员抓紧时间再过一遍缴库现金大数装放专用钱袋，开具入库单，登记现金入库登记簿。

赵平原安排好工作后才发现姜扬坐在他位置上，他连忙上前道："姜行长来了。"

姜扬用下巴指指会计结算柜说："怎么忙了这么久?"

赵平原解释说："今天早上一开门就涌来办理业务的企业人员，他们从来没有办理过这么多业务，一下子手忙脚乱的不知所措。我临时加了一个柜台，储蓄专柜也派人支援这才勉强应付下来。"

"今天有多大的业务量?"姜扬问道。

赵平原心里估了估说："大概近 1000 笔。"

"1000 笔?"1000 笔的业务量就让一个支行的营业部如临大敌，看起来这几年的清闲是让人生锈了。

赵平原看出姜扬的不满，连忙说："业务量增加迅猛他们一下子难以适应，后来我和储蓄专柜金主任在柜面上接单审核，审核完再交给他们进行业务处理，这样就快多了。"

姜扬对着出纳柜方向问："他们还能适应吧?"

"上午一开门就涌进了办业务的客户，80%的客户都是取款的，半个多小时就付出去200多万元，下午回笼现金近300万元。好在刚从网点调来的这两位出纳，很快就进入状况，要是原来的那两个出纳，切，准白瞎。”

姜扬满意地点点头。

一出纳说：“赵主任，都收拾好了，可以入库了。”

“好，这就来。”赵平原对姜扬说，“姜行长请坐会，我去开个库。”

姜扬说：“我和你们一道去。”姜扬说完站起来让到一边。

赵平原从裤袋里拿出钥匙打开抽屉，从抽屉里取出一大串钥匙后对姜扬说：“姜行长请。”

“赵主任，别客气，我们走。”

金库大门经过严密的程序被打开，姜扬依在金库的大门上观察着入库的操作流程，赵平原和保卫科赵宁打开金库门随着姜扬站在门口。两名管库员进入金库各自忙活起来，一名出纳拿着登记簿从钱袋中取出现金，认真核对票面、封签、印章并记载金库现金出入登记簿，另一名管库员将核对完的现金码放到各类票面的现金中。

赵平原对姜扬介绍说：“本来开库是同一名管库和一名警卫共同完成，营业部主任只是在一旁监督。我到营业部后薛行长要求我亲自掌管一把钥匙，原先的管库员不再开库。”

姜扬点点头表示赞成。

入库很快就结束了，两名管库员在金库现金出入库登记薄上签字后来到金库门边对赵平原说：“姜行长、赵主任，现金全部入库了。”

赵平原对姜扬说：“姜行长，还有什么指示？”

姜扬笑笑说：“我是来学习的，能有什么指示？走，到营业厅去有事要商量。”赵平原和赵宁随着姜扬来到营业厅。

营业厅里，杨福康、周世民、赵宁已经坐到营业厅的木制沙发上聊着天，见姜扬一行过来都站起来向前迎上两步，大家站定后自然而然地围着姜扬形成一个圈。

姜扬看了看简练地说：“薛行长来电话说，明天省分行保卫处来我们飞峰给我们所有网点配备防弹玻璃……”姜扬话音未落大伙都兴奋起来，纷纷议论着，姜扬等大伙情绪平静下来继续说：“薛行长明天要陪同省分行领导、专家去天盛车业集团和润峰水泥集团去调研，明天接待省分行保卫处的工作就要靠大家了。”

赵平原问：“姜行长，天盛自行车总公司和远东润峰水泥总公司开户到我们行了？”

姜扬微笑着回答道：“现在可以明确地告诉大家，这两家企业都会落户在我们外汇银行，不过都会开户在省分行，我们的胃太小吃不下。”

“难怪省行这么大方，姜行长功不可没啊。”大伙从心底发出由衷的赞叹。

姜扬谦虚道：“千万别这么说，这都是大家努力的结果，薛行长还在省行辛苦着呢。好了，我们还是说说网点安全改造的事吧，大家有什么建议？”

杨福康抢先说：“姜行长，省行是提供材料，还是带安装队伍来？”

姜扬知道网点改造、装修一贯是储蓄科拿方案，办公室负责材料、落实工程队、监督施工，装修完成后交储蓄科，他想想说：“具体怎么操作还不太清楚，只说所有的费用省行全包，是我们自己施工还是省行统一施工要等省行领导来了以后再定。再说薛行长明天就回来，等他回来定夺。”

“哦。”

姜扬看看大家说：“我们网点刚装修不久，稍加改造就可以直接安装防弹玻璃，就是这营业部有点年头了，这几个柜台已经不适应我们业务的增长。我想，明天省行保卫处的领导来是不是和他们诉诉苦，帮我们把柜台重新搞一搞。杨主任，省行保卫处有没有关系？”

杨福康摇摇头。

姜扬又问：“省行保卫处副处长姓什么？”

杨福康答道：“保卫处有三位副处长分别姓薛、孙、区，不知哪位来我们行。”

姜扬逐一看看大伙说：“同省行拉上关系当然不容易，这样吧，明天我和赵科长全程陪同省行领导，杨主任坐镇办公室负责联络。周科长，排一排去网点的顺序，你先去打前站，我们到了你再去下一个网点。”

周世民说：“最好在我们最忙的时候请省行的领导来营业部，让他们现场看看。”

姜扬自嘲地笑笑说：“有理，谁让我们是穷人呢。”

赵平原说：“从今天看，上午一开门和十点半是高峰，下午两点半以后开始逐步忙起来，4 点钟左右是高峰。”

姜扬说：“行，暂时就这样，明天上午要有变化我们再临时碰头商量。”

赵宁问道：“姜行长在食堂吃饭吗？”

姜扬道：“在。”

赵宁说：“今天我值班，我先去把饭打好。”赵宁说完便离去。

杨福康、赵平原和周世民也准备离开。

“杨主任等等。”姜扬叫住杨福康。

杨福康停下脚。

“杨主任，这几天安排省行吃饭的事还要你跑一趟。”

“没问题，明天一桌差不多了吧，我打个电话就行。”

姜扬笑笑说：“这次我们将所有的接待宴请全部安排在西沙湾，是薛行长亲自选定的，你去一趟。这次接待规格非常高，所以餐食标准定高点，最好开个菜单来给薛行长看看，关于如何组织接待工作等薛行长回来再具体商量。”

“行，姜行长，我这就去了。”

快捷的晚餐后，姜扬又坐到办公桌前，他又闭上眼睛在大脑里演绎着从人民银行金库调款进入本行入库，登记、摆放，到领用、出库的全过程。然后，又在大脑中细化着，在金库登记簿中登记，各个类别：领用网点、时间、票面金额、领用人、签名等细节，以及网点上缴款项的各个细节，在姜扬的大脑里像放电影一样呈现出一场场工作影像。姜扬猛地睁开双眼，目光炯炯发亮盯着桌上的1张薄纸、3摞账簿，这1张薄纸、3摞账簿平常而普通，但它隐藏着的秘密仿佛嘲笑着每位试图揭开谜底的人们。

姜扬拿起新钞进出库情况记录，这张纸上记录的加加减减、进进出出只有13笔数字，这些数字记载着时间和每次的增减变化，除此以外看起来它并不能给人们提供太多的信息。可是姜扬却认真地看着、分析着、琢磨着这张纸记录的简单得不能再简单的数字，他不时地翻阅对应着金库登记簿所记载的内容。良久，姜扬在笔记本上已经记录了满满两页，他放下笔又将那张薄纸看了一遍才放到一旁。姜扬看看桌上3摞登记簿迟疑了一下，然后将网点现金登记簿移到面前，一个网点、一个网点地细细地翻阅……

第二十三章　温柔乡里藏毒蛇　财神上门想对策

薛凯和秦雪莹两场鏖战后都倒在松软的大床呼呼大睡，薛凯一觉睡到晚上 8 点 20 分才被咕咕乱叫的肚子闹醒，他从未睡过这么舒坦的觉，他睁眼看看周围觉得是那么地陌生，身边还躺着个裸露着半个白嫩身子的女人，他费劲想了想才想起刚刚不久发生的事情。薛凯用手臂支撑身体半倚在柔软的床头欣赏着这个让他心动不已的女人，他心中的欲望死死地压制住刚刚从内心深处冒出的一点点愧疚感。

薛凯俯身轻轻亲吻正在熟睡的秦雪莹，然后下床走到客厅拿起客房电话说道："服务台吗？10 分钟后送餐来。"他挂上电话拿起手机拨出姜扬的电话，电话立即接通电话里传来姜扬关切的声音："薛行长，忙完了。"

薛凯觉得脸上有火辣辣的感觉，他稳稳神说："忙完了，刚到宾馆，行里情况还好吧？"

"我们行的业务量今天蹭蹭地上去了，营业部临时加了两个窗口才应付下来。"

薛凯开心地笑道说："有这么夸张吗？今天存款有多少？"

"一点儿都不夸张，不过如你所料这与会计人员的基本素质有关，近 1000 笔的业务四五个人在忙还手忙脚乱的，你在云阳行培训的人员要赶快调来了。存款大抵持平稍有增加，现金回笼近 200 万元。"

薛凯欲言又止，想了想才说："这个飞峰行真不知说什么好！"

"明天接待省行保卫处的事情已经落实了，我考虑了一下我们网点的装修还算标准，只有营业部的装修老化了，再说我们行的业务量上去了，老的柜台也不够用，明天想跟省行争取争取。"

薛凯说："算了吧，别费这脑筋，来的是保卫处的人，他们可没这个权。不过，营业部确实需要改造了，趁这次机会向谢行长蹭点钱改造营业部。我看把边门撤了全部改成柜台，从保卫科打个通勤门就行。省行在我们行的会议接待工作都安排了吗？"

"会议接待可能需要成立个接待小组，这要等你回来安排，明天和会议用餐我打了电话给傅老板，又让杨主任亲自过去交代，让她们开个菜单来等你回来审定。”

“这样也好，省行这次能到我们行不容易，又把会议组织交给我们，我们一定要全力安排好这次会议。估计明天省、市行办公室会来电话与我们对接，明天上午我要直接去天盛车业，这样我打电话给老杨，让他第一时间向我汇报。”

“也好，我也会及时向你汇报的。”

薛凯态度亲切地对姜扬说：“姜行长，我们行能够这么快翻身，你功不可没啊。”

姜扬谦虚地说：“这也是机缘巧合被我碰上了，也是你薛行长领导有方啊。”

薛凯开心地“哈哈”大笑说：“不管怎么说，你是我的福将，我今天将我们行的投入方向向省、市领导做了汇报，他们对我们的宗教旅游项目和飞峰湖高尔夫度假村项目都很看好，忙完一阵你要多费心了，必要时还是要去省行多攻攻关呀。”其实薛凯根本就没有机会汇报这两个项目，他在用宗教旅游项目向姜扬交换度假村项目。

姜扬一愣问道：“高尔夫度假村项目省、市分行也支持?”

薛凯轻松地说：“现在我们在省行香着呢，可以说是有求必应，他们都同意了。”

姜扬追问道：“高尔夫度假村项目是国家严控的项目，再说从他们征地的规模看没有百亿拿不下来，我们的胃口可没这么大啊。”

薛凯满不在乎地说：“死脑筋，他们是台商，地方会有许多优惠政策给他们，中央管不了这么多。百亿就太好啊，我们吃不下就让市行、省行帮我们一块吃，我们啥事不干都赚钱。”

姜扬想想应道：“也是，这两个项目能上马，我们行真的扔掉贫困的帽子，抬头做主人呢。”

“那你就多费心了。”薛凯准备结束电话，“在宿舍呢？早点休息吧，这几天忙得够呛。”

电话里姜扬沉默了一会儿语气沉重地说：“薛行长，我在行里，那个蛀虫有目标了。”

“什么蛀虫?”薛凯诧异地问。

“伸向我们金库的那双黑手。”

“是谁?”

“我整理、归纳了从开业以来的进出库数据，从这些数据上推断作案的应该是一个人，这个人就是宋昭军。”

“宋昭军？证据能证明是他吗？”

“这些证据只能推导出是他，但不能直接证明，所以我们动不了他。”

“你能确定？”

“刚刚得出结论，十有八九是他，我待会再核实核实。”

薛凯陷入深思中，姜扬如果没有十分的把握是绝对不会说出怀疑人的名字的。宋昭军一直在信贷员的岗位，就凭这个位置他也不会缺这区区几万块钱吧？可是这宋昭军一直藏而不露，从这次人员调动看宋昭军同石海涛交往颇深，和王行长也有交情，像他这种情况在信贷岗位一干就这么多年，确实是让人匪夷所思，他想想说：“没有直接证据就不要打草惊蛇，等有机会我们一起向谢行长汇报。”

“好吧。”

薛凯心中稍有愧疚，声音略显温柔地说：“早点休息，这几天还忙呐。”

“知道了，再见。”

薛凯挂上电话便闻到了香喷喷的饭菜香味从餐厅传出来，薛凯没有去餐厅，他蹑手蹑脚地走进主卧来到床前，床上秦雪莹依然裸露半个胸脯安静地躺着。

秦雪莹其实在薛凯下床的那一刻已经醒来，她清清楚楚听到薛凯对姜扬说的话，虽然她对薛凯说的事情没有一丁点儿兴趣，但她还是屏住呼吸竖起耳朵一字不拉地听着薛凯在说些什么。当她听到薛凯将她们的项目推荐给省行她感动了，她清楚地知道国家政策是她们这个项目贷款的高压线，这是这些日子她和唐婉儿在各家国有银行到处碰壁的原因，眼下这个男人能够为她不惜去碰一碰国家政策，她觉得这位男人是她的终身依靠，她鼻子一酸几颗泪珠挂在睫毛上，她安心将脸埋在柔软的枕头上憧憬着她与她的薛郎的未来。她听到薛凯的脚步声向卧房走来，她将身体半裸出被子，摆出个优美姿色闭上眼等待她的薛郎。

……

姜扬当晚睡觉并不太迟，他挂了薛凯的电话又将摘录、整理下来的数据反复核对两遍，确定无误后就回到宿舍稍加清洗后就一头倒到床上。

姜扬本指望好好睡上一觉，明天可以有充足的精力迎接、陪同省行来的处长们。可他明明身体乏力，眼皮打架，可是大脑还延续白天的状态在高速运转着根本无法入睡。他只好数数羊：“一只羊、两只羊……”数着数着他的头脑数得越来越清醒，直到睡意全无。没法，索性向上靠靠半倚在床上，他在黑暗中从床头摸索到香烟盒取出一根烟，“啪”的一声姜扬手中的打火机蹿出火苗，黑洞洞的房间暂被昏暗的火光占据，又很快陷入黑暗之中，只有一点烟火时明时暗。姜扬抽了两口烟只觉得口中干苦，一股浓浓的烟油臭味从腹中涌出到口中、鼻中久久不散、令人作呕。姜扬就着香烟微弱的火光找到烟缸将烟掐灭，他端起茶杯喝了两口，依然半倚在床头静静地盯着眼前的黑夜，大脑就像高灵敏的雷达扫描着各种信号，黑暗中只有他一双眼睛在闪亮。

姜扬明确了自己的判断后本该可以把这事放下，可是心里仍然萦绕着宋昭军这个人。姜扬实在想不通宋昭军盗窃金库的理由，一个主办会计理所应当地知道盗窃金库的后果，当然他也熟知银行会计管理的流程和细节。宋昭军在农行任主办会计，虽然在这个位置不可能发什么大财，但在乡镇还是比较实惠的，比如去供销社下属部门买个肉都是最便宜的最好的肉，比如买个鸡蛋也都是半买半送，等等一应便利和好处在县支行是享受不到的。宋昭军竟然如此不堪为 6 万块钱铤而走险？可是手上的数据又明确地指向他，姜扬百思不得其解。

想不通便放下吧，这是夜里想问题最大的特点，信马由缰、任凭思绪在无尽的空间中游荡。

姜扬的思绪在不停地跳跃，他十分庆幸自己不辱使命，不过这已经不需要他再去费精功神地动脑筋了，因此这一幕幕在他大脑中一闪即过。

飞峰行的出路在哪里？这是摆在姜扬面前的现实问题，钱有了就必须花出去，否则经营上就会亏损。钱花出去还要收回来，而且还要带着利润完整、安全地回到银行，这个问题是银行唯一、无可替代的问题。

“飞峰湖高尔夫度假村项目，这个项目是薛凯看好的，薛行长看好这个项目有一定道理，只是一片荒山野岭的土地和一排简易的高尔夫练习场能贷款多少呢？”姜扬想想没有答案，只能边做边看吧。姜扬算来算去只有 11 月以后了，11 月就 11 月，姜扬想，这么多年过去了就不急在一时了。

姜扬在心里把工作盘算个大概，心中也就宽松了，他的意识渐渐模糊，他向下滑了滑斜躺在床上昏沉沉地睡去。

清晨，几只在窗台蹦来跳去“叽叽喳喳”的小麻雀唤醒了姜扬，姜扬看看时间才 5 点 20 分，原本那些活泼、可爱的小精灵现在是多么地讨厌。姜扬摸出个枕垫扔了出去，小麻雀们“扑”的一声全飞到不远处的树枝上，斜着小脑袋对着姜扬的窗户东瞅西望着，它们不明白到底发生了什么。麻雀们飞去室内恢复了宁静，姜扬将头埋进枕头里努力地再睡去……

东方渐渐放亮还没越出地平线的太阳将天边飘着的几朵流云镀上金边，一颗亮晶晶的星星依然挂在东方的天上。这颗星星一个化俩，两个化四……星星越化越多，最后化成满天的星光，星星在空中飞舞着，突地，漫天飞舞的星星化成一个个耀眼的数字，数字变化越来越快，快得让人难以辨认，猛地数字后面冒出一张脸，一张毫无表情的脸。姜扬一下子从梦中惊醒，心里“怦怦”乱跳，他定了定神又倚在床头上，回想着那张似曾相识，又从未见过的脸，可是那张在梦中一闪而过的脸渐渐在他的脑海里淡去。“他是谁?”姜扬再努力地想也抓不住在大脑留下的记忆，他只好带着疑问放弃了。这个回笼觉让姜扬发涨的脑袋稍感轻松，他看看时间早上6点35分，看看窗外已是天光大亮，这时才发现窗台上又是一片雀语欢歌。

睡不着就起床吧，一阵忙碌完还不到7点，左右无事还是早点去单位吧。

姜扬走出家门，走在大街上，虽然街上还十分冷清，但时代的进步也给这个小城带来现代的气息。飞峰县城和江南的大多数县城一样，城区不大但很精致，一条老街和几个巷子保持着历史风貌，其他街道都进行了重新规划、建设。街道两边的丁香树已是枝繁叶茂，树干已有小孩的手臂样粗细，姜扬记得十多年前刚种上只有筷子样粗，时间过得真快啊。

姜扬走着想着，一阵甜甜的金桂香气袭来，姜扬贪婪地吸了口带着丝丝凉意的花香，“中秋快到了.”姜扬心想。在江南只有过了中秋才能算得上进入秋天，过了中秋再有几天或十几天就要进入了“金秋十月”，进入10月份也意味着各项工作进入了年末的准备工作，这是一年四季最忙的季节，姜扬走在大街上不由得加快脚步。小城让人们的生活节奏悠闲、清散。上下班骑个自行车三五分钟即到，步行也大多在20分钟以内，若在北京、上海可能还没走出小区的大门，姜扬脚步一紧不到7点15分就到了单位门口。

营业部四门大开，赵平原带着两名男性营业员在擦洗落地橱窗。

姜扬走近道：“这么早，打扫卫生呢。”

赵平原回头看是姜扬，将手中的抹布丢进盆里来到姜扬身边说：“姜行长早，昨天我们下班后就打扫过，今天再细细地擦一遍，请姜行长检查。”

姜扬看看说：“哇，这还用查，这玻璃擦的，要不是橱窗一不小心就撞头了，赵主任做事不仅认真还非常细致。”

赵平原掩不住地兴奋说：“谢谢姜行长夸奖，今天省行来人就能确定我们装防弹玻璃了吧?”

姜扬愣了下说：“应该能吧，省行行长答应的事能泡汤吗。”

赵平原敬佩地说：“姜行长了不起，给我们行带来这么大的变化。”

“话不能这么说，只能说我是你们的一分子。”姜扬不想将这个话题继续下去，于是他问道，“在营业部工作还顺手吗?”

赵平原态度诚恳地说：“说实在的，我的业务水平还真的不行，尤其是这几天我根本跟不上节奏。”

“业务水平固然重要，但管理能力更为关键，要知道管理是一门科学，而且不是一般人能够掌握和理解的一门科学。我看昨天你就安排得井井有条，各方面人员调配都不错。”

赵平原开心地说：“谢谢姜行长鼓励，这都是大家支持的结果，我一定努力学习业务，提高管理水平。”

姜扬看到营业部准备充分也就放心了：“行，就这样，我去办公室了。”

“姜行长，不进去看看？”

“不用了。”

营业部内的清洁工作全部完成，会计柜上各种凭证均摆放到位，两名接柜会计埋头预先写好日期、抬头并盖上戳。出纳柜也已将成捆绑的现金码放整齐，零钞票放置有序。倒是外汇专柜闲来无事，陶珊珊手上不紧不慢地转着圆珠笔向杨慧慧炫耀着昨天她在省行的奇遇，她正起劲地说道：“……当时省行的徐行长就立即拨通姜行长的电话，也不知姜行长说了些什么，居然打动了省行行长，他不仅答应为我们行装配防弹玻璃，而且还要在 12 月 31 日……”

“哎哎哎。”杨慧慧突然捅了几下陶珊珊的腰眼。

“干吗！”陶珊珊正说得起劲，突如而来的刺激让她不禁有些恼怒，她躲闪着说。

杨慧慧指指外面说：“姜行长。”

陶珊珊从柜台下抬头向外看上去，杨慧慧旁边说：“珊珊姐，你看姜行长多潇洒、多有男人味。”

“小丫头片子，犯花痴呢。”

“切，你不也眼睛直勾勾地盯着他。”陶珊珊嘴上是丝毫不让。

“哎，”杨慧慧长叹一声说：“那是人家碗里的菜，我们的筷子够不着。”

陶珊珊不服气地说：“是好菜就要尝尝，我不在乎当二奶、三奶。”

“你这个疯丫头。”杨慧慧用手点点陶珊珊。

“慧慧姐，你说是薛行长本事大，还是姜行长本事大？”

“不好说。”杨慧慧想想答道。

“我觉得还是姜行长的本事大。你看姜行长没来多久这业务蹭蹭地上去了，省行行长亲批我们行装防弹玻璃，我看好他。”

“你这是偏心，这姜行长可是薛行长硬从市行要来的，薛行长是伯乐，姜行长是千里马，你知道吧。”

“慧慧姐，这薛行长长得虽然敦厚点，男人味也挺足的噢。”

“嗨嗨嗨，你这丫头怎么又盯上薛行长呢？”

“不行啊，我就不能琢磨琢磨包个二爷、三爷的。哎，姜行长人呢？”陶珊珊一伸头发现姜扬已不知去向。

杨慧慧也抬头向外看去心中茫然若失。

不同于姜扬，薛凯一觉睡到自然醒，他从未睡得这么酣畅淋漓，只觉得是神清气爽、精神倍增，他睁开眼四周还是黑漆漆的一片，厚厚的窗帘和双层玻璃有效地阻隔从外界进来的光线和声音。但生物钟和经验告诉他天色已不早，薛凯打开床灯看看时间已是 7 点 35 分。灯光下他看到背对着他赤裸着身子仍在熟睡的女人，一种深深的愧疚感又从心底升起。微弱的床灯刺激到酣睡的女人，她翻过身依在薛凯的身边嘴里喃喃道："薛郎，爱你。"

薛凯心里一阵感动，看着蓬头垢面、睡眼惺忪的女人越发觉得可爱动人，什么家庭、妻儿统统抛到脑后……

良久，薛凯一颗冲动的心才慢慢平息下来，他顺手摸到手机看看时间。

"薛郎，是不是要走呢?"秦雪莹操着娇滴滴的台湾普通话问道。

薛凯听得心里痒痒，忍不住地又吻吻她，然后说："不太急，不过今天上午的事情很重要。"

秦雪莹一听立即从床上跳了起来说："薛郎，你先休息一下，我去看看水。"

薛凯倚在床上闭眼休息一会儿，拿起电话拨出号码，等了一会儿电话才接通："喂，姜行长，我薛凯。"

姜扬同赵平原交谈完径直去了他的行长办公室，抹桌子、泡茶，他从资料柜中取出一沓材料放在桌上坐下，他拿起材料发现是呆账核销资料，这不是他想要取的资料，这些资料前几天已经大体看过，姜扬放下资料心中踌躇了一下还是留在了桌上。姜扬呆呆地看着这沓资料，他不知是拿错了还是下意识的行为，这沓由宋昭军整理上报资料又勾起姜扬的心事。真的是他吗?如果是他这沓资料里有没有藏着不为人知的秘密?姜扬闭上眼大脑里梳理着条条线索，想着想着大脑就像放空了一样一片混沌，他的注意力无法再集中在这些资料上，思想在混沌中逐渐从身体中游离出来，姜扬不自觉地进入一种冥想状态直到薛凯来电。

薛凯的来电将姜扬唤回现实，姜扬稍加清醒接通电话："薛行长，我是姜扬。"

"市行和省行的处长还没到吧?"

"还没到。"

薛凯神色凝重、口吻严肃地说："姜行长，你真的能确定盗金库的是宋昭军吗?"

姜扬经过放空思想，心清智明，他坚定地回答道："从我掌握的资料上表明，宋昭军就是盗取我们金库的那个盗贼。"

薛凯沉默了一小会儿说："我相信你的判断，你暂时不要跟市行来的保卫处处长汇报，今天会碰到谢行长，我先跟谢行长汇报，听听谢行长有什么指示。"

"好的，我知道了。"

薛凯恢复常态说："我马上直接去天盛公司，行里辛苦你了。"

"薛行长，还是把云阳行培训的人调回来吧。"

"唉"薛凯长叹口气说："人员素质得要好好抓抓了，我马上打电话，有事随时联络。"

"好的。"

两人相互道别挂上电话。

姜扬放下电话看看桌上的资料，思想还是不能集中在这个疑问上，干脆收起资料，关上房门走到办公室打个招呼去了营业部。

营业部里里外外一片繁忙景象，柜台外办事的人们摩背接踵，他们情绪虽稍有不满但自觉地排着队，赵宁和另一名警卫在大厅四处走动，注意着营业厅的各种动向。

柜台内一个个忙得是不亦乐乎，储蓄专柜、外汇专柜、出纳专柜的工作人员都在有条不紊地工作着，只有会计柜忙得是手忙脚乱，营业部主任赵平原和储蓄专柜的王金铃都在帮助审核凭证，两个会计在紧张地向电脑里输送凭证信息。

姜扬进入营业部观察了一会儿发现了问题所在，传统的手工记账接单后取出该单位的明细账，查看余额、核对印鉴，在回单上盖上现金的方形章或转账的三角章给前来办理业务的会计，若是取现金的话他便去出纳柜等候通知取款，办理转沓业务的话他就可以结束了银行的事务，银行的记账会计等柜面上的业务处理完，清闲了再进行账务登记，打了个时间差。现在使用电脑办公，账务流程虽然还是那样，但是不能简捷处理业务的，银行会计接单后审查凭证的日期、账号、户名、金额等各个要素，折角核对印鉴，在电脑上输入单位账号进入该单位账户，根据凭证输入相应数据，电脑进行处理后才能在凭证回音上盖章交给单位会计，该业务此时才结束。飞峰外汇银行一直门可罗雀，上电脑之前两个会计办理业务是玩，上电脑后两个会计办理业务还是玩。昨天业务突地上升出乎包括姜扬在内所有人的意料，这固然有两位业务员业务素质不高，也有营业部在布局中的缺憾。

姜扬来到会计柜说："我们重新调整一下操作程序，王主任你负责审核凭证，小李你负责核对印鉴和汇总多笔单位凭证的金额，小华你负责进入单位账户核查单位账户余额，防止透支，我负责在电脑上输入你们核对好的凭证。"

赵平原急着说："我呢？"

“你是营业部主任负责全面工作。”赵平原还想争一下，姜扬阻止他道，“就这么定了，你去和赵科长说下，要他注意点外面情况，省、市分行的处长来了立即叫我。”

会计柜在姜扬的指挥下重新调配办理程序办理速度迅速加快，四个人之间形成流水线，凭证在他们手中迅速传递着，最后汇总到姜扬手中。姜扬面前放了一大摞积累下来的凭证，只见他左手翻着凭证，右手在电脑的辅助键区的数字上飞快地舞动着，键声连成一片几乎听不出一点间隙，前来办业务的单位会计们都饶有兴致地看着姜扬近乎表演的输入，先是惊奇后是赞叹，会计们的情绪也都稳定下来安心地等待着。

业务流水线产生奇效，很快柜面办理业务的人们越来越少，姜扬在市行练出来的神技也产生作用，其进度不时地超越前面3个人接单的速度，他甚至有时间闲下来看看其他柜的工作进度。还有精彩的是出纳专柜，从储蓄网点调来的两位出纳显示出平时苦练的水平，俩人一会儿是多指多张，一会儿是单指单张，钞票就像瀑布一样在俩人手中流淌令人目不暇接。

“姜行长。”赵平原来到姜扬的身旁说，“这业务处理的速度能不能慢点?”

姜扬疑惑地看着赵平原。

“不是说要积累些顾客给省行的处长看吗?”

姜扬一听笑了起来说：“你不提我还真忘了，算了吧，我们的客户是上帝，为他们服务好比什么都强。省行那里能争取就争取，不行我们自己掏钱。”

赵平原迟疑地说：“柜面上的人不太多了，要不我来顶会儿?”

姜扬看看赵平原，点点头说：“行，你上。”

姜扬离开会计柜想去营业部外看看，没走两步被王金铃堵上了，她笑嘻嘻地对姜扬说：“祝贺姜行长，我们行要翻身了。”

姜扬停下脚步脸上掩饰不住内心的高兴，说：“是要翻身了，不枉我们多年的努力，这也要谢谢王主任。”

“谢我？怎么谢?”这两天营业部的热闹景象让每个人都兴奋异常，王金铃虽年龄不小，但也童心大发。

“这……”姜扬没想到平时和蔼可亲大姐式的王金铃如此一将，姜扬迅速反应道：“年底发奖金。”

王金铃抿嘴一笑说：“这不算，大家都有。”

姜扬无奈地问：“那要怎么谢?”

王金铃打破问号说：“姜行长，你看有这么多的企业来开设基本户，能不能带着我们专柜去动员动员帮企业代发工资?”

姜扬恍然醒悟道："我怎么忘了这个茬儿，行，谢谢王主任提醒。"

王金铃满意地和姜扬再见："谢谢姜行长，别忘了带我们去。"

姜扬敬佩地看着王金铃离去，只见赵宁匆匆跑来隔着柜台说："姜行长，来了 3 部车，牌照是金陵市和沿江市的，可能他们来了。"

姜扬连忙走出营业部来到大门口，3 辆汽车从远处驰来。

姜扬问赵宁："你怎么知道是他们?"

赵宁"嘿嘿"一笑指指身边的警卫说："我们有高倍望远镜。"

姜扬笑道："你倒有办法。"

说话间汽车径直开到姜扬的面前停稳，从第一辆车下来的是沿江市分行保卫处喻处长，第二辆车下来两个 40 多岁的男子，一个虎背熊腰，另一位却是一脸的书生气，第三辆是辆白色商务车，车上跳下一位小年轻。

喻处长姜扬是认识的，两人握手问好后，喻处长向姜扬介绍说："姜行长，我介绍一下，这位是我们省分行的薛处长和你们的薛行长一个姓，这位是综合管理处的魏处长。"其实，这两位都是副处长。

姜扬客气地上前握手问好："薛处长好，不好意思，我们行的薛行长还在省行不能亲自接待。"

薛处长握住姜扬的手说："不客气，姜行长了不起啊，一下子就把我们 3 个处长调动到飞峰行来了。"

"不好意思，劳您大驾。"姜扬客气回答。

薛处长"哈哈"一笑，把位置让给魏处长。

魏处长则斯文地说："姜行长年轻有为，长得也是英俊潇洒。"

姜扬则谦虚道："这都是领导们的抬爱，见笑了。"

姜扬介绍道："这就是我们飞峰支行，占两层楼面，这是我们支行的营业部。"

薛处长和魏处长向营业部内打量了一眼，神情不以为然。

姜行长继续说："我们行小，条件简陋，两位先看看营业部再去我们会议室。"

薛处长走到营业部门口向里看了看说："行了，去你们的会议室。"

姜扬看看这两位处长的架势心想完了，自己想的好事定要泡汤，只好带着三位处长去了行长室小会议室。

赵宁为三位处长泡上茶后，薛处长说："姜行长，你们有多少网点需要改造?"

姜扬答到："加上营业部我们一共 8 个网点，三位处长是不是现在去视察。"

薛处长说："不用去了，你们有没有网点的装修图？如果没有就去量一量尺寸。"

姜扬对赵宁说："赵科长，去办公室叫杨主任来一下。"

喻处长："两位处长，我和小赵有点保卫上的事要谈，一会儿我再来。"喻处长说完随赵宁离开会议室。

薛、魏两位处长像似有说不完的话，进了会议室俩人就喋喋不休，姜扬无聊地坐在旁边。

杨福康像个急旋风样的瞬间就来到了会议室，杨福康满脸堆笑道："各位领导有什么指示？"

姜扬介绍说："这位是我们办公室的杨主任。"

两位处长客气了一下，又凑在一起，姜扬看两位处长不问，只能代为询问："杨主任，我们网点的结构网图有没有？"

杨福康想想说："3 个网点有结构网，其他的只有效果图，营业部的图纸早就没了。"

姜扬布置道："你立即派人去量一量柜台尺寸，标在图上。"

"是。"

"安排好你也过来陪陪省行领导。"姜扬感觉有点气闷。

第二十四章　西沙湾里得野趣　收获颇丰皆欢喜

杨福康去得快来得也快，不一会儿工夫他又转回来了，他帮二位处长倒上水坐在一旁，关注着两位处长和姜扬。

姜扬闲着无聊闭上眼睛假寐，脑海里又翻腾起宋昭军这个人。

良久，两位处长逐渐结束谈话，杨福康见姜扬正在闭目养神怕被客人看见，立即站起来说：“两位处长，我提个建议好吗？”

两位处长的目光聚焦到杨福康身上，姜扬也睁开眼睛。

杨福康说：“两位处长与其在这里干等，不如我们现在去酒店打打牌。”

薛处长摇摇头说：“打牌？没意思，再说我们等图纸送来就立即回省行。”

杨福康连忙说：“不行，这都快 10 点了不吃饭怎么行。”杨福康用目光求助姜扬。

姜扬接话说：“两位处长，过几天省行的一个会议要在我们飞峰召开，吴行长会亲自参加，两位处长见多识广，既然两位处长亲临飞峰，帮帮忙替我们把把关如何？”

薛处长和魏处长交换眼神，魏处长客气地说：“姜行长客气了，我们就恭敬不如从命，敬听姜行长安排。”

“谢谢两位处长，我们中午就餐的是我们一家环境优美的田园庄园，那里有清澈见底的美丽河湾，处长们不喜欢打牌可以去喝喝茶、钓钓鱼。”

“有鱼钓？可惜没带渔具。”薛处长心里的痒痒处被挠到了。

姜扬虽不喜欢钓鱼但钓鱼的人心情还是了解的：“没关系，那处河湾保持着原始风貌，砍一根丝竹，系一根粗线，用铁丝弯个钩都能钓。”

“哇，太过瘾了，这才是真正的野钓，神仙的日子啊。魏处，这就走？”薛处长忍不住心中冲动说。

“太棒了。”魏处长也坐不住了，可他转念一想说，“不行啊，喻处长还没来，再等等？”

姜扬看到两位心急火燎的样子心中暗乐，他说：“不如这样，我陪两位处长先去钓起来，一会儿就让杨主任和赵科长陪同喻处长过来。”

“行，行。”两位处长迫不及待地站起来同声回答。

姜扬：“两位处长请。”

魏处长：“等等。”说着拉开包，从里面拿一套汽车资料和钥匙，说：“这是省行分配给飞峰行的商务车。”

姜扬：“太谢谢了，正好车不够用。”

魏处长：“这车很好用，配置也好，签个字，归你们了。”

姜扬签上字，再次谢谢。

汽车驰进“西沙湾”姜扬陪同两位处长下车步入，薛处长和魏处长一心牵挂着钓鱼，风光、美景是顾不上的，他们加快脚步向庄园深处走去。

西沙湾的荷花已经败去，但庄园自有另一番动人的景色。他们转过农宿和几处花丛，一条秀美的河流呈现在人们面前，清澈的河水碧波荡漾，河水中映印着蓝天白云，河湾的近岸处生长着一丛丛、一簇簇的水草，一只母野鸭在水草中钻来钻去，野鸭的身后紧跟着一群鸭宝宝“啁啾”地不时寻找妈妈。近岸处茂密的芦苇丛迎风起舞，这真是：“浅水之中潮湿地，婀娜芦苇一丛丛；迎风摇曳多姿态，质朴无华野趣浓”。

薛处长一见这处河湾兴奋地叫道：“好水，好去处。”薛处长的一声喊叫惊飞一只栖息在柳树枝头的翠鸟，翠鸟向薛处长翻着白眼掠过水面。

姜扬指着架在水面上的栈道说：“薛处长、魏处长去那边钓，我去找两根鱼竿。”

“外行、外行、大外行，在这里钓鱼是不能那样钓的，要在那里。”薛处长指着沿河的几处河滩。

“那里有条小船，我们划船钓鱼。”魏处长眼尖一眼看到河边拴着一条小船。

姜扬急忙道：“划船钓鱼不行，那边小船充其量不过是个小舟，不安全。”

旁边的小何插话道：“跟着我们的薛处长干什么都安全，他可是特种兵出身，不要说一条小河，长江都没问题。”

薛处长看了看说：“这条河保护得很好，不仅有鱼，虾子也不少，运气好的话还能钓上老鳖。姜行长能不能弄点木片，还有鱼线和猪肝，我要用这些东西钓老鳖。最好能找点虾网，在栈道的下面阴凉处准能钓到虾，姜行长和小何你们就去钓钓虾吧。”

“行，我去找，两位处长先去‘听荷轩’喝茶。”

“姜行长来了。”远远地传来西沙湾傅清荷的声音。

姜扬对匆匆赶来的傅清荷招招手，向薛处长们介绍说：“她是这个庄园的老板，叫傅清荷。”

薛处长他们均眼前一亮，小何道：“哇塞，美女啊。”

姜扬笑笑等傅清荷走近向傅清荷介绍道：“清荷老板，向你介绍一下，这两位是我们省行来的大处长，是我们行的贵宾。”

傅清荷客气地和客人们握手，说：“贵客上门让我这小店蓬荜生辉，荣幸，荣幸。”

薛处长握握傅清荷的手说：“气质美女，气质美女。”

姜扬等他们客气完说：“清荷老板，薛处长是垂钓高手，你能不能找些钓鱼的工具？”

傅清荷利落地说：“小菜一碟，钓鱼、钓虾、钓甲鱼、放笼子逮长鱼应有尽有，薛处长需要什么？”

薛处长一听来了劲说：“清荷老板，我想驾着那条小舟……”薛处长越说越来劲，把姜扬一干人撇在一旁。

傅清荷看看姜扬，姜扬笑道：“那就麻烦清荷老板，不然薛处长要跳进河里摸鱼去了。”

薛处长哈哈一笑说：“知我者姜行也，姜行长我们一道去？”

姜扬摇摇手说：“我对钓鱼不感兴趣，我去那边喝茶观观风景，看看飞峰河上打渔人。”姜扬指指栈道上的一处水榭。

薛处长匆匆说：“你去做雅人我可去做渔夫了，中午欣赏我的劳动成果。”说完催促着傅清荷去仓库取他所需的渔具。

姜扬跷着腿坐在听荷轩阴凉处的休闲椅上，小桌栏上放着一杯碧绿的清茶，饶有兴趣地看着薛处长指挥着魏处长和何班长跑来忙去，一阵忙碌后，何班长抱了一堆虾网钻到栈道下找地方下虾网。薛处长和魏处长则登上摇摇晃晃的小舟，划划停停，在河面上的水草和芦苇中穿来穿去，最后消失在芦苇丛中，芦苇丛中不时惊飞出野鸭、水鸟。

“姜行长，好清闲啊。”姜扬的身旁传来傅清荷的声音。

姜扬扭头一看是傅清荷便站起来说：“秋日近午催人懒，偷眼闲看捉鱼忙。清荷老板，谢谢啊。”

傅清荷抿嘴一笑道：“姜行长出口成诗，清荷敬佩，我可以坐在你旁边吗？”

“只是一笑谈，不成诗，清荷老板请坐。”姜扬让座道。

傅清荷招呼服务员在姜扬的旁边摆放好椅子，倒杯茶也放在小桌栏上，两杯茶并放在一起各自冉冉冒着热气，一阵小风吹过立即四处散去。

傅清荷和姜扬重新坐下，傅清荷问：“姜行长怎么不钓钓鱼啊？”

姜扬双手一摊说："我不喜欢钓鱼。"

傅清荷朝姜扬看看说："不喜欢钓鱼?"

姜扬对傅清荷笑笑说："是啊，奇怪吗?我还不喜欢打麻将。"

傅清荷也笑道："在我们飞峰不喜欢打麻将的人很少，不喜欢钓鱼的人也少，不喜欢打麻将和钓鱼的人更是少之又少。"

姜扬调侃道："哈哈，是不是我没有情趣，特没劲?"

傅清荷想想道："审美情趣不同，其审美对象不同，选择审美的方式也不同，情趣爱好自然与众不同。不过，看看姜行长这么享受的样子就顺理成章了。"

"我哪有这等境界，清荷老板谬赞了。我只是觉得对着茫茫的一片水域，那鱼在水里悠哉悠哉的，谁知道它们在水里想什么，傻乎乎地弄个钩子等着鱼上钩。"

"姜行长，你不钓鱼不知道，现在专业厂家研究各种渔具可以钓各种品种的鱼……"傅清荷如数家珍地介绍各种渔具，姜扬静静地听着，傅清荷说着说着看见姜扬表情有点古怪停下来问，"怎么啦?"

姜扬轻蔑一笑道："我当然知道，只不过是聪明的人类发明这些玩意儿来欺骗无知的鱼儿吧了。"

傅清荷歪着头盯着姜扬。

姜扬被傅清荷盯得心里发毛，问："怎么啦?我说得不对啊。"

"对，你说得都对，想不到姜行长还是个愤青。不过你没从另个角度想想，猎、渔、耕、织我们人类进步的开始，钓鱼是人们在精神上的需求，是人类文明的一部分。你看他们在钓鱼、网虾的过程融入大自然的怀抱，放飞心情是何等地享受。"

"不能不承认你说得有道理，不过在这物欲横流的今天有几人有此境界?"

"可是又有谁能躲过这纷纷扰扰的世界呢?他们亦然，我亦然，姜行长多多少少也要沾点凡尘吧。"

姜扬看着河上泛舟垂钓的两位省分行的处长默然了，想想那些该收而不收，不该放却放出去的贷款，姜扬心里无法找出更好的答案……

傅清荷不知道姜扬的心事已经转出了这水乡之外，她继续说："其实这钓鱼没有你想得那么神秘，也是有规律可循的。俗话说'雁过留声'，这鱼过也留踪，这鱼也没那么聪明，无非是寻寻觅觅找点吃的喂饱肚子而已。"

姜扬心想："有道理，世间万物均有迹可循，我倒要看看这宋昭军还有什么猫腻。"姜扬想到这轻松了许多，他想起一句玩笑，于是说："清荷老板又不是鱼，你怎么知道这鱼就只知道吃，你看它们在水中逍遥自在开开心心的，岂不乐哉。”

傅清荷一听乐了起来，回道：“姜行长也不是鱼，怎么知道鱼在水中就高高兴兴的？”

按庄子说法应是：“清荷老板不是我，你怎么知道我不知道鱼在水中开心快乐。”可姜扬偏不这么说，他说：“实践是检验真理的唯一标准，我们一同钓鱼，你若钓上鱼而我钓不上，就说明这鱼不是整天想着吃。”

傅清荷诧异地说：“这是什么道理，以你上钩不上钩为真理啊，这真理的标准也太那个了不讲道理吧。”

姜扬从容不迫地说道：“我们俩同时在这里钓，鱼上你的钩，说明鱼儿有审美能力，见了美女拚命地往上靠。不上我的钩说明鱼儿辨认能力特强，从而说明了这鱼儿也有丰富的精神世界。”

傅清荷一听忍不住“哈哈”大笑，一阵笑过她想说：“这鱼也分公母，姜行长风流倜傥，这母鱼不也拼了命地往上靠？”可这话怎么好意思说出口，只憋得傅清荷是满脸涨红，只得说：“行，那就试试呗。”

小一会儿，听荷轩升出两根鱼竿，就在姜扬笨手笨脚地穿好蚯蚓抛竿下水，只听到傅清荷一声轻咤已经从水中拎出一条拼命挣扎的大鲫鱼，鱼竿弯成一张弓似的，傅清荷顺着鱼竿的弹性灵巧地一甩，这条约莫半斤重的大鲫鱼便在栈道上活蹦乱跳起来，旁边的服务员连忙扑上前去摘钩放鱼入水桶之中。傅清荷继续穿钩抛竿垂钓，也不知这是傅清荷的运气好，还是鱼儿们真的有审美女的能力，不一会儿工夫傅清荷就从水里拎上五六条大小不一的鲫鱼和白鱼，傅清荷穿上蚯蚓抛钩下水，偷眼看看姜扬的鱼钩，白色的鱼浮随波逐流，几只餐白条在水中追逐着鱼浮嬉戏着，不亦乐乎，可就是没有鱼上他的钩。傅清荷得意地对姜扬看了一眼，姜扬满不在乎地把鱼竿划来划去嘴角露出一丝坏笑，她突然意识到刚才他们在证明什么，傅清荷拎起鱼桶连水带鱼倒入水中。

姜扬“哈哈”一笑说：“清荷老板，想要赖啊。”

傅清荷指着围在鱼浮嬉闹的餐白条说：“认输了。”

姜扬得意地摆弄着鱼竿说：“看看那些小鱼挺逗的，识美人者鱼也，知我者亦鱼也，知鱼者吾与庄君也。清荷老板，这钓鱼还真的很好玩。”

傅清荷嗔道：“哪有像你这样钓鱼的，有意的。”

姜扬赖着脸苦笑道：“这鱼就是上了我钩，估计我也拎不上来。”

就在姜扬和傅清荷唇枪舌剑之时，栈桥下何班长划着一只大盆悄悄来到姜扬钓鱼之处，他捞起钓钩穿上一条超过一尺的鳜鱼扔进水里。

姜扬正得意地说着，手上的鱼杆猛地一沉，他连忙往上一拎一条大鱼出了水面在空中拼命挣扎着，鱼竿就像勒着烈马的缰绳在姜扬手中狂野地舞动着，姜扬忙乱得手足无措，嘴里“嗨、嗨”地乱叫一气。

傅清荷“咯、咯”笑着上来帮忙，姜扬顺势将鱼竿丢给她，反倒在一旁兴致勃勃地观看。鱼竿到了傅清荷手上立即变得听话温顺，只见她轻轻往下一顿，鳜鱼逮到机会连忙向水里逃窜，傅清荷又向上一提，鳜鱼护痛向回窜来，傅清荷顺势一提，鳜鱼带起一溜水雾在空中划出一道弧线和那些鲫鱼的命运一样落入栈桥之上。

姜扬立即鼓起掌，说：“飞峰河上钓鱼婆，鱼虾蟹鳖无处逃。”

傅清荷白了姜扬一眼说：“贫，行了，咱不钓了，我带你捉螃蟹去。”

他俩哪知道，栈桥下何班长抱着肚子无声地“哈哈”大笑，一不小心大盆猛地一晃吓得他惊慌失色。

天已近午，亭外阳光耀眼，田野里一片金黄，水面波光粼粼，岸边杨柳婆娑、芦花飞絮，天暖地润，水清气爽，姜扬闲坐亭台，手中的鱼竿似有胜无，他心定人懒，一听要去捉螃蟹连声说：“不去，不去，这儿多舒服。”

傅清荷笑道：“马上要开饭了，我们去逮几个螃蟹犒劳犒劳他们，走吧。”

傅清荷笑嘻嘻地白了姜扬一眼先头开路，姜扬只好跟在傅清荷身后一摇三晃地跟着。走出栈道，通过小路来到一处不算太大的水塘边，傅清荷介绍说：“这就是我们的养蟹塘，水塘与河湾相连，下有水道与之相通。塘内以红砖砌墙，沿墙边贴约 30 厘米玻璃，这里养了大约两三百斤的螃蟹。”

姜扬指着蟹塘上架着的几根竹竿问：“那是干嘛用的？”

傅清荷得意地说：“这是我小小的发明，我们把竹竿的一头伸进河里，在竹竿的那头挂上灯，螃蟹有趋光的习性，我们晚上把灯打开，这些螃蟹见到灯就拼命地冲过来，结果可想而知。”

“这和请君入瓮有着异曲同工之妙，阴谋、阴谋！我代表螃蟹界去天堂那里告你们。”姜扬煞有其事地大声道。

突然，傅清荷用纤美的小手堵在姜扬嘴边，轻声问道：“今天来的这几位对你们重要吗？”

姜扬学着傅清荷轻声说，“也算是很重要，是给我们送钱来的。”姜扬不好说明什么事，他又补充道：“白送，几十万还是有的。”

“哦。”傅清荷犹豫了一下说：“你在这里别动。”说完她便蹑手蹑脚地向塘边摸去。

水塘分成两个部分，有大约四分之一的陆地，陆地上有几棵不高的旱柳，四周生长着稀疏的不知名的青草。一群螃蟹横七竖八地亮着白肚皮躺在树荫下、草从中享受秋日的阳光。

傅清荷悄悄地摸到附近，手上不知什么时候多了只水桶。

螃蟹们虽然乱七八糟、杂乱无章地躺着，但是它们似乎以一只硕大的公蟹为中心，公蟹的旁边是它的众多妻妾。公蟹并没有像其他螃蟹一样休闲地打盹，它不时地举起一双巨螯向四处示威。

傅清荷摸到跟前突然迅速翻进蟹塘，轻轻的脚步惊醒了在昏昏欲睡的蟹兵蟹将们，它们一窝蜂似的冲向水塘，只听到岸边“沙沙”的一片作响，有几只年轻的公蟹走走停停举起大螯一付誓不甘心的样子。

那只雄壮的公蟹扬起巨螯猛然上前几步，鼓起白眼大有一决雌雄之态；一只体形稍小的母蟹留在原地，举起一双大螯为它摇旗呐喊。

刹那间，傅清荷已经逼到近前，她猫下腰，左手在公蟹的眼前一晃，公蟹举起巨螯毫不犹豫地向傅清荷的纤纤玉手钳去，可惜只差了分毫，只听到两只巨螯同时发出“啪”的清脆的响声，公蟹攻击不成机会已失，它转身想跑，傅清荷的右手迅速地从公蟹后面的死角抄去，未等公蟹反应过来它已经稀里糊涂地在水桶中乱转，傅清荷脚没停步，像清风一样刮向正向水里逃窜的那只母蟹。

公蟹正在纳着闷了：“怎么一转眼就众叛亲离成了孤家寡人?”它义愤填膺举着巨螯寻找决斗对象，它折一对巨螯敲得水桶“咣咣”作响。忽地，它最亲爱的蟹后也来了，它连忙上前询问，水桶渐渐平静下来。

姜扬看到傅清荷电光火石一样的动作不由得伸出大拇指，“清荷老板，厉害啊。”

傅清荷对自己的表现也十分满意，她一昂头说：“小菜一碟。”

姜扬苦着脸说：“看来我是没有螃蟹吃了。”

“怎么呢?”

姜扬一指蟹塘：“跑了。”

傅清荷轻轻一笑说：“姜行长，你看好了，这才是姜太公钓鱼愿者上钩。”傅清荷将手中的水桶递给管理员说：“挑十公，5 两重，十母，3 两重。”

蟹塘管理员说声：“好嘞。”去小电房合上水泵电源，水塘边一个小水泵立即翻起水花。

姜扬问：“这干吗?”

傅清荷答道：“这就是我们的钓钩，螃蟹喜欢嬉水，水花一起这螃蟹的腿就痒痒，控制不住地就来了，这水泵下面有个水泥砌成的小陷井，螃蟹掉进去就不太容易上来，古代有句成语叫瓮中捉蟹就是指这事。”傅清荷看都不看姜扬惊讶的表情，抿嘴一笑道：“走啦，开饭去。”

姜扬重新回到听荷轩，赵宁和市分行的喻处长已经坐在听荷轩的沙发上聊着天，姜扬客气地和喻处长打招呼，眼光偷偷地向赵宁询问着，赵宁轻轻地摇摇头。

喻处长等姜扬坐下后说："姜行长，上午我和赵科长反复研究、讨论了各个线索，我的结论是无法通过现有的物证找出盗库蟊贼。姜行长，我建议只能采取暗访形式进行调查，把这事件限定在一定的范围内，避免造成不良影响。"

姜扬说："谢谢喻处长关心，我会向薛行长汇报您对此案的看法和指示，有新的情况会向您及时汇报。"

喻处长摇摇手说："姜行长客气了，我听小赵说了，是姜行长力荐小赵担任保卫科科长的，姜行长慧眼识才啊。"

姜扬说："这是赵科长工作表现好。"

姜扬和喻处长正谈着，杨福康推门进来说："喻处长、姜行长，薛处长他们上岸了。"

众人出门凭栏看去，见小舟已经靠岸，魏处长跳上岸正在木桩上系舟。薛处长将小舟中的水桶、网兜递到岸上，然后站起身走到舟头用力往下一踏，舟头吃劲猛地向下一沉，随即在水的浮力作用下迅速抬起，薛处长顺着小舟的劲向上一跃便稳稳地站到岸上。

听荷轩观看的人们个个是看得目瞪口呆。

薛处长"哈哈"一笑向他们招手致意，大步向栈道走来。不一会儿，他们三人浑身泥水地出现在大家面前，薛处长手上拎了两大王八向大家炫耀着，魏处长拎着的水桶里可谓是琳琅满目，长鱼、泥鳅、螺蛳、龙虾，还有几只螃蟹举着大鳌向众人示威，网篮的底部铺了一层芦草，大家凑上去一瞧居然是大小不一的各色鸟蛋。驾驶员小何也拎着一只水桶，他的收获也颇丰，不到两个小时的时间他钓到小半桶河虾。

薛处长大呼："过瘾，过瘾。"然后冲着姜扬说："姜行长，好地方，好久没有这么痛快了。"

姜扬笑道："领导开心就好，饿了吧，我们开饭。"

薛处长爽朗地说："开饭。"

姜扬向赵宁吩咐道："赵科长，带领导们去洗洗。"

一番忙碌和客套后大家坐定，薛处长代替姜扬坐到主人位，姜扬坐到副主人位置，魏处长和喻处长分坐薛处长两边，饭店特色菜肴早就准备就绪，一声招呼美味佳肴立即上齐。薛处长端起酒说："谢谢姜行长给我们找了这么好的地方，这杯酒敬你呢。"说完薛处长一口干了大半杯，众人也随着薛处长都喝了大半杯。

薛处长继续说："玩也玩了，酒也喝了，表个态，你们飞峰行网点改造的防弹玻璃你们报个数上来就行，施工队你们就自己找吧，费用你们就根据实际发生的费用上报就行。"

姜扬激动地端起酒杯说："谢谢薛处长，谢谢各位领导，其他话不多说了，我干了这杯酒表示感谢。"说完姜扬一口干了杯中酒。

"姜行长爽快。"杨福康、赵宁也随着姜扬干了杯酒，魏处长和喻处长或多或少都喝了些，薛处长则喝完杯中酒说："姜行长啊，我看你也是爽快人，我们就别谢来谢去的，这家酒店的菜真心地好，说这菜土它还真不土，这品味、这看相雅致精美，说不土它还透着这么水乡风情。"

在薛处长的鼓动、调侃下餐厅一时气氛融洽、热闹非凡。

酒过三巡、菜过五味，傅清荷带着服务员来到包间，服务员端着只大盘子。傅清荷面带微笑说："各位领导，这是我和姜行长去蟹塘亲手捉的螃蟹请大家品尝，每人一公一母。"说完傅清荷指挥服务员先将八只螃蟹温在明炉中，然后分配盘中螃蟹，傅清荷首先将一只硕大的螃蟹放到薛处长的盘子里，一双大螯竟有鼠标大小，薛处长只看得目瞪口呆。傅清荷解释说："不好意思，这么大的螃蟹只有一只，只能请坐在主位的客人享用呢。"

薛处长明白了，他惊讶地对傅清荷说："清荷老板，你这是把螃蟹王捞上来了呀。"

傅清荷指指姜扬说："姜行长的客人就是我最尊贵的客人，一只螃蟹王算什么。"

薛处长往盘子瞧瞧说："清荷老板，这蟹后也捞上来呢？"

傅清荷笑道："这蟹王、蟹后成对成双，我怎么舍得让它们分开。"

薛处长叹口气对姜扬说："这礼有点大。"

姜扬奇怪道："怎么呢？"

薛行长揣测道："我估计现在蟹塘已是军阀混战，不知多少公蟹断钳毁螯，这代价太大了。"

姜扬也目瞪口呆地看着傅清荷。

傅清荷轻松地笑道："没那么严重，螃蟹的再生能力很强，大不了明年再上餐桌，这蟹塘也该改朝换代了。"

薛处长洒脱一笑说："恭敬不如从命，魏处长你来对付那只蟹后。"

傅清荷道："这才不负我们姜行长的一番情意。各位领导，菜还合口吧？"

薛处长夸张地说："太棒了，只能用完美来表达，比如说这咸肉，看起来和平常农家咸肉并无多大的区别，可是吃到嘴里却有另一番说不上来的异香，奇妙、奇妙。”

傅清荷竖起大拇指道：“薛处长牛，品菜的功夫一流。顺便说一下，我们小店有个规矩，凡是客人钓上的鱼、虾等各种河鲜一律不计费用，这餐席是姜行长请客，所以我们将各位领导的战利品进行了加工，领导们回家后只要将汤汁收干即可。各位领导请慢用，小女告退。”

傅清荷说完不退反进到何班长身边轻声说：“何班长，麻烦你跟我出去一趟。”

小何闻声离席随傅清荷走出包间，服务员将何班长的螃蟹放入锅中温着。

薛处长目送傅清荷离开对魏处长说：“这个老板不简单，堪比阿庆嫂。”

魏处长深以为然地深深点点头。

姜扬也不做详细解释只是说：“各位处长，吃螃蟹要趁热，请。”

西沙湾的螃蟹不同于其他大饭店的人工养殖的螃蟹，完全野外环境生长，公蟹体壮膏厚，母蟹肉丰黄美，大家不再说话一时大快朵颐。

不一会儿，何班长推门进来，他走到薛处长的身边低声说了些什么后回到座位上，薛处长下意识地朝姜扬看看，姜扬和薛处长中间隔着魏处长只隐约听到咸肉、大米的。薛处长俯身和魏处长耳语几句，两人嘀咕一阵后又专心对付盘中的螃蟹。

吃完蟹净手，薛处长端起酒杯说：“姜行长，我年长你许多，叫你一声老弟不为过吧。”

姜扬连声说：“当然、当然。”

薛处长爽声笑道：“老弟，以后咱们就是兄弟了，老弟的事就是我的事。”

薛处长突然的表现姜扬也能猜到八九分，定是傅清荷帮他打点了关系，不过飘过来的几句让他不确定送礼的价值，于是，姜扬客气道：“薛处长别客气，不过是点农副产品。

薛处长佯装生气说：“叫老哥，再叫处长什么的就见外了。”

姜扬笑道：“老哥！”

薛处长中气十足：“好！老哥不能白叫，送你个见面礼吧，我看你们营业部实在是不堪入目，送你们一个全装修，行吗？”

姜扬大脑有点发晕：“老哥，那要不少的钱啊。”

薛处长轻松道：“能要多少？四五十万够了吧，这点权没有还当什么处长？这样下午我就让人打四十万到你们经费账上，其余的部分你们装修完拿发票来省行找我。”薛处长说完端起酒杯喝了口，杨福康连忙端起酒杯陪着。

姜扬还没从惊讶中醒来，魏处长笑嘻嘻地说：“给你们市行弄台 ATM 怎么样？”

“太好了。”姜扬只能端起酒杯，刚要站起来，薛处长说：“老弟别这么喝，你去把美女老板请来，我们敬敬她。”

姜扬闻言浅喝一口起身去找傅清荷。

姜扬出门向门外的服务员寻问傅清荷的所在，服务员回头一指，只见在听荷轩的避荫处一位白衣飘飘、长发舒展的美貌女子倚在栏边，手中一根长竿，竿上一根丝线垂入水中，姜扬此时处在逆光的位置，水面反射的光怪陆离之中，傅清荷宛如一位仙子立在其中。

姜扬不由得呆在当场，这个场景、这种感觉在心里已消失了很久，他立即想起并不遥远的漂亮的妻子和可爱的女儿，他想无论如何得要打个电话回去。其实打个电话甚至回趟家并不难，只是没了那个心境，打了也白打，回了也白回。“都是工作闹的。”姜扬心想。

姜扬回过神仔细看去，见傅清荷手中那鱼竿学着姜扬钓鱼的样划来划去，一双眼睛却盯在岸边的一棵杨柳。柳枝随风起舞，既飘逸又有一股内在的柔韧，柳叶却片片如利刃般刚劲有力，虽随柳枝摇动却不为秋风所动。

傅清荷神情专注心随柳所动，人随心所动，心为思所动。傅清荷看着柳树想着心思，姜扬看着傅清荷也想着心思，时间就像凝固在这个空间。

姜扬身边的服务员怎知姜扬的心思，大声叫道：“傅老板，姜行长找你。”

姜扬被突如其来的一嗓子吓得打了个激灵，他连忙上前说：“清荷老板触景生情，今天定有佳作问世。”

傅清荷一见姜扬招手说：“这柳枝随风舞其韧在骨，飘逸而内蓄精神，如何用书法表现出来得要琢磨琢磨。”

姜扬叹道：“清荷高雅、自洁尤如仙子下凡尘，可是姜扬奉命而来，有人间俗事相烦。”

傅清荷问：“有事啊？”

“是啊，他们要谢谢你，让我请你过去他们要敬你杯酒。”

傅清荷说：“有什么好敬的，不去啦。”

姜扬苦着脸说：“你要是不去我可交不了差。清荷老板，你到底给他们准备了什么？他们开心得很啊。”

傅清荷得意地说：“那是切中了城市人的心意，我给他们每人一只我们秘制的咸猪后腿和200斤新米，还有水鸡煲、红烧野鸭、螃蟹、野菱等特产，够一家人好好吃上一顿的。”

“哦，还是我们清荷老板厉害。”姜扬说话间口袋里的手机短信来了，姜扬见是薛凯来的短信便打开：“姜行长，有空打电话来。”

姜扬对傅清荷说：“清荷老板，我要打个电话，你先去好吗？”

傅清荷调皮地摇摇头，瞪着眼睛看着姜扬。

姜扬眼睛里充满问号。

傅清荷指指岸边柳树。

姜扬无奈地试探说：“是不是可以参考当代草圣林散之的笔意？”

“‘笔从曲处还求直，意入圆时更觉方’，这还差不多。”傅清荷潇洒地一招手走了。

姜扬目送傅清荷走后拔出电话：“薛行长，我姜扬。”

“姜行长啊，你给市行弄了什么宝贝？谢行长现在还在乐呵呢。”

“没什么啊。”姜扬说完想起来了，他接着说，“噢，是不是 ATM 机？”

“ATM 机？”薛凯一字一句地说。

“应该是，怎么呢？”姜扬满不在乎道。

“有我们行的吗？”

“不知道。”

薛凯：“不知道？”

“我刚出来找人了。”

“那有没有给我们行弄点什么？”

“有啊，魏处长送了辆 20 万左右的商务车，各网点防弹玻璃改造由我们自己进行，给我们 50 万营业部装修费用。”

薛凯一听大声问：“真的？”

“当然真的。”

电话那头谢季风听到薛凯突然激动起来问：“什么情况？”

薛凯对姜扬说：“等等。”捂住话筒对谢季风说：“省行来了两位处长，除了安装防弹玻璃之外，另外给了我们一台商务车和营业部装修款。”

“哦，这个小姜扬有点办法，打开免提我听听。”

薛凯打开免提学着谢季风的口吻说：“你这个小姜扬有点办法啊。”

姜扬说：“其实我什么没说，都没做，是他们看到西沙湾的河湾就兴奋了，登舟野钓，放网捕虾，不亦乐乎。这里的老板傅清荷又给他们每人一只咸猪腿、200 斤大米，结果在酒桌就把事情办了。”

姜扬淡淡的几句话把谢季风和薛凯听得头只摇，当真是无心插柳柳成荫，不过姜扬的一番话让谢季风眼睛一亮，当下省行的几个大权在握的处长就在眼前，谢季风想：“不能放过他们。”谢季风想罢附在薛凯耳上说了几句。

薛凯由衷地说：“姜行长，你是我们的福将，自从你到了飞峰行我们行已是天翻地覆了，谢谢你。”这些话显然不是谢季风交代给薛凯的，薛凯继续说，“我们这边两个企业已是大局已定，下午就没我们什么事了，谢行长要过来听汇报。另外，省行的几位处长、专家在我们飞峰，晚上我们行宴请他们，谢行长亲自作陪，你就在西沙湾定两桌。嗯，要准备好鱼竿，没准他们也喜欢钓鱼、摸虾的。”

“知道了，我这就去安排。”

“请清荷老板再帮着准备个八份礼物。”

“行，你们几点到？”

“还不知道，你也不要回行了，在西沙湾等我们。”

“好，如果没事我得进去了，那边酒也快结束了。”

“好，去吧。”

姜扬进了听荷轩酒席也进入尾声，薛处长见姜扬进门舌头打着“啰啰”说：“老弟啊，你终于来了，我今个遇到狠角了，我们每人一杯下肚，可这美女老板只浅浅地喝了一小口，可我们还偏偏说不过她。”

傅清荷也不说话，抿嘴在一旁偷笑。

姜扬见自己酒杯中酒已见底说：“薛哥，清荷老板是才女，我替她告个饶，我帮她代半杯行吗？”说完姜扬将傅清荷的酒倒了一多半到自己的杯中。

薛处长打趣道：“姜老弟怜香惜玉，是性情中人，好了，成全你了，今天玩好，吃好，事也干得漂亮，酒在杯中干了歇工，干杯。”

赵宁在一旁悄悄将自己已经喝得剩下杯底的酒杯换给姜扬，姜扬佯装干杯见底。

酒毕当然是一番相送，一肚子的酒化为千言万语，千叮咛、万嘱咐，可说来道去不外乎“有事找哥”和“有空来玩”两句话，直到汽车绝尘而去共花了近10多分钟。

薛凯既然交代姜扬留在“西沙湾”倒落得他轻松自在。

姜扬问傅清荷：“清荷老板，晚上我们市行的行长陪同省行的几位处长和专家来要订两桌，不知有没有空闲？”

傅清荷道：“‘听荷轩’放不下两桌，只能在‘稻香阁’了，那是一间综合厅可以宽松摆上六七桌。这样，晚上那个厅就不安排其他客人，那里放两桌有点空旷，就把多余部分用屏风隔出去，再添些休闲的小桌椅行吗？”

“我看行，布置得农家味足点，他们都是大城市人，整天生活在水泥森林里。另外还要麻烦你准备10份土特产，就和薛处长他们一样。”。

傅清荷为难地说：“大米没问题，只是那种咸猪腿不够。”

姜扬注意到傅清荷的用词，他问：“还有哪种？”

傅清荷笑笑，她感觉到姜扬的敏锐，说：“中午的那种猪腿是我们店特制的，腌制工序比较复杂，一般都自用不外送，普通腌制有的是，不知……”

姜扬想想说：“晚上上的咸肉就用普通腌制的，我们飞峰的农家咸肉都好吃。”

傅清荷会意一笑说：“我们飞峰的咸肉当然都好。”她看看姜扬关心地问：“你要不要休息一下？”

“当然是最好不过。”姜扬昨夜睡觉不沉，午餐后自然是瞌睡虫疯狂来袭。

傅清荷叫来服务员说：“你带姜行长去河边休息。”

第二十五章　抽丝剥茧定嫌犯　割裂历史免责任

河边的柳树下系了个吊床，姜扬悠哉悠哉地躺在上面闭着眼哼着歌，柳条、柳叶过滤掉大部分阳光照在身上，温温的，十分惬意。

姜扬一觉睡醒日已去西，这一睡补足了昨夜的欠觉，耳边鸟语，鼻闻花香，生活真的非常美好。姜扬半倚在吊床上发着愣，他想："这人睡着了不就全然不知任何世事，所以睡觉和死也没多大差别，那我不等于刚刚死过一回？人为什么怕死？是不是人们睡觉时知道自己还会醒来，而死亡就永远不再醒来？那人们也没必要伤心、痛苦啊，不就一个短睡，一个长睡罢了。"

就在姜扬胡思乱想的时候，中国外汇银行沿江市分行行长谢季风的座驾正驰向"西沙湾"，薛凯的电话来了："你在哪儿？我们大概 5 分钟到庄园。"

姜扬道："我就在庄园里，我马上来接。"姜扬连忙从吊床上跳下来，他到河边撩起清澈的河水洗了把脸，急忙赶到门口迎接。

姜扬刚到庄园门口谢季风的车也刚刚停稳，谢季风下车就热情地握住姜扬的手说："我今天专程来瞧瞧我们年轻、能干的姜行长。"

姜扬腼腆地说："欢迎谢行长视察。"

薛凯在一旁说："谢行长，我们进去谈。"

谢季风边走边饶有兴趣地打量庄园说："这就是让我们姜行长帮我们市分行搞来一台 ATM 机的地方？"此时的庄园又是一番不同的景色，它被西去的太阳镀上一层金灿灿的阳光，一切显得迷离、朦胧，就像走在童话的世界里。谢季风喜事连连，心情当然大好，他边走边说："不错，不错，确实很美，在此垂钓真正是一大乐趣。"

姜扬试探地问："要不我找根鱼竿去？"

谢季风说："不了，还有正事。"

薛凯问姜扬："资料带了吗？谢行长要听你对金库盗窃案的分析。"

姜扬说："没带，我一直在庄园等你们。"

薛凯说："让赵宁送过来。"

谢季风问："这个赵宁就是你们新提的保卫科科长？"

薛凯道："是的。"

谢季风说："让他一道来听听，具体的工作还要他做。"

"是。"姜扬稍稍慢下脚步打电话。

"稻香阁"里已经按照傅清荷的指示摆放到位，由于"稻香阁"面积很大，重新摆放的休闲区就显得格外宽松，为了保证每人都有休息的位置，进门处就放了四张竹子编织的桌椅，沿墙放了一溜的竹编沙发、茶几。墙上挂了几张傅清荷书写的墨宝，其中一幅是摘抄《红楼梦》的"杏帘在望"："杏帘招客饮，在望有山庄。菱荇鹅儿水，桑榆燕子梁。一畦春韭绿，十里稻花香。盛世无饥馁，何须耕织忙。"

谢季风欣赏道："薛行长、姜行长，这就是这里老板的手书？"谢季风显然已从薛凯的嘴里知道傅清荷的故事，他不等回答继续说："不错，有想法，一看就是一位心智聪慧之人，只是功力尚缺，有待时日成就不可限量啊。"

就在谢季风观摩、欣赏傅清荷的作品时，休闲桌已经倒好茶、摆放了菱角、莲子、瓜子等水乡农家休闲小食品。薛凯对服务员客气地说："谢谢，我们自己来。"服务员知趣地退出"稻香阁"。

谢季风坐下后，薛凯、姜扬分坐两边，谢季风说："飞峰行在两位行长的带领下取得令人振奋的好成绩，我代表市分行对你们表示祝贺，我相信今年你们飞峰行就会扭亏为盈，到时我会向市分行提出对你们进行嘉奖！尤其姜扬同志，刚到飞峰行就打开了飞峰的局面，薛行长你这人荐得好啊。"谢季风不吝言词对薛凯和姜扬进行表扬。

谢季风继续说："金库盗窃案是以前遗留下来的问题，这板子不能打在你们俩身上，你们俩要放下包袱再创佳绩。金库盗窃案年岁已久难以破案这我理解，可是不能因破不了案而将此事搁置高阁，我们飞峰还有没有同样的事件？我们沿江市有没有同样的事件？我们不能掉以轻心，同志，警钟要长鸣啊。听薛行长说，姜行长对此案有些想法，这很好，不论想法对与错都是值得提倡的，我们就要勤思考，多分析，这等到小赵来我们再讨论。现在你们的存款上去了，业务量增加了，影响也扩大了，我想听听你们的分析和下一步有什么打算。"

薛凯看看姜扬，示意他先汇报。

姜扬一觉睡得精神抖擞，大脑高度运转，思路非常清晰，于是他汇报说："谢行长，这几天我们的业务确实有了飞一样的发展，这都是与谢行长的关心分不开的，再加上薛行长的正确领导。"姜扬这番话听似客气、谦虚，但细想想如果不是薛凯力荐姜扬，谢季风力排众议，姜扬此时恐怕还坐在市分行审计处的办公室里翻传票呢。

谢季风和薛凯都笑笑未说话。

“从短期效应看我们行是打了个大胜仗，但从长远的发展看还尚有不足，或有严重缺陷。我们向外发放贷款离不开存款这个基础，我们不谈以前，就目前的存款的定活比看已经有了根本的改变，从今天数据看，全部活期存款占存款的26%，已趋向合理，在过一些时间派生存款的作用开始显现，我估计定、活比约30%左右，这样我们行的存款定活就非常合理了，也能实现利润最大化。但从我们行存款来源看就不容乐观了，都是来源于近期来我们开设账户的台商企业，而且是清一色的工业企业，虽然他们给我们行带来了廉价的本、外币存款。但是，这种单一、纯粹的信贷构成往往聚集着巨大的信贷风险，来自国际经济上、金融上、外汇上的风险，随时威胁着这些以国外消费为生产支柱的出口企业。因此，我们目前只是取得阶段性的胜利，下面我们信贷工作的主要任务以调结构为主。调整信贷结构包含两方面内容：一是调整我们已有的贷款结构，说起来并没有多少可调整的，主要是对两呆贷款进行强有力的追索工作。二是调整目前的信贷结构，前面是盘活存量，关键在用好增量，我们在保证这些企业基本用款的同时积极开拓其他行业贷款对象，比如第三产业、综合农业等方面。但贷款结构的调整必需以我们的存款结构调整为基石，互相响应，扩大我们存款的扇面结构对支撑我们行持久、健康发展有着至关重要的意义。”

谢季风问：“你的意思是要调整信贷结构就需调整存款结构？”

姜扬道：“是的，至少我们飞峰行是这样，我们行长期处在贷款企业无存款的状况，这不仅仅是我们行流失了廉价的企业存款，也使我们信贷资产长期处在不安全的状态。”

这时赵宁推门进来，一见肃穆的情景不由得停住脚步站在当场。

薛凯对赵宁说：“赵科长，你在外面稍等，我们一会儿叫你。”

“是。”赵宁军人般地回答，转身出门。

谢季风示意姜扬继续，姜扬调整重点继续说：“我们前期所做的诉讼、诉讼保全，贷款重新落实已经基本完成，下面就跟踪、落实还需要继续努力。比如，我们诉讼丝绸公司投资海南房地产案已经胜诉近 3 年了，但每次执行都是草草走过场，这次我打算去与高院执行局沟通落实，争取处理结束。”

姜扬继续说：“两呆的核销材料准备就绪，但这些都是那个叫宋昭军的整理出来的，我想再审核审核。”

谢季风“嗯”了一声。

“目前我们飞峰只有两家经营比较好的工业企业，一家是生产陶瓷娃娃出口美国和欧洲的，贷款约 2000 万左右；另一家是生产红木家具的生产企业，目前没贷款。但这两家企业同样在我行没有企业存款，我打算，一是所有结算款必须在我行结算。二是对这两家企业的供、销、存进行一次全面盘点，摸清他们的家底，保证我们的信贷资产的安全、可靠，当然也可以对他们的资金需求精准支持。”

谢季风赞道：“未雨绸缪，人无远虑必有近忧啊。很好，我们的银行工作就要有这认真劲！工作做完了给我写个报告，我要在全市进行推广。”

姜扬继续汇报：“关于新增贷款方面我已向薛行长汇报过，除外资等企业以外，一是必须县级以上的优质企业，二是符合国家产业发展的朝阳企业，三是必须有担保、有资产抵押，四是必须在我行开设基本账户或有同等比重的存款、结算的，我们才给予考虑，不符合上述要求的一票否决。现在我们飞峰有两家企业进入我们视线，一是飞峰山华宝寺，它属于宗教旅游项目，符合当前的国家产业发展政策，有长远的发展前景，一次投入长久收益。项目分 4 期进行，共投资约 2.5 亿元，其中，前 3 期投入约 1.5 亿元，包括一座释迦牟尼座像、基础建设、道路等，二期则是周边环境和国家级生态园区。”

谢季风问：“项目你已经考察过？”

姜扬答道：“没有，这是我在飞峰行任储蓄科长去‘华宝寺’上门服务时同寺庙主持闲谈起来的。”

谢季风笑问：“你和主持熟悉？”

姜扬道：“算是他的朋友吧，他是沿江净山寺方丈慎真大师的二徒弟静山师父。”

谢季风仍笑道：“姜行长交友很广啊，‘华宝寺’我也早有耳闻，一直无缘拜访，你们去调研时叫上我。”

薛凯、姜扬心里知道这个项目基本在谢季风这里过关了，他们同时说：“谢谢谢行长关心。”

姜扬犹豫地看看薛凯，薛凯示意姜扬继续，姜扬只好继续说：“第二个项目是位台商投资的飞峰湖高尔夫度假村项目，也属于旅游项目，项目地在飞峰湖边，在省会金陵市与沿江市之间。该项目我与薛行长均已去过，目前已建成一座高尔夫练习场，准备建一座高尔夫休闲中心和一座 18 洞标准球场以及两座大小不一的练习场，周围是高尔夫别墅群，估计需要上百亿以上的投资。当然，启动该项目并不需要这么多的贷款，除去自筹资金，估计启动资金至少需要两个亿左右。”

谢季风想了想说：“高尔夫项目或高尔夫地产项目是游走在国家产业政策的

边缘，掌握不好就会触动政策神经，虽然我们是股份制的民办银行，但国家的宏观调控我们不得不遵守。该项目看似不错，但战线长、操控难度比较大，你们在考评这个项目时一定要小心。”谢季风没有直接否定这个项目，他从薛凯和姜扬的眼神交流上清楚知道这个项目是以薛凯为主导的，姜扬在言语中虽然客观地介绍该项目，但也能听出他对该项目的担忧。

薛凯和姜扬应道：“是。”

谢季风总结说：“姜行长，你的思路很好，工作不仅踏实而且已见成效，希望你再接再厉。今天我和小薛交流的比较多，你对全行的把握是全面的，也很到位，我很欣慰，我相信飞峰行在你们的领导下会更上一层楼。”谢季风停了停说：“薛行长你把小赵叫进来，我们下面谈谈窝心的事。”

赵宁进门端坐在休闲椅上，他腰板挺直双眼直视。

谢季风称道：“好一副军人气质，赵科长，我想听听你对这起金库盗窃案的看法。”

赵宁神色黯淡下来说：“对不起，谢行长，我实在无法挖出这个盗库的窃贼。”

谢季风问：“就没有一点线索？”

赵宁答道：“时间过去太久，所有痕迹都消失殆尽。”

谢季风继续问：“今天市分行的喻处长来了吧？”

赵宁答：“来过了，上午我们研究了很久，还是无法判定是谁作的案。”

谢季风点点头后转向姜扬问：“姜行长，你怎么断定作案的人是宋昭军？”

赵宁一听大吃一惊，姜扬居然就凭了那些复印件能确定宋昭军是盗贼，他不由得瞪大眼睛看着姜扬。

姜扬对赵宁说：“我让你带的资料带来了吗？”

“带来了。”赵宁连忙从包里取出姜扬所要的资料。

“都复印了？”姜扬问。

“复印了。”赵宁答道。

姜扬看看把复印的资料分发给谢季风、薛凯和赵宁，然后说：“俗话说：‘人过留名，雁过留声。’我就不相信这好端端放在我们金库里的6万元，就无声无息地不翼而飞了。我重新排列了进出库的相关数据以及它们之间的相互关系，我可以明确地认定宋昭军就是盗取我们金库的蠡贼，而且我还有充足的理由认定此次盗库是他一个人所为！”

复印资料放在谢季风、薛凯面前，他们并未翻动只是在认真地听。而赵宁迫不及待地不停地翻动资料，希望在姜扬所列的厚厚资料中找到蛛丝马迹。

姜扬继续说：“我们看 1991 年 9 月 18 日至 20 日 3 天的出库记录，均有新币出库，这上面有记录的冠字号，分别是 1 万、3 万和 2 万，共计 6 万元。这 3 笔 6 万元是由宋昭军以及和他搭当的出纳领用的，一般来说这个季节需要新币并不多，银行一般也不会向外兑换新币，事有反常即为妖。果然，这些领出去的新币虽然在金库进出库登记簿上有反映，但并没有在这张新币领用单上记录减少变化，我们可以看出这是有意为之，他小心地将钞票掏空后在原包装中填上空白传票，再以上缴现金的形式把这些冒充成钞票的假钞票缴到金库中，并偷偷放入那堆新钞中，这就是那些冠字号码又出现在那堆新币中的原因。我们可以看出在这 3 天的金库账实是不平的，不过这个人知道这几天是不会查库的，我们可以查阅那张 1991 年 9 月份的考勤表，分管副行长张云涯和营业部主任张涛有 5 天的出差记录。”

谢季风、薛凯、赵宁都翻阅手中的资料，薛凯问：“登记簿上的冠字号有些模糊不清，你怎么能确定就是这批新币？”

姜扬说：“虽然在进出库登记簿上记录的有些模糊，或者是有人有意地将字写得缺字漏字的，但我对比这批新币从人民银行领出的数额和时间，是 1989 年我行开业时领用的，当时一共领出 30 万元，开业期间分发给网点、营业部 20 万，尚留 10 万，当年春节又从人民银行领出 40 万，这些新币就一直压在下面没有动过。我们可以从登记簿上看出，后面的冠字号码与前面，那批新币的冠字号码毫无关联，而这 6 万元冠字号的号码与前面存在密切的关联，因此我们可以得出结论这批新币就是开业时领出的那批新币。”

薛凯继续追问：“你怎么就认为是宋昭军一人所为？”

姜扬道：“如果是两人所为就不需要分 3 天逐步转走，一次了结更为安全。第一次换走 1 万元明显地在试手，随后两天换走 5 万元。那位金库出纳是刚进行不久的新人，一切要听从他这个师傅指挥。再说，如果是两人共同作案就根本不用领款形式，直接用传票将新币换出来即可。通过以上分析我们可以想象到：宋昭军利用营业部主任张涛出差的机会，利用长期进出库的懈怠和麻痹，分 3 次领用新币，并有意没有在新币清单上留下记录，新币领出后立即用准备好的传票充填进去，然后再带入金库摆放到原处，就这样这 6 万元新币不知不觉中被盗了出来。”

薛凯继续追问：“如果是两人共同作案将新币换出的话，我们还真的没有一点线索，宋昭军为什么不这么干？他为什么选择宁愿冒着一定风险的方式去一个人盗库？”

姜扬回答道：“我也想过这个问题，我设想过我去盗窃金库，结果我半夜被噩梦惊醒。既然敢冒天下之大不违，那就要有点非凡的心理素质，犯罪也是一种能力。由此看来，宋昭军没有机会或根本不信任其他人成为他的同伙，他可能认为他一个人更安全。”

谢季风、薛凯、赵宁随着姜扬的论述过程翻阅材料，薛凯问：“姜行长，你是怎么找到这些证据的?”

姜扬答道：“我们金库资金由五个方面资金占用组成，一是金库库存，二是网点备付金，三是会计出纳备付金，四是残破币，五是新币。我们平时在核查金库时一般不会核查网点备付金和会计出纳备付金，对这部分都是先行核查，也可以在次日工作前进行核查。所以，我们查账时会忽略它们之间的关联性，而是看到什么就查什么。这张新币清单记录着新币的进出变化情况，但它不能成为账务的组成部分，如果将它成为查账的依据的话，我想什么都不会查出来的。”

谢季风、薛凯、赵宁都重新翻查手中的资料，在消化姜扬的分析判断。不一会儿，谢季风抬头看看薛凯和赵宁。过一会儿，薛凯也抬起头与谢季风对视一下点了点头。随即，赵宁也抬起头，他只是崇拜地注视着姜扬，看起来他并没厘清数字间的关系，他只是信任他的姜副行长。

谢季风严肃地说：“薛行长、赵科长，你们对此有什么看法?”

薛凯和赵宁摇头说：“没有。”

谢季风说：“我也没有其他看法，我认为姜扬同志的推断是正确的，这个宋昭军就是他妈的该死的盗贼!”谢季风愤怒一拍桌子，“我们绝不饶了他！姜扬，你说说怎么处理?”

姜扬苦笑说：“虽然我们推论出宋昭军是盗贼，但我们并没有直接证据证明他盗库，用现有的证据无法让他锒铛入狱，所以，我们向公安机关报案也是没用的。”

大家都点头称是。

姜扬继续说：“我考虑分两方面进行，一方面了解宋昭军过去的情况，包括工作、生活、爱好等情况，希望从他的本性上对他有个了解，他不可能天生就是一个罪犯，他一定有其类似的经历，在其根源上找其必然性；另一方面对他所经手的账务、贷款、文书进行一次全面审核，看看里面还会藏着什么猫腻。”

薛凯“嗯”了一声说：“应该不会了吧，不然这区区 6 万元他早就还上了。”

姜扬果然地回应说：“不一定！宋昭军在窃取金库不久就调到信贷科任信贷员，他可能没了机会再把钱放归原处，也可能时间一长他忘了，扔到了脑后。”

谢季风点点头说：“有这种可能，不管怎么说都不能让他逃脱法律的惩罚。姜扬，我命令你给我死死盯着他！直到把他送进大狱为止!”

“是！”姜扬中气十足地答道。

谢季风放缓话语说：“薛行长、姜行长，我们不能一个老鼠坏一锅汤，我们不能让一个小小的宋昭军打乱我们飞峰行的发展节奏，用调整、整顿、改革、发展、提高来规划飞峰行的未来。”

薛凯、姜扬道：“知道了，谢行长。”

谢季风轻松地道：“好了，就到这吧，我们出去走走，这么漂亮的风景不看的话，对不起主人。”谢季风说完带头走出“稻香阁”，西去的太阳已经开始下沉，金色的秋天这时才展开它最动人的魅力，金色中带着绚丽的玫瑰色，把一切都纳入她的画卷中。

……

送走客人，薛凯回到宿舍。他没有回到房间，而是在客厅的沙发上坐下，打开电视选择当地新闻，小毕连忙泡杯茶放在薛凯面前。薛凯拿茶杯试了试觉得有些烫又放在茶几上，他眼睛看着电视，心还陶醉在他的内心世界里，姜扬的给力，秦雪莹的温柔之乡，谢季风的看重，这一切太美妙了。

薛凯端起茶杯喝了一口，水温刚好。这时楼梯口传来熟悉的声音，是姜扬？薛凯看看挂在墙上的时钟才八点半，这么短的时间他们是不会发生什么的，薛凯不免有点失望。其实，薛凯下意识地坐到客厅里也是想听听姜扬是什么时间回来的。

姜扬手里拿着傅清荷写的书法来到自己门前，他掏出钥匙准备打开房门，对面薛凯的门开了：“姜行长回来了，进来坐坐。”

“薛行长，没休息？”姜扬进门脱鞋。

“才几点钟啊，小毕，泡茶。”

小毕泡完茶懂事地回到自己的房间。

薛凯等姜扬坐下后问：“怎么这么快就回来了，没再玩玩？”

姜扬在沙发上挪了挪说：“能玩什么，写了幅书法给我，傅清荷金盆洗手了。”

薛凯奇道：“金盆洗手？不再写字了？”

姜扬道：“什么不写字，不再亲自经营庄园了。”

薛凯：“不干了，我们后天的会议怎么办？”

姜扬解释道：“傅清荷不亲自经营不代表庄园不是她的，傅清荷送了20%的股份给她堂妹，由她堂妹帮她经营。”

薛凯松了口气说：“是这样，她堂妹行，比她灵活。哦，你那天的话起作用了？”

姜扬点头说：“是的，她可能会去开个画廊。”

薛凯不想在这个话题上延续下去，于是说："画廊开业时我们去祝贺一下。姜扬，你不觉得宋昭军这么干不是找死吗？"

姜扬用力拍了下沙发说："他不是得逞了吗，这小子我饶不了他！"

薛凯平淡地说："你真的想查下去？"

姜扬用带着疑问的眼光看着薛凯。

薛凯提示说："这个案子，这个宋昭军跟我们有多大关系？何必再翻腾那些已睡进棺材里的死账。"

姜扬吃惊地看着薛凯问："就不管不问了？就让这蠡贼逍遥法外？"

"今天省行计划处和谢行长已经表态全部解决我们行的呆账贷款，这样我们就没了一点负担，现在局面打开了，我们甩开膀子向前冲就行。"

姜扬没想到薛凯是这样一种看法，他陷入了深思。薛凯也没有继续往下说，他在注意观察姜扬的反应，等候姜扬如果作答。

客厅里只有电视上的播音员的声音在回荡："县委书记蒋红卫同志带领三套班子成员视察今年秋粮情况，经农业部门介绍在县委领导的关心下，今年秋粮比去年增产20%以上。"

薛凯、姜扬听了相视一笑，新闻原来可以这么报。

电视机的播音员继续播报："副县长邵玉国同志今天下午视察了飞峰湖高尔夫度假村，他在视察时指出飞峰湖高尔夫度假是提升我县形象、扩大我县影响的重要项目，据公司董事长洪克嘉先生介绍，度假村将投入上百亿元人民币，陆续建成高品质的高尔夫球场和休闲度假中心。"画面上邵玉国副县长拿着高尔夫球杆指指点点，大有指点江山的意思，洪克嘉在一旁点头哈腰有点像日本人的样子，唐婉儿脸上夸张的谄笑紧随邵玉国，秦雪莹则跟在后面倒是很轻松。这段录像大约2分多钟，而跟在后面的秦雪莹也就一晃而过，薛凯失去了往下观看的兴趣，拿起控制器关掉电视，指着电视对姜扬说："对此有什么看法？"

姜扬知道薛凯问的是飞峰湖高尔夫度假村一事，他立即说："从项目本身看这个项目应该没什么问题。"

薛凯心里一松倚在沙发上跷着腿认真听姜扬分析。

姜扬继续说："这个项目的卖点应该是高尔夫，冠上休闲度假的名义，赚钱是别墅、商业房产。随着我国的改革开放，人民生活不断改善，这一天迟早会到来，只不过是洪老板他们来得早了点。如果是单纯的高尔夫项目则明显违反国家的土地政策，如果在那么偏僻的地方开发房地产还不是死路一条，所以两者结合是最佳的选择，不是谢行长也没有反对这个项目嘛。我们现在面临的问题，一是投资方是台商，我们对他们的公司情况、高管个人能力、公司资金状况和信誉度等情况都是不清楚。二是公司的风险保证，他们与我们这几天来开户的台资出口型工业企业不同，他们没有任何有意义的抵押物。三是我们银行对房地产行业不了解，也没有现成的操作流程和相关业务人员。”

“我听你下午谈到房地产时好像也很了解。”

“我只知道一鳞半爪，只能务虚，真正上升到操作规范还差远呢。”

“哈哈！”薛凯笑道：“你倒是谦虚得很。”

姜扬诚恳地说：“我说的是真的，这个项目真正操作起来难，每一步都难，如果立项吧，这么大的项目保不定要总行批，不立项的话走流动资金贷款，不仅违规还要分若干笔操作，难。”

薛凯端起茶杯喝了口茶，眯起眼睛琢磨了一会儿说：“难不难总得要试试吧。”

姜扬想想问：“薛行长，你就这么想上这个项目？”

薛凯看看姜扬用劲地点点头。

“行，我来负责这个项目调查。”

薛凯并不愿意姜扬负责这个项目，他说：“最近工作是怎么安排的？”

姜扬道：“这两天新开户的企业需要上门走访，这项工作将由丁志华和 3 名外汇结算的人员负责完成。”

薛凯问：“外汇结算人员能不能摸清他们的家底？”

“应该没问题，外汇结算的业务包含信用证贷款，还有企业需要的临时性的流动资金贷款，它们存在一个企业内部的资金运作，我们的外汇结算人员不能只在柜台上审审单据，如果不深入研究企业内部的资金运作情况，对他们认识上很不全面。我认为，只有让我们的外汇结算人员充分了解企业的情况才能保证我们的信贷资金的安全，其他行怎么做的我不知道，至少我们行必须这么做。”

薛凯点点头说：“我同意。”

姜扬继续说：“两呆贷款的诉讼工作已近尾声，最近已落实得差不多了，主要的是蚕茧公司在海南的一笔房地产投资还有追缴回来的希望。”

“这笔贷款有多少？”其实薛凯很清楚这件诉讼案，他刚到飞峰行时就动过这个脑筋。可是，他多次交代杨福康去省高院交涉都无果，无奈之下只能搁置一旁。

“我们的诉讼标的是 2400 万元，真正欠我们的贷款是 2000 万元，其他的是利息和罚息。”

“这笔贷款有希望？”

“如果我们较真，法院应该会支持我们的。”

“行，这些老的两呆贷款是要落实了，别挂在账上装模作样的，把呆账贷款也转到呆账里面，趁这次机会全部给核销掉。”

“不行吧，呆滞贷款挂账两年才能转呆账。”

薛凯轻蔑一笑说：“你看看那些呆滞贷款，哪个不是呆账贷款，只是放在呆滞贷款账上收利息罢了。”薛凯忍住后面难听的话不说了。

姜扬叹口气说：“是啊，这飞峰行啊……”姜扬也没往下说，相互对视苦笑一下。

薛凯说：“明天就转进去，给市分行打个报告说明情况，这个黑锅我们不背了。”本来薛凯也想通过呆滞贷款账以贷收息，今天他终于有了底气。

姜扬也不想让以前的陈芝麻烂谷子困扰他的工作，他说：“行，这段时间就把这项工作结束掉，有价值的我们就追下去。”姜扬停停说：“所以说宋昭军做的这些账还是要查的。”

事情到了这一步，查不查宋昭军与薛凯没多大关系，他也不想在这事上与姜扬产生隔阂，于是他给姜扬定了个总原则：“查不查，如何查，你看着办，只要不影响我们的发展就行。”薛凯想想不放心嘱咐说：“查到什么情况提前和我打个招呼。”

“那是当然的。”

薛凯说来道去最终目的在于后面的话：“这样算来你最近很忙啊。”

“是很忙，我想把圣兔礼品公司和金牛红木公司的家底盘一下。”

薛凯有点吃惊问：“盘家底？”

“是的，把他们的固定资产、流动资产，账务上包括进、销、存的账全部核对一遍。”

“有这个必要吗？这个工作量不小啊。”

姜扬坚定地说：“非常必要，我们信贷工作不能脚踩西瓜皮，滑到哪里就到哪里，我们信贷工作必须要有一个详实的数据支撑和科学的财务分析。”

薛凯有点感动，他说：“踏实！通过这两家企业的盘家底，带动我们的信贷部门的踏实的工作作风，我支持你。”

姜扬笑笑说：“这没什么，本来就是我们信贷部门应该做的。”

“姜行长，这些工作要做，我们行的发展也不能放松啊。”

姜扬明白薛凯要说什么：“知道，我会抓紧的。”

薛凯诱导地说：“项目调查、立项资料繁杂，手续众多，不知要跑多少次市行、省行呢。”

姜扬说出薛凯今晚最想听的话：“你看这样行吗，我主要负责飞峰山华宝寺的项目，让丁志华负责高尔夫度假村的项目。”

薛凯心中暗乐，装模作样地想想说：“也行，分两块要快些，丁志华的业务水平还是可以的。”

薛凯又说：“下午省行已经汇来 40 万装修款，你看？”

姜扬摇摇手说：“这事不要问我，你是行长你看着办。”

薛凯目的达到了谈话的兴致也随之消失，他想第一时间将好消息告知他为之心动的秦雪莹。一个巴掌拍不响，两人淡淡地东拉西扯渐渐没了趣味，不一会儿姜扬告辞回到自己的房间。

姜扬回到房间，泡茶、点烟坐在书桌前沉思着……

茶渐凉，水见浅，烟已短，姜扬拿起桌上的纸笔写下：“关于信贷员终身追责、信贷评审成员 10 年追责制的试行办法。”

薛凯等姜扬走后去卫生间舒舒服服洗了个澡，他回到房间迫不及待地拿起手机向秦雪莹发出短信：“在哪儿？”

很快就有回复：“在家，你在哪儿？没事了吗？”

“没事，你呢？”薛凯发出信息后没了回音，他心里有点烦躁在房间里来回走动，就像走过漫漫长夜一样，他走了没两圈秦雪莹的电话就来了，这个电话就像在冬夜中划亮的一根火柴，薛凯连忙接听，只听到电话里响起甜蜜的声音：“薛哥。”薛凯的心里就像干涸的田野注入一汪清泉，他立即回道：“雪莹，我又想你啦。”

……

第二十六章　薛凯努力见成果　自信满满请书记

第二天上班薛凯立即召开行务会，会议上薛凯没有像以往那样先由科长汇报情况、听从意见、商量办法，所有的一切他一个人通包了，他说：“姜行长、各位科长，我们开会，大家都知道这两天我们行发生了什么，从今天起标志着我行从此立于我们沿江市分行的先进行列，这里我要感谢我们的姜扬行长和在座为之努力的同志。”

薛凯威严地把目光在每个人身上停留，“每个人心中自有一杆秤，在闲得没事的时候都量量吧。好了，今天我们就不说这了，我把当前的工作分配一下，第一件事是落实网点安全改造问题，昨天省行的薛处长和魏处长专程来落实此事，这样这件事就由保卫科赵宁负责，办公室老杨配合。第二件事是营业部装修的事情，由办公室杨主任负责落实，老杨你去云阳行找办公室王主任，他们营业部的装修将总行的设计规范细化得很好，装修简洁大方，柜台布置合理实用，你去把他们的图纸拿来，我们就参照他们的设计就行，省点设计费嘛。省分行配备一辆商务车给我们行，这辆车首先保证姜行长的用车。第三件事情主要是信贷上的工作安排，昨天我和姜行长做了充分的交流，对信贷工作有了统一的共识，今天我就越俎代庖一并布置了。”薛凯说完向姜扬点头示意，姜扬笑笑回复，薛凯继续布置：“信贷工作是目前我们的所有工作中的重中之重，除了解决以前遗留下的两呆贷款等工作外，加紧、加大我们行的信贷投入，其重要意义就不需要我多言了吧，目前正式确定的有两个项目：一是飞峰山华宝寺宗教旅游项目，这个项目由姜行长亲自负责。二是飞峰湖高尔夫度假村休闲旅游项目，该项目由丁科长负责。”薛凯终于以办公会形式确定并启动了飞峰湖高尔夫度假村项目。其实今天还有许多事情可以公布，但薛凯不想让大家分享，他忘不了他刚来飞峰行时候的困境，现在是扬眉吐气的时候了。

他果断地结束会议：“今天的行务会就这样，请各位科长立即落实，散会。”

薛凯坐在座位上没动，他喝着茶看着科长们从眼前走出大门，心里有了久违的痛快的感觉。

姜扬也坐着未动，薛凯和姜扬静静等着科长们出门。

姜扬："刚才说到营业部装修我突然有个想法。营业部已经不能满足现在的业务需要，我们行各项业务终究一天也会发展上去。省行不是给我们50万元嘛，我想这次装修尽量少花些钱。"

薛凯立即明白了姜扬的意思，说："你的意思是我们买地造楼?"

姜扬点点头说："现在飞峰县政府正在打造第四条商业新街中山大道，目前进驻的单位不多，商业用地只有7万元一亩，这次不如趁机买几亩地先放那儿等有钱再造。"

薛凯立即赞道："好主意，走我们先去营业部商量如何装修，再到新街去看看。"

姜扬推辞道："我就不去了，我还要去郑总那里看看明天会议的准备情况。"

薛凯站起来拉起姜扬不由分说道："看完了我和你一道去'澎湖湾'。"

姜扬合上笔记本说："我去一下信贷科，走的时候叫我。"

姜扬去了信贷科刚把唐婉儿的电话号码给了丁志华，门外就传来薛凯的声音："姜行长，走喽。"

"来了。"姜扬应了一声又向丁志华交代道，"你立即和唐总联系，尽早进入情况，调查时不仅要了解投资方的各经营、财务、还贷能力等方面情况，更要亲自去各部门了解立项、土地、规划、环评、地质、水文、水、电等情况，必须亲眼见到许可证或批文并复印留存，杜绝从投资方取得的二手资料。"

"知道了，姜行长。"

"这几天你专门盯着这个项目，尽早拿出项目调查报告。"姜扬说完快步走出门外。

门外薛凯等着姜扬，身后跟着杨福康，薛凯见姜扬出来问："布置下去了。"

姜扬笑笑说："让小丁全力以赴进入这个项目，这是我们行有史以来最大的贷款项目。"

薛凯沉声说："确实，马虎不得，马虎不得啊。"

杨福康在一旁使着劲地点头。

三人边走边说来到营业部，张主任和赵宁已在营业部大门口等候，让过薛凯、姜扬他们三人跟在后面。

营业部的储蓄专柜、外汇专柜、会计专柜、出纳专柜均有许多客户在办理业务，尤其会计专柜排了不长不短的队伍。柜台里各专柜的营业人员紧张有序地忙碌着，会计柜上的全部换了新面孔，由于柜台限制仍然采取姜扬的业务处理方法，两名接柜审核凭证，一名在电脑上查询单位账户的资金余额，一名录入单位存取信息。

薛凯看了一会儿对姜扬说：“这个营业部是小了点，你看怎样改造?”

姜扬看了看：“我也说不好，不过我想就重新做个柜台，墙面就刷刷漆，翻个新就行，费用控制在三五万之内。”

杨福康在一旁急道：“要用云阳行营业部的装修方案，三五万绝对不够的。”

薛凯接过话说：“不用去云阳了，老杨，我看三五万元都不需要，把边门拆了，接一段柜台一直到墙，从警卫室打个小门出来，再刷刷漆，换个灯具就行。”

杨福康听薛凯一说心里想这两个行长一个比一个抠门，刚刚在行务行上表的态怎么说变就变，省行可是答应给 50 万元啊，不过既然一把手发话了他也只有服从的份。

薛凯问赵宁：“省行给我们的防弹玻璃什么时候能到?”

赵宁答道：“昨天下午已经将尺寸报到省行，星期三能运到我们行。”

薛凯对杨福康说：“老杨，找个大点的装修公司，先把柜台和防弹玻璃的框架做好，争取这个星期五晚上开始动工，三班倒施工，星期天工程结束，必须保证不影响周一的正常营业。老杨，你和小赵配合好，做柜台时把防弹玻璃都事先设计好，装柜台时一并将防弹玻璃装好。”

杨福康和赵宁同时都“哎”一声。

薛凯对姜扬说：“请姜行长和市行电脑处联系，为我们预装五个电脑接口。”

姜扬道：“好的，一会儿就联系。”

薛凯从查看到定方案前后用了不到 10 分钟，他对姜扬说：“营业部就这样，我们看看地皮去。”薛凯看看时间还不到 8 点又对杨福康说：“老杨，跟我们一道去。”

杨福康一头雾水跟着两位行长上车，汽车沿着人民东路向东行驶 3 分钟，左转又行驰了 2 分钟来到中山大道，沿着中山大道缓缓行驶。中山大道的主、辅路已铺设完毕，两边的人行道正在收尾，两旁的绿化带尚未开始施工，大道的两边有一些大楼正在建造，大道两边还有许多大片的菜地。

薛凯问：“这几幢大楼是什么单位?”

姜扬说：“人民银行、农业银行、工商银行正在盖楼。”

小毕说：“公安大楼快封顶了。”

杨福康比较清楚，他补充说：“财政大楼、移动公司、邮政大楼还一家三星级宾馆都在这里兴建，还有一些公共服务单位也要移到这里，听说建设银行也准备在这里买地皮。”

薛凯道：“真正是金融一条街啰，我们也找块地方建个大楼。小毕，再回头转一圈。"

就这样走走停停，边走边商量，终于在离移动公司不远处挑了一块约四亩地空地。

薛凯兴奋地在这片土地上跳跳说："我们将在这里开创我们飞峰行新的未来。老杨，回去立即起草用地报告报县经济委员会、市分行和县人民银行争取早日立项。"

杨福康兴奋地回答："好的。"

薛凯说："走，我们去拜访万总去。"

薛凯和姜扬、杨福康走进"澎湖湾"那座标志性意大利城堡，进门就看见宁芸指挥着七八位员工在主席台下摆放座椅，原来纵向摆放的主席台重新摆放成面东向西，这样会堂缩小一半，显得更紧凑。主席台上摆放两长排条桌，两个年轻姑娘在铺桌布，主席台上方悬挂好了"飞峰县台协与飞峰外汇银行座谈会"的横幅。

宁芸眼尖一眼看到薛凯、姜扬进来，她飞快地跑过来说："薛行长、姜行长好，你们来得正好，明天你们行参加座谈的领导有哪些？我要排好席位卡。"

薛凯说："宁主任辛苦了，等会儿我写份名单给你。"

宁芸说："行，薛行长、姜行长，你们看这样布置行吗？"

薛凯环顾四周道："当然行，气派得很呢。"他是第一次走进这座城堡立即被它的品质和豪华震撼了。

宁芸骄傲地说："那是当然的，一会儿把投影仪和电脑接上，主席台就差不多了，万总在办公室，我带你们去。"

到了万耀华办公室，宁芸敲敲门框说："万总，姜行长和薛行长来了。"

万耀华起身看到薛凯，连忙说："哎呀，薛行长来了，快请坐。"

姜扬问："伯父、伯母在吗？"

万耀华说："陪张市长和居县长去台湾，他们重要活动挺多的。"

万耀华将薛凯、姜扬和杨福康让到沙发上，宁芸为他们泡上茶后出去忙她的事。

万耀华问："薛行长，你看我们这样布置行吗？"

薛凯赞道："太棒了，这都和美国议会大厅差不多了。"

"薛行长满意就好，台协王会长和其他四位副会长都会参加座谈，另外有十二位公司董事长、总经理参加座谈。"经万耀华这么说，原本简单的外汇银行业务介绍和外汇业务风险防范报告会成为名副其实高级别的银企座谈会。

薛凯说："我们省分行的吴副行长已经确定来参加会议，另外来两位处长和两位金融专家。不过，吴行长只能参加会议开幕就要同两位处长去吴州市，市分行的谢行长会全程参加。"

万耀华说："行，你们看怎么安排？"

薛凯说："企业的董事长和老总们时间也很紧，不如这样，明天上午 10 点开始座谈会，到 11 点左右结束，大家可以把公司的事情安排好再来，需要回去的也可以回到公司。我们省分行、市分行过来也只需一个小时，这样大家不会太赶，参加人员，台协会、公司负责等人员。下午一点半进行业务讲座，估计时间两个小时，三点半结束。中午就餐在'西沙湾'，参加下午讲座人员一道参加。万总，你看行吗？"

万耀华想想说："行，我看这样安排挺好，上午座谈会就安排在小会议室，所有会议所需由我们准备。"

"谢谢万总考虑周全，我们各市分行都会派人观摩本次座谈会，估计我们行人数要达近 20 人。"

万耀华默算了人数说："我们的小会议室并不小，40 人的圆桌会议没问题，不过是椭圆型的。薛行长，我想我们这次动作搞这么大，是不是邀请县领导参加？"

"对啊，我怎么没想到，是应该请县领导参加。"薛凯反应过来说。

万耀华说："要不我们一道去邀请一下？"

"好啊。"薛凯心想，本来还想找县长买块地建楼，这下正好一举两得。

"小李，把参加人员和上午的时间打个单子，我马上要用。"小李是公司的文员。

小李立即去电脑桌前创建新文本输入"飞峰县台协与飞峰外汇银行座谈会参加人员及时间、地点"，姜扬在一旁报银行参加人员姓名、职务。

薛凯对万耀华说："这么一来我们要找电视台造造声势了。"

万耀华笃定地说："不用，只要县领导参加电视台的记者一准跟着来。"

薛凯想了想说："不行，还是花点钱好，那些记者、编导都鬼得很，不然的话电视上尽是县领导的画面，我们的领导们都一晃而过成了他们的陪衬。"

万耀华"哈哈"笑起来说："难怪我们上新闻都一带而过，原来这里有猫腻，那就花点钱。"

小李分分钟就将座谈会日程安排打出来，万耀华用桌上的座机打出电话，电话响了两声后被挂断，万耀华对薛凯说："这是县委书记蒋红卫的电话，可能在开会，一会儿会打过来的。"

果然，不到两分钟蒋红卫的电话回过来："喂，是万总吗?"

万耀华口吻轻松地说："蒋书记，我是万耀华啊，有个事想当面跟你汇报一下，请问有空吗?"

蒋书记说："万总有约没空也要挤出时间，我现在在开会，你现在就到我的办公室，会议休息时我们见面。"

万耀华放下电话对薛凯说："蒋书记要我们现在就去。"

薛凯立即起身说："有劳万总了。"

姜扬说："我就不去了。"

万耀华说："一道吧。"

姜扬说："有薛行长去就行了，我再和宁主任商量一下细节。"

万耀华看看薛凯。

薛凯说："不去就不去，姜行长这边安排完了到电视台、报社去一趟，联系他们做个新闻，再做个专题，然后请宁主任去'西沙湾'看看准备情况，我跟万总的车去，小毕跟着你跑，我和万总见过蒋书记就去'西沙湾'，中午我们聚聚。"薛凯心里高兴，这次的阵式搞大了，他显现政绩的机会不能放过。

万耀华说："中午就不要吃饭了吧。"

薛凯问："万总很忙吗?"

万耀华笑笑说："这两天不忙了，静候明天的座谈会。"

薛凯说："就是，这叫大考大玩，小考小玩，不考不玩。这些天够辛苦您了，吃顿饭的机会都不给我，你让我的脸面往哪儿放?"

万耀华爽快地说："行，这两天就卖给薛行长了。"

一切安排妥当薛凯和姜扬兵分两路各自行动。

县委、县政府在一个大院里办公，坐落在飞峰城区的人民路上，在过去算是较偏的地方，所以县委的院子很大，各个部门分布在大院中，有平房也有小楼，有三十四年代的建筑，也有新盖的。大院被一条直通到底又被法国梧桐树覆盖成拱桥状的主路分成两部分，县委和县政府在路的东、西两侧各据两幢小楼，坐落在大院的最深处，两幢小楼都是三十四年代的建筑，看上去就具有浓郁的历史感，两幢小楼格局差不多，县委、县政府的书记、副书记、县长、副县长都容纳在这两幢小楼里，另外还有办公室、秘书 1 室、秘书 2 室、秘书 3 室、机要室、政策研究室等。

万耀华和薛凯到了位于小楼 2 楼的书记办公室，秘书乔博书已经在秘书室门口等着，他把万耀华和薛凯带进书记办公室泡上茶便退了出去。

万耀华和薛凯谁都没开口说话都默默地等着，这里对他们来说既神秘又神圣，很快蒋红卫精神抖擞地来到办公室，他进门伸出手：“万总来啦。”

万耀华连忙站起来握住蒋红卫的手说：“蒋书记好，又来麻烦您呢。”

蒋红卫爽朗地说：“万总是我们请来的客人，客人有事我们当主人的怎能漠视。”蒋红卫转脸看着薛凯对万耀华说：“这位是？”

薛凯连忙抢着介绍说：“蒋书记您好，我是外汇银行飞峰支行行长薛凯。”

“噢，外汇银行的薛行长，原来的石行长调到市里面当副行长了吧？”

薛凯回答道：“是的，他现在在美国纽约分行深造。”

蒋红卫点点头：“万总、薛行长坐吧。”他自己拉了一把木椅坐到他们对面。

万耀华将手中的单子递给蒋红卫说：“明天上午我们台协打算和外汇银行开个银企座谈会，这是日程安排和参加人员名单。”

蒋红卫仔细看过出席人员后说：“这次座谈会规格挺高，外汇银行的省行副行长和沿江分行的行长都出席啊。”蒋红卫疑惑地看看薛凯。

薛凯用求助的眼光看看万耀华，万耀华心领神会，立即说：“蒋书记，现在的飞峰外汇银行不同凡响啊，我们的润峰水泥和天盛车业把在上海的结算中心都搬过来了，王会长和曾会长对他们都推崇有加。”

蒋红卫惊喜地说：“哦，润峰水泥和天盛车业都来飞峰了，我知道我们飞峰的各大银行行长跑了不知多少次，我们政府也没少下功夫，嘴皮都要磨破了，居然被你们动员来啦，新人新气象，令人刮目相看啊。”

薛凯实事求是地说：“也不是到我们飞峰支行，他们开户到我们省分行。”

“哦。”蒋红卫有点失望。

薛凯赶紧解释说：“户虽然开在我们省分行，但我们省行行长明确表态，只要是我们飞峰县有好的项目省行将不遗余力地支持，我们行已经确定两个上亿元的项目并已进行项目调查。”

蒋红卫眼光发亮兴致立即高涨，这时他的秘书乔博书进来提醒说：“蒋书记，会议休息时间到了。”

蒋红卫手一摆说：“让他们先开，我一会儿去。”

乔博书一点头出去了。

蒋红卫态度和蔼地询问道：“你们确定了哪两个项目？”

薛凯这时有了扬眉吐气的感觉，心里的紧张情绪也随之飘散，他说：“一个是飞峰山华宝寺宗教旅游项目，我们将全额贷款这个项目。另一个是飞峰湖高尔夫度假村项目。这两个项目的贷款加起来要 5 个亿以上。”

“好，尤其是飞峰山华宝寺宗教旅游项目，一次投入百年收益，你们的眼光很独到啊。”飞峰山华宝寺宗教旅游项目是蒋红卫心头一痛，早在 3 年前县里就规划开发飞峰山华宝寺，可是规划出来没有一家银行响应，无奈只能搁置在一旁，现在外汇银行要全额贷款无疑为他这个书记平添一份光彩。

蒋红卫担忧地问："华宝寺项目整体规划3个亿左右，你们行能吃得下来吗？"

薛凯从容地答道："我们这次推荐的两家台企给省行，尤其是润峰水泥公司在滨江省很有影响，省分行一二把手都明确表态，只要我们飞峰县有适合的项目省行全力支持。"

蒋红卫欣慰地说："好啊，看得出你们是真正干事业的好同志。小薛啊，工作中有什么难处尽管来找我，飞峰山华宝寺宗教这个项目我让宗教局局长张力勇全力配合你们。小薛，你看这个项目贷款有多大把握？"

薛凯回答道："昨天我们市分行谢季风行长来飞峰时已谈到这个项目，他原则上已经同意这个项目，也有意和我们一同去华宝寺拜访，只要不出现重大失误的话应该没有问题。"

"昨天你们市分行行长来了？怎么没通知我啊，这不失礼了嘛。"蒋红卫听到飞峰山华宝寺宗教旅游项目的贷款有了着落，而且是从飞峰县以外来的资金，对外汇银行的态度大大改观。

薛凯只好说："不好意思，是我们考虑不周。"

蒋红卫摇摇手说："这也不能怪你，我们交流不够。"蒋红卫拿起名单又仔细看了看对门外喊道："小乔。"

乔博书应声进门。

"明天上午10点以后的活动都推了，我去参加银企座谈会。"

"是。"乔博书悄声出去。

蒋红卫对万耀华和薛凯说："怎么样，这样安排满意吗？"

万耀华和薛凯连声致谢。

万耀华向蒋红卫致谢准备告辞，薛凯手轻轻拉住万耀华又坐了下来，薛凯对蒋红卫说："蒋书记，我们飞峰支行如果想买地皮造营业大楼，能不能得到政府的优惠？"

"你们外汇银行的优惠政策早就给过，当年还是我带队去你们省分行争取在我们飞峰开设机构的。小薛啊，你想要什么优惠政策。"

薛凯诚恳地说："我们行现在的办公场所实在是影响我们行的发展，所以我们想在中山路上买几亩地修建新的办公场所。"

"好啊。"蒋红卫爽快地说，"看在我们小薛行长一心为我们飞峰的发展尽心尽力的份儿上，我们就再一次给你们外汇银行享受优惠待遇。"

蒋红卫又叫来乔博书说："小乔，外汇银行要买地皮造办公大楼，你和相关部门联系一下给予方便，并享受招商优惠待遇。"乔博书认真记录后悄声出去。

蒋红卫对万耀华说："薛行长机会抓得好，是个做事的人，怎么样，行了吧。"说完蒋红卫站起来伸出手，万耀华和薛凯连忙站起来握手告别。

银行与媒体打交道不多，不过有钞票开道一切变得容易许多。一圈跑下来不到 1 个小时全部落实到位，时间也只过 10 点，姜扬心中有事，杨福康也要和装修公司联系，两人一同回到行里。

还没进门姜扬的电话响了，他从口袋里拿出电话看是谢季风打来的连忙接听："谢行长您好，我是姜扬。"姜扬抢先道。

"小姜你好，我是谢季风。你们飞峰行搞的座谈会声势浩大，新海市分行的易行长亲自来了，干脆就来你们飞峰转转吧，你去华宝寺的入口处等我们，我们已经出发了，大约有 40 分钟就能到。"

姜扬算算时间说："谢行长，中午饭怎么安排?"

谢季风说："你有什么想法?"

姜扬说："现在上山，中午下山吃饭就太迟了，要不就在华宝寺吃顿斋饭。"

谢季风爽朗一笑道："我就知道小姜会给我们有不同的感受，一会儿山门前见。"谢季风说罢挂上了电话。

姜扬打电话给薛凯："薛行长，刚刚谢行长打来电话要我去华宝寺。"

薛凯立即说："我知道，谢行长打过电话给我，我守家，你放心地陪好谢行长，你不是有驾驶证嘛，商务车你就开着吧。哎，别忘了，适当时候再提提度假村的事。"

"行，我去了。"

"好的，注意安全。"

飞峰县因山得名，一南一北均有山系横亘，北边是著名的龙云山脉，山并不算太高，山脉蜿蜒曲折，如游龙盘旋，南接滨东山脉，方圆几百余里。最高峰——冲云峰海拔 374 米，是著名的天下"人间福地，方外洞天"龙云道院的所在地。

北面是飞峰山，飞峰山在江北独立成自己的山系特征，它不仅蕴藏着丰富的矿藏资源，而且也是植物的天堂，"飞峰玉兰"是世界上独有的植物。这里森林茂密，空气清新，是国家级的森林公园，飞峰山森林公园素有"林麓之美，峰峦之秀，洞壑之深，烟霞之胜"四大奇景。

"只听钟声响，不见寺庙在"，正所谓"深山藏古刹"！周围 36 座山峰，像盛开的朵朵莲花，护卫着闻名世界、在东南亚有着崇高地位的"律宗第一名山"

——华宝寺。

飞峰县一道一僧，一个是“道法自然”，一个是“众山点头”，南北相映。

去华宝寺的路，在国道边的一个支道上，从国道进去3公里，一条柏油山道直通寺庙，山路狭窄刚够两辆小车擦肩而过，山虽不高但很陡峭，山路盘旋而上不久便消失在碧树翠林之中。另有数条上山小道，有的铺着青条石板，虽然有的青石条被山水冲得不见踪影，但路依然还在，人依然能走。上山没有明显的入口，只是山口的平坦处有一片两三百平方的碎石小坪，坪边砌着一排青砖红瓦的平房，这是看林人的居所。山口处唯一有明显标志的是不远山包上的一处凉亭，凉亭简朴、成旧，一周有青石围成护栏，亭中有石几、石凳，护栏、石凳皆可以供游人打尖休息。

姜扬在国道旁的支路口前停车打开双跳，下车走到车头静候着，闲来无聊他伸手不自觉地从口袋掏出香烟，打着火刚要点，他突然意识到自己的行为，便立即停止点烟又把香烟塞进衣袋里。停了大约3分钟，他又伸手将香烟掏了出来，这次他意识到是下意识的行为，他在原地转了两圈，又将手中的香烟塞进衣袋里。心道，这香烟还真的有瘾。姜扬倚在车头看着山头思想集中到了华宝寺上，心里的念想稍稍平服。

姜扬的注意力转移了，烟瘾在心中也慢慢淡了，淡得连他拿出香烟都不想点着，就这样等了约摸十多分钟，从前面弯道转出两辆黑色轿车，行驶到姜扬面前轻按了声喇叭将姜扬从回忆中唤回到现实。

第一辆车的后车窗玻璃缓缓落下，谢季风对姜扬说：“小姜，前面带路。”

姜扬连忙上车，发动汽车，掉头，领头向山里驰去。

飞峰山突兀崛起，壑深林密，山势崛起而中凹，36座山峰环绕其下，似瓣瓣莲花，若花之含萼，如莲之有房。

初秋的飞峰山，山色秀丽，清静尘绝；阳光下的山壑，色彩斑斓，光怪陆离；背阴处古木森森，叶稠荫翠，根株蟠结，绿草茸茸。

汽车行进在如画般的山道上，突然，姜扬发现跟在后面谢季风乘坐的汽车闪了闪大灯车速缓了下来，他立即打开右方向灯靠边停车，后面的汽车慢慢靠近后停车。姜扬打开车门下车，向后面车走去，轿车的后门也打开，谢季风下车。跟在谢季风后面的车也跟着停了下来，车上下来一位50岁左右略有谢顶的高个男子，向谢季风走来，谢季风奇道：“易行长，你下车干吗？”

易行长问：“你下车干吗？”

谢季风一听不禁哑笑道：“这么漂亮的风景，我要坐他的车。”谢季风手指指姜扬的商务车。

易行长也道："这么漂亮的风景，我也要坐他的车。"

两人相视"哈哈"大笑。

谢季风说："也好，介绍一下。小姜啊，这位新海市分行的易行长，人家可是一把手来你们飞峰支持你们的工作。易行长，这位是我们年轻的飞峰县支行的副行长姜扬。"

姜扬赶忙上前同易行长握手致意。

易行长握住姜扬的手说："不错，这次活动影响很大，年轻有为啊。"他对谢季风说："还好意思说年轻的副行长。"他又转过来对姜扬说："去我那，我给你一个县支行管管。"

谢季风指着易行长笑说："你这老大哥，有这样当场打脸的？"

大家又是一阵欢笑，景色美，人的心情也好。

重新上车，谢季风看看汽车装饰说："小姜，从哪儿弄来这辆车，内饰比我那车还好。"

姜扬惴惴说道："省行给的。"他心想："谢行长不会看上我这车吧。"

谢季风又左右打量一番说："省行给的？这车怎么比省行给我们的要好得多。"

姜扬苦笑笑没作回答。

易行长在旁边敲边鼓道："小谢啊，不会是看上这车了吧？"

谢季风说："怎么会，我本想送部车给他们，可车没他们的好，就算了。"姜扬为市行争取到一台 ATM 机，谢季风想给辆车表示一下。

这辆商务车乘坐非常舒服，姜扬的车开得也稳，汽车一会儿冲上陡坡，一会儿进入山岙，一会儿又是急转弯，行驰了 1.5 公里多路后正式进入山道。山道一边是陡峭的崖壁，一边沟壑纵横，远景已去，近景在目，崖壁上溪水潺潺，四周松涛和鸣，林之深处莺声燕语，山的深处隐约传来樵夫的山歌声。汽车一路向上，左旋右突行驰了十多分钟来到山顶边。山顶边有块约排球场大小的空地，姜扬打开左方向灯进入空地，停好车说："谢行长、易行长，这便是飞峰山的最高峰，海拔 476 米，有亭子叫'剑亭'，有 30 级青石阶梯可上，两位行长要不要上去看看？"

谢行长问："上面有什么可看。"

姜扬道："我只能看到飞峰山如诗如画的景色，谢行长和易行长看到的可能就不止这些了。"

谢季风笑道："还未进寺就参禅了，好，我们上去。"

钱鉴

QIAN JIAN

下

吕新勇◎著

新世界出版社
NEW WORLD PRESS

图书在版编目（CIP）数据

钱鉴：全2册 / 吕新勇著. -- 北京：新世界出版社，2019.9

ISBN 978-7-5104-6877-3

Ⅰ.①钱… Ⅱ.①吕… Ⅲ.①长篇小说—中国—当代 Ⅳ.①I247.5

中国版本图书馆 CIP 数据核字（2019）第 181449 号

钱鉴（全2册）

作　　者：吕新勇
责任编辑：曲静敏
责任印制：王宝根
责任校对：宣　慧
出版发行：新世界出版社
社　　址：北京西城区百万庄大街24号（100037）
发 行 部：（010）6899 5968　（010）6899 8705（传真）
总 编 室：（010）6899 5424　（010）6832 6679（传真）
http://www.nwp.cn
http://www.nwp.com.cn
版 权 部：+8610 6899 6306
版权部电子信箱：nwpcd@sina.com
印　　刷：天津中印联印务有限公司
经　　销：新华书店
开　　本：710mm×1000mm 1/16
字　　数：750千字　印张：43.25
版　　次：2019年9月第1版　2019年9月第1次印刷
书　　号：ISBN 978-7-5104-6877-3
定　　价：79.00元（全2册）

第二十七章　行长趁兴游名山　真诚交心定项目

这飞峰山顶是附近方圆百里的至高点，站在飞峰山顶峰的“剑亭”极目远眺，北望滨北平原烟树苍茫，耕田如织；西望霞声山、云紫山，山青如洗，枫叶胜花；东顾沿江市的固君山、金银山，如浮现在扬子江中的两块碧玉，山光水色美不胜收；向南看更为壮观，只见长江如带，接天上彩虹，似天上水汹涌而下。

“剑亭”立于山崖之上，占地十余平方，上有石匾书以狂草“剑亭”。谢季风和易行长步入亭中，只见一块3米高的岩石立于其中，上书：“策马飞峰戏寒冬，雄心未藏万壑中。江山如画须折腰？看我剑指大江东！”旁边有一排小字“为纪念渡江战役五周年而书匡雪峰”。

谢季风对姜扬说：“听说你父母是老革命啊。”

“是的。”姜扬指向前方的一处滩涂说，“1949年4月21日我父母就是在那里渡江的。”

易行长叹道：“江山如画呀。”

此时、此地用任何语言去形容此景都显多余。

谢季风环顾四方道：“江山辈有人才出，姜扬别辜负了先辈英烈。”

姜扬道：“谢行长放心，不能说天天想起，却是永远不敢忘记。”

谢季风和易行长都点点头。

“咣、咣、咣……”突然山中有钟声响起，谢季风和易行长四处张望，却不知声源何处。

姜扬念道：“‘万山堆里看云松，曲庵幽溪复几重；为爱泉声过林去，不知烟寺耳闻钟。’这就是华宝寺奇妙之处。”

“走，见见真面目去。”

汽车开始一路下行。此时虽已近午，山中仍然雾气弥漫，乳白色的岚气时浓时淡，浓时如絮，淡时如烟，变幻莫测，为端坐在莲花之房的庙宇披上神密的面纱。忽地，雾开刚霁，一束阳光照在华宝寺的大雄宝殿上，黄墙黑瓦，神圣而庄严，令人震撼和神往。“哇”，车上的人都不由自主地惊叹一声，汽车一个转弯寺庙又在人们的视线中消失，这让人们更加期待。寺庙再次出现在人们的视线中的时候，汽车已经到达坐落在群峰之莲房的寺庙后院墙，车沿着围墙行驰，右转下陡坡，再右转来到寺庙的前广场。

姜扬将车停在广场的水池边请谢季风和易行长先行下车，然后将车开到停车场停好，姜扬下车后很快来到谢季风身边，谢季风正和易行长在东张西望，嘴里还叽里咕噜地嚷嚷，见姜扬走来说：“小姜啊，出怪事了，这寺院怎么没有门。”

姜扬笑道：“这飞峰山华宝寺有四怪：‘只听钟声响，不见寺庙在；尼姑和尚住一块；庙门朝北开；入寺边门请。’只听钟声，不见寺庙在，都见识到了，后面还有三怪，马上我们就见识到那两怪。”

姜扬带着谢季风一行人往东走去，边走边说：“谢行长、易行长请看左边水池，这水池叫‘回龙池’，据说直通长江达东海，旱涝都保持恒定的水位，只有东海的水干了该池的水才会干涸，可以供华宝寺所有僧人和香客的用水。该池建于梁，是寺庙最早的古迹之一，‘文革’时遭到破坏后一直无力重建。”

水池是用青石垒砌，池边以汉白玉制做栏杆，栏杆破损严重，空缺处用铁丝拉起临时围栏。水池中央有一汉白玉石座，石座上空空无物。姜扬继续介绍：“这里原供奉着东海观音，建庙时，这里干旱无水，僧人、香客无法生存，是东海观音逼着东海龙王回头送水，因此该池叫‘回龙池’，立东海观音像于此。”

“哦，有此典故，小姜研究颇深。”

“谢行长见笑了，华宝寺年代悠久，佛法高深，有的地方能说上一二，更多的地方就无法说得清。谢行长，我去请位工作人员来向您介绍。”

谢季风说：“不用，你介绍得就很好。佛，最讲缘分，我们看到的已是缘分，听你一说更是有缘。我看佛，佛知我，此缘已定了。”谢季风看到沿广场边缘一排约 30 多棵的银杏树，招呼大家前去。

众人来到最大一棵银杏树下，仰头看去，只见枝叶茂盛、树冠浓密，不可见顶。谢季风一时兴起用手丈量树围，他紧贴树身，两臂尽量伸展，易行长也上去展开双臂和谢季风接起来，可是无论他们再使劲伸展双臂两手都无法合拢，仍然相差一点。谢季风兴奋地后退两步又低头看着高耸的银杏树说：“这是我见到最高、最粗的银杏树，我 1.78 米，易行长也有 1.75 米左右吧，这树粗近 4 米，高度有 30 多米吧。”

姜扬说：“这棵银杏树有近 600 年的历史，38 米高，树围 3.8 米。”

谢季风走上前去抚摸银杏树道：“了不起啊，600 年的风、雪、雷、电，600 年的默默相守相望，你本身就是一部佛经。”

易行长“咦”了一声说：“谢行长，你看那里是不是庙门？”

谢季风顺着易行长手指的方向看去，只见银杏树的右手百余米处，有一边门，是寺庙院墙的最东端，向内呈八字型状，其中有一院门。

大家举步向前，姜扬这时才做介绍：华宝寺有殿宇九百九十九间半，四合方形宛若一座法坛。山门面北偏东，门额上挂有中国佛教协会会长赵朴初书写的“敕赐护国圣化华宝寺”。传说是因皇帝临幸此寺时由北而至，故改山门面北。民间曾有人作诗曰：“林竹翠柏抱寺庵，华宝古刹玉内藏；莲房宝地佛中奇，山门面北迎圣上。”华宝寺的山门还有一特别之处，一般寺院山门巍峨雄伟，凡人出入只觉渺小卑微，这里的山门却既小且僻，没有一点摄魂震魄之感。据说，华宝寺是研究佛理的道场，僧人平时不得随便出入，故有意将山门造得很小，把守严格。也有一说僧众平日功课较多，为使院内安静，故把山门造得偏僻，以免干扰。

沿广场边缘行走了30多步，左首处有一可两人并肩行走的青石条铺成的小道弯弯曲曲通向山下。

姜扬继续介绍，这条青石路万万不可称为小道，因为乾隆皇帝六下江南，6次登上华宝寺，当年正是从此处入的寺庙，因此，这条道叫“乾隆御道”，是正宗的官道。

姜扬说：“华宝寺四怪，我们已经了解了三怪，还有一怪是我们不能去的地方，因此我就提前揭晓，‘尼姑和尚住一块’，是因为华宝寺是全国佛教研究佛理、受戒圣地。因此，全国比丘、比丘尼均以取得华宝寺的度牒为最。既然都是来进修深造，当然需要在同一寺院授课、生活，‘尼姑和尚住一块’是必然的。当然他们是分两处居住，后院有两处分隔的院落。”

谢季风、易行长听后都哂然一笑，这分明是世俗偏见，宾馆里住着众多男女，难道他们都有不洁关系？

说话间到了庙门口，姜扬抢先几步前去购票。票价不高，每人两元，连姜扬在内共6人，花去12元钱。姜扬回到谢季风身边，谢季风拿了张票看看说：“票价不高，门票印制简陋。”说完又将门票还给姜扬。

姜扬早先听谢季风一句“此缘已定”心中万分欣喜，现在又听此语，方知刚刚起步，道路漫长。

递上门票便可入寺，姜扬对谢季风和易行长说：“华宝寺门槛很高通过不易，旁边有后加的台阶可上。”

谢季风佯嗔道：“门槛高我等就过不得？”说罢谢季风带头跨越高达约半米的门槛。

进门照壁上有一书字如斗大，金光灿灿："圣谛第一名山，赵朴初题。"众人站在当下欣赏不已。

姜扬大声说道："请回头看。"

众人闻听齐齐回头，见寺门上又有一题"群山点头"，众人更加惊叹其气派非凡。

寺庙内建筑呈口字型，上面一横是自东向西排列的戒坛堂、大雄宝殿、方丈楼、乾隆行宫，左侧是香积厨和斋堂，右侧是大悲楼，北是戒悔堂、藏经楼等，左、右、北均以回廊相通，中间是一宽敞的青砖铺成的大广场，殿宇结构高大，组成一个四合院。从戒坛堂沿左侧拾级而上，戒堂、铜殿、无梁殿等 7 个小院又组成了一个既独立又相连的方形庙宇，回廊相随，院院相通，非常巧妙。这种组合布局，主要是与圣谛道场传戒所设 14 个堂口有关，气势宏伟庄严而又井然有序，既表现了佛教传统的理性精神，又在高低错落、虚实对比中显示出极高的建筑艺术。

众人在姜扬的引导下，从右边沿回廊前往大雄宝殿，华宝寺的大雄宝殿下题"如如不动"四个寓意深刻的佛之境界大字，体现了四圣谛之佛教之精髓。

姜扬介绍着，"不取于相，如如不动"是修行成功的佛与阿罗汉们的心，他们在面对一切世间的境缘，心里不产生丝毫执着。

姜扬穷其知、搜其词向众人介绍华宝寺，却与从回廊中转出的华宝寺主持静山法师碰了个正着，静山主持一见姜扬伸出手惊喜道："姜科长来了，怎么也不打个电话来。"

姜扬握住静山的手说："这不是琢磨着能不能和你来段偶遇，刚进山门缘分就到。静山大师，我给你介绍一下。"

姜扬将谢行长、易行长和牛处长介绍给静山，又将静山介绍给众人，静山双手合十口诵"阿弥陀佛"。

静山中等身材，年龄与姜扬相仿，略胖，脸上线条柔和顺滑，已现慈眉善目之态，静山年纪轻轻已是一寺主持，能力、修行非同一般。

姜扬看看静山欣喜道："静山大师宝相渐显，佛法更深了。"

静山看看姜扬笑了笑，并没接此话茬而向姜扬询问道："要不要叫位比丘来介绍？"

谢季风道："不用麻烦，只要大师不怕姜行长曲解宝寺，还是让他介绍来得有趣。"

静山听后向谢季风一合十道："行长一语中的，本寺比丘确实没有姜行长介绍得有趣，姜行长经常有妙语伴随。”其实姜扬今天可算是中规中矩。

静山又对姜扬说：“姜科长升为行长了。”

姜扬嘻笑道：“副的，副的。”

静山道：“既然如此贫僧不多打扰，现已近午，诸位施主游毕请去方丈室用斋。”

姜扬说：“如此相烦大师姜扬心里不甚过意。”

静山嘴角一丝微笑：“缘起不可推，缘去即为空。姜行长来了就是缘，缘来一顿斋饭何以能了？”静山说完与大家合十告别。

谢季风问：“小姜，你没有向静山说我们来华宝寺的事？”

姜扬答：“没有。”姜扬没有提前向静山说起项目贷款的事，是想让谢季风能够真实感受到华宝寺的原始状况，让谢季风有个更加理性的判断。姜扬从谢季风说的“此缘已定”和“票价不高，门票印制简陋”中已经听出个味，即项目很好，人气不旺，营销很差，这些都是姜扬今后在贷款立项、放贷过程中需要协调或直接干预的。

谢季风听姜扬如此简单的回答稍稍一愣，随即明白了姜扬的意思，心中暗自点头，他佯怒道：“这飞峰也是沿江市的属县，你怎么也是我的下级，要不是偶遇主持，易行长大老远来的，让他空着肚子，你这个小姜扬不是让我在老大哥面前丢脸嘛。”

易行长笑眯眯地看着。

姜扬心里也明白谢季风知道了他的意思，他配合谢季风佯装委屈道：“谢行长，那边就有斋堂，在那里吃更能体会原汁原味的佛教文化，你看到居士们吃斋时的虔诚，心灵也会有一种感应。”

谢季风用手指点点姜扬说：“有点小聪明，看着你和静山主持说话中有点诡异。”

姜扬说：“那是刚与静山主持认识时，为了和他对上话就翻了两天佛书，从中找了一段和他搅和，一来一去就搅成朋友了。”

易行长在一旁为姜扬说话：“这不是小聪明喽，是大智慧，说来听听。”

姜扬先说：“见笑了，我是在《中论》上找到一段关于缘分之说：‘因缘所生法，我说即是空，亦名是假名，亦是中道义。’又说：‘未曾有一法，不从因缘生，是故一切法，无不是空者。’佛教认为，因缘不具备的时候，事物就消失了，这样的一种现象就是‘空’。因者是主要的条件，缘者是辅助的条件，主要的条件和辅助的条件都不具备的时候，就没有事物的存在。佛学博大精深，我等俗人哪能懂得？好在我们从小就学唯物辩证法，与他辩辩客观事物的存在性岂不小菜一碟，辩来辩去谁也不服谁。刚刚他借机反击了我一下，他的意思是，你们不来到这里，吃斋不是一句空话吗。”姜扬也听出静山那句“缘来一顿斋饭何以能了”话中有话，只是不方便在此解说。

谢季风笑道：“天生好斗，走。”

众人一路顺着走，寺院各个景点一路看下去，众人在戒堂走了一圈后，谢季风停下脚步左右思忖后，又从入口进去沿着狭窄的巷子缓步走去，最后来到戒院。

戒堂是华宝寺一个偏院，是取得受戒资格的比丘和比丘尼最后一关，戒堂入口是一个仅能一人通过的高墙窄巷，两边白灰粉墙，窄巷沿西围向北，折向东到东墙出口，共 108 步，入口、出口和中间均有高僧把守，比丘和比丘尼进去后要求每走一步都想想生平所做的错事、坏事、恶事，有些比丘和比丘尼在戒悔堂没有忏悔、肃清自己罪过的走着走着便大汗淋漓，更有甚者当场晕倒，他们再回戒悔堂念七七四十九天经文，肃清自己罪过再来戒堂。

谢季风站在戒院对姜扬说：“扬善惩恶，自我修行，自我完善，值得我们每位干部学习啊。”谢季风说这番话是既有感触又有针对，飞峰支行在短短的时间内发生那么多的事情，而原行长还提升到市分行当了分行副行长，这不能不让谢季风有些想法，如果不是姜扬来到飞峰，有些秘密不知还要隐藏多久，谢季风寄予他深深的希望，他对姜扬说这话既是褒奖又是鞭策。

易行长在一旁点头说：“佛教、道教等教派存在几千年，确实有其存在的道理啊。”

出了戒堂沿左侧拾级而上，便至铜殿。铜殿其形为楼阁式，结构精巧，雕刻细腻。

铜殿左侧是文殊无梁殿，右侧是普贤无梁殿。均系明代建筑物，高 3.2 丈，3 间 2 层楼阁式，单檐歇山瓦顶，重檐九脊，无梁无柱，门窗不用一木，外形仿木结构，内用砖瓦代替，纯系砖瓦建造而成。门窗头上雕刻云纹、二龙戏珠等图案。

众人因刚从戒院出来，还沉浸在那个严肃的话题之中，因此站在铜殿前已无登上无梁殿的兴致。

姜扬打破气氛向众人介绍道：“华宝寺在众多寺庙古迹保存中算是比较好的，这铜殿立了大功劳。‘文革’时华宝寺来了一群‘红卫兵’，气势汹汹闯进寺庙要‘破四旧’，就在红卫兵们抡起铁锤砸向铜殿的柱子时，突然天空电闪雷鸣，华宝寺笼罩在电光火石之中，天上闪电飞舞，一个个火球在铜殿上滚动，只吓得‘红卫兵’们屁滚尿流，不等雨停就逃出华宝寺，胡乱砸了回龙池算是得胜班师，华宝寺因此免受破坏。”姜扬指着一根铜柱的根部让众人看，钢柱被砸得凹进去一块，众人看得唏嘘不已。

这时一位小沙弥远远跑来，跑到近处时改为走路，走到姜扬的跟前双手合十道：“施主是否是姜行长？”

姜扬道：“我就是。”

小沙弥说：“我们主持有请施主用斋，请施主这边请。”小沙弥说完前面带路向方丈室而去。

姜扬跟在小沙弥后面为谢季风和易行长引路，谢季风和易行长不急不忙地跟在姜扬后面。

易行长说：“季风，你们这位小姜看起来挺能干的。”

“调来没几个月，可以说以一己之力让这个飞峰支行从亏损行进入先进行的行列，连我都没想到啊。这次活动也是他促成的，省行第一副行长参加一个县支行搞的银企座谈会，让所有的人大跌眼镜。”

“来之前是干吗的？”

“市分行审计处享受副处长待遇审计员。”

“业务应该不错，你是捞了个宝贝啊。”

谢季风何尝不这样想，姜扬来到飞峰支行一连串的动作令人目不暇接，谢季风甚至知道薛凯在省行徐行长面前所说的《优质文明服务标准化》是姜扬率先提出来的。飞峰支行积重难返，他本想用年轻人冲一冲、搅一搅，现在看来效果是达到了，可谢季风也有顾虑，他们毕竟年轻令其主政一方放心不下啊。

谢季风说：“他还年轻，放不了手，还需要磨炼呀。”

易行长笑道：“谢行长还不到50吧，怎么心态倒有了七老八十的感觉。”

谢季风不解地看着易行长。

易行长说：“我们很多主政一方的干部，一旦局面稳定心态也起了变化，一切以稳为主，看看这个干部不行，看看那个干部不放心。可有的时候挑来挑去，挑到一个听话的、顺耳的，可偏偏这种人能给你出大事，隐藏得深啊，这和年纪大小没关系，有德者居之嘛。”

易行长说完看看谢季风，谢季风深以为然点头称“是”。

易行长继续高论：“还有些干部考核时明明很好，可当权后一下子就变了个人，谁能想得到？刚刚看了戒院，感触颇深呢！我们共产党人最讲批评与自我批评，真正做到这一点的确不容易，所以我认为干部好，有能力，遵守国家法律，我们就要大胆地用。关键在使用过程中，千万不能放纵了他，就像唐僧管孙猴子，要有紧箍咒，这个紧箍咒就是国家法律、党规党纪。”

谢季风说："有道理，我们现在有些当领导的看下属工作简单化，有个口头禅，叫我只要结果不管过程。我认为这是极不负责的一句话，这导致了只要有结果，就不问是怎么取得的。这就带来诸多弊病，弄虚作假、好大喜功、不择手段、违反规定，甚至违反法律，只要讨好上级，保住官帽什么都敢干。"

易行长说："是啊，我们看待一位好干部不仅要看他的工作能力，也要考量他的工作作风、人格品质、事业追求、法律意识，要替他把好关，而不是放任自流。"

谢季风和易行长两人神色凝重、边走边聊。

静山、姜扬、牛处长和驾驶员早已在方丈室门前等候。

谢季风与易行长走到近前才发现华宝寺主持静山也在门前等候，谢季风略显愧意地对静山说："不好意思，一时忘情，让大师久候了。"

静山合十道："鄙寺有让行长忘情之处，贫僧倍感欣慰，行长们请入席。"

众人入座，主人座暂空，易行长与谢季风分座主宾和副主宾位，其他人分两边顺着两位行长就坐。

方丈室是由四间房间组成，进门是一间 40 平方米左右的接待室，一墙边放置了木制沙发，两张沙发之间有茶几相隔，中间原本摆着会议桌椅，现在放着餐桌椅。另外，有一间水房，一间不大的书房，这是静山上任后将卧室一隔两间，书房和主持的卧室都很小，书房只放了书桌和简易书架，书房最大的特色是有台电脑，卧室只有 10 个平方左右，家具也十分简陋，一张单人床，一只衣橱，一张方凳，一只蒲团。

谢季风看看四周简单而朴素，沙发上方一组规划图吸引他的注意，他逐幅看了一遍才收回目光。

姜扬见静山仍然站立说："怎么不坐？"

静山又一合十说："过午不食，乃出家人的本分，姜行长替我陪陪尊贵的客人。"

姜扬奇道："那你去我那里过了中午不也吃饭呢？"

静山道："去你那儿，你是主人，叫施舍，主人施舍什么贫僧只能吃什么，主人什么时候施舍贫僧也就什么时候用餐。现在在本寺院，这些清规还是要坚守的。"

姜扬豁然开朗说："如此一说倒是姜扬无理了，那我们就用斋了。"

静山淡然一笑说："凡事也没那绝对，佛教能够在各国传播几千年，也与其灵活变通相关。"

姜扬灵光一现立即道："此席应我要求而做，我当然是此席之主。"姜扬说完移至主人位坐下，他又说："既然我是主人，我邀请静山力师就此一坐如何？"

"如此说来，静山恭敬不如从命。"静山择一偏位坐下，面色稍见黯然。

姜扬理解，他对谢季风说："静山大师为华宝寺重振昔日盛况，无不殚精竭虑，先人后己。"

静山道："昔日佛主以身伺鹰，静山为华宝寺，食一食过午之斋又算什么。"静山曾对姜扬说过，只要能重修华宝寺，恢复、扩大华宝寺的规模，他的功德也就圆满了。

"谢行长、易行长、牛处长、静山、两位师父请用餐。"姜扬有意一一点到。

华宝寺的斋菜非常讲究，有道靠山吃山，干笋、鲜笋各有风味。大盘松茸菇清炒十分奢侈，松茸菇是生长在飞峰山涧中的野生菌菇，是难得的珍品，它独具杏仁香味，脆嫩爽口，味道鲜美，营养丰富，寻常得到松耸菇都制成高汤以调味之用；另外还有香菇、草菇、磨菇等，黑耳、白耳、地耳、石耳、银耳均采自飞峰山中；当然也有寺院自种的各种时令蔬菜、瓜果。一桌菜下来虽然没有丁点荤腥，但大家吃得却十分畅快、受用。

寺庙中不能饮酒，也因为在寺庙中，席间也就没人说话。

静山没吃饭，只是象征性地挟了几筷菜表示陪同。

大家饭吃得很快，十多分钟就吃完了。

饭后静山请众人在沙发上就坐，小沙弥泡上华宝寺自己种植、采摘、制作的绿茶，接待室里四溢着茶的清香。

谢季风并没坐下，他端着茶杯又仔细地观看华宝寺规划图，姜扬则又站起来跟在谢季风的身后一步一趋。

规划图分为 5 个部分，第一个部分原址改造。由于寺庙保护得比较好，改造的地方不多，一是对原来的古迹进行修缮，以旧修旧。二是将四只可煮 200 斤大米饭的大铜锅再恢复到能够真正使用的状态，以反映华宝寺的真实生活。三是重建"宝月殿"，这是原址改造最精细的工程，以砖雕，石刻，石碑为主要特色。第二部分是塑像，规划中有两尊塑像，第一尊是"回龙池"中的东海观音塑像，包括两个方面的内容，一是修缮"回龙池"，以旧青石修缮池壁，四周栏杆破损太多，选用汉白玉石材重新修建。二是塑一尊 18 米高的观音汉白玉立像。第二尊是 50 米高释迦牟尼坐像，材质铜鎏金。第三部分工程量最大，在原寺后扩建药师佛（东方净琉璃佛）殿和阿弥陀佛殿（西方极乐世界佛）。第四部分耗资最多，即沿"乾隆御道"边修建一条上山的公路。第五部分扩建招待所，共投资 1.8 个亿。

华宝寺规划图边还有"飞峰山国家森林公园及生态园规划图"。

谢季风回头问姜扬："你说的第二期就是这个吧？"

"是的，配套后综合效应方能更好地显现出来。"

谢季风点点头坐下。

易行长和牛处长在闭目养神。

静山端坐椅上，双目下垂，波澜不惊，一脸安详。谢季风坐下后，静山才抬眼向谢季风看去。

谢季风向静山笑笑问："敢问主持，不知何因寺庙香火并不旺盛。"

静山回答说："本寺是研究律理的寺院，不太注重向信徒们传播教义，而且本寺较小，平时受戒比丘、比丘尼较多，可供信徒念经祈福的地方几乎没有，所以，香火不是太旺。"

谢季风说："从贵寺的规划图看，静山主持宏愿不小啊。"

静山一合十说："光大本寺，宏扬佛法是小僧的职责，普度众生，脱离苦海乃我佛之愿。"

谢季风看看姜扬不再问话，姜扬心领神会地问："这么大的投资能有多大把握收回？"

静山道："收回投资当然没有问题，但是收回期相应要长些。"出家人不打诳语，静山实话实说："本寺是参究律宗的寺院，主张修习佛理。施主进寺已见，本寺门偏且门槛奇高，旨在一心向佛。随着本寺影响越来越大，不能满足众居士需要，这是其一。二来，本寺一直以来以佛门弟子为主举办诵经、讲经、斋会等法会，而对寺外信徒法事较少，故本寺香火不旺，收入较低。所以，本寺扩建药师佛和阿弥陀佛两殿以解决这一状况，更是宏扬我佛，普度众生。"

姜扬相信静山主持所言非虚，更看好华宝寺的未来，他又问："我看见'功德箱'四处摆放，居士们也任意捐款，不知……"姜扬其实知道这一流程，他是问给谢季风听的。

静山说："本寺有监院管理行政事务，以后寺院扩大再专设一名监院负责这方面事务。本寺'功德箱'都有两把锁开启，每天会计开箱时均有监院在场，居士认捐也是如此。"静山心里明白姜扬问到管理细节是有目的的，于是他主动说："寺院就像一个大家庭，柴、米、油、盐、菜；穿衣、行路、住宿、念经，一应事务都要管，所以，我们的管理人员也不少，也都有了一定的经验。我们的账务一应俱全，由飞峰县宗教局监督。"

谢季风心想也是，僧人无收入，所有日常生活全靠寺院供养，寺院管理想必不差，谢季风觉得泛泛了解差不多了，后面有待进行具体的数据论证，他刚要示意姜扬结束，姜扬开口又说："静山主持，此规划可谓宏大，实现后要升到沿江市的寺院当主持了吧？”姜扬其实是问了一个管理者的延续性问题，很多企业、单位本来很好，可换人后立即一落千丈。

静山双手合十，口宣“阿弥陀佛”，然后说：“出家人出家无家，哪有许多野心，寺院之间均是平等的，都是宣扬我佛，没有提升一说，发扬光大华宝寺是我一生追求。”

姜扬说：“不好意思，是我妄言了。”

静山笑道：“姜行长莫谦，今天要不是你一问，我还真不知道要什么。”

姜扬见话至此该是告辞的时候了，他偷眼看看谢季风，谢季风示意告辞，于是他说：“静山大师，来日方长，日后或有机会再来拜访。”说着起身告辞。

谢季风起身说：“早就听说华宝寺与众不同，今天一见果然不同凡响，静山大师也是神详藏慧，宝光内敛。多谢了。”

谢季风用眼神暗示姜扬结账，姜扬佯装不解，谢季风心中稍有不悦。

静山又双手合十口宣“阿弥陀佛”：“施主来鄙寺是静山的缘分，也是鄙寺的缘分，既是缘起，一餐素食，何谈谢之。”静山不由得看看姜扬，心道这下无从诡辩了吧，心中不免有些得意。

姜扬闻言偷偷一乐。

众人告辞静山，静山说：“待贫僧送送施主。”当即率众人从方丈室屋后顺数级石阶而下，穿过“乾隆行宫”进回廊右转来到“大雄宝殿”。

姜扬四处张望，静山笑道：“检查工作呢？”

姜扬说：“我看一路放置了许多灭火设备。”

“还不是被你吓的。”静山心中对姜扬还是很感激的，防范于未然，静山在姜扬的警示下大力加强了防火设施。

“有没有保险？”

静山道：“没有呢，你去了沿江，这事就搁下了。”

姜扬说：“要想发展就必须舍得花这笔钱，一年十多万说多不多，说少也不少，但它能保证寺院屹立不倒。”

静山道：“这道理我懂，你帮我规划一下，一切由你做主。”

姜扬心头一松点点头，这是这个项目贷款的最后一个条件，有些单位为获得贷款不得不答应这个条件，但贷款到手第二年就不再续保，静山爽快的态度扫平了姜扬心中最后一个障碍。

经过一尊佛像前姜扬抢走几步，掏出200元钱投入“功德箱”之中。

谢季风这才恍然大悟，刚才掏钱给静山必定推辞不收，这样推来推去不仅不雅也显小气，投入“功德箱”中还是寺院的钱，结果都一样，谢季风不由得暗赞姜扬机智。

静山见了也没多说，只是合十宣声：“阿弥陀佛”。

出了寺院，与静山告别，来到车前。谢季风问易行长：“还坐小姜的车吗?”

易行长何等眼神，知道谢季风有话要对姜扬说，他说：“刚刚有点迷糊了，我上自己的车睡觉去。”

开道的仍然是姜扬的一路发，后面两辆跟随出山而去。

姜扬的车上，谢季风坐在后面的第一排，姜扬看看后视镜说：“谢行长，这飞峰还值得一看吧?”

谢季风笑道：“小姜，想说什么就尽管说，我不是静山。”

姜扬诚恳地说：“谢行长，如果这个项目能够成功，我们飞峰行的面貌就可以大大改观了。两亿的贷款，每年单是利差收入就达 1300 多万，加上派生存款等综合效益突破 1500 万是没有问题的，而我们的人事费用并没增加。谢行长，飞峰行从未过过好日子啊。”姜扬说着不免有些动情。

谢季风看着车窗外飞驰而过的山林，沉默了一会儿说：“机会是你们创造的，机遇必须把握住，你确信都考虑好了吗?”

姜扬信心满满地回答说：“考虑好了。”姜扬没有为华宝寺项目说好话，一切他会用详实方案和数据说话。

谢季风点点，他也认为姜扬对这项目考虑已经周到、成熟了，他说：“既然考虑成熟就立即启动吧。”

姜扬心中一阵温暖抬眼看看坐在后排的谢季风，觉得他是那么地和蔼可亲。汽车经过一片竹林，姜扬减速打右转向灯示意后车靠边，他对谢季风说：“谢行长您稍等。”

姜扬下车跑向竹林，后面的车停下来两个驾驶员也随着姜扬跑进竹林。不一会儿就听竹林里“啪、啪”响起两声清脆的声音，不算太远处的山坡上立即有个男人的声音喊道：“抓小偷啊!”

竹林里姜扬也大喊：“来取钱吧!”

姜扬的身边又“啪、啪、啪、啪”响了 4 声，两个司机一人踢了两根。

姜扬又喊：“50 元够不够?”

“要不了。”

“那就谢谢啦。”姜扬抱着两根竹笋气喘吁吁地跑上车。

姜扬摆放着竹笋对谢季风说：“晚上给您加个菜。”

谢季风说：“50 元钱 6 根竹笋不便宜啊。”

姜扬嘻嘻一笑说：“不是想让您尝个新鲜嘛。”

谢季风也报以一笑。

姜扬启动汽车重新上路，汽车很快出山来到国道，再有 20 多分钟就能回到飞峰县。

谢季风突然问：“小姜，你对那个高尔夫度假村怎么看？”

姜扬愣了一会儿说：“那里是一片荒山野地。”

谢季风说：“格物致知，多准备两个项目不是坏事，我休息一会儿，直接去宾馆。”说罢谢季风闭上眼睛。

姜扬心里思忖着：“格物致知”？没听说过这词，回去好好查查其意。

第二十八章　座谈会意外收获　外汇行赢得人心

翌日 7 点 25 分，营业部已经打扫得干干净净，人员全部在岗位准备完毕。会计柜上仍然拉开 5 人流水作业的架式，柜台外前来办理业务的客户已经开始增多，排在前面的两个单位会计已经和银行接柜会计熟悉，闲来无事有一句没一句地聊着天。

薛凯先从储蓄专柜看起，看到会计专柜时已经开始办理业务，5 人流水线引起他的注意，他停下来看了一会儿，知道了办理流程，他回到姜扬身边问："怎么这样办理业务，你知道吗？"

姜扬说："这是我要求他们这样办的，因为结算业务迅猛增加，我们的柜员不能适应，会计窗口少，太慢了，客户们意见很大，所以，迫不得已只能用这种方法应付。"

薛凯问："这样处理有没有风险？"

"没有任何风险，两人核对凭证，一人检查印鉴，一人用电脑查询单位金额，一人录入，这比柜员制的单人处理业务的风险更低。当然，这也是权宜之计，营业部改造好，还是要回到柜员制方式上来。"

薛凯心中十分感激这位得力的助手："这几天你辛苦了。"

"没什么辛苦。"

薛凯大脑一转说："我们把处理业务的迅速放慢，等谢行长来看看我们的办公条件。"

姜扬一听笑了起来说："前天省行魏处长来我就想这么干，打苦情牌。"

薛凯侧身对赵平原说："就用两个人临柜，其他人撤下来。"赵平原应声而去。

姜扬说："我去和各单位会计打个招呼。"

薛凯说："好的，我去行长室，八点半我们去飞峰宾馆陪谢行长吃早餐。"

姜扬说："谢行长昨天不是专门交代过不用去陪。"

薛凯有点犹豫："当真不去陪？"

姜扬说：“既然明确说不陪就不要去陪，去了反而不好，杨主任去安排好就行。”

薛凯站在原处想了想，笑了起来：“我们这胆子是不是忒大了点?”

姜扬也笑道：“这叫讲信誉，是我们银行人的基本素质。”

“我先上去和老杨交代一下。”薛凯说完去了办公室。

姜扬走到前来办理业务的会计中间解释说：“各位会计，今天我们办理业务的速度要慢点，过两天我们就要进行改造，到时就正常了，请诸位谅解。”

有会计说：“你们昨天办理业务，那种方法速度就很快，今天怎么不用呢?”

姜扬耐心地说：“那种方法是快，但不符合操作流程，今天我们上级行的行长要来，只能委屈大家了。”

说话间会计柜台已经开始办理业务，果然办理业务的速度慢了许多。好在姜扬走访过大部分企业，与许多企业会计都见过面，大家还是给他面子的。有个别会计确实有急事的，大家也就让他先行办理，姜扬在一旁赔着笑脸，聊着闲话，调整队伍。大厅里人虽拥挤，但气氛却很好，在姜扬的调节下会计们出现互谦互让场面。

十多分钟过去了，办理业务的会计有增无减，营业部一片忙碌。

这时，营业部赵平原来到姜扬面前，他用眼睛示意姜扬说：“门口好像是谢行长。”

姜扬从众会计的缝隙处向门外看去，门口果然站着谢季风，姜扬对赵平原说：“快打电话给薛行长。”

姜扬和会计们打着招呼向谢季风走去，来到谢季风跟前说：“谢行长来了，怎么不多休息一会儿?”

谢季风面色很好，精神爽朗，他说：“飞峰这地方不错，空气清新，街道干净，民风淳朴，物价不高。小姜，你昨天在山上偷的竹笋亏大了。”

姜扬装着苦笑说：“那不是激动吗？再说我昨晚看您吃得蛮香的，只要领导满意吃亏就成福气了。”

谢季风笑道：“油嘴滑舌。”看得出来，谢季风心里十分满意。

说话间薛凯匆匆赶到，连忙招呼道：“谢行长好。”

谢季风说：“小薛来了，我正和小姜说你们飞峰城虽小，但很精致，不错，不错。”

薛凯说：“谢行长怎么不多休息一会儿?”

谢季风大笑道：“小姜也这么问，好像我是个懒虫似的。昨晚睡得很好，这里的夜晚非常安静，好久没有睡得这么香了。”

谢季风迈步进门，走到柜台边停下脚步，在一柜台边找到空当处向里看了看，对薛凯和姜扬说："怎么这么多人，这办理业务的速度太慢了。"

薛凯说："我们的营业空间太小了，会计柜展不开，人手上不去，这速度才跟不上。"

谢季风果断地说："这样不行，要立即想办法。"

薛凯说："这个星期就进行改造，把边门拉了做柜台，下星期就好了。"

谢季风仍然皱着眉头看着柜台内外。

姜扬说："我们想过应急办法，只怕是操作流程不符合市行要求，所以刚刚撤了。"

薛凯一听立即用眼光示意姜扬不要乱说，姜扬话也说完了对薛凯撇撇嘴。

谢季风问："怎样应急的？"

姜扬将流水操作方案向谢季风述说一遍，谢季风听后说："这个方案不是挺好的嘛，为何不用？噢，是怕我批评。我们的业务流程是为了保证我们的业务在日常的工作中，能够及时、准确、真实、完整地办理各项业务，要受到时间的考验。但不代表它没有灵活性，这个操作流程符合业务的要求，也是为应一时之需，怎么不可以用？小姜，快去组织实施，别让我们的声誉受损。"

姜扬立即隔着柜台叫来赵平原布置实施，人手加入后业务办理明显加快。

谢季风看到柜台外前来办理业务的会计迅速减少，他才满意地问薛凯说："这个星期就开始改造营业部？"

薛凯回答："准备星期五晚上开始，换人不换工，星期一正常营业。"

谢季风四处打量着营业部说："来得及吗？四五十万可不是几天能装上去的。"

薛凯说："不准备大装，我们准备只花 3 万到 5 万。"

谢季风看看薛凯问："这钱省行不是给了？"

薛凯说："我们想省下了买块地，以后有钱了改善办公条件。"

谢季风想想点点头，对薛凯和姜扬说："很好，我在你们身上看到了飞峰的希望，地方看好了吗？"

薛凯说："有块地不错，相隔一条马路，是政府刚开的新商业区，地价比较便宜，各家银行也纷纷准备进驻。"

谢季风一下来了兴致，他说："走，我们去看看。"他又说："小姜，开你的车。"

坐上一路发，姜扬将车直接开到他们已经看过的那块土地上，谢季风下车看看，又走到人行道上左右看看，他问薛凯："准备征用多少地？"

薛凯说：“有 5 亩地就够了吧。”

谢季风又问：“这块地多少钱 1 亩？”

“我了解一下，不超过 8 万 1 亩。”

谢季风说：“上车转转。”

三人又上车，姜扬沿着道路向东行驰，谢季风在车上仔细地观看，汽车来到一个十字路口，谢季风说：“靠边停下。”姜扬将车缓缓停下，谢季风在车上左右看看问：“这里应该是连接老城区的路口。”

姜扬了解城区布局，他答道：“从右手上去 1500 米就是老城区，这里应该是新商业区的中心位置。”

谢季风说：“开一圈看看。”

姜扬开着车从十字路口向南、向西都转了一圈后又回到原地，谢季风率先下车走到空地上说：“这块地估计有 6 亩，就买这块。”

薛凯说：“这块地是好，就是太贵，要 12 万 1 亩。”

谢季风说：“盖房建楼是百年大计，就算地皮贵点，其他建完成本都一样，相对来说地皮钱是小账。这块地估计要 70 多万，你们有 45 万，市行给你们解决 30 万，剩下的钱先把围墙做好。”

薛凯感动地说：“谢谢谢行长支持。”

谢季风说：“你们把工作做好就是对我最大的支持，明天就去落实，然后打个报告，你亲自送到市行来。”谢季风看看时间 9 点 10 分，他问：“行里的接待工作都安排好了吗？”

薛凯答：“全都安排好了。”

“那我们去万总公司，该先去拜望拜望他这位主人了。”

万耀华接到姜扬的电话立即带着宁芸在门口等候，5 分钟后姜扬开的车停在公司门前，宁芸拉开车门：“欢迎谢行长光临。”

谢季风下车握了握宁芸的手说：“是宁主任吧，年轻、漂亮、能干。”

宁芸脸一红开心地说：“谢谢行长夸奖。”

谢季风握住万耀华的手说：“我们又见面了，这下就成老朋友了，谢谢万总为我们外汇银行所做的一切。”

万耀华说：“不谢，互相支持，外汇银行也为我们台商做了许多工作。”

谢季风笑着对大家说：“你们听万总说得多好，这就叫银企一家。”

众人一听都会心地笑了。

万耀华说：“谢行长请。”

谢季风是第一次走进这座原汁原味的意大利建筑，饶是谢季风见多识广，也为这座散发出浓郁意大利风格的建筑而陶醉。谢季风四处打量着，心里由衷地赞叹，他拍着大理石圆柱说：“漂亮、华美，来自内在的质感将罗马建筑风格表现得淋漓尽致，相比之下我们行的大楼相差就太远了。”

姜扬在一旁说：“这里所有的建筑用材都是从意大利用集装箱运来的，这当然没法比，价格也无法比。”

万耀华说：“这些都是家父母的心血，今天谢行长一来，给这里平添光辉。谢行长我们上楼泡茶，边喝边聊。”

“好，我们就让小姜给泡茶。”

姜扬一听一脸苦样，无奈地跟在后面。

万耀华与谢季风并肩穿过大厅，一路万耀华不时地介绍建筑特色，上了楼梯谢季风凭栏观看，大厅宽阔而高大，十分壮观。

董事长办公室已经打开，宁芸机灵地站在门旁说：“欢迎。”

谢季风见是宁芸说：“哎，怎么到了我们前面。”

宁芸调皮地笑笑并不作答，谢季风回头看看，姜扬用手指指旁边的安全楼梯。谢季风笑着对宁芸说：“噢，这里还有秘密，让你捷足先登了。”

谢季风欣赏了董事长办公室，坐到中西混搭的茶海边，对万耀华说：“今天我们尝尝小姜的手艺。”

姜扬腆着脸赔着笑说：“谢行长，您不是真的要我泡茶吧，再好的茶也会让我泡糟蹋了。”

谢季风调笑说：“哎，你都敢给省行行长泡茶，还不敢给我们泡？万总你说是吧？”

万耀华应付地笑笑。

姜扬听后知道推辞不了，他说：“行，谢谢领导们给我这次机会。”

谢季风笑着指着座位说：“这是你必须做的，容不得你推辞，泡茶吧。”

姜扬整整衣服坐下，从治器开始，纳茶、候汤、冲茶、刮沫、淋罐、烫杯、斟茶等流程一应不少，他双手将茶杯递给谢季风时叹了口气说：“终究是泡不出那味来，谢行长将就着喝吧。”

谢季风嗅茶品茶说：“这茶挺香的呀。”

姜扬苦笑笑说：“那是茶本身的香。”

谢季风说：“要不要听听我的看法？”

“谢行长请讲。”

“这是不重视程序的结果，表面上看你都按泡茶的步骤进行，但在每个步骤的切换时都有滞积，动作不圆润、不自如，是为泡茶而遵循程序，而不是认为泡好茶就必须遵循泡茶的规律，这就不免在泡茶的过程中丧失了信心。”谢季风说完端起茶杯品尝着，但一双眼睛却瞄着姜扬。

姜扬手中拿功道杯继续布茶，心里细细地惴摩，反复思忖，他心中似一道闪电划过，他抬头对谢季风说：“茶是本质，流程是保障，只有熟知程序才能时刻泡好茶。”

谢季风笑而不语。

姜扬在不经意间看到薛凯不以为然的神态。

宁芸拿着万耀华的手机来到万耀华的身边轻声说：“蒋书记还有 5 分钟到。”

万耀华起身说：“谢行长稍坐，我出去一下。”

万耀华并没有说蒋红卫到了，可薛凯却听得真真的，他犹豫着是否去迎接一下，可巧谢季风的电话响了：“季风啊，我快到了。”

“吴行长啊，到什么位置了？”

“到城边了，我让驾驶员说。”

“谢行长您好。”吴天峰的驾驶员接过电话说。

“你等等，我让飞峰行的薛行长跟你说。”

薛凯接过电话问：“您好，你们到什么位置了？”

“过了‘飞峰县高新区欢迎您’的标志牌。”

“你顺路开，一定要把车速降到 30 公里以下，路的左边会有一辆白色商务车打着双跳。”

“知道了。”

薛凯挂上电话说：“他们大约还有 6 分钟到，姜行长我们把车停到路边去等。”

谢季风听后笑笑，姜扬不解地问：“你让他们车速降到 30 公里干吗？”

薛凯说：“我不能让我们省行行长去迎接县委书记。”

姜扬一听恍然大悟，两辆车一前一后到，必然造成先到的迎接后到的情况，姜扬不由得看看薛凯。

谢季风估摸着时间说：“我们去迎接吴行长。”

谢季风带着薛凯、姜扬走出大门，“巧遇”蒋红卫带着王副县长、何主任、梁局长，他们与万耀华在大门前相谈甚欢。

谢季风自然在万耀华的介绍下与蒋红卫一行谈笑风生，姜扬则从旁边直接去了停车场，将车开到国道边，打开双跳。

果然如薛凯所料，姜扬很快就等到吴天峰乘坐的汽车，他在路边指挥汽车驶入“澎湖湾”的时候，谢季风也与蒋红卫寒暄结束，谢季风对蒋红卫说：“蒋书记你先请进，我在这里迎接省行吴行长。”

蒋红卫看到一辆轿车已经驰来，他说：“这是省行吴行长的车？我也迎一迎。”

轿车在大门前停下，薛凯抢先拉开车门，吴天峰面带笑容出了汽车。

谢季风握住吴天峰伸出的手说：“感谢吴行长对飞峰行的支持，我们飞峰县的蒋书记也刚好到。”谢季风立即将吴天峰介绍给蒋红卫等一行，一位是政坛高手，口吐莲花；一位是满腹经纶，据经引典，两位立即相谈甚欢。

大门前不停地有小车驰来，开会的人络绎不绝来到。

万耀华说：“还有十多分钟，我们上去再喝杯茶。”

谢季风冲着姜扬说：“姜扬走。”

姜扬无奈跟在一行人的最后。

吴天峰问谢季风：“姜扬？是那个副行长吗？”

谢季风答：“是，是姜副行长。”

吴天峰回头对姜扬招招手：“小姜，过来。”

姜扬快走两步来到吴天峰的身边，吴天峰打量着姜扬说：“一表人材，年轻有为，不错。”

姜扬被吴天峰闹了个大红脸，他说：“吴行长过奖了。”

吴天峰表达完意思后换话题：“泡茶的功夫练得怎样了？”吴天峰想着姜扬与徐开新行长的一约。

姜扬说：“谢行长刚刚教我泡茶程序。”

吴天峰点点头：“遵循规则，茶才能泡得自如、自在。”

姜扬口中称“是”，心里想：“当官的讲话怎么都拐着弯讲话。”不过，姜扬心里暗暗称赞两位行长的领导艺术，用泡茶警示自己要在制度的框架内进行工作，在自己势头正盛的时候这个提醒来得尤为及时。

所以，姜扬在沉默了一会儿后，突然来了句不上不下的话：“谢谢。”

吴天峰和谢季风听后都“哈哈”大笑起来。

这时的大厅热闹非凡，蒋红卫、吴天峰一群人不时地被上前问好的台商们所阻绊，一会儿王能达和曾念祖结伴而来，自然加入他们的队伍，因此他们反而走在了最后。

由于参加会议的人数较多，沿墙加摆一溜椅子，吴天峰、谢季风与蒋红卫、王副县长、王能达坐在主席位，曾念祖和万耀华和其他企业负责人及部分外市来的银行来宾围坐在会议桌前，薛凯和姜扬则和其他外市来的银行来宾坐在加座上。

吴天峰、蒋红卫、王能达相互商量后，吴天峰最先开始讲话：“各位老板们，蒋书记和王会长把开门红的机会让给我，却之不恭啊，我就当仁不让了。我先自我介绍一下，我叫吴天峰，外汇银行滨江省分行的副行长。今天说点什么呢？总不能王婆卖瓜吧，要夸得让蒋书记和王会长来夸啊。”

台下哄笑声四起。

“在座的都是台商，都是做出口的，做出口最大的风险在于汇率，所以需要一个稳定的汇率是我们出口产品的最大愿望。你们选择中国大陆是最明智的选择，我相信各位老板不会忘记日本和美国签定的‘广场协议’吧，1986 年 5 月日元兑美元汇率 1 美元兑 240 日元，到 1995 年 4 月升至 1 美元兑换 79 日元，10 年间日元对美元升值 3 倍，这 3 倍再好的出口企业都会轰然倒塌。说近一些的‘东南亚金融危机’，在座的老板有可能亲身经历过，那是惨不忍睹，满目疮痍，可回归中国的香港抵抗住金融大鳄索罗斯的狙击港币和沽空港股的一连串的组合进攻……”

吴天峰想到香港金融保卫战还是心惊肉跳，由于他亲历了香港金融保卫战，他亲自操盘迎战国际炒家疯狂砸盘，所以讲述起来更加紧张、惊险。

在座的台商们有经历过这次东南亚金融危机的还心有余悸，未经历但了解的台商众多，他们感同身受，不由得纷纷点头。

吴天峰继续说：“各位同胞聪明啊，咱们中国是世界上汇率最稳定的国家，各位的聪明才智表现的第二个地方是选择了我们外汇银行。”

会议室里又是一阵哄笑声。

吴天峰说：“顾名思义，外汇银行就是为拥有外汇、赚取外汇的企业服务的，我们拥有世界上最优秀的管理团队和服务团队，这一点诸位在我们的飞峰县支行就可以体会到。我们有分布广泛的服务机构，不仅我们飞峰县有我们的支行，美国纽约也有，德国法兰克福也有，英国、日本、澳大利亚、南非、新加坡等都有我们的分支机构。我们有全球最快捷的结算系统，快到什么程度呢？打个比方，今天是 10 月 27 日，今天从我们飞峰支行汇款去美国纽约，你们美国纽约的客户在 10 月 26 日就能收到我们行汇出的汇款。”

在座的大部分都有在美国上学的经历，知道美国纽约比中国晚 12 个小时，确实是 27 日汇出 26 日能收到，不过那时已是纽约深夜，除非银行晚上开门处理业务。但这个玩笑说明外汇银行汇款及时倒也不过分，于是在座的又给予笑声。吴天峰不时地用机智的玩笑阐述外汇银行的各方面优势和特色，也郑重承诺只要飞峰县有好的项目，省分行将全力支持飞峰县的发展。吴天峰的讲话简洁、明了、指向性强，博得了台商们的好感，会议室不时传出笑声和掌声。

蒋红卫也十分开心鼓着掌，因为吴天峰的承诺将会让飞峰县搭上省分行。蒋红卫接过吴天峰的接力棒开始他县委书记式的演讲，县委书记的口才毋庸置疑，他先感谢吴行长对飞峰县的大力支持，敲实省分行对飞峰县的承诺，肯定飞峰外汇银行的工作。然后，他从飞峰县的地理位置优势开始讲起，从飞峰县的历史演变、自然资源、人文文化、交通港口、改革开放发展成果等等，一直讲到招商引资政策，讲到飞峰县经济发展与台商之间的关系。他随随便便就说了半个多小时，台商们也都司空“听”惯，都会在恰当的时候给予恰当的掌声。

王能达讲话比较简单，他感谢县委蒋书记亲临座谈会，感谢外汇银行滨江省分行、感谢吴天峰行长对飞峰县台商发展的支持，也感谢飞峰县外汇银行的细致工作。他最后说：“这几天通过与外汇银行交流，我充分感觉到外汇银行是一家充满智慧、活力和人文关怀的银行，与这样的银行合作，我有理由相信我们会走得更好、更远。”

这几天外汇银行飞峰县支行名气大振，没有去开户的台资企业当然对其有所了解，看到县委书记、台协会长不吝言辞大加褒扬，心里悬着的一颗心便彻底放下。吴天峰又是介绍又是承诺，说得台商们心驰神往。

谢季风没有必要再对吴天峰的讲话做诠释，所以当他讲话时直接说：“我们吴行长、蒋书记、王会长的讲话句句精彩，我可达不到这个水平，下面就把时间交给各位董事长、总经理们，有什么问题我们负责解答。”

台商们才真正地谈起来，他们一会儿用台湾的家乡话交流着，一会儿用台湾腔的普通话发问。其实问的问题并不复杂，都是平时外汇银行开展的业务，这个自然用不着吴天峰、谢季风亲自作答，坐在旁边的薛凯、姜扬一一做出解答，到最后姜扬渐渐地取代薛凯几乎是他一人在回答问题。

唐婉儿和秦雪莹也应邀出席了座谈会，薛凯和秦雪莹虽然相见但不敢过于亲热，薛凯见吴天峰和王能达、谢季风和蒋红卫捉对聊天，心里耐不住痒痒，拿出手机给秦雪莹发起短信，他们俩一会儿眉目传情、一会儿低头偷笑，好不开心，好不温情。

唐婉儿在一旁冷眼看着一切，她越看姜扬春风得意的样子，她心里就越按捺不住地愤怒，要不是他推三阻四的，早就可以和他双宿双飞，好事怎么会轮到秦雪莹。她低头思忖了一会儿，然后站起来说：“姜副行长，小妹有一事相问。”

台商提问题都是随口而提，没有一个人站起来提问的，唐婉儿这么一站，大家都停止了窃窃私语，连吴天峰、蒋红卫、谢季风、王能达都停止了说话，听她提出什么问题。

姜扬心中一愣也站起来，轻松自如地说：“唐总您好，有问题尽管提出，姜扬一定尽量让您满意。”

唐婉儿白了姜扬一眼，心道，让我满意，你早干吗的，她笑盈盈地说：“姜副行长，不知贵行从项目申报到项目审批需要多少工作日。”

姜扬从容回答：“我们外汇银行是股份制银行，享有很高的灵活性，只要项目符合产业政策，我们的审批速度在同行业是最快的。”

本来这样回答就可以作罢了，但唐婉儿为解心中一口气，她不能让姜扬好过，甚至想在他上级领导和台商面前出一出他的丑，她说：“最快是多快，这也太笼统了吧。”

吴天峰、谢季风和在座的台商们感觉到唐婉儿的提问有点反常，都饶有兴致地看看姜扬是如何作答。

姜扬笑笑说：“唐总问的是一个具体问题，企业申请的项目不同审批的时间也不同，不过这也有规律可循。一种是流动资金贷款，包括信用证贷款，这类贷款是一次审批，多次使用，也就是说，公司来我行开设基本账户时，我们根据企业情况一次审定流动贷款额，在此额度下随时使用。关于审批时间，目前来我行开户的台资企业审定均没超过半天，唐总，你可以询问在座的企业领导。”

“那么我们固定资金贷款呢？姜行长来我公司考察的日子也不短了，怎么没听到一点动静？”

薛凯一听脸上变了色，秦雪莹连忙拽拽唐婉儿，唐婉儿悄悄打掉秦雪莹的手。

姜扬正色地说：“我行至今未曾收到贵公司固定资金贷款申请，所以我无法回答你这问题。”

唐婉儿“咯咯”一笑说：“这是我们工作没做好，怪不得姜行长。”

薛凯一听松了口气。

唐婉儿又说：“刚才听来听去，贵行的什么结算呀、汇兑呀，好像和其他行也差不多，利率也就是老套套，下浮个百分之几，不知姜行长还能有什么好的吸引我们的措施？”

这个问题很难解答，事情都让唐婉儿说全了，让人如果作答？薛凯眼睛瞪着唐婉儿，杀她的心都有。

会议室里安静得连掉一根针都听得到。

姜扬看了看谢季风，谢季风期待地看着姜扬，姜扬想想说：“谢谢唐总给我一个好好宣传外汇银行的机会，我们外汇银行有别于国有商业银行的地方正在这里，我们外汇银行有一整套对优秀企业的优惠政策。这里我简单介绍一下，我们不仅有利率下浮的优惠，我们也有结、售汇手续费的返利措施，而这些优惠不是凭个人关系的好坏来衡量的，我们有一套科学的指标来衡量。在我们银行开户的企业都会有一个企业台账，台账内容包括：存贷比、结售汇比、贷款绝对值等一系列指标来决定我们贷款额度和优惠比例。更重要的是我们严格按照这个规定执行，减少了人为干扰贷款的因素，因此，我们的信贷人员去企业不需要公司的负责人陪同，也不需要特别招待，和企业的工作人员一道吃工作餐，当然你们也可以收取就餐费用，这是我们银行最大的特色。唐总，不知道我们的措施您满意吗？”

未等唐婉儿回答，会议室响起一阵掌声，唐婉儿红着脸坐了下来。

万耀华等掌声停下来说：“时间不早了，中午由飞峰县外汇银行招待，地点在‘西沙湾’，请参会的所有人员就餐。”

吴天峰低声问谢季风：“这个方案听起来不错，飞峰行实行了吗？”

谢季风对姜扬招招手，姜扬心中忐忑地来到谢季风身边。

谢季风问：“你刚说的台账都建起来了？”

姜扬看看四周悄声说：“没有，刚才急中生智，才想到这个方案。”

吴天峰欣赏地看看姜扬，说：“这个方案不错，你们行先搞个试点，如果可行的话写个报告上来。”

“是，吴行长。”姜扬细想想如果实行这个方案，加上信贷员终身追责制，能够避免人情贷款。

下午的报告准时召开，一些企业负责人从上午吴天峰和谢季风那里听到在飞峰县听不到的国际金融形势，下午都纷纷前来听本来准备为企业会计的演讲。省行专家临时将“出口型企业会计必备的金融常识”改为“经济危机下国际金融风险及对策”和“如何防范国家性的信用证违约”，加上原来准备的“外汇银行为出口型企业保驾护航”三个课题，完成了从国际经济、金融宏观视角到实务操作，外汇银行为保证出口企业所有开设的项目介绍。台商负责人和会计们都拓展了视野，加强了国际贸易风险的警觉度，提高了风险防范意识，外汇银行的形象立即在台商企业当中树立起来。

座谈会由于省行副行长、市行行长的参加，尤其是县委书记的加入，效果立即显现出来，晚上飞峰县当地新闻播出后，又连续半个月大篇幅的专题新闻宣传。不仅有 3 家台企去飞峰县外汇银行开户，更有两家美资企业、一家日资企业和一家德资企业来外汇银行开设基本账户，至此在飞峰县的台资企业去外汇银行开设基本账户的达 80%，外资企业开户 75%。外汇银行的外汇结算额由此占飞峰县比例上升到 85%，成为飞峰县外汇结算的真正老大。

第二十九章　宵夜闲说宋昭军　诱惑之下成蛀虫

11 月下旬，滨江省飞峰县已经略感秋天的寒意，而福建省的仙游县则如仲夏一般稍感炎热，尤其在午后的大街上。

此时，度尾镇工艺一条街上，客人十分稀少，几乎所有的店铺都是敞开着店门，店铺内都非常安静，店主大都睡在躺椅上午休，更有些动作快的已发出阵阵鼾声。街上不急不忙地走来一位中年男人，从外表上看不是本地人，他虽然头上已经见汗，但从神情上看显得十分淡定、从容。他边走边看并不进店，顶多是站在店门瞅上一眼，有的店主感觉有人，懒懒地抬眼看一眼，便又闭上眼重入非真非幻的假寐中。

此人在探视过五六个店后，终于在街尾的一家门面不算大的店前停下脚步，他站在门前打量着店楣，店楣是用原木雕刻着“畲家木雕”，他眯着眼适应阳光给他带来光线上的反差，看看店里的陈设，然后走进店门。

店主已经进入梦乡，不过他的第六感还是让他感觉到有人进店，艰难地看了一眼又闭上眼睛。

中年男人径直走到茶海前坐下，自己泡起茶来。

片刻，店主从睡梦中醒来，坐到茶海前时还有些迷迷糊糊。

中年男人反客为主递上一盅茶，店主接过饮下茶后人也清醒过来，他客气地问道：“请问老板是?”

中年男人从衣袋拿出名片夹取出一张递上，店主双手接过后很尊重地观看，名片上写着：石海平，滨江省飞峰县金牛红木家具有限公司；董事长、总经理。

店主连忙说：“石董事长，失敬，失敬。”店主从办公桌上的名片盒里取出名片递上。

石海平扫了一眼说：“潘经理，打扰了。”

潘经理说了声，请稍候。

潘经理出门去，不一会儿就提着一袋柚子回来，他一边熟练地剥柚子一边说：“石董事长，天熟，尝尝我们的柚子。”

石海平稍加客气，拿起一块放到嘴里，气味芬香、肉嫩汁醇、甜酸爽口的蜜柚令他赞叹不已：“度尾文旦柚，全国闻名，果不其然。”

“看起来石董事长是老客呐。”

石海平如拉家常：“是的，我每次从深圳下关订完货，都要来这里绕一圈，每年至少来一次。”

潘经理知道深圳下关聚集着上千家的红木制品厂，看起来这位客人生意不小，他试探问：“不知小店的雕件能否入石董事长的法眼？”

石海平早就等着潘经理问，他微微一笑说：“仙游雕刻确实非常有名，不过，贵店的雕工略显粗糙。”

潘经理一听满脸不高兴地说：“旁人这么说也没什么，石董事长是行家。”潘经理从办公桌上拿起一件奔牛摆件递给石海平说：“你看这造型，粗犷的线条，都是我们畲族老工匠的作品，不是一般机器车出来的工艺品能比的。”

石海平微微一笑说：“这只能说有创意，但是现在有几个人喜欢这类的东西？”

潘经理不再搭腔，他从茶海下拿出一把蒲扇自顾自地扇起来。

石海平向店里瞄了眼说：“潘经理，你们这柄如意大约有 1.8 米吧？”店堂中间摆放的一柄满雕的巨型如意，才是吸引石海平进店的真正原因。

“我们这柄如意是用上等绿檀做材料，两位艺人用时半年雕刻而成的，是不可多得的精品。”

石海平说：“我们看看。”

两人来到如意前，只见如意通体满雕着福、禄、寿、喜等畲族的欢庆场面，既反映畲族人民追求美好生活的向往，又蕴含着吉祥如意的祝福。

石海平仔细地看看，他看的不是工艺，而是寻找砍价的借口，他东瞧瞧西看看终于说：“潘经理，这尊如意放置很长时间了吧？”

潘经理当然懂得石海平问话中的含义，他说：“老人们创作出这件作品，舍不得卖啊。”

石海平又说：“作品是不错，可是谁又懂得作品反映的内涵，如意嘛，就是一个象征意义，谁又去真正琢磨其中的含义？”石海平不等潘经理反驳说：“木雕的关键是看材质，工是第二位的。”

潘经理立即来劲了，他说：“石董事长，绿檀本身就是稀有树种，雕刻这 1.8 米的如意要近 2 米的绿檀整料，雕成这么精美的作品更为难得。”

石海平笑笑说：“这是产自西印度群岛的愈疮木，英文名 guajacwood，pock-wood，价格不过 1000 元 1 立方，只是颜色呈绿色，美其名曰为绿檀。”

潘经理被石海平左一句右一句弄得心里很不爽，他略显不悦地说：“石董事长，如果在我这里没你看中的货，我估计你是白来一趟仙游了。”潘经理说完准备回到躺椅上。

石海平笑着说：“我那么远来当然想带些货回去，不过，你这里的雕件价格高了点。”

潘经理一听又来了劲头，他说：“这还贵？这件如意才 2.88 万元。”

石海平摇摇头说：“太贵了，没办法买。”

潘经理松了口气，只要还价生意就有得做，他故作思索说：“石董事长，我们是批发市场，报价已经很低了，这样，您在本店进货打 7 折。”

石海平故意惊道：“打 7 折？老板门槛精啊。”

潘经理没听懂：“嗯？”

石海平向门口慢慢走去：“雕这如意用不了 0.5 立方，成本不过 500 元，一个大师傅带一个小工，半个月能完成。你要 2.88 万，不太贵吗？”

潘经理心里一急紧走几步，他挡在石海平面前说：“石董事长，您开个价。”

石海平做出继续向外走的姿态说：“12000 元。”

“12000 元？太低了，石董事长，喝杯茶，我们再谈。”潘经理拉着石海平又坐到茶海前，潘经理重新泡上茶，双手递给石海平，然后说：“石董事长，我们村上老工匠们生活都不富裕，我们维持这个小店也不容易，您看价格上是不是再让让？”

“潘经理的意思？”

“这样，如意按 2.58 万算，还需要其他货的打 6 折。”

石海平端起茶杯一饮而尽说：“看起来潘经理是不愿做鄙人的生意啊，谢谢潘经理的招待了。”说完欲起身告辞。

潘经理又一次挡住石海平道：“那就请石董事长开个价吧。”

石海平利落地说：“如意 1.8 万元，其他货 5 折。”

潘经理帮石海平斟上茶询问道：“不知石董事长本次要进多少钱的货？”

“店里的雕件每样两件，现汇结算。”

潘经理心里估算了算，这批货约 20 万元，于是说：“如意 2.28 万元不能再低了，其他的就按石董事长说的算。”

石海平平静地端起茶向潘经理示意说：“成交。”

潘经理欣喜万分，握住石海平的手说：“谢谢、谢谢，你是我们村的贵人。”

石海平似乎也被潘经理的情绪感染了，他把玩着茶海上的雕件说：“不谢，是你们村上老艺人的雕工好。”

潘经理问：“石董事长，您看……”

“这样，我这次原则上是每样两件，只在个别上有调整。”

“按照名片上地址搬运吗？”

“不，帮我租个面包车，今天就把货带走，以后我电话来补货。”石海平对那件巨无霸的绿檀如意如获至宝，他已经想好了炒作方案，他必须亲自将它带回去。

“今天就走？”

“是，今天赶到南平市休息，明天白天过武夷山脉。”

“行，石董事长，您先看看货，我去安排。”潘经理打电话让两名店员结束休息立即来店，又打电话联系车辆。

店里的雕件都具有畲族的民族特色，雕件中大多反映畲族的生活、劳动场景。有美丽动人的少女，也有壮硕有力的后生，也不乏饱经沧桑的老者；既有奔腾的骏马，也有辛勤劳作的耕牛。木材多以鸡翅木、乌木为主，也有花梨木、黄檀、越南黄花梨等品质较为名贵的木材。酸枝木、紫檀等真正的红木雕件为数不多，滥竽充数的波萝格、绿檀等杂木也充实其中。

石海平在店里仔细地一件一件地挑选，潘经理很快结束电话，他跟随着石海平记录所需雕件的货号。

不久，两名店员急匆匆地赶到店里，他们进店后立即根据货号整理雕件，然后包装、装箱。

石海平花了近两个小时的时间才挑选完所需雕件，石海平回到茶海前悠闲地喝茶。

潘经理坐到办公桌前拿出价格表对照着编制出货单，很快，石海平需要的这批货的价格计算出来，共计 34.65 万元。潘经理毕恭毕敬地将出货单递给石海平，然后坐下为他斟茶。

石海平随手翻翻出货单说：“潘经理，我公司已经有 20 多年的历史了，在当地也是知名企业，我们的合作不是一锤子买卖。”

潘经理连忙说：“那是当然。”

石海平从皮包里掏出汇票，这是一张 45 万元的银行承兑汇票，石海平拿过计算器输入 45–34.65，计算器显示 10.35 万元，石海平在剩余栏填写，10.35 万元，然后说：“麻烦潘经理去银行验证一下。”

潘经理嘴上说不用，他拿着汇票走到一名店员身边嘀咕了几句，店员立即拿着汇票走出店门。

潘经理回到茶海前并没有坐下，他说：“石董事长，您来验验货吧。”

“不用验了。”

“您还是看看吧。”潘经理坚持道。

此时，货已经准备好大半，石海平在潘经理的陪同下随便查看。

约摸过了十多分钟，一辆铮亮的深蓝色吉星 11 座面包车停在店门口，副驾上跳下刚刚出去的店员，她打开侧门从里面端出个托盘，托盘上放着两个砂锅。潘经理赶出门外又从车内端出一个托盘，托盘上同样放着两个煲。

潘经理进门将托盘放在茶海上对石海平说：“石董事长，你看这车还行吗？”

“车不错，价钱怎么算？”

“这是我堂弟的车，就收个成本费，5000 元，行吗？”

石海平清楚包车的价格，此处去飞峰县约 1300 公里，寻常包车没有 8000 元是跑不下来的，他客气地说：“加 1000 元吧，来回的过路过桥费算我的。”

“石董事长爽快，谢谢了，没有什么问题的话就装车，现在是三点半了，我叫了几样我们仙游的特色菜，委屈董事长提前用餐。”

“潘经理客气了，请潘师傅一道来吧。”

潘经理叫来堂弟七手八脚摆好枸杞炖羊脑、温烫羊肉、海鲜杂锅和荔枝肉四个煲和两样素菜，三副碗筷，潘经理打开一瓶酒说：“石董事长，这是我们仙游著名的蔡襄酒，喝一点赶路不累。”

石海平不再客气，端起酒杯和潘经理碰了碰，咂了口说：“好酒。”

潘经理开心地笑笑。

石海平把每样菜逐一尝了遍，说：“菜也好。”

潘经理真诚地说：“石董事长，住一晚上吧，去我们村上体验我们畲家人的生活。”

石海平遗憾地说：“下次吧，我赶回去要收货。”

潘师傅在一旁三两口吃了半碗饭，他和石海平打了个招呼就去帮助店员们装车，大伙一阵忙碌后装车完毕，时间也近下午 4 点钟。

石海平站起来拍拍肚子对潘经理说：“酒喝好了，饭也吃饱了，该出发了。”

潘经理陪着石海平出门，他打开车门说：“既然石董事长有事，我也就不留了，下次一定留点时间去我们村上住几天。”他指着座位一个塑料袋说：“这是我们仙游的著名小吃仙游蓼花和麻筒，路上饿了吃。”他又指指车厢里的两袋蜜柚和两篓龙眼说：“这是我们地方特产带回去尝个鲜。”

石海平心中一阵感动，他握握潘经理的手说：“谢谢，我们后会有期。”便上车关上车门。

汽车一加油门绝尘而去。

在唐婉儿和秦雪莹的别墅里，洪克嘉正对着唐婉儿愤怒地咆哮着：“撒利木，没事你招惹他干吗？”

唐婉儿一只手捂着脸站在洪克嘉面前，另半边脸上明显地杠起五道红印，她倔强地说：“我就是看不惯他拽拽的样子。”

洪克嘉听到她莫名其妙的理由气不打一处来，狠声：“臭三八，他拽不拽干你屁事，你把钱弄来就行。”洪克嘉用奇怪的眼光打量一番唐婉儿，然后说：“这不像你行事风格，是不是对他有什么想法了？”

唐婉儿的心里没有来由地一跳，她掩饰地道：“我能有什么想法，就是看不惯他那样。”

“我不管你想干什么，弄不来钱再把你扔回到南投山区卖槟榔去。”洪克嘉说完就不再理睬唐婉儿，他对秦雪莹说：“打个电话约一约薛行长，请他们吃个饭，酒店订在江城的飞龙大酒店。”

秦雪莹犹豫不决地对唐婉儿看看。

“我说话没用吗？从现在开始以雪儿为主，婉儿在后跟进，千万别浪费这千载难逢的机会。”

“是。”唐婉儿、秦雪莹低声应到。

唐婉儿示意秦雪莹打电话，秦雪莹拔出薛凯电话。

薛凯此时在姜扬的办公室里，会议的成功召开，办公大楼的意外收获，让他飘若云端。薛凯和姜扬正在侃侃而谈，秦雪莹来了电话，薛凯接通抢先说：“秦总吗，我是薛凯，请问有事吗？”

秦雪莹调到免提，听到薛凯的语气和用语，她心领神会地说：“薛行长您好，我们公司董事长洪先生想和您见个面顺便请您吃个饭，您看晚上有时间吗？”

“今晚啊，你等等。”薛凯捂住电话对姜扬说：“洪克嘉晚上想请我们吃饭，你有空吗？”

“洪克嘉？”姜扬心里清楚这顿饭必须吃，不接触怎么能了解？姜扬回道：“我今天同学聚会，不去不好，晚上我就不去了。”

“那怎么行，明天，明天晚上，我们去6个人。”薛凯做出决定，评审委员会成员全部到场，共有姜扬、杨有祥、林宗森、丁志华和接替张涛位置的赵主任。薛凯对秦雪莹说出他的安排，秦雪莹看看洪克嘉，洪克嘉点点头，她回答道：“好的，明天我们来车接你们。”

洪克嘉在房间踱了几步说：“你们都明白这次机会的重要性，从今天开始说话、做事都小心点，这票做成了我会亏待你们吗？”他冲着唐婉儿说：“尤其你，以后再弄出事来看我怎么收拾你！”

“是！”

洪克嘉没有兴致和她们再玩下去，他甩门上车回江城了。

姜扬晚上的同学聚会安排在县第一招待所的2号楼，姜扬去后才知道是初中时的并不是同班同学的芮飞提升西庙乡副乡长，只因姜扬已是一行的副行长，所以也在邀请之列。姜扬有些后悔参加这类同学聚会，说是同学增进感情，无非是不同形式的显摆而已。不如三五个知己，小酒店也好、大排档也行，菜不论多与少，得味即可，酒不论好坏，能醉就好，喝得畅快，侃得痛快，兴致淋漓。不像如此聚会，以炫耀为主题，奉承为酵母，虚伪为根本，一顿饭姜扬吃得是味同嚼蜡，兴致全无。

姜扬在这次聚会上也有收获，他遇到在农行工作的同班同学余平湖，两人对如此聚会都有类似感觉，两人别别扭扭喝了三两酒心中特别不爽，于是两人相约去了建设路小吃一条街。

一张简单的餐桌，两张陈旧的木制方凳，3盘特色小菜，姜扬和余平湖喝着啤酒漫天无序地聊起来。

余平湖：“还是你聪明，完美跳槽，完善表现，仕途一帆风顺。”

姜扬笑笑说：“我不是混不下去了嘛。”

“你混不下去？滨江省第一名，够你吃一辈子的。”

“没那么夸张吧，吃菜，吃菜。”

“你看我，混到现在还是个信贷员。”

“农行的地位不一样，我这个副行长掌握的贷款还不如你多呢。”

“得、得，过分地谦虚就是骄傲，最近各家银行的信贷员的日子都不好过，你们的动作也忒大了点。”

“运气、运气。”

余平湖白了姜扬一眼，用手指点点姜扬说：“虚伪。”

姜扬“哈哈”大笑。

余平湖嗔道：“说好了，哪天想起来去你们外汇行，不能不收啊。”

姜扬：“不敢保证，但全力帮忙。”

余平湖和姜扬干了个满杯说：“宋昭军在你们行里好像也没重用啊。”

“他的位置非常重要，我们行的核销都由他负责。”

余平湖挠挠头说：“不知道石行长搞什么怪，费了劲把他要过去又不用他。”

姜扬心里一动，问：“你和宋昭军很熟吗？”

“当然熟，我接任他的主办会计，他是股神般的人物。”

“哦，他还有这本事?”

“我们都是农行的，你不知道他的事?”

“不知道，我管那么多事干吗。”

“想不想听?”

“又来了，想说就说，不说拉倒。”

“不是这个意思，他的故事多了，怕你没兴趣。”

姜扬端起来酒杯说：“敬你一杯。”

余平湖笑眯眯地一口闷了，他说：“那就是想听了。”他吃了口菜，不急不忙说起宋昭军的往事。

余平湖是如此开头的：“宋昭军和你有着不同的聪慧，你的心思用在银行的业务上，而宋昭军则不同，他表现出诸多方面的精明。”

宋昭军通过石海涛调入县支行农经股任农经员，银行业务对宋昭军来说已经是驾轻就熟，他的兴趣全部集中在炒股上。每天早晨上班报到后宋昭军便会溜溜达达地去迎霞干挑面馆，这里已经有许多超级粉丝等待他的到来。宋昭军刚到面馆门口，门里就传来招呼声，直到他坐下仍有人与他搭讪着。

这时，老板会对着厨房大喊：“优先一碗一蛋青椒肉丝加大肠干挑。”最后一个字尾音不绝。然后，给他端上一碗多出常人的排骨萝卜汤。

宋昭军坦然地享受这特殊待遇，他端起排骨萝卜汤美美地喝上一口。他用审视的眼光看看周围露出急切眼神的人们，内心充满着满足感。他终于说话了：“激烈！多空双方搏杀凶残啊！”他停顿了片刻说：“昨天开盘空方就开始下打，大盘一路下跌，直到触及10日线后多方才开始反攻，一时多空双方相互绞杀难分难解，每一分钱的争夺都付出惨重的代价，直到十点半一股神密的力量入场，直接把空方打趴下。”宋昭军用两军对战夹带着金融用词，绘声绘色地描述当天的股市涨跌情况，把一伙人唬得是一愣一愣的，宋昭军说完埋头享用具有特色的迎霞干挑。

有一老翁关切地问宋昭军：“宋主任，我的股票涨吗?”

“当然涨了。”宋昭军嘴里吸噜着面条含糊不清地说。

“涨就好，涨就好。”众人都松了口气。

宋昭军放下面条，擦擦嘴嘿嘿一笑说：“我们昨天捞了个大便宜，集合单价时我看苗头不对就全部卖出，又在多头进场前买了回来。这样，我卖了最高点买了最低点，一来二去我们多赚了6%。”

大伙一听都议论纷纷，赞叹宋昭军操盘之精妙，宋昭军得意地继续吃面条。

还是刚才那位老翁问："宋主任，我们的钱可以取出来吗?"

宋昭军停下筷子看了他一眼说："可以，如果你不炒了，今天我就把你的那份卖了。"宋昭军嘴上计算着："你放在我这里6万元，这10多天涨了35%，赚了2.1万元，你付我30%的代理费，一共给你7.47万元，明天上午就在这里把钱给你。"

老翁听到才十多天就赚1万多元，他急忙说："不是这个意思，我想再加点可以吗?"

宋昭军大度地说："可以。"

老翁连声感激道："谢谢，谢谢。我再凑个两万多元，一个整数10万元。"

"行，10万元，我把代理降到20%。"

姜扬听到这里说："想不到他还有这个才能。"

余平湖喝了口酒润润嗓子说："成也萧何败也萧何，宋昭军一开始代人炒股是帮人赚了钱，到后来他的心态发生变化，不停地反复操作追涨杀跌，几经拼杀亏损惨重。"

"代人炒股，亏损总不能算他一个人的吧?"

"他把话说得太满，他包只赚不亏，到他调出农行时亏损款达50多万元，除了他自己的钱他还欠了帮别人炒股的钱，有近30万之多。"余平湖压低声音说："据说是石海涛帮他还的钱。"

"哦，石行长帮他还的。"这让姜扬很吃惊，30多万啊，这让姜扬想都不敢想。

"八九不离十。"余平湖看着姜扬用力点点头。

姜扬端着酒杯悬在空中陷入深思，石海涛帮助宋昭军还上30多万元的欠款，这里蕴含太多的内容，姜扬隐隐地感觉到什么。

……

宋昭军此时也在喝着小酒，他一个人从晚上6点开始喝了两个多小时，酒瓶里的酒也下去了一半，他此时没有停下来的意思。

宋昭军的妻子从厨房端了两盘菜放在宋昭军面前，她爱惜地说："多吃菜，少喝点酒。"

宋昭军看看妻子，拿起筷子吃了几口菜。

宋昭军妻子暗自叹口气，坐到沙发继续看着电视。

宋昭军干完杯中酒对妻子说了声："我出去转转。"宋昭军不等妻子回答便走出家门。

宋昭军心里烦闷着，烦闷也就罢了，他内心产生一种恐怖，一种来自让他无法掌控、无法避免的恐怖。他仿佛置身一个巨大的黑洞里，黑乎乎的没沿没底，人悬浮在这看不到底、摸不到边的黑洞里在粉碎、吞噬着自己，他隐约感觉到他的结局。

夜晚的飞峰大街已是冷冷清清，宋昭军在这仲秋略带寒意的夜里漫无目的闲逛着，冷风不能让他平静下来，肚子里的烧酒在心中发酵，欲火渐渐占据全身，他心中突然想起一个人，对她有了一丝想念、挂牵。宋昭军停下脚步倚在电线杆上拿出手机，找出电话号码拨了出去。

电话铃声一声一声地响着在折磨宋昭军的耐性，直到电话铃声快结束的时候，电话才接通，只听到电话那头压低声音说：“喂，小军吗？”

这个既熟悉又陌生的声音，让宋昭军足以泛起他甜蜜与无赖的过去，他轻声问：“红梅，能出来吗？”

“现在？”

“是。”

电话里沉默了一会儿答道：“好的，在哪儿？”

“飞峰宾馆。”宋昭军挂断电话。

宋昭军去飞峰宾馆开好房间，发了信息出去。

他来到房间，留了门。他躺在床上，两眼直愣愣地看着房顶，一幕幕往事在眼前放映。

宋昭军19岁高中毕业，一次内部机会顶父亲的职进入农村信用社，因而也放弃了1977年国家恢复高考的首次高考。宋昭军放弃高考有着自己的道理，他数学在全校是数一数二的，可是历史、地理对他如读天书。宋昭军在工作上上手很快，珠算、记账、书写对于他来说小菜一碟，很快他就从出纳提升到储蓄接柜，他的宿舍也从双人宿舍调整到单人宿舍，宋昭军的命运也从调整宿舍后得到重大转变。

最前面的一排房屋是由9大间组成，中间7间是宽敞的营业大厅，两头两间又各自隔成两间，成为保卫金库的值班室兼宿舍。

西头隔成一大一小两间，大的那间在出纳员的床铺后面，一只硕大的保险箱被用拇指粗的钢元焊成的铁笼罩在中间。

东头均等隔成两间，由于这间房屋特别高大，而且也没有天花板，两间房间之间只能用一堵两米多高的半截砖墙隔开。

宋昭军荣幸地住进这单人间，也意味着信用社领导对他的信任。

宋昭军当晚睡得很踏实，他梦见高山、山涧，更有潺潺流淌的山泉。潺潺流水让沉睡的他有了生理反映，他懵懵懂懂地起床，从床下掏出痰盂，他对着痰盂一阵猛浇，浑身轻松。就当宋昭军重新回到床上时，他隐约听到一声娇笑，他再仔细听时，只有屋外传来的声声虫叫，他又一头倒在床上呼呼大睡。

奇怪的是，宋昭军一连数日都出现同样的梦境，宋昭军也每天重复着同样的动作。

一日，农经员傍晚回来，他从茶场带来刚刚制好的新茶，他给每位内勤会计都泡上一杯浓浓的、香喷喷的新茶尝鲜。

宋昭军也喝上一杯碧波荡漾的碧螺春，一杯新茶下肚心里美滋滋的。可是，新茶的醒神功能不可小视，他不能像往常那样倒上床就呼呼大睡，而躺在床上久久不能入睡，也不知过了多少时候，他清晰地听到隔壁房间起床的声音。

隔壁房间住的是宋昭军的搭档，出纳会计符红梅。符红梅比宋昭军大 7 岁，结婚 3 年。

宋昭军的听觉、感觉都集中到了隔壁，符红梅发出的一丝轻微声响都落入宋昭军的耳朵里，只听到“铮”的一声轻响，接着淅淅沥沥的水声落入盂中。这是符红梅的撒尿声，宋昭军一听立即有了异常的感觉，身体跟着有了反应，他屏住气，不敢发出一点声响，他嗓子发紧，呼吸急促，他甚至能听到自己心跳的声音。宋昭军又听到纸声、上床声，这才偷偷地喘口气。

“原来每天做高山流水声的梦，竟是她尿尿的声音。”宋昭军偷偷地哑笑。

夜已深，虫声的偶尔低鸣，空中轻微的交流电声，让寂静的夜更加安静。可是这使得宋昭军已无法入睡，他一遍遍回想着符红梅刚才发出的声音，甚至于他能想象出她的动作。但是，她那神秘的地方，宋昭军就是想破头也不知是什么模样，他内心产生强烈的渴望和冲动，他这时才注意到身体的雄性反应，他情不自禁地抚摸着，想象着……

符红梅躺在床上也辗转反侧，自从宋昭军住到隔壁，她就没有安生地睡过，不是这个精瘦的小伙子有多大的魅力，也不是他在晚上睡觉时发出深重的呼吸声能触动她的神经，她每天起夜时发出的动静，本来就是让每位女性都羞臊的事情，可是他竟用同样的举动加以回应，而且是飞流直下三千尺的境界，这让符红梅更是羞愧难当。第二天中午只剩下符红梅和宋昭军在储蓄上值班，他俩漫天没边地聊着工作、生活趣事，她假装无意地说起宋昭军晚上睡觉磨牙，当她看到宋昭军瞪大眼睛浑浑噩噩的样子，她心中又是羞涩又是好笑，就这样每天晚上俩人都要上演这奇异的对唱。

一连数月，符红梅是每晚听完宋昭军这惊心动魄的一响才能真正安睡，她都适时地想象宋昭军在那一刻的雄风，她心中产生了渴望，这渴望更多是来源于下腹部。符红梅渐渐地产生了依赖，甚至有次宋昭军休息回家，她心中竟然有了些许失落，符红梅一直想打破这闷罐，这不仅仅是肉体的渴望，还有和肉体同样重要的事情需要宋昭军协助，她一直在寻找机会，可是又羞于主动开口。今晚，千载难逢的机会，她必须抓住。

隔壁宋昭军的床上没有一丝声响，符红梅暗自笑笑，他没睡着。突然，她听到隔壁轻轻“哼”了一声划破夜空，符红梅强压住“嘣嘣”作响的心跳，说：“小军，睡不着吧？”

宋昭军忘情抚摸着，一阵快感逐渐占据全身，他快乐地一声低叹，正当他继续准备享受身体的阵阵快感时，符红梅的声音吓得他屏住呼吸不敢出声。

符红梅听到隔壁没有了声响，她“咯咯”笑着说：“小军，我知道你没睡着，姐姐也睡不着，陪姐姐说说话好吗？”

稍过片刻，宋昭军说：“不知符会计想说什么？”

“喜不喜欢住在姐姐隔壁？”

又是稍过片刻：“喜欢。”

“喜欢姐姐什么地方？”

符红梅虽然长相一般，可是丰满的身材确实让男人动心，特别是像宋昭军未经世事的年青人，宋昭军想想说：“都喜欢。”

“姐姐也喜欢你，你过来。”

宋昭军心里一阵阵狂跳，这个意思再明白不过了。宋昭军良久、良久没有回答，他不知该如何是好。

“小军、小军，过来。”符红梅催促道。

“嗯。”宋昭军实在经不住召唤和诱惑，他坐床上两脚摸黑找到拖鞋。

“别从房门出来，会触动红外监控的。”

宋昭军才想起，每当晚上各自回房后，管库员便打开红外防盗监控仪。

“你从墙上翻过来。”

宋昭军看看那堵墙，心里有点犯难。

“你把铺盖掀起来，把椅子放到床上，我在这边接你。”

爬墙是宋昭军拿手好戏，只是爬这堵墙是他从未想过。宋昭军根本就不需要拿什么椅子架在床上，他站在床上双手搭在墙头上，他发现墙上已经用方巾垫上，他两臂用劲人就上了墙，他在墙上立即感到来自女性房间的温柔和气息，他犹豫着、矛盾着，一双手，一双手柔软、温柔的手托住他的身体，他身体第一次被女性如此亲密地触摸，体内的荷尔蒙迅速爆发，他忘却所有顾忌，他渴望着与眼前这个女人融合在一起。

符红梅半抱半拥将宋昭军接入房间，准确地说是床上，两人倒在床上来不及任何交流便交融了……

一夜风流后两人便难分难解，数日后在一番激情后，符红梅偎在宋昭军怀中说出自己的发现：“小军，我们发点财吧。”

“做生意啊?”

“不是，储蓄上只有我们俩人，我们可以弄点钱。”

宋昭军一听吓得坐起来说：“你想盗库?”

符红梅娇声说：“你听我说嘛，我们经常遇到提前支取的，更有些只有十多天，甚至只有几天就到期的来提前支取，我们把这些提前支取的存单不入账，等到期后再取出来，我们就能赚到利息差。”

宋昭军一听就知道这办法可行，而且能够赚到大钱。以 1 年的定期储蓄为例，年息 11.52%，提前支取按活期计算利息，活期利率 1.5%利息差近 10 倍。但他还是谨慎地说：“这等于变相地贪污公款，风险很大。”

“我们小心点，一两天用存单抵库，时间长的我们就用现金买下来，天知、地知、你知、我知，我算了一下，每个月我们收入会超过工资。”符红梅看宋昭军还在犹豫急着说：“你还不信任我?”

“不是，我是怕。”

“有我呢，你别管，一切有我。”

说干就干，第二天他们就有了斩获，20 多块钱，每人分得十多块，宋昭军拿到这钱心中一阵愧疚，储户坚守了 364 天，只差一天这果实就被符红梅和宋昭军截走了。不过，数月后符红梅和宋昭军每月都能获得倍数工资的收入，宋昭军心里也就坦然了，反正他不拿还不是便宜了单位。就在这时有双眼睛盯住了他们俩，他是宋昭军命中说不清是福星还是灾星的石海涛。

石海涛的出现让符红梅和宋昭军如入冰窖，从此他俩的命运就掌握在别人手中，宋昭军每次想到这里都会停下回想，琢磨石海涛是怎样发现他们的秘密的。

宋昭军躺在床上渐渐酒劲上来，他迷迷糊糊地进入梦乡。不知过了多久，他从梦中醒来，身上赤条条的一丝不挂，身边背对着宋昭军蜷曲着赤裸着身体的符红梅，床头灯柔和的光线映照着她依旧丰腴的身体。这时的宋昭军突然没有了在大街上时的冲动，他悄悄下床穿上衣服，从皮夹里拿出他常备的 1000 元美元，又从夹层中找出一张 5 万元定活存单放在床头柜上，他随即转身离去，房门在宋昭军的身后轻轻关上。

符红梅从床上坐起来，看看床头上放着的美元和存单，两手抚摸着自己的身体，看着门的方向茫然若失。

丁志华领到考察飞峰湖高尔夫度假村项目的任务，暂停手上其他事情，拿出

《中国外汇银行贷款文件汇编》，从中找到《中国外汇银行固定资产贷款项目评估办法》，坐在桌前对照着编写调查提纲。

丁志华写完后陷入沉思，手上的笔不自觉地轻轻敲击着桌面。丁志华去过飞峰湖高尔夫度假村，他对其宏大规划印象深刻，但也对仅建成高尔夫练习场就迫切寻求贷款也心生疑惑，尤其姜扬专门交代所有证件必须见原件，更让他警惕倍增，他在稿纸上随手写下：资金，原件，又在上面画了个圈。

这时，杨福康进门来对丁志华说："丁科长，薛行长请你过去。"

丁志华在桌上拿起笔记本和笔跟随杨福康来到薛凯办公室，杨福康为他泡上茶便退出，丁志华打开笔记本静静等候薛凯的指示。

薛凯问："最近工作还顺手吧？"

丁志华："顺利，姜行长接去以前遗留下来的许多杂事，我集中精力做好台企的核贷工作。"

"这个姜扬，都当行长了还这么拼，适当时候要给他减减压了。"

丁志华一听坐立不安，诚惶诚恐地说："是我工作不够努力。"

"小丁，别误会，我的意思是，等这阵子忙完了，就让他放下具体工作，行长嘛，抓管理就行。"薛凯注意到丁志华的眼睛里一亮，他微微一笑说，"我看你一上午又写又是画的，忙什么呢？"

丁志华在心中组织各台企的具体数据准备向薛凯汇报，怎想薛凯已经转移话题，他忙答道："我在准备飞峰湖高尔夫度假村项目调查方案。"

"都准备好啦？"

"准备好了，共21条需调查内容，有一些可能还需提请上级行协助调查。"

"还需要报上级行调查？"薛凯眉头一皱，想想说，"这个项目对我们行的短期和长期的意义都十分重大，我和姜行长都看好这个项目，县委、县政府也十分关心这个项目。再说，这个项目是省分行从资金、规模直接支持的项目，机会难得啊。小丁，我们不能被一些条条框框绑住手脚，飞峰行比兄弟行迟发展了许多年，现在是我们赶上和超过的好时机，如果我们失去这次机会，我们就会成为飞峰行的罪人。"

丁志华没想到一句话引来薛凯一番严词切责，他心中忐忑不安且有些不服，于是，他低头不语。

薛凯看看状况缓声说："小丁啊，我不是在批评你，我是着急啊，飞峰行正处在一个关键的节点上，特殊时刻就需要特殊手段，这你应该懂的。"

丁志华知道他到了表态的时刻，他抬头看着薛凯说："薛行长，我知道了，我会尽快将资料做好，尽快将贷款批下来。"

薛凯态度和悦地说：“这就对了，不过这关也要把好。对了，今天晚上飞峰湖度假村请客，他们董事长请我们认识一下，相关人员都要到场，你是主力，不能缺席的。”

“知道了。”丁志华轻声应到。

第三十章　姜扬拒吃奢侈宴　丁科屈服淫威下

飞龙大酒店是省会江城市最豪华的酒店之一，洪克嘉订的是酒席里最豪华的贵宾厅。唐婉儿和秦雪莹分开两部车接薛凯等 5 人前往，历时 50 分钟来到飞龙大酒店，她们从地下停车场的贵宾车道，再从独立的贵宾电梯直接进入贵宾厅。

大家从走进电梯的那一刻就感到了什么是奢华，宽大的电梯轻轻松松容纳 20 人，电梯边线用描金线条装饰，四壁配以暗色茶玻，茶玻上以古罗马神话人物雕饰，让人仿佛置身画中一般，电梯的高度足足有 3 米多高，两组华丽细碎的水晶灯发出明亮而又柔和的光线。

贵宾厅以巴洛克风格装饰，给人以豪华、动感、多变的视觉效果，唯美、律动的细节处理，饰以华丽的织物、精美的油画，使得餐厅富丽堂皇，金碧辉煌。

进门是宽敞的客厅，正中放置了一组豪华的巴洛克风格的沙发，两边是按 20 人配备的单人沙发。沙发正中坐着一位白胖的身着军服的中年军人，旁边的沙发上坐着穿着深咖啡西装，看样子比穿军服的男人稍稍年轻点，两人有一句没一句地闲聊着，他们俩是洪克嘉请来作陪的客人。

洪克嘉已经站在离电梯门几步的地方，他在迎接薛凯等人的到来。电梯很快打开，唐婉儿和秦雪莹站在电梯门的两边，薛凯率先走出来。洪克嘉伸出双手满脸堆笑说：“薛行长龙骧虎步，容光焕发，我们要沾沾喜气噢。”

薛凯也伸出双手握住洪克嘉说：“董事长客气了，我们也是搭着你们台商这艘大船共谋发展。”

洪克嘉笑道：“银企一家，银企一家嘛。”

薛凯与洪克嘉短暂一叙，便将姜扬介绍给洪克嘉。洪克嘉紧握姜扬的手说：“这是姜行长，久仰，久仰，今日一见果然是明眸浩齿，玉树临风，姜行长一到满屋生辉啊。”

姜扬笑道：“董事长太能讲了，我以后都不知道谦虚这两字怎么写了。”

洪克嘉“哈哈”一笑，便与后面的杨福康、林宗森和丁志华一一握手，其间不乏溢美之词。

洪克嘉带着薛凯一行来到客厅，两位先到的客人站了起来。

洪克嘉对薛凯介绍说：“这两位尊贵的客人是我请来陪财神的，这位是芮将军，滨江省军区后勤部部长。”

芮将军点头致意。

洪克嘉继续介绍说：“这位是从美国留学回国报效祖国的于博士，现任江城人民银行策略研究室主任。”

于主任也点头致意说：“副的，副的。”

洪克嘉将薛凯和姜扬介绍一遍后，宾主各自入座。

洪克嘉说：“早就期待和外汇银行的领导一叙，不知不觉拖到现在，失礼了。为了表达鄙人的歉意，我特地请来北京国庆国宾馆的特级大厨，为我们专门制作一桌响誉全球的满汉全席。”

洪克嘉看见大家惊愕的表情得意地说：“当然我们只有十位，满汉全席菜太多，而且有些菜已经不能称为珍馐佳肴了，我从中精选两道羹、六道糕点，十多样菜，还有我们滨江省的江鲜，鲥鱼和娃娃鱼是必不可少的，主打福建的佛跳墙加上珍稀动物和海鲜。望请各位畅怀一品，不负了大厨之辛苦。”

外汇银行自薛凯上下都面面相觑，薛凯说：“太奢侈了，太浪费了。”

“菜都备好了，不吃更浪费，下不为例。”洪克嘉熟知大陆官场用语，一句下不为例，解决多少心领神会之事。

果然，薛凯说：“下次绝不能这样，这一桌总得要好几万。”

“不贵，十多万。不说这，喝口茶，吃点水果，一会儿就开席。”

杨福康一听一桌要十多万，当即目瞪口呆，林宗森毫无表情，冷冷地观察着，而丁志华眉宇间不时流露出丝毫忧虑。

姜扬嘻哈一笑道：“我是刘姥姥进大观园，到底是高档场所，水果都是那么诱人。”姜扬说完剥开香蕉吃起来，一根吃完又来一根，自己茶几上的吃完又到旁边茶几上拿了几根，他狼吞虎咽地一连吃了 6 根香蕉，直看得一班人瞠目结舌。

林宗森原本也和他人一样，觉得姜扬有些近似滑稽贪吃，突然他心中一动意识到什么，他也拿起香蕉猛吃，当他吃下第四根香蕉时，奢侈的晚宴开始了。林宗森跟在众人后面咽下最后一口香蕉，他看到姜扬做作地打着嗝心中暗暗发笑，他猜姜扬一定有阴谋。

晚宴大厅同样有说不尽的奢华，从装饰到摆设都彰显皇家气派，大厅中央摆放着橡木描金餐桌，餐桌不大不小，十位客人的座位宽宽松松，座位之间相隔不远不近，不失与相邻食友情感交流，餐桌上的纯银餐具在水晶灯的照射下发出耀眼的光芒。

餐厅门边一字排开八位身着公主装的服务员，客人进门后施以宫庭屈膝礼，便引导客人入座。

芮将军虽然位尊，但他是洪克嘉请来陪客的，于是，他抢先坐在副主宾上，由于他官级太大，薛凯不敢造次，一番推辞后请芮将军坐上主宾位，薛凯则在副主宾位置上就坐，唐婉儿坐在副主人位上，于主任并不在意位子的大小，乐呵呵地挨着她身边的位置坐下，秦雪莹当然依着薛凯而坐，薛凯表面上波澜不惊，心里还是乐见其成，姜扬挨着芮将军坐，虽然这个位置最小，但由于旁边是芮将军，这个位置也因此变得重要了，杨有祥、林宗森和丁志华不用招呼就顺着剩余的座位坐下。

客人坐定，菜品立即上桌，八味冷菜已上桌，分别是：二龙戏珠、陈皮兔肉、怪味鸭舌、天香鲍鱼 、三丝瓜卷、虾籽冬笋、椒油茭白。第一道是羹，长春鹿鞭羹，另一道鱼翅螃蟹羹要等胃暖了再上。紧接着上的是：原壳鲜鲍鱼、猴头蘑扒鱼翅、扒鱼肚卷，蒸熊掌、蒸鹿尾儿等，尽找些有特色不常见的菜上。服务员两位忙着布菜，一位服务员则手待托盘，托盘上摆放着茅台 50 年份酒、路易十三和拉菲葡萄酒，她低声询问每位客人需要的酒水。五位服务员环绕餐桌而立，她们每人服侍两位客人，配合着倒酒、布菜、分菜，很快客人的杯满碟满。

洪克嘉环顾餐桌，见一切都准备完毕，他端起酒杯说："感谢薛行长和外汇银行领导们赏光，感谢芮将军、于主任捧场，今天我们主题只有一个，就是修好我们的五脏庙，各位请。"洪克嘉熟知大陆各种应酬的游戏规则，说起话来也是大陆酒场的一套。

酒席在洪克嘉的主持下，在唐婉儿、秦雪莹两位美女的周旋下，以及芮将军、于主任的抬举下显得热闹而不失雅致。薛凯成为当之无愧的主角，杯觥交错之间情感不停地升温，不一会儿便与洪克嘉、芮将军和于主任兄弟相称。

只有唐婉儿在与于主任打情骂俏之间，眼角不停地瞄着姜扬，她发现姜扬是只菜未进，每当敬酒他的酒杯端起来高高的，但酒杯里的酒丝毫没有减少。唐婉儿摸了摸被洪克嘉打过那个巴掌的面颊，咬了咬嘴唇忍住了到嘴边的话，她继续夸张地向于主任卖弄风情。

一阵喧闹过去，洪克嘉、芮将军等人才把注意力从薛凯身上移开，这时他们惊诧地发现，姜扬和林宗森根本就菜、酒未动。洪克嘉诧异地扫视一下薛凯，发现薛凯微笑的脸上略显僵硬，他端起酒杯站起来说："感谢姜行长一直对我们公司的关注和支持，姜行长的营销理念让本人十分佩服，是我们金点子中的金点子，为此姜行长已经是我们飞峰湖高尔夫度假村的终身会员。而且，等球场开业时，我们会为姜行长颁发奖金可观的金点子大奖。”

姜扬听后一愣，这是唱的哪一出，我什么时候出过金点？

洪克嘉见姜扬不明所以，不由“哈哈”大笑说：“我洪克嘉能立足大陆经商多年，全凭一个信字，对朋友我讲究一个义气，芮将军、于主任是吧？”

芮将军和于主任点头称“是”。

“姜行长的捡球计划虽然随口一说，但我们却如获至宝，我们已经列入了经营计划。”

姜扬这才想起来，这是薛凯的一句笑谈，怎么安到他的身上了？不过主人如此客气，他也不能过于呆板，于是端起茶杯说：“谢谢洪董事长，也谢谢唐总，那只是一句笑谈不能当真，我就以茶代酒敬敬两位。”

洪克嘉关切地说：“姜行长，是不是菜不得口味，我让他们重上，领班！”

此时各种珍馔佳馐流水般上来。

“别！”姜扬制止道，他指指肚子苦笑地说，“刚才香蕉吃多了，现在还在一个劲地往上冒呐。”

洪克嘉暗暗瞄了一眼薛凯，薛凯会意地对他摇摇头，洪克嘉也不想再在姜扬身上纠缠下去，只要搞定薛凯就万事大吉，他想想说：“既然这样，就待下次再请姜行长一聚。”把尴尬搪塞过去。

可是，唐婉儿瞧准机会抢先端起酒杯站起来说：“姜行长，虽然是香蕉，但终究还是吃了，所以也不在乎这一杯，我提议，我们洪老板、芮将军、于主任一起敬你一杯，姜行长，您看？”

洪克嘉也想看看姜扬所表现出的个性，他笑眯眯地看着姜扬。

于主任早就被唐婉儿迷得神魂颠倒，他听唐婉儿如是一说立即响应，也端着酒杯站起来。

芮将军也慢腾腾地站起来，他手执酒杯直白地说：“姜行长，你这点面子总要给吧。”

全场目光都注视着姜扬，静候他干掉价值不菲的美酒。

姜扬面带微笑，手握茶杯说：“谢谢洪老板，谢谢芮将军和于主任，恭敬不如从命我先干为敬。”说着姜扬端着茶杯率先喝起来。

“哎，不行，你喝的是茶。”芮将军和于主任同时喊道。

洪克嘉又看看薛凯，薛凯脸上再也挂不住了，他铁青着脸端起来酒杯站起来说：“这杯酒我陪各位喝。”

洪克嘉见状说：“只要感情有喝啥都是酒，我们就同喝一杯吧。”

唐婉儿冲着姜扬说：“我们都一干见底，姜行长可不能留哟。”

姜扬看看茶杯中的茶叶说：“行，保证见底。”姜扬把茶杯晃晃，见水把茶叶带起来便一口气连水带茶喝完，大家见此状况也只得作罢，各自喝自己的杯中酒，各找各的话题不再理会。只是酒局被姜扬一搅，大家的兴致也衰败下去，原本晚餐后准备的桑拿、KTV 等项目，洪克嘉识趣地不再提起，不久便曲终人散。

不过，姜扬宁吃茶叶，不饮一杯；宁吃香蕉，不碰山珍海味让洪克嘉提高警觉，他嘱咐秦雪莹盯紧薛凯，嘱咐唐婉儿加强对丁志华的攻关，并远离姜扬，千万不要再激怒他。

薛凯一早起来就十分烦躁，当晚散席后他乘坐秦雪莹开的车返回宿舍，他到达后没有等随即而来的姜扬便径直回到宿舍，这是他们俩第一次没有互道晚安就分别的。薛凯回到宿舍秦雪莹的短信即到了，他情意绵绵与秦雪莹互发短信直至深夜，第二天起床头晕晕沉沉，心里不知为何总觉得有东西堵住，直到姜扬进门他才意识到是姜扬，他的得力助手姜扬在不知不觉中成为他的一块心病。

姜扬进门客气地说：“薛行长，早。”

薛凯回道：“姜行长，好。”

要说姜扬进门问候一声应该再正常不过了，可是薛凯客套地问候对方不免有些刻意的成分在里面。

姜扬愣了愣说：“最近没什么安排吧，这两天我去外地跑跑。”

“去外地？”

“本次核销企业中有个精细化工公司，通过贷款资料分析，该企业在固定资产投资时明显投入不足，我准备再调用会计档案加以核实。”

薛凯欲言又止：“这……”薛凯心里有了疙瘩，说话便不再像从前那么直率，他冷淡地说：“这是你的工作范围，自己看着办吧。”

姜扬看看薛凯的表情，嘴角露出一丝笑容，他继续汇报工作：“核销材料中不止一家企业存在这样那样的问题，具体问题和数据有待核实。”

薛凯认为去追究已经消逝的资产既费神又费力，而且还很有可能得罪现任的分行副行长石海涛，但他知道姜扬既然从资料中有所发现就不会轻易放弃，在度假村项目的关键时候还是忍忍吧，不过给姜扬设置点小障碍还是小菜一碟，于是说：“这几天你不能走远，我要跑基建项目，家里不能没有行长。”

“好吧，那我回办公室了。”姜扬说完向门口走去。

薛凯突然感到心情大好，不禁有些得意地看看姜扬，等姜扬走到门口他才说：“姜行长。”

姜扬止步回头看着薛凯。

“信贷上工作都还好吧？”

姜扬站在原处说：“一切趋向正常，信贷人员到位后正在走访新开户的关联企业。”

“华宝寺项目进展怎样了？”

“这几天宗教局会计正在帮助建立比较完善的账务体系，周四左右能够完成，我和保险公司的陈副总经理约好了，周四去进行风险评估。”

“哦，没事了，核销资料要加快进度，市分行说要就要。”

“好的。”

薛凯看着姜扬转身离去，心里刚刚获得的丝丝满足瞬间消失了，那一种挥之不去的烦恼又缠绕在心头。他站起来走到门口关上门又坐回办公椅上点着烟，抽了几口又将烟使劲按在烟灰缸里，他拿出手机拨通秦雪莹的电话：“丁科长到了吗？”其实薛凯何尝不知道丁志华刚刚出门。

“刚到，在会议室呢。”

“你们好好招待，送点好烟、好茶。”

“嗯，知道了。”秦雪莹又低声说：“薛郎，谢谢。”

薛凯意犹未尽地挂了电话，心中那点烦闷一扫而光。

小会议室里，丁志华打开材料一看，就让他处在两难的境地，姜扬的原则是“实事求是，以数据说话”。薛凯是行里的一把手，他的倾向十分明显，再说薛凯在姜扬上任之前就非常重用丁志华，而且该项目启动后薛凯一再表示会给丁志华一个很好的安排。可是，眼前的材料实在让他万分为难、倍感压力。

丁志华所需要的材料基本齐全，原件和复印件都提供了，以便调查报告使用。可是，丁志华翻阅几张就感觉到材料的真实性和有效性存在严重问题。丁志华心思重重地核对各原件和复印件：“洪克嘉与湖西乡山地有偿使用70年协议”发改委批文“关于同意成立飞峰湖休闲度假村的批复”。丁志华注意到发改委批准的是休闲度假村而不是高尔夫度假村，会计事务所出具的是“飞峰湖高尔夫度假村验资报告”以及有关飞峰湖高尔夫度假村的土地使用证、工商营业执照、法人证、标准代码证、环评报告、施工许可证、人防证等，丁志华在笔记本上一一写明与发改委文件所批的名称不符的各种证照。

时间在不知不觉中慢慢消逝，丁志华对照着预案有条不紊地整理、记录、摘抄和核对所需材料，丁志华面前的茶水喝得已经发白，唐婉儿又为他重新泡了一杯，轻轻放在他的面前，丁志华抬头示意。

唐婉儿说：“丁科长，休息一会儿。”

“不了，快了。”

唐婉儿摆摆手：“一会儿见。”

唐婉儿来到秦雪莹的办公室，说：“看丁科长的架势，恐怕是发现我们不少问题。”

“那怎么办？”秦雪莹焦急地问。

“两条烟，两斤茶是打不住的，包两万元的红包吧。”

“成吗？”

“打个电话问问老板吧。”

洪克嘉接到唐婉儿的电话并不感到意外，一切均在他预料之中，他沉着地说：“同意你的看法，红包嘛包上 5 万，大陆有句话叫，阎王好见，小鬼难缠。这个丁科长是关键人物，他调查的是第一手资料，这些资料能给我们的项目定性。婉儿，事情进行到这里，我们每走一步都要讲究了。”

“是，老板。”

“让雪儿叫姓薛的来压阵。”

“知道了。”

唐婉儿对秦雪莹说：“老板说包 5 万元红包，你去和薛行长联系，让他赶过来压阵。”

秦雪莹心里默默编好和薛凯的对话，她调整一下情绪后打出电话：“薛哥，我是雪莹呀……”

唐婉儿动作麻利，就在秦雪莹刚刚和薛凯通话时，唐婉儿已经从办公室重新回到小会议室。

丁志华此时在核对一沓票据，这是度假村所有的缴费发票和税费减免文件，这些票据中有赔偿村民的青苗费，有给村里土地使用补偿费，有高尔夫练习场的建设工程发票，有购置高尔夫用品发票，等等。这些发票中有正规税务部门开出的，有建设局建设税、人防办公室的防空经费、教育局的教育附加费、水利局的防洪经费、自来水公司代收的排污费等各部门减免费用的相关文件；也有村民白纸领钱的，但丁志华头疼的是，唯独最关键的应该由国土资源局开具的金额高达 4 千万元的土地征用费却用复印件替代的，但他又实实在在地看到了国土局颁发的土地证。丁志华在笔记本上认真地记下，又在旁边重重地打了个大问号。

丁志华心里默默地大致框算着投入的资金，土地费 4000 万元，土地补偿费 300 万元，青苗费 120 万元，高尔夫练习场 1200 万元，高尔夫用品 200 万元，其他杂费 150 万元，约计 6000 万元。

丁志华点了支烟闭着眼倚在椅子上，又将数据在心里历数一遍，6000 万元的投入要贷两个多亿的固定资产贷款，他想想都难。

唐婉儿轻轻推开门，她伸头看到丁志华在椅子上闭着眼，便想去休息区暂候。唐婉儿虽然蹑手蹑脚地走进来，丁志华还是听到声音，他睁开眼看到唐婉儿，他笑笑说：“唐总来了，正好有点事要问问。”

唐婉儿来到会议桌选了紧靠丁志华的位置坐下，说：“丁科长，休息一下再工作吧。”

丁志华看看时间说：“不了，我上午要赶回去。”

“好吧，请问，需要了解什么情况？”

“飞峰湖高尔夫度假村是一家新办的公司，我想了解投资人或母公司情况。”

“哦，我都整理好了，我马上去拿。”唐婉儿说完没有动，她把文件袋递给丁志华。

丁志华接过文件袋，手上的感觉明显不对，他疑惑地看着唐婉儿说：“这是？”

“评审费。”

“评审费？我们行没有这个收费项目。”

唐婉儿扑哧一声笑了，她眉目含笑说：“这是给你的。”

“给我的？有五六万。”

“到底是银行的人，掂掂就知道是5万元。”

“不行！”丁志华像触了电似的，手连忙缩回去。

唐婉儿：“怎么不行？你看，我们到发改委、环保局这些政府做项目，政府部门都收取我们不菲的费用，你们评个经济师、会计师不是要评审费，就是请个稍稍有名的人讲讲课都要收费，你怎么不能收？傻呀。”

“那也不是给个人的。”

“天知道，你看过我们的发票、收据，里面有这些部门开据的发票或收据吗？”

丁志华一时无法辩驳，他把装着钱的文件袋往唐婉儿一推干脆地说：“反正这钱我不能收，你们实在要给就缴到行里去。”

唐婉儿见丁志华态度如此坚决只得作罢，她讪笑着说：“那只好缴到你们行里了，让行长奖励你。丁科长稍等，我去拿基本情况汇报。”

没等唐婉儿站起来，秦雪莹推门进来，她冲着唐婉儿点点头，唐婉儿笑着对丁志华：“我先去了，让秦总陪陪你。”唐婉儿没等丁志华回话便起身出去了。

秦雪莹为丁志华添上茶水，说：“丁科长，薛行长刚刚来电话，说是一会儿就过来，请你在这里等他。”

丁志华喝着茶水，听到此话差点没被呛着，他掩饰着自己的情绪说：“哦，知道了。”

“那您忙。”秦雪莹转身离去。

丁志华看着秦雪莹离去的背景，看看面前的资料发起了愣。丁志华看到这些资料心里就明白，这个项目根本就不符合向上审报的条件，但薛凯的要求他不能不听命，不能不去执行，一个单位一把手决定着职工的未来。但是，“尊重存款，敬畏存款！”姜扬的话不时地敲打着丁志华的内心，他了解飞峰行的过去，也经历过贷款难收，无贷可放的窘境。这一切发生重要转折时，这个项目无疑是一场豪赌，而赌，恰恰是银行信贷部门所杜绝的！丁志华决定一切按报批的流程办，他拿出稿纸写下“关于飞峰湖高尔夫度假村需补充材料的说明”。

一、注册资金使用情况：注明 6000 万元人民币使用明细并付附件。

二、提供国土局开具的土地使用费票据下本。

三、提供高尔夫练习场建设承建合同正本，规划设计正本，施工监理日志；承建方税收发票正本。

四、……

丁志华认真地一条一条地列出所缺、所需和所补的各项并加以说明，他下定决心，如果材料达不到要求，将不惜得罪行长也不能通过该项目。

唐婉儿在办公室拿了基本情况汇报并没有立即送给丁志华，等到秦雪莹从会议室出来后把她叫进办公室，唐婉儿担忧地说：“雪儿，看来这丁志华不是个善茬儿，我们的贷款悬了。”

“他敢！他不听话，把他帽子给撸了！”

唐婉儿看看秦雪莹，伸手咯吱一下她说：“有点夫人样了。”

“别闹。”秦雪莹伸手轻轻拍唐婉儿。

“你家老公什么时候到?”

“快了吧，反正中午过来吃饭，到那时看怎么收拾他。”秦雪莹说完出了唐婉儿办公室。

唐婉儿拿着基本情况汇报再次来到会议室，她见丁志华不时地对照资料在写着什么，于是从背后绕到丁志华身后将基本情况送到桌上，她说：“丁科长也不休息一下。”

丁志华心里暗定让唐婉儿补充资料，所以也不想隐瞒什么：“你们提供的有些材料需要补充，我写目录和说明给你们。”

“哦。”唐婉儿贴近丁志华。

丁志华立即感觉到唐婉儿身上散发出的成熟女人气息，也感觉到背后被柔软的东西轻轻触动，他连忙向旁边挪开。

唐婉儿“咯咯”一笑说：“那就麻烦丁科长了，我不打搅了。”说罢唐婉儿又回到自己的办公室，她板着脸在办公室转了几个圈，她掏出手机找出号码拨了出去：“哦，魏书记嘛，我是婉儿。”

手机里传出浑厚的声音：“唐总啊，你好，有什么指教。”

唐婉儿娇声说：“外汇银行的薛行长熟悉吗?”

“外汇银行，不熟悉，怎么有事啊?”

“外汇银行的薛行长要到我们公司来，我想请你来捧捧场。”

“行啊，财神爷嘛，多认识几个没坏事。”湖西乡地处飞峰县最偏远地区，经济也处在全县末游之列，各家商业银行也不怎么待见。

“魏书记，到时您可要给力噢，他们可是要对我们这个项目贷款几个亿，以后还会有几十个亿。”

“唐总，行啊，贷款一到项目就可以启动了。”魏勇军兴奋道，度假村这个项目也关联着他的政绩，对他今后的政治前程至关重要。

“魏书记，这就说定了，中午就在我们食堂就餐。”

“行，一切悉听尊便。”银行工作就这样，手握地方经济发展所需的金钱，经济基础决定上层建筑嘛。

“那我马上和薛行长联系，一会儿去你办公室。”

11 点 20 分左右，薛凯在湖西乡的党委书记魏勇军和唐婉儿的陪同下来到飞峰湖高尔夫度假村，唐婉儿引导薛凯、魏勇军来到小会议室。

丁志华既然决定让度假村补充材料，写完补充说明后左右无事便趴在桌上迷迷糊糊睡着了，迷糊中丁志华做了个很奇怪的梦，这个梦一直纠缠着丁志华，怎么挣也挣脱不开，他猛然惊醒坐了起来，他揉着发麻的胳膊怎么想也想不起做了个什么梦。

这时门外传来客套的声音，随即门被打开，薛凯走了进来，随后跟着略胖的魏勇军，唐婉儿也跟随在后面走了进来。

“薛行长。”丁志华站起来。

“小丁啊，我给你介绍一下，这位是湖西乡党委书记魏书记，魏书记听说我们的小丁科长在这里辛苦，特地过来看看你。”

丁志华双手握住魏书记伸来的手说：“谢谢魏书记关心。”

魏书记握着丁志华的手对薛凯说：“薛行长，贵行人才济济啊，这么年轻就独当一面了。”

薛凯“哈哈”说：“魏书记过奖了，不过我们的小丁确实够优秀的，否则我也不会把这么大的一个项目放心地交给他办。”

丁志华被魏勇军和薛凯一人一句夸得不知所措。

唐婉儿在一旁说：“各位领导，到饭点了，要不边吃边聊。”

薛凯说：“行。”他问丁志华道：“都了解过了？”

“资料都整理好了，有些材料还需补充。”

“哦？”

丁志华将“关于飞峰湖高尔夫度假村需补充材料的说明”递给薛凯，材料在原有的基础上又增加了投资人征信纪录、投资人在大陆投资公司情况及财务情况等。

薛凯接过看看，说：“走，吃饭去。”

度假村的伙食是按照唐婉儿和秦雪莹的清淡品味而调配的，菜品精致但品种不足以用来招待一大桌客人。今天临时有重要客人来，办公室秘书小齐给乡里几家有特色的饭店订了几个拿手看家菜，几家一凑各有特色，个个吃得是赞不绝口。

丁志华今天成餐桌上的中心，餐盘堆得满满的，话题也围着他转。尤其是唐婉儿和秦雪莹左一声右一声帅哥，直叫得丁志华浑身不自在。

酒过三巡，菜过五味。大家谈资越来越少，兴致也越来越淡，酒桌上出现短暂的冷场。

薛凯冷眼看看丁志华，见丁志华在两位女士的夹攻下狼狈地对付着盘中的菜肴，他面无表情地问：“小丁，以前你们信贷人员有没有出去参观苏南乡镇企业？”

丁志华连忙抬头说：“没有。”丁志华回答完仍注视着薛凯，他不知行长此时问话的意思。

“难怪。”薛凯仍然面无表情，他转过头对魏勇军说：“苏南模式指导着乡镇企业的发展，在经济发达的苏南地区，乡镇企业竟然生生地在国有企业手中夺得半壁江山。”

“是啊，说来惭愧，我们只一江之隔，竟是天壤之别。”魏勇军痛心疾首地说。

薛凯：“小丁，你说说，为什么我们飞峰县经济发展远远落后其他兄弟县？”

“这。”丁志华没想到这突如其来的一问，他想想说，“我们滨江省，尤其是飞峰县是以传统的农业为主的经济结构，工业底子太薄，没能形成原始积累。”

薛凯笑笑说：“观念，飞峰县工业发展的瓶颈是人的思想观念，我们云阳市改革开放之前和飞峰县的情况十分相似，就一个观念上的转变，就让云阳成为了全省乡镇工业发展的新星，云阳因此也成了计划单列的县级市。”

魏勇军说：“薛行长说得好啊，敢做敢当的云阳人只离我们不到40公里，可他们身上的那股闯劲我们飞峰怎么就学不来？”

“观念的转变，不是光指我们的农民，而是我们的各行各业，包括我们的银行从业人员。说个例子，1989年中央紧缩银根，压缩贷款规模。我们滨江省银行业花了大力气完成了中央的调控任务，可是我们的邻省海渤省顶着压力加大固定资产投入，就在全国全面压缩的时候他们迎来经济发展的机遇，结果一举甩开我们滨江省，GTP增长全国第一，GTP总量全国第四，他们被批评了一年，可一直表扬到现在，他们才是真正为人民谋利益。”

魏勇军叹道：“魄力!这才真正是意识反作用于我们实际工作。”

薛凯继续说：“邓小平同志都说，摸着石头过河，难道我们自己编织绳索捆住自己的手脚吗？”薛凯说完用锐利的眼光扫射了一下丁志华，丁志华也听出薛凯话中有话，他面带红赤低下头。

薛凯的严厉措词立即让酒桌上的空气为之凝结。

魏勇军也听出薛凯的话外之音，魏勇军缓和气氛说：“丁科长，结婚了吧？”

“是的。”丁志华低声回答。

“夫人在哪里高就？”

“西华乡中心小学老师。”

“哦，西华乡，我调到湖西乡之前就在西华乡任职。丁科长，如果在西华乡有什么事尽管说，我在西华乡说话还是管用的。”

丁志华抬头看看魏勇军，欲言又止。

薛凯搭过话说：“那太好了，真是‘踏破铁鞋无觅处’，我这个行长无能，我们的干部没照顾好，小丁的爱人原来可以顶替父亲转成民办老师的，可是……”

“哦，还有这么回事。”魏勇军立即拿出电话拨出号码，电话铃只响了一声就接通了。

“魏书记，您稍等，我出去说。”听筒里传来嘈杂的声音。

魏勇军对薛凯说：“是西华乡的王乡长，接我的班。”

稍候，听筒传来声音：“魏书记，您来西华了吗？”

“我不来西华就不能给你打电话了？”

“能、能，什么时候都能，有什么指示？”

“别说，真有事找你。”

“只要我能办到的，您尽管吩咐。”

“王乡长，这事对我很重要，我有个亲戚在西华乡中心小学当代课老师，已经工作很多年了，人品、水平、口碑都非常好，你看能不能解决一下。”

“行，我明天就办，要转公办可能要再过两年。”

“可以，那就谢谢了。”

“你亲戚叫什么？”

魏勇军捂住话筒问：“叫什么名字？”

“尹琴。”

“叫尹琴。”

“哦，尹琴。”

“记住了，别忘了，我叫她明天去找你。”

“好的，放心吧，忘不了。老领导，什么时候来西华啊，兄弟想你呢。”

“有空来我这儿，我陪你打高尔夫。”

“好的，我也来开开洋荤。”

“一言为定，再见。”

“再见。”

魏勇军挂上电话对丁志华说：“明天去找王乡长。”

薛凯端起酒杯说：“谢谢。”便一口干掉。

丁志华也站起来端起酒杯一口干了：“谢谢魏书记。”

“谢什么，要说谢，先得谢谢你们，为我们湖西乡的发展尽心尽力。”

丁志华这一杯酒喝得是五味杂陈，心中的天平终于崩塌。

饭局进入了尾声，服务员送上新鲜水果，薛凯挑片蛇果尝了尝说：“这美国的苹果和中国的苹果味道也差不多噢。”

大家都笑着点头道，是差不多，就是脆点。

薛凯继续道：“差不多归差不多，可是它因产在美国而价值就不一样。”

魏勇军“呵呵”笑道：“薛行长吃蛇果琢磨出道理来了。”

薛凯说：“瞎琢磨、瞎琢磨。”薛凯对丁志华说：“小丁，我们行最近企业存款有质的飞跃，你觉得我们行的储蓄工作的突破点在哪里？”

丁志华一听汗不知不觉地冒了出来，他听懂薛凯的话外之音，他指指薛凯面前的情况说明说：“薛行长，那个我再修改修改。”

“不用。”薛凯将说明递给唐婉儿，说，“丁科长提出的问题还是很有见地的，请唐总根据这个目录说明完善资料。”

“知道了，谢谢丁科长。”

薛凯继续说：“目录说明中提到的两点硬指标，一是担保，二是抵押还要实实在在地做到的。”

唐婉儿和秦雪莹一听脸上都略略变色了，这是她们最大的短板，唐婉儿向魏勇军投出救助的目光。

魏勇军微微一笑说：“薛行长，有没有变通的办法?”

薛凯严肃地说：“这是底线，不可动摇。唐总，你们海南的公司现在是什么情况?”

唐婉儿眼睛一亮，这个公司现在虽然是个壳，但还挂在洪克嘉名下，她回答道：“我们那里有 7 万多亩山地，现在已是绿树成荫，估计价值 20 个亿没问题。”其实，这些山地早已承包给当地农民，价值大小与她们公司无关，但只要不认真调查，谁能知道其中的猫腻。

薛凯对丁志华说：“小丁，我看就按 10 个亿算，再打 6 折作为担保物，没问题吧?”

“没问题。”丁志华心里面已完全屈服。

薛凯继续对丁志华说：“抵押这块你看怎么办?”薛凯问得奇怪，不问贷款的公司，问自己的信贷员。

“重新评估用地价值。”丁志华脱口而出，丁志华说出后心里一阵阵后悔。所谓重新评估用地价值，无非是通过评估公司的商业运作，将低价征用的土地，改为价值昂贵的商业用地，就这么简单的一个举动，土地价值增值几倍，乃至几十倍。丁志华的良心对自己的言行进行强烈的谴责，虽说助纣为虐有些过，但性质也差不多。

薛凯果断地说：“好，就这么定，唐总，请按要求准备材料。丁科长，立即准备报告，本周提交上来，适当的时候召开评审会。”

唐婉儿和秦雪莹都笑逐颜开重新倒上酒，一边一个来到薛凯身边由衷地敬上一杯酒。

薛凯又说：“唐总，你们账上也不能没有现金呀，我看在贷款的前 3 天账上必须有不少于 3000 万元的存款。”

唐婉儿干脆利落地回答：“行，没问题。”

姜扬从薛凯的办公室出来后回到自己的办公室，他苦笑笑拿出核销资料。核销企业已经确定，姜扬还是接受了丁志华的建议，对几家贷款金额不大、牵涉面较复杂的小企业也就不再追索。但在姜扬的心里审核名单中，蚕茧总公司、精细化工公司等几家重点贷款企业仍被列入审核对象。

姜扬翻开笔记，笔记上记录着他摘抄的企业资金转账日期、金额和用途，他喝了口茶，思考着下面需做的工作。

杨福康在薛凯离开不久就回到了行里，他把从几个政府部门带回的需填报材料交代给秘书宁静，便前去薛凯的办公室，他敲敲门发现没人，转身来到姜扬的办公室。

杨福康在姜扬办公室的门上轻轻敲了敲，姜扬抬头看是杨福康便热情地招呼道："杨主任呀，快请进。"

杨福康走进来在沙发上坐下，点了支烟给姜扬说："姜行长在忙啊。"

姜扬拍拍资料说："核销，催着要。"姜扬拿起烟，他惊讶地发现他居然很长时间没抽烟了，看来他开始逐渐遗忘香烟的存在。

杨福康帮姜扬点上烟问："姜行长，我看你成天琢磨这些数字，这么长时间过去了，还能发现问题?"

姜扬给杨福康倒上一杯茶说："所有事物都有其运行轨迹，只要走过就会留下痕迹，账务也如此。"姜扬对杨福康并不反感，因为办公室主任这一职位一向是一般职员反感的对象，其间的辛苦只有单位负责人知道。

杨福康向外看看，轻声说："听说金库短款是你查出来的。"

姜扬听杨福康问金库短款的事一点都没感到惊讶，保密是有范围和时间性的，他说："银行工作就是要细心、认真。"

杨福康继续深入问："那个盗贼能不能挖出来?"

姜扬看看杨福康，看起来他知道的也是一鳞半爪，于是对他说："我想能，只是时机未到罢了。"

杨福康攥着拳头敲了敲沙发扶手说："一定要把他们揪出来，天网恢恢，疏而不漏。"

姜扬注意地盯着杨福康看了一眼，然后说："迟早一天会水落石出。"

杨福康指指桌上的资料问："这里没查出什么问题?"

第三十一章 财务分析现蛛丝 丝动蛛惊生警惕

姜扬："这也是例行审核，马上报到市行，贷款核销下来，这些就真正成为历史了。"

"意思是说这以前的事就终结了？"

"是的，从某种意义上是这样。"

"这怎么行呢？"

"可社会就是这样。"

姜扬和杨福康一时无语，两人抽着烟各自想着自己的心思。

良久，杨福康真诚地说："姜行长，以后如果有任何事需要我的，我赴汤蹈火在所不辞。"杨福康站起来头也没回走出办公室。

姜扬用奇怪的目光送走杨福康。

姜扬又从烟盒里抽出一根烟，他不经意地在桌上笃着香烟，想想又放进烟盒，拿起稿纸"刷刷"写道：

调用会计账簿、传票清单

因审核需要，特调用如下会计账簿、传票：

一、1991 年 4 月份飞峰县蚕茧总公司分户账；4 月 10—15 日传票。

二、1991 年 9 月份飞峰县蚕茧总公司分户账；9 月 25—30 日传票。

三、1993 年 5 月份飞峰县精细化工公司分户账；5 月 2 日—15 日传票。

调用人：姜扬

2001 年 11 月 6 日

姜扬写完又仔细与笔记本记录的对照一下，他走出行长室来到办公室对杨福康说："杨主任，现在没事吧？"

杨福康站起来说："没事。"

"请你帮我守下门，我一会儿回来。"

"好的。"杨福康十分开心地快步走出来。

审计科科长李平和贷款风险管理科林宗森两个闲人，早上上班抽烟、喝茶、闲聊，很快就再找不到兴趣话题继续聊下去，两人各自对着电脑，要么是摆蜘蛛纸牌，要么就在扫雷。

姜扬进门，李平正对着大门，余光中已经发觉，但他不认为有事找他，于是装模作样地在键盘上敲打几下。

林宗森侧面对门心不在焉地玩扫雷，他立即发现姜扬的到来，由于昨晚的一场豪华宴席，姜扬的机智而坚持操守的表现，让林宗森对姜扬由嫉妒转为敬佩，他放下手中的鼠标客气地说："姜行长来了。"

"林科长，在忙？"

林宗森苦笑笑，指指电脑说："忙扫雷。"

姜扬理解地笑笑说："快要到你上阵的时候了。"

"我不就聋子的耳朵——摆设。"

姜扬摆摆头说："这是你的理解，其实风管科要做的事很多，就怕你不愿意去做。"

林宗森想想，双手一摊说："没人要求我做什么。"

姜扬凝视着林宗森说："这是你个人理解了，没人能剥夺你的工作权利，把自己边缘化的只是自己。如何把我们行所有贷款全部纳入全程风险监管，是我们目前信贷工作的重中之重，如果你愿意我们可以具体谈谈信贷风险监管问题。"

林宗森心中一阵激动："行，我先拿个初稿。"

姜扬诚恳地说："不论什么时间，你可以随时找我。"

林宗森重重地点点头。

李平这时得空才和姜扬打招呼："姜行长。"

"李科长，我来找你有点事。"

李平站起来问："找我？"

"会计档案是归你们科管吧？"

"是。"

姜扬将手中的清单递过去说："请批一下，我要调看一些会计资料。"

李平接过来仔细地看看嘴里嘀咕道："这么久的？"

"有问题吗？"姜扬问。

姜扬调用的是会计原始凭证和会计账簿，按规定保管期在 15 年，飞峰县外汇银行成立不满 10 年，会计档案应该完好无损。

"没有、没有。"他在姜扬的签名下面签上字，对新调来的审计员说："陪姜行长去调资料。"

会计档案室在 2 楼的进门处，一间 60 平方的通间，姜扬所要的会计资料，已经按照年代分类装入木箱，木箱上都用铁锁锁上，木箱顺里墙分四层摞成一排，木箱的外面贴上标签以供查找。

小张很快就查到资料所在的箱子，它位于第三排的底部，装满传票的箱子还真沉，3 个人连抬带移将箱子挪开。小张打开箱子找到姜扬需要的会计资料，拿出调用会计档案登记簿认真填写好，请姜扬签字。

李平在一旁说："箱子就别放上去了，还的时候再说。姜行长，还需要其他会计资料吗?"

姜扬说："说不准，到时再说。"

"姜行长，最近不是忙得差不多了吗?"

"核销啊，市行催着要。"

姜扬拿着资料回到他行长办公室，杨福康正襟危坐在沙发上，手中拿着一本书看得起劲。

姜扬笑着说："我们杨主任在用功呀。"

杨福康把书放到桌上腼腆地说："看你查起账来所向披靡，我也想学学。"

姜扬看是自己的《现代会计》，他把它放到桌角上，然后在桌子最下层的抽屉里找出一本《会计基础》递给杨福康："你先看看这本，把会计科目及解释全部熟背，你的会计水平会迅速提高。"

"真的，谢谢，谢谢，我去了。"杨福康接过书如获至宝兴奋地离去。

姜扬看看桌上的香烟，拿起来塞进抽屉，然后打开精细化工公司的分户账，仔细地查对着：

1993 年 5 月 2 日；收入：用途：固定资金贷款；4000000 元。

1993 年 5 月 2 日；收入：用途：流动资金贷款；300000 元。

1993 年 5 月 2 日；支现：用途：零星采购；30000 元。

1993 年 5 月 2 日；支现：用途：出差费；15000 元。

1993 年 5 月 2 日；信汇：用途：设备；200000 元。

1993 年 5 月 4 日；信汇：用途：锅炉；30000 元

1993 年 5 月 8 日；电汇：用途：设备；1800000 元。

1993 年 5 月 13 日；电汇：用途：设备；2000000 元。

1993 年 5 月 15 日；汇票：用途：甘草；200000 元。

姜扬对照着分户账明细打开相应日期传票，固定资金、流动资金贷款共计 4500000 元，流动资金支出 345000 元，固定资金支出 4000000 元。

流动资金中汇票 20 万元购买甘草，姜扬去过精细化工公司，精细化工公司生产出多少甘草精姜扬不得而知，但堆得满仓库里的腐烂的甘草说明这些流动资金贷款肯定是打了水漂。

设备中 3 万元信汇至飞峰县唐铸锅炉有限公司，锅炉姜扬看过，吨位虽然小了点，但锅炉质量应该毫无挑剔。

20 万元信汇至河南新乡马店镇锅炉厂，20 万元？20 万元能在河南的一个乡镇企业做些什么？姜扬在笔记上写道。

380 万元分两次电汇至宁州市风茂电器有限公司，也就是说主要设备是这个公司做的，姜扬有些不明白洗衣机也做专业设备，他在笔记上重重地打了个大问号。

姜扬记录下分户账各种要素，去办公室复印所需要的原始凭证，将这套资料放在一边。

飞峰县蚕茧总的两笔共计 2000 万的流动资金贷款，1991 年 4 月 10 日贷出，4 月 12 日信汇至国建五局海南省分公司，这笔贷款由蚕茧总公司名义投资海南房地产，这是全行员工人人皆知的事情。姜扬在核销材料中看到贷款复印件，他也在会计档案找到原始传票，在蚕茧总公司的信汇凭证上毫无遮挡地写道：对外投资。

姜扬要查的是 1991 年 9 月 26 日委托贷款；用途：蚕茧收购；金额：15000000 元，9 月 26 日，转账付出 8000000 元；用途：材料；27 日，转账付出 7000000 元；用途：材料，两次同城转账均至飞峰县丝织地毯总厂。姜扬想不明白，按常识只有生产企业向原料生产企业购材料，这岂不是反其道而行之吗？

姜扬去办公室复印所需资料，然后归还会计资料，忙完这一切天已近午，他闭上眼在大脑里重新整理一遍在会计档案中获取的信息。贷款合同上是贷款精细化工公司技术改造，属固定资产贷款，可是，姜扬在现场看到是锈迹斑斑的不锈钢反应釜，这应该是河南新乡马店镇锅炉厂生产的产品，姜扬不能肯定这个反应釜能值 20 万元，或许还有其他的设备和配件。可是，现场除了那台锅炉就没有值钱的设备了，380 万元从小天鹅洗衣机总公司购置的设备在哪儿？它们去了哪儿？

蚕茧总公司转给丝织地毯总厂的资金有点怪，或许他们之间有收购业务，还是有其他猫腻？这需要进一步了解。

时间飞快过去，走廊里静悄悄，姜扬觉得懒懒的，不想动。

这时，门外传来轻轻的敲门声，姜扬睁眼看去，噢，是赵宁，姜扬对他笑笑。

赵宁关切地问：“姜行长，身体不舒服？”

姜扬起身说：“没有，想一些问题，想想就半梦半醒了。”

“该吃饭了。”

姜扬看看时间：“一晃 11 点 40 了，走，吃饭去。”

有人闲就有人忙，唐婉儿眼瞅见薛凯和秦雪莹离开去共渡爱河，她只能坐在枯燥的办公室里联系评估公司，心中是羡慕、妒嫉、恨，没办法，她唯一能做的是打开黄页找出能够为她们提供合法依据的评估公司。唐婉儿翻到金融、会计、事务所大目录，找到事务所栏目，她舍弃县、市两级评估公司，直接在滨江省栏目中查找。第一个落入她眼帘的是，滨江省物价评估有限公司，从名称上看是滨江省物价局下属的评估，够权威。她按照黄页上的电话号码拨出去，响了很久电话才接通：“喂，物价局，找谁。”

“物价局？不是评估公司吗？”

“是评估公司，不一样吗？你找谁吧。”电话里不耐烦地说。

“找你们总经理。”

“找贾总啊，请问您是？”

“我找你们老总谈业务。”

“谈业务？呵呵，找我就行。”

“找你？你是？”

“业务一室，绍群。”

“哦，绍主任，我这份业务最好找你们总经理谈。”

“那你说说吧，如果我处理不了，我会转给总经理的。”

“好吧，我们想请你们评估一块商业用地，评估价格必须 10 亿以上。”

“你们确定评估价格？”

“是的。”

“你还是找别处吧。”

“我可以给你们优惠费用。”没等唐婉儿话说完，对方挂断电话。

唐婉儿气得骂了声“娘的”，又打出下一个电话……

唐婉儿口干舌燥打了一圈电话，在想象中的财政、建设、税务等国家机关下属评估公司上全部碰了壁。她只能退而求其次，又在冠以省会江城市的评估公司上寻找，终于，在她的不懈努力下，一个悦耳动听声音在耳边响起：“你好，江城金评公司，请问需要什么服务？”

“你好，请问贵公司能不能评估土地。”

“可以的，如果需要我请总经理和您具体商谈。”

“好的。”

“请稍候。”

不久，一位稍带些娘娘腔的男人的声音传来：“您好，我是公司总经理，姓宋。”

“宋总，你好。”唐婉儿把说了无数遍的要求又说了一遍。

宋总稍做考虑问道：“请问，你们这块土地的用途是什么？”

“高尔夫球场和高尔夫度假别墅。”

“可以。”话筒里的声音有些颤抖。

“这样，你把你们的营业执照、标准代码和资质证书传真给我，然后我们再继续谈。”

“行。”宋总干脆道。

“我是要与相关部门核对的噢。”

“没问题，这还敢骗您。”

“好，这个电话就有传真，你打过来。”

“我这也有传真功能，我给您个信号，立即就传。”

唐婉儿的电话里传来嘀嘀的响声，不一会儿，传真机里就喷出纸张，唐婉儿挂断电话，她仔细查看，打出电话：“小君，过来一下。”

稍候，小君推门进来。

唐婉儿将传真递过去说：“查查真伪。”

唐婉儿给自己煮杯咖啡，小君也把核实情况反馈来，她恢复工作状态，她打通宋总的电话，没等唐婉儿说话话筒里就传来宋总的声音：“您好，我们的资料没问题吧？”

唐婉儿轻轻一笑道：“宋总，你们现在才有资格谈下去。”

“那么，请问？”

“我姓唐，是滨江省飞峰湖高尔夫国际度假村的总经理。”

“哦，久仰、久仰。”

“虚伪，说正事吧。请问宋总费用怎么计算？”

“唐总是台湾人吧？”

“是啊，怎么了？”

“直率，我就喜欢和台湾人打交道。唐总，收费，国家是有标准的。”

唐婉儿静静地听，没有回答。

“不过，既然是台湾同胞，我们可以打对折。”

“打对折？宋总知道我们的项目有多大吗？给个信号，发份资料给你。”

唐婉儿将项目报告传出去，她挂断电话端起咖啡杯轻轻啜了一口。

不一会儿，电话铃响，唐婉儿放下咖啡杯，又等片刻才拿起电话，电话里传出声音：“唐总，资料看过了，是仅仅评估地产吗?”

“是的。”

“请问准备评估多少价值?”

“10个亿。”

“10个亿?”宋总惊道。

“怎么，宋总没有做过这么大的案子?”

“不是、不是，我的意思是这飞峰县的乡下土地没那么值钱。”

“那要从什么角度去看问题，现在是一片荒地，过两年这里可是一价难求啊。宋总，要不要我在这里帮你弄块地?”

“可价值还没形成嘛。”

唐婉儿“哈哈”一笑说：“听话音，宋总是不愿接这单生意喽。”

“不是、不是，只是……”

唐婉儿用汤匙慢慢搅动咖啡，沉着地等着宋总继续。

宋总只能接着说：“对我们来说风险太大了。”

“那你看怎么办?”唐婉儿牢牢掌握主动权。

“这……”宋总想想说：“唐总，您看怎么操作。”

“报告我们写好了，你们出个评估报告就行。我们出100万元评估费。”

“唐总，10个亿的费率是0.01／10000，手续费是1000万元，打对折是500万元，这样，就200万元吧。”

“你们的资质是C级，信用度大打折扣，90万元。”

“唐总，这也低点了。”

“80万元。”

“唐总，怎么越来越少了?”

唐婉儿又是一笑说：“宋总，我这人有个习惯，我会出合理的价格。但是，只要还价格，我出的价格就会往下降一降。宋总，下次就70万元了。”

“别、别，80万就80万吧，我接了。”

“那就好，宋总什么时候可以工作?”

“立即可以。”

“好，我把材料传给你。”

“还是我来一趟吧。”

“今天我就要报告。”

“耽误不了事，我把公章带着。”

“还是宋总想得周到。”

“地方能找到吧，飞峰县湖西乡。”

“找得到、找得到。”

唐婉儿“啪”挂断电话，脸上现出轻蔑的一笑。

红酒、牛排、美人，这一切让薛凯忘却世间一切碍牵。正当薛凯享受这一切时，他的电话来了，他拿起手机看看，1212 开头的加上 7 位数号码，他犹豫了一下还是接通了，他试探地问：“喂，请问哪位？”

“薛行长呀，我，石海涛。”

薛凯下意识地站起来说：“石行长，您好。”

“客气了吧，我们飞峰人那有用您的称呼，你是把我当外人了。”

“哪能啊，这飞峰行永远是您的行。”

“客气，客气了。飞峰行现在是红红火火的，感谢，感谢呀。”

“这都是领导关心和支持。”薛凯知道石海涛突然打这个昂贵的越洋电话，不是来祝贺、客套的，他说：“不知石行长有什么指示？”

“哦，今天王行长打电话给我，说是市行已经安排好飞峰行的核销计划，明天就让你们上报，不知准备好了吗？”

薛凯想石海涛不会仅仅为这点小事，正好他也探探底：“宋昭军早就将材料报到姜扬那里，想来姜行长也审核完了吧？!”

“姜扬这小子好像在鸡蛋里头挑骨头，不知在折腾什么。”

“哦？”薛凯听出话外音。

“薛行长，市行给指标，给资金，王行长那里我全都打好招呼，怎么，是不是要我亲自从美国回来？”

“不、不、不，哪能劳您大驾。这样，我明天就让宋昭军将材料送到市行。”

“嗯，薛行长，王行长明年要调到江飞市当一把手，那个位置也就空出来了，我会帮你做做工作的。如果你想去王行长那里就更方便了，江飞市那儿可是我们滨江省数得过来的好地方。”

“谢谢石行长栽培，我会处理好此事的。石行长，宋昭军是我们行老人了，您是不是给他个说法？”薛凯对宋昭军不愿提拔的事感到奇怪，他乘机试探一下。

“不用了，这老小子一点不要求上进，吃吃喝喝倒是一头的劲，就把他放在那儿，别管他。不错，小薛不错啊。”石海涛说完挂断电话。

薛凯放下电话，心里整理着获得的信息：一、姜扬一定是做了什么触动石海涛神经的事。二、宋昭军绝对是石海涛安排的这个位置，他为什么要用一个心腹盯在这里？三、如果处理好这事，石海涛会将他视为自己人，他前程也一片光明。四、凭石海涛的地位和关系，飞峰湖高尔夫度假村的项目就有一份胜算。

薛凯决定插手此事。

薛凯拨出杨福康的电话：“杨主任，今天上午行里没事吧？”

“薛行长啊，没有，没有什么事。”

“各科室都好吧？”

“都很好。”

“姜行长在哪儿？都干了些什么？”

“姜行长？我想想。”稍候，杨福康说：“没干啥，他上午猫在办公室喝茶、看资料。”

“哦，知道了。”薛凯挂了电话。

薛凯想想又拨出宁静的电话：“小宁啊。”

“薛行长，您好。”宁静有些惊讶，薛凯从未在这么晚打过电话给她。

“今天上午有没有人找我？”

“上午？”宁静想了想说，“没有，没人找。”

“行长室忙吧？”

“还行吧，姜行长出去了一会儿，是杨主任去看的门，后来姜行长复印了几张会计传票。”

“复印会计传票？”

“是我帮复印的，好像是1990年左右转账凭证。”

薛凯心里立即明白，是核销上的事。他又说：“噢，是杨主任去看的门？”

“是的，时间不长，20分钟左右，怎么了？薛行长。”

“没事，就随便问问，没事了，再见。”

薛凯挂了电话，心里一阵愤怒，杨福康居然骗我，骗我的人居然是我的办公室主任！此人不能留！找机会把他弄走。

可是，他们怎么搅到一起？为什么要瞒我？一串疑问在心中产生，薛凯心中暗生警觉。好在是姜扬针对着核销去的，薛凯不在意飞峰行以前发生什么事情，只要度假村项目能顺利通过就行。

秦雪莹的别墅浪漫依旧，但一连串事情将薛凯的浪漫心情搅得粉碎，他不得不重新审视他与姜扬之间的关系。薛凯在一番思索后，他居然得出让他自己吃惊的答案，姜扬没错。那么自己错了？他又审视自己的行为，一路辉煌，他得意地想，姜扬要不是他这个伯乐，那他还在审计处整天案牍劳形，做那些可有可无的事。唯一让薛凯稍感内疚的是眼前的秦雪莹，可内疚是对他守着家的结发妻子，这是小节，是个人的私事，与工作无关，这一点在薛凯 心里是坚定不移的。薛凯想，都没错还是和平相处吧，毕竟他们曾经是相互引为知音的朋友。

薛凯想想给姜扬打出电话：“姜行长。”

“薛行长好。”

“市行王行长刚刚打电话来，要求明天上午将贷款核销资料送到市分行。这样，你明天上班将资料交给宋昭军，让他跑趟市行。”

“好的。”

薛凯听到答复将电话挂断。

姜扬挂了薛凯的电话，可他怎么想都想不通薛凯为什么特地打这个电话，这是正常工作，明天上班说一声就行。如果薛凯在宿舍过来聊聊天，说起这事还可以理解，可他明明在外面。 姜扬终于明白了，是有人为核销的事向薛凯打招呼了，为什么打招呼呢？是不是触到了疼处？

姜扬当即驾车来到行里，进入走廊发现办公室的灯开着，他前去一看竟是杨福康在灯下读书。

姜扬敲敲门说：“哇，现在还在用功啊！”

杨福康吓了一跳，他定神一看喜道：“姜行长，家里太吵，只能躲在这里喽，正好，您来了我有问题请教。”

“会计上的问题？”

“是，什么待摊费用、预提费用的实在搞不明白。”

“明天吧，我还有事。”

“哦，要不要我帮忙？”

“这……”姜扬不由自主地看看墙边的复印机。

杨福康敏锐地捕捉到姜扬的目光，他问“是不是要复印资料？”

“这……”

“姜行长，自从你来到飞峰行你说的、做的，全行上上下下看得是明明白白。我知道，我这人平时不大招人待见，但我是一名共产党员，曾经历过生死的革命军人，这点觉悟还是有的。姜行长，我知道你做的一切都是为我们行，只要有需要，您尽管吩咐。”

“好，我相信你，其实也没什么，市分行明天要我们上报核销资料，我想留一份。”

杨福康点着说：“是要留一份，我开机预热。”

姜扬看看杨福康点点头，转身回到自己办公室。

……

姜扬经过前段时间的忙碌竟清闲了许多，早上他来到信贷科，信贷科只剩下两个人，一个是内勤顾群，一个是宋昭军。

顾群见姜扬进行站起来说：“姜行长。”

宋昭军则抬头对姜扬笑笑。

姜扬对顾群说：“都出去了？”

“丁科长为度假村的事跑有关单位，其他的去台企了。”

他对宋昭军说：“从市行回来了，资料还行吧？”

“当然行，市行很满意。”

姜扬突发奇想，不是有话道，要了解一个人就必须接近他：“没事了吧，要不要和我一起出去转转？”

“好啊，去哪里？”

“金牛红木家具。”

“金牛家具？他们现在没贷款呀。”

“我们授信 2500 万元，不去看看万一他们需要贷款怎么办？”

“哦，那行，我陪行长去。”

两人下楼，宋昭军围着面包车转了一圈说：“姜行长，这车不错啊。”

“好车，有驾照吗？”

“5 年的老驾驶了。”

“手痒呢？那你来吧。”

金牛红木家具有限公司占地 23 亩，格局由两个院子组成，两横一纵，加一幢独立的两层楼的小楼，坐落在飞峰县城西门外。金牛家具公司沿着环城路一排 50 米长的 4 层大楼，大门在公司的最北面，大楼正中还有个大门，一个具有中国元素的大门，红柱、红门、门档、飞檐、画栋，只是做工上有些拙劣。门前狭长的小广场上立着用水泥塑成的耕牛，牛身上刷着金色涂料，时间一长金色褪去，看上去很像黄颜色。

1 ~ 3 楼是红牛家具公司的展销大厅，精品主要集中在 1 楼，全部为红木或是类似红木系列，2 ~ 3 楼则分居家、办公、休闲、户外等系列展示，4 楼是提供给公司骨干居住的宿舍和两套客房。

宋昭军将车停到大门前的小广场里，姜扬和宋昭军下车，来到金牛旁欣赏一番，金牛的金色涂料虽然部分褪去泛成黄色，但在太阳的照耀下还是显得威武、雄壮。

姜扬对宋昭军说：“虽然雕塑得差点，不过感觉是有了。”

“老板是石海涛的堂弟。”宋昭军不着边际地回答一句。

金牛家具的老板石海平是石海涛的堂弟，外汇银行所有员工都知道，只是心知肚明、三缄其口而已，宋昭军在此时提醒姜扬，是怕了姜扬身上那股勃勃虎劲。

姜扬并不搭宋昭军的腔，自说自话道："大门做得具有中国古典蕴味，金牛家具老板的品牌意识很强。小宋，我们进去看看。"

"石老板主要是做古典家具的。"

两人边说边走进了大门，一进大门立即有年青的女服务员迎上来："欢迎光临，请问有什么需要？"

姜扬说："我们参观参观。"

服务员后退两步说："您请。"

迎门一架巨大的刘、关、张桃园三结义的木雕屏风当作玄关，屏风下摆放着一尊如意，整件如意体形硕大，通体满雕，雕刻着福、禄、寿、喜等畲族的欢庆场面。这尊如意正是金牛公司老板从福建仙游买回来的那件绿檀作品，这尊如意已经用特制的玻璃罩罩上，并标上108万元的价格。如意旁边有精致的绿檀木牌，上面用正楷雕刻着介绍：

畲家喜庆

绿檀：檀木中珍品，其平均密度达1.25，木质坚硬细腻、纹理迷人，色彩绚丽，芳香幽雅，是木雕中不可多得的材料。

本作品由滨江艺术学院资深教授胡其彰设计，其作品《夜半钟声到客船》曾获国家金奖，由名声远扬全国的工艺大师马月鸿精心雕刻。

本作品是全国最大的一件木雕如意，是件足可传世的珍品。

"绿檀？全国最大，有点名堂啊。"姜扬对宋昭军说。

姜扬随口说的一句话，宋昭军听来是话中有话，"有点名堂"是褒？是贬？宋昭军警觉地撇了姜扬一眼说："108万，夸张了。"

"哎，艺术品无价嘛。"

旁边的服务员适时地递上《滨江晚报》说："我们省报有作品的报道。"

姜扬接过报纸，见在第二版的下方有一小条报道："本报讯，我省飞峰县金牛家具公司惊现全国最大的木雕如意，该如意系金陵艺术学院著名胡其彰教授之扛鼎之作。"

姜扬看完递给宋昭军，宋昭军随即递还给服务员，说："我看过了。"

服务员说："两位老板要不要再看看其他的？"

姜扬说："好，再看看。"

展示厅根据分类划分成客厅、书房、卧房，3个功能区，各种家具摆放有序，家具上还有木雕摆件点缀其间。另外，按照家具、功能、材质布置了 6 个精品样板间，各种家具满满当当摆放在近 1500 平方米的展销大厅。

姜扬和宋昭军在服务员的引导下边看边聊，3 个功能区转下来，姜扬终于在服务员的灌输下，将书本上得来的有关红木方面的知识化为实实在在的实例。

就在姜扬和宋昭军闲逛的时候，销售经理给石海平打出电话：“石总，外汇银行宋昭军来了。”

“他在哪儿？”

“在大厅。”

“让他来我的办公室。”

“他好像是陪人来的，看起来那人是他领导。”

“噢，我过来。”

金牛公司沿着西边界修建一幢 2 层楼，1 楼是精品库房，2 楼是办公区。石海平接过电话，整整西装，对着镜子理理头发，不紧不慢地从办公室出来，从内廊来到展销厅的 2 楼，从 2 楼下到 1 楼。

销售经理见石海平从楼上下来上前迎接说：“石总，他们在那儿。”

石海平顺着销售经理指的方向看去，姜扬和宋昭军在服务员的引导下向样板间走去。

宋昭军无数次来过金牛家具，他心不在焉地东张西望，他一眼瞧见石海平出现在 1 楼大厅。

宋昭军立即对姜扬说：“姜行长，石总来了。”

姜扬停下脚步，随着宋昭军的目光向右侧面看去，看见石海平向他们走来，对宋昭军说：“走，我们去迎迎。”

石海平中等偏高的个头，40 岁出头，微胖，小肚子明显有了肚腩，眉宇间与堂哥石海涛极为相似。

双方渐渐走近，宋昭军没等石海平开口就大声说：“石总，我们行的姜行长来看你呢。”

石海平笑容满面地说：“姜行长，久仰，欢迎指导。”

宋昭军说：“我们姜行长不仅分管信贷，还兼作信贷科科长呢。”

姜扬走到跟前与石海平握着手说：“我倒是久仰石总啊，石总是我们飞峰县著名的优秀企业家，经常在电视上出镜，今天一见，果然不凡呢。”

“见笑了，姜行长请。”

“我们就一路看过去，行吗？”

“行，我来向姜行长介绍。”石海平指指楼上说：“上面 2 楼是居家用的家具，3 楼是办公、户外休闲家具，都是大路货，没有什么好看的，去看看我的精品库。”

石海平带着姜扬和宋昭军，从大厅的后门出去来到精品库，石海平从皮带上摘下一大串钥匙，熟练地找出开门钥匙，讪笑着说：“我都成仓库保管员了。”

在门外一眼看进去，库房陈设的家具并不多，一对官帽椅，一张条案，一张罗汉床，沿墙一组木橱占据三分之一地方，进门才看到，最里面整齐码放着未安装的家具和杂件盒。

石海平介绍说：“这几件是我多年讨来的宝贝，好东西越来越难搞了。”

“好东西越来越少了？”

“少是不少，就是越来越贵，玩得起的人少，难出手。”石海平抚摸着官帽椅说，“这件器物是仿明作品，正宗的海南黄花梨。姜行长，你看这鬼脸多生动。”

姜扬对宋昭军说：“百闻不如一见呢，开眼了。”

石海平用钥匙打出橱门，从里取出一个笔筒对姜扬说：“姜行长，这是金星紫檀做的，直径达到 28 厘米，实在不易啊。送给姜行长做个纪念，也算是宝剑赠英雄呀。”

“不行，这么珍贵的礼物我不能收。”姜扬斩钉截铁地说。

姜扬毋庸置疑的口吻让石海平不知所措，他求助地看看宋昭军。

宋昭军对姜扬说：“姜行长，你看这是石总的一番心意，就……”

“心意我领了，东西不能收，虽然我不懂红木，但我知道金星紫檀太珍贵了。石总，不好意思，谢谢了。”

宋昭军暗暗向石海平摆摆手，石海平只得收进橱柜里，他说：“姜行长真是好干部，不拿群众一针一线。”

“说来惭愧，我还没到那个境界。”

“姜行长，楼上喝茶。”

“石总，如果方便的话，我想去你们车间看看。”

“方便、方便，只是现在工人不多。”

石海平没说假话，进入偌大的车间果然只有一个老师傅，一个尚未完成的太师椅孤零零地摆放在车间一角，他有一搭没一搭地在太师椅前忙着。

石海平近前道：“文师傅，怎么样了？”

文师傅说：“老板，有几个弧度还要磨磨。”

石海平对姜扬说：“这是我们请来的专门做古典家具的师傅，钩云纹卷书搭脑太师椅就是个精细活。”

姜扬点点头。

石海平继续说："我们先用交趾花梨木做几套试试，成功再用正宗的好料做几件精品。姜行长，给您留一套。"

这次姜扬没有推辞，他顺水推舟地说："钩云纹卷书搭脑太师椅用红酸枝做最能体现其霸气。对了，石总这里不是有许多红酸枝，就用这个做。石总，到时候一定叫上我呀。"

宋昭军他立即接口道："那批红木可是石总的宝贝，轻易是不肯动的。"

姜扬说："哦，是这样？用红酸枝做太师椅可谓材尽其用，石总，是吗？"

石海平说："姜行长说得是，用大叶红酸枝做太师椅想想都霸气。"

"石总，那带我们去见识这价值三四千万的宝贝吧。"

“行，姜行长请。”

第三十二章　企业惊现无息贷　吹尽浮尘见真章

石海平带着姜扬和宋昭军没有出车间，而向里面走去。在车间的里面隔着一间房中屋，一扇铁皮包着的大门上挂着一把硕大的铁锁。石海平从钥匙串中找出钥匙，打开锁，推开厚重的大门，说：“姜行长，请，全都在这儿。”

一堆码放整齐的陈旧的木材堆放了半个房间，石海平吹了吹放在上面的一根原木，木材上一层尘灰飞起，木材上露出一长条去白皮开了窗口的暗红色的心材，石海平说：“一共52吨。”

姜扬摸了摸红酸枝感叹道：“神奇大自然，至精至灵的人类。”

三人默默地看了一会儿，宋昭军对石海平使了个眼色，石海平心领神会，他对姜扬说：“姜行长，这里向后是我家住的小院，要不去家里坐坐？”

“那就太打扰了，还是去石总办公室吧。”

石海平的办公室在2楼的顶端，由两间组成，里间是30多平方米的办公室，外间是近50平方米的接待室。

石海平将姜扬、宋昭军让进他的办公室，办公室一应家具均为仿清式红木制作，由书橱、桌椅和一组宽大沙发组成。

石海平请姜扬、宋昭军坐下，自己前去水吧泡茶。

这时，门外匆匆走进位中年身着职业装女性，她从石海平手接过茶具为姜扬、宋昭军泡上绿茶。

石海平在姜扬的对面坐下说：“这位是我们的财务科长，叫张芳琴，也是我爱人。芳琴，这位是外汇银行行长，姜行长，分管信贷。你也坐下来陪陪。”

姜扬说：“石总，这里真是豪华、气派，坐在这价值不菲的沙发上有点受宠若惊了。”

“姜行长说笑了，您什么阵势没见识过？”

“石总、石夫人，有几个关于贵公司的问题想请教。”

“姜行长，请。”

“从报表上看，公司每年销售收入基本维持在3500万元左右，营业外收入高达500万，不知这部分收入来源何处。”

张芳琴听后看看石海平，石海平笑笑说：“这没什么好瞒的，我们的经营方式是自营和联营相结合，这营业外收入就是这部分收入。”

“哦”，姜扬点头道，“就是2楼、3楼卖的那部分，也就是说公司以经销为主，难怪你们报表上的原材料及子科目几乎没有变化。”

“现在家具生产机械化程度越来越高，自己生产不如经销来得划算。”

姜扬点点头说：“聪明，那么那件绿檀如意？”

“呵呵，”石海平一笑说，“经销之道，不必认真。”

姜扬和宋昭军也会意一笑。

姜扬又说：“根据贵公司流动资金和销售的情况，年周转不足一次，据近年的统计情况，工业企业年周转3.5次，销售企业年周转5.8次，可能是贵公司的产品特殊吧。不过，根据贵公司在本行的现金回笼情况，与贵公司的销售收入严重不符，不知石总……”

石海平说：“这……”

张芳琴说：“姜行长，是我的问题，我有朋友在银行，帮她完成存款任务。”

姜扬对石海平说：“石总，我们行是贵公司唯一贷款银行，基本户也在我们行，可营业回笼款却到了其他行，可能说不过去吧？”

“一定改正、一定改正。芳琴，从今天起所有的营业款全都存到外汇银行。”

“石总，请你理解，银行也有银行规定，按人民银行规定，企业都要进行现金管理。宋会计，金牛公司核准的现金库存是多少？”

“5万元。”宋昭军随口敷衍，回笼款都不进基本账户，还哪来的什么监管？

姜扬：“这就不少了，企业坐支严重的话，久而久之养成习惯，财务上不免造成混乱，而且大大牵扯财务人员的精力，不利于企业的财务管理啊。石总，收支两条线，看起来麻烦的，但对企业的长远发展是有好处的。”

张芳琴说：“姜行长说得对，每月轧账时乱七八糟的纸条都要理很久。”

石海平说：“姜行长批评得是，从今天开始一定要认真执行财务制度。”

“石总，还有一件事和你商量。”

随着姜扬一步一步指出问题，石海平心中越发忐忑不安，他勉强地笑笑说：“姜行长请讲。”

“我们这个贷款协议恐怕要重新签订了，当然，前提是石总继续选择我们外汇银行。”

“为什么呀？”

姜扬喝口水说：“是这样，在我们贷款协议中出现了公共实施抵押标的，比如，电力设施，这是抵押合同中绝对禁止的。虽然贵公司目前在本行没有贷款，但授信额度还在。当然，如果石总不需要本行的额度就另当别论了。”

“怎么会这样？”石海平求助地看看宋昭军。

宋昭军只得说：“当时确定授信额度，签订抵押贷款时还没有这么高的要求，现在法律意识增强了，有些条款就不适用了。”宋昭军说完趁姜扬不注意对石海平挤挤眼睛，意思是先应付过去再说。

石海平瞄了宋昭军一眼说：“我们企业从1985年成立到现在，已经15年过去了，我们靠的是信誉第一，合法经营，我同意姜行长的要求。”

“谢谢石总的理解，公司资产负债率高达85%，这不太符合贵公司的实际情况，也不符合我们的信贷政策。给石总提个建议，让财务上把闲散资金都归拢归拢，还一部分贷款，减少利息支出，资产负债率也随之降下来，这将大大提升公司的信誉度和美誉度。不过，石总请放心，我们会根据公司的实际需要，核定一个合理的贷款授信额度，保证贵公司正常经营的资金使用。”

“如此这样最好，谢谢姜行长关心。”

“石总，你看什么时间我们来审核一次？”

“下星期行吗？”

“行，具体时间我们再联系。石总，这次理顺后，我们可以对贵公司给予一个优惠的贷款利率。”

“贷款利率？你的意思是，我们委托贷款要缴利息？”

姜扬诧异说：“委托贷款？”姜扬一愣，立即说：“只要是贷款就要支付利息的。”

“这。”石海平又将目光投向宋昭军。

宋昭军无奈，只能又解答道：“姜行长，有些情况可能不太了解。”

“哦，说来听听。”

宋昭军正正腰说：“这是当年石行长专门为金牛公司发展，通过私人关系从外省外汇银行融资中心争取来的2000万元委托贷款。1996年清理银行办公司，这笔贷款就不了了之了，我们也就按呆滞贷款挂账停息处理。”

姜扬听后心里一阵愤怒，1年约160万元的利息啊！而存款的一线人员，整天求爹爹拜奶奶搞些存款，完不成任务还要扣工资、扣奖金，全行上下辛勤的劳动，竟被少数人这样挥霍了。

姜扬掩饰地端起茶杯，茶杯在手中微微颤抖。办公室里的空气凝重起来，4个人都默默地闷着头喝茶。

良久，姜扬站起来，大家都随着姜扬站起来。

姜扬说："石总，那就这样定，你再考虑考虑，行的话计划不变。对了，关于资产抵押，我们遵循先固定资产后流动资产的顺序进行。"

石海平惊讶道："先前用红木抵押不行吗？"

"行是行，固定资产抵押不足的部分可用红木原材补充。"姜扬说完向外走去。

石海平跟上去说："姜行长，吃过晚饭再走。"

"谢谢，行里一大堆事呢，下次吧，等我们签协议的时候再来劳烦。"

石海平被姜扬一番话搅得一点心情都没有，他勉强笑着说："姜行长第一次光临，饭也不吃，还空手而归，怎么好意思。"

"石总，我期待与你把酒言欢的时候。"

石海平将姜扬、宋昭军送上车，懵懵懂懂回到办公室。石海平一进办公室，门就被张芳琴关上，她急切地说道："那 2000 万还要算我们利息，怎么办呀？"

"别吵，让我静静。"石海平坐到椅子上眉头不展，张芳琴坐在对面眼巴巴地看着自己的主心骨。

时间一分一秒地过去，房屋内一片寂静，沉闷的空气终于让张芳琴爆发了："要钱，跟他要钱，凭什么就把这些钱不明不白地拿走了。"

"唉，"石海平长长地叹了口气说，"该来的迟早都会来，该还的终究有一天是要还的。"

"是呀，打电话，打电话让他还钱。"

"还钱？人情不要还啊。"

"什么人情能值 2000 万元呢？你不打我打！"张芳琴说完拿起电话拨了出去。

石海平犹豫了一下，电话响了几声，石海平果断地摁断电话说："这个人情值！没有他就没有我的今天！"

张芳琴气愤地别过脸去。

桌上电话铃声突然响起，石海平接通电话，电话里传来石海涛的声音："海平呀，这么早打电话有事吗？"

石海平说："没什么事。"旁边的张芳琴急得抓耳挠腮，石海平用严厉的目光制止她。

"不会吧，我还不知道你，说吧，什么事？"

"海涛哥，你们行的姜扬，姜行长来了。"石海平顿了顿。

"嗯，说。"

"他要重新核定贷款额度，并且说不能用红木做抵押。"

“就这些？”

“还有、还有……”

“说吧，痛快点。”

“他要对我们2000万元的委托贷款进行收息，海涛哥，他是不是发现什么了？他不是你的老部下吗，你跟他说说，那么认真干吗。”

“他一个人来的？”

“小宋，是和宋昭军一道来的。”

“哦，我问问，他们什么时候走的？”

“刚走不到5分钟。”

“嗯，我知道了。”

“谢谢海涛哥，那就挂了。”

“好，再见。”

石海平挂上电话长出口气。

张芳琴跺着脚说：“钱、钱！怎么没说 让他还钱？”

石海平皱起眉头吼道：“钱、钱、钱！除了钱，你还懂什么？”

张芳琴毫不示弱地说：“没有钱，公司怎么开？一家人怎么活？”

石海平用陌生的目光盯着张芳琴说：“芳琴，平时你不这样的，你怎么成这样了？”

“我成什么样了，2000万元呢，就是不还，每年利息都要近200万元，赚俩钱全都填进这个无底洞里了。”

“我想我们凑凑，把这钱还上，资金成本就下来了。”

“你说得轻巧，这些钱都是我们没天没夜地拼出来的，说没就没了？”

“芳琴，你想想，这些年要不是海涛哥资金撑着，银行给的利息都是低的，我们能发展到现在吗？”

“可是也不至于用2000万元去还吧？”

石海平把头埋进双手里，他知道这样是说服不了妻子张芳琴的，他冷静了一会儿抬头说：“芳琴，你嫁过来迟，有些事你姐姐知道，今天我就说给你听听。”

张芳琴不解地看着自己的二婚丈夫。

“你嫁过来时，我们的大楼已经造起来了吧？”

张芳琴点点头含着泪说：“造起来1年多了。”

“你姐姐就是在造大楼时身亡的。”

“这我知道，提这心酸事干嘛？”

“你姐嫁给我时，你还在上初中二年级。你啊，根本就不知道我们家是怎样发起来的。”

“不就堂哥石海涛帮忙的嘛。”张芳琴说完嘴里还嘟囔着，“帮忙贷点钱，也不至于要给他 2000 万元吧。”

“你堂哥是冒着坐牢的风险才救了我们。”

张芳琴瞪大眼睛看着石海平。

“我和你明说了吧，我们仓库里面的那批大叶红酸枝根本就不值那么多钱。”

“什么？假的？”

“不假，但成不了材。”

张芳琴不屑一顾地说：“切，诓我呢，那么粗的大叶红酸枝，没有 500 年是长不成的，这还成不了材？”

石海平平静地说：“你耐心地听我说……”

石海平给他妻子张芳琴讲述他不为人知的惊险而心痛的经历，石海平、石海涛的命运也由此彻底改变了：

石海平 14 岁初中毕业没再继续上高中，他跟着堂房叔进城搞装修，两年学会了一些木匠活，手艺虽然没有炉火纯青，但应付个装修类的粗活已是绰绰有余。在城里的日子，石海平的眼界渐渐提高，各种信息涌入他这尚还年轻的脑袋里，他敏锐地拿住时尚、舒适的沙发开始在城里流行的信息，在城边租了 3 间平房，用偷学来的手艺为城里人订做沙发。他做的沙发美观大方，价格又实惠，比市面上家具店买的沙发要便宜 3 成，他的生意很快就红火起来，他的沙发作坊发展成家具厂，雇工也达五六个人，石海平也在城郊立住了脚，有了事业和朋友。

石海平对张芳琴说：“你姐姐一直和我一起在打拼，那时你才刚刚 5 岁。”

石海平在经营业务中结识浙江人朱顺瓯，朱顺瓯走南闯北见识不凡，石海平当然是非常佩服。

一日，朱顺瓯来到飞峰县石海平的家具厂，石海平热情款待，就在两人酒酣耳热之时，朱顺瓯对石海平说道：“老弟啊，这马无夜草不肥，人无横财不富，像这样小打小闹的要忙到这么时候？”

“朱哥，我就是个农民，有双沟酒喝着，红梅香烟抽着，这日子不错了。”

其实，此时的石海平早就当上万元户，去年刚刚砌了新房，花了 3800 元安上了电话，比村上 98%的人提前过上了“楼上楼下，电灯电话”的日子。

朱顺瓯听了以后只是笑了笑，神情中带了一丝不屑。

石海平看着朱顺瓯的表情，他的胃口反被吊了起来，他急切地问：“朱哥，是不是有什么发财的机会？”

“有是有，风险也挺大的。”朱顺瓯慢条斯理地喝口酒、吃口菜，然后才说，

“老弟呀，你知道我是怎么发家的吗?”

石海平摇摇头。

朱顺瓯袖子一撂说：“看，罗马表，3 万元。”他又从脖子上摘下金项链说：“70 克，6000 元，送你了。”朱顺瓯霸气地往石海平面前一掼，石海平已经习惯了他的做派，把金项链放到他的面前。

朱顺瓯用手点点石海平，说：“瞧不起我，当我送不起啊。”

“朱哥，那你做什么发家的?”

朱顺瓯秘密地说：“卖木材，从越南弄红木卖。”

“做进出口贸易呀。”石海平失望的表情立即溢出脸上，他可没这个实力和门路。

“我做的进出口贸易和外贸公司做的不一样，我做一手单，有个二三十万就行。”

石海平的眼睛流露出求解和欲望。

“越南缺的是日常生活用品，什么卫生衣、肥皂、万金油什么的，把这些运到越南换成红木，这次我用 40 万的物品换来 70 吨大叶红酸枝。”

“70 吨? 那要番两倍啊。”

朱顺瓯得意地喝着酒说：“有个两三次就是百万富翁了，满眼看去，飞峰城没几个。”

石海平羡慕地看着朱顺瓯，心里盘算、憧憬着他有朝一日也成为百万富翁，飞峰城里有脸有面的人物。

朱顺瓯放下酒杯说：“老弟呀，要不要玩一票?”

“哎!”石海平长叹一声说：“没钱啊。”

“傻了吧，贷款啊。”

“贷款?”

“你堂哥不是信用社副主任嘛，找他贷个二三十万不是小意思吗? 一趟来回也就个把月，有个两三次，你不就，啊。”朱顺瓯一阵大笑说，“你就是百万富翁了，石老弟，那时你还缺钱吗?”

“谢谢朱哥，我和海涛哥商量商量。”

“老弟呀，我明天就要走了，你要加紧啊，过这个村就没这个店喽。”

“明天就走? 朱哥，不多住两天。”

“不行啊，我那边木材卖得不错，不盯着不行呀。”

石海平灵机一动说：“朱哥，要不也带我看看去?”

“行，你去亲眼看看也好，你收拾收拾，明天走，大约要一个星期。”

“去哪里?”

“福建仙游。”

这是石海平第一次来福建省仙游县，这次经历让他大开眼界，也开启他从家具厂到家具公司的转变。他乘坐朱顺瓯回程的送货卡车，历时两天一夜来到仙游县。

仙游县是全国著名的传统红木家具、雕件集散地，石海平一头扎进红木的大千世界，就像刘姥姥进了大观园，看什么都新奇。

一家街边的仓库兼门面，里面堆放从越南串换来的红酸枝。石海平走进去就闻到一股酸酸的木香味，常识告诉石海平这确实就是红酸枝。朱顺瓯拿着一块剖解的样品，仔细地向石海平讲解红酸枝的特性以及市场未来走向。石海平当即做出判断，这个生意正如朱顺瓯所说的那样，不但能做，而且大有前途，他仿佛看到百万富翁正向他在招手呢。

石海平立即前去仙游县邮电局向石海涛说明情况，石海涛爽快地答应石海平的请求。

石海平对张芳琴说：“以给朱顺瓯10%的销售提成的代价去了越南。我和朱顺瓯从海南的东方市，乘船偷渡到越南的海防港，这一路颠簸，跟翻江倒海似的。”

石海平和朱顺瓯一路海漂非常劳累，于是在海防港上岸后休息了两天。第三天一早，一个留着小胡子的越南人敲开他们的房门，小胡子越南人说的是一口流利的汉语，说是带领他们去一个叫溪山的地方。

朱顺瓯和石海平坐上丰田皮卡坦途，朱顺瓯和石海平坐到车厢里，这车专门架设了顶篷，在车厢两侧的长条板凳上包着一层海绵。石海平虽经两天休息，但头还是晕晕乎乎的，上了车一路向北，地势越来越高，路越来越颠，开车的人非常熟悉道路，路再差车速倒没减多少，一路绝尘而去。石海平就这么被七颠八撞的，头也不晕了，精神也上来了，他向外望去，只见蓝天之下，峰峦叠嶂，树木茂密，青翠欲滴。汽车猛地转弯，突然冒出一辆坦克，炮口正对着皮卡，吓得石海平一缩头。朱顺瓯开心地“哈哈”大笑，汽车从坦克边驰过，石海平才看清，那是一辆锈迹斑斑被炸毁的美军坦克。

汽车开过坦克500米减速，然后拐进一个用竹子扎起的半人高院子，在一排竹、砖混合修建的房子前，卷起一阵灰尘停稳。小胡子越南人下车径直向房间走去，朱顺瓯伸头看看，告诉石海平下车休息、吃饭，石海平跳下车揉着发麻、生疼的屁股，饶有兴致地打量着院落。

说起这个院子还真的不算大，4间房间的宽度，十来米的进深，可以停下七八辆中型汽车，院子里架了一尊榴弹炮，石桌上放置着一部发报机，院子的角落一挺重机枪枪口对准院门。不过，它们已破损不堪，在那里默默地回忆 30 年前的辉煌经历。

说它不大那真的够大，竹篱笆也就象征性地围一下，院前的篱笆还算完整，篱笆上爬满不知名的藤蔓，藤蔓上紫的小花竞相绽放，空气弥漫着缕缕花香。两旁的篱笆东倒西歪地竖着几处，上面也都盘着藤蔓，倒与后面的大山融为一体，成为自然的一部分。

朱顺瓯、石海平和驾驶员进门，房间不高，但四处都开着没有玻璃的窗，房间里很是敞亮。房间放了 5 张竹子做成的桌子，有两张桌子旁坐了几个男人，两三个年轻女人坐在旁边陪着他们闲聊着。

他们一进门，女人们迎上来，小胡子找了靠门的桌子坐下喝了口茶，用汉语招呼他们坐下，小胡子话音刚落，只听到子弹上膛声音，两个冲上前用枪顶住朱顺瓯和石海平，大声嚷嚷着石海平听不懂的话。事后石海平才知道，那两个越南人听说是中国人，要把他们拉出去毙了。

“我当时差点没把尿吓出来。”时隔近 10 数年，石海平说起来还心有余悸。

小胡子把茶缸往桌上一顿，不急不忙说：“他俩是昆哥请来的客人，你们想杀就拉出去吧。”

“昆哥的客人？”俩人迟疑地将枪收起来。

“杀他们也没关系，就是我们生活得要苦一点，你们看着办吧。”

“不、不、不，昆哥的客人，我们哪敢啊。老板，这桌饭钱算我的。”

一场虚惊，但足以让初次见识到的石海平魂飞魄散，饭菜还算丰富，有道是靠山吃山，从山上采集的野菜，套捕的小动物，原汁原味的山珍，让人们胃口大开。可石海平还是惊魂未定，他终于知道什么是食而不知其味是什么味道，他懵懵懂懂地吃完一顿饭，上了汽车还忐忑不安。朱顺瓯则笃笃定定吃完饭，上了车对石海平介绍，从现在起正式进入神秘而神圣的“胡志明小道”。

“胡志明小道”的起点就在横跨越南、老挝两国纵贯南北全境的崇山峻岭中。这里，长山山脉大部为热带森林覆盖。在崇山掩蔽中 12 号公路从老挝进入越南中部，9 号公路通过老挝的班东进入越南中部广治省的辽保，从辽保向东深入，就是当年美军海军陆战队的重要基地溪山。“胡志明小道”这个名字当年是由西方媒体叫出来的，越南称之为“中央走廊”，听起来给人一种神秘感。人们只知道它是越、老边界和越南、柬埔寨边界崇山密林中的一条运输线。这条小道的起始、长度以及具体路线外界谁也说不清，但总里程在两万公里以上。

在 1964 年到 1967 年在 3 年的时间里，美军共出动 18 万次空袭，投下几百万吨的炸弹。美国空军在“突击队猎杀战役”的4次行动中，共炸毁、炸坏4.6万辆运输车。但是，“胡志明小道”在中国、苏联的帮助下，不但畅通无阻，而且运输量越来越大。

朱顺瓯带着石海平前去的是溪山，溪山在越战时曾经是美军基地，由于他们是从海防港过海云岭进入“胡志明小道”的，离溪山不过一天的路程。下午5点多钟，汽车一路翻山越岭来到离溪山不远的老村镇。

老村镇只有20多家住户，地处深山之中，本该名不经传，哪知一场溪山战役，让它名扬越南，甚至在美国、欧洲有着一定的知名度。因此，在这小村落有了饭店和旅馆。

小胡子越南人伸头对车厢里喊道：“晚上就在这里住下，明天带你们去宕口。”

朱顺瓯和石海平跳下车，拍拍浑身灰尘，朱顺瓯带着石海平走进饭店。饭店人不多，3个拉格莱族的妇女围着酒缸，封着口的酒缸中插着十来根像芦苇样的细长管子，她们各含一根吸着，见朱顺瓯进门纷纷和朱顺瓯打招呼。

朱顺瓯也嘻嘻哈哈和她们说了些什么，看得出朱顺瓯不止一次来过这里。朱顺瓯对石海平说：“我们先去喝两口。”

“就那样喝？”

“这是拉格莱族的礼节，否则不礼貌。”

朱顺瓯招呼着石海平坐下，各取一根管子吸起来。缸里的酒度数并不高，酸酸的，微微有点甜，一股浓浓的馊味。石海平硬着头皮喝了几口，习惯了那股馊味，倒也有些好喝。

张芳琴说：“你说的故事很好听，可和这木材有什么关系？”

“有关系啊，而且有必然的关系，你别急，这就说了。”石海平当然省略掉，他那晚如何在两个越南小妹的伺奉下进入温柔之乡的情节。

老村镇的清晨格外清新、美丽，满目看去山峦叠障，青翠欲滴。石海平出得门去，立即被这里的美景所吸引，可感觉上这翠山峻岭总是有些不协调，仔细看去近山远岭树木生长参差不齐，有的地方树木繁茂，有的却是荆棘密布、杂草丛生。

溪山离老村不远，从老村下山，穿过山坳，翻上一座山便到溪山。坐上小胡子开来的越野车，一路上更是证实他所看到的，一座座青山就像瘌痢头一样。四处抛弃锈蚀的机枪、坦克，还有两架直升飞机残骸在山岭上隐约可见，路边居然插着几颗未爆的航空炸弹。

上了溪山，美军当年修建的战壕、堡垒仍然还在，各种战争武器像普通的垃圾一样遗弃在一旁，就像一个被遗忘的世界，虽然不停地有人寻找当年痕迹，但终究会淹没在时间的丛林里。

一片场地上堆着一堆堆的原木，朱顺瓯带着石海平一处一处地看，一处一处地介绍。石海平是大开眼界，交趾黄花梨、鸡翅木、乌木一应尽有，都按树种一一分类。最后他俩到了如山般的木材前，不用朱顺瓯介绍，石海平认出这与在福建仙游的木材同出一辙，这是民间不可多得的大叶红酸枝。

大叶红酸枝，俗称老红木，色枣红，木质坚硬、细腻，比重大于水。红酸枝包含蜡质，制作成家具，只需打磨擦蜡，即可平整润滑、光泽持久，且越擦越亮，予人以含蓄、淳厚、端庄之美。红酸枝的木质特性暗合中国人的审美和做人的特质，深受中国人的喜爱，不论大户之家，还是殷实小家，都以拥有老红木家具为荣，哪怕是一个小件。

朱顺瓯在一旁欣赏着石海平流露出的贪婪目光，他拍了拍木头说："石老弟，满意吗？"

"满意，满意。"

朱顺瓯笑笑不再出声。

终于，石海平从这些木材中收回眼光，他迫切地说："朱大哥，这怎么操作？"

"从这里进货 3000 元一吨，广西防城港交货 5000 元一吨，现在付五分之一订金。"

"现在就付订金？"

"回去付一样，订金到账，这里出货。"

"这样保险吗？"

"你不知道这里的老大，昆哥。昆哥是越战时传奇人物，越战结束他便隐居起来，神龙见首不见尾呢。他可是一言九鼎的人物，与他做生意从不考虑信誉问题。"

石海平听后踌躇起来，他深思很久后说："朱哥，我毕竟第一次做这个生意，毕竟要 6 万元订金，我怕……"

朱顺瓯双手一摊说："那就当来旅游一趟喽。"

"不，朱哥，能不能这样，你把你在仙游的那批货让给我，反正你这里熟悉。"

"这……"

"朱哥，其实都一样，这次你多进 30 万元的货，我从仙游提 30 万元，佣金我多付一成。"

“你都到了这里，自己进货多便宜。”

“朱哥，您别见笑，我就是个农民，见识短，这次您多让点利润给我，以后我全部从您这里进货，您多加 2 成。”

朱顺瓯想了想，指着石海平说：“精明，老弟是只赢不输啊。”

石海平憨憨地傻笑笑说：“全凭老哥成全。”

朱顺瓯爽快地说：“行，回去好好请我吃一顿。”

“10 顿，10 顿都不够感谢您的。”

“我们两人达成共识，后面的事就好办了，我从堂哥海涛那里贷款 30 万，从仙游买下朱顺瓯剩下的 52 吨红酸枝。芳琴，你要知道那海涛哥违规贷出来 30 万元呢，在当时可是一笔巨款啊。”

张芳琴不以为然地说：“有什么大不了的，把贷款还了，再送点礼呗。”

石海平惨然一笑说：“如果能这样就好了。”

石海平从越南回国，马不停蹄地去仙游，他亲自押运木材回到厂里，安放在专门为它腾出来的车间。当天晚上，他和石海涛一顿小酒后来到车间。石海平舍不得上带锯开大料，他用木工锯准备先开一根，试做一套衣橱送给石海涛。

“我们兴高采烈地开始剖解原木，可是我没锯上几下，只听一声尖厉刺耳的金属声，锯子便拉不动了。我抽出锯子细看，锯子的锯齿断了好几根。我以为是锯条不行了，于是换上新锯条重新开料，这下更惨，只听‘嗡’的一声，锯条断成 3 截。”

“啊”，张芳琴失声喊道。

“后来我们终于搞清楚原因。”

“木头太好，锯不动？”

石海平摇摇头。

“锯子不好？”

石海平仍然摇摇头。

“那是为什么？”

“你记得我跟你说的溪山吗？”

“这还不记得？这红酸枝就是那里采伐的。”

“是，不过，美军对越南的战争从来是以炸弹、炮弹说话，几百万吨炸弹化成无数的钢铁弹片，这些弹片它既击败了英勇的越军，也深深扎入无辜的大树里。这些大树经过岁月的洗礼，它们顽强地分泌树脂治愈创伤，我们在外观上根本就看不出来的。”

张芳琴瞪大眼睛难以置信，她疑惑地猜道：“这红酸枝里全是弹片？”

石海平重重地点点头说：“可能是。”

“可能是？”

“断了两根锯条，我们无法剖解，也不能乱剖，否则就一文不值了，其他的红酸枝里有多少弹片谁都搞不清。”

“我明白了，就用这批红酸枝做抵押。”

“是这个意思。”

“你没找朱顺瓯？”

“找了，没找着。其实找到也没用，这类物品过手结束。不过，天无绝人之路，我从仙游带回的两套假红木家具成抢手货，就是这两套家具救了我，也成就了今天的我。”

“假红木？”

“是，菠萝格木的。”

“这相差也太大了。”张芳琴心里明白，店里大多数家具都是打红木的擦边球，真正的红木真没几件，但用菠萝格充红木那就太离谱了。

“那时我们飞峰这个小地方，有谁真正懂红木？我因此成了真正的有钱人。”

“我姐就是那时嫁给你的吧。”

“是的，两年娶了你姐。芳琴，你想，如果不是海涛哥把这事捂住，又继续想办法贷款给我，这地、这房子，都是他帮的忙，你说，没有海涛哥能有我今天吗？”

张芳琴听完低头盘算了一会儿，用坚定的目光看着石海平：“这钱我们还!”

“真的？”这会儿该石海平瞪大眼了，没想到张芳琴这么痛快。

“当然，海涛哥这个人情我们该还。老公，我算了算，我们存款有 800 万元，库存消化个 400 万元，我们放出去的款 500 万元，再占用代销商个 300 万元就够了。”

石海平点点头说：“谢谢老婆，这些年我们发展非常好，我们的地皮也涨了十多倍，我们用不着再搞什么乱七八糟的名堂。我想过，这红木一天一天在增值，我们这批货再不济，千把万还是值的。我准备亲自动手，无非就精耕细作呗，把剖解下来的料材分成类，卖个好价钱没问题。”

“对啊，合适的我们再做些热门家具。老公，别自己苦，我们请两个好点的木工，你指挥着他们干就行。”

石海平想想说：“行，这几天我去趟外汇银行，请姜行长他们吃个饭。”

张芳琴对着石海平媚然一笑说：“一切听老公的，我去忙了。”

石海涛撂下电话，心里在不停地翻腾，核销的事还没彻底结束，2000 万元委托贷款的事又被姜扬翻出来了。石海涛后悔了：张云涯！是这个环节没接上，一环没接上就出了这么多事，如果他当了行长就不会出这么多幺蛾子。或许，自己太谨慎，如果把李平、宋昭军提拔上来，也不会造成今天的局面。后悔是没用的，石海涛知道自己必须正面对抗来自姜扬的冲击。

石海涛点上烟，打出电话，请了上午假，他必须等宋昭军的电话，而且还要再打几个电话。

第三十三章　昭军闻风草惊心　千里追踪初立功

宋昭军和姜扬上车离开金牛公司，姜扬坐在副驾上看看时间说：“现在3点多，要不我们去圣兔礼品公司转转？”

“我打个电话问问涂总在吗？”

“好吧。”

宋昭军打开双跳慢慢地在路边行驶，掏出手机拨出电话，电话很快接通，宋昭军立即问道：“涂总，我们行姜行长要去你们公司看看，你在吗？”

“姜行长要来啊，欢迎、欢迎，可惜我不在家，要过两天才能回来，改日我亲自上门向姜行长赔礼道歉。”

宋昭军举起电话向姜扬示意，轻声说：“涂总不在。”

姜扬微微一笑，他听懂了宋昭军的问话艺术，姜扬淡淡地说：“不在就算了，我们有的是时间。”

姜扬轻描淡写的一句话让宋昭军心里没由头地一跳，他掩饰问：“那还去吗？”

“这么不巧，不去了，回行吧。”

宋昭军关掉双跳，重新回到路上。

宋昭军没话找话说：“姜行长，对家具业务也精通呀。”

“我不懂家具，也不懂木材。但凡企业都有共性，找到规律就不难剖解企业的经营状况，抓住了主要矛盾，事情就变得简单了。比如，做假吧，账务它假不了，只要你掌握了开启账务秘密的密码，它就会告诉人们一切的，1年是这样，10年也是这样，吹尽浮尘始见金嘛。”

宋昭军心口突然像被大锤捶了一下，他突然想起早已被他忘在大脑里哪个旮旯的事情，6万元库款！人随心动，手随人动，车随手动，他的心情传导到方向盘上，方向盘猛地一动，汽车明显感到晃动。

宋昭军故作镇定地说：“这车的方向真灵。”

姜扬倚在副驾上，他感觉到宋昭军强烈的不安，他懒洋洋地说：“是很敏感，执行力很强。”

宋昭军努力稳定情绪，努力开得稳当些。

姜扬突然大声说：“最近没什么事吧？”

车身又是微微一晃，宋昭军说：“没、没有。”

“这样，金牛家具的事就交给你了。”

“交给我？”

“是啊，你是老信贷了。如果金牛家具按照我们要求，事情就好办了，给他们一段调整的时间，核定一个相对宽松的额度，给予优惠利息，你看这样行吗？”

“行。”

“目前先把抵押合同给签了，这个一点不能马虎，如果他们不愿意，就立即去法院提请诉讼。”

“好的。”

宋昭军心里是五味杂陈，金牛家具是被姜扬套到脖子上，关键是金库那笔库款就像颗定时炸弹，不知什么时候就突然爆炸了。他强行集中精神稳稳地将车开到行门口，向姜扬打了招呼，逃也似的躲进他办公室。

宋昭军回到办公室，端起桌上的茶杯一口气将冰冷的茶水灌进肚子里，然后坐下默默想着自己的心事，他甚至忘了给石海涛打电话。

姜扬下车去了营业部。

赵平原办公桌前，姜扬问：“赵主任，金牛家具的2000万元委托贷款怎么没看到账，报表也没有反映。”

赵平原说：“金牛家具？没有啊，委托贷款这个科目是空白啊。”

姜扬想想说：“你打电话问问张主任，别说我问的。”

赵平原打通电话问：“张主任，有个事情问一下，金牛家具有笔2000万的委托贷款怎么没在账上看到？”

张涛说：“哦，是这样……”

赵平原把电话递给姜扬。

“去年这笔委托贷款的委托行通知我们已经核销了，石行长意思这笔钱和我们行就没什么关系了。年底宋会计说，既然这笔钱不存在就没必要在账上反映了，我想也对，就这样在账务上不再反映了。”

姜扬听后狠狠挂上电话，说：“赵主任，立即把原始记录找出来，补记账务，立即起息！”

“好的，姜行长。”

石海涛在房间里踱着步等待宋昭军的来电，可他左等右等就是没等来宋昭军的电话，他数次拿起电话想拨出去，可又一次次放下电话、他必须获取准确的消息，然后制定应对措施，2000万元不是小数，他得从源头将这笔委托贷款消除掉。

就在他焦急难耐时，电话铃响了，他迫不急待拿起电话，他急切地说："宋昭军吗?"

"海涛哥，是我。"是石海平的电话到了。

石海涛皱皱眉头问："海平啊，有事吗?"

"海涛哥，我和你弟妹商量好了，这钱我们还!"

"你们还？海平，这……"

"海涛哥，我知道你这些年也不容易，钱也没少花，如果没有你，也不会有我的今天。我们已经合计好了，紧着点花钱，没事的。"

石海涛一阵语塞，他心里已经编造出无法还钱的种种理由，现在石海平主动提出不用自己掏钱了，他心里泛出丝丝愧意。

"海涛哥，没事就挂了。"

"哦，好、好，海平啊，等我回了国，一有机会会补偿你们的，替我谢谢弟妹。"

"不用、不用，海涛哥，再见。"

这笔委托贷款石海涛确实没有完全独吞，先后他花去了大几百万元，第二个月就停止了向飞峰行收取利息，一年后纳入呆滞贷款，在清理银行办公司时，委托的金融公司将该笔贷款核销，一笔贷款就这样不了了之了。

石海涛想，核销了是我的本事，不能便宜了这个姜扬、便宜了飞峰行，想到这石海涛打出电话："王处长，我，石海涛。"

"海涛啊，好久没来了，最近还好吗?"

"还行，我现在在纽约分行学习。"

"后备干部了，提拔了。"

"沿江市行副行长。"

"老弟混得不错，老哥以后要靠你混了。"

"老哥您说笑了，您的能量我还不知道。"

"海涛，我们是兄弟，有事吗?"

"也没多大事，老哥还记得放给我们的委托贷款吗?"

王处长有些不悦地说："怎么想起那档事了?"

"我这不调到市行了嘛，这个钱就没有必要便宜了那帮臭小子。"

王处长“扑哧”一声笑了出来：“我说老弟啊，搞得像个怨妇一样，怎么，管不住手下了？”

石海涛一阵脸热，这句话在官场上，比骂亲娘老子都难过，他讪笑道：“不是、不是，就是可惜了那2000万元。”

“老弟啊，一些事想开点，我不就为了金融公司连省行副行长都没提上嘛。算了吧，过去的事就让它过去吧。”王处长可不想再翻旧账，这不是没事找事嘛，茅缸不搂自臭，声怕别人不惦记着以前的那档事？

石海涛口中“喏喏”地应付道：“老哥说的是。”

王处长听出石海涛在应承，他也索然无味没有了谈性，他淡然地说：“老弟呀，回国别忘了来看看哥。”

“一定、一定，再见。”

石海涛挂了电话，一通电话在原本不好的心情上又增加了几许不快。他在房间里又转了几圈，香烟一支接着一支没离手。就在心在煎熬的时候，他等的电话终于来了：“石行长，是我小军。”

“小军、小军，你死人啊，打个电话来就这么难!”石海涛勃然大怒。

“石行长，我。”

“什么我啊我的，你说去金牛回来多长时间啦。”

“我不是脱不开身嘛，姓姜的还要去圣兔公司，我想法没让他去成。”

石海涛一顿火过去，心里稍微舒服点，他问：“今天什么情况？”

“今天下午，姜扬突然叫我陪他去金牛公司，我也觉得很意外，他以前从未正眼瞧过我。”

“嗯，说详细点，有没有特别的地方。”

宋昭军详详细细地向石海涛讲述他和姜扬去金牛公司的一切，石海涛听完后松了口气说：“看来他就是普通走访，从正常工作来分析，提出的要求属正常范围。”

“老大，他这事交代给我了，您看该怎么办？”

“怎么办？这事已经解决了，海平会还掉这笔钱的，便宜了姜扬这个小子。”石海涛忿忿道。

“硬气，海平硬气。”

“小军呀，最近多上点心，姜扬这小子又盯上精细化工厂了。”

“精细化工厂能发现什么？”

“李平来电话说，姜扬调1991年4月份、1991年9月份飞峰县蚕茧总公司分户账和4月10日—15日传票、9月25日—30日传票。1993年5月份飞峰县精细化工公司分户账；5 月 2 日—15 日传票。”

宋昭军想起姜扬的话：“做假吧，账务它假不了，只要你掌握了开启账务秘密的密码，它就会告诉人们一切的，1 年是这样，10 年也是这样，吹尽浮尘始见金嘛。”他心里又是一颤说：“这小子是鬼精的，要当心他。”

“怎么说？”

“他都和我谈上矛盾论了，说要抓住主要矛盾，看来他确实会抓到主要矛盾。”

“别涨他人威风，不就是瞎猫碰到死耗子。你看看还有什么材料，把它们归拢全部送到市行，一件不留，叫姜扬干瞪眼。”

宋昭军却不这么想，整天看这个姜扬抱着个报表算来算去，没想到他还真的算出点名堂，他嘴上只得说：“老大英明。”

“嗯，最近盯紧了他，不要再搞出点事来。”

“知道了。老大，我能不能不干了？”

“不干？为什么？”

“不为什么，就是不想这么耗下去了。”

“你再坚持坚持，等这阵子过去，你想干什么，我帮你安排。”

“是，老大。”

“挂了。”

“老大，再见。”

石海涛在宋昭军那里得到确切的消息，他必须要和姜扬谈谈了，他静静地坐了一会儿拨出姜扬的电话。

姜扬忙碌了一天有些疲劳，早早洗完澡躺在床上，疲惫的他很快就迷糊了。

“叮呤呤……”他的手机响起。

姜扬拿过手机直接接通，迷迷糊糊地问：“你好，哪位？”

电话里响起既陌生又熟悉的声音，那声音就像来自天边：“喂，姜行长吗？”

“是，是我。”姜扬从迷糊的世界回到现实，他听出是谁了，这个声音太熟悉了，连忙补充道；“我是小姜，是石行长吧。”

“听出来了，算你小子有良心。”

“忘掉 1 万人也不能忘掉您啊。”

“少来喽，你忘掉徐涵雨试试。”

“嘿嘿，石行长，您是哪壶不开提哪壶呀。”

“小姜，现在是姜行长啦，干得不错啊。不，何止不错，那是风声水起啊。姜行长，是老哥失误呀，怎么没发现你在信贷上也是天才啊。”

“石行长，您别姜行长、姜行长的，还是叫小姜听得顺耳。”

电话里一阵大笑，笑后石海涛说：“那就叫小姜，小姜啊，飞峰行在你们手上发展得这么好，我，放心啦。小姜，老哥愧疚呢。”

“别，石行长，这有历史原因的。”

“哦，你真的这么看？”

“当然，外汇银行成立迟，在四大国有银行和信用社的夹缝里成活下来不容易啊，现在有了点发展是在以前的框架下取得，也是取决于时代的进步。”

“好、好，难得有你这个见识，不简单啊。小姜，既然是历史，就让历史成为历史，不要让历史来绊住我们的手脚，以前带来的问题，有政策上原因，也有工作上失误。这些问题我已经和市行相关领导充分地沟通，全部解决飞峰行一切问题。老弟啊，这样我的心理负担也轻点了。”

姜扬听懂石海涛想要说的，可他没想好如何回答这问题，于是说：“石行长，在美国长见识了吧。”

“那是当然，小姜，找机会来美国，我请你看 NBA。”石海涛干笑两声，他似乎明白姜扬在回避什么，但他不甘心，又说，“我和王行长说好了，全部核销飞峰行的问题贷款。这件事做完了，我也算是给飞峰行一个交代。”

姜扬：“这项工作正在进行中，遵照王行长指示，宋昭军全权负责。”

“这就好、这就好。”

既然两人都听懂对方的语言，再谈下去也是无益和无趣，两人相互又虚言两句便道别。

电话虽断，两人都清楚，在广袤太平洋的彼岸，相互想着对方的事情。

石海涛重重地撂下电话，嘴里嘀咕：“臭小子，给脸不要脸，你以为我在美国就收拾不了你啦？”

石海涛一阵苦涩从心里翻了上来，曾经的部下居然不给他一点面子，搞不好阴沟里要翻船啊！石海涛冷静地归纳、梳理着各种信息：“一、薛凯和姜扬的调动是不是市行有所察觉？石海涛立即否定了，薛凯任飞峰行的行长，是在张云涯未能当上行长后才考虑的薛凯，并不是谢季风有意为之；二、薛凯在飞峰行举步维艰，力荐姜扬任副手，说明薛凯没有精力，也没能力发现信贷上所藏的猫腻，从与薛凯通话的情况看，薛凯是一个知趣的人。”

石海涛想到这嘴角挂了一丝微笑，嘟囔道：“妈的，这帮混蛋也太不给薛凯面子了。”

“问题出在姜扬身上，怎么办？送钱？不行，这不没事找事嘛；温情牌已经打过，看起来效果不佳。怎么办？调离姜扬？看来目前不可能。最好有机会让姜扬出去学习一段时间，过了这阵子再说。”

“这个办法可行。”石海涛站起来转了两圈，他心里一下子豁亮，心情也豁然开朗。他立即拿起电话拨了出去：“喂，王行长嘛，我海涛呀。”

“海涛啊，我这儿快半夜了吧，不想让我睡觉啦？”

“你不是没睡嘛，找你老哥帮忙呢。”石海涛开门见山。

“又有什么事？”

“还不是以前那点破事，哪家银行能保证没有问题贷款？可是，姜扬那小子非得揪住不放，天天不是这，就是那的，你说烦不烦。”

王得江口气明显不悦：“姜扬他是怎么回事，正经的工作不干，整天搞些什么事啊，你是他的老领导，你要说说他。”

石海涛不禁笑起来，说谁不干事都还说得过去，说姜扬不干事有点可笑，他说：“翅膀硬了，不好说啊。”

“还反了他了，别忘了，你现在还是他领导。”

“嗨，算了，我也懒得管他。王行长，你看能不能把他弄出去学习个半年一载的。”

“那就要去金融干部学院培训了，今年没有了，要明年6月份，一年半有一个，怎么这么考虑？”

“我的意思是，最近在搞核销嘛，把他踢出去，省得在耳边叽叽喳喳的，搞得人没得安生。”

“也对，不过，核销材料在我手上，他的手够不到。”

“王行长，要不也把蚕茧总公司的材料也报给你？”

“行，你让宋昭军报来吧。不说了，睡觉喽。”

姜扬搁下电话，心中明白石海涛想要他做什么。放手，对他所做事的放手。“为什么？”姜扬气愤地想，“辛辛苦苦成立飞峰县外汇银行，辛辛苦苦搞来的储蓄存款，却不珍惜，不爱惜，好好的一家银行连每天关门的钱都没有。你们不珍惜，我珍惜！你们要放任自流，我不答应！”姜扬想不明白，石海涛为什么专门为这事打越洋电话来？“为了面子？或者是为帮宋昭军掩盖点什么？或许是我太认真了？”

姜扬下床去了阳台，仲秋的夜晚天已微凉，姜扬倚在阳台上，看着被月光清洗过的淡清色街道。他想，“是我错了？”姜扬摇摇头，他心里一个声音强烈地呼喊：“我没错!”“可是，社会上的事，不错就是对的吗？”这个念头一闪而过，被姜扬立即否定，这不是生活中的一件平常小事，退一步即可海阔天空。

“宋昭军他还会干些什么？飞峰行造成重大的贷款损失与宋昭军有无关系？

杨福康、张云涯在其中起到什么作用?”姜扬想了想，心里又加上了石海涛。姜扬在阳台上感觉有些凉也没想明白，想不明白就不想呗，姜扬心中有了计较：“管它什么情况，坚决查下去。”想清楚了这一块，姜扬心中轻松了一大截。

姜扬悠闲地在阳台上发了一会儿愣，渐渐地从心中又升起一丝不快，就像线团一样越缠越大，是飞峰湖高尔夫度假村项目，是薛凯，飞峰行一把手倡导的项目。姜扬敏锐地感觉到这个项目存在的巨大风险，这笔贷款不能贷！我们飞峰行不能再重蹈覆辙，必须阻止这个项目！

次日，上午上班，丁志华早早地就来到办公室，他直到把办公室的卫生打扫好，同事们才陆续地来上班。

姜扬刚进办公室，丁志华低着头对姜扬说：“姜行长，今天家里有点事，请一天假。”

姜扬关心地问：“家里有事，要帮忙吗?”

丁志华急忙说：“不用、不用，去我爱人单位办点事。”

“哦，那早点去吧，会开车吗？会的话开我的车去。”

“谢谢姜行长，行里安排车了。”

“哦，那快去吧。”

丁志华面带愧色说：“姜行长，我……”

“嗯?”

“我，我会早点回来上班。”丁志华说完便匆匆离去。

姜扬奇怪地看看丁志华的背影。

“是薛行长安排车子送他的。”宋昭军在旁边说。

姜扬回过头看看宋昭军。

宋昭军笑笑说：“小毕刚刚来过。”宋昭军与石海涛通过话后，心里有了计较，能留则留，不能留则溜，他有个机会给薛凯、姜扬之间栽根刺，何乐而不为?

“薛行长关心职工啊，宋会计要用车时跟我说一声，我也会尽量安排。”

宋昭军讪笑道：“姜行长日理万机，我哪敢呀。”

“贷款合同准备好了吗?”

“准备好了，这就去复印。”宋昭军讨了个无趣，不如离他远点。

说话间林宗森拿了一份材料进门，姜扬示意他坐下。

顾群勉强地对林宗森点点头，顾群说：“姜行长，我看前段时间的统计资料，我们行的贷款质量怎么那么差，近80%的呆滞、呆账，这个贷款是怎么放的。”顾群是看到林宗森心中有气，故意找这个话题说让他难堪。

姜扬感觉到林宗森的尴尬，他想想说："这原因很多，有政策上的、有责任心上的，关键是制度上的，没有一套切实可行的信贷监管制度，我们的贷款在某个时候还会出现问题。"姜扬又在心中盘算着"信贷人员终身追责制"。

林宗森在一旁默默点点头。

顾群似懂非懂地点头说："那么有这套制度，我们行就不会有那么多的问题贷款吗？"

"制度不能完全保证避免风险的存在，再好的制度还要靠人去执行，但没有一套具有可操作性的制度，避免信贷风险更是无从谈起。"姜扬对林宗森说，"林科长，给我们规划了一套怎样的制度？"

林宗森将手中的材料递给姜扬，说："其实这些制度早已存在，我只是根据行里的情况，把操作程序改动一下。"

"定一套制度容易，坚持执行下去很难啊。走，到我办公室详谈。"

林宗森跟随着来到姜扬的办公室，姜扬给他让座，然后去泡茶。

林宗森忙说："姜行长，别泡了，我办公室有。"

姜扬客气道："林科长是第一次来我办公室，不泡杯茶怎么行。"

"不好意思，是我向姜行长汇报不够。"

姜扬将茶杯递给林宗森说："是我关心不够，没能与林科长及时沟通。"

林宗森端着茶杯，心里比茶杯还烫，他想想问："姜行长，我知道你对我有看法，怎么这次还推荐我任风险监督科科长？"这是林宗森的一个心结，他不明白姜扬为什么这么做，他也想决定他以后该怎么做。

"我们俩没有任何个人恩怨，我们顶多是业务上有些不同的看法，放眼飞峰行没有一个比你更适合这个位置的人了。"

林宗森疑惑地问："就这么简单？"

"就这么简单。"姜扬一扬手中的材料说，"事实证明我没看错。"

"惭愧，信贷工作我没做好，给我们飞峰行带来损失了。"

"信贷上只有区区几个人，却主宰着我们一个行百十号人员的工资、福利待遇，关系到一个行能不能健康发展，也关乎我们储户的资金安全。我们干着这份工作，就要为肩上的责任而做出努力，而不是……"姜扬突然停了下来，他意识到自己怎么也会说这类的官话了，姜扬笑笑说，"不好意思，说这些干吗。"

"不，姜行长，你说得对，我们信贷人员，尤其是我这个主持工作的副科长，确实没有负起应有的责任。"林宗森话头一转说，"姜行长，你相信我吗？"

"相信你什么？"

"虽然我吃吃喝喝是有的，收个几条烟也是存在的，但你相信我绝对没有谋取任何经济利益吗？”

姜扬想想说：“我没想过这个问题，所以我不能判断。”

林宗森惊讶地看着姜扬，凭姜扬所做所为应该想得到啊，他不能清楚姜扬说的是真是假。

姜扬看看林宗森脸上的表情，笑着说：“我这人啊，不太关心闲事，所以这些事情我从来没想过。”

“没想过就让我当风管科科长呀？”

姜扬“哈哈”笑着说：“这话题又转回去了。”

林宗森不好意思地笑笑说：“我这心七上八下没个着落。”

姜扬轻松地说：“有什么没着落的？该放下的就放下，能拾起的就必须拾起，用不着在这些无趣的问题上考虑那么多。”

林宗森叹口气说：“无欲则刚，活得自在啊。”

姜扬笑笑说：“是不是有点傻？”

林宗森正色地说：“大智若愚，拿得起放得下，大丈夫，我看工于心计的，也未必会有好结果。”

姜扬听出林宗森话外之音，但他对林宗森不是十分了解，此话题再深入下去恐怕要牵扯出具体人来，宋昭军的事还不宜进入人们议论的话题。

他说：“制度有了，关键是我们执行下去的决心和恒心。我等一下请杨主任发文，贷款评审小组成员每人一份，抄报市分行风险管理处。”

“不通过行务会研究？”

“什么都要研究，要我分管副行长干吗，我分内的事我做主。”

“姜行长，你真打算这么干啊？”

姜扬一瞪眼说：“当然，不当真，要花架子啊。”

林宗森迟疑地说：“真要这么干，不仅削弱手中权力，而且还会得罪人。”

姜扬想想也是，马上两个项目就必须过这道关，不过，得罪到人才能显示风险监督的重要意义，他说：“有些事不能考虑太多，瞻前顾后的什么事都做不成。”姜扬发了支烟给林宗森。

“红梅，我也是红梅，没好意思拿出来。”

“我知道把社会服务总公司清理出去，大家很有想法。”

“也不是。”林宗森搪塞道。

姜扬用手点点林宗森说：“呵呵，虚伪。”

林宗森和姜扬相视一笑，帮姜扬点上烟，说：“也怪不了大家，行里穷，只有这点实惠了。”

姜扬吸口烟说："这个问题有两个解决办法，一是戒了它，当然这个有很多人做不到。二是把我们行搞得红红火火，让我们的职工买得起他们想买的东西，包括喝瓶好酒，抽包好烟。"

林宗森被姜扬所感动，他说："喝瓶好酒，抽包好烟，道出一个企业的发展真谛。姜行长，有用得着我林宗森的地方尽管吩咐。"林宗森的表态居然和杨福康一模一样，看来"是非自有曲直，公道自在人心啊"！

姜扬微微一笑说："现在就有机会能为飞峰行挽回损失，林科长，愿不愿意试试？"

林宗森眼前一亮，问："真的有机会追回以前的损失？"

姜扬："是的！"

林宗森真诚地说："姜行长，以前的事不是我能阻止得了的，但如果有机会我愿意弥补这一切。"

"好。"姜扬从抽屉里拿出他摘录的精细化工厂账务和传票明细放在桌沿上，说："你还记得精细化工厂的技改项目吗？"

林宗森苦笑笑："记得，还没投产就已倒闭。"林宗森连忙澄清说："这个项目自始自终我没参加，吃过两顿饭，抽过几条烟，仅此而已。"

"林科长，我可以信任你吗？"姜扬直视林宗森说。

解释，已经苍白，林宗森说："试试吧，试试就知道了，反正马死很久了，大不了救不活罢了。"

"哈哈！"姜扬大笑道，"说得有趣，说得在理。"姜扬又从抽屉里拿出张信笺递给林宗森。

林宗森认真看着信笺上只记录的寥寥几笔账，各种滋味涌了上来，几多懊恼、几多羞愧，又有几多悔恨。这几笔账无须多看，他立即明白是这么回事，他只说："姜行长，交给我吧。"

姜扬点点头说："行，有什么需要尽管说。"

"知道了，这，我去抄一份。"

"不用。"

"谢谢，我去了。"林宗森声音有点哽咽，一声简单的"不用"包含着莫大的信任啊，尤其是失落之后的信任。

林宗森在飞峰行处在一个非常尴尬的境地，当年组建飞峰县外汇银行，银行的神秘加主持工作的副科长，让他放弃计经委的工作。可是快 10 年了，他的同事都得到提升，在姜扬到来之前他仍然是主持工作的副科长，关键是信贷科在他的主持下问题连连，直到每天的头寸都要临时拆借，全行除个别人外没有一个不抱怨、不嗤之以鼻，可悲的是这一切他根本无法改变，只有自己默默地承受这一切，渐渐地他麻木了，没有了理想、没有了抱负，浑浑噩噩地得过且过。

新行长薛凯的到来，林宗森抱着冷眼旁观的态度，干脆把所有事务交给丁志华，自己乐得逍遥自在，还不时地下点小绊子，发泄自己的不满。

而姜扬的到来，让他意外地在科长前面抹掉近 10 年的副字。在姜扬来到飞峰行的这几个月里，飞峰行来了个翻天覆地的大扭转，可就在这当口却没他什么事，五味杂陈一起从心中往上涌，有的时候甚至盼望着飞峰行的发展速度能缓下来歇歇。

这次有了个证明他能力的机会，他感觉眼前豁然开朗，看什么都亮堂堂的，他看着他熟悉、陈旧的飞峰行是那么的亲切，看着眼前的同事们是那么的和蔼可亲，他没想到人是那么渴望得到认同，也那么容易得到满足。

要说林宗森还是有能力的，他只给薛凯打了个电话，说是家中有事便踏上取证的道路，他的选择和姜扬查账一样，先挑了河南新乡马店镇锅炉厂去调查。

马店镇不大，共有 1000 多户人家，改革开放后逐步形成了以常压锅炉为主、低压锅炉为辅、锅炉配套的锅炉制造中心，集镇上分布大小一百多家锅炉企业，质量也是鱼龙混杂，有部优企业，也有无牌无照的黑户。

河南新乡马店镇锅炉厂是成立较早的乡镇企业，林宗森下了城郊车，几个黑摩的的车主围上来，林宗森清楚这是找马店镇锅炉厂最有效的办法，他大声问："谁知道马店镇锅炉厂？"

"知道。"黑摩的车主都说。

其中一位剪寸头的黑大块头说："远着呢，平时都收 50 块钱，你是第一次来吧，我们交个朋友，收你 30 块。"寸头黑大块头一说，其他车主纷纷离开。

林宗森爽快地说："30 就 30，直接去，别兜圈子。"

寸头黑寸头咧嘴"嘿嘿"一笑说："是个明白人。"

林宗森坐上摩托车，顺着大街不到 5 分钟来到一个大院门，寸头黑大块头说："到了，回头走时只收你 10 块。"

林宗森下了摩托车说："谢谢。"

"你人不错，回程买不到票来找我。"寸头黑大块头说完一加油绝尘而去。

林宗森打量这个大院，大门用 16 吋的钢元焊接而成，大门已经锈迹斑斑，门头用几排矮旧的厂房，门头上用薄铁皮喷漆做成厂名更显寒酸，比起周围崭新的标准厂房，仿佛又回到了刚刚改革开放时期。

传达室里一位老大爷戴着老花镜，听着收音机里播放的河南梆子，看着报纸。感觉有人走来，微微抬头从老花镜的上方看了一眼，便又低头读他的报纸。

林宗森走到传达室窗前敲敲窗子，老大爷皱皱眉打开窗子，没等他发问，林宗森一支香烟递了上去："大爷，请问销售科怎么走？"

老大爷拿起烟放在鼻子下闻闻，然后夹到耳朵上比画对林宗森说："对面一排平房，左数第三间。"

"请问，科长贵姓？"

"姓骆。""啪"，老大爷关上窗子。

经老大爷指点林宗森顺利找到骆科长，林宗森说："骆科长，早就听朋友介绍贵厂，我想订一套甘草提练设备，不知道贵厂能不能生产？"林宗森说完对门外看了看。

"当然能，我们生产蒸煮、提练设备十多年了，放心吧。我们现在厂子老了点，主要是要在新乡开发区兴建新的工厂。"

"哦。"

骆科长为林宗森倒了一杯茶，看到茶林宗森觉得口有些渴，不过看看杯子上的茶垢，林宗森放弃端杯畅饮的念头。

"请问老板贵姓？"

"免贵姓林。"

"不知林老板要订多少吨的设备。"

林宗森从包里拿出设备详单递给骆科长："按照这样的配制定一套。"

骆科长看看问："怎么没有锅炉？"

"我们当地有锅炉厂。"

骆科长又仔细看看订单说："要看贵厂订什么样的价位的设备。"

林宗森不解地问："这差别大吗？"

骆科长看看林宗森说："你以前没搞过甘草精吧？"

"没有，我一亲戚当了制药企业的董事长，所以……"

"理解、理解。"骆科长说完心领神会地"哈哈"大笑。

骆科长一阵笑后，说："这设备好的上百万元，差一点的 40 万元左右。"

林宗森微微一笑说："骆科长，我可是私人企业，这价格要实在点噢。"

"最低 32 万元。"

"全套？"

"全套，安装好，保证能生产。"

林宗森心里一阵盘算，全套设备才 30 多万元，那汇到宁州市风茂电器有限公司的钱是干什么了呢？

骆科长见林宗森犹豫不决，于是又抛出震撼价格："林老板，如果对这业务还没有十分的把握，你可以先买套二手设备，暂时用个两三年，赚到钱了再换新的设备。"

"哦，有二手设备？"

"当然有。"

林宗森想起进厂时院子里堆放的钢铁垃圾，他问："那能用吗？"

"保证能用，超过 3 年我就不敢保证了。"骆科长诚实地告诉林宗森。

林宗森佯装思考说："这样也行噢。"

"没问题的。"骆科长再次保证。

"那要多少钱？"

"出新后 20 万元。"

"不能再便宜了？"

"实价了，保证看起来像新的一样。"

"像新的一样？"

"林老板，你们换新设备时，我们还能将旧设备回收，你们一举两得啊。"

"还能回收？这倒不错。行，就这么定，我回去办贷款，贷款下来了我立即来定货。"林宗森说完站起来。

"林老板，天已近午了，吃过饭再走吧。"

"不了，我立即赶回去，早点办款，早点定设备，早点赚钱。"

林宗森走在路上，心里不再淡定。天呢，几百万元的技改项目，20 万元全部搞定！那么，汇去宁州市风茂电器有限公司的 380 万元干什么用了？林宗森第一次感受到什么是责任。

林宗森从马店镇锅炉厂出来立即乘汽车前往新乡市，从新乡市坐晚上火车直奔宁州市，经过近 20 个小时的长途旅行，次日下午到达宁州市。

林宗森在宁州市风茂电器有限公司的门前转了一圈，就近找了一家小宾馆住下。林宗森盘算好，他今天好好休息休息，明天 11 点 10 分左右再去风茂电器有限公司，那时是人们注意力分散，精神比较懈怠的时候。

林宗森心中设计了多种预案，哪知事情却非常顺利。他的银行工作人员身份让他顺利进入办公大楼，根据指示路标找到位于 11 楼的财务部。风茂电器公司财务部是开放式集体办公，正如林宗森预想的一样，财务部的会计们渐渐放慢工作节奏，有几位会计已经结束上午工作，低声闲聊着新鲜事、家务事。

林宗森进门向靠门的一位上了年纪的男会计自我介绍说："我是飞峰县精细化工公司的……"

“飞峰县的，来这里。”靠里面正在聊天一位50多岁的妇女向林宗森招招手。

林宗森赶紧过去说：“您好。”

“你化工厂的，不是通知你们了吗，月底来领取分红。哎，怎么没见过你？”

“我是齐总的办公室主任，今天出差来宁州，顺路来看看。”

“哦，”这位妇女会计随口应了一声：“你们齐厂长有眼光，首次分红你们分到80多万元，这次分红240万元，不到6年时间几乎翻了一倍，你们要请客啊。”

“那是当然，到时候我们来辆大巴，请你们财务部会计部所有领导到我们飞峰去钓鱼、尝鲜，然后再每人都带土特产品回来。”林宗森大做口头人情。

妇女会计开心地眯着眼说：“你这位办公室主任合格，你贵姓啊？”

“免贵，小姓王。”

“王主任，既然来了就把对账单带回去。”老会计指指靠墙的一排橱子又说：“上面有单位。”

林宗森心中一阵阵开心，他连声“谢谢”，去专用橱取出一大沓对账单，离开风茂电器公司。

林宗森出了公司大门，打开对帐单一看，明白了一切，立即拨通姜扬电话：“姜行长，我是林宗森。”

“林科长，回来了？”

“我刚从风茂电器公司出来，380万元的技改贷款被挪用购买了风茂电器公司的企业债券，本月底分红240万元，两次分红金额320多万元，证据我已拿到。”

“太好了，林科长，你可能为我们行挽回巨大的损失，飞峰行的同事们会感谢你的。”姜扬激动道。

“谢谢，谢谢姜行长给我这次机会。”林宗森长长叹出口气，这是他到外汇行第一次感到自己有了存在的价值。

“回来多休息两天，别太辛苦了。”

“我马上就去乘车，我还要再去我们县唐铸锅炉有限公司，钱虽然不多，但它是精细化工厂技改项目的组成部分。”

第三十四章 貌合神离路渐远 志同道合聚人心

飞峰县唐铸锅炉有限公司是飞峰县的重点企业，曾经是唐铸乡的乡办企业，1996年改制后成立股份有限公司，主要生产中、低压锅炉和压力容器，在滨江省锅炉、压力容器行业中享有盛名。

林宗森没有必要偷偷摸摸地去了解情况，他打了电话给曾经的同事，现任唐铸乡工业副乡长李卫，李卫当然是热情接待，财神爷到哪里都是受欢迎的。

次日上午，一身风尘的林宗森在李卫陪伴下来到唐铸锅炉有限公司，他所关心的事立即得到释疑，此款锅炉货真价实。

林宗森的正事是办完了，可他这个掌握贷款大权的信贷科科长送上门来，就不是那么好脱身的，虽然林宗森一再解释他是贷款风险监督科，李卫认为只要和贷款沾上边的都会有办法。

唐铸锅炉有限公司总经理李长征是个实干家，他从一个打造犁、锄、锹等的农具厂发展到拥有国家B级资质的锅炉、压力容器生产企业。

李长征详尽地介绍锅炉厂的发展历史，最后说："林科长，我们厂从生产农具到生产锅炉、压力容器，搁在十年前想都想不到。我们是充分感受到祖国的日新月异的发展，有了祖国的发展才有我们锅炉厂的今天和明天。我们打算进行设备升级和设备改造，争取在未来的10~15年间升级为国家A级锅炉企业，届时，我们的工程师将达百名，工程技术人员超双百，职工达到2000人以上，我们的产值超百亿，形成省内数一数二的龙头企业。"

听过李长征介绍林宗森立即有了洞中方一日，世上已千年的感觉，他觉得已被社会遗忘、淘汰，他庆幸被姜扬拉回到现实社会中，他问："李总对资金投入有何打算？"

"硬件投入并不是主要的，估计在五年投入不少于3个亿，今年急需投入6000万元。"

林宗森说："我去打个电话。"说完出了会议室。

林宗森拨通姜扬的电话："姜行长，有个事向你反映一下。"

“请说。”

“唐铸锅炉有限公司打算升级为A级锅炉企业，逐步形成滨江省的锅炉生产龙头企业，将形成上百亿的工业产值。”

“他们投入多少？”

“5年投入不少于3个亿，今年需投入6000万元。”

“唐铸锅炉有限公司我知道，是个非常优秀的企业。”

“那你能来一趟吗？”

“我现在在飞峰山华宝寺搞贷款项目，今天是没时间了。”

“行里有没有钱放贷款？”

“当年需要6000万，5年3个亿？钱没问题。”姜扬想想说，“我们当年可以放到8000万元，固定资产贷款来不及，先走流动资金贷款。”

“8000万元？我明白了。”林宗森懂得姜扬的意思，是要把基本户争取过来。

“这样，你就好好了解一下，最低也要谈到按比例存款，这类企业是我们支持的对象。”

“我做材料恐怕不行吧？”林宗森是风险监督岗位的。

姜扬想想说：“就算帮我一个忙，到时以我的名义提请评估。”

“这样行吗？”

“凡事不是一成不变的，你不说出去就行了。”

“嘿嘿，”林宗森突然心情大好，这句并不好笑的话把他逗乐了，他说，“谢谢，知道了。”

“辛苦了，出差回来还没休息，又被我抓了差。”

“没事的，姜行长再见。”林宗森快乐地说道。

“再见。”

林宗森满面春风地重入会议室，李卫和李长征一看就明白了，也以笑脸相迎，李卫说：“我们林科长一定给我们带来好消息了。”

“李乡长、李总，刚刚和姜行长通过电话，他表示只要符合我们行的信贷政策，贵公司的固定资产贷款和流动资金贷款我们全包。”

“太好了。”李卫和李长征相互看看，李长征对他们的财务状况还是非常自信的，他急忙问，“今年能不能贷出6000万元？这关系到我们设备15%的优惠。”

“这个还要等我对贵公司评估以后才能做最后的结论。”

“好、好，请问林科长什么时候来评估？”

“姜行长指示对贵公司的评估立即开始，怎么样，李总满意了吗？”

“满意、满意，姜行长来吗？”

“他在华宝寺搞贷款项目，走不掉。”

林宗森：“我们开始工作，争取今天弄个大概。”

“林科长需要了解哪些方面的内容？”

“项目可行性报告，各种批准文件，3年财务报表，A级资质设备要求，本次购置设备清单，需要时和你们总工程师谈谈，也会去车间找几位工人了解他们的看法，以及薪资、福利等情况。”

“好，辛苦林科长了。”

林宗森毕竟当了几年的信贷科科长，工作水平和工作效率立即体现出来，午餐前半个小时他已经理出头绪。饭后也没顾上休息，边看、边查、边算、边记，3年的财务分析不到一个小时全部分析完毕。公司固定资产总额6700万元；流动资产4200万元，；银行贷款1650万元，负债率仅有47%，营业额环比增长30%，利润额环比增长21%，资本公积金积累3600万元。凭着这些数据林宗森知道，该公司贷款问题不大。

就这样，林宗森时而和总工程师请教设计、设备上问题，时而打电话咨询计经委的朋友，时而和车间工人交谈，时而埋头写写画画，不知不觉中，天已近黄昏，林宗森扔下笔长长舒了口气，项目可行性报告基本完成。

一直陪着林宗森的财务科科长也长长喘了口气，虽然他对自己企业的财务充满信心，他问：“林科长，怎么样？”

“项目可行，符合我们行的要求，现在还有最后一个问题。”

财务科长紧张地问：“什么问题？”

“账户，固定资产贷款原则上是提供给在本行开设基本账户的企业，不知贵公司怎么考虑的？”

“我们可以按照贷款比例分配我们的结算资金，如果贵行有这个要求，我需要请示李总。”

“有什么事请示啊？”李长征和李卫从外面进来。

财务科长说：“是这样，林科长要求基本账户要开在他们行。”

李长征说：“林科长，我知道你这要求是合理的，我们本打算按照贷款比例分配结算资金，如果将基本户开到贵行，我们无法向现在的贷款银行交代呀。”

林宗森微微一笑，自信地说：“我们在年底可以提供给贵公司6000万元贷款，我想现在贵公司的贷款银行，可能无法满足贵公司的要求吧？企业升级可是要资金打前站的。”

李长征看看财务科科长，又看看李卫，林宗森这一军把他将得晕头转向，一时不知怎么问答。

李卫接过话题说："别搞悬乎的，就是要拆户贷款行也不能答应啊。"

"我有一个办法，还掉现有的贷款，拆户来我们行。"

李长征着急地说："快年底了，都在紧锣密鼓地赶生产任务，资金调转不过来呀。"

"我们在贷款6000万元的基础上，再给贵公司2000万元的流动资金贷款额度，李总，你看如何？"

"这……"现在的贷款银行毕竟合作多年，还是当地的主要金融机构，贸然拆户会不会给政府带来一些不必要的麻烦？李长征只能求助地看看李卫。

李卫懂得拆户的连带反应，他思考一会儿问："林科长，你能确定贵行保证公司的所需贷款吗？"

"只要是合理的贷款，我们保证供应。"

李卫疑惑道："真的？"

林宗森自豪地说："当然，我们的外汇银行不再是两个月以前的外汇银行喽，不瞒李乡长说，姜行长在华宝寺就是为扩建项目而去的，一笔两个亿，大手笔吧。"

李卫问："你们的贷款利息是多少？"

"我知道你们现在的贷款银行的利率要比我们高出10%以上，保证只低不高。"

"有没有优惠利率？"

"有是有，不过不是我能管的事，要请示行长才能决定。"

李卫对李长征说："如果你没意见，我看行，现在的贷款银行我去协调。"

"李乡长，要给你添麻烦了。"

"什么话，李总为我们乡利、税收入做出巨大的贡献，这点小事算什么。"

营业大厅，防弹玻璃顶到天花板的，心中宽慰、欣喜着，这对两三个人上班的网点意味着安全和踏实，姜扬东看西瞧满心欢喜。

姜扬边察看边和认识的单位打着招呼，他惊喜地发现会计柜的办理业务速度明显加快，而且动作整齐划一，简单、明了、快捷。

姜扬走到最里面，按响电铃，防盗门上打开一扇小窗，小窗中出现一双眼睛，立即关闭窗子，打开门："姜行长好。"警卫小王说。

"边门开在这里安全吗？"

"安全，我们在里面又隔了一道墙。"

"就是地方小了一点。"

“没事，新楼建好了就好了。”

“对，坚持两三年就好了。好，你忙吧。”姜扬向右走狭窄的过道到了另一扇防盗门前，姜扬再次按响门铃。

营业部内各岗位会计们正有条不紊地办理各种业务，营业部主任赵平原也在忙着统计数据。电铃声惊动赵平原，他前去开开门，发现是姜扬，惊喜道：“姜行长来了。”

“不好意思，最近比较忙。”姜扬边走边看，营业部内厅比外厅简陋，尤其柜台拼接得十分明显。姜扬问：“够用吗?”

“够了，现在办业务的人再多，也不会等上5分钟。”

“赵主任用心了，业务员的水平不是一般地提高，好像引入了储蓄上的操作规范。”

“是的，我见储蓄专柜练得起劲，我就让营业部一起练，练了半个月效果显现出来。”

“好，好，我去网点看看。”姜扬放心地离开营业部。

网点虽然只是进行安全改造，但拆除了铁笼子般的栅栏，营业间立即亮堂了许多，厚实的防弹玻璃，营业员坐在里面给人们以实实在在的安全感。

姜扬一个网点、一个网点挨着看过去，原本按照统一设计的标准化网点，被不伦不类的金属防盗栏搞得大煞风景，现在装上防盗玻璃，原创的精神立即显现出来。

姜扬一路感受到员工们不同以往的尊重又不同于普通尊重的问候，既有语言也有目光，这包含着几多期许、几多关爱、几多信心又有几多信赖。

姜扬在各网点没多作逗留，很快到了最后一个网点——飞峰路分理处。姜扬远远看到几个人在门前空地上忙碌着，稍近，姜扬看清楚是他们在锯锯焊焊，赵宁在一旁指点着。

姜扬将车开到路边轻轻按了喇叭，赵宁抬头发现是姜扬，跑过去趴在车窗说：“姜行长来了。”

“我到网点看了看，做得不错，非常坚固。”

“飞峰路分理处地处闹市，所以最后一个装，今晚就结束了。姜行长，不下来看看?”

“不了，你们这么忙，我就不给你们添乱了。”

“姜行长，最近走访了一下，自从宋昭军炒股亏了以后，那个面店就很少去了。”

姜扬“哦”了一声，神情上明显看出有点失望。

“不过，这个装修队的工头非常熟悉宋昭军，据他说，宋昭军帮人炒股亏了很多钱后，又转投福利彩票，都是包号，赌得很大。”

“他的名堂还不少呢。”

“这里人多，我没好深问，我和他约好了，晚上工程结束请他吃宵夜。”

姜扬点头说：“世上的事物都是广泛联系的，一个人做任何一件事都有其根源，了解宋昭军的过去，有利分析其盗库的动机，抓住他的漏洞。不管多晚结束，都要给我来个电话。”

“要不一块儿参加?”

“不用了，我参加，你们说话不方便。”

“那行，到时打电话。”

“好，我走了。”

虽说几个网点改造下来，一切都娴熟顺手，但是从拆铁栅栏到粉刷，柜台上开槽，再安装不锈钢框架、防弹玻璃，调整完工，这一整套程序下来已经快晚上9点了。

网点改造工程终于结束了，赵宁和荆玉怀着不同的心情从里到外又检查一遍。

对于赵宁来说这1个多月每隔三四天就要改造一个网点，看着一个个网点固若金汤，告别铁栅栏、电棒、石灰包的保卫，心里多了份安宁和踏实。

对荆玉来说盼来盼去的一天终于来到了，她每天悬着的那颗心终于可以放下了，她像对待新生的婴儿那样四处端详、爱抚着。

赵宁笑着说：“荆主任，不早了，明天再打扫吧。”

荆玉佯怒道：“还不是你这个大科长偏心，最后才装我们的点。”

“你们在闹市区，相对安全，请老大姐理解。”

“知道赵科长考虑周全，不然的话早就告到姜行长那里。”

“我就知道老大姐善解人意，大姐和我们一道吃点宵夜吧。”

“不了，长膘。”

“我送你回去。”

“不用，老公来接了。”

两人走出门外，门外除了装修的4个人外，荆玉的老公已经在一旁等候了。荆玉关上门，和赵宁打了招呼，两人骑着摩托车离去。

赵宁对工头说：“李经理，我们走。”

李经理说：“赵科长，还是我来。”

“这一个多月辛苦了，我们去根余排档吃宵夜。”

赵宁一行 5 人兴高采烈地向隔着一条街的根余排档出发。

姜扬吃过晚饭没有回宿舍，在街道上小逛了逛就回到了办公室。

薛凯最近回宿舍的时间越来越迟，姜扬与薛凯在办公室也几乎没了交流，虽然那天有了短暂的相处，但彼此都清楚他们之间都包着一层外衣，那是层看不到，摸不着，隔着那么近，而今正向相反方向越走越远的两颗心。

是度假村项目！姜扬明确地知道隔阂的来源，自己对度假村的态度惹怒了薛凯。这个项目真的有那么好吗？有必要如此呵护吗？我有必要那么认真吗？姜扬想想苦笑笑：已经得罪了上任行长、现任市分行副行长，现在又要得罪现任行长了，我这是何苦啊？以后还混不混呀？怎么办？石海涛打来的电话，让姜扬想到以前从未考虑过的问题，虽然当时他心里给出答案，但这些问题只要空闲下来，就不时地出现在脑海里。

姜扬一支接一支地抽着烟，办公室里烟雾缭绕。

不知过了多久，门被敲响，姜扬从深思中惊醒，问："哪位？"

"姜行长，我，杨福康。"

"杨主任呀，请进。"

杨福康打开门，一阵青烟夹着浓浓的烟味迎面扑来，杨福康用手扇扇说："抽这么多烟，开着门吧？"

"好，开着吧。"

杨福康上前将手里资料放在桌上，说："资料复印好了。"

"谢谢，什么时候来的？"

"来了一会儿了，这资料上……"杨福康欲言又止。

姜扬拿起手机看看，说："晚上还有事吗？"

"没事了。"

姜扬发支烟，说："那就坐坐。"然后给杨福康泡了茶。

"姜行长，我看了看资料，没发现有什么问题啊？"

姜扬忍不住笑道："谁说有问题啦？"

杨福康瞪大眼睛说："那要复印干吗？"

"我也没说它没问题。"

杨福康"嘻嘻"一笑说："嗨，逗我玩呢。"

"不，这就是查账的关键，不要轻易下结论，答案往往在结论之外。"

杨福康似懂非懂地点点头。

"查这类账与单纯的会计账务不一样，要了解企业的性质、经营项目、贷款类别、贷款用途，要考虑产、供、销生产特点，还要考虑季节、时令或临时性的政策等因素，这样才有了查账的基础，然后才去判断贷款使用的合理性和合法性。”

“这么复杂？”

“也不复杂，只要去用心揣摸，找到矛盾所在，一切就会迎刃而解。”

杨福康若有所思地点点头，指指桌上资料又问：“那么怎么能找到这里的问题？”

姜扬锐利的目光在杨福康身上一闪而过，说：“核销是以贷款企业不以归还贷款的贷款终结方式，说起来是上级给予核销，但最终还是由核销银行的利润、提留等资金解决，损失的不仅是银行还有国家税收，所以，越是在这最后时刻，我们越要承担把好这最后一关的责任。”

杨福康看着姜扬，他知道自己还不能得到这位副行长的完全信任，他想想说：“我始终信奉善恶有报的简单道理，只是我的能力不够，有辱共产党员的责任。”

姜扬盯着杨福康看了看，犹豫了一下说：“红珊瑚的事，是杨主任向市行行长反映的吧？”

杨福康诚恳地说：“是，是我向谢行长反映的，那是红线，不能碰。”

“谢谢你，这个问题上，我们确实欠考虑。”

“其实，你们的心我很清楚，是为了我们行的职工着想，但万一有事，是你们俩承担党纪、国法的责任，那不是闹着玩的。”杨福康叹口气接着说，“没准薛行长还恨着我呢。”

“心底无私天地宽，有一天他会想明白的。”

杨福康惊喜道：“姜行长真是这么想？”

“当然，一开始我就不愿意，可是，薛行长确实是一点私心都没有。”

杨福康起身说：“那就不打扰了。”

姜扬摆手示意，说：“再陪我坐一会儿吧。”姜扬拍拍资料说：“问题也不是没有，只是没有证据，而且以我们行的业务范围，根本无法以工作之名进行取证工作，我还没有想好怎么办。”

杨福康点点头，说：“难倒姜行长的事不多啊，要不我想想办法？”

姜扬心中暗下决心，他正色地说：“其他的账务牵扯的时间太久，也太复杂，一时半会无法查清，但是，其中有笔2000万元的转账有点费解，它与它的业务是逆向关系。”姜扬仔细地向杨福康解说蚕茧公司的收购、销售以及资金流向关系。

杨福康点头说：“事出反常必有妖，交给我了。”

姜扬怀疑地看看杨福康。

杨福康笑笑自信地说："我大小也是个军官，战友、部下也有不少，我去试试。"

"杨主任，你对现在两个项目怎么看?"

"我当然支持，虽然我不懂，但这两个项目关乎着我们行的未来。"

姜扬沉默一会儿说："谢谢。"姜扬不想用自己的观点去影响他人。

杨福康看看姜扬说："姜行长，是不是有倾向?"

"不，没有，评审会上会给出答案。"

杨福康并没在意，他说："姜行长，什么时候回去休息?"

"我还有点事，要等一会儿。"

杨福康指指资料说："我把复印件拿去看看。"

姜扬点点头："你留着吧。"

"我再复印一份。"杨福康拿着资料回到自己办公室时，听到姜扬办公室电话铃声响起，他在门口稍稍停顿走进屋去把门关上。

姜扬等了一晚上的电话终于来了，他接通电话，电话里说："姜行长，没休息吧。"

"我在行里。"

"我马上过来。"

姜扬："好的。"

不到 5 分钟，赵宁出现在姜扬的办公室里，他喘气说："姜行长，宋昭军可不简单。"

姜扬倒杯茶递给他，说："别急，坐下慢慢说。"

赵宁喝口水稍稍平定喘息，刚要说话，门被敲响。

姜扬说："请进。"

"姜行长，我又复印了一份。哎，赵科长来了。"

"刚到。"

姜扬看看赵宁，对杨福康说："杨主任也坐下听听。"

杨福康坐下后，赵宁说："宋昭军可不简单，他炒过股，玩过彩票，赌过石。"

杨福康对赵宁看看又对姜扬看看，他不明白姜扬和赵宁为什么对宋昭军这么感兴趣。

"据他说。"赵宁见杨福康在场，将李经理的称号略去，"宋昭军代人炒股亏损达 40 多万元，回本无望无奈之下，他将剩下的 15 万元本金取出，跟着浙江一位珠宝商去了云南瑞丽，在瑞丽赌石又亏了6万元，半个月后回飞峰。神奇的是，就在他被逼得走投无路时，有人替他还清了债务。不久，宋昭军就调入我们行。”

杨福康惊道：“这么多钱有人帮他还?”

“许多人都知道，都说他运气好。”

“他调入我们行后再没碰股票，两个月后，他突然迷上了福利彩票，他玩的是包号，据说一次投入3万多元，将一段号码全部买下，只要中一次奖就赚大了。就是这个时候我朋友认识了宋昭军，在宋昭军的鼓动下和他一齐包号买彩票，可是人算不如天算，一连7期什么奖都没中，宋昭军不仅将剩下的资金消耗殆尽，他又欠下5万元的高利贷，时间是1991年9月16日。”

姜扬听懂了，这个时间正是库款被盗的前两天，而杨福康仍在雾中云端，他看看姜扬又看看赵宁。

姜扬对杨福康说：“今天我们为什么谈论宋昭军就不向你解释了，我也要求两位不要在我们以外说起此事。”

杨福康突口而出：“是他盗的库?”

姜扬对杨福康深深看了看未置可否，他说：“我们要时刻注意宋昭军的动向，切记不要打草惊蛇。”

“是。”一声低沉的声音，两名军人的威武立即显现。

步入深秋的飞峰山有着不同季节的美丽，秋风为自然调出最美的色彩，绿、黄、红，在蓝天的衬托下交相辉映。尤其是那鲜红的枫叶，像一只只火炬，像一面面红旗，红得那么鲜艳，红得那么壮丽，飘扬在高山深壑。前夜的一场细雨，滋润着山中的草草木木，在明媚的阳光下清澈透亮，让蓝天更洁净，让绿色更娇嫩，让黄色更夺目，让红色更壮观。

姜扬一路好心情再上飞峰山，华宝寺的众僧们也知道今天华宝寺将迎来历史性跨越的时刻，个个精神抖擞，早课时念经都特别响，走起路来都虎虎生风。

姜扬刚到寺院门前，一位和尚从一旁上前宣道：“阿弥陀佛，请问，可是姜行长?”

姜扬一点头说：“正是，请问大师是?”

“我是寺院的首座，静山方丈正在陪民政局和保险公司客人，要本座在此迎候姜行长。”

“有劳首座了。”

“姜行长请。”

民政局张局长带着财务上的王股长已经开始工作，利民保险公司陈勇也早早到来，他还请来飞峰县消防大队喻干事指导安全设施。

姜扬来到财务室，王股长边建账边向华宝寺的会计解说着，姜扬在一旁边看边听，王股长几乎帮寺院重新建立一套账务，可以说寺院的收支完全纳入在这套账务的管理下。王股长的工作量不小啊，姜扬放心地离开，他要找陈勇商量保险事宜。

姜扬出财务室向右拐，经过一个约十多米的巷道，来到膳食房旁。姜扬左看右看，华宝寺有99间半的各种用房犹如迷宫，去哪里找？姜扬拿出手机求助现代化的通讯工具。

姜扬在电话号码簿里查找陈勇的号码，号码还没找到身旁有了动静："姜行长来了。"陈勇和喻干事从膳食房里走了出来。"姜行长，介绍一下，这位是消防大队喻干事。喻干事，这位是外汇银行的姜行长。"

喻干事少校军衔，精瘦有神，姜扬和他握握手，他的手粗糙有力。

姜扬说："喻干事年轻有为，精明神武啊。"

喻干事腼腆一笑，只说："姜行长好。"

陈勇道："你准备去哪儿？"

"找你，其他的没什么问题了，现在的关键在你这里。"

"行，你就跟着，我们干我们的。"

"行，放心，不影响你们工作。"

要说这项工作真的不是想象的那么简单，喻干事不时地爬高够低，一间间地测算，一间间地考量，他甚至数次上梁和爬上屋脊察看。时间大块、大块地飞逝，终于时钟来到15点30分，喻干事在笔记本上写最后一句话，他对陈勇说："陈总，调查完毕。"

陈勇对姜扬说："姜行长还有什么要补充的吗？"

"你们是专家，我哪敢班门弄斧啊，走，去会议室，大家都等着呢。"

大家都在会议室休息、闲聊、等待。姜扬、陈勇和喻干事坐定后，张力勇主持汇总会："姜行长、陈总，华宝寺扩建项目即将进入实际操作，我们民政部门对华宝寺的账务进行了重建，可以保证华宝寺的收入和支出全部纳入财务核算。保险公司陈总专门请来县消防大队的专家进行风险评估，相信喻少校会给我们提出科学、合理的建议。我们这些做完了，就要姜行长唱独角戏了。"张力勇说得大家轻松地一阵哄笑。

姜扬抢先说："张局长，是不是做一个详尽的会议记录，并请在座的各位签名认可？"

“好，姜行长想得周到，就请……”张力勇环顾一下，发现并没有合适的记录人选，总不能自己当记录员吧。

姜扬说：“我来记吧。”

“那就先有劳姜行长，等王股长汇报完再让他记。”

静山拿来笔、稿纸，姜扬发现华宝寺的信笺印的虽然粗糙，但纸质很好，写起字来顺畅、滑溜。

喻干事对消防的解说可谓精准、细致，他指着华宝寺地图说：“从外围防火看，虽然飞峰山山林含水较足，但并不能完全排除山火的发生和蔓延，由于华宝寺历史久远，周围树木早已超出原先设计的标准，不能完全隔离火情，有5段围墙需要加高。”

“寺院内，现有的22处消防点，必须再增加16处，增加在这几处殿与殿、殿与房的结合处，以阻断火势向他处发展，另外的加在膳食房、招待所和寮房等处，6处消防栓增加到10处，4处消防栓均设在消防车难以到达的地方。”

“我们再说殿内，我上梁看过，电线必须更新，另外是，供奉佛像的地方有许多高达及顶的棉制经幡，这些都是安全隐患。因此，我们必须对上方的梁、椽等进行防火处理。回去我会针对每个防火要害处制定一个预案，万一有不测发生，只要守住这几点，损失就不会太大，我的汇报结束。”

众人听了纷纷点头称是，静山连连道谢，张力勇问：“陈总，还有什么补充？”

“没有，喻干事的意见，就是我们保险公司的最终意见。”

张力勇对静山说：“静山主持有什么意见？”

静山合十：“阿弥陀佛，静山受益匪浅。”

张力勇转向姜扬：“那就请姜行长谈谈看法。”

“我想问问陈总，保险费用准备如何计算？”姜扬知道静山是出家人，不会为这些俗事斤斤计较，外汇银行此时与华宝寺处在一个利益共同体，他必须为华宝寺争一争。

“这……”陈勇四处看看。

“没关系，宗教局是主管单位，都不是外人。”

“从华宝寺的历史价值上说，评估三五个亿都不为过。”

姜扬知道，前奏开启，后面就该狮子大开口，他阻止说：“陈总，华宝寺历史悠久，文物众多，要算的话真的无法计算，我提供个方案供你参考，怎样？”

陈勇做出请的手势。

“按照独立建筑群的重建价评估如何？”

张力勇、王股长都重重点头，静山心中一宽，默默念到“阿弥陀佛”。

“这个是不是不太合理?”

姜扬没有回答，而向静山说：“静山主持，姜扬冒昧越俎代庖了。”

“姜行长，善人善心，一切由姜行长做主。”

姜扬转向陈勇，陈勇摆手笑道：“别说了，好人都让你做了，同意你的方案，行了吧。”

静山对陈勇也一合十道：“陈总和姜行长是同道之人。”

“大师客气了，请放心，在我职权范围内会给你们一个合理的费率。”

姜扬不再追问费率，只是说：“后面就好办了，扩建的预算都有，不过在你的优惠费率里再减3%。”

陈勇知道是要他减去给姜扬扣率，他对静山笑笑说：“姜行长做功德了，行。”

静山目光如炬，对姜扬一合十，口宣：“阿弥陀佛。”

众人站起，姜扬急道：“先别走，签字。”

从张力勇开始一一签字，陈勇签完字后对喻干事说：“不方便的话，我签了就行。”

“没关系。”喻干事也签上自己的名字。

姜扬签上名后对静山说：“我先带回去，报告完成后将原件奉还。”

……

周六，薛凯依然没来飞峰，看来他在省城任务艰巨啊，姜扬用电话向薛凯简要报告华宝寺项目进展情况和唐铸锅炉公司技改和整体搬到本行开设基本户情况。

薛凯听到汇报心情大好，尤其是唐铸锅炉公司给他一个意外惊喜，他的梦想基本构成，以台商为后盾，旅游为突破，兼顾本地工业，一个强势县级行的雏形已经形成，这一切将展现给即将来飞峰视察的省行行长面前，薛凯的仕途之路金光灿灿。

薛凯指示到：“一、迅速完成华宝寺的项目调查报告。二、唐铸锅炉公司立即进入程序，争取下星期放贷到位。”薛凯商量说：“能不能让唐铸锅炉公司提前付300万元的利息。”

姜扬对提前付息还是理解的，300万元再加其他收益，今年突破500万元的利润没有悬念，飞峰行的员工可以过个红火的年。

姜扬取出华宝寺材料，他想乘清闲赶快把材料做出来，还没打开，他又想：“还是去网点看看吧，虽然装上防弹玻璃了，还是小心为好。”他放下资料，锁上门到每个网点都转了转，一圈下来时间也快到中午，姜扬这才定下心写华宝寺项目报告，华宝寺项目一切审批手续齐全、各种分析到位，预测精准，设计方案合理，姜扬也关注已久，各种数据已烂熟于心，饶是如此，连写带改到最后定稿已到了傍晚。

姜扬拿起5页稿纸的华宝寺项目报告看看，他吁了口气将材料收好。姜扬想了想，又从包里取出林宗森已经写好的飞峰县唐铸锅炉有限公司的调查材料，他把它放在面前，姜扬呆呆地看了会儿，他伸伸筋骨，又把它收了起来。明天，明天再整理吧，姜扬想休息了。

姜扬拎着包，关上门，准备上街对付着吃个晚饭。这时姜扬口袋里的电话响了，姜扬拿出来看看，把门打开，接通说："魏处长，您好。"

"姜行长，在哪儿呢？"

"在行里，怎么魏处长来飞峰啦？"

"没有，就问问。"

姜扬听到电话一阵喧嚷，紧接着另一个声音出现："老弟啊，好久不见了。"

姜扬惊喜道："薛处长，最近怎么没见您来玩呀。"

"太忙，徐行长被你感动得让全省网点春节前全部安上防弹玻璃，这下把我们忙坏了。"

"不好意思，给薛处长增乱了。"

"乱什么乱，装上防弹玻璃我们的事就少多了。我以为你到省行来了，我说奇怪，老弟来我这个当哥哥的怎么会不知道。"

"我这几天一直在飞峰没动窝啊，怎么回事？"

"你们飞峰行的薛行长如果再加上明天，在省行连请3天客，我以为你也来了。"

"哦，我们行最近事情多，可能牵涉到的部门多，请老哥多担待。"姜扬听明白了，敢情薛凯没有请他们。

"只要老弟没忘了我就行。"

"当然不会忘，薛行长常常念叨，一定专门请薛处长、魏处长还有吴处长来飞峰，只怕各位处长是贵人请不动呀。"

薛处长开心大笑，说："别人请不动倒是可能的，你老弟一请包到。"

"真的？择日不如撞日，明天，明天早上来钓鱼。"

"明天？我问问。"

姜扬隐隐听到电话里一阵商量，然后电话里说："行，明天就到你这儿，我看看计划处于副处长有没有空，一道把他捎上。"

"一言为定，早8点我在西沙湾恭候大驾。"

“好，明天见。”

姜扬挂上电话，又打了出去：“喂，杨主任啊，明天省行几位处长来我们行，8点前到西沙湾，你安排一下，尤其是会计处的吴处长是第一次来，一定安排好点。”

“姜行长，要不要通知薛行长和市行？”

“薛行长可能在省行有事，市行嘛就算了吧。”

“知道了，姜行长你在哪儿？”

“我？在行里呀。”

“在行里？食堂没开伙呀，吃晚饭吗？”

“准备上街吃碗面条。”

“姜行长，早餐吃的什么？”

“面条。”

“那你中午吃的什么？”

“面条啊。”

“晚上还要吃面条？”

姜扬笑笑说：“有关系吗，填饱肚子就行。”

“姜行长，我这个办公室主任不够格啊，你先抽根烟垫垫，我一会儿就到。”

“切，香烟也能饱肚子啊？”

不要说，杨福康真的够麻利的，十多分钟就带两个菜，一大碗蛋炒饭来到姜扬的办公室，姜扬也不客气，一阵狼吞虎咽，风卷残云般消灭得干干净净。姜扬拍拍肚子讪笑道：“肚子不争气，碰到美食就没了节制。”

“就是农村妇女烧的家常菜，还美食呢。”

“家的味道才是最美的味道。”

第三十五章　公开冲突评审会　殚精竭虑保资产

杨福康收拾碗筷说：“姜行长还有事吧，我去我办公室了。”

姜扬指指桌上材料，说：“唐铸锅炉的贷款材料，本想明天看，这不薛处长他们要来。”

“唐铸锅炉，他们要到我们行贷款?”

“是啊。”

“我战友在那个公司任副总，好企业。”

姜扬：“唐铸公司今年技改，我们打算今年放贷8000万元，把他们的贷款全部吃下来。”

“姜行长大手笔，几个月前想都不敢想，我每次去搞点存款都难。”

“再有几家这样的企业，我们行的信贷结构就非常合理了，效益也随之上升，企业存款、储蓄存款的压力将大为缓解。”

杨福康眼圈一红，说：“我们出去也扬眉吐气了，后年大楼再拔地而起，那时我们就傲视群雄。”杨福康腰一挺手一叉头一昂，逗得姜扬是“哈哈”大笑，一身疲惫也随之消散。

随着姜扬的笑声，赵宁走了进来：“姜行长，加班呢。”

“怎么不回去休息?”

“休息一天了，不放心，过来看看。”

“坐，你们先聊，我一会儿就好。”

赵宁坐到杨福康旁边，轻声向他说网点改造的情况，慢慢地他们停止了谈话，看着姜扬全神贯注地计算、查阅，眼睛里流露出敬佩、感激、自豪的目光。

良久，走廊传来脚步声，渐渐地走近，杨福康和赵宁向门外看去，林宗森来了，林宗森走到门前发现杨福康和赵宁，以为有事便想退出。

姜扬说：“林科长，快请坐，我马上就好。”姜扬用了不一会儿工夫看完最后一页说：“杨主任，你只知道唐铸锅炉好，不知道是谁引进的吧?”

杨福康摇摇头。

“是林科长，他可是立了大功啦。”姜扬一语两褒，“而且这材料写得有理有据，计算正确，引用得当，有水平。”

林宗森被姜扬夸得一阵脸烫，不好意思地说：“是姜行长指导得好。”

“这材料我一字没改，就是要抄一份。”

林宗森说：“我用计算机打一份，你签上字就行了。”

“行，又要辛苦你了。哎，你怎么来了？”

“从楼下过，见你的灯亮就上来看看。”

“谢谢，明天还有其他事吗？”

“把这个做完就没事了。”

“结束后就到西沙湾，省行几位处长来，一道来聚聚。”

“好。”

“赵科长也一道参加。”

“明天我值班，就不去了。”

“好，就这么定，收工，我请你们宵夜。”

……

新的一周开始，飞峰行蕴藏着的能量即将爆发，姜扬没想到的是来得这么快、这么急。

姜扬来到办公室，薛凯已经坐在他的办公室里等候，姜扬惊喜道：“薛行长回来了。”

“这些天辛苦了，5 分钟后我们开个贷款评审会。”

“好的，正好还有两项目一道评审。”姜扬心中虽然惊讶但表面上波澜不惊，丁志华的项目报告居然没让分管行长兼着信贷科科长的他过目就直接上了评审会。

“好吧。”薛凯说完准备离开。

“薛行长。”姜扬叫住薛凯说：“今天有个诉讼，请你批费用。”

“等等吧，评审结束再说。”

说话间人已到齐，林宗森、杨福康、丁志华，由于原营业部主任调离，现任营业部主任赵平原顶替。

薛凯看看说：“今天是第一次召开评审会，所以我来听听，会议还是请姜行长主持吧。”

姜扬看见丁志华面前放着一沓材料，心里明白这是要为飞峰湖度假村项目评审，他说：“各位评审同志，今天是第一次会议，我就多说两句，贷款评审是为了防控贷款风险而设，因此，希望各位在评审过程中畅所欲言，询问、质疑、要求补充证据都可以，一个目的，就是为了我行的贷款安全，为了我们飞峰行健康发展，各位慎重对待手中的每一票。”

薛凯插嘴道：“评审的目的就是防范风险，调整结构，要用战略的思维、长远的眼光看待我们要投入的项目，姜行长马上提出的项目，对优化我们行贷款结构有着重要意义。”

姜扬神色自若：“今天的会议是具有重要意义的评审会，它决定了我们行未来十数年的发展。”

姜扬取出项目报告说：“这是飞峰县唐铸锅炉有限公司的项目报告，该企业在座的可能都有耳闻，是我们沿江市的明星企业，3A 级信用企业，在滨江省压力锅炉行业处于龙头地位。”姜扬详细地介绍了该企业的领导及领导班子、产品结构及市场占有率，分析了市场的发展方向，阐述升级换代的必要性及提升为 A 类锅炉企业的广阔前景和高额利润，并细解了各类财务报告和分析，出示了飞峰县审计事务所的审计报告，最后说：“唐铸锅炉有限公司对我们行的意义十分重大，我们行就不需要单纯依赖台商企业，也为我们行今后发展提供一个范本，各位评审有什么需要了解的请提问。”

大家一阵私语，尤其是丁志华没想到他不在行的两天，竟然将唐铸锅炉公司的金融业务整体搬到本行。

赵平原问：“姜行长，一个锅炉企业的升级能带来这么大的影响啊？”

“是的，锅炉分常压锅炉和压力锅炉，压力锅炉又分 B 类和 A 类锅炉，A 类锅炉是我国锅炉标准的顶尖级别，它们不止是一个台阶，而是在不同的层面，如果唐铸锅炉顺利升级成 A 类锅炉，就像摩托车和轿车的差别一样，在滨江省的锅炉行业都有着其影响意义。”

“这么厉害。”

姜扬笑笑说：“我办公室有资料，我可以拿给你看看。”

“不用，不用。”

姜扬说：“如果没有提问，我们就投票表决，同意的举手。”

除姜扬外的评审会人员全部举手，姜扬将项目报告递给身边的林宗森，说：“请签字。”

林宗森签完字向下传去，不一会儿，项目报告又回到姜扬手中。

薛凯带头鼓起掌，大家立即响应，短暂的掌声后，薛凯说：“我们共同见证了我们行即将步入先进银行的时刻，这是好的开始，下面还有更精彩的项目。”薛凯对丁志华点头示意。

丁志华心中有愧，他低头对着资料干巴巴地念道：“飞峰湖高尔夫度假村有限公司坐落在飞峰县飞峰湖东侧……”不用说，丁志华的项目报告写得是花团锦簇，寥寥数语，一个美丽、时尚、高档度假村呈现在评审们的面前，梯次开发、滚动发展，将度假村的前景展现得淋漓尽致，丁志华接着又为大家描绘了一个极具诱惑力蓝图，3～5 年度假村滚动投入上百亿元，仅此项目我们行的利润可达数亿元。”

听完丁志华的发言，赵平原激动地拍了拍巴掌，说：“我们行要腾达了。”

薛凯笑着问：“这么说赵主任同意了。”

“当然同意，为什么不同意？”

“好，一票。”薛凯对杨福康看看。

杨福康四处看看，见姜扬尚未说话，有点踌躇。

姜扬神情严肃地说：“丁科长，能不能把项目报告给我看看。”

丁志华将报告传给姜扬，姜扬迅速、跳跃式地翻了翻说：“我有几个问题请询问丁科长，一、土地缴费清单只有收据，为什么没有发票，也没有银行转账凭证或现金缴款单？二、担保标的物，琼海县万亩山林，这样价值评估是不是草率了点？三、抵押物，湖西乡的土地，能不能值那么多钱，评估单位是 C 级资质，它们是否有资格评估这么高的标的？四、建成的高尔夫练习场我们都去过，其价值多少我们心中多多少少还是有点底吧，能值那么多钱吗。”

“这，高尔夫度假村建成，周边的土地都升值，更不用说其核心地段了。”丁志华辩解说。

赵平原和杨福康颇颇点头。

“那要等高尔夫度假村建成并运转正常后。”姜扬进一步解释说，“价值必须经过价值发现、价值形成、价值实现三个阶段，这样的定性是不是太早了？”

薛凯接话说：“这么一个大项目有点瑕疵是正常的，先通过，后补充也是可以的，这样大家表决吧，赵主任一票，还有吗？”薛凯看看杨福康。

杨福康在薛凯威严的目光下有些窘迫，他定定神说：“我认为项目是一个好项目，为我们行今后的发展打开了空间，但就丁科长的报告书上看，确实存在很大的漏洞，我不能判断是否投上这一票，所以，我弃权。”

“弃权？”薛凯脸色渐青。

“我不同意。”林宗森说完头扭向窗外。

姜扬淡淡地看着薛凯说：“我不同意。”

薛凯对姜扬点点头说：“两票赞成，两票反对，一票弃权，也就是可以上报让市分行定夺。”

姜扬说：“丁科长是项目调查人，按规定他没有投票权，二比一淘汰这个项目。”

薛凯顿时愤怒了，脸色铁青，他几乎喊道：“我这个行长总有发言权吧。”

姜扬平静地说：“当然有，您可以动用行长的权力，但您必须写明理由，我也会在项目书上注明争执的焦点问题。”

薛凯脸上红一阵白一阵，他缓了缓说：“争取一个项目不容易，我们不能因为一点问题就一棒子打死，这样，责成丁志华同志重新调查，尽量补齐所需材料，这样行吗？”

姜扬也不愿意把关系搞得太僵，他表态道：“那样当然好。”

丁志华哭的心情都有了，但他不得不表态，他说：“是，我一定充实好材料。”

薛凯为度假村项目争取了缓冲，他知道华宝寺的项目必过无疑，自己也没有阻碍的意思，他站起来说：“我还有事，你们继续开会。”说完径直离去。

姜扬继续主持会议，果不出所料，当姜扬详尽介绍后，全部投赞成票，至此，两个项目尘埃落定。

薛凯回到办公室，在屋子乱转一气，嘴里不知嘟囔着什么，姜扬态度薛凯还是有预料的，又是杨福康打他个措手不及，不行，先把他撵出办公室。去哪里呢？让他与李平对调，到审计岗享清福去。

薛凯坐到位置上拨出电话，他要向市分行办公室通报一声：“喂，田秘书，张主任在吗？在啊，请将电话转给他，顺便跟你说一声我们办公室换成李平主任了。”

“哦，你稍等。”

不一会儿张宇新声音响起：“薛行长，你好。”

“张主任，我们办公室换个主任，由李平接任。”

“哦，知道了，为什么调整呀？”

“杨福康想学业务，就让他到审计上，人员调整通知明天送到市行。”其他部门调整没这么麻烦，调整后抄报市分行相关部门就行，办公室承担的是上传下达，所以要及时沟通。

“行，没事来玩。”

“谢谢张主任。”薛凯放下电话，心里稍稍舒服点，但心中的怒火尚未熄灭，他又琢磨着怎么给姜扬制造难度，否则他是这个行的一把手吗？

这边还没想过来，桌上电话响了，他拿电话一听是张宇新，他说：“张主任好。”

电话里的张主任说：“市行不同意杨福康主任的调整。”

薛凯愣在当场，问：“为什么？”市分行一般是不问基层行人员任免之事。

“杨福康是军转干部，而且是立过军功的。”

“张主任，那就提拔他，到市行办事处当个副主任。”

“不行，就这样。”

“张主任再见。”薛凯挂上电话，心中郁闷啊，他又站起来转了两圈，一杯茶灌下去，不解恨，但人冷静了点，他站在窗前望着窗外发呆。

“笃笃笃”敲门唤醒薛凯，他坐到位置上稳稳情绪说：“进来。”门打开，是姜扬，怎么他一点不知趣啊，继续挑衅我的耐心。

“薛行长，起诉的费用请批一下。”姜扬把费用审批表递给薛凯。

薛凯看都没看放在一边说：“等等吧。”

“这很急。”

薛凯大声道：“急什么急，这么多年都下来了，摆这里，你去叫杨福康过来。”

姜扬看看薛凯，回身出门。

杨福康一会儿就进门：“薛行长，找我。”

“办公室离我很远吗？我不能叫你来吗？”

杨福康苦笑笑，不再多言。

“去通知开行务会。”

“现在？”行务会一般下午 4 点左右。

“不现在，我叫你干吗？”

“是。”杨福康转身离去。

薛凯发了通火，心里得到满足，心情不再那么糟糕。

很快，中层干部到齐，坐在会议室都不吭声，也没人吸烟，行务会难得一次这么文明，当然，大家都明白，谁也不会触这个霉头。

薛凯端着茶杯坐上主座，说：“我们开会，今天主要学习文件，加强政治素质，提高纪律教育。姜副行长，你先带领大家学习党章。”

就这样，薛凯一会儿又要姜扬带领大家学习上级精神，一会儿要杨福康带领大家学习员工手册，直到 12 点才说：“今天学习暂时到此，请各位写两篇学习心得，下次行务会上大家交流。”薛凯习惯地说：“大家还有事吗？没事散会。”说完准备站起来。

“等等。”姜扬说。

薛凯惊讶地看着姜扬，难道他不知道我在整他吗？

姜扬毫不在意，他神情自如地说：“感谢薛行长在此时及时加强思想教育，我一定写好心得，现在有件急事向薛行长和同志们汇报。”姜扬仔细地叙述林宗森怎么奔波几千公里取得关键证据，分析诉讼可能取得的成果，最后说：“薛行长，请指示是否起诉精细化工厂？”

薛凯被姜扬报出的一串数字震动了，愤怒了，太肆无忌惮了，银行变成他们的提款机，再说姜扬当着全体中层干部详细说及此事，如果他不同意，这个责任他承担不起，他说：“会后来我办公室办手续。”

散会后，李平骑着自行车拐进小巷，也不管纽约是几点就拨出电话。

石海涛最近常做噩梦半夜常常被惊醒，睡眠严重不足，他早早地上床休息，可是却难进入深睡眠，迷糊中电话铃响起，他厌恶地挂上电话，可随即电话铃再次响起，他拿起电话厉声道：“谁？”

“我，李平。”

“什么事？”

“姜扬要起诉精细化工公司。”

“起诉化工公司？”石海涛一下子惊醒。

“是，林宗森去了河南马店镇锅炉厂和宁州市风茂电器收集到了有力的证据。”李平将在行务会上听到的原封不动地说给石海涛听。

“妈的，林宗森跟着起什么哄，他们是通过法院起诉的？”

“是，现在还没去法院，好像薛凯和姜扬闹不愉快，薛凯在给姜扬使绊子。”

石海涛轻轻吐了口气，还好，但愿薛凯再拖延点时间。他说：“兄弟，谢谢。”

李平受宠若惊，说：“不谢，老大再见。”

石海涛挂上电话立即拨出电话：“喂，齐总吗？”

齐天宇惊喜道：“石行长，回国了吗？正好过两天分红了，这次我们可以分240万。”

“240万，做梦吧，老窝都被抄了。”

“老、老窝被抄了，怎么回事？”

“一切都被人家摸得透透的，包括本次分红，长话短说，你立即赶到风茂公司将本金和分红取出，找个地方玩几天，法院那头我再找找关系，拖上一段时间这事就过去了。”

“是，老大，分红提前拿得出吗？”

“榆木脑袋啊，找关键人送点不行啦。一定要抢在他们前头，快去办吧。”石海涛说完挂断电话。

齐天宇接过电话后，立即收拾行李，然后从保险柜里取出一张20万元的存单，匆匆上了本田雅阁出了院门。

姜扬和薛凯一道来到薛凯办公室，薛凯找出费用审批单，签上字递给姜扬说："你的工作我还是支持的。"

"谢谢。"

"我们仍然是朋友吧。"

"当然，我始终把你当朋友，当然，你也是我的领导。"

"那你为什么拼命阻止这个项目？"

姜扬正色说："为了这个经历过艰难的银行，为了经历过窘境和耻辱的职工们，也为了你。"

"耸人听闻，摸着石头过河，中国还不是如火如荼向前发展，畏手畏脚什么时候才有跨越式的前进。"

姜扬不愿再做过度争论，他说："什么时候达到要求了，我就同意，走了。"

姜扬看看时间，放弃了与林宗森联络的念头，在食堂简单吃了饭，回宿舍美美睡上一觉。

下午上班，姜扬跑过林宗森办公室，他留意看看林宗森还没到，便去了信贷科。

姜扬进门，所有信贷员全部在岗，聚在一起议论着，丁志华怯生生地向姜扬问好，各信贷员都兴奋地向姜扬问好，姜扬被气氛感染着，一一向信贷员们打着招呼。姜扬说："大家都在，那就开个短会。"

大家纷纷回到自己位置上，顾群拿出会议记录簿。

姜扬提高声音说："向大家宣布两个好消息。"一阵电话打断他讲话，他接听后对大家说："现在是 3 个好消息了，一、唐铸锅炉 8000 万元贷款通过评审，于近期发放贷款。二、华宝寺固定资产项目通过评审，将上报市分行。"大家不由地轻轻鼓起掌来。"三、金牛家具石海平总经理刚刚来电话，他将主动归还已挂账停息的呆滞贷款 2000 万元。石总还表示，他已经将资金归拢，马上来行里洽商存贷事宜。"

"哇！"大家惊呼一片。

"我们将新增的业务分个工，外贸这块还是按原来的进行，自己将企业材料准备好，报风管科核准。金牛家具请丁科长负责，唐铸锅炉暂时有我负责，适当的时候也请丁科长负责，我继续负责华宝寺项目贷款的落实工作，宋会计周三前完成圣兔礼品公司的合同重新签定工作，由风管科核准后一律由顾群同志保管，顾群并负责企业日常的现金、大额转账审批工作，并负责计划上的资金调配工作。”姜扬看看大家问，“丁科长、大家有什么补充的？”

大家纷纷摇头，姜扬说：“那就动起来吧。”

丁志华喃喃地对姜扬说：“对不起。”

姜扬严肃地说：“一个项目要有严格的程序，有经得起科学的论证和时间的考验，否则就对不起我们这个职业。既然决定补充材料，也要抓紧时间。”姜扬说完出门前去风管科找林宗森。

姜扬到了风管科，李平依旧是玩着电脑，林宗森位置上空空荡荡，姜扬问：“林科长呢？”

“没来。”李平有力无气地问答。

姜扬疑惑地看看，回到行长室打出林宗森的电话，没等姜扬开口，电话里传出林宗森声音：“姜行长，我林宗森。”

“钱批下来了，你在哪儿？”

“我在法院，等一下给你回电话。”

姜扬挂上电话，约摸过了五分钟，林宗森的电话来了：“姜行长，我刚刚办完手续，马上和经一庭严法官去宁州。”

“你已经立案了？”

“对，诉讼保全手续也办好了。”

“这么快？”

“不快不行，这回没准已经传到谁耳朵里了。”

“是我考虑不周。”

“我知道，你是没办法。”

“那钱？”

“我先垫上，等我回来再说。”

“好，代我向严法官问好。要注意安全，住好点，吃好点，回来我给你们接风。”

“谢谢姜行长，严法官来了，我们出发了。”

姜扬挂上电话心中不禁有些触动，正义、责任人人有，就看领头的怎么干。

下午 4 点齐天宇赶到风茂公司财务部，齐天宇走进财务部径直走到老会计面前说：“崔大姐。”

崔大姐摘下老花眼镜，抬头看看，说：“齐厂长啊，今天怎么来了，前两天你们的办公室王主任刚来过。”

齐天宇哭笑不得，只能说：“有事麻烦大姐。”

“哦？说吧。”

齐天宇四处看看，崔大姐会意地带着齐总来到小接待室。

“大姐，我们厂有急事想把钱取出来，请大姐帮帮忙。”

“全部取出来？”

“是的。”

“那太可惜了。”

“没办法，急着用款。”

崔大姐想想说：“齐厂长想提前取个分红款，大姐还能帮帮忙，这确实帮不了。”崔大姐说完就要离开。

“哎，大姐，帮我这个忙，我送 3 万元给大姐当招待费。”

“你这是退股，要找部长才行。”

“我另外准备了 5 万元，请大姐成全。”

崔大姐眉开眼笑，说：“齐厂长会办事，我去试试。”崔大姐嘴巴说着，身子一直未动。

齐天宇心领神会，走到一边用报纸包了 8 万元递给崔大姐。

崔大姐说：“放心，办不成还你，你就在这里等。”崔大姐为齐天宇倒上杯茶放在茶几上出门去。

时间一分一秒过去，齐天宇在接待室里度日如年，接待室里静得能听到自己的心跳。

半个小时过去，门外传来急促的声音，齐天宇站起来，崔大姐推门进来递给齐总一沓票据说：“承兑汇票申请书，620 万元，一分钱都没扣你。”

齐总接过票据连声说，谢谢，风一样出了接待室，以致崔大姐出接待室齐总已经不见踪影。

风茂公司开户行是工商银行宁州分行比干路分理处，出风茂公司左转 200 米处对面的街道上。齐天宇赶到分理处不过 4 点 40 分，他进门询问大堂经理，大堂经理带他到会计柜(二)前，会计柜(二)前面有 3 位客户在排队办理业务，他只能耐下心跟在队伍的后面，好在办理速度很快，10 分钟左右就排到自己。齐总递上银行承兑汇票申请书，银行柜员接过在电脑上熟练地输入账号，他在电脑上查看了一下，在边柜的一个方格中取下收款收据，填好递给齐天宇，指指旁边说：“去缴手续费。”

齐天宇拿着收款收据去出纳柜缴 3100 元手续费，这时他才长长出了口气，成了！

齐天宇这次因为是内部缴款，没有排队而享受优先待遇，几分钟就缴完钱回到会计柜(二)上，将缴款单递给银行柜员，齐天宇双臂支撑在柜台的大理石台面上，眼巴巴地看着银行柜员给他办理银行承兑汇票。

……

林宗森和齐天宇做着基本一样的动作，他散会后将整理好的资料装进包里，在上午的两会上他感觉到薛凯对姜扬的不满，他不指望姜扬顺利地通过薛凯这一关，管他呢，先去起诉查封了再说。林宗森十分珍惜这难遇的良机，是证明自己的时候了。

林宗森回到家找了张 5 万元存单，虽然还有 3 个月到期也不顾了，来到飞峰路分理处，荆玉迅速办完取款手续，将钱递给林宗森惋惜地说：“可惜了，你要得太急，不然可以办个存单抵押贷款。”

林宗森心中一热，他可是储蓄上的众矢之的啊，储蓄人员的善良、关心感动着他，林宗森自豪地想，我现在是你们中的一员了。

林宗森没有耽搁，他毫不犹豫地敲开严法官的家门。

严法官和林宗森还是熟悉的，难得林宗森这么认真，严法官也就重视起来，当听完化工公司从立项到放贷到在河南购买廉价设备，再到挪用贷款购买企业股权的证据，严法官也愤怒了，当即调整工作安排，空出下午和第二天时间。

有着严法官的关心，林宗森顺利立案、缴费，林宗森和严法官开车出发才下午 1 点 40 分，虽然一路闪着警灯，无奈汽车不顶用，直到 4 点 40 分才到达宁州。

汽车停在离风茂公司不远的街道边，严法官看看时间，心里估算了一下，果断下决定先去风茂公司的开户行冻结账户资金，然后再去风茂公司财务部。

汽车的不远处一名环卫工人在打扫马路，林宗森下车走到跟前递上一支烟，问：“师傅，请问工商银行宁州分行比干路分理处怎么走?”

师傅接过烟向前一指，大约 20 米的地方，工商银行的招牌气派地高耸着。

林宗森道谢后，对汽车招招手，指指工商行的地方。

汽车开到面前，严法官说：“你到外面逛逛。”

林宗森点点头。

严法官来到银行，他找行警问清主任办公室的位置，上 2 楼来到主任办公室，出示法官证件，提交冻结风茂公司证券账户法律文书。

主任仔细查看法官证、法律文书，打开电脑，进入管理程序，调出风茂公司证券账户进行冻结，然后将法律文书收好。

严法官说声谢谢，下楼上车去风茂公司财务部。

……

银行柜员将手中的业务放到旁边为齐总办理银行承兑汇票，当银行柜员再打开风茂公司证券户时他愣住了，账户被封。这位银行柜员不敢相信自己的眼睛，刚刚还是好好的，他又打开其他单位账户，一切正常，他明白了。他重新开了现金支取凭证，然后去出纳柜说明情况，回到自己位置上将承兑汇票申请书递给齐天宇，说："不好意思，账户上没钱，麻烦你去出纳柜先将手续费取回。"

齐天宇仿佛浑身的血涌上脸上，大声道："账上没钱？你刚才不是看了。"

"具体我也不清楚，你去公司问问。"

齐天宇一下子像掉进冰窟里，他手续费也没取，心神不宁地重返风茂公司财务部。

财务部赵明部长的接待室里，严法官向赵明通报情况，将冻结账户一事一并通报。

赵明说："你不能冻结，我们公司后天开始分红，这牵涉百家入股单位和几亿分红款，会严重影响本公司信誉。"

"解除冻结也是可以的，但你们公司必须给我承诺书，保证精细化工厂的股本金、分红款不被取走。"

赵明斗争了一番说："精细化工厂的股本金和分红款刚刚被取走。"

严法官严厉地说："退股是有严格的程序，我对你们草率的决定提出疑问，必要时会要求你们承担连带责任。"

赵明后悔收了齐天宇的3万元，即使官司不一定输，但他的名誉和地位可能受到影响，甚至还有牢狱之灾，这个位置有多实惠啊，他的汗从后背冒了出来。

这时，接待室的门口有人在招手，是崔大姐，赵明对严法官说："我去去就来。"

崔大姐把他让到一旁说："齐厂长又回来了，怎么账上没钱？"

"齐厂长来了？我开错了，你把单子拿来。"

崔大姐出去，一会儿拿着单子进来，赵明拿到单子"唰、唰"两下撕碎，从抽屉里拿出报纸包说："这是他的3万元，你告诉他，他的钱被查封了，要拿钱回飞峰县法院拿。"

"被查封了？"崔大姐一阵沮丧，那可是5万元啊，她甚至把钱的用途都规划好了，吃进嘴里的肉再吐出来，那滋味不好受。

崔大姐回到接待室将纸包递给齐天宇，说："这是你的8万元，账户被你们飞峰县法院查封了。"

"被查封了！"齐天宇失声喊出来。

"喊什么喊，谁知道你们干的什么坏事。"崔大姐嘀咕着离开接待室。

齐天宇的滋味不好受啊，他失神落魄地离开风茂公司，在大街上游荡着，最后才想起还要打电话给石海涛，他如丧考妣地说："1分钟，没了，都没了。"

石海涛这一天被折腾得没睡过一个完整的觉，齐天宇无厘头的一句，让石海涛清醒了，他知道不妙，问："什么1分钟？"

齐天宇打起精神说完事情来龙去脉，最后说："公司没了，钱也没了，我怎么办啊？"

石海涛心中一阵绞痛，他可是占三分一的利益，不行，不能再这么下去，得回去一趟。石海涛心里这样想，嘴里是这样说："沉住气，他们不一定能赢。"

林宗森则将喜讯报给姜扬，他激动地说："姜行长，全部截住了，就几分钟时间。风茂公司同意将款子解到飞峰县法院，明天上午就去办。"

第三十六章　恶露峥嵘薛凯愧　惊弓之鸟谋脱身

薛凯郁闷了整整一个下午，这些天他除了在省分行请客送礼就和秦雪莹黏糊在一起，他精心设计着一切，让丁志华避免与姜扬接触，自己数日不回，就是不想让姜扬在细节上了解度假村项目，然后来个突然袭击顺利过会。薛凯千想万料，没想平时唯唯诺诺的杨福康率先投了弃权票，细想想赵平原的赞成票还是在他的误导下投出的，他始终想不通姜扬是怎样影响他们的？要知道得罪了一把手的日子不好过啊。

吃过晚饭薛凯左思右想，还是要把情况向秦雪莹说个明白，这个项目要通过审批已经很难了，薛凯盼望着疼他、爱他、宠他、崇拜他的红颜知己，能够理解他、体谅他，甚至原谅他都行。

薛凯拨通秦雪莹电话，问："在家吗？"

"在家，贷款批了吗？"

"没有通过，我来向你解释。"

电话良久没有声音，薛凯连"喂"几声。电话里郁郁地叹了口长气，她说："你来吧。"

薛凯来到她们的别墅，别墅大门紧闭，院内黑咕隆咚，薛凯按响电铃，一会儿，房门打开，脚步由远及近，"吱"一声院门打开，是保姆开的门，保姆提醒道："二小姐不知为何在房间哭呢。"

薛凯心一沉，说："谢谢。"

薛凯走进别墅，别墅的客厅灯火通明，亮得有些耀眼，刚从黑暗走进来的薛凯眯着眼适应着强光。

"薛行长来了，一定有好消息带给我们喽。"一个清脆、尖厉的声音在大厅的正中响起。

薛凯循声看去，唐婉儿挺着身板坐在沙发里，她娇小的身材几乎掩没在高大的欧式沙发中，但她挺拔的姿态倒有几分威严。

"哦，唐总。"薛凯说完迈腿要走。

“等等，去哪儿？”

薛凯指指楼上：“我找雪莹。”

“薛行长，一个姑娘家的闺房，是你说进就能进的吗？”

“这……”薛凯一时语塞。

唐婉儿刻薄的话继续打击着薛凯：“你和我们家雪莹是夫妻呀，还是有婚约啊？”

“我、我们是自由恋爱，我们彼此深爱着。”

“哈哈哈哈！”唐婉儿一阵狂笑，一阵笑过她厉声说，“恋爱？薛行长，别忘了，你是有家室的人，你有什么资格说是谈恋爱？你有什么脸面说是彼此相爱？”

薛凯愣在当场，脸上红一阵白一阵，他从未遭受过如此的羞辱，可是偏偏无力反击。

“别说啦！”楼上传来秦雪莹的声音，薛凯抬头看去，秦雪莹倚在栏杆上悲痛欲绝，泪水在秦雪莹的面庞尽情流淌着，她泣声道，“我和薛郎真心相爱，相伴相守，不管他怎样我都离不开他。”说完扭头奔回房间。

薛凯欲去安慰，唐婉儿口气稍缓：“薛行长，问题不解决，你去了也没有用。”

薛凯舒松口气问：“为什么？”

唐婉儿指指沙发说：“薛行长，请坐。”唐婉儿去酒吧倒上一杯红葡萄酒放在薛凯面前。说：“薛行长，请问，你拿什么爱她？”

“我、我可以给雪莹一个安逸的家，给她我所有的爱。”薛凯说出来自己都觉得苍白无力。

“咣”一声，唐婉儿将手中的酒杯掼在大理石的地面上，酒杯立即碎了一地，她冷笑笑说：“这只杯子价值 50 美金，碎了我一点都不心疼。”“啪”唐婉儿脚一甩，一只精致、时尚的高跟鞋跌落在薛凯面前，“这双鞋是今年巴黎最流行款，价值 1000 美金，像这类鞋我和雪莹各有 50 双。”唐婉儿手一指衣帽间：“那里的衣服每件的价值不低于 1500 美金，我都不知道有多少套衣服，世界名包有 100 多只，价值最高的一只人民币 20 多万元。这里的化妆品无不是世界名牌，你养得起吗？你的爱有多大分量？”

薛凯一时语塞。

唐婉儿话锋一转说：“薛行长，英俊潇洒，才华横溢，作为女子当然为你动心，可你是堂堂男子汉，总不能让你深爱的女人下厨房拿锅铲、进厅堂拖地板吧。薛行长，想办法把贷款解决了，你和雪莹各有 10%的提成，有了这几千万，你们可以潇洒地生活，那时你们的爱情才能升华。”

薛凯这时意识到这一切可能是个阴谋，但他不死心，他还想抱着一线希望。他紧绷着身体，说：“可是你们的条件相去太远，我是怎样帮你的，你可是亲眼看到的吧。”

“我只看结果，没有结果一切归零。”

“这样，今天我们信贷评审会上提出了四条，你们做到了我保证贷款。”

唐婉儿没等薛凯说完便打断他的话，她说：“可笑，如果都满足这些条件我们还会找你？你以为你们是工、农、中、建、交啊，要那样一大堆银行围着我屁股后面转呢。”

薛凯心一横说：“那我办不到。”

“办不到？你是行长，大陆兴行长负责制，所以，你能办得到，贷这个款不为难你。”

“我真的很难办到。”薛凯意识到这笔贷款可能真的肉包子打狗，有去无回。

唐婉儿身体前倾，眼睛眯成一条线看着薛凯，她咬牙切齿地说：“薛凯，你听好了，如果你办不到，我让你身败名裂。”

薛凯不屑地笑笑说：“威胁我。”

唐婉儿也笑笑说：“敢威胁你就有威胁你的理由。”她拿起茶儿上的摇控器，对着电视按下按钮。

电视里出现两个赤裸的影像，两人喘息着纠缠在一起，薛凯一看愣了愣，立即扑上去从录像机里抢出录像带。

“哈哈哈哈！”唐婉儿一阵大笑，说，“薛行长战斗力很旺盛，小妹很是爱慕，这盘录像带就送给薛行长时刻欣赏了，也提醒自己有个小妹爱着你呢。”

“你……你们卑鄙!”薛凯两眼赤红，他真正知道，自己错了，一个完完全全的圈套。

“卑鄙？你高尚吗？你是用你的高尚来衬托秦雪莹的卑鄙吗？你是用你的肉体来洗刷一个女人的卑鄙吗?”唐婉儿继续恶心薛凯，“你要用你纯洁的爱情去感化一个台湾山区槟榔女的情怀吗?”

“槟榔女?”

“哈哈哈哈！”唐婉儿一阵狂笑，笑中带着撕心裂肺的声音，她说，“失望了吧，爱情没了，纯真的爱情给了一个一文不值的槟榔女。你觉得委屈，你觉得不值，你觉得沾污了你纯洁的爱情！可是你有资格谈爱情吗？一个槟榔女能承载得起你的那颗崇高的心灵吗?”

薛凯像是被只苍蝇卡在咽喉，吞不进，吐不出，他跌落沙发里久久不能出声，良久，他站起来向门外踉跄走去，他边走边说：“我会满足你们的要求，此后，我们各奔东西。”

薛凯身后一个冷冷的毫无色彩的声音：“成交。”

薛凯走在茫茫黑夜中，他分不清哪儿是边、哪儿是岸，他顺着来路迷茫地走着，心里只有一个命题：怎么办？面前只有两种选择，办与不办。时间和体力消耗使薛凯渐渐清醒，思想也慢慢跟上突变。他在黑暗中找地坐下，点了支烟，凉凉的风给他带来寒意，这让他思维活跃起来：“不办，面临的风险是因生活不检点，险些造成重大贷款风险，后果可能党内警告或开除党籍处分，行政降级甚至撤职；家庭从此不得安宁，甚至离婚；本人遭受来自亲戚、朋友、同学、同事的鄙视和唾弃。

“办，有两种可能，一是度假村项目正常投入，一切按照项目要求，加官进级皆大欢喜。二是完全是个骗局，贷款被席卷一空，自己身败名裂。”薛凯在秋风中蜷缩着，定格了自己思想。

良久，良久，薛凯灵光一现：“走，此处难留爷找个留爷处，嗯，这是很好的借口，这里先拖着，见机行事。”薛凯顺着思路想下去：“这两天再去找找耿处长，到省分行当个副处长或者去外地分行当个副行长，哪怕差一点的地方也行。”薛凯不禁庆幸这几天在省行的活动。

薛凯站起来掸掸身上的尘土，伸手拦下一部人力车，大声说：“建设小区2幢。”

……

飞峰县公安局魏政委办公室的门虚掩着，杨福康在门上轻轻敲了两下。

“进来。”一个威严的声音传出。

杨福康进门说：“魏政委，我是杨福康。”

“杨福康？”

“就是1997年转业到外汇银行工作的杨福康。”

“啊，杨主任，瞧我这记性，这一晃3年了吧。”

“对不起，我让领导失望了。”杨福康1997年从部队正营级别转业，他一门心思进公安局，魏政委在与他谈话时，给了杨福康一个选择，就是先去飞峰县外汇银行当办公室主任，利用办公室主任的便利调查一桩案件，等事情有个结论，是留在外汇银行还是到公安局由他选择。

“话不能这么说，这些年我们警方不也束手无策，怎么，想来公安局了？”

“还没脸来呢，不过有些情况向政委报告。”

“怎么，有所发现了？”魏政委为杨福康倒上茶。

“是的，不过不是我，而且我不能判断是不是和您交代的有关联。”

“哦，怎么回事？”

杨福康说：“是我们新来的姜副行长有所发现。”他向魏政委讲述他听到的和看到的。

“不管怎么说，你反映的情况都很重要，宋昭军有盗库嫌疑，银行有顾忌不报案，有着自身考虑。但，宋昭军是否在其他方面有类似动作，我们不得而知，他是否与他人勾结共同作案，我们也不得而知。由此看来，宋昭军是关键的突破口，我们必须牢牢盯死他。”

“我还不能充分得到姜行长的信任，他对我还有所保留。”

魏政委想了想说：“姜副行长在行里吗？”

“在，我出来的时候还在。”

“嗯。”魏政委沉思着，他问，“姜副行长可靠吗？”

“姜行长来飞峰行半年，据我观察他为人正直、业务精通，保护银行资产的愿望非常强烈，是名合格的共产党员。”

“好，告诉他真相，你先回银行，去姜副行长那里等电话。方便的时候请姜副行长来我这里一趟，我们研究一下，我们警民联合为宋昭军布个天罗地网。”

“是。”

杨福康一脸庄重来到姜扬办公室，姜扬看看他奇怪地问：“杨主任怎么一下子这么严肃？”

“姜行长，马上会来一个电话，你就知道了。”

姜扬点点头不再说话，两人都在静静地等待，办公室有点怪怪的静，一阵铃声打破寂静，姜扬拿起电话说：“您好，我是姜扬。”

“姜副行长，我是刘炳南。”

“刘书记好。”

“杨福康是一位可以信赖的同志，他会向你解释的。”

姜扬深深地看了杨福康一眼，回答道：“知道了。”

“再见。”

“刘书记再见。”

姜扬挂上电话似笑非笑地看着杨福康，杨福康有些尴尬地看看姜扬说：“姜行长，不是你想的那样。”

“杨主任是国安的人？”

“我倒想啊，可惜我不是，我是地地道道的外汇银行员工。”

“哦？”

“我转业时根据当时安置政策，我可以任意选择安置单位，我选择的是公安局。后来公安局新任的魏政委亲自找我谈话，要求先到外汇银行工作，为的是外汇银行沿江市分行滨江区办事处会计科科长自杀案。”

姜扬迷惑不解地看着杨福康，杨福康解释说：“原因是警方怀疑的对象是石海涛，苦于没有十分有力的证据，在他之前调到飞峰行任行长后，不久魏政委也从滨江区公安分局副政委调到我们飞峰县任政委的。”

姜扬想起宋昭军的种种反常，他完全有可能在众多的不良贷款中起到决定性作用，他与石海涛关系也十分密切，但要定性石海涛在这里面干了什么，结论还早着呢。姜扬想想说：“杨主任，我可以把我了解的一切告诉你。警方的目的是维护社会公理，而我们的目的是让银行健康、稳定地向前发展，希望你和魏政委说清楚。”

“那当然，我也是外汇银行的一员。”

“这样就好。”

“魏政委想请你去他那里共同研究案情，你看什么时候方便？”

“你先去下面等我，我去和薛行长说一声。”

薛凯自己觉得也有点奇怪，他昨天觉得天崩地裂的事情，今天却没了一点忧烦，昨晚甚至睡得连梦都没做。他在办公室里盘算着下一步计划细节，姜扬敲门进来，他知道姜扬对他不满，这个答案昨天已经知道谁对谁错，他放弃了对姜扬的掌控，他只集中精力做一事，因此他对姜扬的态度又回到从前，他和颜悦色地说：“姜行长来了，请坐，精细化工保全事情还顺利吗？”

姜扬本想说一声就出门，没想到薛凯突然关心此事，他只得坐下说：“十分顺利，也十分惊险，可以说只相差一分钟钱就划走了，今天上午去划款，下午就能到法院在本行开设的辅助账户上，一共620万元。”

“620万元，姜扬又打了个胜仗。”薛凯要放在以前心里要妒嫉姜扬了，现在这一切在他心里已经起不了波澜，他淡淡地说：“祝贺了。”

“薛行长，现在贷款程序逐渐走上正规，风管科的人手严重缺乏，你看是不是配些人手。”

“我正要和你说这事，我最近的精力要全部放在基建上，行里的事你要多分担点，包括人事、经费等，我不在的话你就全管起来。比如，缺人，你和老杨商量一下，是调整，是招人，你们拿意见就行。”

“这怎么行。”

“你不知道，基建上烦着呢，我可能经常不在，一会儿我和老杨、赵主任交代一下，你就统管起来。”

姜扬对薛凯的决定疑惑不解，他还想推辞，薛凯下逐客令："就这样，我马上就去省城。"

姜扬只能告辞出门，薛凯看着姜扬的背影，心道，这个姜扬还真的得力，关键时候又送来一份政绩，为金蝉脱壳计划又多了一个砝码。

想要金蝉脱壳的人不止薛凯一个，宋昭军此时在去圣兔礼品的路上，自从他想起6万元库款的事，心里就承受着巨大的压力，他不能看见姜扬，总觉得姜扬的眼睛里蕴含着什么，他甚至不能听到姜扬说话，总觉得姜扬的话中有着尖锐的铁刺，一下一下地扎着自己的心脏。

这也罢了，晚上石海涛的来电让他恐怖，一遍遍在他耳边震响："小宋啊，要果断处理了，让那几张传票消失了，必要时一把火点了！"烧毁传票库，那是要命的事啊！可是，不这么办，又没有好办法脱困，他左思右想拿不定主意。他琢磨来琢磨去，还是做好两手准备，要让涂根生放点血，一切都是从他开始的。

宋昭军来到圣兔礼品公司，把来意对涂根生交代清楚，他最后说："涂总，用库存进行抵押是行不通了，用职工宿舍、公共设备抵押也是不行的，不是我宋昭军不帮忙，是我实在无能为力了。"

涂根生笑得像弥勒佛一样说："宋科长对我们无微不至的关心，我们时刻记在心中，我们心里念着宋科长的好呢。哎，石行长什么时候回来？"

"快了吧？！"

"这事又不是大事，让石行长打打招呼不就过去了，哪需要兴师动众的。"

宋昭军不好明讲，只得说："石行长在国外一时顾不过来，姜行长盯得又紧，实在没办法。"

涂根生一听恨得咬牙，敢情石海涛根本没把他当回事，他当然不知自己已是焦头烂额，他说："那只好重新签了？"

宋昭军立即说："那就好，我们先把合同重新签了，我还有事求你呢。"

"什么事？"

"我个人一点私事。"

"什么私事？"

"我最近有点周转不开，想跟涂总借个50万，两个月还。"

"宋科长，我们资金也很紧张，我还想找宋科长再贷个三五百万呢。"

"增加贷款不太可能，除非你们增加项目或技术更新。"

涂根生想想说："宋科长开口怎么也要挤出点钱出来，20万，行吗？"

"20万就20万吧。"

"宋科长，你看这抵押？"

“除去电力、供水、职工宿舍、食堂等，全部登记抵押。”

“这是?”涂根生不明白。

“你们资产约 4000 万元，除去刚所说的 3500 万元没问题。”

涂根生心算算道：“3700 万元。”

“3700 万元打个 7 折是 2590 万元，你们目前贷款余额?”

涂根生熟悉地报数字：“1360 万元。”

“你们贷款额度是 1500 万，涂总，听懂了吗?”

涂根生瞪着眼看着宋昭军摇摇头。

宋昭军微微一笑：“这叫显失公平，真的有事的话，律师只要发上个声明，就可以宣布合同无效。”

涂根生怀疑地问：“真的行吗?”

宋昭军指指电话说：“问问你的法律顾问。”

涂根生手碰到电话，又改成捂住电话说：“宋科长的话就不需要问了，我叫会计来这儿?”

“不用，我去财务室，那里方便。”宋昭军说完站起来，说，“这钱?”

“放心，等一下就叫会计开支票。”

“好。”宋昭军离开总经理室。

涂根生立即拨出电话说：“贡律师，有个事情咨询一下。”

涂根生把改造过的版本说给贡律师听：“是这样，我们从一家贸易公司进 50 万的货，说好了 3 个月以后付钱，他们让我们用一车间的设备抵押，可是我们一车间设备价值 200 多万元呢，这样行吗?”

“你们不能开银行承兑吗?”

“银行承兑汇票，又要保证金，又要手续费的。”

“这个协议对你们有利，这叫显失公平，可以宣布协议无效。”

“哦，是这样，我知道了，贡律师，再见。”涂根生心里琢磨着，还真有这码好事。

涂根生又拿起电话拨通后说：“李会计，开 20 万元现金支票给宋昭军，让他写个借条。”

仍然是魏政委办公室，姜扬、杨福康坐在沙发上，面前茶几上茶水腾腾冒着热气，魏政委说：“姜副行长，今天请你过来是有些事情向你交代清楚。”

姜扬第一次遇到这种情况，不免有点紧张，他严肃地问：“什么情况?”

“请稍等，一会儿刑侦的大队长朱与进来，我们一块谈。”魏政委为打消姜扬顾忌说，“我先自我介绍一下，魏志友，48岁，民族，汉族，这点必须交代清楚，以后我们在一起喝酒没有猪肉吃那还不剐死。”魏志友说完爽朗地大笑。

姜扬、杨福康在魏志友笑声引导下都笑了，气氛在笑声中缓和。

“野战军团长转业，现任飞峰县公安局政委。”门外走进一位中年男子，中等个，大眼，剑眉，脸上棱角分明。

魏志友对姜扬说：“我们局的飞将军到来。”

“小朱，这位是年轻才俊姜副行长，这位是闲不住的朱大队。”魏志友为姜扬和朱与进分别介绍。

姜扬和朱与进握手后各自坐下。

“大家都很忙，就长话短说。5年前发生在沿江市碧洗山鳗鱼养殖基地贷款案，案值达300多亿，贷款单位是沿江市外汇银行支行、市分行乃至滨江省分行三级银行，而滨江区办事处则处在风口浪尖。当我们一路追踪下去时，沿江办事处的会计科长跳楼自杀，同时相关的会计档案、信贷档案全部被毁，线索戛然而止。我们警方怀疑是内外勾结，共同作案。不久，时任分理处副主任的石海涛调到飞峰县行任行长。两年后我也调到飞峰县，转业安置时我发现杨福康同志政治素质高，便动员他去外汇银行任职，通过上级关系让他任办公室主任，以便接近石海涛。一个有贪欲的罪犯，是不会放过任何一个贪腐机会的，我们想用其他线索带出幕后黑手。根据杨福康同志汇报，有些线索若隐若现，而开启线索的关键人正是姜扬同志。”魏志友的话简洁明了，说明前因后果。

大家听魏志友说完，都看着姜扬，姜扬挠挠头，他没想到他居然带出大案，他不知从何说起，只能求助地看看魏志友。

魏志友对姜扬笑笑说：“姜副行长一时不知从何说起，这一点都不奇怪，平时我们根本不会去想如何贪腐、如何作案的问题，除非他别有用心。”魏志友说完示意朱与进。

朱与进接着话题说：“姜行长，你试着把你工作中发现的一些不正常的点串联起来，包括不符合程序、违规乃至不合理的一点点小事。”

姜扬从未去往那方面想，或者是不愿意往那方面想，宋昭军盗库他也只是一个孤立的事件。一经提醒他立即意识到，其中确有许多不可解释的事情。

一是反映在高比例的呆滞贷款上，问题贷款多到银行关不了门。二是几乎所有的信贷单位没有存款，贷款企业对我们都留着一手，尤其是金牛家具，如此高额的贷款不计息，每天流水竟然不进基本账户，圣兔礼品和社会服务总公司同样也是。三是贷款抵押合同如同废纸，而且仅出现在金牛公司和圣兔礼品，结合金牛总经理石海平的背景就耐人寻味了。四是精细化工厂虽然是个案，但蚕茧总公司的逆向操作令人生疑，还有没有其他的呢？姜扬想想心里一震，还能有吗？我们才几个信贷单位啊?!

朱与进继续问："金牛公司、圣兔礼品公司、精细化工厂、社会服务公司、蚕茧公司5家企业，它们相似之处和不同之处有哪些？"

姜扬想了想，这些企业在业务上、贷款形式上并无交结，贷款人之间？姜扬突然想从圣兔账上划给金牛公司的600万元，该是把这事情搞清楚的时候了。姜扬继续想，贷款调查人？除社会服务总公司外全部由宋昭军分管，姜扬眼前一亮。

大家都默不作声地注视着姜扬的情绪变化，见他一会儿深思，一会儿摇头，终于见姜扬云开雾散见晴霁，果然姜扬抬头说："宋昭军，宋昭军引起我们注意是因为盗库。"姜扬将宋昭军盗库嫌疑的来龙去脉说了一遍，然后说："我们掌握的证据不足以起诉他，所以，我们只能紧盯着他，请魏政委、朱大理解。"

魏政委、朱大点点头表示同意。

姜扬说："盗库只是一个偶发现象，可能是因为偿还高利贷所做的无奈之举，但他具备犯罪的心理承受能力和犯罪经验，我可以断定他之前有过类似的经历。金牛公司、圣兔公司、精细化工、蚕茧公司的贷款调查人均是宋昭军。"

"你们信贷科没有其他人吗？"朱与进问。

"有，当时信贷科共有4名工作人员，林宗森是主持工作的副科长，据我了解，他是怀着热情来到外汇银行，但不久便消沉下去，基本不管事听之任之，放任自流，但从近期工作表现看，他至少不是坏人。"姜扬又将林宗森数天奔走几千公里追回挪用贷款一事仔细说了一遍。

"宋昭军背后有人。"魏志友脱口而出。

"嗯，是分管信贷的张云涯还是行长石海涛还不能完全肯定。"姜扬顺着思路往下推进，"宋昭军在目前的位置一直没有动窝，前些日子我们提出让宋昭军去新区办事处当副主任，可是为这点小事石海涛和市分行王得江副行长都来打招呼，为的是不让宋昭军离开这个岗位，当时我们就觉得非常奇怪，居然有人为了不提拔请打招呼，说明宋昭军还不能离开这个位置。这个位置有什么呢？有几千万元的问题贷款!"

"石海涛，王得江!"魏政委喊道，他说，"王得江当时是沿江办事处主任，当时我们已经将他排除在外，这么说来也不简单啊。"

朱与进思忖着说："可是，怎样判定造成贷款损失是他们存在犯罪所致呢？"

一句话让大家陷入沉默，魏志友和朱与进这时才真正理解姜扬为什么不报案。

良久，姜扬说："合法外衣里包裹着的那颗不知是歪是正的心，只有剥开那层伪装才能看得清，最近他们活动频频，如果他们真的有事，那离揭开他们真相就不远了。"

魏志友点点头说："飞峰行的核心是这些问题贷款，如果他们真的在贷款中上下其手，精细化工厂已经触动了他们利益。姜副行长说得对，继续加紧追索问题贷款，另一方面静观其变，让该跳的跳出来，对宋昭军加紧监视，但也不能打草惊蛇。"

姜扬说："宋昭军是个衔接石海涛和我们之间的关键人物，从目前资料看石海涛获得的利益是宋昭军帮助实现的，当然是假定在石海涛贪腐的前提下。杨主任、保卫科科长赵宁，是值得信赖的同志，信贷科顾群同志也是可以信赖的，加上我，我们可以对宋昭军的一举一动了如指掌。"

朱与进说："我同意姜行长意见，宋昭军都认识你们，工作以外的监视就交给我们。"

"行，就按这个方案执行。"魏志友拍板。

朱与进说："我们相互留下联系方式，我们会不停地更换侦察员，为了避免联系上的周折，我们确定一个行动小组名和联络暗号，行动名叫……姜行长，你起个名吧。"

姜扬想想说："叫'钱神'行吗?"

"钱神?"

"《钱神论》是西晋文学家鲁褒所撰写一篇讥讽金钱至上的佳作，文中称：'为世神宝，亲爱如兄，字曰，孔方。失之则贫弱，得之则富贵。'"

朱与进说："暗号就叫钱神、孔方兄，以后说出暗号的同志就是我们行动小组的同志。"

众人听后都轻松一笑。

姜扬想到宋昭军前去圣兔礼品公司，他说："魏政委、朱大，宋昭军今天去圣兔礼品，我不放心，我先走了。"

魏志友上前握住姜扬手说："谢谢你。"

"不谢，这是我们每位公民该做的。"姜扬又向朱与进打个招呼，先出去了。

魏志友看着离去的姜扬说："好同志，当个刑警都够格。"

杨福康说："他当个行长更够格，魏政委、朱大，我也告辞了。"

魏志友握住杨福康的手说："杨主任，也谢谢你，公安局的门对你是敞开的，欢迎你随时归队。"

"谢谢魏政委，我走了。"

魏志友目送杨福康离开，然后对朱与进说：“朱大队长，立即安排人手盯死宋昭军，同时也要根据案情的发展做好对他们的安全保护，特别是姜副行长，他正在触动这些人的核心利益。”

朱与进问：“对外汇行还需要采取什么措施吗?”

魏志友果断地说：“不用，我们插手反而会搞得风声鹤唳引起他们警觉，现在只有靠外汇银行自身力量才能顺藤摸瓜揭开谜底。”

朱与进点头称是。

魏志友说：“那就立即布置下去。”

朱与进立正道：“是。”

公安局大门旁边的人行道，姜扬坐到车里冷静了一会儿，这事来得太突然，他还没完全消化。姜扬在车上厘清头绪，调整情绪，看看时间快到 11 点，他打出电话：“哦，宋会计吗，我，姜扬。”

“姜行长，有什么指示?”

“顺利吗?”

“顺利，吃饭之前就可以弄好，我吃过中午饭回来。”

“好，你先忙，挂了。”

姜扬挂上电话，想想又拨过去：“宋会计，涂总不介意多我一个吃饭的吧，你和他说下，我一会儿就到。”

宋昭军一愣说：“哦，知道了。”

宋昭军接过电话愣了会神，他站起来对李会计说：“我们行的姜行长要来，我去和涂总说一声。”

宋昭军来到涂根生的办公室，门虚掩着，宋昭军推门进去，没人。他拿出电话拨出号码，办公桌上的手机响了起来，宋昭军走近看看，是自己拨出的号码，他不知为什么开心起来，他笑了笑挂断电话。

宋昭军走出涂根生办公室，在楼梯上碰到厉晓萍，他问：“涂总去哪了?”

“去车间了。”

“他手机没带。”

“他忘性大，找他有事?”

“我奶奶突然中风住院，我要急着赶回去，可是我们的姜行长马上就到，这怎么办?”

厉晓萍一听宋昭军要走，急着问：“合同怎么办?”

宋昭军微微一笑说：“就快好了，我已经在合同上先签上了字，怎么填是你们的事。”

“那就好，你先回去吧，老涂我和他说。”

“老板娘，用你们车送送吧。”

“行，走。”

两人下楼，厉晓萍说：“宋科长，稍等。”

厉晓萍去厨房，驾驶员小涂在帮厨，她对小涂吩咐道：“送宋会计去县城。”然后对菊花说：“姜行长来了，加个野生甲鱼。”

宋昭军看厉晓萍离开立即拨出电话，电话接通他哭丧着脸说：“姜行长，不好意思，我奶奶中风进医院了，我要赶回去。”

姜扬说：“那你赶紧回去，这边事情忙得怎么样了？”

“明细做得差不多了，一会儿就好。您到哪儿了？”

“还有十多分钟吧。”姜扬挂上电话，想想把车停到路边，拨出杨福康电话：“喂，杨主任，宋昭军奶奶中风进医院了，你是不是看看去。”

“他奶奶中风？宋昭军奶奶早死了。”

“哦。”姜扬玩味着。

“姜行长，怎么回事？”

“没什么，他开始沉不住气了。”

宋昭军打完电话，别克君威开到他身边，宋昭军上车关上车门说：“走，先到信用社取钱。”

第三十七章 布局暗算好姜扬 坦诚相告获信任

姜扬十一点半到了圣兔礼品公司，涂根生站在窗前看到姜扬从汽车里下来，他连忙坐到老板椅里理理头发。

厉晓萍听到汽车声音从厨房里出来，见到姜扬连忙迎上前去："姜行长，终于把您盼来了，欢迎前来指导工作。"

"厉总，早就想来尝尝圣兔礼品的红烧肉了。"

"尊贵的客人来了，我们一定要上鱼头、甲鱼、红烧肉圣兔礼品三宝。"

"涂总在吗？我去看看他。"姜扬看看2楼。

"到饭点了，我们边吃边聊。"厉晓萍扯着对楼上喊，"老涂，下来，姜行长来了。"

"来了。"窗口传来涂根生的声音，一会儿楼梯出现涂根生身影，他在楼口就一路挥着手来到姜扬面前，满脸堆着笑说，"欢迎姜行长来鄙公司莅临指导。"

姜扬："上次匆匆前来未能欣赏涂总风采，今天一见果然不同凡响，久仰，久仰了。"

涂根生一听更是笑逐颜开，他说："客气，客气，姜行长英姿焕发，请。"

涂根生进了厨房大声说："上圣兔三宝，开五粮液。"然后将姜扬请进雅间。

落座、上菜、开席，姜扬以开车为由拒绝倒酒，涂根生只得作罢。

涂根生饭间津津有味地介绍圣兔三宝的来历，其间不免吹嘘自己的发家史，姜扬脸上也配合着他出现问号和惊叹号，时间不长的一顿饭吃得倒也有声有色、热热闹闹。

涂根生："姜行长，我们上楼泡杯功夫茶。"

"我没来及参观贵厂，涂总是否方便？"

"方便、方便。"

"那就请会计把我们的抵押明细带上，我好有个直观对比。"

李会计看看涂根生，涂根生一摆手说："快拿去。"然后对身边的厉晓萍使使眼色。

厉晓萍说：“姜行长，你这车不错，我从来没见过，把钥匙给我见识、见识。”

姜扬知道其中的含义，说：“不是什么好车，等等再看吧。”

涂根生带领姜扬先去产品展示大厅，姜扬在展示大厅看到精美绝伦、姿态万千的陶瓷娃娃，心道，这涂根生说起话来文诌诌的倒有点道理，他可能把自己列为艺术家之列。

参观完展示大厅，然后顺着设计室、1 车间、2 车间、成品库和新建的材料库一路看下去。涂根生一路介绍，姜扬拿着抵押清单也一项一项核对，一圈下来用了两个多小时。

回到办公室，涂根生走到窗前一手叉着腰，一手对着窗外的厂区画了个圈说：“姜行长，这下放心了吧，这都是你们的了。”

姜扬微微一笑说：“我们要你们厂没用，有了令人放心的保障，我们相互间就有一种信任，这是双方都需要的。”姜扬在抵押明细取出一张说：“贵公司资产约 4000 万元，可抵押资产是 3700 万元，打 7 折是 2590 万元，而我们核定给贵公司的贷款额度是 1500 万元，有效抵押资产超过了 1000 万元，这表明我们对贵公司的不信任，对贵公司是不公平的，所以，这新仓库的流动资产就拆出抵押。”

涂根生连忙说：“不用、不用，我们自愿抵押给你们，再说以后我们还增加些贷款。”

姜扬：“李会计，请你把这部分去掉。”

姜扬又说：“涂总，虽然新仓库抵押取消，但考虑整个的生产运营过程，我们还是要对贵公司的所有资产进行一次盘点，这里毕竟有我们 1000 多万元的信贷资产，请涂总理解。”

涂根生强笑道：“姜行长还是不放心我们啊。”

“涂总误会了，这不是放不放心的问题，是一个银行贷款事后监督的必要程序。”

“姜行长打算什么时候开始？”

姜扬想想说：“公司的订单都出货了吧，我想就下个星期开始。”

涂根生恨得心里只咬牙，但他只能说：“好吧，一切听从姜行长指示。”

“正好，厉总和李会计都在，涂总万一有事出门，就请安排好，我找厉总或李会计就行。”

姜扬一句话将涂根生的后路堵得严严实实，涂根生干脆说：“放心，我哪里都不去，在家专候着姜行长。”

“好，涂总通情达理，先谢谢了。”姜扬从包里拿出一份贷款抵押合同，填上单位、合同有效年限、贷款核定额度和抵押金额并注明抵押明细附件 1~5 等内容，签上名字，然后说：“涂总，看看合同有没有问题。”

涂根生拿起合同说：“如果我不签这个合同呢？”

姜扬哂然一笑说：“那就收回贷款，如果不还我们会向法院申请诉前保全，然后就法庭上见。当然，我知道涂总是在开玩笑。”

涂根生拿起笔签上字，讪笑着说：“当然是玩笑。”

姜扬收起合同说：“那就不打扰涂总了，下星期来之前，我会提前两天通知的。”

“好，好，好，一切听从姜行长安排。”

厉晓萍在一旁没再向姜扬要汽车钥匙。

涂根生、厉晓萍目送姜扬离开，厉晓萍说：“这个姜行长够狠的。”

“上次来我就感觉这人不好对付，看来石行长的话未必管用。”

“怎么办？”

“叫杏儿抓紧点，怎么还没弄好？”

“要她拿锹弄个铲的还行，让她干这个也真的难为她了，不行的话就让李会计做了。”

“做假必须当真的一样去做，你都当成了假，还能糊弄别人？”

“知道了，就你鬼。”

“签证办好了？”

“正在办，应该没问题，我们这是回国。”

涂根生指指楼上说：“我去给石行长打电话。”

“我去看看杏儿。”

……

石海涛这两天可谓是心力憔悴，电话是不问时间、地点地打，麻烦制造者不是打电话人，矛头指向只有姜扬一人。石海涛咬牙切齿地吼道：“姜扬！你不仁，别怪我不义!”

石海涛用微微抖动的手在电话号码簿里找出个号码，他深吸口气，冷静一下拨通电话，电话那头一接通他立即笑着脸说：“刘书记，我石海涛，海涛啊。”

“小石啊，你不是在美国吗，回国了？”刘书记是飞峰县纪律委员会副书记。

“最近争取回来，回来一定来拜访您。”

“好啊，小石有良心。”

“刘书记，有个事要向您汇报。”

“你说。”

“前些时间，蚕茧总公司的王春生，王总，干了件糊涂事，他送给外汇银行姜副行长一棵价值不菲的红珊瑚树，我是狠狠地骂了他。您看能不能当面向您汇报？”

“检举姜扬，去信访办公室就行。”

“刘书记，我出国前去金陵朝天宫古玩市场，也就花 300 元淘了件粉彩五福碟，说是乾隆年代的，我也吃不准，想请您掌掌眼。如果您喜欢就留下，不就 300 块钱嘛，据说我们飞峰古玩轩的张老板有点研究，您找他看看，说不定能卖上个 3 万、5 万的。”

“石行长，我们纪委办案有严格程序，不会冤枉一个好人的。”

“刘书记您放心，您听过王总汇报就知道了。”

“当然， 我们也绝不放过一个坏人的，你让王春生下午 5 点 20 分来我办公室，那个粉彩碟就算了吧。”

“这不是我们玩友之间的正常交流嘛，您花 300 元买下就是了，有发票的。刘书记，主要是王总有些顾虑，这贷款攥在人家手里嘛，还请刘书记帮助保密。”

“行，我让检察 3 室的孙主任亲自负责，就这样，再见。”

石海涛挂上电话兴奋地跳下床，点上烟狂笑地自言自语：“跟我玩，让你不知道怎么死的!”接着石海涛又接连打出几个电话。

杏儿这两个月来可谓是备受煎熬，要是让她烧个两三桌人的菜或是种上个 5 亩地，自然是没问题。可这种累是说不上来的另一种累，直累得两眼睛发花、小腰板僵硬、神情呆滞，好似夜游神出门巡街一般，杏儿真心地认识到以前羡慕的坐办公室真的不是好玩的。

随着时间的磨炼，杏儿终于把一支笔从锄头、锅铲玩成了真正的一支笔，经过刻版摹写到脱版临摹，然后再自由书写，渐渐顺手了，顺溜了，写出来的字也随着日夜流逝越来越像模像样了。

接下来的日子杏儿是拼了命了，她面对黑长睫毛、黑短睫毛、黑长卷睫毛、黑短卷睫毛、棕长睫毛、棕短睫毛、棕长卷睫毛、棕短卷睫毛，天啊，还有红棕色的、红色的、蓝色的，等等，光睫毛就有三四十种。还有头发、眼珠、各种制作帽子、衣服、鞋子、配饰的各种原辅材料，等等，所有几千种材料，近 10 年进出库明细。她是没天没夜地一字一字地抄，一笔一笔地录，直让她头晕目眩、身心疲惫。好在随着时间的流逝，面前的账簿越来越少，只剩下当年 10 个月的账，杏儿终于可以长长喘口气，胜利在望！她在心里得意地为自己竖起大拇指，哈哈，我也可以当白领，白领，这是一个多么令人向往和骄傲的名字。

正当杏儿得意时，厉晓萍来到会计室，查看着进度说：“不行啊，还要加快，这个星期必须完成。”

杏儿掰着僵硬的手指，用可怜的目光看着厉晓萍说：“婶儿，真的来不及。”

厉晓萍皱皱眉没有回答，这让杏儿心里忐忑不安。

“厉总，我帮着做一部分吧。”李会计的解围让杏儿有种被压迫的人获救的感觉。

“不行。”厉晓萍想起涂根生说的“做假必须当真的去做”，厉晓萍的“不行”又让杏儿堕入深渊。

“厉总，杏儿的字是模仿我的，你看几乎难辨真假。”

厉晓萍知道杏儿模仿得几近乱真，她还是拿起俩人的账簿比较了一番，最后说：“好吧，你看着安排吧。”

厉晓萍这几个字，就像在杏儿的燃烧心田浇了一盆清泉，她对李会计看看，眼睛流露出感激的目光。

飞峰县纪委相邻在县委、县政府旁边的独立院子，松柏、梧桐荫掩着一幢陈旧的两层小楼。

王春生踩5点20分的点来到刘书记办公室的门前，他抬手轻轻敲了两下门，门随即打开，门口出现一位中等个头、其貌不扬的中年男人。

“孙主任。”孙主任王春生是认识的，飞峰县城不过5万人口，只要有点名气的，在某个时间、某个场合说不定就邂逅了。

“王总请进，刘书记在等你。”孙主任给王春生让座，麻利地给他倒上茶。

王春生半个屁股落在沙发上，惴惴不安地说：“刘书记、孙主任，我……”

“别怕，慢慢说，有什么说什么。”

“是、是，我们蚕茧公司担负着全县的蚕茧收购，保障全县蚕农的切身利益，我们承担着政策性亏损。最近，中央财政着手解决我们蚕茧收购问题，拟将核销收购贷款。”

刘书记埋头看着文件，他似乎对此毫不感兴趣。而孙主任则在记录簿上“沙沙”记录着，王春生开始怕他记录不及放缓语速，后来发现孙主任竟然停笔等候，便恢复正常地说下去：“飞峰外汇银行副行长姜扬掌管着信贷大权，包括了我们蚕茧公司的核销。我们多次向姜扬协调此事，可是每次不是推诿，就是没空，我们在他的暗示下，只得购买了一只价值16万元的红珊瑚树送给他。”王春生说着将购买发票递给孙主任。

王春生继续说："送过红珊瑚后姜扬才将我们核销材料上报沿江市外汇银行。"

孙主任收笔看了一遍记录对王春生说："王总，你看看记录，没问题的话就签上字。"

王春生用微微颤抖的手签上字，站起来说："我可以走了吗？"

孙主任笑着说："不用紧张，石行长给刘书记带的粉彩碟呢？"

"啊，瞧我这记性。"王春生又坐下从包里取出一只 4 寸的碟盘，又从衣袋里掏出一张收据一并递给孙主任。

孙主任拿到刘书记面前说："很漂亮啊。"

刘书记戴上老花镜眯起眼看了看，说："古董我也搞不清，不过这么漂亮花 300 元也值了。"刘书记从口袋里掏出 300 元递给王春生。

王春生推辞道："刘书记，这钱……"

"这是我请石行长代买的，你送来了，这钱也你代收。"刘书记不由王春生分说将钱塞进王春生手里。

王春生只得说："那我就代石行长收了。"王春生看看没他什么事就告辞出去。

刘书记见王春生出去便收起粉彩碟说："孙主任，这个案子你就负责吧。"

"我手上环保局长蒋浩民的案子正在关键时候，要不让小王负责？"

"不用，你亲自负责，让小王配合。"

"那就要等两天。"

"行，就等两天。"

……

王得江的办公室，一间 60 多平方的的办公间分为办公、待客、休息 3 个功能区。

姜扬敲敲门后来到王得江的办公桌前，王得江埋头在一摞文件中，见姜扬进来淡淡说了句"坐"又忙于自己事务。姜扬只得坐在那里耐心地等待，这一等就等了近一个小时，姜扬心里估算下时间，他下决心准备告辞去谢季风那里。

"小姜啊。"王得江终于放下文件，在姜扬开口前说话了，"是不是很忙啊。"

"王行长，是有点事。"

"哦，忙就好。不过，忙要忙在点子上，不然不仅你在瞎忙，连我们也要跟着做无用功的事。"

姜扬听了在云里雾里，他只能静静地听。

“既然你忙，我们就长话短说，这个核销问题，你们不打算进行了？”

“当然要核销了。”

“要核销？你们一会儿东一会儿西的，我们市分行，我，一个市分行副行长就整天围着你转吗？”王得江提高音量说，“市分行处处对你们关心，处处对你们维护，要资金给资金，缺规模给规模，挤出指标给你们解决全部问题贷款，为你们减轻压力，你倒好，非得要把陈谷子烂芝麻的事翻出来嘛！”

姜扬明白了，石海涛没说下去的事，由王得江来代言了，而且是强势代言，他默不出声听着王得江训斥。

王得江放缓语气说：“一个单位有着自身的运行规律和节奏，事物都是广泛联系的嘛，各个处室、行与行之间、县级与市分行关系都是一个系统性的关联关系，由不得个人瞎来，一发触全身，这个道理要搞懂。小姜啊，你是新任的副行长，有些关系不清楚也正常，今天我清楚地给你指出来，这是本位主义，可是要不得的呀。”

好嘛，这就给姜扬扣上帽子了。

“姜副行长，最近你们飞峰行发展的势头不错，成绩我和石行长都看在眼里，继续保持下去，你前途光明啊。人要懂得舍取，要知道感恩，要知道谁在帮你，谁培养了你，要学会反哺。否则谁敢用你？谁会维护你？谁会提携你？这是一个现实的问题。小姜啊，要好好想想了。”

王得江停顿了一下继续说：“石行长，是从飞峰行出来的，他的前途想必你也清楚。你也是飞峰行的干部，你是石行长培养的年轻副行长，这一点你不可否认吧，即使你不认可，我们市分行、全辖县行的上上下下都会这样认为。你这样肆无忌惮地横冲直撞，只会让人看笑话、落话柄。”

王得江看看姜扬，发现他默不作声认真聆听，于是和蔼地说：“小姜啊，这官场的学问深着呢，有我和石行长帮你，我相信很快就能再进一步。你呀，要学点哲学了，中国古代哲人闪烁着非凡的政治智慧，连纵学、开阖学、中庸之道等等等等，都是我们行动的指南。官越大，越要学会包容、妥协、放弃，你慢慢就知道了。”

王得江最后说：“回去以后一心一意抓发展，历史的东西就让它成历史吧。有困难尽管向我说，我会帮你解决的。”

姜扬静静地听着、回味着，不用说王得江说的确实蕴含着深刻的为官之道，而且按照他的方向走下去，确实是一片坦途。

姜扬思考了一会儿说：“王行长，我现在没办法执行您的指示。”

“什么？”王得江大声道。

姜扬坚定地说：“我现在做不到，因为精细化工厂挪用贷款我们已经向法院起诉，而且保全了620万元的资金，昨天已经进入法院账户。蚕茧总公司的2000万元海南房地产投资也见眉目，下步就要去海南接受房产。这时放弃我无法向飞峰行的全体员工交代，也无法向市分行领导交代，也无法向王行长您交代。”

“啪”一声，王得江愤怒地一拍桌子，敢情一番苦口婆心换来竟然是这个结果，他厉声说：“出去!”

姜扬冷静地站起来向门走去，只听后面说：“我不介意在适当的时候调整你的工作。”姜扬挺挺腰走出王得江的办公室。

王得江拿起电话拨通号码说：“胡处长，飞峰行的项目有没有送来？”

“还没有。”

“来了，就直接送到我这里。”

“要他们直接送给你？”

“不，你收下，然后送给我。”王得江说完“啪”地挂断电话，他冷冷地说，批项目，等着吧。

姜扬走到电梯口的等待区，拿出电话拨出号码：“林科长，麻烦你先和严法官沟通一下，能不能尽快开庭。”

“好的。”

姜扬来到谢季风办公室已经过了11点，他刚一露头，谢季风就打趣地说：“我们小姜行长踩着这个点到，是不是想蹭饭吃啊？”

姜扬勉强了笑笑说：“谢行长的饭恐怕不好吃呀。”

谢季风听着话有些生硬，不过没太在意，他说：“小姜来坐，你呀，要学会保护自己。”

姜扬心里立生警觉，事情竟是越来越复杂了，一把手亲自过问，自己能不能顶得住？

“昨天下午，省分行主办的金融研究杨际晨主编打电话给我，说是你有一篇投稿让他看中了。”

姜扬一听松了口气，见谢季风用询问目光看着他便说：“是，我是投了稿，是《关于实施贷款责任终身追究制的现实意义》。”

“勤于思考，勇于探索是好事，可是你知道吗，此文一出你要得罪多少同行啊?!”

“得罪就得罪吧，大不了不干就是了。”姜扬心一横说。

“什么话！动不动就不干的，像个行长说的话吗？当领导的要勇于担当而不是逃避，躲进你那小楼，你就英雄了？这是不成熟的表现。”

“什么是成熟？成熟就是对这些不良贷款不追究、不过问吗？世故了、圆滑了、冷漠了、对违规现象听之任之就成熟了？”姜扬心里憋着口气，他也豁出去了。

谢季风吃惊地看看姜扬，这可是直接关乎他前程的市分行一把手啊，姜扬一副义愤填膺的样子让谢季风有所思考，他耐心地说：“姜扬同志，解决问题要有解决问题的策略、方法和时间。”

姜扬立即回道：“箭在弦不得不发呢？”

办公室短暂的静默，谢季风想想说：“具体问题具体分析，说吧，最近遇到什么事？”

“能不说吗？”

“是逞英雄？还是不信任我这个行长？还是怕被扣上打小报告的帽子？你的豪迈劲去哪儿了？你的洒脱劲去哪儿了？你要记住，你的背后是一个由共产党领导的集体。”

门外有个人探探身，谢季风见是办公室主任张宇新，谢季风知道有事便起身出去。

张新宇说：“谢行长，王行长刚刚对姜扬拍了桌子。”

“拍桌子，为什么？”

“不知道，有人隐约听到王行长要给姜扬换位置。”

谢季风若有所思，他又问：“姜行长什么时候到市行的？”

“9 点半左右就有人看到他了。”

“哦，是这样，我知道了。”

谢季风回到座位上说：“说吧，怎么回事？”

姜扬心绪也渐渐平静下来，他说：“我先汇报项目情况行吗？”

“行，说仔细点，今天我有空。”

“华宝寺项目已经顺利通过我们行评审小组的评审，材料今天准备报信贷处。”

“嗯。”

姜扬仔细地介绍华宝寺项目调查、谈判的具体情况。

谢季风静静地听，其间没有插话打断姜扬的汇报，看得出谢季风对姜扬的调查过程和结论是满意的。

然后姜扬又将唐铸锅炉公司项目来龙去脉做了详尽汇报，尤其说明是原信贷科副科长林宗森所做的工作。

谢季风听到这里不由得说："很好，火车头的作用显现了。"谢季风看看时间，打了个电话给张宇新："张主任，去食堂准备四菜一场，送到这里来。"然后对姜扬说："中午就简单点我们边吃边淡。"

姜扬也不客气，只说了声："谢谢。"又接着汇报取得飞峰县唐铸锅炉公司整体转移到本行并贷款额近期 8000 万元，3 年可达 1.5 亿 ~ 3 亿元的优质贷款。

谢季风仍然静静地听，脸上没有任何表情。

姜扬接着对滨江省锅炉行业和市场前景进行分析，并阐述唐铸锅炉技改升级至 A 类锅炉企业的可能和升级后成为滨江省锅炉龙头企业的地位，不仅对飞峰县对沿江市都有着非凡的意义。姜扬的汇报有理有据也有自己的见解和说明，他说："谢行长，我们行最近虽然取得了一些发展，但是发展非常不均衡，存贷都严重依赖台资企业，长此以往不利于我行的健康发展。华宝寺和唐铸锅炉公司项目能有效迅速改变这一状况，今后我们将围绕以调结构为主，以支持当地的地方经济为方向，以扩大本行影响和提高经济效益为目的来工作。"

"寥寥数语勾勒出飞峰行今后发展方向和目标，我很欣慰你能这样考虑问题。成长了，很好、很好。"

谢季风赞许后问："飞峰湖高尔夫度假村项目怎样了？"

"暂时没有通过评审，因为这个项目影响较大，所以评审小组再给这个项目一个机会。"

"再给一次机会儿？"谢季风若有所思地重复一句。

姜扬看看谢季风说："是，正在补充资料。"

"嗯，你等会儿。"谢季风拿起桌上的电话拨了出去。

"杨主编，谢季风。"

"谢行长，考虑怎么样了？我说这一篇可以用以实际操作的好文章，如果能够运用在实际工作中，对防止职务犯罪、提高从业人员责任心有着重要的现实意义。"

"这样，你就用沿江市分行金融研究室的名义发这篇文章。"

"为什么？这篇文章的发表对作者的晋升有着很好的帮助。"

"晋升？你这个书生。哈哈，我心中有数，你没有想过此文一出他要成信贷人员的公敌了，他还年轻，我不能让他冒这个险。"

"哦，你是这么想的。行，我会在编者按中不点名地提一提。"

"好，你做你的文章，我保护我的干部，有空到沿江来喝两杯。"

"本位，如果你们先试点，我考虑跟踪。"

"好，一言为定。"

谢季风放下电话对姜扬说：“听明白了吗？”

“谢谢行长，不过我不怕。”

“不是怕不怕的问题，不要事没做就夭折了，我同意首先在你们行试点，你把细则直接寄给办公室张主任，市分行开信贷会议的时候布置下去。”

“是，保证完成任务。”姜扬语音刚落口袋里电话响了，姜扬拿出手机看看，又看看谢季风。

谢季风说：“有事就接吧。”

“谢谢。”姜扬接通电话：“林科长，怎么样了？”

“严庭长说已经向精细化工公司送达诉讼通知，一星期后开庭。”

“好，你做好准备工作。”

“知道了，谢谢姜行长。”

谢季风等姜扬挂上电话说：“告诉你一个好消息，省高院执行局已经安排好时间去海南执行你们的房产，后天出发。”

“真的，太好了，谢谢行长。我再打个电话。”又拨出薛凯的电话：“薛行长，我姜扬，有个事情向你汇报一下。”

“你说。”

“高院通知我们去海南处理蚕茧公司投资的房产了，我后天去海南。”

“你非去不可吗？”

“是的，这案子一拖数年，这次是谢行长亲自找的省高院才这么顺利，我们要再解决不好交代不过去的。”

“是这样，那你去吧。”

“林科长比较了解情况，我和他一起去。”

“好吧，早去早回。”

“薛行长，海南那么远，你就忍心让我一日游？”

“你这家伙，好吧，也该犒劳犒劳你了，玩几天吧。”

“谢谢薛行长。”姜扬挂上电话。

谢季风看着姜扬若有所思。

姜扬发现谢季风的眼光隐约着有个问号，他说：“正好，飞峰湖高尔夫度假村的老板就是在那里起家的，我想去看看他以前的项目。”

谢季风用手点点姜扬说：“就你鬼精的，我说你公然敢在我这个市行行长面前要公款旅游，你是找着机会挨处分啊。”

姜扬嬉皮笑脸地做了个鬼脸，

这时，张宇新端着食盘，食盘上放着四个菜，他进门道：“开饭了。”后面跟着秘书小彭同样端着食盘，食盘上放着一大碗饭、一大碗汤和四只碗。

张宇新和小彭麻利地将饭菜摆放好，张宇新对姜扬笑笑说：“姜行长，简单点。”

“谢谢张主任。”

“小姜啊，剥夺你回家团聚的机会了，我们边吃边聊。”

“是，谢行长请。”姜扬帮谢季风装满饭，又装了汤。

“谢行长，我们行这有些核销的呆滞贷款有大问题。”姜扬吃了几口饭菜，放下碗说。

谢季风放下筷子，喝了口汤，说：“看来这饭吃不安了，说吧。”

“对不起，吃完饭再说吧。”

“差不多了，开始吧。”

“我们行信贷质量一直不高，对此职工们颇有微词，以前我在行里也就搞搞存款，并不关注这些情况。”

“不在其位，不谋其政。”

“是，对不起，有些事不是我能管得了的。”

“我们的干部呢，能够在其位、谋其政就行了。”

“这次蒙谢行长厚爱全面为我们飞峰行解决后顾之忧。但我在审核的过程中发现了一些反常现象，而且在飞峰县精细化工厂的技改项目中得到应验。”姜扬将从汇款上得到线索，然后得到杨福康、林宗森的支持，林宗森千里追踪，将精细化工厂的620万元追回并冻结在飞峰县行一一向谢季风进行汇报。

接着姜扬将蚕茧总公司逆向汇款2000万元也做了汇报，最后他说：“谢行长，核销材料虽然报上来，就算是核销掉了，但这资产仍然属于我们外汇行的资产，不能说核销了，就与我们无关了吧。”

“这就对你拍了桌子？”谢季风也有些不明白了，凭这也要拍桌子？

“这……”

“怕扣上越级汇报的帽子？层层汇报让我们听到愿意听的东西，肮脏的、丑陋的、不能见阳光的，就来一张遮羞布，藏了、盖了、掩好了，你好、我好、大家好，世界太平了、和谐了、美好了。好了，别自己硬抗着了，痛快点。”谢季风说到这里又想起了什么，他说，“对了，干脆把飞峰行划归我的联系点，这样总可以直接了解情况了吧。”

“谢行长，我是怕给您添麻烦。”

“麻烦？姜扬你说得对啊，有点干劲，想做点事的好干部，一不小心就被冠以不成熟的帽子，久而久之形成万马齐喑、朝野噤声的官风，尸位素餐、得过且过，更有甚者冷言冷语、讥笑嘲讽，乃至打击报复，这些在我们沿江市分行是绝对不允许出现的。”

姜扬心头一热，眼圈泛红，说：“谢谢谢行长支持。”姜扬把围绕着核销发生的人和事，原原本本地向谢季风做了详尽汇报，然后说：“从关联的人看，宋昭军是关键，从金牛公司和圣兔礼品公司两笔抵押合同看他是有意为之，他应该是具体操作人。”

“你说警方已经介入。”

“是的，目前重点对宋昭军全天候监控。”

“在呆账上还有其他问题吗？”

“除了蚕茧总公司，问题基本解决了，一部分需要核销的已报市行，抵押的资产都进行了交割。”说来姜扬心中有愧，有两处资产也只能睁只眼闭只眼。妥协，姜扬终于理解妥协的含义，以前当科长遇到的都是鸡毛蒜皮的小事，用点存款就能解决问题。可那笔资产确实是可以收回的，但为了职工利益只能妥协了，姜扬有时问自己，如果有更大的权力还会妥协吗，答案出乎自己预料，会的。

“放手干吧，我为你撑腰。”

“谢谢行长。”

“谢谢你啊，小姜，你给我上了一课。”

姜扬有点羞色，说：“我也就是凭心而做。”

谢季风说：“如果人人都能凭良心做事就好了。小姜啊，有件事做的比追回几百万信贷资金还要让我高兴，就是调动了大家的力量。林宗森，得过且过，没有理想、没有追求。当时，提他风管科科长，我是有保留的，尊重你分管领导的意见，提就提吧。现在他能发挥作用，这说明啊，正义自在心中，关键要把它激发出来。哎，来这么久了，怎么没抽烟呀？”

“不用。”

“我记得你烟瘾不小啊。”

“现在没了烟瘾，我几乎快要忘掉了香烟。”

“这倒新奇，香烟也能忘掉。”谢季风怀疑地看看姜扬，将桌旁的烟缸放在姜扬面前，大有不抽绝不罢休的意思。谢季风也想看看，这个手握实权的副行长会掏出什么烟。

姜扬从衣袋拿出香烟，取出一支点着，一股略带呛鼻的烟味，在空气清新的办公室的空中弥漫开来。

谢季风怀疑看看姜扬问：“你就抽红梅？”

“是啊，我把社会服务总公司清理出去，害得我们行大多数人都在抽红梅，我都快被骂死了。”

谢季风指指姜扬的口袋问：“你口袋里没别的烟?”

“我办公室里有几包中华，是行里给的招待烟，我忘带来。谢行长也想抽烟啊，红梅也不错的，来一支?”

“我不抽，我看了你们的报表，战果斐然啊，华宝寺、唐铸锅炉项目再成功运作，你们行的职工什么烟都能抽得起。”

“都是谢行长领导得好。”

“少跟我来虚的，你把华宝寺项目报告给我。”谢季风说完拿起电话拨出：“任处长，华宝寺项目报告在我这里，你一会儿来取，你们要加紧研究啊。”

“什么，王行长要看?”

“你就给王行长看呗，不过，不管你用什么方式，这个星期必须上报省分行。”说完谢季风挂上电话，对姜扬做了个快乐的鬼脸。

第三十八章 依法执行拿房产 姜扬双规受考验

飞机从江城市河口机场起飞，它咆哮着冲出低矮、阴沉山峦般的云层，灿烂的阳光从舷窗射入机仓，上方、远方是一望无际的蓝，亮汪汪的蓝充满周围，极目无穷处是泛着青黑色的蓝，比湛蓝更深，深得无穷无边，让人去寻求、探索、思考、遐想。向下看去，云层遮住人们的视线，脚下就像踏着峰顶而行。

经过近两个小时的飞行，一片无望无际的蓝从天际连接而下，常识告诉人们是大海，姜扬一行踩着白云飘落在美兰机场。

出了机仓首先感到的是热，热浪中夹带着微微腥咸的大海味道。高院执行庭副庭长葛松青拎着个小号塑料袋带头走向出站口，后面紧跟书记员、姜扬和林宗森。接机口围着一群接机的人们，各式各样的接机牌林立着，葛庭长向接机牌扫了一眼，然后向其中一只走去，接机人不高，一纸举着遮在脸上，接机牌是用 4K 纸打印，纸只写了 3 个大大的橘红的“葛庭长”。葛松青上前拿下接机纸，立即露出一位典型的海南特征的中年男子，他问：“您是滨江省的葛庭长？”

“我是。”

“葛庭长好，我是海建海南公司的办公室主任，我姓邓，叫邓建军。”

“邓主任好。”葛松青和邓建军握握手说，“这位是飞峰外汇银行的姜行长。”

邓建军又与姜扬握握手，说：“葛庭长、姜行长，现在送你们去酒店休息，中午我们在水巷口的林记娘惹东南亚特色餐厅就餐。”

葛松青说：“现在才 10 点多点，我们在飞机上休息过，不累。这样，贵公司有两处楼盘在去市区的途中，我们先去看看，然后去市区的商业地产看看，离骑楼老街也不远，中午我们边吃边谈，也算是开个餐桌会议吧。”

“行，一切听从葛庭长安排。”

出了航站楼，接机的车就停在出口边，是一辆奔驰 7 座商务车，邓建军担当驾驶员，汽车出机场邓建军向大家介绍沿途风光和植物、景点、地标，姜扬惊奇地发现一路上除了满目的绿色，没有花红、叶黄等其他杂色。汽车在宽畅的海南环岛高速行驶了近 30 分钟，然后右转行驶了不到 10 分钟，在一处原石造型的大门前停下。

邓建军没有下车，他按了喇叭，然后回头说：“这是我们公司的楼案‘濒海国际’，由独幢别墅、双拼、三拼别墅组成，设计建筑面积，40 万平方米，容积率 1：0.2 到 0.5，是高档休闲社区。我们在开发 1 / 3 时遭遇海南房地产崩盘，当时售价近 2 万元 / 平方米的别墅，跌至现在的 5000 元 / 平方米仍无人问津。”

值班室跑出两名身着制服的年轻保安，他们在铁艺大门里面向外看了看，立即拉开大门。

邓建军驾车进门，两位保安立定敬礼。邓建军说：“小区原来住着两家，人太少了又搬走了。”

小区内规划得非常漂亮，树木森森，溪流湾湾，曲径通幽，奇石叠嶂，汽车沿着椰子树和芒果树间种的柏油路转了几个弯，在一片空地上停下来。

邓建军下车打开后门说：“葛庭长，姜行长，请下车。”

众人纷纷下车，站在已经茅草丛生的空地上，邓建军说：“这里是尚未建设的奇楠香尊中心广场。奇楠香尊是本案的至尊楼盘，平均 400 平方米的独立别墅，前后有私享花园，主要以椰树、芭蕉为主要绿化植物，每幢别墅我们赠送 6 棵白木为私家产业，白木是生产沉香的树种，其香尊贵无比，再过三五年就可以种香了，我们这处楼盘会随着白木的结香而增值。”邓建军说着脸上露出遗憾的表情，他稍停后继续介绍说：“当时建造 60 幢别墅，现在尚余 12 幢没有主家。”

姜扬回车里，他在包里翻出海口地图，下车铺在车头，邓建军指了指楼盘位置说：“秀英区，规划中海口市政府将搬迁到这里，我们这里将聚集众多高档楼盘，不远处将建成高等级的高尔夫球场，离海滨 1 公里路程。”

姜扬说：“邓主任，我们可以进去看看吗?”

邓建军自豪地说：“当然可以，我们海建的工程质量在当地是响当当的。”他调过头对跟随而来的保安说：“走，开门。”

保安问邓建军：“几号别墅?”

邓建军问：“姜行长，看几号别墅?”

“3 号，3 号别墅吧。”

保安带头向别墅走去。

别墅虽然没人居住，但花园，树木都整修得非常整齐、清洁，打开门室内也干干净净。姜扬进门一个一个房间地走了一遍，尤其是顶楼，他仔仔细细地查看四壁没有渗水的痕迹，一切看完后对林宗森说：“这别墅怎么样?”

“这里我来过，是高档社区，一般人买不起，不好卖。公司对该楼盘比较珍惜，价格一直谈不拢，所以就拖了下来。”

“不好卖？”姜扬想了想说：“我们再去另两处看看。”

汽车驰出“濒海国际”向前行驶3分钟向右转驰入滨海大道，沿滨海大道向前行驶约摸十多分钟驰进三水街道，又左转从两楼之间驰进一大院，汽车在一排7层楼前停下。

邓建军说：“这是我们公司刚刚抵押来的两幢单位集体宿舍，106和97平方两种户型，共112套，按照目前市场价计算，价值2300万元。姜行长，下来看看。”

“邓主任介绍得很清楚，就不用看了。”

“那好，我们去市中心看看我们的商业地产。”

海建公司选择的地段可谓是海口市的商业中心，是名噪海南的财富中心。财富中心广场四周高楼林立，气派非凡，站在建筑森林中，只觉云低天小。邓建军指着一个个高楼说：“这里是全国闻名的烂尾楼聚焦区，100米以上高度的商业大厦有12座，80%成为烂尾楼。”说完邓建军带领大家向其中一座走去，走到近前，人们在远处看到一个个琳琅满目的橱窗，竟是围墙上的灯箱。

“这是本公司开发的集商场、写字楼为一体的商务中心，高168米，共38层，建筑面积达12万平方米，海南房地产资金链断裂后也涉及到该项目。”

邓建军带领大家沿着围墙转到侧面小巷，巷口开了一处大门，邓建军从大门中的小门跨进去，大家跟着鱼贯而入。

院子虽然进行了清理，但遍地仍是建筑垃圾，只不过归了类而已。1楼裸露着一根根巨大的水泥柱子，迎面有几处垒了半高的红砖墙，有几个衣着破旧的男男女女正在收拾瓶瓶罐罐。

邓建军说：“闲着也就闲着，给这些人一个避风挡雨的地方，也算是尽一份社会责任。严庭长、姜行长，这3处房产是本公司能够解决合作方的最好的资产了。”

葛松青对姜扬看看说：“姜行长，需要上去看看吗？”

“谢谢葛庭长，不用了。”

“邓主任，时间过午了，我们边吃边谈。”

“好的，公司赖副总已经在等各位了。”大家出门向停车处走去，邓建军对姜扬说，“我们公司蔡总再过两个月就要去集团总公司任副总，蔡总是你们飞峰人，所以，在他走之前拿最好的房产去解决历史遗留下来的问题。”

“谢谢邓主任提醒，也谢谢蔡总。”

“晚上蔡总会亲自陪你们，中午赖总也是专门为此事来的。”

姜扬又一次向邓建军道谢。

林记马来西亚餐厅坐落骑楼老街水巷口，由于餐厅林老板是来自马来西亚的归国华侨，他们是郑和下西洋时代水手与马六甲姑娘的后代，男孩子叫“巴巴”，姑娘叫“娘惹”，当地人习惯称“娘惹”风味餐厅，其菜肴糅合了华、巫、泰、印度的风味美食。

姜扬在曾念祖的餐厅品尝过根据东南亚风味改造过来的菜品，只是这里的香料味更浓。

赖副总在与大家简单客气后便埋头对付起满桌的美味，邓建军尴尬地招呼大家用餐。由于没有饮酒，大家很快就从餐碟前解放出来，只有赖副总好像余情未尽，津津有味地品品这尝尝那。

葛松青说：“赖总，外汇银行看好了抵债房产。”

“这么便宜的房产，再看不中，我们也没办法了。”赖副总拿起毛巾擦擦嘴，态度极不满地说。

邓建军示意姜扬，姜扬心领神会地说：“赖总，给您添麻烦了，我们就要奇楠香尊别墅。”

“全部要奇楠香尊。”赖副总对姜扬凝神看了看。

“是，12 套，有多少要多少。”

“不行。”赖副总端起茶盅清清口，他说，“只能给你们 6 幢，另外 6 幢要抵其他债务。”他补充说，“也是你们飞峰的，飞峰县地毯总厂。”

“飞峰县地毯总厂？”姜扬心中一惊，对林宗森扫了一眼说，“行，其他的就配宿舍楼吧。”

“不要些商业中心？”赖副总口吻中带了些嘲弄。

姜扬并不在意赖副总的态度，解决问题首当其冲，他对赖副总笑笑说：“多谢赖总关心，我们的心没那么大。”

“嘿嘿，”赖副总不阴不阳地笑笑说：“行了，事情解决了，大家也落个轻松。小邓，你陪葛庭长、姜行长办理手续，公司还有事我就不陪了。”赖副总说完站起来就要走。

“赖总，请留步。”葛松青说话了，他从书记员手中接过笔录说，“请赖总签上字、按手印。”

“签字，还要按手印？”赖副总十分不满。

“谈话笔录。”葛松青把笔录放在赖副总面前对他笑笑。

“如果我不按呢？”赖副总挑衅地看着葛松青。

葛庭长微微一笑：“我不介意写份强制执行书。”

赖副总签上字，按下手印，将笔拍在桌上，站起来就走。

葛庭长拿起笔录说：“这样多好，民事调解，大家都不伤和气。”

邓建军面带赧色说：“不好意思，赖总心里舍不得。”

“没事，没事，问题解决了就好。”

“邓主任，房产的有关手续带来了吗？”

“都带来了。”邓建军从包里拿出各种批文递给葛庭长。

葛松青拿起材料坐到沙发上说：“你们继续，我写民事调解书。”

事情有了结果，大家都轻松了，邓建军向姜扬、林宗森说起海南奇闻趣事。

葛松青笔如游龙，一份民事调解书没用10分钟就写好，然后说：“两位委托书已经存档，姜行长还少你的身份证。”

“我包里有。”姜扬从包里拿出两份身份证复印件。

“好，这就齐了。邓主任、姜行长两位看看调解书，没问题的话就签字生效。”

邓建军和姜扬分别签上字，葛松青仔细核对两人身份证号，然后每人递上一份说：“该调解书正式生效，下面的工作就靠你们了。”

姜扬握着葛松青手说：“谢谢，谢谢葛庭长。”又与邓建军握握手。

葛松青说：“邓主任，能不能买到飞机票？”

“没问题，什么时候飞？”

“现在，今天什么时候都行。”

“这么急，晚上公司还要宴请诸位。”

“单位还有一堆事，我就不参加了。”

“不在海南玩两天？”

“海南经常来，这里也没我什么事了，你们加紧房产过户。”

“好吧，我这就打电话。”邓建军走到一边打电话，姜扬对林宗森使了个眼色，林宗森跟着过去说：“帮葛庭长订头等仓，费用我们出。”

不一会儿邓建军和林宗森走过来，邓建军说：“葛庭长，现在就要去机场。”

“那行，走吧。”

……

大家送走葛松青，姜扬对邓建军说：“我去机场大巴看看有没有去峰岭县的大巴。”

“姜行长要去峰岭？”

“去那里有点事，林科长协助邓主任办理过户手续。”

“去峰岭比较麻烦，要去市区乘车去三亚，然后换乘去峰岭县。”

“哦，那就去市里吧。”

邓建军想想说：“姜行长会不会开车?”

“会，也算老驾驶了。”

“这就好，我们车有的是，就是没有驾驶员。我把这车留给姜行长，我和林科长乘大巴回市区。”

“如此多谢邓主任，辛苦邓主任尽快办理过户手续。”

“那是当然，我也要跟蔡总去集团，姜行长放心吧，凭我们公司的人脉，一两天就能办好。”

“林科长这两天全力配合邓主任工作。”

“知道了，放心吧。”

邓建军说：“姜行长，出了机场，走右沿海南环岛高速一路向西，有 350 多公里，要 4 个多小时才能到。”

“海南天黑得迟，晚上 8 点多就到了，放心吧，我会照顾好自己，再见。”

姜扬驾车一路向西南驰去，姜扬看到九所路标下高速，走省道往北向峰岭县政府所在地迎峰镇驰去。海南天黑得迟，晚上 7 点太阳还在大海的波涛上晃悠。汽车离开海岸向内陆行驰，不一会儿，密林遮住太阳余辉，天色立即昏暗阴森，汽车转过山豁口，一缕余辉抹在对面的山林上，转眼间汽车又钻进薄雾刚起的山道中，车到迎峰镇天色已暗，县城已经点着了盏盏昏暗的街灯。姜扬进镇远远看到路边一排灯火通亮，他将车靠过去，见街边放许多塑料桌椅，有几个桌上已是高朋满座，耳热酒酣，原来是深受人们喜爱的大排档。

姜扬寻着一块空地停好车，看到一家店面光鲜亮堂便走进去。

店里一位抽着烟的老人看着电视，听到声音转头说：“暗交豪。”

姜扬一愣说：“老人家，不好意思，我听不懂。”

“我滴塞。”老人对后厨喊道，然后指指凳子，掉脸又看自己的电视。

“胆瓦呀诶，瓦哪博唉。”房里喊道。

姜扬坐下随着老人眼光看去，电视上放着海南当地的地方戏，姜扬看了一会儿实在难以欣赏，他从包里拿出地图熟悉线路。

一会儿后厨出来一位半百的白胖矮个男人，手中端着两盘菜，他走到姜扬面前停下来用浓重的海南普通话说：“外地人吧，您听不懂海南话吧？刚刚那位老人说的是‘晚上好’，‘我滴塞’是我的名字，吴多财。海南话不好懂吧，那句您更不明白了，那是说，‘等我一下，我非常忙’。”

姜扬笑着说：“吴老板，海南方言确实难懂，我听了一会儿地方戏，那愣是没听明白。吴老板，来点吃的吧。”

“行，您吃点什么？”

“山上的来个山鸡炖鲜菇，海里的来条鱼，再炒个山里的野菜。”

“好咧，一会儿好。”

“哎，老板，这白石岭的蕉香村在哪里？”

“您是从哪条线线过来的？”

“从海口来，走右线，过东方市的那条。”

“您看到尖峰岭的路标吗？”

“看到了。”姜扬指着地图说，“在这里。”

“过尖峰岭的下一个路标是碰车园，从那里下环岛高速，走乡间小道去白石岭脚下的蕉香村。”

“这么说我这一来一去多跑了100多公里。”

“就当来旅游吧，我送您本店一道特色菜，敢问您去蕉香村干吗？”

“听说有家台商在蕉香村进行综合农业开发，我想去看看。”

“您说的是鸿远农业开发有限公司。”

姜扬眼睛一亮问：“老板知道这家公司？”

“知道，我们峰岭人都知道，当年峰岭人披红戴花引进他们的，县中心广场排着一排排高大的奇里古怪的高大的机器，后来才知道那是价值昂贵的挖掘机、铲车，那个壮观啊，我们以前哪见过那个架势。后来听说这些机器一铲土未挖，一转手全部给倒卖了，赚了十几倍的钱。”

“现在怎么样？”

“赚到钱，人就走了，他们把山上的值钱树林砍伐完，把荒山分给村民开垦，现在白石岭附近的几个山头就像瘌痢头一样。哎，造孽啊。”吴多财说完去厨房备菜。

……

蕉香村是一个远离喧嚣的深山小村，住户不过20多家，人口不过百人，分散在3个山边，形成松散的自然村落。

第二天，姜扬按照吴多财指的路线，从碰车园下环岛高速，30多公里路程足足花了1个多小时，才来到村政府所在地——岩壁自然村。

其实，姜扬完全可以不来这趟，早上他到当地的外汇银行找到相关人员证实了吴多财的说法，可是姜扬想，既然来就看看吧。

一个小时的路程姜扬没白跑，一路上热带风光让他陶醉，可转过白岩岭眼前的一切让姜扬唏嘘，一座座山岭虽然青翠仍旧，但走近看到的是比牙签粗不了多少的苗木，有的地方因缺少树林的保护，裸露出褐色的岩石。

过岩壁自然村再行驰半个多小时来到蕉香村，到了村子姜扬惊讶地发现，大部分农户竟是青砖红瓦的两层楼房，这和发达的苏南地区农村的住房有的一拼，只是村上还保留着低矮的土坯草屋，可以看出昔日该村的景象。姜扬开着车在村上慢慢转着，村上冷冷清清的，有一棵茂密的百年老树，几位古稀老人在半阴半阳的树下打着瞌睡。姜扬开车缓缓驰过，有了在大排档的经历，他放弃了去和他们交流的想法。

汽车在村上唯一的小卖部门前停下，姜扬想买瓶水路上备着。进了小店姜扬指着货架对看店的老汉比画说："老人家，买瓶可乐。"

"买可乐啊，大瓶的，还是小瓶的？"姜扬心中一乐，这位老人家会普通话。

"大瓶的。"

老汉取下可乐说："10 元。"这比市场上贵了近 40%。

姜扬取出 10 块钱递给老汉说："老人家，村子里的人不多呀。"

"出去找活干了，村长的老婆都去三亚捡废品，客官找人呢？"

"不是，我的一位客户在你们村有投资，我来看看。"

"鸿远公司？"

姜扬奇怪问："您怎么知道？"

"我们村只有这家公司来过。"

"我看山上都种上苗木，公司还好吧？"

"当然是家好公司，要说唐总这人没话说，这山地都分给我们村里人，一分钱都不要，还免费发了苗木。你看村上大多数人家都住上了小洋房，享福喽。"

姜扬又问："唐总她们经常来吗？"

"走了就没来过，这样的好事不知还有没有啊。"老汉沉湎在昔日的美好往事中。

"谢谢，老人家再见。"再聊下去没有意义了，姜扬告别老汉，驾车回程。

姜扬出了山口远远看到环岛高速，手机连续响起信息提示声，他索性将车停在路边，他也要喂喂不停在抗议的肚子。姜扬打开手机，信息有 3 条提示是林宗森未接来电，另一条是林宗森发来的文字信息："姜行长，今天下午能够办好所有手续，收到信息请回电 。"

姜扬拨通林宗森手机："林科长，山里没信号，刚收到信息，这么快就办完了？"

"他们公司厉害着呢，一路绿灯。姜行长，打算什么时候回去？"

"今天下午就可以回到海口。"

"我看了一下，明天上午只有商务仓，下午有普通票。"

“那就下午吧。”

“下午 3 点 20 分，你不如去三亚玩玩，明天直接去机场就行。”

“好，就这么定。”

“姜行长，地毯厂和我们一道在海南投资房地产的，同样是 2000 万元。”

“这事有点麻烦，我们回去商量。”

……

薛凯这些天的日子不好过，唐婉儿天天两个电话催着，秦雪莹打过一个电话，原本那些如饴如蜜、缠缠绵绵的情话，现在听起来如饮砒霜，令人作呕。薛凯一边对唐婉儿虚以委蛇，一边殚精竭虑寻找机会。天无绝人之路，就在薛凯一筹莫展、心如火燎的时候，一根稻草从天而降，稳稳地砸在他身上，姜扬被双规了。

姜扬从海南回来的第二天，上班不到半个小时，纪委的两位办案员如神兵天降般地出现在姜扬面前，不用说这是办公室宁静的“好心”所致。

姜扬正在埋头整理笔记，看到陌生的不速之客客气地问：“请问，有事吗？”

“你是姜扬？”

“是，请问你们是？”

“我们是飞峰县纪委 3 室办案员。”王国星和蒋伟军向姜扬出示证件。

“请问有事吗？”

“姜扬，我们收到实名举报，你有收取贿赂的事实，你被双规了。”

“我收取贿赂？”姜扬诧异道。

蒋伟军道：“姜扬，不要做无谓的抵抗，我们有确凿的证据。走吧，我们会给你足够的时间交代问题。”

姜扬冷静一下说：“让我把工作交代一下。”

“你觉得你还与现在的工作有关系吗？”

“那我就更要把工作交代清楚了，你们双规我不就是为了维护党的利益嘛，如果我眼下的工作不交待清楚，有可能给党、给国家造成几千万，甚至几亿的损失，这是你们愿意看到的吗？”

王国星对蒋伟军点点头，蒋伟军说：“你快点。”

姜扬说：“我要给薛行长打个电话。”

“你调出电话号码，按免提。”

姜扬调出手机号码，让蒋伟军检查后拨出电话：“薛行长，请你立即回行一趟。”

薛凯这些天是尽量不在行里待，他听姜扬这么急怕是唐婉儿、秦雪莹找上门，急着问：“怎么了，行里有事吗？”

“行里没事，是我有急事，我要向你汇报去海南的情况。”

“好，我马上到。”

蒋伟军要过姜扬手机，进入呼入转移，在转移号码中输入 11 位 0 后关机，说：“手机我们暂时代为保管。”

薛凯不到 5 分钟就来到姜扬办公室，他一进门说：“我不是说过，这些事你处理就行了。”薛凯说完才注意两位陌生人坐在沙发上，他问：“这两位是？”

王国星说：“你是薛行长吧，你们行姜扬被我们飞峰县纪委双规了，姜扬有工作向你交代，请快点。”

薛凯瞪大眼睛说：“他被双规，怎么可能。”

“有没有问题我们会调查清楚，正好，也算正式通知你们了，由你们通知姜扬家属。”

“薛行长，我们长话短说，一是海南房产已经过户，现在千万别降价处理，过了海南房产低潮期会卖个好价钱的。二是飞峰县蚕茧总公司逆向转入飞峰县地毯厂的 2000 万，这笔资金很可能投资到海南房产，具体事情可以问林宗森，请薛行长关注此事。我们行核销资料也要重新上报，让薛行长费心了。”

“姜行长，放心吧。”

“薛行长，我这次去海南到了洪克嘉开发的峰岭县看了看，他们对山林进行毁灭性的采伐，利用国家免税政策倒卖进口设备，大发政策财。薛行长，飞峰湖项目不能贷啊，这是几个亿的资金安全啊，万一出问题我们行又回到过去了。”

听到姜扬说地毯厂王国星和蒋伟军对视一眼。

薛凯忍住心中不快说：“我知道了，我心中有数。”

“金库的事你可以问杨主任，薛行长，你可以完全相信杨主任。”姜扬说完拍拍桌上的一摞材料，然后从抽屉上取下钥匙放在上面，说，“薛行长，过几天就到 11 月末，要试算平衡了，恕我不能帮忙了，对不起。”

姜扬回过头对王国星和蒋伟军说：“两位主任，我的事完了。”

蒋伟军态度明显变好，他说：“姜扬，你走前面吧。”

纪委一辆普通的桑塔纳轿车停在楼下静静等候，王国星和蒋伟军一左一右将姜扬夹在中间，汽车出城一直向东驰去，大约 20 分钟汽车开进一座农家大院，院落由一幢两层楼和一排平房组成，这是飞峰县纪委坐落在飞峰湖西岸的固定办案点。

王国星和蒋伟军将姜扬送进一间七八个平方，四周无窗的软包小屋问询室，蒋伟军叫来一位同事让他暂时监视姜扬，他对王国星使了眼色，王国星会意跟着蒋伟军出了问询室。

蒋伟军和王国星走院子中间，不远处的飞峰湖反射着太阳的粼粼光芒，蒋伟军眯着眼说：“王师傅，看情形不太对啊。”

王国星点点头说：“是和其他双规不一样，有点仓促。”

“没有反复调查，深入了解，就凭一张收据就定性姜扬收贿，是不是有点……”

“你想说的是？”

“刚刚你也听到蚕茧公司与地毯厂有2000万元的资金有问题，会不会姜扬动了他们的奶酪？”

“你的意思是他们设计陷害姜扬？”

“不是没有可能。”

“别想那么多，收了，我一定让他吐出来。没收，我们为他洗清罪名，先熬他三天三夜再说。”

薛凯目送着姜扬出门，他自己却软软地坐到沙发上，心中波澜汹涌。良久，他突然从沙发上蹦起来，冲进自己的办公室，他拿起拨出电话，电话响了几声后接通：“是小薛吗？”

“谢行长，姜扬被双规了。”

“双规？没听刘书记说过啊，为什么要双规姜扬？开什么玩笑。”谢行长被突如其来的消息搞得语无伦次。

“飞峰县纪委刚刚双规了姜行长，说是有证据证明姜行长收贿。”

“他收贿？”

“纪委的刚刚带走他。”

“嗯。”谢季风冷静下来，他问，“薛行长，飞峰湖项目姜扬有没有特别之处？”

听谢季风提及飞峰湖项目，薛凯心里不由得一颤，他说：“没有，我可以保证。”

谢季风自言自语说：“华宝寺项目也不能够啊。”谢季风接着说：“唐铸锅炉总公司呢？”谢季风命令说：“薛行长，你立即了解情况，我等你电话。”谢季风挂断电话。

薛凯立即叫来林宗森问：“姜行长有没有拿唐铸锅炉总公司的好处？”

“没有吧，唐铸锅炉公司没有必要送啊，我们就吃过一顿饭。”

“你打电话问问。”

林宗森疑惑地打电话给李长征："李总，我问个事，你们公司有没有送姜行长什么好处？"

"没有，我还想送点烟酒给你们。"

"别，千万别，我就是问问，别误会。"林宗森挂上电话对薛凯看看。

"你先回去吧。"薛凯等林宗森出门打通谢季风电话："谢行长，只吃过一顿饭，连烟酒都没拿。"

谢季风已经梳理了一遍，说："我想了一下，一般我们正常贷款企业是没有必要送大礼的，除了不符合贷款条件的企业才会利诱我们的相关人员。你们上报的贷款项目都非常硬正，这方面出问题的可能性很小，是不是蚕茧公司送你们的红珊瑚出了问题？"

一语点醒梦中人，姜扬的所作所为动了关联人的蛋糕，他们怎么能让他好过？薛凯连忙说："有可能，完全有可能。"这里他才体会到杨福康和谢季风当时的苦心。

"薛行长，姜行长是我们行的功臣，我们有责任保护他的声誉，在结论没有出来之前，我们尽力消除那些负面影响，他的家属我亲自和她谈。"

"是，谢行长。"

谢季风挂上电话又拨出电话："刘书记，请来我办公室，有事商量。"

刘炳南不一会儿就来到谢季风的办公室，他听出谢季风说话的沉重。

"刘书记，姜扬刚刚被飞峰县纪委双规了。"

"飞峰纪委双规姜扬？怎么没有知会我们。"

"我分析过了，可能是那两棵红珊瑚出了问题。这样，你立即去飞峰县，向飞峰县纪委提交出售红珊瑚所得款项上缴市分行廉政账户的汇款单及市分行纪委开具的收据。"

"好，我先去飞峰县纪委沟通，同时让纪检室所有人员去飞峰县，走访所有信贷单位，彻底了解姜扬在其工作期间的廉政情况。"

"好，姜扬是不是值得依赖的好同志，就看他自身是不是过硬了。"

"谢行长，我去了。"

王国星和蒋伟军回到询问室，蒋伟军说："姜扬，有什么跟我们说的吗？"

王国星瞪了蒋伟军一眼说："姜扬，如果我们没有证据是不会双规你的，我可以负责地告诉你，只要被我们双规的就没有被冤枉的。党的政策是……"王国星或诚恳或严厉或讲政策或讲案例，苦口婆心说了近半个小时。姜扬不禁被他口才所折服，党的惩前毖后、治病救人的政策被他讲得生动而动心。

姜扬诚恳地说：“两位主任，我仔细想过，确实有一事要向党交代清楚。”

王国星和蒋伟军精神一振立即开始记录。

“我仔细回想来飞峰县支行任副行长的几个月工作、生活，与违法乱纪之事沾上边的只有一件事，刚到飞峰没几天飞峰县蚕茧总公司送我一棵价值十多万元的红珊瑚。”

“十多万？准确数字是多少？”

“13.8 万元吧。”

“嗯，蚕茧总公司为什么要送价值高昂的红珊瑚给你？”

“蚕茧总公司是我们行的贷款大户，也是问题贷款的大户，7000 多万元贷款全部亏损息尽无法偿还，解决这些贷款只有一条路，就是用中央财政或我们行提留的基金核销掉。”姜扬看看王国星、蒋伟军，愤愤地说：“就是将这 7000 多万元的贷款一笔勾销了。”

王国星和蒋伟军沉默一会儿，蒋伟军说：“姜扬，你的心情我们可以理解，你还是交代自己的问题。”

“收到红珊瑚我们行将它变现，好像是 13.8 万元。”

“你们行变了现？你解释清楚。”

“是，蚕茧总公司是以我的名义送的，可从接受到变现我都没经手，而且在变现的第二天所有款项就上缴了。”

“上交？姜扬你不会不懂吧，即使留在小金库使用也算你受贿。”蒋伟军惋惜地提醒。

“我们于第二天的 7 点 50 分从本行营业部汇到沿江市分行廉政账户。”

“你汇到了廉政账户。”王国星和蒋伟军同时说，蒋伟军脸上不由自主地流露轻松的神态。

“是的，是我亲手办的，你们可以去本行营业部调看汇款凭证。”

“什么时间？”

“1999 年 8 月 23 日上午 7 点 50 分。”

王国星和蒋伟军对视一下，王国星说：“姜扬，你要为你所说的负责，否则罪加一等，你说的情况我们要去核实，你再反思一下有没有其他违法乱纪的行为。”

“行。”

王国星和蒋伟军来到办公室，王国星说：“这事有点麻烦了。”

蒋伟军说：“凭我的直觉，这姜行长不是坏人。”

“什么直觉，是判断。”

“你也不相信姜行长收贿？”

“一切以事实说话，我向孙主任汇报。”

此时，外汇银行沿江市分行纪检书记刘炳南到飞峰县纪委，他向纪委办公室出示了外汇银行沿江市分行介绍信。

飞峰县纪委办公室主任苏南起看完介绍信说：“刘书记，我们纪委张书记在省党校参加为期3个月学习班，现在是刘厚实暂时主持工作。”

“能不能帮我约一下。”

“您稍等。”苏南起拿起电话拨出去，“刘书记，沿江市外汇银行纪检书记刘炳南书记来我们纪委，要见您。”

“请他来我办公室。”

刘炳南来到刘厚实的办公室，他们握手后刘炳南开门见山说：“我是为外汇银行飞峰县支行副行长姜扬一事而来。”

刘厚实：“请坐。”

刘炳南询问道：“不知飞峰县纪委为什么原因双规姜副行长？”

“现在不太方便说，请刘书记理解。”

刘炳南近前一步，将一份收款收据原件和一份复印件放在刘厚实桌上说：“我这里有份东西提供给飞峰纪委参考。蚕茧总公司用价值不菲的红珊瑚行贿姜扬同志，由薛凯同志卖出后将所得款项汇到市分行所设的廉政账户上，这是汇款单和收款收据。”

刘厚实看了看不动声色地说：“行，我们会派人去核实。”

刘炳南眉头一跳，说：“刘书记，我们想请飞峰县纪委将姜扬收贿一案移交我们系统纪检处理。”

“不好吧，我们已经启动了。”

“好吧，我们沿江市分行会时刻关注案情进展。另外，我建议同时对行贿人员进行调查，必要时提请公诉，我们也会对行贿单位的贷款问题进行严格审查。”

刘厚实脸上慢慢有了笑容，他说：“刘书记，说起来我们还是本家，我的意思是，我们将姜扬在飞峰县的工作进行了解，毕竟进来了嘛，如果没事的话，我亲自送他回银行上班。”

“好吧，我们多沟通。刘书记，我们还会再见的。”刘炳南说完离去。

刘厚实送出门，看着刘炳南转弯消失在楼梯口，他进门关上门拨出电话：“石海涛，你搞什么名堂，这姜扬是怎么会事，弄得我很被动。”

“姜扬收贿是真的。”

“放屁，他把所得钱上缴你们分行廉政账户了。”

“不会吧，他上缴了？多少钱？”

刘厚实拿起收据看看说：“什么不会，你们市行开具的收据就在我手上，13.8 万元，8 月 23 日上交的。”

听到时间、数字石海涛傻了，他们不是把钱留下了吗？怎么一转眼神不知。鬼不觉地交到廉政账户上了，他有点语塞说：“刘书记，姜扬还是收下了。”

“没用，他们如果截留了还有得说。不过，既然进来了，我们还是要查查他在飞峰的表现。”

“不好意思，给您添麻烦了。”

“什么话，反腐败是我们每个公民的责任。”

可是过了 5 个小时刘厚实再次给石海涛打电话：“海涛啊，姜扬怕是留不住了。”

“怎么了？刘书记。”

“你们市行纪检的刘书记半天时间，带领 5 路人马走访了你们飞峰行的所有信贷单位。你等一下，我读给你听。”刘厚实从桌上拿起一张有外汇银行沿江市分行文头、盖有外汇银行沿江市分行纪检室公章的公函，他戴上老花镜看看说：“姜扬在任外汇银行飞峰县支行支行副行长期间廉政记录，出席信贷单位宴请 7 次，其中：两次工作餐，一次付款 15 元；一次因奢侈而罢吃；四次在企业食堂就餐。据你们刘书记说，那次罢吃姜扬在席前吃了五根香蕉，你说怎么有这种人。他还收了香烟两条，上缴了，没有参加其他娱乐活动。”刘厚实放下公函，摘掉老花眼镜，自嘲地笑笑说，“这后面都有企业的确认证明，还有很多企业写的表扬信。石行长，帮你们查出个廉政模范。”

石海涛自言自语低声说：“娘的，这姜扬什么时候有这思想境界了。”

“你说什么？”

“刘书记，能不能把他扣上个两个月。”

“查不出问题就放了，扣住他干吗？”

“这小子是我一手培养的，可是手上有了权就忘本了。”

“当然，光有你们分行的公函是不够的，我们还要去核查。你们市分行盯得紧，张书记过年前回来，四五十天吧。”刘厚实说完又追上一句，“我最恨忘恩负义的家伙，我的老领导我年年去拜年。”

“要向刘书记学习，吃水不忘挖井人。刘书记，谢谢了，最近我要回国，到时一定拜访您。”

“不要客气嘛，都是自己人。”

石海涛接到刘厚实打来的电话，心里再也无法淡定了，精细化工厂的 620 万元，几乎在一夜之间就无声无息地消失了。这还不算，刚刚又接到王春生电话，海南留着的房产又没了，2000 多万元啊，以后还不知道价值几何，石海涛心里像用刀剜着疼呢，更可怕的是会不会因事而把人带出来。

再也不能让姜扬胡闹下去，石海涛决定回国一趟。

第三十九章　毛衣织出心灵曲　杨波激情书《钱鉴》

刘炳南从飞峰县出来立即赶到薛凯办公室，薛凯根据刘炳南的指示，安排林宗森、丁志华、陶珊珊和另外两名信贷员在小会议室等候，薛凯陪同刘炳南来到小会议室。

刘炳南进门站着说："同志们，姜行长被飞峰县纪委双规了，具体原因不详。现在请五位信贷上的同志，配合市分行纪检室的5位同志，兵分五路走访所有的信贷单位，调查姜扬的廉政情况。"刘炳南问薛凯："线路都分配好了吗？"

"分配好了。"

刘炳南干脆利落地说："出发。"

调查十分顺利，有些台企执意写表扬信耽误点时间，只有飞峰湖高尔夫度假村和圣兔礼品公司等候时间较长。

丁志华陪同纪检徐副书记来到度假村，唐婉儿已经在办公室等候，徐副书记说明来意，唐婉儿眼球一转说："请两位稍等，我问问秦总那里有什么情况。"

在秦雪莹的办公室里，唐婉儿说："怎么回事？纪委来调查姜扬。"

"那个一根筋的榆木脑袋会出事？"

"我打电话问问。"唐婉儿打出五六个电话后终于获得了消息，她抱住秦雪莹一阵欢跳说，"姜扬那个臭小子被双规了。"

"还真瞧不出来啊，他也会干坏事。"

"妹子，他们银行纪委来调查姜扬，我们再往里面扔几块石头？"

秦雪莹于心不忍，她迟疑地说："不好吧，他多判几年少判几年跟我们没什么关系。"

唐婉儿一拍脑袋说："对、对、对，小不忍则乱了大谋，那小子判几年跟我们有什么关系，要引起他们分行对我们的不满反倒得不偿失，趁这个机会把贷款弄到手再说。妹子，我去了。"

唐婉儿风风火火地回到办公室，她笑靥如花说："不好意思，让领导久等了，我了解过，姜扬只参加过我们一次宴请，是每人1万元的标准。"

徐副书记惊道：“每人 1 万元的标准？”

“是的，可是，姜行长没动筷子，他在餐前吃了五根香蕉，面对美味愣是没动一下筷子。”

徐副书记松了口气，他立即警觉地问：“飞峰行还有谁参加？”

唐婉儿对丁志华看看说：“丁科长。”

丁志华绝望地看着唐婉儿，心道：“完了。”

唐婉儿接着说：“不好意思，我们没请你。”

丁志华说不清是感激还是愤怒。

“外汇银行只请了姜行长一个人，他罢吃弄得我们都很难堪。”

徐副书记又松了口气，他说：“唐总，您能写个证明吗？”

“行，我们已经叫秘书再写个表扬信表扬姜行长。”

想害姜扬的不止唐婉儿一人，涂根生接到陶珊珊电话，说是了解姜扬在来公司时的工作情况，涂根生立即联想到不久前石海涛打来的电话说，姜扬双规了。涂根生咬牙切齿地对厉晓萍说：“这个姜扬不知天高地厚，我让他死得很难看。”

厉晓萍看着她丈夫狰狞的面孔，她用颤抖的声音问：“你想干吗？”

“把宋昭军的 20 万元栽脏给他。”

“行吗？”

“有什么不行，没听说过被双规的还能全身而退的。”

“可是没证据啊。”

“证据？我们的嘴就是证据，进了那里面就由不得他做主了。”

陶珊珊带着纪检室老钱来到涂根生办公室，陶珊珊做简单介绍后，老钱说：“涂总，本着为姜扬同志负责，为贵公司负责的精神，本问话我将全程记录，将来作为法律依据，在出庭时将向法庭出示的证据。我希望涂总实事求是地反映姜扬在贵公司工作时的廉政情况，涂总所反映的情况我们将认真核实，并请涂总签字确认。”

涂根生一听吓了一跳，好不容易编造的谎言一下子不知蹦到哪里去了，他有点口结地说：“我，我最近不在家，我去问、问我家里的。”说完一溜烟地下楼。

涂根生在楼下饭堂找到厉晓萍说：“不好糊弄，要负法律责任的。”

“我说你是聪明一世，糊涂一时，姜扬进去了，我们不就没事了。你管他多判几年，少判几年，不妨碍我们就行。” 这一点与唐婉儿不谋而合，“我们这时落井下石，万一被查出做伪证不是得不偿失啊。”

“你怎么不早说。”

“我刚才也不是想，他永远出不了监狱大门才过瘾嘛。”

“干脆，大方点，让外汇银行买我们个人情。”涂根生在饭堂打出电话：“李会计，你马上写份材料，不用多长，就说外汇银行姜行长如何服务到家，想企业所想，急企业所急，积极支持企业发展，清明廉政，从不受企业的烟、酒、土特产等礼品，更不收礼金，在我们食堂吃工作餐还付 15 元饭钱，写好了立即送到我的办公室。”

涂根生对厉晓萍说：“这样行了吧？”

厉晓萍白了涂根生一眼说：“我去车间了。”

涂根生兴冲冲地回到办公室，说：“两位领导请稍候，我们已经汇总写材料了，马上送到。”

就这样两家对姜扬恨之入骨的企业，反而对姜扬大唱赞歌。

姜扬在黑乎乎的询问室里不知过了多少时间，正当他放松精神犯困的时候，门突然被猛烈打开，金色的阳光立即涌进小屋，日近西山了，姜扬眯着眼适应耀眼的阳光，他看清是王国星进来了，心想这就要登场了吧。意外的是门没有关上，王国星没头有尾地愤怒地说了一句：“开什么玩笑！”然后走到姜扬旁边口气缓和地说：“姜行长。”

姜扬惊讶地看着王国星，他居然称呼我“姜行长”。

王国星并没意识到姜扬的反应，他说：“你的事情我们掌握了新的证据，暂时就不询问了，你呢，耐心地在这里住下来，等候最后的结论。我们给你换个房间，就在楼上，条件虽比不上星级宾馆，但也不错，可以远眺飞峰湖，算是湖景房了。”王国星居然和姜扬开起玩笑。

“王主任，您放心，我自己做过的事我心中有数，我相信党会给我一个实事求是的评价。”

“很好，以后蒋伟军陪你，我们给你准备了一些书籍，你就安心地读读书吧，每天蒋伟军陪你在院子里散散步。”

“谢谢王主任。”

“不好意思，我只能做这么多了，一会儿蒋伟军来带你。”说完王国星出去关上门。

王国星发火不是没有来由，上午姜扬说明行贿款上缴廉政账户，王国星就知道事情有些不对了，他连打两个电话给孙主任，孙主任都将其挂断。

当日光把这座农家院落的影子拉得长长的，将它投入到飞峰湖的时候，孙主任驾到。

孙主任将车停进院子，问值班室的小李：“看到王国星吗？”

“王国星和蒋伟军去湖边钓虾去了。”

“他们倒自在，叫他们回来。”

不一会儿，王国星和蒋伟军抱着网、拎着桶进门来，看见孙主任说：“今天收获不小，孙主任，给你下酒。”

“那个姜扬怎样了？”

“能怎样，关着呗，打你电话也不接。”

“唉。”孙主任叹了口气，从包里拿一沓材料说，“这是外汇银行沿江市分行纪检部门调查的材料，他们走访了所有的信贷单位，结论是姜扬没有违法乱纪行为。”

王国星擦擦手接过材料翻了翻说：“没问题就放了呗，好在没造成多大影响。”

蒋伟军在一旁道：“我怎么看这个姜行长不像是腐败分子。”

孙主任喝道：“别废话，王国星，这个姜扬现在还不能放，刘书记意思过了元旦再说。”

“为什么？”王国星、蒋伟军同时问。

孙主任打开车门坐进车里，说：“我哪儿知道，执行领导命令。”

市分行小餐厅，谢季风选择这里宴请徐涵雨。

徐涵雨进门，谢季风用兄长般亲切的口吻招呼徐涵雨在他身边入座，秘书小田帮助倒茶、布菜后在徐涵雨身旁坐下，徐涵雨对她微笑表示感谢。

谢季风如是开头：“徐老师也算是我们的一员了，她教的学生可都是我们行曾经的领导干部，我们要好好敬敬徐老师。”

大家都没喝酒，端起现榨的果汁敬了徐涵雨，徐涵雨落落大方地接受了敬酒，然后说：“谢谢谢行长和沿江分行领导们的关心，我先代我们家姜扬敬敬谢行长。”徐涵雨说完轻轻抿了抿。

谢季风说：“姜扬是我们沿江市行难得的好同志，这杯喝得好。”说完深深喝了口。

徐涵雨听出点味了，她眼圈一红又端起杯子说：“我们家姜扬给谢行长惹了很多麻烦，涵雨给谢行长赔罪了。”

谢季风手搭上杯子并没端起来，他问：“你都听说了？”

徐涵雨笑笑说：“听说了，我这个老师没白当，他被双规了是吧？”

谢季风说：“徐老师，别难过。”

“我不难过，我家的男人我知道，他是绝对不会受贿的。”

谢季风说："小徐，从我们纪检同志现在了解的情况看，姜扬同志没有任何收贿的事实，党会还他清白的！"

"谢谢，这一天我们想到了，只是没想到来得这么快，这么狠。"

"哦？"

"想搞好飞峰行，不得罪人怎么行，姜扬什么个性我还不了解？看这个架势，这人得罪大了。而且，得罪的这个人，会让姜扬心里非常痛苦。"

谢季风看着眼前这位楚楚动人、冰雪聪明的少妇，一种敬佩之感油然而生，敢情她什么都明白。谢季风稍加思考就明白了姜扬正在面临着什么，他感觉到一场暴风雨已经来袭，而迎面站立着的正是姜扬！

谢季风说："姜行长的事，我们党组会一直关注下去，我们党组会为每一名干部、员工负责的！"

徐涵雨淡然一笑说："男人不顶顶天，不算是男子汉，我明天就去飞峰陪我家男人。"徐涵雨反客为主道："谢行长、张主任、田秘书吃菜。"

虽然从飞峰县传来的消息对姜扬是有利的，但他毕竟在双规期间。虽然徐涵雨轻松应对，但轻松的背后的酸楚大家能体会到，滋味和压力只有徐涵雨自己尝、自己扛。纵然谢季风阅历丰富、足智多谋，也无法调节出适当的气氛，一顿饭很快就结束了。

徐涵雨款款而起说："谢谢谢行长关心，晚上还有摄影课，涵雨告辞了。"

谢季风说："徐老师，我也去听听可以吗？"

"谢行长是摄影高手，涵雨要献丑了。"

徐涵雨来到教室，教室是一间现代化配制的标准宣教室，无尘黑板，笔记本电脑和高清投影仪一应俱全。上课时间还未到，教室零散坐了几位学员在聊着天，见徐涵雨进来都站起来纷纷安慰说："徐老师，我们相信姜行长的为人，他肯定没事的。"

"徐老师，有什么需要我们做的尽管说。"

"徐老师，今天课就别上了，你休息休息。"

"谢谢，谢谢各位领导关心，涵雨没事。"徐涵雨说完打开电脑，然后在黑板上写下"眼睛，心灵之窗——捕捉那转瞬即逝的精彩"。她在标题下面画了只大大的眼睛，在眼睛旁边不规则地写下"温柔、愤怒、纯净、明亮、喜悦、绝望、惊奇、悲哀"。徐涵雨看看时间微笑着转过身，微笑中略显出一丝淡淡的忧愁，只听台下一片"咔嚓"的相机响声，徐涵雨稍愣，然后侧指着黑板说："各位同学，今天的课题是'捕捉那转瞬即逝的精彩'。看来各位同学的阅历、观察力和敏锐性非一般同学可比，那么我们省去关于如何捕捉的叙述，和同学们一同欣赏大师们捕捉的精彩瞬间。”徐涵雨打开投影仪，一幅令人震撼的黑白照片《愤怒的丘吉尔》呈现在人们眼中，照片中的丘吉尔眉头紧皱，眉梢上扬，嘴角下撇，双眼冒着怒火。

“徐老师，这堂课留着下次讲吧。”

“是啊，等我们把徐老师的特写做出来再一道评讲。”

徐涵雨眼圈微红，她稍稍一躬，说：“谢谢各位领导关心，涵雨定不忘今日之约，一定与大家共讨今日之课题。”徐涵雨关闭电脑、投影仪，准备擦净黑板。

“徐老师，别擦，留着吧。”

徐涵雨放下粉擦拿起粉笔，在一旁写了“谢谢”两个字，又向大家稍一鞠躬，拿起手包走出电教室，余光中她发现大家也都站起来还礼，谢季风则在人群之后。

第二天刚过 7 点，徐涵雨就拉着行李箱出现在飞峰县城，行李箱发出的“哒、哒”声在身后有节奏地响着，撞击在街道两边的房子上产生空洞的回声，偶尔有自行车清脆的铃铛声呼应一下。从车站到姜扬宿舍要 30 分钟路程，徐涵雨更愿意步行，她呼吸着清新的空气，仔细看看丈夫工作的城市，就当徐涵雨接近宿舍时，县城开始苏醒，大街上从为数不多的赶早人，发展成人和车的小河，行李箱发出的声音也已淹没在各种嘈杂的声音中。

徐涵雨打开姜扬的宿舍门，将行李箱里的衣物拿出来摆放好，她去每个房间看看，还好，都还算干净，她去卫生间整理一下妆容，然后出门。

徐涵雨在菜场买了黄鲢鱼头和老鸭，红烧黄鲢鱼头和炖老鸭煲是公婆的最爱。她又买了 4 斤龙虾，这是大姐 9 岁的儿子凌的最爱。徐涵雨在菜场挑选好配料，又选了两样蔬菜才拎着塑料袋走出菜场。

姜扬父母每天的生活都很有规律也很恬静，他们早上 6 点半去离家不远的公园听着收音机散步，和一些老伙伴聊聊天，一个小时后去菜场买菜回家。

徐涵雨上 2 楼按响门铃，姜母正在择着菜，她对里房喊道：“老头，开门。”

姜父在书桌上提着毛笔书写着毛泽东的《沁园春·雪》：“北国风光，千里冰封，万里雪飘……”他已经写到：“……成吉思汗，只识弯弓射大雕。”姜父皱着眉头放下笔向外走去，眼睛还粘在他的书法大作上，嘴里说道：“这时候会有谁来？”

“当心，先看看猫眼。”

姜父从猫眼上朝外看看，立即打开门，徐涵雨喊道：“爸。”

姜父接过徐涵雨手中的塑料袋，对房内喊道：“李玉英，小雨来了。”

“小雨来了，快进屋。”姜母迎出来。

“妈。”

“哎，来了，还带着东西。”姜母对徐涵雨的身后看看问，“米豆呢?”

“她要上学，不能带来。”

姜扬父母脸上露出失望的表情。

“爸、妈，我临时有事来的，什么也没带，今天的饭我来做。”徐涵雨换上拖鞋，从姜父手上要过塑料袋去了厨房。

姜父、母对视一眼，姜母跟着徐涵雨进了厨房，姜父看看她俩的背影，然后回到书房继续写他的书法。

徐涵雨进了厨房立即麻利地动起手，她先将龙虾倒入水池中浸泡，放满水倒上点食盐和香醋清脏，然后老鸭洗净、焯水，姜母即时地递上紫砂煲，徐涵雨对姜母笑笑将老鸭放进去，将姜块、小葱、棕叶、笋干、木耳、火腿等一并置入砂锅，倒入半杯黄酒，然后上火慢炖。

徐涵雨又将黄鲢鱼头洗净下锅小火微煸，加姜、葱、黄酒、盐、酱油，姜母说：“千滚的豆腐，万滚的鱼，正好有小磨豆腐，加上吧。”

“哎。”徐涵雨将豆腐切成小块，仔细围在鱼头旁边。

“这龙虾就是吃这口鲜味，我记得你第一次来家里烧龙虾的样子。”姜母拿水池中龙虾，准备用刷子刷。

“妈，别动，钳手，我来。”

姜母放下刷子说：“好，让我们涵雨弄，在你进我们家前，我们从不动这龙虾，没想我们的小雨啊，把这龙虾烧成人人都喜爱的美味，今天凌要开心了。”

徐涵雨对姜母甜甜一笑说：“我也就只会烧这菜了。”

姜母说：“那个活我忙不了，看看你都买了什么?”姜母拿起塑料袋看看，问：“准备烧奶油菜心吗？我来择洗。”

就这样徐涵雨连着做了3天饭，3天中竟是顿顿不同样。

第三天晚上吃完饭，收拾完厨房，姜母坐在客厅的沙发上说：“小雨，来我身边坐。”

徐涵雨温存地坐在姜母身边，姜母说：“闺女，难为你了，你的孝心我们都感受到了，扬儿也没有你这么孝顺。明天娘烧饭，你去办你的事。”

“妈。”

“我知道，你是为姜扬而来的，扬儿的事我们都知道了。”

徐涵雨再也绷不住心中的酸楚，一时泪如雨下，她扑在婆婆怀中痛哭，一会儿心里舒服点，她坐正整整衣服说：“姜扬是被冤枉的!”

姜母坚定地说：“小雨，我们相信扬儿，更相信中国共产党，相信党会给扬儿一个公正的评价。”

“妈，媳妇知道，我要去陪姜扬，我不能让他一人受苦。”

“傻闺女，来家住吧。”

“不用了，妈，他那里很好的。”

“行，有事就跟妈说。”

姜扬被舒舒服服安排到办案点最好的标准间，这是按3级宾馆配置的房间，两边临湖，凭窗望去，飞峰湖根据连绵的山丘的形状，划出具有自然形态的美。近处杨柳依依，远眺飞峰湖被夕阳染得色彩斑斓，与陪伴着的山林互衬互映。美中不足的是，房间的窗子用拇指粗的钢元死死焊牢。

姜扬身落囹圄，心中左右无事，当飞峰湖被黑暗笼罩，一牙弯月冲开云雾，一轮淡淡的辉光勾勒出浅浅的轮廓的时候，他便蒙头大睡，他是睡了吃，吃了睡，这一睡竟迷迷糊糊睡了3天。

这天姜扬清晨醒来，只觉心定气清，精爽神明，他洗漱完坐在窗前的书桌前，窗外淅淅沥沥下着小雨，飞峰湖笼罩在烟雨缥缈之中，他一会儿看着窗外，呆呆地想着心事，一会儿掂住铅笔头在纸上不停地写下一串串数字。

蒋伟军端着盘子，手指还勾着一个塑料袋进房来，说：“开饭了。”姜扬帮着他往桌上放着早餐，两碗稀饭，4只肉包子，两只鸡蛋，两只咸鸭蛋，3碟小菜。

小蒋将塑料袋给姜扬说：“你家属给你带的衣服。”

姜扬心里一动，将塑料袋放在一边，掩饰地说：“呵，丰盛啊。”

“姜行长来疗养，不招待好不行啊。”蒋伟军对姜扬抱怨说，但心里对上面的不满明显表露出来。

“辛苦蒋主任亲自操劳。”

“托姜行长的福，我也好好睡了两天。来，吃饭吧。”

姜扬大口大口吃着肉包子，说：“嗯，不错，比吕家老店的肉包子更好吃。”

“当然好喽，我们的包子，猪前肘肉，新鲜、肉多、皮薄。姜行长，我看你写了一串串数字，干吗呢?”

“明天就是11月底了，是银行预决算的日子，我大体算算心中有个底。我说蒋主任，你能不能给我支长点的笔。”

“不行，这是有规定的。”

“怕我自杀啊，放心吧，我没那么傻。你看我这数字写的，丢人啊。”

“你就将就点吧。”蒋伟军掏出两包烟，说，“你这个大行长就抽红梅啊?”

“从明年起我们行的员工都能抽起好烟。”

“发财啦?”

“发财了，我估计我们员工收入番三四倍。”

“能番三四倍？要十几万一年吧，了不起啊，听说你才来了半年不到。”

“运气好，运气好。”

“不是这么简单吧。姜行长，抽支烟?”

“不抽了。”

“没事，你现在没人管，没人问。你就真当来疗养的，抽吧。”蒋伟军拿出自己的滨江牌香烟。

“‘不抽了’，就是再也不抽烟了。”

“戒了?”

“不是戒，是不抽。”

“还不是一样吗?”

“不一样，我说了你也不相信，我看你们办公室有一个挂钟，你等会出去把挂钟换个地方，你再观察同事们的反映，包括你自己的，然后我们再谈怎么不抽烟。”

“好，我倒要试试有什么悬乎，你不抽我抽喽。”

蒋伟军饭后一棵烟后说：“我收拾碗筷，你一个人没事吧。”

“我刚刚还不是一个人。”

蒋伟军笑笑说：“话还是要说到的。”说完收拾完桌子出去。

姜扬打开塑料袋，里面有几件换洗的内衣，一件夹克和一件半旧的浅灰毛衣，姜扬拿起毛衣心绪难平，这件毛衣是徐涵雨亲手编织的，是将对姜扬的爱一点一滴织入毛衣。姜扬一边打开毛衣，一边哼着舒伯特的小夜曲，这毛衣上纺织着姜扬与徐涵雨的爱情密码，姜扬轻轻哼出那动人的旋律：“在这幽静的小树林里，爱人我等待你。”姜扬立即明白徐涵雨想表达的意思，心里甜美如蜜，嘴里却嘟囔着：“傻丫头。”

姜扬坐在桌前手抚毛衣，看着窗外丝丝小雨，心里激荡着小夜曲的旋律。

仍然是深秋，仍然是小雨霏霏，仍然是烟雾湖岸，柳枝飞舞，芳草青青。徐涵雨一柄红伞，拾级而来，皓牙红颜，衣袂飘飘，止鸟惊鱼，闭月羞芳，不是仙子胜似仙子，也看傻早已等候的姜扬。

一件毛衣赠予情郎，也托付了徐涵雨的款款深情……

徐涵雨打着伞在蒙蒙细雨中徐徐而行，雨水打湿衣角，秋雨中的飞峰街道行人稀少，飞峰县纪委门前更是冷静幽深，这是徐涵雨第三次来到这里，不同的是那两次是下午，这次是上午。

办公室主任看到冒雨前来的徐涵雨，心里不禁泛上嘀咕，她不吵、不闹、不怒、不嗔，只是安静地等，静得就像她不存在一样 。劝也劝过，撵也撵过，人家只说一句话，行，我就去大门口等，一直等到姜扬定案。

办公室主任无奈，请示刘厚实，刘厚实对姜扬的事情没有了底气，想想还是让她进房间比较好，说，随她，她占不了多大地方。

徐涵雨没等来姜扬却等来了傅清荷。

傅清荷放下饭店一应琐事，该抛却的抛却、该忘却的忘却，一身休闲运动装，一人一画夹，轻轻松松、潇潇洒洒地开始游历祖国的山水风情、古迹名胜。

这天，傅清荷来到首都北京，她没再去浏览故宫、八达岭长城、颐和园等游人必到之处，而是直奔宋庄而去。

宋庄是个通州区的一个镇，一望平川，土地肥沃，四季分明。两条河流自北而来，向南流去，一河称温榆河，又一河名潮白河。在两条母亲河之间，有一片秀美繁荣的土地，此处艺术人才集聚，形成北京乃至中国规模最大、知名度最高的闻名遐迩的艺术家群落。

宋庄这块神奇的土地包容着古今中外的各种艺术形式，有书法、国画、油画、雕塑、篆刻等，即使最前卫的艺术也不乏存在的土壤。

傅清荷一入宋庄就被这里的文化氛围所吸引，她迫不及待地在街的顶端下车，边逛边欣赏，边欣赏边感叹，不知不觉中来到中心的繁华地带，只见一处高雅古朴、白墙黛瓦、飞檐雀替的徽派建筑，上面大书着“元亨利”三个大字，这三个大字吸引着傅清荷，她停下脚步仰面凝了神。只见这“元亨利”三个大字，顿、挫、停、收、放运用得淋漓尽致 ，傅清荷在心中一笔一画地默默临了几遍，不觉间已是心旷神怡。

傅清荷依依不舍地收了目光，心不在焉地扫视一下周围，只见高墙大院下搭建着临时舞台，舞台上右前方摆放着一辆轿车，一位留须的画家正在汽车上作画，舞台下有众人围观。

傅清荷生性淡泊不愿凑热闹，她举步欲行。

一阵秋风吹过，舞台上这位画家的华发与长须银髯随着秋风舞动，蓝天白云下古铜色的脸庞神采飞扬。

傅清荷心里一动，连忙摘下画板。

只见台上的画家围着中华轿车腾挪跌宕，手中一支画笔，如龙蛇狂舞，又似电闪长空。傅清荷“刷、刷”数笔勾勒出画家的面部轮廓，她把重点放在飘扬的胡须和头发上，很快一幅速写便完成了，她又变换角度画了两张，这才满意地背起画夹，她又看了看高墙上的“元亨利”，心满意足地出了观众圈。

“这位女士，我们东方老师是有肖像权的呀。”

一位温柔的男中音在傅清荷耳边响起，傅清荷一愣头稍侧瞥了一眼说话人，发现他面带笑容看着她。

傅清荷将画夹从肩上取下，把速写扯下转脸递给说话之人。

“哈哈哈哈，好烈的性子。”说话人的声音仍然温柔。

傅清荷打量了一眼，只见他中等个，身材均称，面部英俊且线条柔和，一副无框的金色镜架增添几分斯文，让人有一种说不清的亲近感。傅清荷似乎被他感染了，不由得也笑了笑，再次将手中的速写递给他。

说话人没接速写笑着说：“您这速写抓得非常精彩，用笔简捷而传神。”

傅清荷脱口而出说：“你谁呀，是不是想截道啊？”这句话一出傅清荷有点后悔，对一个陌生人何必说这么多。

好在说话人没有接她的话头，他指着“元亨利”说：“这是范曾先生为我公司题的，发现您很喜欢，能说说看法吗？”

傅清荷再次打量一下说话人，问：“你是谁？那位画家与你有关系吗？”

“我叫杨波，是这家公司的。台上的画家是东方彦先生，我朋友。”

“那拿去吧。”傅清荷再次把速写递过去。

杨波笑着说：“当真了？开玩笑的。”

傅清荷白了杨波一眼收好速写，说了声：“再见！”转身就走。

今天是著名国画家东方彦先生画展的最后一天，他在舞台上画了整整两天，一幅气势磅礴的长城万里图已经收官在即。他围着“中华车”左右打量，不时地添补着，还不时地与台下观众朋友愉快地交谈一下，他说着画着，突然愣在了台上，不远处一个久存在心里的身影夺去他所有的注意力，他连忙跳下台赶了过去。

傅清荷一转身发现台上的画家东方彦来到她的面前，她只得停下脚步，一手准备取下画夹。

东方彦来到傅清荷面前急切地问：“您是清涟？”

傅清荷有些诧异，但还是认真回答道：“不是，我叫清荷。”

东方彦摸着胡须，眼睛里可以看出已回到了过去，他怀疑地说：“清荷？我记忆中清涟没姐姐或妹妹呢？”

“清涟？清涟是谁啊？什么姐姐妹妹的？”傅清荷被东方彦没头没脑地搞了一头的雾水。

“您姓蔡？”

傅清荷明白了，敢情是认错人了，她笑着说：“东方老师，不是，我姓傅，叫清荷。”

东方彦继续追问：“傅清荷？您是哪里人？”

“滨江省飞峰县。”

东方彦不死心，问：“飞峰县？不是宁芜县的？”

傅清荷仍然笑答：“不是，宁芜县在哪里？”

杨波在一旁问：“东方老师，这清涟、清荷的，怎么了？”

“杨董，您忘了？我常说起的蔡清涟，她真像。”

“哦，两小无猜的玩伴呀。”杨波仔细打量一下傅清荷，“哈哈”大笑说：“东方老师，您这是思人情乱，您仔细看看眼前这位女士才多大。”

东方彦一想也不好意思地笑笑，他眼前一亮，问：“您妈妈叫什么？”

傅清荷彻底被东方彦逗乐了，她转过脸偷偷乐了一番，然后说：“我妈妈叫任凤飞，土生土长的飞峰人，年轻时没去过任何地方。”

东方彦失望之情溢于脸上，他不甘心地说：“傅小姐，不好意思，可能认错人了。”

傅清荷嫣然一笑纠正说：“不是可能，是一定！不要速写吗？那我就走了，拜拜。”

“等等，傅小组，既然来了不妨到元亨利文化艺术馆参观参观，他的馆藏不是一般的牛！”他一指杨波说，“这位是赫赫有名的元亨利董事长，请他带您去逛逛。”东方彦说完对杨波两手一合十脸上流露祈求的神情。

杨波微微一笑说：“傅小姐，我看您是知书法、懂书法的，范曾先生的手迹就在公司里，走过了就错过了。”

傅清荷也非小家碧玉，一番游历更是打开她沉寂已久的心扉，她欢颜道：“多谢两位盛情，小女子恭敬不如从命。”

“元亨利文化艺术示范馆”是一座高3层3000多平方的徽式建筑，“北京元亨利硬木家具有限公司”的一部分，入口设在大院内，沿着外墙没走两步就看见高大的朱红色大门，上面一横槛黑体金字写着“北京元亨利硬木家具有限公司”，一副行草对联遒劲入木，右联写道“进门便得紫薇气”，左联书“起居方显九五尊”。

傅清荷心中暗赞一声：“好字，好气派！”她微微侧脸看看身旁的男人，只见杨波不急不徐地跟着她的步频，飘逸的步子中显得自信和踏实。

生活在江南的傅清荷对徽派建筑司空见惯，不过在北方乍见白墙黛瓦、郁郁修竹、芬芳草地、锦鳞池游，恍惚间回到了江南水乡，心中燥热立消，浑身轻松舒坦。

进入元亨利文化艺术馆傅清荷就被浓浓的文化所拥抱，她无暇顾及满屋的优质红木散发的醇香，就被一座高耸及屋顶的山崖夺去眼球，仰头看去山崖上书着“天行健”，字迹遒劲而郁勃，诠释着俨俨君子之风。

傅清荷环顾四周，展示厅到处陈设红酸枝、紫檀、海南黄花梨制成的各式家具，郑板桥、张大千等古今名家字画与家具搭配谐调相互映衬，她感到置身于古典居家之中，仿佛穿越时空进入明清时代……

傅清荷流露出的惊叹杨波已司空见惯，杨波等傅清荷的欣喜劲稍过说：“我们上楼去，楼上是我的收藏。”

沿着旋梯上楼，山崖在身旁展示各方位的雄姿，未及2楼空气中已经弥漫着温馨的檀香直沁入心脾，傅清荷只觉身心舒坦，步履越发轻松。

就这样且行且欣赏，在疏朗恬淡又凝重悠远的明清书房、卧房、厅堂的时空中转换。

傅清荷逐渐适应后，又被室内水系所吸引，2楼、3楼均有曲折婉转水流，感觉到山崖下不仅是一泓池水，而是整个这座建筑水系的一部分。她想：“若在此流觞一饮，挥毫一书是何等快事！”欣欣然间不禁有了些醉意。

杨波像读懂傅清荷的心思一样介绍说：“我们这套水系贯通3层楼并与外部水系相接曲折而生趣，而且给干燥的北方天气加点湿度。”

“流水环抱、曲径通幽，人们在心灵的慰藉和宁静，在古代光阴与现代时光交织中享受中国文化之大美。”傅清荷不由得赞道。

杨波和傅清荷说话间来到3楼，3楼是杨波先生的海南黄花梨馆藏，一对明代海南黄花梨南官帽上方悬挂着“元亨利”，杨波停下脚步欣赏着书法，说：“傅女士，请点评。”

傅清荷凝神揣摩，良久说：“曾范先生书法构思奇巧，我们可以看到妙在‘元’字最后一笔借用了隶法，尾笔右下空收，而‘亨’字第二笔横偏左且左下倾斜起笔，既补充了‘元’字右中留下的空白，又跟‘元’字末笔形成呼应关系，‘元’字最后一笔内刚外柔收笔，‘亨’字的最后一笔劲健支撑整个字的重心，此乃书者用心的神笔，‘元亨利’三字都是蘸浓墨进行书写，填补了横幅字数少易轻飘的不足，可谓端庄而又俊逸，轻灵不失古茂，属于浑朴天成之作。”

杨波轻轻鼓着掌说：“这是我听到的最精彩的点评。”

“杨董客气了，只是……”傅清荷欲言又止。

杨波微微一笑说：“但说无妨。”

傅清荷稍稍迟疑，直言不讳说：“元亨利贞取之《易经》，‘元亨利’我们故且不说了，贞，有正固、坚定、诚信的含义，怎么缺少了‘贞’呀?”

杨波爽朗一笑指着右边一内门说：“多谢傅女士直言，我是‘贞穆堂’堂主，这是我的工作室。”

傅清荷赞道：“正固、坚定、诚信落在先生身上了，好!”

“多谢。”杨波一抱拳。

傅清荷出游已久，也好久没与人好好交流，这时她心情大好，心情好思路也敏捷起来，不过她想的是另一回事，她一出口就将了杨波的军：“杨董，一路看下来确实震撼。可是，贵公司以消耗地球资源而生存并得以发展，这和地球和谐共存的绿色环保理念有点格格不入呀。”

杨波胸有成竹，类似傅清荷这种责问他时常遇到，微微一笑并不多解释，面对这位干练洒脱、远道而来的才女，他还是想解释清楚。

未等杨波开口身后传来声音：“这个问题我来说。”东方彦迈开步子转眼来到跟前，手中还拎着一个小画框，“清涟……”

傅清荷不禁一笑：怎么没记性呀，更正道：“东方老师，我叫傅清荷。”

“哦，清荷、清荷，杨波先生可是做了功德无量的大好事。”东方彦手画一圈说，“两句就能说清楚，一、这里许多珍品木材、家具都是杨董从老乡的锅灶里抢救出来的。二、赚到钱后他去海南栽下20万棵黄花梨还绿于世界，送给子孙后代一片森林。”

傅清荷这时打心底佩服杨波，稍一侧身道个万福。杨波哈哈一笑，手向上虚托，说：“不必客气……”

没等杨波说下文，东方彦又抢着说：“你的事说完了，该我的了。”东方彦目不转睛地看着风姿绰约的傅清荷，平静下来思绪将手中的画框递给傅清荷，说：“这画送你了。”

杨波闻声一惊连忙说：“把这送她?”她，当然是指傅清荷。

“它也该有个归属了。”东方彦的朋友们都知道，这幅四尺斗方的山水小品“家山翠岭”，伴随东方彦度过20多年，每次举办画展东方彦总是将它摆放在第一位。人们都知道这是东方彦童年时的故乡，但只有东方彦知心好友杨波才知道其中真正的秘密。

杨波接过画对傅清荷说：“这里藏着东方先生对他初恋情人的思恋，你盯着树干的中部，然后把目光调成仿佛看到画面深处，就像看三维画一样。”杨波期待地看着傅清荷。

傅清荷不停地调整眼睛焦距，终于在多次尝试后看到画中的杨柳化成一对童男稚女依偎在一起，柳条伸进水中成了一副鱼竿。傅清荷对杨波点点头轻声说：

“看见了。”

“东方彦想把这幅画送给你，还请不要推辞。”

傅清荷脸上一红，看看东方彦说：“这，不太合适吧，你没找过她吗？”

杨波解释说：“东方彦随母亲回到城市后就再没回过故乡，一晃许多年，东方彦觉得再去找她已没有任何意义，搞不好还会损坏了童年时美好的记忆。现在他感情有了寄托，终于可以放下心里的那梦牵魂萦的心思，对他来说也是个解脱。”

傅清荷拒绝说：“可是他的感情寄托错了呀。”

“请别介意，或癫或狂或痴是艺术家共有的特质，等这阵疯狂劲过去，一切就风平浪静了。这画你收下，他的心结就了了。”杨波一番话颇有说服力。

东方彦拈着胡须仰面朝天不知在想什么，也不在乎杨波和傅清荷在说什么，直到傅清荷对杨波说：“如此说来小女自当从命了。”他才腼腆地说：“别当真。”

杨波笑着对傅清荷说：“他不知又琢磨些什么，不说他了，到我工作室喝茶去。”杨波说完拎着画率先走进“贞穆堂”。

“贞穆堂”分成三大区域，外厅是专门摆放杨波多年集攥的精品海南黄花梨家具，杨波的工作室是在小展示厅里面，说小展示厅只是相对而言，大约200平方米的展厅展示从明朝流传下来的海南黄花梨家具，大多已存世不多，有许多甚至是孤品。

工作室最大特点有两处，一是摆在当中的巨大的黄花梨画案，二是沿墙的黄花梨书柜中摆放的全套《四库全书》。

杨波一进门便对东方彦说：“东方老师，您先为傅女士写一幅字，我去泡茶。”

“行，清荷，想写什么？”这次东方彦没叫错。

傅清荷正想回答包里的电话响起，她拿出电话一看是她“西沙湾”的座机打来的，便客气地说：“不好意思，接个电话。”说罢走到一边。

东方彦来到画案前专心裁纸、调墨、选笔，他提起笔凝神端详……

傅清荷接完电话来到杨波面前，神色严峻地说：“杨董，不好意思，我要立即赶回去。”

“怎么，家里出事了？”杨波看到傅清荷脸上的表情关切地问。

“家里没事，朋友出了点事。”

“哦，东方老师，傅女士要走。”

东方彦闻声丢下笔急忙过来说：“怎么刚来就走？多住两天，杨董这里就是艺术宝库，不仔细观赏可惜了。”

杨波说：“她朋友出了点事。”

东方彦急忙说：“出什么事？要帮忙吗？”

傅清荷说：“谢谢，忙是帮不上的。”傅清荷想了想将姜扬在飞峰县的所作所为简单地说了一遍，然后说：“姜扬受贿，我敢保证是绝对不可能的，我要回去看看。”

东方彦大声说：“姜行长啊，我没见过。我相信他一定是好人，我不写字了，画张竹吧。”东方彦说完来到画案前，提起笔“唰唰”几笔，一根笔直而苍劲的竹干就在笔下破纸而生……

杨波在东方彦的对面也铺上纸提起精、气、神一口气写下了“万折必东”，然后对傅清荷说：“水，形态最柔软，但它意志最坚强。但愿姜行长如水一般，坚强不屈，不辱使命！”

东方彦说：“清荷，如果姜行长能够经受住考验，你就将这幅竹送他，否则就撕了！”

傅清荷一作揖说：“谢谢，小女子无以回报，待来日再见。”

杨波将画作、书法仔细包好，关切地说：“我们不留你了，这事急不来，一路注意安全。”

东方彦也说道：“我们有缘认识，这里就是你的家，经常回来看看。”

傅清荷忍不住热泪流下，哽咽地说：“谢谢！”转身便走。

傅清荷走到门口，杨波突然喊道：“等等！”说罢他提起笔重重写下两字：“钱鉴”。

第四十章　查账活用矛盾论　品尝艳女扣姜扬

傅清荷来到纪委办公室，办公室主任一见连忙站起来说：“傅老板，你怎么来了？”

“一个朋友被你们双规了，我问问。”

“谁呀？”

“外汇银行的副行长姜扬。”

“姜扬？”主任下意识地对徐涵雨看看。

傅清荷顺着主任目光看去，徐涵雨听有女人问她丈夫，也朝傅清荷看去，两人目光在空中相接。傅清荷首先说：“是涵雨姐姐吧，我看过你的照片，一见之下令人无法忘却。我是傅清荷，姜行长在我小店吃过饭，他风流蕴藉，才华横溢，是第一位看懂我书法之人。”

徐涵雨：“原来是才女清荷妹妹呀，姜扬没少夸你。”

“姜行长谬赞了，哪比上姐姐天生丽质，才貌无双。”

两女人见面自然少不了一番互夸，主任乐得清闲，听着两位漂亮妹妹说话也算是美事。终于说到正题，傅清荷问：“怎么回事呀，飞峰县当官的全被抓也不会抓到姜行长。”

“谢谢妹妹信任。”

“姐姐怎么在这里？”

“我来配合纪委工作，我把家里大门、柜橱的钥匙，存单、存折都带了，随时准备接受组织检查。”

“姐姐，你别急，我找张书记了解一下情况。”

徐涵雨微微点点头。

一会儿，傅清荷回来坐到徐涵雨旁边拉着她手说：“姐姐，我陪你。”

……

蒋伟军回到姜扬房间已是中午，手中又端着托盘进门，嘴里嘟囔着：“这不是请来个老爷嘛，饭来张口，衣来伸手。”

从床的方向传来声音：“有蒋主任亲自服侍，这感觉真的不错。”姜扬将被子卷成靠垫放在床头，他躺在上面懒懒地说。

“起来吧。”蒋伟军走到床前，发现一本打开的书，说：“看什么呢?”

“毛泽东选集第一卷《矛盾论》。”

蒋伟军拿起看看说：“要不找几本小说给你看看?”

“谢谢，不用，年轻时没有好好学，现在补补党课。”姜扬下床说。

“学出什么心得吗?”蒋伟军指着托盘说，“哎，也该你劳动劳动了。”

姜扬笑着说：“不就三菜一汤，摆个菜会累死你啊。蒋主任，你别说这矛盾的主要方面、次要方面，主要矛盾、次要矛盾论述得太精辟了。”

蒋伟军盛上饭问：“谈谈想法。”

“吃饭、吃饭，哲学要落在实践上说。”

“也对。”

两人稍稍谦让便品尝着以湖鲜为主的美食，蒋伟军漫不经心地说：“你爱人真漂亮。”

姜扬警觉地问：“你怎么知道?”

“这些天她整天坐在纪委办公室，现在又多了个美女陪伴。”

“谁?”

“傅清荷，西沙湾的老板。”

“她怎么来了?”

“你有美女缘呗。”

“别乱说，傅老板不仅多才多艺，人品也纯净如水。”

蒋伟军做投降状，两人一时无话，埋头专心解决盘中之餐。姜扬三两口吃完饭，他取出一张纸，用书做尺子，拿那支短短的铅笔画出一条一条横线，一会儿说：“拿支长点的笔。”

蒋伟军看看说：“还要铅笔?”

“钢笔最好。”

蒋伟军从内衣兜抽出一支钢笔递给姜扬。

“笔不错。”姜扬边想边画，在画满线条的纸上画上一个个小蝌蚪，画完后又轻轻哼了一遍，然后递给蒋伟军说，“你把这交给徐涵雨。”

“这是什么？五线乐谱，你衣服上的?”

“不一样，你给她就行了。”

“帮你们传递信息?”

“随便你了，爱给不给。”

“你说，这给了她，她是不是就能回家?”

“废话，不然我费心费力地写歌谱干嘛。”

果然，徐涵雨收到歌谱，脸上一热，双颊微红，站起来对傅清荷说：“走，回家。”

“不等了?”

徐涵雨低头一笑说：“等，回家等。”

“姐姐，我们难得有机会相聚，去我庄园住几天行吗?”

“行，那就打扰了。”

姜扬倒是随遇而安，心平气和地享受少有的宁静和安逸，他睡足那3天后，生活便有条有理，睡觉、起床、读书、吃饭，如此循环往复。有时读书时间多点，有时思索时间长些，一套毛泽东选集读得是津津有味。

蒋伟军再次见姜扬已过了10天的一个上午，姜扬坐在桌前的椅子上，他将椅子翘起来，用椅子的两个后腿做着平衡晃来晃去。

蒋伟军进门见状说：“姜行长，好悠闲自得啊。”

姜扬仍旧闭着眼晃着说：“悠闲自得？我们换换。”

“哎，累得像狗一样，我还真的想天天躺在这里，哪像你闭着眼这么享受，看着眼馋。”

“睁着眼不一定就比闭着眼看得清、看得远、看得深，有时闭上眼才能看到你看不到的。”

蒋伟军愣了下说：“懂得这道理的又有几人啊。”

“烟不抽了?”

“你怎么知道?”

“你们身上的烟味一天天淡下去，这几天几乎没了烟味，你们在集体戒烟啊。”

“是，都不抽了。”

“了不起，到底是纪委干部，心理素质强。”

“还不是被你的挂钟折腾的，每次看时间都会习惯地朝原来挂钟的位置看一眼，然后再去看现在挂钟的地方，这下好看次钟都要做甩头运动。”

姜扬睁眼坐好说：“受到启发了？香烟确实是这么回事，是一种习惯，心里是一种习惯性的惦念，先是惦念着口袋里散装的，再惦记抽屉里整包、整条的，再惦记商店里的、别人兜里的，为一个身外之物如此惦记有意思吗？想通了，香烟就没了存在价值。太高兴了，你们是我第一批成功的试验品。”

“姜行长，这些天了解了你的一些事情，你是一位令人尊敬和信赖的好人。

我相信不久就可以出去。”

“要是都像你就好了。”

蒋伟军愣了愣，品品姜扬的话，然后说：“我们是党的保洁员，打扫卫生时不免会出现一些状况，只要及时纠正就好。”

姜扬点点头说：“我相信党，我也拥护和接受党对党员的监督。”

蒋伟军笑笑说：“谢谢姜行长理解，好像你也在做保洁员的工作。”

这会轮到姜扬愣了愣，他想想说：“我只是做我该做的。”

“听说姜行长是查账高手。”

“银行的账简单，查个错账什么的也不复杂。”

“谦虚，姜行长太谦虚了，从一个汇款走向上就看出问题，一举就挽回600多万元损失，好像还有一些事情正在进行当中。”

姜扬立即警觉起来，他打着哈哈说：“碰上的，瞎猫碰上死耗子。在这里十多天人都变懒了，犯困了，我去躺躺。”

“听说你做俯卧撑已经上百了。”蒋伟军诚恳地说：“我这次来就是想向你请教如何查账的，我工作中遇到难题了。”

“我没骗你，我们银行的账是收付记账法，是最简单的记账方法。不过，我有些查账的心得供你参考。”

“请讲。”

“清晰地明确要查什么，这是甄选要查什么类型账务的关键，是主要矛盾。其实是排除法，尽可能地排除那些干扰主要矛盾的枝枝蔓蔓，不要用次要矛盾去影响主要矛盾，当然在排除的过程中要保证其准确，在排除过程中我们就能慢慢接近真相。”

“哦，谢谢。”蒋伟军对姜扬的务虚说法不免有点失望。

“我们银行在信贷过程中，需要对企业的产、供、销及财务进行系统性的分析，其中我们常用的一个方法是比较法，企业数年间的同项目比较，企业与同行业间平均单位生产成本的比较，只要工作做得细就不难发现问题。”

蒋伟军眼睛一亮，他兴奋地说：“企业同项目的环比可以发现成本的变化情况，同行业间的平均生产成本比较可以看出该企业的总体状况。”

“同行业间的比较可以比较出企业的管理水平、领导素质、生产工具优劣、技术水平、员工素质，原辅材料成本高低、生产效率、成品率及销售渠道、成本、废品处置等情况，哪里有反常就重点查哪里，可以抓住主要矛盾，确定主攻目标。”

蒋伟军一拍桌子喊道：“高！”

姜扬微微一笑说：“制约企业成本和销售价格的因素很多，不能一概而论。这只是对一个企业的初步判断，走到这步我们银行就可以基本决定企业贷款贷与不贷，如果企业经营不佳又不是技术改造，提高企业劳动效率而坚持贷款的，我看你们纪委就可以来抓鱼了。”

“你的网里是不是有大鱼啊？”

“不想听了？”姜扬不愿在这个话题纠缠。

“你说。”

“你可以将 3～5 年的同类材料进行比较，当然要注意材料价格、人员工资等因素的变动，需要的话还要考虑汇率的变动。”

“如果手段隐蔽点的会从哪里入手？”

“硬开发票，收受贿赂不新鲜了，也好查。难点的是吃空饷，开空头发票。吃空饷查起来麻烦点，开空头发票，并伪造入库，再虚假出库，最难查。”

蒋伟军点点头说：“难怪财务上那么嚣张，他们是有恃无恐，这下要抓住狐狸的尾巴了。”

“关键是仓库保管员，进、出库凭证都是伪造的，不可能不露出马脚。”

蒋伟军“唰”地站起来向门外走去，说：“等我得胜班师，请你喝酒。”

“要不要我帮帮你。”

姜扬一句戏言，没想到第二天蒋伟军真的运来十大箱企业账簿、凭证、票据，蒋伟军和姜扬埋入没日没夜的票山账海之中。

姜扬在办案点安心地待下去，徐涵雨也同傅清荷去西沙湾安心地等待，他们似乎远离了是非中心，可由此变故引发的纷争却刚刚开始。

就在姜扬被双规的第二天，唐婉儿一身俏装来到薛凯的办公室。

“薛行长。”唐婉儿站在门口的一声喊，让薛凯魂飞出一半。

薛凯连忙上前关上门说：“快进来。”

唐婉儿从容地说：“你慌什么，我是来谈我们度假村给你们一个什么位置办银行的。”

“谈，也要进来谈呀。”

唐婉儿进门后，薛凯不满地说：“有什么事不能打电话，非要跑来。”

“我们等不来你，就不能寻上门来？你现在胆子小了，当初搞我们雪莹时可是色胆包天啊。”

薛凯脸色一横说：“这是我和雪莹之间的事，与你有什么关系？没事的话，请你出去。”

唐婉儿“咯咯”笑笑，说：“好、好，我这就出去，你可别挡我，我这就去纪委自首去，谁让我们贿赂你呢。”唐婉儿做无限憧憬状，“和姜扬做伴不失是件美事。”

“你疯啦！”

唐婉儿喝道：“我没疯，是你愚蠢，愚不可及！你说你这么个大行长被一个小小手下制得服服帖帖的，你的行长权威何在？你的行长尊严何在？你的行长颜面何在？”

薛凯有气无力地说：“你们不是不符合贷款条件嘛。”

唐婉儿振振有词道：“我们怎么不符合贷款条件呢？我们这个项目立为县里的重点项目，放眼沿江市独一无二，滨江省也仅 3 家而已，项目完成后将是滨江宝地上的一颗璀璨的明珠。”

“你们当真会建成度假村？”

“当然要建喽，这么好的赚钱项目，这么好的地理位置，这么好的优惠政策，我们为什么不建？”唐婉儿扫了薛凯一眼问，“是不是那个姜扬胡说了些什么？”

“你别管谁说的，你们在海南开发的项目是不是放弃了？”

“怎么叫放弃了？那是我们的经营方式，我们有 50 年的土地使用权，我们不仅获得了应该获取的利润，而且将土地无偿交给农户种植，你不知道那里的农户多么拥护、爱戴我们，如果这是你们的贷款要求，我立即去海南收回经营权。薛大行长，你被姜扬欺骗了。”唐婉儿不忘缀上一句，“这个臭小子。”

薛凯被唐婉儿一番义正言辞搞得有些摸不着头脑，他疑惑地问：“你确保海南资产没问题？”

“当然没问题，我们的租赁协议档案中都有。”

薛凯松了口气说：“海南的投资，我们只是做个参考，抵押和担保我们只需要一项。”

“这么说我们的贷款没问题了？”

“你们的前期投入太少，这样，你们再打 1000 万进账户，我再争取争取。”

“好，一言为定。薛行长，好久没去看雪莹了，雪莹时时想着你呢。”

薛凯感觉小腹一热，一种强烈的欲望充满全身。

唐婉儿优雅地抛了足以摄魂动魄的媚眼：“小妹晚上在别墅略备薄酒，盼薛郎前来一顾，小妹和雪莹一同伺候薛郎。”唐婉儿说完转身潇洒地离去。

薛凯看着关上的木门，大脑里尽是挥之不去的人间尤物，心中那个被压制的欲望成功地被唐婉儿撩起又占据了整个躯体。他品味良久，热烘烘的身体慢慢冷却下来，他拿电话拨出号码，说：“杨主任，通知 10 分钟后在小会议室开支委扩大会，请中层干部全部参加，也请丁志华、宁静参会。”

10分钟后薛凯踏着时间来到小会议室，他不急不忙坐下，扫视一周说："都到了吧？"

"都到了。"杨福康习惯地答到，可是他发现薛凯根本就没瞧他一眼，心中不免有些尴尬。

"现在开会，今天开一个扩大会议，说明今天的会议很重要。大家都知道姜扬同志被飞峰县纪委双规了，市分行十分重视专门派纪检刘炳南书记处理此事，我们也配合市分行的调查，根据我们了解的情况没有发现姜扬同志有违规、违法行为。市分行要求，对姜扬同志双规一事，不讨论、不传播、不听谣、不传谣，安心工作、努力工作。"薛凯说到这里停下来用严厉的目光扫视全场。

"姜扬同志对飞峰行的贡献是有目共睹的，所以我们要更加努力工作，把飞峰行办得风风火火的。姜行长什么时候能够和我们一起工作，我们说不清，要飞峰纪委说了算。为不耽误工作，我决定，信贷科暂时由丁志华同志代理科长一职。考虑我们行基建繁重的工作即将开始，就请杨福康同志以基建工作为主，为我们飞峰行造一座百年不倒、百年不落伍的最有品质、最好质量的大楼。杨福康的有关工作也要做暂时性的调整，办公室的日常工作就请宁静同志多干一些。风险评估的工作请张涛同志顶替。"

会场上鸦雀无声，丁志华代理科长尚能说得过去，杨福康这个办公室主任就名存实亡了。

"什么情况？"大家面面相觑。

杨福康清楚，林宗森清楚，丁志华也清楚，这是冲着飞峰湖高尔夫度假村项目去的，看起来薛凯是要保证该项目的顺利通过。

薛凯用威严的目光又一次环顾会场，从每位参会者的脸上慢慢划过，然后说："散会。"

薛凯又找回了自信，唐婉儿说得有理，凭什么说度假村是骗子公司？凭什么说度假村有风险？高尔夫度假村那可是蓝汪汪的一片蓝海，在滨江省也处于领先地位，这是我们外汇银行一个机会。最重要、最可气的是，凭什么你姜扬看好的项目就是好项目，我薛凯看好的项目就不是好项目？

薛凯经过小小的人员调整，一切都称心如意，再次召开风险评审会，飞峰湖高尔夫度假村项目以3票赞成1票弃权顺利通过。

薛凯拿到丁志华送来令他满意的投票结果，他语气中不免有几分得意："林宗森还识相投了弃权票，项目陈述人不能投票，这是什么逻辑？陈述人必须坚定不移地支持自己调查的项目。小丁你把资料准备好，明天跟我去省行上报项目报告。"

“不报市行吗?”

“不用了,市行又不给钱。”

丁志华自打度假村回来人便变得阴郁了,他不可能无视金钱魅力,但理智告诉他金钱的背后更有法律的尊严。他也像赏花暗地里欣赏艳美双姝,甚至偷咽下欲滴的垂涎,他懂得何为禁果的道理。可是他不能拒绝对他爱人的安排,那个原本就该是她的公办教师的职位,轻易地就落入他人之手,现在机会来了,他不能装着像没事人一样。权力,这个似迷似雾般存在这社会的每个角落、渗透在人生的方方面面、真实而飘忽不定的东西,终于在丁志华的人生中显露出狰狞的力量和诱惑力。一心想跟随姜扬这位屡屡创造神奇的上司振兴飞峰行的他,终于在他为自己找到千万个自我安慰的理由下妥协了,理想就这么轻松地被现实打倒了。

丁志华说了声“知道了”便退出行长室,可他的后脑勺能够感觉到薛凯的漠视的目光,他心里挣扎地回答:“一百步笑我五十步,不,三十步,凭什么?”

可是当丁志华经过姜扬的办公室门前时,他感到一种强烈的负罪感,虽然姜扬现在是疑似罪犯,可他仍然找不到脱罪的借口,他只有加快步伐逃也似的离开这重如泰山的空荡荡、黑洞洞的门口。

丁志华几乎冲进信贷科,信贷科只有顾群一人在,他低头回到自己的座位上,但他能感觉到每个座位都投来鄙视的目光。

丁志华拿出早已整理好的材料装模作样地审阅,可那颗曾经踌躇满志的心在盘算着假如这个项目顺利进行,他会怎样、怎样尽职尽责地干好这信贷科科长。

中国俗语说“牵一发而动全身”,国外也有“蝴蝶在巴西轻扇一下翅膀,可能在美国的得克萨斯掀起一场龙卷风”。刘厚实在官场侵淫半辈子,这点道理自是心知肚明,他自然是不会漏过每个细微的环节,更不在乎这三万五万。可收钱自有收钱的道理,送的钱多与寡是衡量送钱人对自己的亲疏、重视、尊敬、忠诚的态度,是衡量送钱人的标准,这就给钱赋予了人事上的意义。追溯到古代铸币者,他们万万没想到这充当一般等价物的伟大发明,竟可以把做人的标准放到钱的天平上去称一称,事情既然发展到这步这钱是万万不能留了。

刘厚实戴着一副宽边大墨镜唬着脸来到古玩轩。

古玩轩只有一间30来平方米的门面房,在飞峰县城闹市区鲜鱼巷口背后的小巷子口,相对巷子里的小画廊、杂货铺、茶馆、理发店算是好位置,但与大街上摩肩接踵的人流来说,这里显得十分冷清,只有少数几位老客悠闲地逛着,不时地和店老板聊上几句。古玩轩里沿墙摆放着仿红木的博古架,上面满满当当放着各种瓷器、木雕、红木小件及紫砂等摆件,白石灰墙上挂着十来幅字画,门口的空地上放了几只青花大瓷瓶。

刘厚实进门双眼如电光火石般地扫上一遍，心中暗笑：这店没几件真货，即使是真货也值不了几个钱，石海涛真会选地方。刘厚实定神看了看，发现了古玩店里的玻璃橱柜里，在醒目的位置上放置着那个粉彩小碟，旁边一标签，上写着清康熙粉彩碟，人民币 8 万元。

古玩轩老板早练就一双火眼金睛，他看到来者目光所至，便知道来者只对瓷器感兴趣，又见来者目光停留在那只粉彩小碟上，他便凑到近前说："这位老板好眼光，这是本店的镇店之宝，如假包赔的清康熙的粉彩碟，要不要拿出来细看?"

"不用。"老板稍感失望正要走开，只听来者说，"5 万元卖不卖?"

"老板好眼力，如果是官窑就要上百万了，如果老板真心想要再给您打个折。"

"不用，开票，包起来吧。"刘厚实冷冰冰地说。

老板是察言观色老手，这点颜色看不出来就不要在江湖上混了，他二话没说从抽屉里拿出收据。

"慢，开发票，税钱我出。"

老板从抽屉里换出发票写好递给刘厚实说："税是我们该缴的，还望先生多来照顾小店生意。"

刘厚实从包里取出 5 万元递过去，说："点点。"

老板左手拿起一扎钱，右手大拇指熟练地在舌头上一舔，一张张点起来。一会儿 5 扎钱点完，他收进抽屉说："谢谢。"

刘厚实冲他一点头转身离去。

刘厚实没有从热闹的原路返回，而是向巷子深处走去，走过僻静处停下来，从衣袋里取出电话拨通号码，说："石行长，粉彩小碟钱我已经还给古玩轩老板，你让人取回吧。"

"刘书记，这是我孝敬你的，这又何必呢。"

"石行长，我们都是朋友，没有必要这么客气，就这样。"刘厚实看在石海涛对自己尊重有加的份儿上，对石海涛还是十分客气的。

"刘书记，姜扬的事给你添麻烦了。"

"姜扬不能留了，办案人员都对他的印象非常好，现在他居然在帮助我们查账呢。"刘厚实心里对姜扬也十分佩服。

"那也不必……"

刘厚实打断石海涛的话说："就这样，回国不要忘记来看看我。"

“我一定来拜访刘书记。”

刘厚实挂上电话转身看向巷子里面，他想想向里面走去，步履显得轻松自在，人闲不如心闲啊，他也像其他老客一样逛逛老铺，看看新奇物件，问问价格。刘厚实正在溜溜达达享受百姓生活之时，他的电话不切事宜地响了，他拿出电话看看号码犹豫了一下还是接通电话，问：“哪位？”

电话里传出娇媚的声音：“刘书记，我是焦娇呀。”

刘厚实不带表情地说：“哦，焦总呀，好久没听到你的声音了。”

“哎呀，对不起，是娇娇不好，娇娇知错了。”

“有事吗？”

“没事就不能找刘书记了吗？”

刘厚实无声地冷笑一下。

“刘书记，现在有空吗？”焦娇不等刘厚实回答立即说，“我请您去根之源洗脚。”

“这……”

“我在贵宾尊皇包间等您。”

根之源足疗馆是飞峰县最好的洗脚房，尊皇包间是根之源最好的包间，位于根之源的 3 楼，有专门的贵宾通道来往，是由一厅一卫、一个沐浴间、两个小包组成，布置上讲究私密性，仿皇宫装修，奢华之极。

10 分钟后，刘厚实来到根之源足疗馆尊皇包间，焦娇身着吊带短裙守候在门口，短小的吊带裙掩不住胸涌澎湃和火爆的身材，她从门缝看到刘厚实立即打开门，娇滴滴地将他迎进门。

房间热气开得很足，就像回到了盛夏，刘厚实一进门便汗流浃背，焦娇帮刘厚实把薄呢夹克、羊绒开衫脱掉，说：“刘老板，我帮您冲个凉。”

“不用，我自己行。”

“我在龙族包间等您。”

龙族包间大约 25 个平方，盘龙描金雕刻的罗汉大榻足足占了三分之一的房间，龙榻上铺着明黄色的软垫，其余用具一应是仿清皇家器具。

刘厚实一身明黄绣龙短装，精神焕发地进来，他看到焦娇说：“我这一身打扮，还真像皇族一般。”

“在这里您就是皇帝，嫔妃为您泡脚。”

焦娇扶着刘厚实在龙榻上躺下，在腿弯处的龙榻上揭下一块木板，木板下露出一个方洞，方洞里摆放着一只大木桶，木桶里冒着热气，焦娇试了试水温，又掺了些热水，慢慢地将刘厚实的脚放进木桶里，说：“刘老板，这是根据《黄帝内经》记载的配方配制的，常泡可以活血补肾，助阳生精。”

一股热流从脚传导到全身，他舒服地闭闭眼，然后问：“洗脚师傅呢？”

“由焦嫔妃我伺候皇上。”

刘厚实心里有些感动，他朝焦娇笑笑，虽然这笑比哭好看不了多少，说：“还是叫刘老板的好。”他向四周看看说：“这要传出去影响不好。”

焦娇乖巧地说：“刘老板，你先休息，我帮您先按摩，松松筋骨。”焦娇说完边熟练地从手开始按起来，刘厚实惬意闭上眼，全身神经随着焦娇的一双柔荑之手而调动，人渐渐迷离随着思想若沉若浮飘浮在空中……

焦娇按摩前面就将泡的双脚从木桶中移出，这是一双敦实、宽厚的大脚。她坐在矮凳上，将这双脚放在雪白的毛巾上擦干、摆正，然后半握粉拳，轮起十指向脚心轻轻弹去，就像弹奏琵琶的轮指一般。刘厚实刚刚平复的神经在这有节奏的弹拨下又调动起来，他情不自禁地“哼”出声，刘厚实的声音让焦娇略感羞涩，她两颊泛出桃花，她十指从脚心划向脚背，然后用毛巾包严一只脚保住温度，将另只脚轻轻放在腿上，用捏、揉、搓、按，挤、压、搬、拉、刺等手法给刘厚实以不同的刺激，最后归于轻松之享受。

全套程序下来，足足用了 50 分钟，焦娇已见微汗，她说：“刘老板先休息一下，我去冲凉。”

一会儿焦娇进房，出浴后的焦娇显得娇嫩欲滴，她径直上了龙榻将靠背放平，让刘厚实翻过身，

不知怎么回事，刘厚实今天的神经特别敏感，他立即感到燥热在全身升腾，一个欲望占据整个大脑，他的矜持早就被这欲望冲得丢盔弃甲。

焦娇娴熟地运用各种手法在刘厚实的身上肆意游走，让他一会儿进深渊，一会儿又入了云端。

刘厚实在享受之余问：“焦总，你这洗脚、按摩的手法不一般啊。”

“当然，我可是专门去培训学校进行为期 3 个月的专业训练，在这行当里也算是科班出身了。”

刘厚实还想说点什么，焦娇用双手的大拇指按住大腿根部的两边不知什么穴道，刘厚实只觉得一股热流向小腹下涌来，腹下一阵阵地炽热，原本感觉上、心理上的欲望，化成欲火般的渴望。大约两三分钟后，焦娇猛地松开按住的穴道，这欲望冲出小腹通向全身，他又不由自主地“哼”了出来，这时他已经不能正常地趴在龙榻上，他微微向上跷起屁股。

焦娇得意地一笑，伸手插进刘厚实的身下，一边揉按一边把衣扣一颗一颗地解开。

……

焦娇一会儿进门，用娇笑、坦然甚至骄傲的姿态去迎接刘厚实那喷火般的目光，她从容地在刘厚实面前穿上吊带裙，她说："刘老板，您先休息一下，午饭一会儿给您送来，我就先回去了。哦，这个包间可以使用一天。"

"焦总，等等。"刘厚实已经好久没有男人的那股劲了，他刚刚尝到重振雄风的感觉，可这感觉还没来得及品味就瞬间消逝，他当然不想放走让他再次成为男人的女人。

刘厚实拿出电话拨出号码："石老弟啊。"

"您好，刘书记。"这是石海涛第一次接到刘厚实打来的电话。

刘厚实开门见山："这样，姜扬，我帮你留到元旦后，1 月 2 日放人。"

"谢谢，谢谢刘书记。"

"就这样。"刘厚实挂了电话，看着焦娇。

焦娇对刘厚实抛了个媚眼说："我去给您加个虫草老鸭盅再来陪你。"

刘厚实指指内线电话，"打电话。"

"是。"焦娇打完电话便依偎到刘厚实身边……

第四十一章　另辟思路解迷账　万折必东扎根系

闲不容瞚，地球的转动不会因某人某事而停顿下来，也不问人类把它分成24个小时还是38个小时或是12个小时，它无情地转动把人们带到12月31日，这天对飞峰县外汇银行意义非凡，滨江省外汇银行一把手徐开新行长前来视察。

徐开新轻车简从践约而至，薛凯带着丁志华在飞峰县界迎接徐开新，引导徐开新的乘车驰向天盛车业总公司。

自行车总公司大门前热闹非凡，外汇银行沿江市分行行长谢季风；飞峰县县委书记蒋红卫、副县长耿良平、副县长卢光辉及6位相关局的局长，以及王能达、曾念祖、万耀华等候徐开新的到来。飞峰县电台、报纸均派记者前来采访报道，电视台专门安排两部摄像机跟随拍摄。

薛凯汽车一马当先开过大门停下，徐开新汽车紧随着领到大门前，薛凯小跑着给徐开新打开汽车门。

徐开新在汽车里看到这个阵势，眉头微皱，心中略感不快。无奈，事已至此不容他多做考虑，便举步下车。

谢季风首先上前迎接徐开新，徐开新握握谢季风手轻声问：“怎么搞出这么个阵势?”

谢季风笑迎徐开新，手中暗暗紧了紧说：“飞峰县县委蒋书记听说徐行长来飞峰，带着相关领导前来迎接。”

徐开新通过谢季风握手暗示，立即以热情的姿态来迎接蒋红卫一行人热情的迎接，足足10分钟的客套，宾主才寒暄结束。由曾念祖打头，众人跟随向办公楼走去。这里谢季风才有机会向徐开新说明缘由：“徐行长，这个阵势是我要薛凯安排的，姜扬被飞峰县纪委双规了。”

“就是那个年轻的副行长?”徐开新脸上不由地流露出惋惜。

“是，但姜扬同志是过硬的，经过我们分行纪检调查，姜扬同志没有任何行贿、收贿、贪污等违法乱纪行为，飞峰县纪委同样也没查出任何问题，但不知什么原因，飞峰县纪委就是不放人，所以……”

“我明白了，你去让薛凯拿两瓶纯净水来。”

说话间来到2楼接待室，大家按职位顺序坐毕，徐开新笑着对蒋红卫说：“没想到蒋书记这么隆重，其实我今天纯属私访，是向一位年轻人讨口茶喝。”

蒋红卫对曾念祖说：“快泡茶呀。”

徐开新说：“蒋书记不忙，我和那位年轻人有约在先，今天只喝他泡的茶。”徐开新环顾四周说：“姜扬，姜扬！出来泡茶，不会现在打退堂鼓吧?!”

徐开新话语落下，会议室安静下来没人应答，蒋红卫好奇问：“姜扬是谁?”

徐开新对谢季风点点头，谢季风平淡地说：“他是我们外汇银行飞峰县支行的到任仅半年的副行长，是他将润峰水泥总公司、天盛车业集团总公司两大公司的结算、信贷、保险等财务活动动员回滨江省的，也是他力荐华宝寺项目，并已上报省行审批，也是他大力支持唐铸锅炉公司进行A级锅炉企业升级的。今年飞峰行会扭亏为盈，为飞峰县带来150万以上的税收收入。”

蒋红卫急着问：“那姜行长呢?”

没人回答。

蒋红卫又问：“姜行长为什么不来?”

张力勇在一旁说：“蒋书记，姜行长被我们纪委双规了。”

“我们纪委双规？银行不是有纪检部门吗?”

谢季风这时说：“有人实名向飞峰县纪委举报姜扬同志受贿，飞峰县纪委双规姜扬同志无可厚非，但是经过调查，姜扬同志早已将此款上缴我们分行的廉政账户，同时也对姜扬同志职权内的企业进行了充分的了解，证明姜扬同志是一位过硬的优秀共产党员。可是，在事实清楚的情况下，飞峰县纪委拒绝解除对姜扬同志的双规，这让我们难以理解。”

“有这事?”

“已经1个多月了。”

徐开新打开纯净水瓶盖说：“姜扬兑现了他的承诺，我也应他之约来品尝他泡的茶，当然，也准备兑现省分行对飞峰县进行全面支持的承诺。既然他不来泡茶，我只能喝纯净水了，以前的承诺也就没必要遵守了。季风啊，我也没有必要再留在这里了。”

蒋红卫急忙说：“等等，徐行长，我了解一下情况。”

乔博书及时地递来手机。

蒋红卫考虑一下对身旁的一干人说：“既然徐行长带有私访性质，我们就不该多打扰，张局长你留下，其他的先回去。”

众人纷纷向徐开新、谢季风点头示意退出会议室，徐开新、谢季风、薛凯等站起来客气回礼相送。

蒋红卫也不避嫌，当场拨出电话并打开免提说：“刘厚实副书记吗？我是飞峰县县委常委、县委书记蒋红卫！”

“蒋书记，您好，有什么指示？”刘厚实第一次听到蒋红卫用这种奇怪的称呼，他不敢怠慢，恭敬地回答。

“外汇银行飞峰县支行副行长姜扬同志是不是被你们双规了？”

“是的，蚕茧总公司总经理王春生实名举报姜行长，所以我们进入调查程序。”

“哦，是这样啊，那么调查有没有结果？”

“有了，10 天前有了结果，姜扬同志将行贿的款项上缴外汇银行沿江市分行的廉政账户。”

“有没有其他违法违纪行为？”

“没有。”

蒋红卫突然厉声问：“没有问题为什么不放人！还要我上常委会吗？”

电话里不急不忙地回答道：“不好意思，蒋书记，是我们舍不得放他。蒋书记，能不能跟外汇银行商量一下，把姜扬调到我们纪委来吧。”

“什么意思？”

“他是查账高手，也正帮我们日以继夜地查账，在他的帮助下一桩隐藏颇深的大案即将水落石出。”

“什么？他在查账？”这个回答让大家都面面相觑。

刘厚实从容地说：“是的。”

“开什么玩笑！姜扬同志担负着数亿项目的工作，如果这些项目出问题你们承担得起吗？再说，人家有家庭生活，也会给他造成不良的社会影响，你想过吗？”

“对不起，是我们考虑不周，我做检讨。”

“向我做检讨有什么用，你必须代表纪委向姜扬同志道歉，并由你亲自送他到外汇银行消除影响，我看今年的廉政标兵就给姜扬同志了。”

“是，蒋书记。”

“半小时之内派人将姜扬同志请到天盛车业来，我在这里等！”“啪”蒋红卫狠狠地合上电话。

蒋红卫又打开电话拨出电话：“刘副书记，你们立即对行贿人员进行双规，明天我去纪委听你们汇报。”这时蒋红卫才出了口气，他放下电话对徐开新歉意地笑笑。

徐开新对蒋红卫笑笑也拨出电话："邵处长吗？"

"是，我是，徐行长有什么指示。"

"飞峰县的项目在你那里吧？"

"在，所有手续都已完成。"

"好，好，那就下划吧。"

"是，徐行长。"

邵处长挂上电话说："小涂，把飞峰行的两个项目表拿来。"

小涂从文件柜取出两只文件夹，送到邵处长面前，文件夹的封面上写着《外汇银行飞峰县支行，华宝寺固定资产贷款项目审批表》和《外汇银行飞峰县支行，飞峰湖高尔夫度假村项目审批表》

邵处长拿起钢笔，在两个项目的审批人处签上自己的名字，说："立即送到营业部划账。"

姜扬和蒋伟军头发乱蓬，胡子拉碴，眼睛充满血丝，全神贯注地埋头在账簿中。

房门打开，王国星从外面进来说："姜行长，回家吧。"

"嗯？"姜扬还没有反应过来。

"你被解除双规了，去收拾一下，刘副书记亲自送你回银行。"

"不急，再等等。"姜扬头也不抬地说。

"姜行长，你们省分行行长、市分行行长和县委的蒋书记都在那里等你。"

"谁来了？等我？"姜扬抬头想想，他这才反应过来。

"小蒋，你开车送姜行长回银行，然后再送到天盛车业。"

"这就回去了？我的账还没查完呢。"蒋伟军急着说。

"别胡闹，快点，姜行长还有重要工作。"

老王拉起姜扬急着说："快洗洗，刮刮胡子，你们省行行长要见你。"

"哦，他来了。"姜扬依依不舍地站起来，眼睛还在看着传票。

老王气急可笑说："他来了？他是你们省分行行长！"

姜扬这里才缓过神，说："徐行长来了。"

老王推着向卫生间走："快点。"

……

蒋伟军开车送姜扬到外汇银行，刘厚实在外汇银行营业部外等着，看到姜扬下车，他主动上前礼节性与姜扬握握手说："姜扬同志，经过飞峰县纪委的严密调查，你是一名合格的共产党员，我将当众宣布你的清白。”

“谢谢刘书记，不用了，我愿意接受组织监督和调查。”

刘厚实打心里佩服姜扬的廉洁，更赞赏姜扬的豁达：“那就更应该说清楚了，跟我来吧。”

外汇银行营业部里人来人往好不热闹，位置正对大门的储蓄专柜主任王金铃率先看到姜扬进门，她激动地喊道：“姜行长回来了。”王金铃的一声喊让营业部所有的职员都停下手中的业务，他们纷纷了站起来，办理业务的客户大多认识姜扬，也纷纷向姜扬问好。

刘厚实走到人群中间大声说：“外汇银行的同志们，各位前来办理业务的客户们，我是飞峰县纪委副书记刘厚实，我在这里郑重地告诉大家，姜扬同志是一位经得起考验的好同志，飞峰县纪委将授予姜扬同志为飞峰县廉政标兵。”

刘厚实话声刚落，营业部里响起热烈的掌声,陶珊珊和杨慧慧尽情地抹着眼泪。

“有件事必须向大家澄清，姜扬同志去纪委的第二天，问题就了解清楚，是我们纪委有工作请姜扬同志帮忙，所以晚回来几天，不免引起大家误会，也耽误了姜扬同志许多工作，在此我向姜扬同志表示歉意和感谢。”刘厚实说完与姜扬握握手转身离去。

姜扬微笑向同事们示意继续工作，向客户们的关心表示感谢。蒋伟军见差不多了进门拉着姜扬往门外走，说：“快走，我还要送你去天盛公司。”

姜扬跟着蒋伟军来到门外车前说：“等等，我还要带一个人去。”

“你快点，蒋书记要我们半小时内将你送到。”

“已经半个小时了，等一下我打电话过去。”姜扬说话间电话已经拿在手上，他拨出电话：“林科长，在行里吗?”

电话里惊喜道：“姜行长，你在哪儿?”

“我在楼下。”

“我马上下来。”

蒋伟军在一旁气得对姜扬直翻白眼。

姜扬这才拨出薛凯的电话：“薛行长，我姜扬。”

“姜行长，在哪儿？徐行长、谢行长、蒋书记都在等你。”

“我在行里，马上来。”

蒋伟军坐上车发动着汽车，林宗森一路跑着来到姜扬面前，林宗森拉着姜扬的手问：“没事了吧?”

“没事了，上车谈。”

蒋伟军挂挡起步加油，汽车刚刚驰入街道，姜扬突然说：“靠边。”

蒋伟军立即打方向灯靠边停稳，问：“怎么了?”

“蒋主任，我刚刚琢磨了一下，我们在材料库上反复拉锯，可能方向错了。”

“何以见得。”

“我们把大脑撑得太满，大脑没有了活动的空间，大脑闲下来反倒是思维更活跃，视野更宽阔。我们两眼直愣愣地盯着原、辅材料，忽略了对低值易耗品的分析，我想那里更容易操作，隐蔽性更强。”

蒋伟军一拍方向盘，“嘀”的一声喇叭响把自己吓了一跳，他安安神说：“对啊，从耗材上走，涉及的人员更少，做起事来更方便。”

姜扬打开车门说：“我自己开车去。”

“谢谢姜行长理解。”蒋伟军又问，“姜行长，这些天我们对地毯厂没少研究，你能说说你的看法吗?”

姜扬重新坐回座位上，想想说：“第一，地毯厂没有想象的那么好。第二，财务状况没有报表上反映得那么差。第三，坏账太多、报废产品太多、库存材料损耗太多。”

“你是说这个厂隐藏了许多东西，那他们的目的是什么呢?”

“我觉得不是想贪污点钱那么简单，我们国家进入深化改革阶段，做空企业资产，从表象上让企业资不抵债，然后以零资产进行改制，集体资产甚至国有资产就顺利到手了。”姜扬跨出汽车。

蒋伟军追着问：“怎样才能让真相大白?”

姜扬关上后门，走到驾驶室旁对蒋伟军说：“彻底清查账务，与相关的业务单位进行对账，盘查产成品、原辅材料的真实库存。”

蒋伟军使劲点点头挂挡、加油欲起步。

姜扬又道：“你考虑过你将面临的压力吗？你自信能顶得住吗?”

蒋伟军一听，退挡、熄火钻出驾驶室，站在姜扬面前说：“你的意思是会有上面的压力?”

“企业改制是大趋势，你如果先清查后反腐，只怕你这头都开不起来，只有由小及大，循序渐进才能达到目的。”

“姜行长，调到我们纪委来干吧。”蒋伟军说完钻进车里一加油走了。

姜扬目送汽车离去，直到消失在视野中才收回目光，他问：“商务车谁在开?”

“没专人开，大部分时间闲着。”

“杨主任在吗？找他拿钥匙。”

“杨主任现在主要负责基建，办公室暂时由宁静负责，风险评估委员会的人员也进行了调整。”

“哦，我们上车谈。”

“好，我去办公室找宁静。”林宗森说完匆匆离去。

姜扬站在路边拨出电话：“杨主任，我，姜扬。”

电话里响起激动的声音：“姜行长，你在哪里？”

“我在行里，马上去天盛车业。”

“早就说没事了，怎么拖了这么长时间？”

“没什么，在里面我也没闲着，地毯厂的事……”

没等姜扬说完杨福康抢着检讨：“姜行长，对不起，我战友到现在还没能打探到消息。”

“让你战友停止了解，我已掌握情况了。”

“啊，你在那里面也能搞到情况？”

“这以后再说，宋昭军这段时间有什么动静？”

“有点动作，平时上班倒也没事，他去了两趟江城市，换了不少美元。”

“要溜！”

“有这可能，公安局已经加派人手盯着。”

“先这样，我们以后再谈。”姜扬看林宗森开车过来便挂断电话拉门上车说：“去天盛车业。”

蒋红卫和徐开新分别向属下做完指示后接待室又归于安静，在这个气氛下谈什么都有些尴尬。

万耀华突然“哈哈”一笑打破沉闷，他说：“想想姜行长还是挺机智的，连出奇招把这个老江湖拿下了。”

“叫什么拿下，我这是英雄相惜。”曾念祖佯装不满地说。

万耀华稍带不屑说：“得了吧，就在这里。”万耀华拍拍他坐的位置说：“就在这里你将姜行长前后左右堵得死死的，要不是姜行长另辟蹊径挠到你痒痒筋,今天我们就不会坐在这里了。”

曾念祖夸张地指了指万耀华说：“我寻思着姜行长怎么这么了解情况，敢情一个间谍潜伏在我身边。”

王能达插话说：“你们俩一唱一和的，把我们一干人蒙在鼓里摇啊。”

万耀华在座位上欠欠身说：“不是，也不敢，只是那天姜行长智斗我们曾老哥实在是有趣得很。”

万耀华使用最简单的方法调节气氛，大家还是心存感谢，尤其是蒋红卫心怀飞峰发展蓝图，想借此机会得到省行的支持，他的抱负有了雄厚的资金支持才会得以实现。

徐开新与姜扬一约，既有兴之所至也有他对县级支行工作的关心，原本来喝喝茶、聊聊天，给下属一个平易近人、和蔼可亲的形象，同时也趁此机会访问飞峰的台商，进一步增加感情，“行百里半九十”嘛。

徐开新应姜扬之约而来，蒋红卫却为姜扬双规一事所困，虽然两人在处理自家事务中都力显大度，但相互之间一时竟无话题可言，万耀华机智地一打诨冲淡了尴尬气氛。徐开新和蒋红卫相视一笑，兴致勃勃地看着万耀华。

“这座工厂是我们曾老哥得意之作，亲自设计并亲自监工。徐行长、谢行长，我们不如实地观摩曾董事长的零库存管理。”

徐开新笑答：“开新正有此意。”徐开新对曾念祖说：“不知我们是否有福观赏曾董事长的杰作?”

曾念祖笑不拢嘴连连称是：“还望徐行长、谢行长多多指教。”

大家在曾念祖的引导下，说说笑笑向车间走去。

蒋红卫秘书乔博书低声向蒋红卫说：“姜扬，外汇银行业务副行长，半年前从沿江市分行调入，是离休干部姜清源的小儿子。”

蒋红卫点点头跟上大家步子，虽然参观过天盛车业构思精巧的厂房不下数十次，但出于礼节还得陪同参观。

谈笑间来到楼梯间，曾念祖停下脚步说：“姜行长在此的一个动作，让我决定采纳姜行长的良策。”

徐开新道：“哦，他一个动作竟让曾董事长如此看重?”

“是的，当时我让人在这里撒了些报废的辐条。徐行长，我这里不乏银行来往之人，有行长有科长也有信贷员，可是能俯身与我一道捡一捡散落在楼梯、角落的废料也就只有姜行长一人而已。”

“细节决定成败，姜扬做得不错啊。”

曾念祖边走边说：“徐行长，我们台商辗转各国，并不是天性喜欢四处奔波，而是被微薄的利润所逼的，我们在东南亚各国寻求立身之处，可是他国岂能让我们认作故乡，不用我们多说，徐行长定是知道我们台商在外的遭遇。”

“东南亚某些国家对我们中国人残忍到令人发指的程度，这里才是我们的祖国。”

“同根同源、一奶同胞，‘度尽劫波兄弟在，相逢一笑泯恩仇’。姜行长一语喊醒梦中人，惭愧，惭愧啊。”

“历史不能忘记，正因为有了历史的教训，我们就更要珍惜当今，共同发展、共同富裕、共同壮大，中华民族才不会被外人欺虐，才能立于世界之林。”

“说得是，说得好，徐行长能够莅临本公司，我们就更有信心了。”

“王会长、曾会长、郑会长，飞峰县台协与飞峰行的成功合作为滨江省外汇银行树了个标杆，上次座谈会以后我们各地银行都与台协进行接触，也都取得一定成效，谢谢会长们的支持。”

王能达对曾念祖看看，曾念祖对万耀华看看，万耀华说：“徐行长客气了，都是姜扬这小子给我们设的套，要谢就谢他吧。”

徐开新和谢季风对视一笑，谢季风说：“3 位会长仗义得很啊。”

曾念祖哈哈一笑道：“投我以桃，报之以李。”

姜扬赶到天盛车业，徐开新一行也在说说笑笑之中结束了参观，曾念祖将众人引到偌大的办公室。

万耀华说：“曾老哥的茶海典雅中透着霸气，我看姜扬这次悬了。”

徐开新说：“那就可惜了我的极品冻顶乌龙。”

曾念祖说：“人尽其才，物尽其用。泡茶、喝茶均为心境，我看这姜行长非心烦意躁之人，泡出茶来定然不差。”

万耀华指着曾念祖笑道：“‘定然不差’，心中还是不落地吧。”

蒋红卫在一旁说：“这个姜行长有点意思，徐行长和谢行长更有意思，竟以品茶奖励，我可有一见真容的冲动。”

徐开新笑道：“确实，我也有一见的冲动。这个姜扬双规后不仅全身而退，竟然还受邀查账，前所未闻。薛行长，打个电话问问他到哪里呢？”

“是。”薛凯拿出电话拨了出去。

薛凯的电话刚拨出，就听到门外传来一阵手机铃声，随着大门被推开，曾念祖办公室秘书进门禀报道：“董事长，姜行长到了。”

“快请。”曾念祖随即起身向门口迎去，徐开新率先站起来，谢季风、薛凯也都跟着站起来，蒋红卫见状也站了起来。

姜扬手里拿着电话进门，林宗森跟随其后。姜扬看到曾念祖迎上来连忙抱拳道：“有劳曾老哥亲自迎接，姜扬有礼了。”

曾念祖抢上前一把抱住姜扬说：“姜老弟，想煞老哥了。”

姜扬眼圈一红，说：“多谢老哥挂念，小弟好着呢。”

曾念祖放开姜扬说：“白了、胖了，有点憔悴。你小子好福气，省行行长、市行行长、县委书记、台协会会长都在等着你，走。”曾念祖握着姜扬的手来到徐开新等人面前说：“徐行长、蒋书记、王会长，这就是姜扬。”

姜扬稍一躬身说："徐行长好，蒋书记好，王会长好。"

徐开新亲切地说："小姜，这纯净水把嘴都喝淡了，快坐下来泡茶。"

姜扬又一次道谢才最后坐下，他看着茶具愣了一会儿，对徐开新说："徐行长，我能先说一下工作吗？"

薛凯在一旁说："姜行长，各位领导等你到现在了，快泡茶吧。"

徐开新大度地说："没事，你说。"

"蒋书记，有件事情想向您汇报。"

蒋红卫笑着对徐开新说："我正想要不要回避，姜行长就冲我来了。姜行长，你具体说说吧。"

"蒋书记，我们近期行程几千公里追回贷款近3000万元，现在又掌握飞峰县蚕茧总公司于1996年转移、挪用收购贷款，通过其他企业投资到海南炒房地产。"

"这些是你们业务上的事情，要找法院，找我这个书记没用。"

"蒋书记，我发现我们飞峰县有大量的信贷资产流失在飞峰县辖区外，仅我们外汇银行就达5000万元以上，这些信贷资金已经呆滞多年。一般来说，商业行业年周转为5次以上，工业行业年周转约2.5次，如果将这些资金利用起来，这么多年要创造多少价值，能安排多少就业，多增加多少税收啊。"

蒋红卫心中稍一盘算就知道这里蕴藏了多少财富，他改变口风说："你们金融界经常说，用好增量，盘活存量，姜行长要求挖掘埋在地下的宝藏，这杯茶等得值。姜行长，需要我们做什么？"

"一、请发改委、金融办、人民银行牵头召开清资会议。二、所有涉及企业停止改制。"

蒋红卫沉思道："短短两句话，考验着政府的决心。姜行长，听说你对唐铸锅炉公司挺感兴趣。"

姜扬心中不由得暗笑，这个书记倒是做生意的高手，他说："一个月前我们飞峰行对唐铸锅炉公司以流动资金形式发放贷款8000万元，这是考虑唐铸锅炉公司定购设备，为其节省设备款15%。明年将正式向上级行申报该公司技改项目，该项目完成后公司将成为滨江省第二家国家A级锅炉企业，我们将发放贷款达3亿以上。这需要市分行和省分行对我们的支持，当然，我们飞峰行也要有所表现，不然我们上级行凭什么支持我们？"

蒋红卫哈哈大笑说："我知道就有套子等着我，不过我愿意上套，说吧，有什么事要我出面。"

"停止地毯厂体制改革，盘清企业资产。"

“地毯厂？”

“蚕茧总公司通过地毯厂对外投资房地产，挪用我行收购贷款2000万元，我们将起诉蚕茧总公司及地毯厂的连带责任，这就需要蒋书记帮忙。”

“嗯，改制将冻结所有债权、债务，然后重新落实债务分配债权。姜行长，你给我出了个难题。”蒋红卫关键的话没说，改制先要解决职工的工资、劳保等敏感问题，基本上将银行贷款搁置一边，最后将银行贷款落实到改制后的企业，其信贷安全是无根之萍。

“蒋书记……”

蒋红卫举手制止，他拿出电话拨出号码：“体改委吗？我蒋红卫，找朱主任。”

“蒋书记好，我就是。”

“明年企业改制是怎样安排的？”

“明年准备改制3家县属大集体企业和6家乡办集体企业，各企业清算小组名单已经通过，春节前召开第一次动员会，将职工工资、福利落实到位。蒋书记，您能不能来做动员报告？”

“可以，县属大集体都有哪些企业？”

“五金配件厂、地毯厂和第二纺织厂。”

“县属企业不能一次改制太多，会造成社会不稳定，把地毯厂放到下批改吧。”

“好的，知道了。”

蒋红卫放下电话说：“春节前华宝寺要举行奠基仪式，薛行长、姜行长一定不能缺席噢，不知徐行长和谢行长能不能在百忙之中抽空指导？”

徐行长说：“我怕是来不了，总行金融工作会议会在这个时间召开，谢行长也要参加会议。”

谢季风说：“上次去华宝寺印象深刻，还真有再次拜访愿望，只有请飞峰行的同志代劳了。”

蒋红卫说：“如此多谢。姜行长，该你泡茶了。”

姜扬苦笑笑说：“姜扬献丑了。”

姜扬稍一安神，洗、落、冲、刮、倒、点等泡茶步骤信手拈来，自如圆润，淡然自信。

姜扬将沏好的茶一一奉敬，徐开新与谢季风相视一笑，痛饮3杯，道：“水有德、义、道、勇、法、正、察之美德，更有涤去心脾尘埃之功能。”

谢季风说：“水之发源，大有万折必东之气概。”

蒋红卫亦说：“亦如冰心落玉壶，饮此茶见其心。”

姜扬听此褒奖脸上一红，心头一热，连忙低头斟茶。

徐开新推盏说：“3 杯足矣。”

蒋红卫说：“那就走。”

银行的年终决算，若是放在以前那可是全行总动员，平时不可一世的办公室、信贷、计划等部门全都屁颠颠地为会计部门和营业部服务。那些平日无足轻重的会计们则成了全行的中心，他们一个举动，一个疑问都会成为关注目标。他们拿出平生的本领，把算盘拨打如珍珠落入玉盘般地发出美妙的声音，一行行标准的阿拉伯数字在他们笔下流淌出来。10 点、11 点，甚至到半夜，一串串数据逐步化成银行的资产和利润，或是不走运银行的亏损。

电脑在银行的应用让这一切变得简单且无趣，柜员会计输入最后一组数据，敲击回车键，一切就交给电脑进行批处理就 OK 了。

今年的年终决算日对于飞峰外汇银行来说是个好日子，这一日是银行业务最忙的时候，尤其今年的飞峰外汇行经历着从未有的热闹，办理业务的十多个窗口人来人往。飞峰行的员工们迅速办理着各项业务，刚刚操练熟悉的操作规范让他们如虎添翼，人流如潮起潮落般地打着旋涡般地流动着。

就在人们紧张有序地忙碌的时候，营业部涌进几名扛着长枪短炮的记者，紧接着进来几位气质非凡之人，营业部中有人眼快的，立即认出其中一位是飞峰县县委书记蒋红卫，也有人认出另一位是市分行行长谢季风，中间的那位应该是省行行长，立即有人推理出来。

一种幸福和自豪感在营业部的会计中传递、感染，他们更加规范、利索地办理着会计业务。

徐开新仔细观察着柜员的操作流程和操作手法，看了一会儿，转了一圈，开心地对谢季风说：“飞峰行果然琢磨出名堂，把‘优质文明服务’从形式上化成一个个严谨的动作，把‘优质文明服务’真正落到了实处。”

谢季风感慨地说：“飞峰行这半年翻天覆地的变化，并不表现在表面上的存、贷款、结售汇业务的飞速增加，它还反映到我们现在看到的‘优质文明操作规范’和明年实行的‘信贷资产终身追责制’上。飞峰行的所作所为给我提了个醒，就是如何科学地管理好县级支行。”

徐开新赞成道：“姜扬是因为自身过硬才能涉险过关，但张扬、李扬呢？对县级支行进行科学、有效、全面的综合管理需要我们重视和研究。”

谢季风感触地说：“本来想只要为县级行配备一套领导班子，然后看看报表，听听汇报，发发文件，开开会就万事大吉了。但从姜扬同志在飞峰行的工作实践中，我看到了管理好一个县支行的重要意义。”

“如果将我们外汇银行比作一棵大树，县级支行则是我们大树的根系，只有把根扎得深、扎得牢，我们这棵大树才能枝繁叶茂，果实累累，万古长青。”

人群中急匆匆走来徐开新驾驶员，他递给徐开新电话，轻声说：“总行刘行长电话。”

徐开新接过电话轻声对谢季风说：“总行刘行长电话。”

“刘行长，我是徐开新。”

“徐行长，你那边好不热闹。”

“我在县支行的营业大厅。”

“徐行长好悠闲啊，年终决算不守在大本营？”

“千年虫已经测试几次了，计划已经下达，天黑前没我什么事了。”

“胸有成竹啊，徐行长，今年要挑挑担子了，有几个行的利润不能完成，分配给你们行多上缴 3 个亿有问题吗？”

“3 个亿，行。”

“哟，底气十足啊。”

“多缴 3 个亿利润对我们是紧了点，不过我在飞峰县支行看到了我们滨江分行的发展潜力，我们有信心挖掘出新的利润增长点。”

“哦，说说呢。”

“年终了，您不忙啊。”

“大问题解决了，就不急了，而且你说得那么悬乎，要听听。”

“刘行长，我在飞峰县支行见证了一个丑小鸭到白天鹅的转变，他们外汇结算业务以前在县里占的 10%不到的份额，上升到占 80%，企业存、贷款业务增长几十倍，在准备核销的 7000 万元的呆账中，硬生生地追回近 5000 万元的问题贷款。他们从每年亏损三四百万元到今年盈利 1000 万元，而且还为我们省行带来几个亿的利润。”

“这么厉害，什么情况？”

“只因搭建了一个好的领导班子，刘行长，虽然他们的做法不一定具备复制性，但给我们是一个提醒，县级支行大有可为。做好、管好、协调好县支行的工作，研究各县级支行的特点，对好的县支行加强监管，对差的县支行进行针对的研究，强化班子建设，进行精确扶持，充分挖掘县级支行的潜力，这将是我们滨江省行明年的工作重点。刘行长，我打算增设基层处，统一指导、监管、协调、支持县级行的工作。”

刘行长说：“这次有几个省行没完成利润计划，就是县级支行出现大面积的亏损，县级支行是我们的基石，夯实基础对我们至关重要。徐行长提出的问题很及时，这也考验我们领导层的工作作风。这样，今年的金融工作会议加个议题，专门讨论、研究县级支行建设、发展问题，给你们20分钟时间，请这个县行行长来介绍他们的工作。”

“好的，我让他们好好准备。”

“这个课题是你提出的，也请你拿出一个有指导意义的报告。”

“行，一定尽力。”

“好，就这样，祝我们的徐行长在新的一年里有所作为。”

“刘行长再见，祝新年快乐。”

徐开新收起电话对谢季风说：“刘行长要求飞峰行在2月份的全国行长会议上交流工作经验，你让飞峰行好好准备参加会议，参观过润峰水泥我就要回去，联谊会是不能参加了。”

“年终事情多，我也回行了。”

姜扬抱着纸箱敲开在2楼的父母家门，开门的是姜扬父亲姜清源，姜清源从姜扬手中接过纸箱说：“在厨房。”

厨房里姜扬母亲主厨，姜扬妻子、姜扬的姐姐打下手，锅里、碗里、盘里都是热气腾腾，看得出这里经历过一番热火朝天的景象。

姜扬进门还没开口就被母亲塞进一嘴的牛肉、风鸡、咸肉，姜母一挥手说：“去，陪你爸喝两杯去。”

姜扬隔着母亲对徐涵雨无奈地笑笑出了厨房。

餐厅里桌上已经摆放了餐具和冷盘，姜扬姐夫傅国生陪着姜清源坐在桌边。

傅国生招呼说：“快挨着爸爸坐下，爸爸已经把你的酒倒上了。”

姜扬挨着姜清源坐下，一股酒香扑面而来，姜扬凑上去闻了闻说：“好香。”

“这是爸爸特地开了珍藏多年的茅台。”李玉英带着徐涵雨、姜新梅端着菜上来。

姜新梅说：“小扬受苦了，妈妈做了拿手菜犒劳你。”

李玉英指挥着摆菜，说：“受什么苦？这点委屈算什么?我们什么苦没吃过，你爸他就是从死人堆里爬出来的。”

姜新梅说：“妈，先吃饭，吃完饭再说。”然后对外面喊道：“小宇，吃饭了。”

门外蹿进一个半大的小子，他一屁股坐在姜扬身边。说：“小舅，你可出名了，刚刚县委书记打电话跟外公表扬你啦。”

李玉英说：“别瞎说，小雨呀，怎么没把米豆接来，这丫头把爷爷、奶奶忘了。”

“妈，元旦只放一天，后天就要上学了，放寒假一定来您这多住些日子。”

“这丫头机灵，唉，心里可想了。来，把我的酒也倒上，都和小扬喝点。”

今晚，不知多少外汇银行员工家都在举杯畅饮……

周世民带领一帮年青的共青团们把会场布置得美轮美奂，为晚会准备了诸如泡泡糖、抢凳子、吹汽球、爆竹声响、瞎子吞蛋等丰富多彩的趣味节目，考虑是与台商们联谊又准备了数钞、计算器输入等技能表演节目。台商们自然是落落大方，多才多艺，不一会儿就融入节目之中，也带来自己的节目，器乐、闽南方言演唱等，晚会精彩纷呈，热闹非凡。

这时有人喊道：“姜扬、徐涵雨。”随着一声喊，大家立即响应，晚会大厅有节奏地响起：“姜扬、徐涵雨。”

姜扬拉着笑脸盈盈的徐涵雨上台，姜扬说：“谢谢大家厚爱，我和我爱人演唱一曲我们在大学时候共同创作的《爱情密码》，只是长期疏于练习，这吉他和小提琴还是临时借来的，有不到之处敬请谅解。”

姜扬一扫琴弦，引出歌门，徐涵雨拉出和弦跟随：

“绚丽的清晨，天际霞光，是太阳的密码。

汹涌的波涛，潮起潮落，是大海的密码。

循环与往复，生生不息，是生命的密码……

徐涵雨深情地拉着主旋律，姜扬一阵热情奔放地指弹和着，“铮”的一声音乐骤停，两人对视一眼动情地唱道：“指间到眼眸，深情相望，是我们爱情的密码……”

大厅中一对对舞伴翩翩起舞，尽情挥洒欢乐的心情。

一曲终了，大厅里响起热烈的掌声和欢呼声，随即汇成一个声音：“姜行长，再来一个。”

杨福康走到舞台上说：“各位、各位，我觉得今天还是放过姜行长夫妻。”他大喊：“灯光！”

一束光柱打在墙上，一幅 3 米高的墨竹呈现出来，劲逸、刚韧！

杨福康说：“这是我国著名国画大师东方彦先生为我们姜行长所作，赞扬我们姜行长如竹一样‘有节，有千节！虽清瘦却挺拔，风过不折，雨过不浊，千击万磨仍坚韧’！”

台下掌声雷动。

“灯光！”

光柱转到舞台正中，杨波先生书写的“钱鉴”庄重、正气，人们在钱的镜子里看到自己的灵魂深处！

“我这里还有个爆料，中国书法家协会会员、滨江省书法家协会理事傅清荷女士，为我们的姜副行长书写了一幅书法，大家有没有兴趣知道写的是什么？”

台下高呼：“有！”

杨福康高呼：“灯光。”

光柱转移到杨福康身上，他将手中的宣纸展开，一幅清新脱俗的4个字震摄心灵：“莲荷自洁。”

舞台下人们沉默着，思忖着，心中也叹服着，片刻发出由衷的掌声。

门外，傅清荷看着这一切，转身离去……

第四十二章　欲毁资料法震心　惊弓之鸟逃亡路

就在飞峰县外汇银行的全体员工与台商们欢庆新年的时候，一个人回来了，他就是远在大洋彼岸的石海涛。

1999年12月31日23点5分，江城春山国际机场翩然降落自纽约肯尼迪机场飞来的波音747，近14个小时的飞行让旅客们疲惫不堪，不等飞机停稳都纷纷站起来伸腰松筋。

“石行长，到家了。”旁边的同行者拍了拍石海涛。

石海涛从睡梦中醒来，蒙蒙胧胧中感到人们的躁动，他抬头看看四周说：“真到了，这么快。”

“你真能睡，一觉睡了七八个小时，时差难调了。”

石海涛调整好座椅，拿出手机开机，然后将毛毯折叠好放在一边，也站起来伸伸懒腰说：“没事，我可以3天不睡，也可以睡上两天不醒。”

“叮咚、叮咚……”石海涛的手机短信密集响起，石海涛打开手机一条一条看着，越看心里越惊，脸色渐渐变成铁青。

石海涛在行李输运带上找到自己精美的拉杆箱，时近凌晨坐上前来接他的宝蓝色尼桑轿车。

“说吧，什么情况？”石海涛上车即问。

宋昭军说：“姜扬放出来了，刘书记亲自来行里宣布姜扬是清白的。”

“这我知道。”

“他出去绕了一圈，可能是去见省行行长，下午3点不到，薛凯、姜扬、林宗森、丁志华一齐回来，回来后林宗森就开始收集、整理王总公司材料，我侧面打听到的是，他们准备起诉王总汇给地毯厂那个2000万元。”

石海涛在信息上已经简明地了解到这些情况，但亲耳听宋昭军讲出来心中仅存的一丝丝疑惑，或者叫尚存的一丝希望被彻底打消。他不解地问：“姜扬放出来就来上这么一出，可他在里面怎么了解这些情况？”

“据说姜扬被证实清白后就一直帮助纪委查账，可能查的就是地毯厂的账吧。”

“天要灭我！”石海涛心里虽然有所准备，但心里那个声音又冒了出来。他问：“高庆呢？”

王春生说：“虽然没双规，但日子不好过，纪委一直在调查他，这个高厂长也够厉害的，事情做得天衣无缝，纪委也一直没查到什么证据，我们也不敢和他多接触。”石海涛说：“由此看来，高庆悬了，我们的2000万元也悬了。”

宋昭军沮丧地说：“何止2000万元，4000万元也不止，我们的老底都要被姜扬铲了。”

王春生语气沉重说：“要想想办法了，我们不能坐以待毙啊。”

石海涛想想说：“县政府不是要对地毯厂进行改制吗，进入改制程序债权债务全都要挂起来，他们起诉是不会被受理的。过了年，我就会让姜扬出去学习个一年半载的，事情拖一拖，蚕茧公司核销完成，也就不了了之了。”

经石海涛一分析，王春生和宋昭军都松了口气。

石海涛继续说：“但我们也不能坐以待毙，小宋，你上次配的档案室钥匙还在吗？”

“在。”宋昭军眼角扫了一下正在开车的王春生。

石海涛察觉到宋昭军的不安，说：“我们三人现在是同舟共济，一荣俱荣，一损俱损，等会让王总送你到行里，把那张贷款借据和汇款凭证给毁了，如果有可能的话，把相关的信贷资料也给做了。”

宋昭军哭丧着脸说：“石行长，能不能让李平去做，他方便。”

石海涛果断说：“不行！有些事能不让他知道就不让他知道，再说，他掌管档案室，第一个怀疑对象就是他，所以，这事必须是你做。”

宋昭军不情愿地说：“是，老大。”

石海涛说：“这两天我找姜扬谈谈，他没有必要跟我过不去呀。”

“以前他不像这样，不与他相干的事他从不多问。”

“人都有两面性，他平淡、随和，不代表他不顶真，现在的事已经与他相干了。”

宋昭军愤愤地说：“这家伙就是一根筋，现在风头正劲，怕是更难了 。”

“难也要谈，我对他总是有点恩吧。”

“真不知他交了什么运，连省行行长都忽悠来了。”宋昭军醋意十足。

石海涛像一尊石雕凝固在黑暗中，心里一个声音越来越大：大厦将倾！

葛其明驾驶着一辆黑色的桑塔纳，停在宋昭军家的路边蹲守，报话机传来呼叫声：“葛队、葛队。”

葛其明按下通话键：“我是，请讲。”

“刚刚监听到宋的电话。”

葛其明立即说：“用电话。”

“是。”

电话很快打来说：“外汇银行沿江市分行石海涛打给宋昭军的，说是让王春生和宋昭军23点30分一道去春山机场接他。”

“知道了，我会盯住的，电话里还说些什么？”

“石海涛提醒宋昭军有话不要在电话里和短信中说。葛队，要不我去。”

“不用，你辛苦许多天了。”

葛其明打通大队长朱与进的电话：“朱大，石海涛的狐狸尾巴快露出来了。”

“哦，说。”

“石海涛回国了，他与宋昭军通话不正常，他提醒宋昭军在电话里说话小心。”

“他被姜扬搅得快沉不住气了，姜扬今天是不是放出来了？”

“是的，下午刘副书记亲自送他去外汇行的。”

“石海涛回国，姜扬回行，这下热闹了。”

“要不要盯住石海涛？”

“今天你先盯死宋昭军，我们先看看他们唱的哪出戏再商量。”

“是。”

“要不要增援？”

“暂时不用。”

“辛苦了，注意安全。”

葛其明驾驶着汽车时近时远、时明时暗跟随王春生的蓝鸟兜了一圈，直到宋昭军下车进入银行大门。葛其明驾车缓缓地从王春生的车旁开过，无奈中只能右转脱离王春生的视线，他看见街边的小吃摊便驰了过去……

寒冬夜晚的街道上人已罕见，天边一轮寒月发出如水的冷光，映衬着街灯更加昏暗。飞峰县外汇银行转角不远的街边，一个用塑料布搭成的简易棚子的灯光映印出三两个人影，这是勤劳的店主不畏辛苦在深夜里讨生活，塑料棚里传来足以响彻半条街的谈话声，粗略一听便明白，是两位食客在吹嘘、炫耀今晚麻将桌上的战绩。

飞峰县外汇银行转角的另一侧是外汇银行的大门，那辆宝蓝色的尼桑轿车无声无息地停在外汇银行大门的不远处。车门打开，从车上下来的宋昭军将头缩进竖立的衣领中，凛冽寒风让他缩成一团，他急匆匆地打开大门，又轻轻地关上。月亮透过窗子射进一丝微弱的光线，他停下脚步让眼睛适应黑暗中的走道，空旷寂静的门厅令他毛骨悚然，他下意识地紧紧外套蹑手蹑脚摸黑爬上了楼梯。

突然，一团黑影“嗖”地从宋昭军脚下蹿过，眨眼间上了窗台停下，一双绿光忽闪忽闪的。

“妈呀！”宋昭军吓得失声喊出，腿一软跪在楼梯上，他感觉头发要炸开、心脏“嗵嗵”地要从胸腔中蹦出。“一只猫。”他安慰自己，坐在楼梯上缓了缓，然后爬起来掸掸身上的尘土。他来到进入办公区的玻璃门外，静静地在门外站着，竖起耳朵听着周围的动静，然后取出钥匙打开大门，从门缝中闪进走廊，大门在他身后无声地关上，他进了走廊后不再迟疑，迅速来到档案室门前，哆哆嗦嗦地打开档案室大门……

外汇银行的值班室里，一盏 40 瓦的日光灯发着“嗡嗡”的交流声，把房间照得雪亮，3 排报警器闪烁着绿光，它是银行时刻睁大的一双眼睛，警觉地注视着来自各方位的威胁。

赵宁披着军黄棉大衣坐在办公桌前，神情紧张地翻阅着经典抗战小说《船帮老大》，手中不时地比画着书中陈叫山大战日本浪人的“十二秘辛拳”之“戌疾拳”的招数，显然他被小说中精彩的情节深深吸引着。

另一名警卫和衣裹着被子睡在床上，嘴里时不时地发出断断续续的梦呓。

“嗒、嗒、嗒”一台新装的报警器发出低沉的警告声，赵宁放下书连忙察看。床上的警卫警觉地坐起来喊道：“赵科长，有情况！”

赵宁看着警报器上闪烁的报警灯说：“办公区的大门打开了。”他抬头看看挂钟后说：“都快凌晨两点了，谁在这时来加班呢？”

“等等看，他进哪个房间。”

一会儿报警灯再次闪烁，警卫说：“是档案室。”

赵宁拿起桌上的手枪带，边扎边说：“注意警戒，我去看看。”赵宁走到门口口袋里的电话突然响起，他诧异地掏出电话，看看陌生的电话号码，疑惑地接通电话：“喂，哪位？”

“我是钱神，请回答。”

赵宁稍稍一愣，回答说：“我是孔方兄，有情况？”

电话里简洁地说明事情过程：“是的，我是刑警大队副大队长葛其明，王春生和宋昭军去了你们银行，王春生在外面车上，宋昭军已经进了你们办公大楼，你在不在银行？”

“今天我值班，我们的报警器已经显示了，他进的是档案室，我正要去查看。”

“那就好，银行内部就交给你了，不到万不得已不要打草惊蛇，注意安全。我在你们银行旁边的一个小吃摊上，有事联系。”

“是。”赵宁挂上电话顺手将电话调到静音，他重回到办公桌前，打开抽屉取出一个小工具包放进口袋里。

葛其明停下车给赵宁打了电话，然后去小吃摊点了一个沙锅羊肉粉丝，一盘红烧小杂鱼，要了一瓶二两五的飞峰特曲慢慢小酌，他一口刚下肚就觉门帘掀开，人未进来寒风先至，紧接着从外面进来一个人。此人进门看见葛其明一愣，然后故作镇定道：“葛大队，一个人在这里小雅呢。”

“啊，王总啊，加班，来喝两杯。”

“不了，今天手气不好。老板，来碗小混沌，打包，这位老板的账我结。”

“不用。”

“别客气，平时还请不到呢。”

飞峰小馄饨皮薄肉少，全靠一碗汤调味，一烫即成，小摊老板捞起馄饨入碗，小棚子内立即弥漫着诱人的香味。

“老板，加这位老板一共 68 元。”小摊老板麻利地打包。

王春生付钱，拎着馄饨说了声：“葛大，再见。”逃也似的出了棚子。

葛其明打出电话：“小卫，王春生与我照了面，你立即开车到外汇银行，主要盯宋昭军。宝蓝色蓝鸟，对，号牌是滨 –K5888”

王春生出了塑料棚快步向街角走去，路过停在路边的黑色的桑塔纳时他注意地看了看。

王春生气喘吁吁地上了自己的蓝鸟车，他立即给宋昭军打出电话。

宋昭军此刻在一个大箱子里全神贯注地翻找那些要命的传票，突然电话铃响起，突如其来的铃声吓得他手足无措，他愣了愣神掏出电话，看是王春生的号码，他的心稍定仍掩不住颤抖的声音：“干什么？”

“我看见刑警大队的葛大了。”

宋昭军一听头“嗡”的一声，他一个箭步蹿到门前关上电灯，问：“他在哪里？”

“在路边的小吃摊上。”

电灯随即亮起，说：“王总，你说话干脆点，这样会吓死人的。”

“怎么样了？”

“正在找。”

“怎么这么久？”

“你说得轻巧，年代那么久，箱子都压在最下面。”

“行了，你快点。”

“你盯好了，别让他铲了。”

宋昭军挂上电话回到箱子旁，一屁股坐在旁边的箱子上，看看满箱的传票，他心有余悸，一种莫名的恐惧从内心升起瞬间占据全身，他环视四周从旁边拿起一本传票，掏出打火机“唰”地打着火，火舌在冬日的寒夜中摇曳，将他的身影投射在墙上，显得那么怪异。

门外“喀”的一声轻响，宋昭军关上打火机抬头仔细听听，嘴里“啾、啾”两声撵走野猫。

此刻，宋昭军的大脑里反复地响着“刑警大队”四个字。

良久，他掏出香烟点上，深深吸了两口扔在地上快步向门外走去。

宋昭军再也没想到，就在他打着打火机与熄灭打火机的转念之间，他已经在鬼门关上走了一遭。

赵宁凭借着他良好的军人素质，无声无息地进入办公区，然后用钢丝悄无声息地打开档案室，他从门缝中注视着宋昭军的动向，当宋昭军打着打火机的时候，他迅速地打开枪机瞄准着，只要宋昭军稍有行动便果断击发。

宋昭军放弃毁灭资料向门外走去，赵宁急忙向走廊深处走去，深夜里有着最好的掩护色。宋昭军没有一点耽搁迅速关上门，急忙下了楼梯走出大门，他长长地出了口气，心想，安全了。但他不知道，黑夜中有一双眼睛始终盯着他。

宋昭军急匆匆地钻进蓝鸟车对王春生说：“快走。”

王春生急问：“被发现了？”

“没有。”

王春生喘了口气说：“那你急什么，烧了？”

“没有。”

“没有？”

“你傻啊，现在放一把火，你不是最大的嫌疑人啊？”

“怎么跟老大交代？”

“交代个屁，我们进去了，还不全交代了。”

“那怎么办？”

“回家睡觉。”

王春生迟疑地挂上挡。

“走那条路。”宋昭军向右指了指。

“那里有葛大。”

“就是看看他是不是跟踪我们。”

王春生驾车从右转经过黑色桑塔纳时说：“这就是他的车。”

“你怎么知道？”

“刚才我看到过。”

葛其明此刻已经接到赵宁打来的电话：“葛大，宋昭军准备点火焚毁会计资料，后又放弃了。”

“这就说明他们的确有问题，辛苦了。”

“葛大，我感觉宋昭军要逃。”

“哦？”

“他放弃了焚毁意图，但没有将动过的资料复原。”

“有这可能，我们会盯住他的。”

宋昭军回到家左思右想心中无法安宁，他总觉着脑后有一双眼睛紧紧盯着他，他无法再忍受内心的无时无刻的恐怖感，他不再犹豫迅速脱掉身上的羽绒服，打开衣橱找了件旧的藏青呢大衣换上，从衣服堆里取出一只平常的拎包，他走到门口回头看看，心里说，再见了。

宋昭军来到门厅推出摩托车，骑上去发动，冒着寒风一溜烟地向城外驰去。

“葛大，宋昭军骑着摩托车沿人民东路自东向西向城外驰去，要不要跟？”

“你先远远跟着，别让他发现，我让技术组跟踪他的手机。”

“是。”

葛其明先布置技术组跟踪宋昭军手机信号，然后打通大队长朱与进电话：“宋昭军现在骑着摩托车向西门而去，我们判断他有出逃的可能，我让卫兵远远跟着，要不要实施抓捕？”

“现在抓捕会惊动石海涛，让小卫盯着。”

“是。”

葛其明通知卫兵：“小卫，你现在的任务是盯着宋昭军，等候抓捕命令。”

“是。”

“宋昭军在西门加油站停了下来。”

“知道了。”卫兵接到指令想了想右转进入世星街道，行驰两分钟左转进入与人民东路平行的世纪大道，然后从世纪大道驰入环城西路。

环城西路是江北诸市前往江城市的重要道路，虽已深夜，公里上不时呼啸而过着各种车辆。离加油站不远处的路边，两间平房，一点灯火，一片光明，给行驰在黑夜中的人们几许安慰。

卫兵将车停到门前，房间里走出一位 20 来岁的小伙子，问：“哪里坏了？”

卫兵递上10块钱说：“加点水。”

“加水不要钱。”小伙子指指旁边的自来水。

卫兵说了声“谢谢”，打开尾箱从里面拿了幅车牌换上，然后用桶接了一点水在车尾部洒了洒，找了个小铲子铲了些灰土洒上去。卫兵又在车里拿了几样东西放进尾箱里，他围着汽车转了一圈，然后钻进驾驶室里，他换了张电话卡打通葛其明：“葛大，我现在用玉峰老家的电话，宋昭军在哪里？”

“还在加油站，已经有10分钟了。”

“他是不是想搭车？我把车换了号牌，不如把他弄到我车上。”

“行，不过不要勉强，我让王唱去接应你。”

宋昭军此刻坐在加油站小超市里的便民桌前，桌上放着他已经吃完的方便面碗，碗里还腾腾冒着热气，旁边放着他选购一些生活必备用品的塑料袋。宋昭军正在编发着短信：“老大，你交代的事我做不了，我走了，谢谢多年的照顾。”宋昭军发完短信开始删除手机里的通讯录，刚删了两条电话来了，他一看是石海涛电话，下意识地将电话扔在桌上，电话固执地响着，宋昭军不安地站起来走了两步，然后拿起手机按下拒听键。电话再次响起，宋昭军不再犹豫随即按下拒听，然后坐下呆呆地想着心思。

“叮咚”短信来了，宋昭军打开看看，然后回道：“石行长，让过去成为秘密的最好办法是，让秘密成为过去，我走了，不失是两种成为过去办法中的最好办法。”宋昭军又编短信：“让李平给我请个假，理由随便。另，档案室让他整理一下。石行长，别了。”

一会儿短信响起：“再见，多珍重。”

宋昭军又专心删除手机里的各种信息，然后将手机调到静音。

加油站里南来北往的车辆不时地进出，有临时停车歇歇脚，解决一下生理急需，也有伸伸腿，洗洗脸消除长途驾驶的困顿。

宋昭军晃晃悠悠地前去和司机们搭讪，他要搭车去他想去的地方。

宋昭军趁在与司机闲聊的时候，随手将手机塞进一辆由西向东的卡车的车篷里。

卫兵的桑塔纳开进加油站，他停在加油区用玉峰话大声说：“加油，老板，有没有吃的？”

“加多少？”

“加满。”

“超市里有方便面。”

卫兵咋咋乎乎进了超市。

宋昭军眼睛一亮前去看看汽车号牌，滨 –J3326，这是滨江省最北端与邻省交界的玉峰市的号牌，他便跟着卫兵进了超市。

卫兵进门大声说：“来碗方便面，开发票。”

超市老板就手拿了份碗面，打开。

宋昭军在一旁说：“加两根烤肠。”

“不行，不报销。”

“我请你。”

“请我？”卫兵对宋昭军看看说，“什么意思？不要。”

宋昭军对小店老板示意加进去。

卫兵傻乎乎地说：“这是你要加的，我可没钱给你。”

宋昭军指指小桌子说：“坐下边吃边说。”

“那我吃喽。”

两人坐下，“师傅，去哪儿？”宋昭军问。

卫兵有意不说具体地方：“工程要结束了，接老板去。”卫兵故作神密地说，“主要是拉钱去。”

宋昭军一心想离开飞峰，也不管他去哪里了，诱惑他说：“想赚点钱不？”

“赚钱？当然想喽。”

“带上我，吃喝我全包。”

卫兵看看宋昭军问：“你去哪儿？”

“我想往西边去。”

卫兵埋头吃面说：“我去襄阳，路倒是顺路。”

宋昭军急忙说：“你带我去武汉，我再另付你 500 元。”

卫兵又看看宋昭军，“嘿嘿”一笑说：“这火腿肠我可吃了。”卫兵心安理得地吃起来。

宋昭军心道，有门，说：“吃啊，就是买给你吃的。”

“你是交通稽查吧？你还是诓别人去吧。”

“交通稽查？”

“查黑车的，你们下手可狠了，一罚就是几万。”

宋昭军哭笑不得，他一脸诚恳说：“我不是什么交通稽查，我是银行的，没事了出去玩玩。”

“玩，去找旅行社，怎么半夜三更地出来搭车？”卫兵提出自己的疑问。

宋昭军被卫兵如此一问，心里反而一宽，他编造着理由说：“我和同事打赌来着，看谁搭车先到武汉，然后在那里尝尝武昌鱼什么的。”

卫兵已经将方便面和两根火腿肠一扫而光，他抹抹嘴摇摇头说：“我不信，我确信你是交通稽查。”

宋昭军一急，从皮包掏出工作证递给卫兵说：“你看，这是我的工作证。”

卫兵拿起工作证装模作样地左看看右看看，递给宋昭军说：“你真是银行的？”

“真的。”

卫兵歪着脑袋算起来：“你到武汉，我到襄阳，也算是顺路，我走武汉要稍微绕点路。”

宋昭军急忙说：“我再加你 100 元。”

卫兵一瞪眼说：“你当我谁啊，你管我吃管我喝，还给我 500 元，我再加你钱，我算什么呢。我在算时间，来不来得及。”

“不行的话，我在信阳下也行。”

“其实也就耽误一天的时间，你人这么好，我想想办法。”正说着卫兵的电话来了，卫兵看看号码对宋昭军说：“我老板来电话了。”然后悄悄调低接听音量用玉峰话说：“表哥，还没睡呢？”

电话里轻声说：“他的方位开始移动了，是往东去的。”

卫兵大声说：“又赢钱了，到了襄阳要弄点好吃的犒劳我啊。”

电话里也用玉峰话大声说：“你现在在哪里？不能跑就歇下来，迟两天没事，注意安全。”

“我现在到了飞峰县，在加油站呢。一时半会走不了了，雾大。”卫兵挂上电话对宋昭军做了个鬼脸说，“行了。”

宋昭军灵机一动说：“到武汉要两三天呢，我们留个电话号码方便联系。”

“行，我打给你。”卫兵爽快地说。卫兵根据宋昭军报的号码拨出电话，然后将号码存入号码薄，趁宋昭军不注意，顺手将号码发出去。

宋昭军看看确实是玉峰市的电话号码，他彻底放下心，也将卫兵的电话存入号码簿，然后掏出 500 元递给卫兵。

卫兵想想说：“钱现在不能拿，万一有事我说不清，你把身份证放在我这里，你到武汉什么地方？”

“就到武昌火车站吧。”

“好，到武昌火车站，你把钱给我，我把身份证还你。”

“行。”

“哎，宋行长，如果路上遇到交通稽查，就说我们是亲戚。”卫兵又絮絮叨叨说了路上注意事项。

……

两天后的下午 4 点，武昌火车站广场边，宋昭军下车向火车站售票大厅走去。

卫兵在火车站与前来接应的王唱碰头，王唱说：“辛苦了。”卫兵指着宋昭军远去的方向说：“他去了售票大厅。”

“知道了，这里交给我了。”

王唱进入售票大厅，售票大厅十几条售票队伍缓缓前进，王唱来到售票房间，铁路公安武昌火车站派出所张所长已经在等候。

王唱说：“张所长，监控人已经在排队，第三队在队伍后面穿着藏青呢大衣的那个。”

张所长对售票班长说：“那个穿藏青呢大衣的，不管他去哪里都卖张票给他，在同一车厢远点的位置再留一张票。”

宋昭军那天很幸运，他居然买到了一张去昆明的硬卧票。

石海涛并没回自己在飞峰县城的家，他让王春生开车去了离县城 7 里的七里甸村。

七里甸有着石海涛少年、青年时代的痛苦、耻辱，或许还有着数得过来的快乐。当然，石海涛不是来回忆、重拾过去的痛苦，他在这里有一座傲视全村乃至全乡的豪华别墅。这座别墅不中不西、不土不洋，5 间上下 3 层楼，墙砖饰面、琉璃瓦，前院花草、后院菜地，另外有围墙圈着一个鱼塘，整个占了足足有 3 亩地。

一座偌大的别墅只住着一人一狗，人是石海涛的母亲，原村妇女主任，范春花。

那只狗是石海涛在别墅落成时抱来的，一只纯种圣伯纳犬，石海涛叫它罗宾汉。

汽车停在家门口，院里传出低沉的犬吠声，王春生从车厢提出行李送到门外，石海涛下车后对王春生嘱咐道：“马上去办！”

院里的犬吠变成急切的呜咽和狗爪撞击大门的声音，楼上窗子亮起灯光。石海涛打开大门罗宾汉蹿出来扑到石海涛怀里，使劲摇着尾巴呜咽着诉说相思之苦。石海涛将手插入罗宾汉项脖的厚密浓毛中安慰了一下，便进门关上大门。罗宾汉一步一趋地跟着石海涛来到客厅，冬天的寒冷让偌大的客厅更显冷清，石海涛打开暖气，中央空调立即拼命般地运转起来。

“这半夜三更的是谁回来了？”楼梯上一个中气十足的声音响起。

没等石海涛回答罗宾汉抢先叫了几声。

“是海涛吗？”范春花从狗叫声中听出点什么，她试探地问。

“是，妈，你怎么下来了？”

“你不是在美国吗？”范春花来到客厅。

“我刚回来。”

“怎么没回家？”

“这不是我的家吗？”

范春花忧虑地说：“都这么些年了，你还没放下。”

石海涛平静地说：“放下什么？这个结果不是你要的？”

范春花解释说：“那不是没有办法的办法吗。”

“既有因，必有果。”

“可是……”

“你不用再说了，我现在给她们舒适的生活，令人尊敬的地位，她们该满足了吧?！妈，你上去睡吧，我还有事。”

范春花深深地看石海涛了一眼，眼中些许愧疚、些许无奈，她转身离去，眼睛里似乎噙着一颗泪花。

石海涛来到他的房间，他放下行李去卫生间，镜子里的他一脸疲惫。

石海涛打开浴缸中热水龙头，燃气热水器“呼呼”地蹿出蓝蓝的火焰，浴缸里顿时热气腾腾，热气渐渐弥漫开来汇入干热的暖气中，石海涛感觉很舒服，这让他心情放松了许多。一会儿浴缸放满水，石海涛跳进去全身浸泡在热水中，让他有一种遥远的安全感。这种感觉他清楚记得是那次在冰河上追逐一只被他用弹弓射伤的斑鸠，别小看了那只斑鸠，那可是他在艰难的生活中的一点希望和快乐。就在他用渴望的脚步追逐他希望的时候，脚下一滑，他恐惧地看着脚下的冰面“咔咔”地裂开向四周延伸，他挣扎着、幻想着，但坠入冰河的命运无法避免……

当妈妈紧紧抱着像在筛着糠的石海涛，轻抚着他长满冻疮的手脚，眼泪止不住地流淌着，他依偎在妈妈的怀里，妈妈柔软、温暖的胸怀让他心里得到莫大的慰籍，他是多么希望就这样永远被妈妈呵护着。

石海涛神情是那么陶醉又有几分迷离，尘世俗事俱一洗而去……

镜花水月，电话铃声把石海涛拉回到现实，石海涛懒洋洋地从浴缸边拿起电话，是王春生，石海涛问：“问题解决了？”

“没有，他没敢。”

石海涛责问道：“这个废物，他不敢你也不敢吗？”

“我没进去呀。”

“你怎么不一起去？”

“老大，那可是银行啊。”

石海涛气急败坏地喊道：“半夜三更的，你管它是什么地方。”

王春生支吾地说：“我不是要在外面望风嘛。”

“宋昭军人呢？”

“送他回家了。”

石海涛无奈地说：“算了，休息吧，明天我找他。”

石海涛洗漱完毕，回到卧室在床上放平自己，床上铺盖膨松柔软，石海涛心里一软，眼圈微红。“不想了，睡吧，一切有待明天。”石海涛心道。

“叮咚”，令他讨厌的信息来了，石海涛心里挣扎了一会儿，还是打开手机。不用问，这是宋昭军发来的信息，石海涛一看顿时气不打一处来，他立即打去电话，可是竟然被宋昭军掐断了，这让他怒不可遏，“挂我电话，我靠，他晕头了！”石海涛披衣坐起来。

“叮咚”宋昭军的信息又来了，石海涛再看：“石行长。”石海涛心里骂道：“他居然叫我石行长。”他在愤怒中看完短信，心情也逐渐平静下来，他想：“所谓秘密，就是将事实真相掩盖住让其不为人知。让秘密真正成为秘密的办法是让知情人闭嘴，宋昭军明智地选择了闭嘴的方式，虽然还有事要他做，但走就走吧，这未必不是件好事。”

“为什么宋昭军不顾一切地急切出走？”石海涛的觉瘾在这个命题下消失，他不得不去审视这个随之进入大脑的问题，大脑高速运转起来，模拟、复原宋昭军近来的状况，可转来转去总离不开姜扬这个影子。

姜扬，石海涛这趟就是冲姜扬来的，可石海涛的印象中还是那个无拘无束、与世无争的姜扬，怎么也和现在这个让他不远万里而来，让宋昭军闻风丧胆而逃之夭夭的姜扬联系不起来。宋昭军是石海涛认为不可多得的人才，聪明、机警，而且听话、贪财，用起来得心应手，会不会是姜扬触动了他哪根神经，让他感觉到或者是预测到危险的存在？石海涛静静一想觉得有可能。石海涛不知道也不必知道是哪件事情引起宋昭军的警觉，但他知道不能再由姜扬这样无休止地搞下去。如何谈？摆在石海涛面前的现实问题，前期所做的努力效果并不好，甚至有点激怒姜扬的可能，这时的石海涛不得不小心翼翼了。

第四十三章　雪洁景美待融日　工蜂精神壮人心

杏儿经历了她有生以来最忙的年末，今天是新仓库启用的日子，圣兔礼品有限公司的后勤人员和部分中层干部在涂根生的指挥下，大清早就开始了将老仓库的大部分库存搬迁到新仓库之中。

新仓库里，杏儿记录着不断运来的一个个纸箱，她根据标签和涂二叔一道指挥着两位后勤分类码放原材料、辅助材料和成品，随着时间的流逝纸箱一层层、一排排地增高、扩大，直到占据大半个仓库。因为忙碌、指挥，杏儿俨然成了今天的中心人物，这让她既兴奋又自豪，她甚至可以大声地对涂二叔说这样不对，应该这样、那样的话，她也曾大声地向涂根生和厉晓萍汇报新仓库的分布等情况。

石海涛快到中午吃饭时来到涂根生的圣兔礼品有限公司，涂根生见到石海涛就像见到了救世主，他连忙将石海涛迎进办公室。

石海涛说："我很久没吃到红烧肉了，你不把我往食堂带，把我弄到办公室来，不觉得很残酷啊。"

"放心 一会儿有你最喜欢的美味，事情怎么样了？"

"你说姜扬啊，他明天请我全家吃饭，毕竟我是他的领导嘛。"其实是石海涛约请姜扬全家一聚，以共述友情感动姜扬。

"哦。"涂根生松口气。

石海涛漫不经心地问："看你紧张兮兮的，你到底有什么东西怕姜扬查？"

涂根生偷偷白了石海涛一眼，说："事情总是有点，比如那个几百万就没法出账都在库存中挂着呢。"

石海涛轻蔑一笑说："那点东西随便一塞便无影无踪了。"

涂根生心里那个恨啊，几百万叫"那点东西"，但脸上却不敢流露出不满，他笑着说："石行长见多识广，一点小钱自然不在话下，不过在我仓库可要占一大片地方的。"

“我进厂时看见你们正在搬仓库？”

“是，东西太多了，又造了一幢。”

“你让我费心费力把姜扬弄进去就为这仓库？走，去看看。”石海涛站起来向门外走去。

“有什么好看的。”涂根生说归说，他还是陪着石海涛去参观新仓库。

仓库外，涂二叔坐在大门旁的水泥墩上抽着烟，涂根生走到近前说：“二叔，忙累了吧？”

涂二叔看看涂根生和同行来的石海涛，然后将头转过去说：“不累，只要没白忙就行。”

涂根生脸色稍稍一变，对石海涛说：“石行长，我这幢仓库还能看看吧？”

石海涛东瞧瞧西看看，又用手敲敲墙，然后阴阴一笑说：“能看看。”

仓库里纸箱已经堆积如山，杏儿跑前跑后指挥着大家将堆在门口的纸箱往里面搬运。

石海涛不急不徐在里面转了一圈，然后拿过杏儿的库存登记簿翻了翻，诡秘地笑笑说：“涂总，你的存货不少啊，发大财了。”

涂根生讪笑道：“还好，还好喽。”

“有这么多的货，你怕什么怕？”

“就怕不对那个姜行长的胃口。”

石海涛看看可谓蔚为壮观的仓库，对涂根生耸了耸肩，做了个鬼脸。

涂根生明白石海涛的意思，事已至此多说无益，于是说：“石行长，我准备了野生大甲鱼，您尝尝去？”

“行，吃饭去。”

“我专门请了管工业的乡长和工办经理来陪你，还有保险公司的王经理也在。”

“哦，他们人哪？”

“打麻将呢，边打边等。”

石海涛并不在意谁来陪，就是要陪，他们也不够级别，他看到涂根生一副战战兢兢又胸有成竹的样子，心情好了许多，一顿饭吃得是酣畅淋漓，意犹未尽，不怕菜多只恨肚子太小。

涂根生客气地送走客人，他立即拉着厉晓萍进了办公室，说：“签证准备得怎样了？”

“还没消息，等会我再问问。”

“晓萍，我感觉石行长左右不了姜扬。”

厉晓萍分析说：“我也觉得，如果姜扬听他的，他就没有必要劳心费神地越洋跨海从美国跑回来，如果姜扬不买他的账，就是请 10 顿饭也没用。”

涂根生一拍巴掌说：“有道理，幸亏我们准备充分，设备有没有找到下家？”

“倒是有几家要，就是太便宜了。”

“便宜就便宜吧，一定要现金。”

“关键什么时候出手？”

“我心中有数，你和他们保持联系就行。”

“放心吧，我去仓库看看。”厉晓萍说完快步离去。

涂根生躺在老板椅上闭上眼睛，他需要休养脑筋。突然，涂根生觉得有些异样，他睁开眼发现菊花站在桌前直愣愣地看着他，涂根生惊奇道：“你怎么进来的？吓死我了。”

“你要卖工厂？”

“你怎么知道的？”

菊花指指房间说：“帮你整理房间听到的。”

“菊花，生意做不下去了。”

菊花疑惑地向窗外看看，说：“不会吧，没有生意建新仓库干吗？”

“有些事你不明白，你看我们的许多配套厂都关门了吧，连业务繁忙的陶瓷厂明年也准备关厂。”

菊花不解地问：“这是怎么回事？”

涂根生耐心地说：“国际市场变了，我们的产品已经落伍了。别看我们现在的订单还不少，但价格一路下跌，加上我们周边的配套产品越来越少，采购成本激剧增加，今年我们已经不挣钱了。”

“怎么会这样？”一个花费半辈子心血，辛辛苦苦搭建成的一个童话王国怎么说坍陷就坍陷了？那些活灵活现、千姿百态的陶瓷娃娃，陪着菊花笑；陪着菊花哭的小精灵们，怎么说被抛弃就抛弃了？菊花被突如其来的消息一下蒙在当场。

涂根生静静地看着菊花，他等着她充分消化这个消息。

菊花想想问：“难道不能做些服装出口吗？”

“我与李根相商量过，他也在寻求出路。转行不是一天两天的事，没有十足的把握就不能干，我不能跟着他去冒险。”

“那你造仓库干吗？”

“我当然有用，这你就别问了。这些年我们是赚了很多钱，但天天都绷着神经，起得比鸡早，睡得比狗迟，直到生个病才能休息，整天小心翼翼地伺候各方大神们。菊花，我们移民出国去，我、你、晓萍、3 个孩子。”

“出国？”菊花瞪大眼睛看着涂根生，菊花想不明白中国这么大，什么地方还待不下这几个人，况且，现在的他们也能算上有钱人了。

良久，菊花说："我不出国，我带着我一双儿女在这里安稳地过日子。"

"菊花……"

菊花打断涂根生的话说："涂根生，你听我说完，我自 20 岁嫁给你，跟着你持家创业，为你生儿育女，我们夫妻同心，你笑我笑，你哭我哭，从无二心，即使你休我娶晓萍我也没有一句怨言，别人笑话就笑话吧。晓萍这孩子命苦，从小没了娘，后娘对她刻薄，我是一泡屎一泡尿把她带大，也算是她半个娘吧。我想呀，她嫁给你也算是有条活路，否则不知她后娘要把她卖到何处、嫁给何人、遭遇什么样的罪呀。现在我们企业做大了，钱也多了，两三辈子也花不完了，你们出国去奔更好的前程，我为你和晓萍高兴。可我都过半百之人，就是死也要死在你涂家，葬也要葬在你涂家的祖坟里。"

涂根生愕然地看着菊花。

菊花恳求地说："生，我不要你一分钱，你把工厂给我，我只要二车间和一部分设备，我开一家服装加工厂。生，国外再好我不稀罕，我为你和晓萍守望着这份家业，如果你们在国外想家了、想回国了，这厂还是你和晓萍的。"

涂根生一时愧疚难当、无言以对，他没想到一直任劳任怨的菊花会有如此丰富的内心世界。

门被重重地推开，厉晓萍满脸流泪扑进菊花怀里，喊道："姑！"这是厉晓萍嫁给涂根生后第一次叫菊花为姑，菊花抚摸着厉晓萍也已是泪眼婆娑。

厉晓萍收起泪说："姑姑，你想要什么设备尽管挑，留什么人尽管说，另外给你 50 万流动资金。"

涂根生大声说："春和杏儿两人不能留！"

菊花抹抹泪说："房子一个车间就行，50 台大头机，3 台绣花机，5 台滚边机和 1 台压花机。"

厉晓萍收起眼泪挽起菊花说："姑姑，走，帮你挑设备去。"

……

"阅江阁"是沿江市一处仿清的古典建筑，坐落在江边的一处 30 米高的山崖峭壁之上，1993 年为市书画协会而建，始建时仅一阁一楼，凭栏观赏大江风采，浩浩长江似从脚下而过，有如检阅涛涛江水一般。由于独特的地理位置，"阅江阁"多为文人骚客推崇，生意也是蒸蒸日上，建筑也随之迅速增加，形成以亭台为特色的建筑群，山顶为"阅江阁"，四处簇拥着碧瓦飞檐、朱梁画栋庭楼。

不该来的等不来，该来的躲不掉，石海涛和姜扬怀着同样的想法、不同的心境在"阅江阁"会面了。

姜扬带着一身寒气推门进来，毛领上沾着几片雪花："石行长，新年好。嫂子，新年好。"

"伯伯、伯母、哥哥，新年好。"米豆紧跟进门礼貌地问好。

"石行长，新年好。嫂子，新年好。"

徐涵雨和米豆都穿着奶白色的羽绒服，围着红围巾，映得脸上红扑扑的。

姚芬华上前拉着米豆，掸掸围巾上的雪花说："小米豆吧，两年没见都长这么高了。"

米豆抬头看看姚芬华问："伯母认识米豆？"

"认识，你两岁时我还抱过你。"

"还抱过我，我怎么不记得了？"

姚芬华刮了下米豆鼻子说："那时你还小，当然不记得了。"

米豆挣开姚芬华的手偎到徐涵雨怀里问："妈妈，是真的吗？"

"是，把外衣脱了。"

米豆脱了外衣又缠住了姜扬，问："爸爸，你说雪花有六瓣是怎么回事呀？"

"别闹了，就听你一人说来说去的。"

石海涛接过话："米豆，我们先坐下，一边吃好东西一边说雪花，好吗？"

"好，等一下伯伯给我讲雪花的事。"

姜扬对石海涛笑道："当心，被她缠住了能烦死你。"

"没事，我能对付。"

果然，米豆在品尝一番美味后，用手指敲敲桌子做深思状，问："伯伯，你说这雪花为什么会有六瓣，而不是五瓣或七瓣？"

姜扬偷笑着看着石海涛，石海涛胸有成竹地说："这个你长大了就知道了。"

米豆眨眨眼说："伯伯意思是说你们大人都知道了？"

"那是当然。"

"那伯伯说说这雪花为什么是六瓣，而不是五瓣或七瓣？"

"这，米豆长大了，老师会教你的。"

"伯伯没上学吗？"

"上过。"石海涛开始有点头疼了。

"老师没教过伯伯雪花为什么是六瓣，而不是五瓣或七瓣？"

这个问题让石海涛陷入两难，如果说教过她定缠着解释清楚，大家都知道雪花 6 瓣，但谁去究其原因呢？即使知道恐怕和她也难以说清楚。如果说没教过，那刚刚说过的话明摆着是在骗她，童言无忌，不知米豆会说出什么话来。

徐涵雨接过话说："米豆，世界上的事物都各有不同，比如雪花和雨滴的形状就各不相同。伯伯当然知道雪花结晶成六瓣的原因，不过就这样告诉米豆，米豆学习就不用功了，待会回家妈妈和米豆一道查《十万个为什么》好吗？”

米豆看看石海涛又看看徐涵雨不甘心地说：“好吧。”

石海涛“哈哈”一笑说：“米豆漂亮可爱、聪明好学，不错不错。”

米豆歪着头想想，然后甜甜一笑说：“谢谢夸奖。”

石海涛指指廊沿对姜扬说：“出去抽支烟。”

“阅江阁”自商业化后就给回廊装上了玻璃，冬季也可让食客们舒服地欣赏江景，不仅如此，阅江阁的老板还别出心裁地搭建玻璃栈道临空伸出阁外，人在其上似踏入汹涌的江水之中。

石海涛率先踏上玻璃栈道，逍遥自得地走了几步说：“每次上此台都有飘飘欲仙之感。姜行长，上来抽支烟，欣赏欣赏这美好河山。”

姜扬从未来过此地，也从来没有在类似的玻璃栈道上玩过，玻璃栈道与江中的波涛若近若远眼睛难以对准焦距，站在一旁不免踌躇。

石海涛洋洋得意地踱回到姜扬身边说：“置身于这栈道上，晨看朝霞，晚看落日，波涛在脚下流淌，霞光在身边环绕，整个人都融化在神奇的大自然之中，这是其他地方无法比拟的，也不是人人能够欣赏到的美景。”

姜扬此时已经适应了人悬在空中的错觉，他先试探地站上去。在这悬空的玻璃栈道上看风景果然不同寻常，仿佛置身于空中一般，迎面扑来的风雪似穿身而过，转眼似密集的利箭射入莽莽大江之中。江天昏暗，混沌一片，回望沿江市却似琼楼玉宇，洁白、静寂得让人心静，原来白也可以力压姹紫嫣红。姜扬转了一圈后又在上面跳跳，回到石海涛身边说：“刚上去是有点目眩腿软，恐惧源于心魔，现在已经不怕了。”

石海涛笑着说：“小姜行长还有点英雄豪气，来，抽烟。”石海涛从烟盒里弹出支烟递给姜扬并帮他点着烟。

姜扬拍拍衣袋腼腆地说：“不好意思，我最近没抽烟，所以……”

“没事，我俩谁跟谁啊。”

“石行长还是独独钟情中华。”

“是啊，我这人念旧，一但喜欢上了就不轻易换其他的。你跟着我也有四五年了吧，也是老人了，看到你啊，我呀，觉得特别亲切。”

“谢谢石行长。”

“听说你最近干得有声有色，不错、不错。”

“也没什么，就是运气好点。”

石海涛语气越发亲切道：“小姜啊，别人在这时候都是说好话，可我是你老领导了，一直把你当兄弟，有些话要提醒你，你不要介意啊。”姜扬诚恳地说：“我知道石行长是为我好，您请说。”

“小姜啊，我们到了一定的位置，做工作就要多考虑方方面面的问题，世界是广泛联系的嘛，要考虑同志间的合理诉求，考虑银行与企业、与政府之间的合作关系，考虑前因后果、前世后身，考虑平衡各方面的利益，要考虑上、下级之间的关系，不能像普通干部那样由着自己性子来了，牵一发而动全身，出师未捷身先死，这样哪能干成大事嘛。”

姜扬知道石海涛言中所指，他敷衍道：“石行长批评得是，姜扬在以后的工作中一定多加注意。”

石海涛满意地说：“这样就好，我就喜欢你这率真的个性。不过，就你这个个性得罪人都不知道。”

姜扬佯装诧异道：“我得罪人了？”

石海涛苦口婆心地说道：“我就说你吧，唉，我人在国外，王行长的电话就追来了，说你狗咬吕洞宾，不识好人心。我说小姜呀，人家王行长费心费力地挤出资金、挤出指标帮你们彻底解决呆账问题。你只要把数字、资料往市分行一送，你们飞峰行就彻底清爽了，再无后顾之忧了，你还需要折腾什么？你看，大雪过后一片银装素裹，多美，多洁净。”

“是该谢谢王行长，那天我态度也不好。”

“王行长很快就要干一把手了，以后有我和王行长的关心，你很快就能干到我这个位置。”石海涛抛出个大馅饼，不等姜扬表态，石海涛继续说，“这样，明天上班我陪你去王行长那里，也不用你道歉，去问个好就行，以后我们都是朋友了。”

“谢谢石行长关心。”

“那你叫丁志华和林宗森都到市行来，把诉讼全撤诉，把资产退还给企业，飞峰行损失的信贷资产市分行全包了。”

“这怎么行？再说我们已经进入程序了。”

“怎么不行！只要你结束这一切，其他的事由我来做。姜扬呀，你真的没考虑别人的感受吗？也没考虑你以后怎么在飞峰县、外汇行立足？飞峰行是我吃尽千辛万苦发展到今天，没有功劳还有苦劳吧？我们的员工也都为飞峰行能在工、农、中、建、信用社的夹缝里求生存而奋斗，这些都容易吗？现在被你这么一折腾，全行上下，全飞峰的金融系统，我的朋友们，甚至我的领导们，都以为我们都干了什么十恶不赦的坏事。如果这样，以后谁还敢与你共事？谁还去支持你的工作？”

“石行长，我没这个意思，我……”

“姜扬啊，我是好心提醒你，世界够大，但我们生活的圈子并不大，抬头不见低头见的，你敬人一尺，人敬你一丈嘛。”

“石行长，您可能不知道，在我们行的呆账中，经我们查实的挪用贷款近5000万元，这些钱我是有把握追回来的。”

石海涛看着姜扬无辜的样子，心中那气啊，可是还得忍着，他说：“姜扬，像你这样子让我如何在沿江行当行长？你让我的威信何在？”

姜扬一听松了口气说：“这您放心，我写汇报时就说是您布置的，说您在调到市行时已经做好了各方面的准备。”

石海涛眼中寒光一闪，他冷冷地说：“看起来我说了半天是一点用都没有了？”

姜扬轻声说：“这钱又不是您挪用的，我帮你把它追回来不好吗？”

石海涛心一横说：“如果这钱就是我挪用的，你该怎么办？”

姜扬震惊地看着石海涛，他不敢相信自己耳朵，他喃喃地说：“不会、不会的……”

石海涛索性痛快到底，他就不瞒不藏直接摊牌，他说：“姜扬，有些事闭闭眼就过去了，我保证你3年内坐上我现在的位置，另外给你200万现金。”

姜扬被石海涛突如其来的表态搞得懵懵懂懂的，姜扬努力想说点什么，可是他不知道怎样组织语言来表达自己的想法。

此刻的姜扬大脑就像被抽空一样，就像这漫天的大雪下的城市一样，除了洁白还是洁白。

姜扬不知道午餐是怎样结束的，甚至不知道他自己是怎样失魂落魄地回到了家中。

姜扬回到家中是身心俱疲，他一头倒到床上呼呼大睡，一直睡到华灯初上。

姜扬还沉浸在睡梦中，一巴掌落在姜扬的屁股上，只听喊道：“姜扬、姜扬，你小子还在睡懒觉。”

姜扬猛然惊醒抬眼一看，连忙坐起说：“爸，您来了。”

“泰山大人驾到还不起床迎接。”

“哦，这就起床。”

“我去客厅摆好棋盘等你。”

“爸，我是您手下败将，您和我下没多大意思。”

“干休所那帮老家伙没意思，不是四平八稳的，就是步步为营老谋深算的，一点劲都没有。你的棋艺虽然差点，但还有些创意，常常出奇不意，还是比较有趣的，快快起床!”

姜扬来到客厅，姜岳父已经摆好了棋局，姜扬迷迷糊糊坐起来，二话没说拿起左象放到当顶。

“哦，飞象局。不对啊，你应该是象三进五呀。”

“您别管，我就这么下。”

“呵呵，想防守，这让你死得更快。”姜岳父抖擞精神架起中炮。

姜扬不思进取一心一意布局防守，上士护炮，炮护马，马护炮，炮炮相护，车护两翼，一时将大本营环护得是水泄不通。

姜岳父当然是当仁不让，稍加防护就进马、上炮、出车进行攻击，姜扬在多损失两卒的代价，用一马一炮一车兑掉岳父的一马一炮一车。

姜岳父一时兴起：“哈哈，你小子原来要拼了，来，谁怕谁啊。”

兑子在姜扬的刻意下继续进行，好一场残酷的鏖战厮杀，几十招下来，姜扬仅剩一士一炮，姜岳父剩双卒、士、象。姜岳父祭出残局的功夫，老将配合、双卒紧逼绞杀了姜扬的大帅。

姜岳父开心地重新摆盘开始第二局，姜扬经过一盘棋的活动大脑渐渐活泛了，手上复制着第一局的走势，心里不停地思忖着：他说的是真的吗？这些钱真的是他有意贪的吗？不会吧，他可是行长，现在还是市分行的副行长呀，怎么会？不过，飞峰行高比例的呆账、坏账确实有问题，尤其是在核销与追诉上，他也确实表现反常。如果真的如他所说，我该怎么办？放弃，继续追下去，还是揭露他？

姜扬大脑演绎着各种可能性，放弃？绝对不行。绝对不行的含义是继续追踪下去，那就意味着将所有的事情暴露在阳光下，直接或间接地揭露石海涛的犯罪事实，有可能让石海涛有牢狱之灾，甚至要杀头的。会杀头吗？完全有可能，那可是5000万啊，胆也太大了。石海涛，一直是自己的领导，也算有提携之恩了，我能这么干吗？干，朋友怎么看我？同事怎么想我？不干？这几千万就被贪了？银行就白白将钱拱手予人？这社会还有没有公理！可社会公理与我有关吗？

姜扬正想着感到肩膀被拍了拍，他回神一看，是米豆背着手过来看棋，她看了一眼又拍拍姜扬肩膀说：“姜同志，是不是又要输了？”

姜扬这时才认真看看局势，姜扬仅剩单象、单士、单炮，而姜岳父那里已是四个小兵过河，两两排开、互为策应，真可谓是大兵压境。

姜岳父说：“你瞧他失魂落魄的样子能赢吗？”

米豆作晕倒状：“老爸你争气点。”

姜岳父“哈哈”大笑说：“再争气，还不是手下败将。”

“哼，你和我爸下活洛棋试试!”

姜岳父作轻视状说：“那哪能叫棋，是你爷爷糊弄小孩子的。”

“你不会，你不行，你才这么说。”

姜扬轻轻拍拍米豆屁股说：“不许这么和外公说话。”

米豆看看姜扬又看看外公，突然伸手把棋子和乱，然后边逃边叫道：“和棋、和棋喽。”

姜扬和姜岳父相视一笑说：“这个调皮丫头。”

姜岳父摆棋入盒说：“看你魂不守舍的样子，没劲，不下了。小扬呀，双规的疙瘩还没解开?”

“没有，那事早就过去了。”

“哦，菜上来了，我们爷儿俩喝两杯。小雨，拿两个杯子来。”

徐涵雨拎着瓶珍珠缘和两只 2 两大的酒杯递给姜扬，她说：“少喝点，我去帮妈炒两菜就来。”

姜扬帮姜岳父倒上酒，端起酒杯敬了敬姜岳父，然后闷头猛地喝了两口，酒既辣又呛的让他咧咧嘴。米豆在一边挑着自己喜欢的菜有一口没一口吃着，不时看看她爸爸。姜岳父则不急不慢地喝酒吃菜，享受着酒的醇香和菜肴的美味。

米豆帮姜扬夹了块牛肉说：“爸爸，吃块菜，喝酒不吃菜会醉的。”

姜扬被米豆从自我的圈子里唤醒，对米豆说：“谢谢米豆。”然后端杯对岳父笑笑说：“爸，敬您。”

姜岳父对姜扬深深地看看关心地说：“有心思还是少喝点，容易醉。”

姜扬脸一红说：“谢谢爸。”

米豆跳下椅子依偎到姜扬怀里说：“少喝酒，讲故事给我听。”

“故事你都听过了。”

“爸爸，你就说一个嘛，就说曹冲称象的故事。”

“可是我已经忘了。”

“爸爸，你怎么会忘，不是三国时，孙权送曹操一头大象，曹操想知道大象的重量，问众大臣用什么办法，大臣们都不知道。只有 6 岁的曹冲脑筋一动说，用吃的把大象引诱到船上，刻下船帮在水里的位置，再用同样的方法把大象诱到岸上，然后用石头装进船里，一直装到和原来的刻度一样，然后把石头称称加起来就知道大象的重量了。”

姜扬笑道：“你不是都知道了，还要再讲。”

“不一样嘛，要不讲个司马光砸缸的故事。”米豆一双可爱的眼睛流露出急切的企望。

“米豆来，外公给你讲蜜蜂保卫家园的故事吧。”

米豆拍着手蹦到外公身边，“喔、喔，外公讲故事喽。”

“蜜蜂花儿是个勇敢的姑娘，她带领着兄弟姐妹们建房、采花、酿蜜、照顾小宝宝，她们还承担着更重要的任务，那就是保卫自己的家园——蜂巢。每个家庭像花儿一样的蜜蜂们有几万只，甚至还有十几万只，她们天天都辛勤地劳动着。”

米豆托着下巴问：“外公是要说花儿照顾小宝宝的故事吗？”

姜岳父摸了摸米豆的头说：“不是，外公是要说花儿保卫家园的故事。”

“外公，花儿家有多少宝宝？”

“多得很，米豆是想听宝宝的故事，还是保卫家园的故事？”

“都想听。”

“只能听一个。”

米豆眨眨眼说：“那就先讲保卫家园的故事吧。”

姜岳父“呵呵”一笑说：“先讲保卫家园的故事？宝宝的故事我可不会讲，要听找妈妈去。”

“算了，就听保卫家园的故事吧。”

“嗨，这么一变我倒像欠你的了。”

米豆小手一叉腰不耐烦地说：“说吧，说吧。”

姜岳父端起酒杯啜了一口说：“一天，花儿指挥着伙伴们忙碌着，她突然发现一只金环胡蜂躲在草丛中向她们的蜂巢偷偷地窥视。米豆你要知道，金环胡蜂非常地凶猛、残酷，它要比蜜蜂大一倍，细长的身材，锃亮的皮肤，黑黄相间的虎皮条纹，有一对尖锐有力的獠牙，它们能干脆利落地铰碎蜜蜂，然后带上蜜蜂最美味的胸部回家大饱口福。”

米豆拍拍胸口说：“乖乖这么厉害。”然后又急问：“外公，花儿们怎么办？”

姜岳父不急不忙地说：“花儿发现情况立即震动腹部发出警报信息素，向周围的小伙伴们发出通知，小伙伴们接到命令后悄悄地分散出去，悄无声息地从后面包抄金环胡蜂。不看不知道，一经侦察又发现了 3 只金环胡蜂，花儿的整个家园就要遭受灭顶之灾。花儿向小伙伴们仔细地布置了进攻任务，然后摸到了金环胡蜂的跟前，花儿一声令下，蜜蜂们立即扑向金环胡蜂，小伙伴们知道绝不能让 1 只金环胡蜂逃出去，否则，兄弟姐妹就要惨遭毒手，一场生死搏斗开始了。蜜蜂们结队围住金环胡蜂，咬腿的咬腿、咬翅膀的咬翅膀，最惨的是冲在金环胡蜂正面的蜜蜂，金环胡蜂的手脚被缠住，但小小的蜜蜂对金环胡蜂的獠牙却毫无办法，只见它露出凶狠的獠牙，一口一只将蜜蜂咬成两半，不一会儿地下铺满了蜜蜂的尸体。金环胡蜂虽然厉害，但蜜蜂们并不害怕，它们前仆后继勇敢地冲上去战斗。花儿眉头一皱想出办法，她立即向同伴们发出指令，然后英勇地冲到金环胡蜂的獠牙前，她用头死死顶住金环胡蜂的獠牙，小伙伴们一拥而上把金环胡蜂包围在当中，然后一齐振动翅膀提高温度，温度迅速上升到 40 度，这是金环胡蜂承受不了的温度，金环胡蜂被活活地热死了。”

“唉。”米豆悄悄地叹了口气，紧张地看着外公。姜岳父端起酒杯深深地喝了口没再说话。米豆着急地问：“后来呢?”

“蜜蜂胜利了，家园保住了，可是花儿也英勇地战死了。”

米豆一听眼泪“啪啪”地落下来，她边哭边说：“我不要花儿死，我不要花儿死。”

“米豆，别哭。有奋斗就要有牺牲，这就是世界上最崇高的品德——工蜂精神。”姜岳父说完看看姜扬。

姜扬凝神想了想说：“谢谢爸爸。米豆，外公、外婆、爷爷、奶奶都是勤劳勇敢的工蜂。”

“不舍一己，何来大家。”

米豆含着泪水似懂非懂地点点头。

姜扬说：“爸，有的事情不是一往向前，奋不顾身就能解决的。”

“凭心吧，你已经睡了一觉，再去睡一觉，说不定一觉醒来就有答案了。”姜岳父端起酒一饮而尽，然后对厨房喊道：“老婆子、小雨，上饭。”

第四十四章　挑战权威撕汇票　薛凯败走石榴裙

1 月 3 日，银行迎来新世纪的第一个工作日，每逢节假日过后银行都非常地忙碌，外汇银行飞峰县支行则更忙一筹，营业部前来办理业务的会计已是络绎不绝，飞峰行的员工们忙着且快乐着。

联行会计递给赵平原一张电汇凭证说：“赵主任，省分行汇来 3.5 个亿。”

赵平原拿了张凭证看了看，拨通薛凯电话说：“薛行长，省行的 3.5 亿到了。”

“哦，我知道了。”薛凯平静地说。

“薛行长，用途一栏写的是华宝寺、飞峰湖高尔夫度假村项目。”

“嗯，进账吧。”

省行汇来 3.5 个亿支持两个项目的消息不胫而走，迅速传遍整个飞峰外汇银行，人人都为之振奋。

“3.5 个亿，乖乖，今年我们什么都不做也能完成任务。”

“收入也会大大超过去年吧？”

“那是当然。”有人自豪地说。

面对幸福消息的时候，营业部乃至全行员工们都沉浸这幸福之中，但凡事不是绝对的，有的人却因此而苦恼。

薛凯这个行的最高领导人却是担忧更胜过欢喜，可事物发展到这步却不是他能左右的了，他人刚在办公室里落座电话就追了过来：“薛郎，我，婉儿呀，上班了吗？”电话里的声音依然那么娇滴滴的。

可薛凯听来却如见到蛇蝎一般厌恶，他微微一皱眉说：“还没到单位呢。”

“薛郎，听说我们的贷款下来了。”

薛凯心中不悦，他不耐烦地说：“等我到单位再说。”

“我们已经在你们行的大门口了。”

“等着，等我电话通知你。”

“薛郎，春节前你就会调到省分行的计划处当副处长了。”

“真的吗？”薛凯一扫心中阴霾。

唐婉儿得意地说：“当然。”

“10 分钟后你们去信贷科找丁志华。”

同样，贷款执行人丁志华也高兴不起来，他一个电话被叫到薛凯的办公室里，坐在行长面前心中就像打翻调味罐各种滋味在心里翻腾，他知道这一天必定要来，可是真正来临的时候一种强烈的犯罪感猛烈地冲击着自己的良心。

薛凯对丁志华说道：“丁副科长，过去的一年你干得不错，新的一年来到，我想你的副字也该拿掉了。”

丁志华低下头说：“谢谢薛行长。”

薛凯右嘴角轻轻上扬露出一丝笑容，说：“不用谢，是你自己有能力，会办事。”

丁志华心中一阵羞愧，他说：“我还是干个副的好。”

“这事你就别管了。省行的 3.5 个亿下来了，你知道吗？”

“知道了，赵主任刚刚通知我。”

薛凯端起茶杯喝了一口，说：“华宝寺一直是姜行长亲自负责的，等他来上班再说。度假村是你负责的，我看就立即放款吧。”

“这……薛行长，是不是等姜行长上班再说。”

薛凯重重地放下茶杯，说：“为什么要等姜扬？离开他我们的工作就不做了吗？我们飞峰行就要关门了吗？”

“我不是这个意思，他是分管信贷的副行长，还兼着信贷科科长，这么一大笔款子需要他签字。”

薛凯冷冷地笑笑说：“姜扬被双规一个月，我们的业务都是怎么办的？”

“企业额度内收、贷、资金使用由我签字，只有唐铸镇锅炉公司的贷款由审贷委员会成员全体签字。”

“不就行了。”

“可是度假村项目意见不一致。”

“少数服从多数，这是组织原则。这样，将会议决议附在后面。去吧，立即就办。”

“是。”丁志华有满腹的话难以述说，只能回到信贷科执行命令。

信贷科里喜气洋洋、热闹非凡，唐婉儿带着一大包台湾特产，边发给大家边调侃着。丁志华阴沉着脸走了进来，他进门看到这场景不禁怒火中烧，他喊道：“都不上班呢？像什么话？”

陶珊珊说：“丁大科长，我们不是在庆祝嘛。”

“有什么好庆祝的，是祸是福还搞不清呢。”

陶珊珊对丁志华看看，又对唐婉儿瞧瞧，飞峰湖高尔夫度假村项目的争执她是有所耳闻，于是双手高举说："好，好，干活。"

"丁科长，好大脾气啊。"李平嘴里嚼着台湾著名特产牛轧糖说。

"李科长也在啊，不好意思。"

"没事，难得开心嘛。"

"是，是。"

"宋昭军要我和你说一声，他请几天假出去玩几天。"

"和我请假？最好还是向姜行长请假吧。"

"向姜行长请假，他不是有点，是吧。"李平含糊地表达意思。

"人都走了，不行也要行啰。"

李平在桌上抓了些糖果说："走了，带点给我们科室的人尝尝，与民同乐嘛。"

丁志华来到陶珊珊的面前说："小陶，唐总的贷款到了，你帮她们办手续吧。"

陶珊珊提出疑问："头儿，不等姜行长回来？这批准人谁签？"

"你把审贷委员会的决议做附件附在后面。"

陶珊珊想想说："经办人是我，然后没有批准人？"

"会议决议不是最好的批准文书吗？"

陶珊珊断然拒绝说："头儿，你办吧，我办不了。"

丁志华看看其他业务员，心中暗自叹气说："行吧，你拿套资料给我。"飞峰湖高尔夫度假村项目的资料做的是花团锦簇，资料一应俱全，只要填写借款借据就可以。丁志华熟练地在借款借据上填上日期、借款单位、账号、开户行和用途。然后开始书写金额：小写：200，000，000元，丁志华愣住了，格式内只排列到千万，他从未放过如此大笔的贷款。丁志华从抽屉里找了个小尺，在千万前画了两个小格，然后在第一格写下人民币符号￥，在第二格写"2"的时候，他的手突然微微颤抖起来，心里就像被什么东西扯了一下，一阵悸动、痉挛，他每写一个零心中都惶恐不安，当一个零一个零地写下去，手中的一支轻轻的圆珠笔越来越沉直到成为一柄铁杵重似千钧，借款合同、担保合同，等等一系列签字、盖章，一切动作如同机械一般。丁志华看着放在桌上两个亿贷款的借款借据，心脏似乎停止了跳动，血液凝结在血管里，身上冷汗渗出，脸色腊黄。

唐婉儿一双媚眼洞察一切，乖巧地在一旁配合签字、盖章，当手续完毕后她立即抓到手上，又立即递上3份银行承兑申请书说："丁科长，请把这也签了。"

丁志华二话没说提笔签上"同意支付，丁志华"。

唐婉儿一把抓在手上快乐地说道："谢谢丁科长，我去了。"

丁志华目送唐婉儿出门，他整个就像虚脱一般，大脑里翻江倒海一般。一会儿，他跳起来急匆匆地走出门。

陶珊珊关注着丁志华的反常举动，想到此事必有蹊跷，看见丁志华出门，她也跟了出去。

陶珊珊在走廊里隐约听到男洗手间传来丁志华的声音：“姜行长，对不起，我有事向你认错。飞峰湖高尔夫度假村 2 个亿的贷款刚刚签发出去，虽然我不知道这笔贷款放出去的结果会怎样，但发改委批准的项目只是度假村项目，并没有高尔夫球场，是她们将批文更改过。”

陶珊珊听到这里心里明白了，她轻步走过洗手间向营业部走去。

丁志华与姜扬的通话还在继续：“姜行长，这个项目还有许多达不到要求，对不起，我也是没办法。”

姜扬干脆地说：“现在不是讨论错误的时候，下面的事情我来处理。”

陶珊珊来到营业部，赵平原已经在与姜扬通话，姜扬说：“赵主任，有关飞峰湖高尔夫度假村的贷款不能发放，发放了也不能使用，这个项目有许多疑点，我立即从沿江市出发，顶多一个半小时就能回来，一切等我回来再说。”

“好的，姜行长。”赵平原挂上电话走到临柜会计陈证文前吩咐道：“暂停飞峰湖度假村的贷款业务。”

“贷款已经入账了，正要办理银行承兑汇票。”

赵平原拿起银行承兑汇票看看说：“这么大金额，连同她们的存款也全部转走吗？”

“赵主任。”唐婉儿在柜台外搭腔道，“我们度假村开工在即，用钱的地方太多了。”

“唐总，不好意思，丁科长签字的权限不够，一会儿姜行长就到，您请等一等。”

“赵主任，这贷款不是批了吗？”

“那不一样，那是批贷款，这是要批资金使用。”

“丁科长的权限不够，薛行长的权限够吗？”

“当然，他是我们的行长。”

唐婉儿“哼”了一声说：“行，我找你们薛行长签。”

赵平原向陈证文交代说：“就是用钱也不能这么急、这么多，尽量拖到姜行长来。”

一会儿，唐婉儿来到柜台，将银行承兑汇票申请书塞进柜台，陈证文看都没看随手将申请书推到一边。唐婉儿急着喊道：“为什么不给我办？”

陈证文指指后面说：“排队。”

唐婉儿瞪大眼睛怒道："你是故意刁难我，我打电话给你们行长投诉你。"

陈证文微微一耸肩继续办理其他业务。

唐婉儿怒不可遏立即拨通薛凯电话，她怒气冲冲地说："薛行长，你们的柜台会计故意刁难我。对，把我的业务压在一边。"唐婉儿挂上电话用手指着陈证文说："你们的薛行长马上就到，看你怎么交代。"

陈证文把暂停业务的牌子挂上，加快办完手中的业务，关上电脑走出营业厅。

陈证文前脚走，薛凯后脚进来，他问赵平原："怎么回事？"

"陈证文上厕所去了。"

薛凯道："那就让别人办。"

"这不好吧，小陈一会儿就来。"

薛凯白了赵平原一眼，走到陈证文的办公桌前发现压在一边的一沓传票，他拿起来看看，然后递给旁边的临柜会计说："小张吧，你来办。"

小张回过头看看赵平原，迟疑地说："这……"

"薛行长，我来办。"陶珊珊来到薛凯面前。

薛凯问："你能办吗？"

"能办，我们电脑都是联网的。"

"行。"薛凯将银行承兑汇票申请书交给陶珊珊。

陶珊珊接过申请书"唰唰"几下将申请书撕个粉碎，她递给唐婉儿说："申请书填错了，重填。"

唐婉儿气急败坏地喊道："你们外汇银行什么工作态度！"

薛凯也反应过来，他厉声喝道："陶珊珊！你不想干了，你现在就停职！"

唐婉儿"嘿嘿"一笑从包里掏出一本银行承兑汇票申请书说："小妹妹，申请书有的是，有本事你再撕。"

陶珊珊心里念道："姜行长呀，姜行长，你怎么还不到，再不到钱真的就要被转走了。"

唐婉儿很快填好申请书递给薛凯，薛凯签上名后严肃地说："小张，我命令你立即办理该业务，否则，你就被开除出飞峰行。"

小张哭丧着脸看看赵主任，赵主任只得点点头，小张输入账号，电脑里显示出飞峰湖高尔夫度假村的资金余额 2.8 亿元，小张开始输入支付信息。

"慢！"一个声音从身后响起，姜扬出现在营业部，他快步走到小张桌前迅速清除电脑里所录入的支付信息，输入收贷两亿元指令，敲回车确定后，从小张的办公桌找到特种转账凭证，在备注栏填上收取贷款，签上自己名字后对小张说："你把其他的内容补填好。"

姜扬的一切来得太过突然，当人们反应过来的时候，他已经做完了一切。

薛凯热血上头，他涨红了脸说："姜扬，你这是什么意思?!"

姜扬和颜悦色地说："薛行长，我们回办公室再说。"

薛凯愤怒道："不需要，就在这里说。"

姜扬心平气和地说："薛行长，你不觉得这贷款有问题?"

"有什么问题? 丁科长科学论证，审贷委员会集体研究决定，你凭什么一个人就否定了大家的意见?!"

姜扬仍然平静地说："薛行长，度假村贷款又不急在这一两天，我们不要在这里讨论行吗?"姜扬想尽力维护薛凯的威信。

"我们实行的是行长负责制，我是这个行的行长，你们都要对我负责，我说了算!"

"薛行长，行长负责制不假，可我们是对你这个行长的位置负责，而不是放任你利用职权，违规甚至违法放贷! 薛行长，这个项目的审批名称与在我们行开户的名称不符，就凭这条这个贷款就不能贷。"

薛凯已经听不进任何意见，他的权威受到挑战，他必须为尊严而战。他愤怒地说："什么? 我违规? 我违法? 姜扬! 你眼里还有没有我这个行长!"

姜扬无法退让，他说："行长在谁的眼里并不重要，而要看是不是在我们心里，是不是代表这个行的利益，是不是代表我们广大职工! 薛行长，不是我眼里有没有您这位行长，而是您现在的所做所为能对得起行长这个称谓吗?!"

"姜扬，你是我的副行长，你没有资格如此和我说话!"

姜扬将手中的一个文件竖在薛凯面前，《沿江市分行关于信贷人员放贷终身追责制的实施意见》，说："薛行长，资格是基于人与人之间的公平、公正，如果你非得不愿承认的话，确实没有和你谈下去的必要。这样，你再认真学习学习这文件，如果你还坚持的话，我建议召开党支部会议讨论此事。"

"你……"薛凯没想到遭到姜扬如此的固执抵抗，他一时语塞。

这时，宁静来到薛凯身边，递给他一张冻结通知书说："宁波海关稽查分局要求冻结飞峰湖高尔夫度假村的账户，他们正在后门外。"

薛凯顺着宁静的目光落在后门外 3 名威严的警察身上，其中一名警官他认识，是飞峰县内保科科长绍玉兵，他急忙拿起冻结通知书，看到如是文字："中国外汇银行飞峰县支行：沿江市飞峰湖高尔夫度假村因母公司滨江省富华投资有限公司涉嫌出口骗税一案，故冻结其银行存款。"薛凯看完递给姜扬说："可能真的是我错了，你去办吧。"薛凯说完便径直离开营业部，在后门口只对绍玉兵点点头。

姜扬接过冻结令仔细地查看一遍，然后走向门外的 3 名警察。

宁静向警官们介绍说："绍科长，这是我们行的业务行长，姜行长。"

绍玉兵与姜扬客气握手，然后说："姜行长，这两位是宁波海关稽查局的警官，他们在执行公务请配合。"

两名警官掏出警官证递给姜扬，姜扬又仔细查看后说："没问题，请稍等。"

"姜行长，这账户里有多少钱？还有没有其他相关的账户？"其中一位问。

"度假村上有 8000 万元，另一个账户是飞峰湖高尔夫用品有限公司，账户上一直没钱，我这就去帮您查查。"

两名警官一听有 8000 万元都松了口气，两人兴奋地对视一眼，同时说："谢谢姜行长。"

姜扬来到小张的办公桌，在小张的电脑里输入飞峰湖高尔夫度假村账户冻结指令，他又查询了飞峰湖高尔夫用品有限公司的资金情况。

柜台外，唐婉儿递过来一张银行承兑申请书说："姜行长，我们使用我们自己的存款总可以吧。"

"对不起，现在不行了，你们的账户被冻结了。"

"被冻结了？什么时候？"

"刚刚。"

"谁冻结的？"

"宁波警方。"

"什么原因？"

"骗税。"

唐婉儿伸头向后门口看看，她隐约看到警察的身影便扭头就走，迅速消失在人们视野中。

薛凯宿舍的客厅里薛凯傻傻地坐在沙发上，他面无表情地看着电视，心里只有一个念头，我该怎么办？

电视里正播放着《动物世界》，客厅里回响着浑厚的男中音：冬天，阿拉斯加的荒原上覆盖着雪白的冰盖，这时的狼是这里的主人，它主宰着这片冰原。电视上一望无际的冰封原野，狼群列队在荒野中奔跑（画外音：它们眼中只有一个目标，那就是 3 公里外的野牛群）。突然，狼群中一只公狼被铁夹紧紧夹住后腿（画外音：猎人成为猎物，大自然经常开这种玩笑）。公狼挣扎着、哀嚎着。狼群继续前进，有一两只同伴停下脚步回头看了看，然后义无反顾地追上队伍。一会儿，茫茫原野中只剩孤独而绝望的那只公狼，公狼拼命地挣扎（画外音：再锋利的牙齿也对付不了人类的智慧）。一个人影从屏幕外走进来，皮靴、皮裤、皮衣、皮帽，一杆枪，典型的爱斯基摩人打扮。公狼恐惧地注视着人的逼近，人的脚步缓慢而坚定，它明白再等下去它的末日就要到了。它死死盯着远方，原地转了两圈，突然一口咬断那只被铁夹夹住的腿，它拖着断腿追向狼队（画外音：断一腿而保一命，这就是阿拉斯加野狼的狼性）。

薛凯关掉电视，一支接一支地吸烟，烟雾在头上缭绕。

姜扬拎着一个塑料袋进来，把塑料袋放在茶几上，打开窗子散散烟味。然后，把塑料袋里的饭盒一一拿出，说："中午饭也没吃，我让师傅做了你爱吃的红烧肉。有事，吃饱饭再说。"

"红烧肉人人爱吃。"薛凯居然对姜扬笑笑，然后装上饭有滋有味地吃起来。吃完饭，薛凯说，"我们食堂的红烧肉做的就是地道，只怕以后再吃就难了。"

"薛行长……"

薛凯打断说："听我说，我想通了，是我错了，错了也没及时纠正，一错再错，要不是你今天竭力阻止，损失恐怕就无法挽回了。谢谢你，姜行长，这个行交给你，放心。"

薛凯停顿一下继续说："我马上就去市分行向谢行长交代我的问题，做深刻检讨，不管组织怎样处理我，我都能接受。"

姜扬关心地问："没收钱吧？"

"手表、字画、股份、钱我都没收，只是对不起你嫂子，惭愧啊。"

"还好，只要没收钱问题都不大。你可以向谢行长说，是你及时停止给度假村贷款。"

"不行，我不能再次欺骗组织，我会原原本本地向组织交代问题的。"

姜扬心中一阵唏嘘，一失足成千古恨啊。

薛凯拿出存折递给姜扬，说："这里是我的私人存款，下午你找宁静，请她把我报销的发票审核一下，有一些违规的就用这钱补上。"

姜扬眼中流露出不舍的眼光。

"姜扬，你是我工作中的好朋友、好伙伴，自律不是一句空话，权力越大做到越难，以我为戒吧，遇到诱惑时想想我，做个好行长，把我们的飞峰行建成一流的银行。"

姜扬真诚地说："谢谢，我陪你去市行。"

薛凯从口袋里拿出钥匙，从钥匙扣中解出两把钥匙，然后将钥匙串递给姜扬说："行里和我宿舍的钥匙都在这里，请你交给谢行长。"薛凯又拿出电话交给姜扬。

姜扬眼框微微一红，他背过脸去，稍霎，姜扬掏出手机拨出电话：“宁静吗?”

“姜行长，我是宁静。”

“家里走得开吗?”

“没事。”

“请立即到行里，大约需要多少时间?”

“10 分钟。”

“好，我们行门口见。”

谢季风办公室，谢季风春风满面坐在沙发上，手里拿着年报，坐在旁边的副行长于伟讲解着指标完成情况，他们正说利润情况：“去年全辖完成利润 12.6 亿元，比上年增加 26%；其中，市分行完成利润 16 亿元，比上年增加 31%，这是谢行长倡导的盘活存量、用好增量的策略见到的成效。各家县级支行全面完成任务，完成最好的飞峰县行，增幅就无法计算了，他们从亏损 300 多万元到盈利 1000 多万元，这是个奇迹。不过，他们有提前提取利润的可能。”

“这个事情我知道，也是同意的，飞峰行自建行以来就没有真正取得过利润，压抑得太久了，让他们爆发一下吧。预计明年飞峰行的利润会在 5000 万元以上，既然不影响明年的指标，就睁只眼闭只眼吧。”

于伟笑笑说：“看起来飞峰行要放几年卫星了。”

“典型不是树起来的，而是真枪真刀干出来的，有本事尽管使出来，我倒是乐见其成。”

于伟继续讲解说：“市分行直属办事处完成任务情况不是很理想，除开发区办事处增长 27%，其他 5 家办事处略有盈利，其中，两家办事处以贷收息才完成任务，有一家办事处亏损，连江办事处今年亏损 160 万元，已经连续 4 年亏损百万以上了。”

谢季风深思一会儿说：“不进则退，我们国家每年都以 10%以上的速度迅速发展，我们沿江市更是以 16%的高速在进行发展，只要紧跟时代的发展就能进步。办事处亏损更是难以理解和谅解的，市分行给予多大的关注和扶持，年后要组织审计、信贷、人事、纪检认真调研办事处。”

张宇新推门进来，他走到谢季风跟前说：“飞峰行的薛凯、姜扬来了。”

谢季风诧异道：“他们怎么来了？有没有约?”

张宇新上前一步在谢季风耳边轻声说：“薛凯来自首。”

谢季风惊道：“什么?”谢季风愣了一会儿，说：“于行长，你先回去，我估计晚上我们要开个会了。”

“好，我等通知。”

“张主任，你去请纪检刘书记过来，你来做笔录，让薛凯、姜扬去小会议室。”

小会议室，薛凯、姜扬端正地坐着，两杯热茶冒着热气，可两人都没心思喝上一口，姜扬面前多放了一串钥匙和一部手机。

谢季风、刘炳南和张宇新进来，薛凯、姜扬立即站起来。谢季风急忙问：“怎么回事？谁的问题？”

薛凯低声说：“是我，飞峰湖高尔夫度假村项目出现问题，姜行长是陪同我来的。”

姜扬说：“谢行长，刘书记，这是薛行长的手机和办公室及宿舍钥匙。”

刘炳南说：“看来问题不小啊，坐下说。”

谢季风问：“有没有造成损失？”

薛凯抬头说：“没有，幸亏姜行长。”

谢季风松了口气说：“说吧，怎么回事？”

姜扬指指外面说：“我是不是？”

谢季风说：“听听吧，发生在身边的教育。”

薛凯低着头说：“谢行长、刘书记，我辜负了领导信任，如果不是姜行长和其他员工的竭力阻止，我就要酿成大错了……”薛凯从在高尔夫练习场被秦雪莹芳泽一掠开始说起，一直到俩人如胶似漆、难舍难分，情爱冲昏头脑指使丁志华放松考察要求，力保资料过关，在第一次被审贷委员会否定后，利用姜扬双规的机会控制审贷委员会通过该项目审核，并绕过市分行通过关系直接上报省分行，直至该项目夹在华宝寺项目中一同批准下划。薛凯最后说：“谢行长、刘书记，我真心认识到自己的错误，我接受组织调查和任何处分。”

刘炳南问：“除此以外，你真的没有接受货币以及有价值的物品？”

“没有，真的没有。我在其期间利用职权报销了一些不该报销的费用，大约在两万元左右，已请办公室宁静核查，用我个人存款补上了。”

谢季风痛苦地闭上眼，一位有能力、有发展前途的优秀干部毁在糖衣炮弹之下。

刘炳南和谢季风低声交换意见后，说：“薛凯同志，你能主动向组织坦诚自己的问题，并退还违规报销款项，这很好，这对你今后的处理有很大的帮助。你说的一切我们会认真核实的，由于没有造成任何经济损失，也没有举报人，钥匙和手机归还给你，你暂时停职，在市行的招待所住下，学习党章和党的有关文件，等候处理意见。不过，你的行动是自由的，去哪里和办公室说一声，薛凯你有什么要说的？”

"我没意见，我会认真配合组织调查情况的。"

刘炳南问："有没有秦雪莹等人的联系方式。"

薛凯指着手机说："我手机里有。"

姜扬将手机递给薛凯，薛凯调出电话号码，报出号码。刘炳南按照所报号码拨出去，电话里传出："您拨的电话号码已关机，请稍候再拨。"刘炳南对薛凯看看问："怎么回事？关机。"

姜扬拿出自己的手机说："我来试试。"姜扬拨出电话，电话里重复同样的声音："您拨的电话号码已关机，请稍候再拨。"姜扬又将唐婉儿的电话号码调出拨出去，电话里响起同样的声音："您拨的电话号码已关机，请稍候再拨。"

姜扬放下电话说："谢行长、刘书记，这家企业的母公司涉嫌出口骗税，已经被宁波海关缉查分局立案侦查，连带这两家公司的账户也查封，估计她们是为这事关机的。"

谢季风问："这是什么时候的事？"

姜扬答："上午。"

"我们的贷款也被查封了？"

"没有，就在查封之前我们强行收回贷款。"

谢季风看看姜扬，又看看薛凯，心里大概猜到他们之间必有一番激烈的争斗。谢季风说："老刘，现在联系不上涉事的人，你派人和姜行长一道去飞峰县，一、核实薛凯所交代的问题。二、去一趟飞峰湖高尔夫度假村，看看那里情况，找一找涉事人。薛凯同志，你先去招待所住下吧。"

薛凯和姜扬站起来告辞，谢季风说："姜扬你等等。"等薛凯出门谢季风对姜扬说："一位优秀的干部毁在权力和欲望的手中，望你以此为戒，把党纪、国法、行规时刻牢记在心中，警钟长鸣。你现在回去暂时主持飞峰行的工作，勇挑重担，大胆工作，市行党组会尽快给你们一个意见的。"

"是。"

刘炳南说："我和姜扬一块儿去。"

"也好，让姜扬和你一个车，你们细谈。晚上 7 点之前赶回来，我们召开一个党组扩大会。"

"好的，姜扬，我们走。"

飞峰湖高尔夫度假村筹备处的小院，院门紧锁，透过铁门院子里零散地散落一些纸箱、桌椅等物品。

姜扬上前敲敲传达室，问："师傅、师傅。"传达室悄无声息。姜扬走到铁门前拍打铁门喊道："有人吗？""扑"从门边的冬青树丛中飞出两只麻雀，转眼间飞到电线上歪着小脑袋看着前来打扰它的人。

姜扬对刘炳南说：“看起来没人，是不是去乡政府问问？”

“行，去了解清楚。”

两人正准备上车，旁边的院子里出来一位干部模样的中年妇女，她打量了一下姜扬和刘炳南，问：“你们找她们？”

“是的，怎么没人？”

“她们搬走了，一下子来了十几个人，三大卡车，一个中午全部搬完。”

“哦，她们搬到哪里了？”

“没说，她们欠你们钱？”

“没有，她们不是要搞高尔夫度假村嘛，我们来看看有什么业务。”

中年妇女神秘地笑笑说：“别找了，我看八成是骗子。”

姜扬说：“不找了，谢谢，再见。”

姜扬、刘炳南上车，姜扬说：“我们再去她们在飞峰县城的住所看看。”

“好。”

姜扬和刘炳南来到唐婉儿的县城住所，院子大门紧闭，姜扬向周围人打听到，上午就已一搬而空。

刘炳南说：“回行吧，就在薛凯的办公室，我找丁志华谈谈。”

丁志华违背薛凯意志，在最后一刻打出那个至关重要的电话。打电话前设想过无数个可能，设计过无数个后果，彷徨、忐忑、担忧乃至绝望。没想到电话打出去心中如释重负，尤其得知姜扬和同事们成功阻止贷款的放出时，他第一反应竟是欣喜若狂。当丁志华坐在市分行的纪检书记刘炳南面前，他是那么地心安和坦然，他觉得组织怎么处分都值了，他从心里感谢姜扬和同事们。当刘炳南问及事情经过时，丁志华如竹筒倒豆子，如实说清调查项目的过程所遇到人与事。

丁志华在说完事情过程后说：“刘书记，薛行长是对我的项目调查做过暗示，但是姜行长也对项目做过明确的要求，我当时去发改委、土管局查验批文时发现她们文件作假，主要是我的私心作怪就视而不见，是我犯的错我自己承担，怪不了别人。”

刘炳南问：“她们有没有向你行贿？”

“有，5万元，说是评估费，我没要，我说我们没有这个收费项目。后来她们通过湖西乡的党委书记的关系，把我爱人从代课教师转成民办老师。刘书记，权力这个东西太厉害了，我爱人本可以通过她爸退休指标转为民办教师，可是被人侵占了，现在我又用我的权力夺回了那个本该属于我们的资格。刘书记，我愿意接受组织的任何处分。”

“你能如此坦诚和如此认识我很欣慰，关键时候你的电话对事件的进程起到扭转作用，市分行会实事求是地对你的事情进行处理。在市分行未做出结论之前，你还要安心工作。顺便说一下，这是我个人的看法，关于你爱人的工作，我觉得不是我们管辖的范围，等地方政府找你再说。”

“谢谢刘书记。”

“就这样，你先去工作吧。”

刘炳南来到姜扬的办公室对姜扬说：“姜行长，情况了解得差不多了，我马上回去。虽然你们成功阻止了可能发生的骗贷行为，但是我们也折了一位行长。你现在要稳定职工的思想情绪，保证飞峰行的正常运转。”

“刘书记，我们通过公安局了解到飞峰湖高尔夫度假村有限公司的母公司的诈骗情况，他们是通过虚报珍珠出口骗取出口退税款，这次我们行冻结的 8000 万资金中有江城市江丰城市信用社贷款 3000 万元，听说该社的副主任已经被双规了。”

“钱啊，真的能让人疯狂。”

姜扬看看时间说：“这都 5 点多了，吃过晚饭再走吧。”

“不了，晚上的会关系到飞峰行的未来，对整个沿江行也是一次很好的教育，我得回去和谢行长碰碰。”

“我让小毕送你回去，你好休息一下。”

“行，走啦。”

姜扬送刘炳南上车出发，他站在原地想想，拿出电话拨了出去，说：“杨主任，马上回行，到我的办公室，我们开个短会。”然后他顺着办公室一路通知过去。

储蓄科长周世民、审计科李平、风险管理科林宗森、保卫科长赵宁、信贷科副科长丁志华、营业部部主任赵平原随即来到姜扬的办公室。不久，办公室主任杨福康也赶到，姜扬站着说：“各位科长，我们站着开一个短会，一是我们行阻止了飞峰湖高尔夫度假村有限公司两亿的骗贷行为，我们行没有遭受任何损失，信贷科和营业部的同志在关键时刻起到了决定性的作用。二是薛凯同志去市分行陈述该事件发生的经过，行里工作暂时由我负责，要求各科长加强管理属下科室，稳定本科室人员的思想情绪，做好解释工作，不信谣、不传谣，对一些恶意制造谣言的行为要及时制止，并加以处理。储蓄科暂时放下手头工作，分人到所、处进行巡查，保证所、处业务的正常进行，做好对储户的宣传工作。保卫科提高警惕及时与储蓄科的同志联系，掌握在外机构的动态，保证其安全。信贷科暂停外出工作，积极与信贷单位沟通，掌握企业动向，有必要时做好解释工作，但也不要找事、生事。杨主任回办公室守好家门，上传下达，保证联络畅通。李科长和林科长两个科室不对外暂时没事，就算我们的机动部队吧。大家有什么意见？”

“没有、没有。”

周世民说：“等一下接款，我跟车跑一圈。”

“好，大家辛苦了，如果没什么就散会。”

第四十五章　移花接木争权位　警银共同织法网

晚上 7 点 30 分，外汇银行沿江市分行行长室会议室，以谢季风为首的党组成员全部到齐，分别是王得江、于伟、刘炳南、刘振刚、张宇新、王琳、孙家风、金峰。另外，党外副行长朱琴、王平列席会议，大家看到市分行副行长前往美国进修的石海涛居然在座。

刘炳南主持会议，他说："同志们，我们临时召开这次党组扩大会，石行长因私回国，今天来行正好遇上了，也一并请来列席这个会议。今天会议内容主要是通报今天刚刚发生的事件，飞峰县支行在副行长姜扬、营业部主任赵平原等飞峰行的员工们努力下阻止了一起高达两亿元的骗贷案。不过，我们这个会不是表彰会，推动飞峰湖高尔夫度假村项目的是，飞峰行行长薛凯同志和项目执行人信贷科副科长丁志华同志。"

王得江问："怎么确定是骗贷呢?"

"我们定性为骗贷案基于三方面考虑，一、该公司伪造政府文件。二、利用各种手段腐蚀行长薛凯和项目关键人副科长丁志华，两人在项目的批准上违反贷款原则，违规通过该贷款的审批并发放该项目贷款。三、该公司在建成高尔夫练习场后就停止进行进一步的投入，实为钓鱼项目，目前该公司人走楼空、不知去向。四、该公司的母公司涉嫌骗取出口退税，现已被警方立案侦察，有诈骗的基础，金陵市江丰城市信用社副主任已经被双规，涉案金额 3000 万元。"

刘炳南说完扫射一下会场说："薛凯同志在该项目中接受飞峰湖高尔夫度假村关联人、飞峰湖高尔夫用品有限公司总经理秦雪莹的性贿赂，为该公司大开方便之门，并指使丁志华同志通过该项目调查。在该项目经飞峰行审贷委员会否决后，趁姜扬同志不在行里的机会，控制评审委员会强行通过该项目，然后通过省行关系，避开市分行审核和监督，夹带在华宝寺的项目中通过省行审批并得到划款。今天上午，威压丁志华进行放贷，丁志华受到良心的谴责，通知姜扬同志，在姜扬同志的安排下，营业部同志对该项目贷款进行阻击，使飞峰湖高尔夫有限公司准备将账上 2.8 亿资金全部转走的计划落空。事情发生后薛凯同志对自己行为进行反思，今天中午 12 点 50 分主动来市分行坦白自己的问题。”

谢季风说：“请大家议议薛凯同志所犯问题的性质、处理意见。”

刘振刚气愤地说：“这是违法，渎职，我建议移交司法机关进行查处。”

王琳说：“腐化堕落，拿着人民的钱做交易，还是名共产党员吗?”

王得江想到薛凯还算懂事，他为薛凯辩解说：“处理一定要处理，但毕竟损失并没造成嘛，就没有必要诉之于法律，就是起诉，没收钱，没有举报人，人家法院未必立案受理。薛行长对飞峰支行还是有贡献的，我看党纪、政纪处分就行了。”

其他同志也纷纷提出自己意见，但不外乎这几种说法，只是轻重而已，会场上声音慢慢变小，直到安静下来，谢季风说：“同志们的意见很好，我们绝不能姑息此类事情的发生，权色交易，拿人民和党的利益当儿戏。当然，我们也要考虑他能够来市行主动交代问题，深刻检讨自己的错误等情节。我提议：给薛凯同志撤销飞峰县支行党支部书记职务，留党察看一年；撤销飞峰县支行行长职务，行政记大过处分，扣除当年奖金。大家有什么意见?”

在会人员纷纷表示同意。

谢季风：“大家对薛凯的工作安排有什么建议?”

王得江说：“让他去连江办事处信贷科任统计员吧。”

谢季风：“行。”

刘炳南说：“本来丁志华同志的问题没有必要在党组会上讨论，考虑事件的关联性就提出来征求同志们的意见。丁志华同志在负责飞峰湖高尔夫度假村项目时受到薛凯同志的指示，在调查该项目时隐瞒重大事实，弄虚作假调高该公司财务指标，使项目报告得以通过审查。但就在发放完该项目贷款时良心发现，及时通知姜扬同志，姜扬同志才得以阻止该贷款的风险产生。我建议对该同志党内警告处分，行政警告处分，扣除半年奖金。”

大家也纷纷表示赞成。

谢季风说：“还有几件事和大家商量，一是收回的两亿元贷款，我向省行请求过，省行意见：既然飞峰行有能力把握好信贷政策，具有很强的抗风险能力，这笔资金就放在飞峰行，省行说承诺过飞峰行的事不会变。王处长，资金虽然放在飞峰行但监管要严格执行。二是飞峰行的行长问题，我想听听大家的意见。”

王琳说：“一般来说是副行长递增上去，姜扬副行长在飞峰行成绩是显著的，政治上是过硬的，只是刚刚提副行长不久，如果现在就提行长是不是有点快?”

谢季风“嗯”了一声，把眼光投向其他人。

于伟说道："姜扬同志业务很强，在飞峰行的工作也是有目共睹的。但是，毕竟是要管理一个县支行，我觉得还是选位成熟的、有管理经验的同志去担任行长。"

张宇新说："我觉得考察一位干部必须从德、能、勤、绩去考量，当然成熟也是一方面，但并不是主要的。姜扬同志的成绩已经反映在年报上，就不需我多言了。思想上，飞峰县纪委、我们市分行纪检都有结论，也不用我多说。管理上，他没当行长怎么知道他不行？当副行长就不需要管理能力吗？我认为谁都没姜扬同志有资格当飞峰行的行长。"

王得江慢悠悠地说："当时提拔薛凯时我就谈过这个问题，年轻人干劲是有，手中的权力可以给他荣誉、金钱、美女，遇到诱惑就绷不住了，这不就出事了。"

王得江此话一说，有矛头直指谢季风用人的嫌疑，其他人就不好说什么，会议室再次陷入安静。

石海涛此时打破宁静，说："姜扬同志的能力是有的，年轻略显稚嫩也是客观存在的，不如这样，先让姜扬同志去连江办事处任主任，连江办事处的李汉良同志任飞峰行行长。"

王得江："石行长的提议很好，一是连江办事处需要姜行长这样能冲能干的主任，二是李主任成稳老练，相信能带好飞峰行一帮干群。"

谢季风如炬般的眼光从石海涛身上缓缓扫过，他清清嗓子，说："同志们谈得都很好，也很透彻。我们选拔、任用一名干部不是凭个人好恶，凭亲疏关系，我们人事部门有一套严格的干部考核体制，有一套科学的用人标准。有人或许会问，怎么有些领导干部还会屡屡出事呢？这不奇怪，环境变了、地位变了、权力变了，如果不加以约束，那么他的思想也会变的。我们的党纪、国法在他们心中淡漠了，甚至无视党纪、国法的存在，想方设法逃避法律的制裁。但我们总不能因噎废食，不敢用人，否则，我们在座的各位领导同志是怎么坐到这位置上的？"

会议室传出轻轻的笑声。

"经济发展、时代进步的同时，对我们领导干部的各方面的诱惑也在增强，这就要求我们改变我们的监管方式，从粗放到细化，要有可操作性，要直接与工作特点相挂钩。有个细节没向大家通报，丁志华放完贷款后，想起了市分行实施的《信贷人员放贷终身追责制》后才向姜扬同志汇报的，而这个文件是根据姜扬同志的《关于实行信贷人员放贷终身追责制可能性研究》修改而成的。大家说他不成熟吗？每位同志都有这样那样的缺点，我们不能因为他有干劲就说他不稳重，不能因为他有激情就说他不成熟。我们要看主流，要看他是不是有一颗为党、为人民的诚心。”

会议室掌声响起。

“当然，我们不能靠思想、靠口号来从事经济工作，杜绝违法、违规也不是全靠大棒能解决的。市场问题要靠市场去解决，我们要靠经济的手段去解决经济问题，让我们的干部不需贪、不想贪，这才是王道，才是正道。飞峰行今年的利润无法与上年比较了，比一比那要翻了几千倍了。今年，飞峰行职工收入要翻上几倍乃至十几倍。有人会眼红了，我已经听到了各种说辞，怎么办？发！国家、集体拿大头，个人拿小头，为什么不行？我翻阅所有关于社会主义的论述，没有一条说过社会主义就要过差日子、穷日子、苦日子。我也认真学习了我们共产党的经济理论，没有一条说过，我们共产党员不能赚钱、不能有钱、不能富裕。我们的干部、职工收入提高了，还需要贪吗？当然，我们还需要类似《信贷人员放贷终身追责制》来保证其长期性。优则奖，劣则罚！能者上，庸则下！廉者上，贪则下！”

会议室再次响起热烈的掌声。

谢季风停顿一会儿说：“话题扯得有些远噢，言归正传。石行长的意见也有一定道理，我们对姜扬的任用听从全体到会者的意见，不同意姜扬同志任飞峰县支行行长的请举手。”

谢季风的一番话说到大家心里，姜扬的成绩确实震撼着每位与会者，加上谢季风问话方式。王得江、石海涛虽然有不让姜扬当这个行长的心，但已是孤掌难鸣。

谢季风看看说：“好，无人反对。”

石海涛与王得江无奈地对视一眼，嘴角都泛出丝丝苦笑。

谢季风继续议题：“飞峰行的一把手有了，王行长和石行长的担心也是有道理的，我们应该为姜扬同志配备一位沉稳一点的同志担任副手，炳南同志，你有什么人选？”

刘炳南思考一下说：“飞峰县支行的办公室主任杨福康同志就很不错。”

石海涛大跌眼睛，他所了解的杨福康是不通业务，成天无所事事，拍拍马屁还行。

没想到谢季风却点点头说：“杨福康同志党性强，有原则，我看行。”支行副行长人选没有必要讨论了，谢季风当即拍板。

谢季风扫视会场，说：“今天的会议就到这里，请张主任整理发文。刘书记，还是辛苦你代表党组去飞峰行宣布任命并帮助把班子建起来。”

人们三三两两走出会议室，王得江叫住王平说：“王处长，明天把飞峰行的核销材料退回去。”

“材料我都整理好了呀。”

“人家现在有的是钱，不稀罕了。”

“什么理由？”

“材料不合格，打回去重做。”

王得江对石海涛说：“找个地方喝茶去。”

海天一色休闲会所是沿江市最高档的休闲会所，它地处沿江市近郊一幢5层楼独立欧式建筑，内部装修得金碧辉煌、流光溢彩，极为奢华。

王得江领着石海涛从专享电梯带到4楼，电梯门无声地打开，电梯两旁已经站着两排身着公主服的小姐，她们整齐划一地行曲膝礼：“欢迎殿下。”王得江随手摸了摸脸庞稍圆、身材丰腴小姐的腰说：“几天不见越发水灵了。”

圆脸小姐趁势上前挽住王得江，甜甜地笑道：“王老板也越见精神了，让小妹伺候老板吧。”

王得江刮刮小姐鼻子说：“你们一会儿殿下，一会儿老板的，这一下就换了两个身份。”

“还是老板好，老板实惠。”

“一张巧嘴，行，你去帮我开两个套间。”

“8818和8828行吗？”

“行，你先去8818泡茶，一杯龙井，一杯碧螺春，然后去8828等我。”王得江知道石海涛只喝碧螺春。

“小妾领命。”圆脸小姐兴高采烈地去了。

王得江说：“老弟，挑一个。”

石海涛稍稍犹豫：“不用了。”

王得江说：“来这里干耗啊，我帮你挑。”王得江一双贼溜溜的眼睛向两排小姐脸上、身上扫射一番，然后拍拍一位略微稚嫩、身材苗条小姐的屁股说：“就你啦。”

稚嫩小姐立即行礼说：“谢谢。”然后略带羞涩地上前挽住石海涛。

王得江对石海涛说：“我的眼光不错吧。”然后对稚嫩小姐说：“你也先去8828等。”

8818套间里的休闲间，茶已泡好，圆脸小姐送上热毛巾然后行礼退出。

王得江喝了口茶说：“老弟啊，你到底弄出多少名堂，怎么没完没了了？”

石海涛放下茶杯说：“飞峰行那个穷地方，能有多少油水，你非得让我去那个穷地方。”

王得江轻蔑一笑说：“不是我把你运作到飞峰，你这个市分行副行长的位置还在天上飘着，更不用说去美国深造，你就知足吧。”

石海涛脸上立即堆满笑容说：“都是王行长的功劳，海涛感激不尽。”

王得江冷冷地说：“你不给我找麻烦，我就烧高香了。”

“哪能呢。”

“哪能呢？我还看不出来，飞峰行的经营状况我还看不出来，这几年我调了多少资金过去。”

“不多，就上报市行核销的那些。”

“那还少？你们的基数就那么一点，几乎全都被你洗掠一遍，你疯了。”

“挺挺不就过去了吗，这不就最后一步了。”

王得江“哼哼”冷笑一声说：“往往就是最后一步栽跟头。姜扬不是你从农行挖来的吗？怎么控制不住啊？”

“不是看他能干吗，不过你得承认，他确实能干。”

“像你这样，再能干的人也要给你用残了。”

石海涛还在得意，他说：“你看飞峰行被他整得欣欣向荣的。”

“你就别得意了，看你弄得一个刺头来，他根本就不买我的账，谢季风给他撑着腰，这次还弄了个行长干干。老弟啊，我不得不提醒你，再追下去你的老底就要掀了！”

“前两天我请他全家吃了饭，话也撂给他了，我想他不至于吧?!”

“悬，看你不远跨洋回国处理此事，我猜就不是那么简单的。老弟啊，我们相处多年，有些话就不要多说了吧。”

“王行长，您尽管放心，我石海涛一人做事一人当，决不连累旁人。”

“好，这才是汉子。不过，我还是要提醒你，要做好几手准备，必要时下点狠手。”

石海涛点点头，两眼凶光一闪而过。

王得江站起来说：“那就不在这里孤着啦，你也放松放松。”

……

一个单位的人事调整总会在人们当中引发串串涟漪，兴奋的、忐忑的、惴测的，更有些能人煞有其事地进行人员安排，成为人们口中的地下组织部长。飞峰行也不例外，有人分析说：“薛行长这次惨了，怕是要判刑吧?!”

“切，你懂吗，这叫犯罪中止。不过，我看这行长位置是保不住了。”

“哎，你说谁会来当行长？姜行长能不能扶正？”

“我看悬，他虽然干得不错，但中国讲究的是论资排辈，或者是会吹牛拍马才有前途，他两样都不行。”

“是，就他那个直脾气，猛冲猛打的肯定会得罪不少人，我看轮不上他。”

陶珊珊在一旁恨恨地嚷嚷道：“说什么呢？你们放眼看过去，整个沿江市哪个有姜行长有才能、有本事，短短几个月，你们工资都上十万了吧，他当不了行长天理难容。”

“别跟我发火啊，我也拥护姜行长当飞峰行的行长，可是市行不批呀，这不怪我。”

陶珊珊指着嚼舌根的人气得说不出话来：“你、你……”突然，陶珊珊笑了起来：“你这贫嘴，搞得你像是市行行长一样，一边去。”

姜扬办公室里林宗森向姜扬汇报去法院的情况，他气愤又无奈地说：“飞峰县法院立案庭不予立案。”

“什么原因？”

“就是不给立案。”

“那就先放两天吧，眼下你看行里乱的，等这事过去我们再想想办法。”

林宗森前脚刚走石海涛就打来了电话：“姜扬啊，恭喜你要当行长了。”

“怎么可能，我这副行长的位置还没坐稳呐。”

“今天就会来宣布。我说小姜啊，你真能得罪人，怎么王行长对你意见挺大的，昨晚要不是我去参加紧急会议，力挺你，你这个行长准黄了。”

“谢谢石行长，我也不知道怎么得罪他的，没办法，随便吧。”

“我不是说你，这就要当一把手的人了，做事要多考虑，不要把自己顶在南墙上，那时就晚了。”

姜扬客气地说：“谢谢石行长厚爱，谢谢石行长抬举。”

“好了，我不多说了，你心中有数，好好办事，我会给你机会的。”

“石行长，再见。”姜扬挂上电话心里就像吃了苍蝇一样，他想宁愿不当这个行长，也不要被这么恶心着。

姜扬正在胡思乱想，徐涵雨的电话来了：“小扬，听说要当行长了？”

姜扬一愣问：“你怎么知道的，听谁说的？”

“我好歹是你们市行的辅导员，人缘不错吧。告诉你吧，是韦处长，老人事处长，我们摄影兴趣小组的，她专门打电话给我的。”

“石行长刚打电话来告诉我，说是他力推才让我当上这行长的。”

“算了吧，是他没办法阻止了，在会上提出让你去连江办事处当主任，琢磨着心思撵出飞峰行，是谢行长果断进行全体表决你才顺利当上这个行长的。”

姜扬一听就像三伏天吃了块冰西瓜，心里特别舒坦，他“哈哈”一笑说：

“那就好，这个行长我要好好当。”

“这个行长你悠着点当，戒急用忍，用策略。”

姜扬敏感地问：“你听到了什么？”

“是，议论蛮多的，说是薛行长是你告的状，挤下他你才有机会爬上去的。”

“胡说八道。”

“当然，拥护你的人更多，有更多人提醒我，要你搞好关系，不要太拼了，好像王行长对你就很有意见。”

“嗯，我知道了。”

徐涵雨叹气说：“当就当吧，要当就当个好行长，大不了再回到你的小楼里孤芳自赏罢了，为妻陪你。小扬，我觉得这个辅导员再干下去就不合适了，再说他们学得也差不多了。”

“你自己看着办吧，凭心而定。”

“那就辞了。”

“去和谢行长打个招呼。”

“这点小事还犯得着麻烦那么大的领导？我向工会张干事交接一下器材，打个招呼就行了。”

“这样也好，省得搅在这是是非非之中。这个行长让我当就当当，不让当我就回家好好陪陪老婆。”

“算了吧，我看你享受得很呢。不说了，再见。”

“亲一个，再见。”姜扬对着话筒响亮地亲了一声。

姜扬挂上电话，没多久电话铃又响了：“姜行长，我刘炳南。”

“刘书记好。”

“我和人事处的王处长下午 2 点来宣布飞峰行新的领导班子。市分行任命你为飞峰县支行行长，任命杨福康同志为飞峰县支行副行长，办公室主任位置你看谁当比较合适。”

姜扬说：“赵宁同志部队转业干部，其工作作风和工作能力同志们是有目共睹的。”

“好，通过后报市分行备案。姜行长，还有两项工作要交代给你，一是你们收回的两亿元贷款，省行明确表态，这项资金就放在飞峰行，由你们安排使用。谢行长特地关照，要认真选择项目，谨慎用好、用活这笔资金。二是 1 月 27 日总行召开全行金融工作会议，你参加第二天下午的会议，会上由你代表飞峰行发言，演讲主题如何发挥县级支行的抗风险能力和盈利能力，至于什么题目、什么重点，你自己发挥，时间不超过 10 分钟，确定好题目后向谢行长请示。”

“全国会议，我讲行吗?”姜扬心中一阵感慨，这本该薛凯的机会就在他一念之间拱手让人了。

刘炳南说：“对自己要有信心，怎么干的就怎么讲。”

姜扬：“是，谢谢领导信任。”

杨福康和赵宁进门，姜扬示意坐下。

刘炳南：“你们三人先通个气，研究一下支行班子建设，我下午回去把意见带给谢行长。”

“好的，谢谢刘书记。”

姜扬挂上电话，说：“恭喜杨主任升任飞峰县支行副行长，赵科长接任办公室主任一职。”

“我当副行长?”

“是的，下午2点刘书记来宣布。”

杨福康：“感谢组织信任，谢谢姜行长。”

姜扬：“我们共同把飞峰行建设得更好。”

杨福康、赵宁：“是。”

杨福康问：“姜行长现在有空吗?”

姜扬心里咯噔一下，忙问：“有事?”

“公安局戴政委有事通报。”

姜扬向银行外看看说：“走。”

杨福康说：“我就不去了，我在家看门。”

“行，支行的班子建设回来和你商量。”

赵宁说：“我来开车。”

公安局戴政委办公室，卫兵身着便装一脸疲惫向戴政委和葛其明汇报情况，他已经说完送宋昭军去武汉的经过，在给宋昭军做评价，他说：“宋昭军这人，我感觉他聪明也自傲，好像这世界没有他不知道的事情；他精神压力很大也非常机敏，他上车后就呼呼大睡，但汽车在行驶中稍有状况他立即就醒来，这是他长期处于高度警惕的反应；他赌性很重也很贪婪，我们休息吃饭时，饭店旁边的小超市有卖彩票的，他买了1000元的7位数的全国体彩，他居然只买了5个号码。”

葛其明问：“什么时候开奖?”

“当时还5天，明天晚上开奖吧。”

戴政委说：“情况知道了，宋昭军乘火车到昆明后立即乘飞机到芒市，从芒市乘车到瑞丽，王唱跟着呢。你辛苦了，回去休息吧，休息好了再来上班。”

“是。”卫兵站起、立正、敬礼，转身出门。

两人说着话，办公桌上内线电话响了：“戴政委，外汇银行有两位同志找您。”

“请他们来我的办公室。”戴政委挂上电话说，“应该是姜行长他们来了。”

葛其明起身向门外走去：“我去迎迎。”

不一会儿，葛其明带着姜扬和赵宁回到办公室，他介绍说：“戴政委，姜行长现在是名副其实的行长了，这位是保卫科科长赵宁同志，前两天我们配合过。”

戴政委上前握手，说：“恭贺姜行长荣升行长，谢谢赵科长机智勇敢，请坐。”

宾主稍稍寒暄，戴政委说：“有一事要向姜行长通报，宋昭军于1月1日凌晨2点多从飞峰县城西加油站搭便车出逃，现已经到达云南省的瑞丽市，我想了解宋昭军在瑞丽是否有社会关系？”

姜扬惊道：“宋昭军跑了？”

“是，就在准备销毁资料的当天夜里。”

“戴政委，您稍等等。”姜扬拿出电话拨出去，“丁科长，最近宋昭军有没有批什么贷款？”

“没有，他让李平李科长代他请假，说要出去玩几天。姜行长，找他有事吗？”

“没有，挂了。”

姜扬心里稍稍平静，说：“据我了解他在瑞丽没有亲戚，至于朋友吗倒是不好说。他去过几次瑞丽，还是在农行的时候，倒卖过翡翠，听说赚了点钱，后来赌翡翠原石又输了。”

戴政委说：“这么说宋昭军对瑞丽挺熟的。”

姜扬说：“瑞丽我也去过，而且还去过缅甸，是当地的华侨带我过去的，不需要任何证件，给缅甸边防军几瓶啤酒就顺利过关了。”

这时，葛其明的电话响了，他看看是王唱的电话连忙接通，电话里说：“葛大，我是王唱，宋昭军跟丢了。”

葛其明冷静地说：“别慌，什么情况？”

“我跟踪他去了一家翡翠商店，他进去很久都没出来，哪知这家翡翠商店有后门，他从后门走了。”

“是不是发现你了？”

“应该没有，一夜了他还没回宾馆。”

“别慌，你现在在宾馆守候，如果晚上再不回来我们再商量。”

“是。”

葛其明挂上电话说：“王唱来电说，宋昭军脱离了他监控。”

戴政委问：“是宋昭军发现王唱了？”

“据王唱说，应该没有，可能是巧合。”

戴政委说：“刚才小卫对他的性格分析得非常有道理，稍不注意就没影了，本来我们可以通过电话定位他，哪知他把新换卡的手机也关了，他会不会溜掉了？”

葛其明说：“就是想越境也不会这么快吧。”

赵宁说：“宋昭军想在缅甸出境是肯定的，就是现在不能确定他是否已经逃到缅甸去了？”

葛其明分析说：“应该不会吧。现在什么都没发生啊，情况没有那么紧急，他没有必要那么着急地出去。这是他本能的反应，他的潜意识在保护自己。我想，他应该在瑞丽买一个身份证明，然后才会选择出境，最近他有什么反常现象？”

姜扬想想说：“没有什么，前些天我用话刺激过他一次，轻描淡写地不至于让他到出逃的地步。哦，石海涛回国了。”

葛其明说：“就是石海涛回国的当晚，宋昭军去销毁资料未果才连夜出逃的。”

戴政委说：“宋昭军销毁资料有很大可能是受了石海涛的指使，当他意识危险来临时选择一走了之。”

“但是，他会躲到哪里去了呢？”大家都在想。

葛其明说：“姜行长，戴政委请你过来也想问问宋昭军近来有没有新的动静？”

姜扬说：“宋昭军最近情绪上倒没有什么反常的，只是在圣兔礼品公司的抵押合同上做些手脚，想让我们的抵押合同掉进显失公平的陷阱。”

葛其明说：“是啊，确实没有证据能直接指向他，抓回来再放了只会打草惊蛇。”

姜扬灵机一动，说：“我们发现蚕茧总公司转账到地毯厂2000万，地毯厂将该款投资到海口市房地产项目。这笔贷款主要负责人是宋昭军，挪用国家专项收购资金是违法的，可不可以由经侦大队立案侦察？”

葛其明说：“应该可以，以金融诈骗罪立案。”

戴政委说：“就怕牵扯的部门太多，人多嘴杂，一不小心就会走漏风声。”戴政委的担心是有道理的，飞峰县就这么点大，相互攀攀没准就攀出个亲戚什么的。

葛其明知道戴政委的顾虑，所以监视、追踪宋昭军都是选用的外地籍的干警。他想想说：“政委，您看这样行吗，由经大立案，仅限大队长鲁强一人知道，案件由我们来办，就怕鲁大有想法。”

“不会，我找他过来商量。”戴政委拨通鲁强电话，“大强，在局里吗？”

“我在局里，戴政委有什么指示？”

“来我办公室，有事找你商量。”

“是，五分钟后到。”

姜扬说：“我让林宗森将材料送过来。”姜扬拨通林宗森电话：“林科长，你把蚕茧公司和地毯厂的材料送到县公安局戴政委办公室，让杨行长派个车。”

“不用车，我骑偏三轮来。”

“好。”姜扬挂上电话，他想了想说，“戴政委、葛大，还有一件事可能与宋昭军有密切关系。”

“哦，你说。”

“我在圣兔礼品公司的往来账上发现一笔奇怪的往来账，可以说只有往没有来，一笔600万元汇款到金牛红木家具公司。一个生产出口玩具娃娃的企业与一家经营红木的企业可以说没有一点关系，经办人是宋昭军。原本想铺面核查圣兔礼品公司时了解该情况，但一拖再拖，这事就耽搁了下来。”

戴政委问：“这是什么时候的事？”

“有4年了，我想明天去金牛公司侧面了解一下是怎么一回事。”

葛其明说：“600万元就是放在现在也不是笔小数，如果这汇款有问题光宋昭军是没这个能耐的，后面定有他人。”

戴政委眼睛一亮说：“你说会有他？”

葛其明说：“我只说假设，但假设成立的话，后面那个人就会浮出水面。我认为我们不需要再对宋昭军进行钓鱼式的跟踪了，他应该是独自潜逃，他一露面就立即抓捕。”

戴政委说：“我同意，为稳妥起见，我们还是等明天姜行长的消息。”

葛其明无不担忧地说：“金牛公司的老板叫石海平，他与石海涛是堂兄弟吧，会不会？”

姜扬想想说：“不管是问圣兔礼品公司的涂根生，还是问金牛家具公司的石海平都有让他知道的可能。我与涂根生没有实质的交道，两次见面都是匆匆去匆匆走。相比较我宁愿找石海平，我与他对解决金牛公司的资金问题达成共识，我觉得他是真正的生意人，他不会损害自己利益而无底线地成就别人。”

戴政委与葛其明相互交流一下眼神，戴政委说：“既然姜行长有如此判断，我们相信你。”

“当然，我会注意方式方法的。”姜扬说到这言语有点迟疑，他最终还是说：“戴政委，2 号我和石海涛见过面，他请我们全家吃中午饭。”

“哦。”戴政委和葛其明表情严肃。

“其间我们单独聊了聊，他先暗示我放手，后来用玩笑的方法说，这一切都是他干的。”

戴政委激动地说：“石海涛沉不住气了。”

葛其明分析说：“这样整个事情就能联系起来，得到合理的解释，石海涛以自己的权力去制造机会，宋昭军则是操盘手，两人在银行内狼狈为奸，而相关企业为一己私利提供平台，成为帮凶，一家银行就这样一挖而空。”

葛其明话落大家都陷入沉思中，各自在想着不同的问题。

说话间，鲁强和林宗森先后脚来到，戴政委做简单介绍后说：“大鲁，请你过来有一事找你商量，飞峰县外汇银行有一笔 2000 万元贷款涉嫌金融诈骗，材料都在这里，你看看。”

鲁强接过材料先看看姜扬，然后翻阅一下材料说：“我们可以以金融诈骗立案，只是材料还不够全面，关键证据是复印件，能不能提供原件？”鲁强碍于戴政委的面子，没有说不能判别复印件的真伪。

姜扬解释说：“谢谢鲁大，虽然我们只能提供复印件，但我们贷款给蚕茧公司的收购贷款是用于收购蚕农蚕茧的专项贷款，而蚕茧公司将此项贷款转账给地毯厂已经属违法行为，以金融诈骗定性也不为过，这两笔交易也形成因果关系。关于地毯厂转账到海南公司进行房地产投资，我们可以从地毯厂的转账复印件中得到证实。鲁大，要核实上述情况并不难，地毯厂的账务资料都在县纪委，海南公司也未避讳地毯厂房产的事实。”

鲁强一抖复印件奇怪地问：“账务资料在纪委，你是怎么得到的？”

姜扬苦笑笑说：“我不是被县纪委双规了吗，一个星期后就被拉差帮他们查账。”

鲁强笑道：“不好意思，这事我听说过，没想到是你啊。能够从纪委全身而出，可能只有姜行长你一人了。姜行长的人品让人佩服，你的话我信。”

戴政委说：“大鲁，请你来不是立个案那么简单，此案一个重要嫌疑人宋昭军还涉嫌另一个案件，刑大已经跟踪多日。为了保密着想，此案只能你一人知晓，案件归并刑大侦察。鲁大，不会有什么意见吧。”

鲁强说：“经大、刑大不是一家人嘛，一切听从政委指示。”

“好，细节我们一会儿商量，姜行长他们来了很长时间了，姜行长刚刚新任行长，行里一定有一大堆事情等着他，我们就不多留了，我们送送姜行长。”

姜扬心中一块石头落地，他站起来告辞说：“谢谢戴政委、谢谢鲁大、葛大，有你们人民警察给我们保驾护航，我们就更加放手地干了。”

戴政委说：“一家人不说两家话，我们都是共产党的干部，为的都是人民的利益，我们还要谢谢姜行长呢。”

葛其明扯了扯赵宁的衣服，赵宁会意地放慢脚步，葛其明说：“据我的判断，你们已经触动到了他们的痛点，为防止他们狗急跳墙，我们会采取一定的保护措施。但最能发挥作用的是你，你要加强这方面的警觉，你是武警出身，功夫也了得，有时间来我们刑大切磋切磋。”

赵宁说：“好的，我一定注意，到时请刑大高手指导指导。”

葛其明微微一笑说：“赵科长，请。”

第四十六章　怆怆惶惶逃亡路　纷纷藉藉均警眼

飞峰县飞峰宾馆豪华包间，偌大的餐桌边只坐着石海涛、王春生和焦娇三人，满桌的美味佳肴只动了几筷子，一瓶五粮液已经下去大半瓶。

王春生长吁短叹，焦娇更是坐立不安。

石海涛对服务员说："你先出去，有事叫你。"

服务员稍稍欠身行礼退出门外。

石海涛说："看你们俩垂头丧气的，天不是还没塌下来嘛。"

王春生说："老大，这钱一下子被起底了，这么多年的心血一夜之间没了，这不是开天大的玩笑嘛。"

焦娇担心地问："老大，会不会把我们弄进局子里？"

石海涛笃定地说："放心吧，法院、检察院、经侦大队我都打过招呼，这不，他们起诉到法院，法院不立案，他们告什么告？"

王春生和焦娇都松了口气，他们吃了点菜，焦娇说："老是让那个姓姜的闹下去也不是个事，要不要找两个活闹鬼吓吓他们？"

王春生说："就飞峰的活闹鬼能吓唬谁啊？"

焦娇说："那也不一定，没准闹闹他，他一怕就撒手呢。"

王春生说："多送点钱吧，我就不信这世上没有和钱说不上话的。"

石海涛阴沉着脸听着王春生和焦娇左一句右一句蠢猪般地商量对策，他越听越觉得心中烦闷焦躁，口上干燥苦涩，一团无名之火郁结在心中上下蹿动不得而解："我石海涛何时有过此等狼狈？沦落到如此不堪的地步！"他只觉嗓子瘙痒难忍，一阵撕心裂肺地咳嗽，嗓子一甜，一口鲜血破口而出溅到面前的餐桌上，餐巾、餐碟点点鲜血刺目惊心，包间内弥漫出一股淡淡血腥味。

"老大……"

"石行长……"

王春生、焦娇同时惊呼。

一口鲜血反而解了石海涛心中的郁结之气，他觉得心中畅快许多，他拿着纸巾擦干净嘴，说："没事，姜扬的事你们也不要瞎琢磨了，我自有安排。你们要多做几手打算，宋昭军倒是想得开，恐怕现在已经在东南亚某国潇洒快活呢。"

王春生眼睛一亮，想："这些年钱也赚了不少，不如学学宋昭军能溜就溜。"

焦娇急忙说："春生，我们不如也出国去。"

王春生白了焦娇一眼，说："在这关键时候怎么能丢下老大。"

焦娇立即闭嘴缩到一旁。

石海涛眼角扫视着王春生，看他的表情便微微一笑说："能文斗就不用武斗，打打杀杀便落了下乘，辱没了我石海涛的盛名。姜扬你再狠，没有证据你能奈我何?"

"老大的意思?"

石海涛漫不经心地说："焦总一直管着财务的吧，有些东西会害死人的。"

王春生咬牙说："我明白，这些年多谢老大关照，我走了。"王春生拉着焦娇的手出了包间。

石海涛看着王春生和焦娇从眼前消失，心中宽慰了许多，心中那根绷着的弦一松，便慢慢瘫倒在椅子上……

王春生和焦娇没有宋昭军那么幸运，他俩开着本田轿车离开宾馆去公司做最后的了结。

车上，王春生问："这些资料怎么还没处理掉?"

焦娇嘴一撅娇声说："还不是宋昭军，一会儿补这个，一会儿补那个，本来核销完一烧了事，没想到石行长也搞不定。"

石海涛喷血，让王春生心有余悸，他说："不管了，马上回公司带上资料，收拾一下立即就走。"

焦娇："去哪里?"

"去新西兰，那里像天堂一样。"

"好，跟着春哥天涯海角我都去。"

王春生改主意："管他资料不资料的，马上回去拿些换洗衣服，只带现金、细软，立即走。"

焦娇："有那么急吗?"

王春生："看老大那样，我有不祥的感觉，我们连夜开车走。去北京把钱取出来换成美元，跟旅游团先出去再说。"

焦娇："春哥，去别墅。"

郊外一幢独家大院，别墅的客厅里王春生吸着烟来回走动，听着房间里翻箱倒柜的声音。

一会儿，焦娇拖着只大箱出来，说：“春哥，里面还有一只。”

黑暗中，焦娇打开后备箱，王春生吃力地将箱子往里放。

两道刺目的光柱迎面照射过来，王春生和焦娇在光柱下狼狈不堪。

王春生：“谁?”

几个人影过来，手铐声响。

一个威严声音传来：“王春生、焦娇，你们涉嫌职务犯罪被拘留了。”

当晚，王春生和焦娇被押送到扬江对岸钟山县看守所。

……

石海涛一觉睡醒，只觉神清气爽，窗外阳光明丽，他闻到一股浓郁的来苏水的味道，眼前是一片如雪般的洁白，“这是什么地方?”他心中疑惑抬头张望。

“涛儿醒了。”

“海涛醒了。”

床前几乎同时响起两个女人的声音，两人同时去扶石海涛。

石海涛欠着身体想了想才想起怎么回事，他问：“几点了?”

范春花说：“下午 3 点多了，你几乎睡了一天一夜。”

“睡那么久了，好舒服。”

石妻姚芬华说：“那就好，医生说只是肺部毛细血管破裂，休息休息就好了。”

石海涛对范春花说：“我饿了。”

“都带了，我去热热。”

“不，我要吃你包的蕨菜肉元宵。”

“现在就要吃?”

“是。”

“等我包好你还不饿坏了。”

“没事，我先吃点水果垫垫。”

姚芬华一听连忙去削苹果。

范春花看看石海涛，又看看姚芬华说：“好，我这就回去包。”她关照姚芬华说：“芬啊，好好照应海涛。”

“哎。”姚芬华应道。

“我走了。”石母推门出去。

姚芬华递上苹果，石海涛拿在手上问：“我病倒的时候飞峰城有什么动静?”

“地毯厂高厂长被双规了。”

“他被双规? 什么原因?”

“贪污公款，听说是姜扬提的查账方案，在低值易耗品中查实的。”

石海涛心中一阵发紧，又是姜扬，说：“怎么哪里都有他的事。”

姚芬华想想说：“有人传，昨晚警方在蚕茧总公司搜查，不知道怎么回事。”

石海涛急忙问：“王总和焦总被抓了吗？”

“我听说此事打听了一下，警方和纪委都没有他俩的消息。”

石海涛大口大口地啃着苹果，汁水从嘴角溢出，他用手抹了抹平静地说：“芬华，这些年你过得也很辛苦。不过，我没有给你情，但其他的该有的都有了，满足与不满足就它了。万一我有什么情况，你找个人嫁了吧，好好过下半辈子。”

姚芬华眼泪如注，哽咽地说：“海涛，我们也算是半辈子的夫妻了，就是朋友也该有点感情吧？”

石海涛看着姚芬华惨笑笑，姚芬华看着石海涛的表情心里明白一切无法挽回，她一步一步走出门去。

门外，范春花也是老泪纵横，姚芬华出门抱着石母痛哭。

病房内，石海涛铁青着脸坐在床上，外面的哭声让他心烦意乱，他用厌恶的眼神向外看看，心里回到他自己的世界，“宋昭军溜了，王春生、焦娇两人情况怎样了？”他想着从床头柜拿起手机，他想想又放了下来，“这时还是保持静默比较安全。警方去搜查蚕茧公司？”石海涛心里一惊，不论王春生有没有销毁资料，也不论王春生、焦娇是否消失在人们的视线中，被警方盯上总不是好事。当真出来混迟早要还？姜扬能不能放手？我回国是不是错了？石海涛心里有些后悔，他东想想西想想也想不出什么所以然。不知过了多久，床头柜上手机点亮了，他拿起来看看，是石海平的电话。石海涛看看头疼，他心中愧对这位至亲至爱的堂兄弟，他心中犹豫了一下还是硬着头皮接通电话：“海平呢……”石海涛一时语塞，他不知向他说些什么。

好在电话那头亲切地说：“海涛哥，听说你回来了，晚上过来吃饭。”

石海涛下意识地说：“好呀。”他又立即否定说：“哦，今天没空，过几天再说吧。”

“海涛哥，这里就是你的家，有时间一定、一定要回来。”

“好，我一定会的，公司还好吧？”

“一切正常，姜行长帮我们重新测算过，并提出财务规划，我们现在合作得很好。”

“那就好，我放心了。”

“海涛哥，今天姜行长提到圣兔礼品公司汇到我们公司 600 万元的事情，我想还是要和你说一句。”

“圣兔公司600万元？”石海平不说他还真忘了，他心一惊问：“他是怎么提起这件事的？”

“就是在午饭时姜行长随意一说，他问我产品是否出口时说的。”

“他问你们产品出口？”

“是，他问我们是不是通过圣兔公司出口家具。”

石海涛急切地问：“你是怎么说的？”

“我说没有。”

“你详细说说。”

“没有什么了，这两天外汇银行将对我们的资产进行全面盘查，在说明工作程序后姜扬也就随口一说，他说：‘我还以为是圣兔公司汇给你们的是往来款呢。’我说：‘是你们行的宋会计通过我们账走的一笔款。’”

“你怎么能这么说!”

石海平奇怪地说：“那我能怎么说？账在那里摆着，只要一看签字不就全明白了。”石海涛一盆凉水从头浇到脚，他最后的一丝希望就此破灭。石海平听不到电话里的回音，问：“海涛哥，在吗？”

石海涛惊醒：“我在。”

“我想想还是和你说一声。”

“谢谢了。”

“海涛哥，再见。”

石海涛挂上电话，大脑就像开锅的水似的翻滚不止，他意识到帝国大厦即将倾塌再难擎扶，这时的他只能祈盼宋昭军、王春生消失在人们的视线中永不回来，可是，事情发展到现在他还能控制得了吗？

别说，宋昭军自己给自己设置的反侦察预案还真的有奇效。

那天深夜的武汉寒风刺骨，武昌火车站仍然是人声鼎沸，繁星下的月台像浸泡在冰冷的清水中，暗黄的路灯竟提不起一点暖意，无遮无挡的月台在阵阵寒风中肆虐着前来等车的人群，一声汽笛声，一列钢铁巨龙呼啸而至，火车挟带着在空中飞舞的纸片和塑料袋停在人们面前，人群一拥而上，拖儿带女的，背着大包小包的，男男女女奋勇向前。

宋昭军则不需要饱受这拥挤之苦，他拿出卧铺票站在11号车厢旁，将头缩在柔软温暖的冬衣里，眼睛不时警惕地扫瞄着从11号车厢上车的人们。

凌晨3点19分宋昭军一直等到卧铺车厢的人们全都上车，他才在列车员的催促下在火车开动的最后1分钟，从容、潇洒地登上K337次南下昆明的火车。

车厢里已非常安静，一溜地灯给人们照亮脚下的路，要说安静只是相对的，宋昭军一路走过，鼾声、磨牙声、梦呓声此起彼伏。这一切反而让宋昭军感到心安，让他有虾归小溪般自在，他在后面赶上的服务员的指引下，找到自己的床铺——12 号上铺。

宋昭军从行李箱中拿出本书《船帮老大》塞到枕头下面把枕头垫得高些，然后将行李箱放在床对面的行李架上，他和衣拱进被子里，眼睛注视着走道上的动静。

车厢里酣睡声起伏，走道上偶尔走过数位交接班的列车员，宋昭军也在不知不觉中睡去了。

列车越过平原、河流、山川，义无反顾地向目的地飞驰，车上的旅客们怀着不同的希望、不一样的梦想，或者别样的心酸随着时间的推移向自己的目的地接近。

列车的摆动、车厢的喧闹声、窗外的阳光、各种气味，尤其脚臭味混合着方便面刺鼻的香味，将熟睡中的宋昭军唤醒。

宋昭军睁开眼睛，枕头下的厚厚的《船帮老大》硌得脖子生痛，他悄悄抽出书放到身旁。宋昭军静静躺在狭窄的床上，身上的所有的器官感觉着周围的动静：一个女孩子奶声奶气地要妈妈讲故事，一个敲腿的声音，广播中传来湘南民歌声，再有的是火车轰隆声。一切正常！宋昭军翻身面冲外偷偷眯着眼睛观察床外的情况：床对面的上、中铺空着，棉被乱糟糟地摊在床上；下铺的两位老人在原地做着简单的运动，对面的车窗前的两个中年男人坐在小茶几旁傻傻地看着窗外。

一切正常！宋昭军在床上伸个懒腰。

“小伙子，醒来了。”老奶奶带着浓重的河南话说。

“睡得好舒服，请问这是到哪里了？”

“过湘潭，快到娄底了。”

“才到娄底。”宋昭军看看窗外。

“小伙子，去哪里呀？”

“昆明。”

“昆明，我们去宣威。别急，坐车的诀窍是别看路程而是看时间，你是明天6 点钟到，时间没到急也没用，时间到了目的地就到了。”

宋昭军从床上下来说：“有道理，你们从哪里过来的？”

“我们都是从河南来的，我们是信阳的。”老奶奶指着窗边的两个人说：“他们是从郑州来的，是做大生意的。”

“哦。”宋昭军失去往下谈的兴趣，他说，“我去洗洗。”

宋昭军又在11车厢走了个来回，用审视的目光观察了每个人，他终于彻底放心了，一切安全。但宋昭军也不愿多事，他洗漱完，吃过早饭便上床埋头看着《船帮老大》，以后也只有吃中、晚饭时下过铺，和同车人有一句没一句地聊了聊，其余时间不是看书就是睡觉。

火车准点到达昆明火车站，宋昭军下车直奔航空公司售票处，美丽的昆明难以留住宋昭军的脚步，他坐上9点50分东方航空公司MU5979昆明到芒市的航班，1小时20分钟后他坐上去瑞丽的出租车。

宋昭军问的是没挂牌的出租车司机，是位30岁开外的男性，皮肤略黑，留着小胡子，他听说要去瑞丽，于是说：“去瑞丽人家收250元，收你200元。”

宋昭军疑心顿起：“为什么？”

“我有家在瑞丽，正好回家。”

“哦。”宋昭军顾虑并没打消。

小胡子十分健谈：“瑞丽好啊，像老板这样的要注意了。”

宋昭军心里一惊，问：“我怎么了？”

“注意身体，中国的、缅甸的小卜哨腊达。”

宋昭军知道“小卜哨”是傣语“小姑娘”的意思，“腊达”是缅语“漂亮”的意思。小胡子是和他开了个玩笑，他也开玩笑说：“师父是不是有缅甸的小卜哨？”

小胡子得意地说：“有，中国一个，缅甸一个。”

宋昭军这才放心，他打开车门坐进去，他说：“走，师傅贵姓？”

小胡子司机开车上路，说：“云南大姓，姓段。”段姓是云南大姓，是皇家的姓氏，所以一般的段姓人家都不会客气地说“免贵”等客套的话。

“段师傅好福气，你这胡子挺帅的，吃饭碍事吗？”宋昭军看着段师傅的胡子觉得很有意思，他想也留个小胡子。

“不碍事，缅语叫‘那康威’，缅甸女人喜欢。我瑞丽的那个家就是缅甸女人，我出了点钱帮她做生意，现在好了，赚得比我多。”

“段师傅好本事。”

宋昭军和段师傅俩人说说笑笑驰出芒市，出了市区进入G320国道，一直向南，行驰约30公里后，段师傅问：“这位老板，要不要尝尝鲜？”

“尝什么鲜？”

“就是那个。”段师傅用手比画眼镜蛇的形态。

“有这个？”宋昭军提起精神。

“有，还有其他的。”

宋昭军想想还是不要惹是生非的好，他心有不甘地说：“还是算了吧。”

段师傅偏脸看看宋昭军说：“不放心？”

“是，安全吗？”

“当然安全。”

“贵不贵？”

“这要怎么看了，有钱的人就怕没地儿花钱，这是其一。再个野生动物不是哪里都有的，如果你是来玩的，有可能这辈子就来这么一次，也就是说，如果今个儿不去尝尝，可能这辈子就没机会了，那么花多少钱都值。”

宋昭军被段师傅这套歪理说服，说：“那要花多少钱？”

“一位 2000 元，各种野味都有，去了就知道了。”段师傅不想说得太多。

宋昭军心理上已经摆脱压抑的阴影，他洒脱地说：“2000 元，行，去尝尝。”

“好嘞，你们上海人就是有钱。”

宋昭军笑笑，当地人都叫江、浙、沪一带的人为上海人，他打趣道：“段师傅，我这一趟你要拿不少回扣吧？”

段师傅毫不隐瞒说：“还行，30%，管饭。”

宋昭军潇洒地享受着边陲生活，可他万万没想到他的身后始终有一双警惕的眼睛在注视着他。

王唱跟踪宋昭军从武昌火车站和宋昭军一道上了 K377 列车，他和宋昭军是同一个车厢的 6 号上铺。

王唱在铁路警方的协助下从 10 车厢上了车，并与乘警和列车长开了个简短的碰头会，从此宋昭军在火车上的一举一动都在似宽却密的监视之下。监视的担子落在乘警和列车员身上，反倒是闲了王唱，正好补补早些日子的劳累之苦。

王唱一路追踪下去，他也坐着没挂牌的出租车上，发现宋昭军的车在一片荒郊野岭之处拐进一条茅草丛生的小道里，他让出租车停在路边。问：“师傅，这条路是不是可以越境到缅甸。”

司机笑道：“不是，要过了潞西才与缅甸一江之隔，他们是吃野味去了，老板要不要也去尝个鲜？”

“不要，吃野生动物，不怕被抓吗？”

“不会，他们上面有人。”

王唱左右为难，跟着进去一定要照面的，而且是吃野生动物，不能知法犯法呀，不跟进去又怕宋昭军逃脱。

司机并不着急，他在等王唱的决定。

王唱只能赌一赌了，他说："师傅，这附近有没有吃饭的地方？"

"前面大约5公里处有一家，当地土菜。"

"我们去那里吃饭。"

"我们跑出租的时间第一，到瑞丽我随便吃点就行。"司机十分不情愿。

司机的态度王唱能理解，毕竟是靠车讨生活嘛，王唱说："这样，我再加你100元，我要什么时候走就什么时候走，行吗？"

"行。"司机发动车起步，司机说，"看样子你是盯住前面那个人的。"

王唱被说破不如直说了省事，他说："是，他在瑞丽做翡翠生意，他老婆怀疑他养了小老婆，让我来调查。"

司机看看王唱兴奋道："侦探啊，厉害。"

王唱笑笑道："什么侦探呀，还不是被你一眼看破了。"

司机嘿嘿一笑道："干我们这行的，见人多了。我说你们上海人真厉害，抓小老婆都抓到几千里外来了。"

"有钱，醋性大。我说师傅，他会不会从那条路走了？"

"不会，餐厅就在里面不远的地方，再往里面去路非常难走，警察对他们都没辙。"

"你说他们是不是到瑞丽去呀？"

司机说："是啊，他们谈价格的时候我们都知道。"

王唱这才放心，说："师傅，我们吃饭去"

王唱果然在路旁的农家凉棚中等到宋昭军坐的出租车飞驰而过，他们不急不忙地跟在后面，宋昭军和王唱各自坐在自己的车里观赏着具有热带风情的美丽景色。

海拔4000多米的高黎贡山上涓涓细流汇成声势浩大的条条天河，海沸山裂般地撞下高山，冲出河谷，在海拔700米处形成平缓而静谧的瑞丽江。在这里温存地展现了她风情万种的另一面，似傣族少女般温柔婉约、秀美多姿，令人陶醉。公路的另一面山峦起伏，山势峻峭，竹茂林幽，莺声燕语，宛转悠扬，汽车仿佛行驰在仙境一般。近两个小时的路程很快就过去，瑞丽江开阔如镜，筏舟点点，映彩流光，瑞丽江在此流入缅甸，成为缅甸的母亲河——伊洛瓦底江。

瑞丽市是我国西南边陲的一座美丽的城市，素有玉石之城的称号。宋昭军虽与玉石之城有数面之缘，但本次不是冲着玉石而来，当城中街心的那棵茂密如华盖的大榕树出现在视野中的时候，宋昭军知道瑞丽到了。

宋昭军没有选择高档豪华的四星五星级酒店，他在大榕树旁充其量就是个准三星标准的瑞榕宾馆住下。

瑞榕宾馆的装修极具热带风格，更有傣族风情，是中国珠宝商人最喜欢居住的宾馆之一，缅甸个体翡翠商人每天来光顾的场所，翡翠品种以基本成型的上、高档戒面、挂件、配珠为主，也有为数不多的手镯。来这里的大都是缅甸男人，他们每天早上 9 点 30 分以后，腰围永恒不变的笼基，脚穿夹拖，一张鲜红的嘴里一刻不停地嚼着抹上蛎灰的蒌叶和槟榔果。从 1 层到 4 层挨个地去兜售他们的翡翠。偶有缅甸女人来此做生意，她们也穿纱笼叫特敏，只是将纱笼结在右边，她们一般是在宾馆大厅等候中国商人前来挑选。瑞榕宾馆主楼一共 5 层，最上面的那层缅甸商人如果没有约定是不会轻易上去的，这是一条不成文的规矩，既不知从何而始，也不会就此而止。

宋昭军来到宾馆前台，问："5 楼的商务套间有吗？"

一位穿着鲜艳的傣族服装的大妈说："有。"

"最里间的有吗？"

大妈查看了登记簿说："最里间的有，528 房，稍贵点。"

"多少钱？"

"318 元。"

"能不能打折？"

"不能。"

"我住 10 天还不能打折吗？"

"85 折，270 元一晚，不退。"

宋昭军懂"不退"的意思，就是说 10 天 2700 元，早走不退钱。宋昭军说："开 7 天。"

"2226 元，押金 500，一共 2726 元。"

宋昭军心里算了算说："这个价没打折啊。"

"7 天不打折。"

"嗨，"宋昭军哭笑不得，耳边传来让他心痒的声音，"5、4、3、2、1，时间到，祝你好运。"然后是骰子撞击的声音，他连忙说："开 10 天。"

大妈微微一笑说："3200 元，身份证。"

宋昭军递上身份证，点出 3200 元递上，大妈迅速登记后将押金单和钥匙递给他。楼上的声音声声入耳，宋昭军听得是多么的舒畅："1、3、5、7，小，大赔。"他拿着钥匙拉着行李一溜烟地上了 2 楼。

王唱一直在门口边与一位卖香烟的斯里兰卡小男孩谈着价格，眼睛不时地注视着宋昭军，不过，他还真的看中了包装精美的 BLCK DEVIL（黑魔鬼）香烟。王唱发现宋昭军离去便花 120 元买了一条黑魔鬼，他拿着烟来到宾馆前台客气地问：“美女您好，请问有没有房间?”

“您要什么样的房间?”

“不好意思，我是第一次来这美丽的瑞丽，也不知住哪里好，刚才那位先生要的是什么房间?”

傣族大妈问：“你香烟买了多少钱?”

“120 元。”

傣族大妈笑着说：“一看就知道是第一次来的，买烟去边贸一条街呀，能便宜 40 元。”

“啊，相差这么大?”

傣族大妈得意地笑笑，说：“刚才那位住的 5 楼商务套间，清静。”

“那我也住商务套间。”

“住几天?”

“多少钱?”

“刚才那位住 10 天，我给他打了 85 折，270 元一天，你要住几天?”

王唱想想说：“暂时住 5 天吧。”

傣族大妈笑笑道：“给你打 8 折，凑个整数就算 250 一天，押金 500，一共交 1750 元。”

王唱诧异地问：“住的时间短折扣多吗?”

傣族大妈神秘地一笑说：“你第一次来到瑞丽，我们瑞丽人用这样方式欢迎你。”

“谢谢，谢谢美丽、热情的瑞丽美女，房间尽量靠楼梯的。”

“行，身份证。”

傣族大妈看看身份证又对王唱看看，嘴角又露出神秘的一笑，仿佛得意着自己的判断。王唱突然恍然大悟，他们都是飞峰县的身份证，一前一后来到宾馆，居然装着不相识，这事放到哪里都说不通，王唱郁闷啊，一天遇到两位看破他的人，真正是行行出状元。

王唱讪笑着说：“他太太要我来盯着他。”

傣族大妈笑笑摇摇头。

王唱向四周看看，掏出警官证，说：“我确实有任务，希望美女同志协助我工作。”

“知道的，我们经常配合警方工作，让他落入人民战争的海洋之中，您留个电话号码给我，他在店里的一举一动都会向你汇报的。”

“千万别打草惊蛇。”

傣族大妈自信地说：“放心吧，我们有我们的方法和优势。”

“谢谢，辛苦了。”王唱担心地向2楼看看。

傣族大妈笑着说：“瞧我的。”大妈拿起对讲机说，“当值服务员注意了，528房间的宋先生是我们VIP客户，请大家提供全优服务。”接着傣族大妈描述宋昭军的长相。

“明白。”

傣族大妈对王唱说：“这下可以放心地休息去了吧。”

王唱被傣族大妈所感动，他又道了谢才离开，王唱并没立即回到自己房间，他四处查看地形和宾馆布局。

宋昭军拉着行李上了2楼，那个“开大、开小”让他动心的声音更加清晰。好久没有听过、想过、玩过了，他真的想痛快地玩上几把，他也有资格放手玩玩，不需要在人们面前再伪装，再装着一个普通而尽职的银行职员。

宋昭军站在游戏场的门口，压抑着自己的想法，他舍弃了原有的一切，抛弃过去，他需要一个崭新的未来，他向里面看了一眼便转身离去。

宋昭军来到528房间将行李放好，把小说《船帮老大》放在床头柜上。

这时，门口传来电铃声，宋昭军犹豫一下前去打开房门，门前站着位服务员，手中拿着鲜花和一盘水果，说：“宋先生好，感谢您入住瑞榕宾馆。”服务员进门将花束布置在客厅的茶几上，说：“宋先生，有需要随时吩咐。”

“好，我不喜欢被打扰，没有我的要求请不要进入我的房间，不要动我的任何东西，包括我床头柜上的书。”

“明白了，祝您愉快。”服务员退出房间。

宋昭军先去洗手间冲了澡，然后沉着冷静地按着自己设想好的步骤进行一番布置，出宾馆大门，一招手叫来一辆三轮车。

宾馆的不远处停着几辆脚踏三轮车，一个精瘦的中年男人没等其他人反应过来就已经蹬着三辆车过来，他骑到宋昭军身边跳下车说：“老板请，去哪里？”

宋昭军上车，说：“去美玉大道的玉丰商行。”

“知道了，老板坐好。”精瘦立即蹬车出发。

玉丰商行是家较大的翡翠毛料商，在美玉大道车马渐稀的最顶端买下两进有着前后大院的商业用房，他们在缅甸买下整座的矿山，用大型机械挖掘后经初步筛选后将原石拉回国内，以批发价向外出售，当然他们也会精选毛料进行赌石和加工等生意。

宋昭军前些年来此赌过石，先赚后赔，输赢基本平衡，一来二去与部门经理郎洋成了朋友。

宋昭军在大门前下车，弯腰在大门外随手捡起一块拳头大小的石头，摇摇晃晃地向经理室走去，一位工作人员迎上去问："先生，您这是干吗？"

"我买这块石头。"

"买这块石头？"工作人员怀疑地看看宋昭军，他亲眼看到眼前这位是从门外捡来的石头，而且这石头就是块毫无价值的弃石。

宋昭军笑了一下说："我和你们的郎老洋是朋友。"

工作人员立即就相信宋昭军的话是真的，因为郎洋的朋友都叫他为郎老洋。

玉丰商行平日里很清闲，经理郎洋躺在沙发上闭着眼睛哼着傣族小曲，茶几散放着功夫茶具。宋昭军站在门口敲敲门，郎洋睁开眼，门外射进的强光让他眯起眼睛。他问："谁？"

宋昭军进门说："郎经理，好久不见了。"

郎洋坐起来对宋昭军仔细看看，疑惑地问："你是？"

"宋昭军，滨江佬。"

郎洋一拍脑袋："哦，滨江佬，好多年没来了，一下子真的想不起了。快来坐，喝茶。"郎洋连忙收拾茶具。

宋昭军坐到郎洋身边，把手中的石头放在郎洋面前，说："我买这块石头。"

郎洋扫了一眼说："要我。"

"5 万元。"宋昭军从包中取出钱放到茶几上。

郎洋看看宋昭军问："有事？"

"你能办得到。"

郎洋犹豫不决，以泡茶来掩饰。

宋昭军说："这样我们先开石料，开完了再说。"

郎洋帮宋昭军倒上茶说："还需要开吗？这块料是你在大门外捡的吧，你这是执意送这 5 万元，我可什么都没答应你。"

"开吧，郎经理是看过大钱的，开得好我们再商量，开得不好这区区 5 万元算得了什么，我宋昭军再不堪也没拿这 5 万元当回事。只是几年不见，郎经理的豪爽之气倒是消磨了许多，既然玩不起不玩也罢。"宋昭军郑重其事地将钱收进包里，拿起石头说，"郎经理再见，我会将石头放回原地的，郎经理有兴趣的话可以捡回来。"

郎洋一阵脸热，连忙说："慢着，宋先生既然来了，就是瞧得起我郎老洋，宋先生的气度更胜当年。但话说在前头，能帮则帮，一切顺其自然。"

"那是当然，开了毛料再说。"

翡翠原石在地质搬运过程中形成了黑、灰、黄、褐，白等颜色的风化壳，通过外壳很难辨别里面翡翠的水头、颜色、质地、含量、完整度等状况，如果运气好，有可能一刀开下去晶莹剔透、色彩绚丽的翡翠显现世间，也有可能是一文不值的砖头石。因此，才有这刺激而疯狂的赌石游戏。当然，赌石也有规律可循，可根据在缅甸的矿床来确定产出有价值翡翠的概率进行博弈，而不是像宋昭军那样随手从地下捞一块石头就想切出翡翠来，那么瑞丽城还不挖成马蜂窝。

5万元如果用来赌石的话，也能买到看似不错的石头，可宋昭军的目的明显不在于此，当一块毫无价值的石头能卖5万元时，它分明就是一块敲门砖。

玉丰商行的院内就设有开料车间，一位手指毛糙、粗壮的老师傅帮助切开这块石头，一刀下去果不其然灰白无神。

宋昭军说："输了，废料一块。"

郎洋却"咦"了一声，对师傅说："再来一刀。"他敏锐地感觉到这块废料中有翠。

师傅又小心翼翼地切下一片，还是灰白地，但灰白中有一点不易察觉的绿点。郎洋将小手电按在原石上，手电的周围发出一圈光芒，居然还有淡淡的一丝绿色，这块石头他们都认为是一块普通的石头，居然有着翡翠的质地。

郎洋想想说："可能有翠，不要切了，有一点绿可能是从这里往里走，把它全擦开。"

经过半个小时的擦、切等工序，这块石料全部打开，最后竟然形成乒乓球大小的冰种豆绿翠。郎洋将翡翠递给宋昭军，说："恭喜宋先生，加工个把玩件怎么也值个二三十万。"

宋昭军拿在手上说："回你办公室再说。"

回到郎洋办公室，郎洋重新泡上茶，说："怎么也没想到，散落在门前的破石头竟然开出这么漂亮的翠来。"

宋昭军将翡翠放在郎洋面前，说："它是你的了。"

"有事说事，这不行。"

"帮我在缅甸弄个身份。"

郎洋一听暗暗地出了口气，在缅甸的掸邦地区弄个身份证明还真的不算太难的事，花小钱可以做个假证，要多花点钱可以买通当地警察局，替换一个出来就行。

不过，郎洋看着宋昭军的架势不得不谨慎，他说："这种事是犯法的。"

"郎经理是怀疑我的诚意了，既然如此宋某只能告辞了。"宋昭军收拾起翡翠向门外走去。

"等等。"郎洋站起来拉着宋昭军坐下，他说，"老弟啊你别怪，现在风声很紧我不得不防。”

宋昭军心里一块石头落地，说：“应该的、应该的。”

“有没有一寸照片?”

“有。”宋昭军从包里拿出个纸袋说，“1 寸和 2 寸黑白、彩照各 5 张。”

郎洋笑道：“准备充分啊。”

宋昭军哭丧着脸说：“走投无路啊。”

郎洋及时阻止说：“我什么都没听到，3 天后等我电话。”

宋昭军犹豫了一下说：“我还没办当地的电话。”

“那就打个电话来问问。”郎洋随手递了个名片。

“拜托了。”

“有没有兴趣看看我的存货。”

“当然。”

郎洋带着宋昭军来到后院，后院里的翡翠原石经过了仔细筛选，一层层地码放在铁架上，两只黑背狼狗见有人进院子，立即站起来不安地来回走动，警惕地注视着来人，脖子上铁链“当当”作响。郎洋说：“有没有兴趣再赌上一把。”

宋昭军摆摆头说：“不了，好运不会一直在我这边。”

郎洋打开后院的铁门说：“这里出去向右转，穿过小巷就到边贸一条街。”

宋昭军会心地笑笑，双手一合十，转身离去。

第四十七章　狐疑兔行迷踪迹　大网拉起罪难逃

郎洋一次预防性的措施还真的非常管用，王唱一路跟踪宋昭军来到玉丰商行，见宋昭军进了玉丰商行，便在离此不远的一家冷饮店坐下，要了一份泡鲁达慢慢品尝起来。

泡鲁达是缅甸的特色饮品，是用西米露、紫糯米、椰丝、面包干，冲上牛奶再加上冰水而成，是非常受人们喜爱的饮品。

冷饮店沿街搭了个凉棚，地虽稍偏但人来人往还算热闹，王唱坐在此和普通人并无两样，毫不惹人注意。时间缓慢地流逝，蹲守对于刑警来说那是家常便饭，可是王唱越等越觉得不正常了，先是三三两两的人进进出出，后来出来一群工人拿着铁镐、铁铲乱翻一气，将大小石头运回院内后关上大门，唯独不见宋昭军出门。

冷饮店老板空闲下来从店里出来透气，坐到王唱身边说："第一次来瑞丽吧?"

王唱心里打起鼓来，不会又被这家冷饮店的老板识破吧，王唱谨慎地回答说："是，你家的泡鲁达真的很好吃，我三碗下肚了。"

"那是当然，你是不是想去赌一把?"

王唱装着犹豫不决地说："嗯？哦，是想去赌赌运气，又怕……"

店老板诚恳地劝道："千万别赌，里面水深得很，喜欢的话，去姐告买点成品。"

王唱连声道谢，然后问："是不是赌输了要砍手指?"

"怎么会，买原石不赊账。开不出翡翠就亏呗，不会伤人的。"

"那怎么有人进去很久都没有出来。"

"哦，他们家有后院门，肯定是从那边出去了，那边离边贸街近。"

王唱恍然大悟，敢情在这里白等了，王唱向老板道谢后赶到边贸街，可熙熙攘攘的边贸街哪里还有宋昭军的身影，王唱无奈回到瑞榕宾馆，他企望宋昭军已经回到住地，可是这里也没有他的踪影，宋昭军暂时离开了王唱的监视。

要说郎洋有心预防警方的侦察，宋昭军早已认为他的一系列动作足够保障他的安全，宋昭军才不信什么法网恢恢，只要有超常的智慧，有足够多的钱财，什么事搞不定？

边贸街与美玉大道隔着一个片区，片区内是瑞丽市的老居住区，外地人一般不会走到这里来的，宋昭军沿着弯弯曲曲的街巷来到边贸街。

街上人如潮水，人声鼎沸，除去在这里开店的浙江人、云南人、四川人等中国人不说，这里还有许多摆摊的缅甸女人，她们用香树皮磨出的嘎拉粉，一条条地涂在脸上显得有些俏丽，尤其是她们当街用嘴咬着纱笼站在里面旁若无人地洗浴，让宋昭军觉得回到过去的时光。这里还有手中拿着各种商品在人群中穿梭不息的既讨喜又有些厌烦的巴勒斯坦小孩。这里有卖服装、鞋帽、箱包的，有卖香烟、打火机、墨镜的，也有卖面油、眼霜、香水的；有卖当地和缅甸、越南木雕的，有美国货、日本货、东南亚代工生产的日用品等，总之，琳琅满目，应有尽有，这儿的一切构成了一曲闹市狂想曲。

宋昭军大摇大摆地在边贸街的各色摊子前晃悠。

宋昭军千挑万选买了块英纳格女式腕表和一瓶法国香水，给自己买了几身衣服，溜溜达达出了边贸街。他要去的地方不远，出边贸街进一巷子，一家温州人开的洗头房，这是以前宋昭军来瑞丽时认识的，他第一次在这家洗头房洗头，温州小妹温柔的手抓得他浑身舒服，心里痒痒，一瓢水从耳朵里灌进去让他享受到惊心动魄的快感，一来一去宋昭军成了这家店的常客，直至发展成嫖客不是嫖客、情人不是情人的关系。

宋昭军拎着一只纸袋找到这家洗头房，此值下午没有生意，只有一个十六七岁的小姑娘守店，宋昭军进去问：“小妹，老板在吗？”

“大哥洗头吗？我的手艺很好的。”

“好，那就洗吧。”宋昭军很久没有体验温州洗头的舒服和刺激。

“谢谢大哥，这边请。”小姑娘引导宋昭军到椅子上坐下。

宋昭军在椅子上晃晃说：“以旧换新了。”

小姑娘用温柔的手按摩着，说：“大哥来过？”

“你们老板是不是叫崔琴？”

“是呀，大哥你认识？”

“是，她在不在？”

小姑娘对里屋喊道：“崔姐，有人找。”

“来了，谁呀？”说话间从里屋走出位穿着性感、艳丽约摸二十七八岁的姑娘，她看看宋昭军，只觉得眼熟，心中有种亲切感，但一时想不起是谁。

宋昭军笑嘻嘻看着崔琴，说：“我，宋昭军，滨江人。”

崔琴惊呼道："你是宋、宋老板。"

"几年不见生分了？还是叫我小军好。"

崔琴撅起鲜红的小嘴做委屈状说："你一走这么多年，也不知道来看看我，一来就知道怪人家。"

宋昭军很享受地哈哈一笑说："给你带了点小礼物，在桌上打开看看。"

崔琴打开包装，一看是世界名牌手表，高兴道："谢谢小军。"再看，又有法国香水，她上前亲了一口宋昭军说："爱死你了。"

宋昭军说："明天带你上街买些衣服。"

崔琴面带桃花，心中美滋滋的，她四下看看，问："你的行李呢？"

"放在宾馆了。"

崔琴有点失望，问："去宾馆住吗？"

宋昭军反问道："你让我住哪里？"

崔琴佯作害羞道："死样，人家的心思你不懂吗？"

宋昭军又是哈哈大笑，说："行李放宾馆，人不一定非要去啊。"

"这次来要住多少时间？"

"说不准，十天半个月吧。"宋昭军突发奇想，他只要有了缅甸人的身份，完全可以在瑞丽开家商铺，让崔琴打理就行，他不禁为自己突来的灵感而佩服。他兴奋说："瑞丽的生意这么好，没准我就在这里做生意呢。"

崔琴连忙说："别忘了带上我。"

"那是一定的，你就是老板娘了。"

……

宋昭军这么一折腾可苦了王唱，他只能在宾馆的休闲区苦苦等候，眼见着日头向西沉下消失在远山之中，可宋昭军还是杳无音讯，王唱是坐立不安、心急如焚。

傣族大妈为王唱送来具有傣族风味的竹筒饭，安慰王唱说："王警官别着急，我们瑞丽玩的地方多，没准消遣着呢。"

"大姐，今天晚上他要不回来，我就准备进他房间看看。"

"行，我们配合你。我们瑞丽天黑得迟，11 点以后比较好。"

"那就十一点半左右。"

"王警官，到时来柜台带上个报话机，我们帮你守住门，一有情况就通知你。"

"辛苦你们了。"

"现在我们帮你守着，你也出去走走吧。"

瑞丽的晚上黑得很迟，晚上 8 点多天还是大亮着，王唱穿着一件单衣沿着景观大道逛去，这里的早晚与中午的温差较大，但比数千里外的飞峰县可称得上云清风柔，晚风轻轻拂在身上十分畅快，渐渐暗淡下来的天空开始闪烁着迷人的星光。

路边的烧烤摊上飘过阵阵香气，勾出王唱的馋虫，他在一家稍稍人少的烧烤摊坐下，要了一份烤鱼、一份鸡翅、十串羊肉和烤茄子，开了两瓶啤酒，对着孤寂的星星喝了起来。

不一会儿，旁边桌子来了七八位年青的男男女女，男的手臂上刺着龙、虎，女的也有刺着玫瑰类的刺青的食客，烤串上来后他们口中高唱着："哥儿俩好，一对宝。"起劲地划着拳，虽闹点倒也冲淡了王唱心中的烦闷。

突然，两辆面包车急驰而来，从车上跳下十多名警察，他们端着微冲向那个桌子冲来，桌上的食客立即四处逃窜，一名腰粗膀圆壮汉从王唱身边掠过，王唱坐在塑料凳子上左脚向侧方一伸，脚尖向上一挑，左肘击在壮汉的腰眼上，壮汉失声尖叫摔出五六步远，脑袋磕在花坛上鲜血直流。紧跟着向外跑的高个大汉见状一愣，顺手抄起桌上的啤酒瓶向王唱脑袋狠劲砸去，有警察高呼："当心。"说时迟，那时快，王唱持羊肉串的手微微上扬，"扑哧"一声串铁签扎进了高个大汉的手腕，高个大汉"哎哟"一声惨叫。同时，王唱身体一侧让过惯性砸下的酒瓶，脑袋对着高个大汉的胸口猛地一撞，高个大汉刚叫出来的声音被闷了回去，人往后飞出倒在他们刚刚划拳的桌上，"咣当"一阵乱响，桌子上的碗、碟、杯、瓶飞溅一地。王唱顺势站立起来，面前一名貌似凶狠的汉子拔出匕首对着王唱，王唱瞪视对手，以左脚为支点，右脚随时准备出击，双掌护住前胸准备锁手夺刀，凶狠大汉看着白皙精瘦的王唱稍稍愣神，心想，他怎么这么能打？他便扔下匕首抱头蹲在地上哭道："我投降。"举手投足间，警方已经控制局面。

一名配3级警司的警官对在座的食客说："请大家不要乱，请配合我们去警局做个登记。"然后来到王唱面前敬礼，说："谢谢，请您也去警局，我们要核实您的身份。"由于不知王唱的来历，警司单独让王唱上了随后赶来的警车。

瑞丽市公安局边防大队大队长办公室里，大队长于东根据全国公安系统通讯录，拨通飞峰县公安局刑侦大队的座机核实王唱身份，他说："您好，我是瑞丽市公安局边防大队，请问您是飞峰县公安局刑侦大队吗？"于东得到肯定后将电话递给王唱。

王唱简要地说："我是王唱，哦，葛大呀，瑞丽市边防大队于大队长要跟您通话。"

于东接过电话自报家门说："葛大队长，我是瑞丽市边防大队大队长于东，你们飞峰局是不是有一位叫王唱的侦察员在我们瑞丽执行任务？”

“于大，您好！他是跟踪一名犯罪嫌疑人来到瑞丽，就是刚刚接听电话的人。”

“哦，那就好，我们是一家人。”于东虽然检查过王唱的警官证，但必要的核实还是不可少。

“于大队长，王唱在你那里闯祸了？”

“没有，刚刚我们在抓捕毒犯的现场，王唱在 10 秒内连续撂倒了两个，还有一个吓得没敢动手就投降了，好样的！”于东话语中满满溢出爱才之心。

“他跑到你那儿显能去了？”

“没有，是碰上了。”于东立即护上了。

“哈哈！”葛其明得意之态通过电波也能感觉出来，“他是我们公安大学的高才生，科班出身。”

“怎么他一个人出来执行任务？”

“人手紧啊，跟踪之人涉及金额巨大，但证据还不够充分，这两天就准备采取抓捕行动，明天我就会派人来协助他。”

“路途遥远，你们就不用派人来了，抓捕时通知我们一声，我们派人协助，然后一直送上飞机，你们机场接就行了。”

“太好了，谢谢啊。”

“不谢，以后我们没准还有事麻烦你们呢。”于东随口一说，没料到后来真的用上王唱打进毒贩内部，王唱经过生死考验，一举破获震惊中外的毒品大案。

“行，只要有需要，我们一定全力以赴。”

“好！一言为定，再见。”

“再见。”

于东站起来握住王唱的手说：“谢谢，受委屈了。”

王唱笑笑说：“应该的。”

于东铁一样的手握住王唱，看王唱没有丝毫反应，不由得一时兴起渐渐地加重握力，王唱笑笑没做对抗，王唱的手在于东的手中变软骨头相互挤压。于东一直战斗在祖国的边疆前线，一身功夫也是非常了得，他再加力道，王唱这才感觉到他折铁摧钢的力量，这才注入力量到手上，但只是自保并不强追猛打。于东大笑，放开手说：“好功夫，走，我带你去见配合你的侦察员。”

王唱边走边说：“于大，你们瑞丽的宾馆同志警惕性都很高。”

“那是当然，这里情况复杂，我们只有靠我们瑞丽市的全体居民才能有效地打击罪犯。怎么，你遇到事了？”

“是的。”王唱将他在瑞丽发生的事情一一向于东汇报。

王唱随着于东来到院子里，他发现一排敞开的三面墙的平房，平房中站着许多人，他们一只手戴着手铐，手铐的另一头铐在木梁上，个个萎靡不振的。他奇怪地问：“这是干什么的？”

于东说：“这里吸食毒品的人太多，他们常常与正常人混杂在一起。只有一网全部捞进来，关上一晚上，谁吸毒一看就知。”

王唱说：“这办法倒简单。”

“没办法，忙不过来。”

于东带王唱进了一间没有门牌的房间，房间里一位与王唱年纪相仿的年轻警官在吃方便面，看见于东进门连忙站起来。于东介绍说：“这位是滨江省飞峰县刑侦大队的王唱同志，他来瑞丽有任务，你配合王唱工作。”然后对王唱说：“他是你本家，叫王仰山，是我们大队优秀的侦察员，你们认识一下，一会儿你们研究一下案情。”

“是。”

于东交代完向王唱告别后出门而去。

王仰山兴奋地说：“原来你也是警察呀，刚刚那两手潇洒极了。”

王唱腼腆地笑笑，说：“是他们送上门的。”

王仰山正色道：“王警官，你那里是什么情况？”

王唱把宋昭军的照片拿给王仰山，然后详细说明宋昭军情况，最后说：“我跟踪宋昭军到玉丰商行，他应该从商行的后门走的，到现在为止还没回宾馆。”

王仰山分析说：“他要潜入缅甸很方便，但要长期待下去很难，现在的情况对他并不紧急，我想他不会贸然越境的。”

王唱看看时间说：“我打算回去探探他的房间。”

“也好，这样可以有个准确的判断，我跟你去。”

“不用，这点小事不需劳您大驾，宾馆的傣族大妈会配合我。”

“你住在瑞榕宾馆？”

“是，有问题吗？”

“没有，那位傣族大妈很可靠，也有经验。成，需要的话叫我。”

“这两天有可能要抓捕他，到时请你帮忙。”

“好，我送送你。”

王唱回到瑞榕宾馆已经快 12 点，傣族大妈见王唱从大门进来从座位上站起来，说：“宋还是不见踪影，现在就去他的房间吗？”

“是的。”

傣族大妈递给王唱报话机和钥匙，王唱将报话机别在身上，把耳机戴上，和傣族大妈试试音，只听傣族大妈在报话里讲：“谢谢王警官夸奖。”

王唱明白是于东表扬了傣族大妈，说：“是大妈做得好，我上去了。”

12 点的瑞榕宾馆仍有客人来来往往，不过 5 楼真正地安静下来，王唱来到 528 房门口，他在门口稍站一会儿，开门进去关上门站在原地适应光线，房间黑咕隆咚的，安静得没一点声息。

王唱打开微型手电，手电虽小光线很强，一束光划破黑暗，王唱冷静地照射由近到远地仔细观察。房间很干净，几乎没有人住的痕迹。王唱在客厅看了一会儿来到卧房的衣橱前，他用手电沿着门缝仔细地观察着，没有问题。打开衣橱，贴着衣橱边竖放着一只黑色的拉杆箱，王唱又仔细观察着拉杆箱，一张航托运单不经意地压在拉杆箱下，王唱用手机多角度地拍下托运单的位置。他又卧在衣橱里查看拉杆箱在衣橱内的情况，然后小心翼翼地拎出拉杆箱。王唱更加仔细地查看拉杆箱的拉链缝隙，他发现拉链的缝隙中夹了一段线头和一根不长的头发，线头和头发太细手机是无法拍清楚，他拿出纸、笔和尺，记录线头和头发的位置、长短。王唱心想，这个宋昭军够滑的。他干脆拿出放大镜沿着拉链再查找一遍，警报解除。拉杆箱不仅有密码锁，还加了一把小铜挂锁，这对王唱来说不过是小菜一碟，没过 5 分钟箱子打开了。箱子里东西不多，只有一件毛衣，几件短袖衫和内衣裤，箱子的夹袋中放着一部老式手机、一块备用电池和充电器。王唱打开手机检查手机里的内容，手机中没有任何信息，通讯录的联系人也不是很多，王唱拿出小本、笔记录着。突然，王唱的手机强烈地震动起来，来电话了，他看看是副大队长葛其明的来电连忙接听说：“葛大。”

“宋昭军有消息了。”

“哦。”

“他的手机开了，我们侦察到在瑞丽大道 16 号。”

“葛大，是我开的机，我正在他的房间里。”

葛其明有点失望，说：“注意物品复原。”

王唱又检查每个角落、夹缝，没有问题，他小心地将拉杆箱里的物品复原。王唱站起来四处看看，没什么可藏的了，床头柜上放着一本书，是《船帮老大》。这本书王唱看过，讲的是传奇人物陈叫山的故事。这是精华本，书很新，很厚很沉，宋昭军怎么将它带到瑞丽来了？王唱心生警觉，果然书上也夹着不起眼的一根白色的棉丝，王唱如法炮制将棉丝的位置、长短记录下来，然后打开棉丝那页，将棉丝放在一边。

检查硬壳封面，没问题。

检查书页，没问题。

检查封底，后面有一页被一米粒粘在硬壳封底上，王唱取出刀片小心地将它与封底分离，然后用手轻轻抚摸封底。“嗯”，手感不对，硬壳中有微微隆起的感觉！王唱心中一阵狂跳，他用手电从封底的外部向封底里照射，白纸中隐隐有字，王唱细细判别，银行存单！银行存单是红色抬头，在强光的照射下能够勉强辨认。王唱用刀片仔细划开封底，取出三张工商银行存单，王唱打开一看倒吸口凉气：“每张 100 万元。”王唱冷静一下拨出电话，他压低嗓音说：“葛大，宋昭军在书中藏着银行活期存单，一共 300 万元，名字叫宋军，请指示。”

“这说明他没走远，现在凭这个就可以适时抓捕他。”

“知道了，存单怎么办？”

“不能放在里面，不行，这会让他警觉，要做到万无一失。”葛其明想了想说：“这样，你用刀把他名字上都刮去一部分，看他怎么取款。”葛其明说完“嘿嘿”一阵坏笑。

王唱也乐了，说：“知道了。葛大，瑞丽警方会配合我们抓捕宋昭军的。”

“我已经知道了，你代我们飞峰刑大谢谢他们。”

“是。”

王唱的百宝箱中有胶水，可是没有饭粒，他只能向傣族大妈求助，说：“阿姨，能不能送一颗饭粒上来？”

“饭粒？有，只要一颗？”

“是的，一颗就行。”

傣族大妈心里犯着嘀咕：“破案还要饭粒？还只要一颗，这个小伙子大概是饿了，还不好意思。”很快，傣族大妈就端了一个托盘，上面放着一碗香喷喷的白米饭、一盘红烧鸡和青菜上楼来了。

……

宋昭军这两天是人逢喜事精神爽，与崔琴是如胶似漆、柔情蜜意。但他警惕、慎重，从不涉及赌场、歌厅，以及一切会引起警方注意的地方。

这天他一清早就从梦中醒来，翻来覆去再也不能入睡，他起床、穿衣、洗漱，推门出了房间。房外天光虽亮，离太阳出来的时间尚早，一牙弯弯新月挂在当空，远处一颗孤星执着地与之争辉，让人恍觉在世外。外面很冷，空气清凉，宋昭军不禁打了个寒战，心里倒畅快了许多，他信步走在冷冷清清的大街上，他此时才从心里感觉到自由是那么可贵、可爱。

走着、走着，宋昭军抬头看见不远处的瑞榕宾馆，他想：“该要准备了。”宋昭军从路边的小门进了宾馆后院，他晃晃悠悠地来到自己的房间。一进房间宋昭军立即魂归原身，他眼睛不停地打转，扫视着房间。打扫过，鲜花换过，洗漱用品换过，书在床头柜上。宋昭军小心地打开衣橱，拉杆箱由原来的竖放变成横放，那张航空托运单端端正正地放在拉杆箱上，宋昭军想想，多事的服务员，正常。拉杆箱上的暗记才是关键，一切如常！宋昭军松口气。那本书也被动过，宋昭军仔细观察书中的暗记，正常。打开书，半粒米粘着封底。宋昭军撕开封纸，存单安静地等着他的主人。宋昭军彻底放心了，他把存单放入口袋。宋昭军从容地洗浴，更衣，拿上电话从楼梯下去，从宾馆的大门出了宾馆，他需要打电话咨询缅甸身份的进展情况。电话他有，自离开卫兵的车子就关掉了手机，一直到现在还没开。重新办张卡吧，还是当地的卡方便。以后要经常来往于缅甸与瑞丽之间。

宋昭军揣着手机来到大街上的一处通讯小店，时间还早，店里冷冷清清，柜台里的手机倒是琳琅满目，店里只有一位年轻的女营业员无事在忙着看手机，宋昭军进店她抬眼瞧了瞧又专心忙着自己的事情。宋昭军被各种手机所吸引，饶有兴趣地看东望西，女营业员见来人有了买手机的心思顿时来了精神，她赶过来在一旁介绍。

宋昭军看中一款摩托罗拉翻盖手机，问："这多少钱?"

女营业员说："大哥好眼力，这是今年最新款的旗舰，7800 元。"

"嗯，不错，有没有好的电话号码。"

"大哥买手机的话，我可以给大哥挑一个好的号码。"

"先看号码。"

"有 3 个 999 的。"

宋昭军想想说："我要 666 的。"他要六六大顺。

"我向店长申请，大哥，这手机?"

"买了。"

"大哥身份证。"

"没带。"

营业员二话没说，从抽屉里找出张身份证复印件，办理 SIM 手续，索性连签字也免了。

宋昭军插上卡乐滋滋地熟悉手机性能，他想想掏出原来的手机，手机中有几个他不想忘却的电话号码，就是暂时不能联系，随时看看心里有个念想。宋昭军打开手机调出通讯录，一个一个地输入到新手机中。

王唱此时已然醒来，他躺在床上看着中央五台的早间新闻。床头柜上的电话响起，王唱拿起电话放在耳边，话筒里说："王警官，宋先生刚刚从楼上下来出门去了。”

“宋昭军来过？”

“不知什么时候回来的，但出去时我看得真真的。”

“谢谢。”王唱从床上跳起来，穿上衣服，牙没刷、脸没洗就冲了出去。

傣族大妈在大厅等着王唱，王唱下来还没未开口说话，傣族大妈便急切地说：“他出门向右而去，大概走了有5分钟了。”

王唱出了大门向右望去，瑞丽大道的人行道上行人稀少极为冷清，他向前追去但毫无收获。

王唱沮丧地回到房间，胡乱地洗漱一番坐在床上想着下一步方案。

没多久，手机响起，葛其明来电话，王唱接通说：“葛大，我又把宋昭军跟丢了。”

“宋昭军的手机开机了。”

王唱呼地站起来问：“他在哪里？”

“显示在瑞丽大道176号。”

“好，我立即去。”

“姜行长摸来的情况你都知道了，看机会抓吧。”

“是。”

王唱叫来三轮车问：“知道瑞丽大道176号吗？”

“大体知道那个位置。”

“给你10块，快。”王唱付了平时的1倍钱，三轮车飞快地奔去，三轮车边骑边找，王唱在三轮车上看到远处宋昭军从通讯店里出来，上了三轮车离去。王唱立即吩咐三轮车赶上去。可等赶到跟前又不见了宋昭军的踪影。

王唱拨打葛其明的电话，问：“葛大，宋昭军现在在什么位置？”

“他又关了机。”

王唱挂了电话，看看宋昭军出来的是家通讯店，便走了进去。

女营业员刚刚卖了一部顶极手机正是满心欢喜，看见王唱进门笑脸盈盈地引上前，问：“大哥想买点什么？”

“手机不错啊。”王唱佯装强烈地购买欲望，营业员暗中窃喜一早上生意兴隆啊，连忙要向王唱介绍，王唱摆手制止问：“刚才那位先生……”王唱欲言又止。

女营业员立即抢答道：“他买的摩托罗拉旗舰手机。”女营业员引导王唱来摩托罗拉柜前。

王唱一看7800元，心中暗骂宋昭军，这帮蛀虫！问：“有什么优惠吗？”

“没有，有好的电话号码，大哥可以挑一个。”

“那位先生也要了个电话号码?”

“是的，尾数是 666。”

“有 888 吗?”

“买手机吗?”

“这么说有喽，我不信，做生意的都要 888，他怎么没要?”

女营业员看看王唱，说：“你不信，你来看。”女营业员打开登记簿，把宋昭军的手机号码给王唱看，果然是 666，王唱暗记下电话号码，然后说：“我去银行取钱，马上来买。”

女营业员在欢喜之余也有点失望，说：“大哥快点，号码我帮你留着。”

王唱出了营业间一边拨出电话一边往宋昭军离去的方向走去，说：“葛大，宋昭军换了当地的电话号码，号码是 19756780666，请追踪。”

“好，马上安排。”

郎洋并没有立即去缅甸帮宋昭军办理缅甸身份，他利用这有 3 天的时间观察动静，宋昭军的电话打来，他放下心，让宋昭军 7 天后来取护照。

7 天，宋昭军等得起，既然把存单取出来就去开个个人账户方便以后款项进出。好在人民币在缅甸是响当当的硬通货，不需要兑换成美元，更不需要兑换成缅币。到缅甸那就是亿万富翁了，宋昭军想想都笑。

中国工商银行瑞丽支行瑞丽大道办事处，宋昭军来到柜台前拿出存单递过去，说：“我想在你们这里开个人账户，将这钱存进去。”

营业员疑惑地看着存单，然后看看宋昭军，又将存单递还给宋昭军，说：“先生，你这张存单我们办不了。”

“为什么?”宋昭军没有去拿柜台上的存单。

营业员表情古怪地笑笑说：“你自己看看这名字怎么缺笔少画的?”

“怎么会?”宋昭军拿起存单一看便傻了眼，宋字少了一点，军字没了一竖。存单上有轻微用刀划过的痕迹，倒是 100 万元的数字没有动，它笑嘻嘻地看着宋昭军，可是宋昭军却无法取出。宋昭军实在想不清是怎么回事，他连忙拿出另一张存单，他一看气得差点吐血，存单上的“1”被划掉，添了个“0”，100 万变成了 8 个“0”。宋昭军被突来的变故弄得昏头转向，坐在椅子上发蒙。

“先生，你恐怕要去开户行挂失了。”

“嗯。”宋昭军迈着艰难的步子向门外走去，门外耀眼强烈的阳光刺疼他的眼睛，他突然心里一动警觉地四处张望，身旁一位精干的年轻人笑眯眯地看着他，说：“宋昭军。”

宋昭军感觉不妙撒腿要跑，年轻人动如灵兔，上前用左手擒住宋昭军右手腕，右手托住宋昭军的右肘，两手一交错宋昭军随即倒地，年轻人左手、单膝控制宋昭军，右手不知什么时候已经手铐在手，“咔嚓”一声铐上了宋昭军，紧接着宋昭军的另只手也被铐上，这个经过没超过5秒钟。

宋昭军叫道：“你是谁？凭什么铐我！”

“飞峰县刑侦大队王唱，宋昭军你涉嫌外汇银行飞峰县支行多起经济案件，你被逮捕了。”

“你、你诬陷我。”

王唱拿出警官证给宋昭军看看，说：“诬陷不诬陷，有地方让你说得清楚，走吧。”

一辆警车闪烁着警灯沿瑞丽大道驰来，驰到王唱面前停下，从车上跳下一名警察，对王唱说：“王警官，好快的动作。”

王唱说：“仰山兄的动作也不慢呀。”

两人相视一笑，王仰山说：“押到我们看守所去。”

“仰山兄有没有空？”

“王警官有什么吩咐？”

“我现在就想回去。”

“你等等，我请示大队长。”王仰山拨通于东电话，请示说，“于大，嫌犯已落网，王警官想立即返回滨江省，请指示。”

“那就辛苦你送到昆明。”

“是！”

“把电话给王警官。”

王仰山把电话给王唱，王唱说：“谢谢于大，有空来我们滨江玩。”

“好，一路珍重。”

王唱押着宋昭军上车，他向葛其明汇报情况，葛其明指示说：“我让卫兵去机场接你们，你们将宋昭军秘密押到钟山县刑大办案点，我在那里等你们。”

“是！”王唱回答简洁、有力！

石海涛的病没有什么大毛病，只是一时愤懑，凄苦难耐，支气管的毛细血管破裂而致，他住了两天院，挂了几瓶水便无大碍。

石海涛住在县人民医院的高级病房不想出院，洁白的墙，洁白的床单、被套，一身洁白的护士服的护士们说着柔软、关怀、体贴的话，看着护士们舒展着曼妙的腰姿围着他忙前忙后的样子，还有逐渐适应并由此而念念不忘的消毒水的味道，都让石海涛有种轻松、温暖和安全感。

石海涛轻松地和护士们说笑，他问：“是不是你打了我一个屁股?”护士们掩嘴笑道：“绝对不是我，我还没生呢。”

一次在石海涛心情大乐之时，大嘴一撅细声细气地对小护士说：“中午有什么好吃的，人家的嘴都有些馋了。”小护士一听“咯咯”笑出声来。

这天清晨，石海涛迎来久违的坚挺，这是他近20年来的第一次重塑男人雄风，一种自豪感油然而生，他想向所有的人，包括眼前的护士们高呼：“我又是男人了！”可是，他心里所谓的所有人却恰恰少了一个人，那个就是他名义上的妻子姚芬华。

石海涛的妻子姚芬华相信，人是有命运的。她和眼下这个男人生活了近20年，可他们只有夫妻之名，却无夫妻之实，这个男人没有给她一丝肉体上的快感和心灵上的抚慰。他们在外人面前让人感到是一对恩爱有加的完美夫妻，但回到家里却像到了北极一样，寒冷、空旷、寂静。她在漫长的生活中逐渐习惯了这种冷漠，她认为这就是她的命，而这命恰恰是她的婆婆亲自安排的。

虽然这个家是心灵的沙漠，但姚芬华觉得满足、踏实，她拥有个富丽堂皇的家，四室一厅，中式装修，一房红木家具。这都是这个男人带给她的，她比儿时的伙伴们要强许多，她可以在她们面前尽情炫耀着她的荣耀，她自己也成了一名检察院的干部。可是，这个令人羡慕向往的家，除了在外上贵族学校的儿子休息日回来之外，还有就是知晓大义的婆婆来小住几日。

姚芬华一早便去医院送她亲手做的早餐，一碗大米与小米混合的稀粥，两个香喷喷的锅贴，3只荷包蛋，一碗什绵菜，一碗红烧肉，一盘糖醋生姜。姚芬华没打算石海涛去享用她的手艺，她原封不动地端回来了。两天了，她为她男人做的早、中、晚餐食，虽然石海涛一动未动，但她仍然精心去做，她认为这是做妻子的责任，她必须坚持她的原则。

这天，姚芬华拎着饭盒推开病房大门，她惊奇地发现石海涛穿着单薄的病衣在病房内上蹿下跳好不精神。病房虽暖和如春，但毕竟时值隆冬，她连忙拿起睡袍温柔体贴地为石海涛披上，她又惊奇地发现石海涛的下面竟然撑起鼓鼓的帐篷，她害羞地避开视线，又偷偷地看上两眼。

石海涛平时从不正眼看一眼的姚芬华，今天看来倒是娇媚可人，一举手一投足竟是风情万种，石海涛心里有种难忍的冲动，三两下除去姚芬华衣服，在一阵狂热之下释放出有生以来第一次的男人雄风，而这第一次让他成为男人足足等待了20多年。

对姚芬华来说，形式更大于内涵，男人的一切对于她来说已经非常、非常遥远，而今天这突如其来的激情已经非常、非常地陌生，陌生得不知道怎样去迎合，怎样去享受，这一切就像夏日的狂风暴雨一样来得迅猛，去得疾急，但对她已经足够了，这仪式般的性爱揭示她渴望的新生活的开始。

可是，石海涛却说："芬华，如果我有什么事，我爸碑下5尺有一密封的罐子，足够你和你儿子过几辈子的。"

姚芬华听后既感动又心酸，眼看她能和其他家庭一样过上其乐融融的温馨的日子，可丈夫却来了交代后事般的一段话，虽然她不知道其夫做过什么，但她却可以从其夫的作派中略知一二。她劝道："海涛，如果有什么的话，我陪你主动去交代，不管你将来如何，我都会好好跟着你过一辈子。"

石海涛如铁般冰冷地说："记住我说的话，其他的你别问，也别管。"姚芬华无言地看着石海涛，眼神里透出一点绝望。

石海涛又交待说："我去洗个澡，你去住院处把账结了。"

姚芬华既高兴又胆怯地问："你回家住？"

"是。"女人的似水般的温存，让石海涛的荷尔蒙快速增加，一股雄性原始的领地欲充满全身，他要做最后一搏。

石海涛看着姚芬华出门，从床头拿起电话从号码簿调出号码拨出去："大黑，我是石海涛。"

"涛哥，有什么吩咐？"大黑知道石海涛没事是不会打他电话的。

"帮我教训个人，是飞峰县外汇银行行长姜扬，你见过的。"

"没问题，要不要见血？"

"见情况再定，你带俩兄弟去他家，沿江市的滨江大学教师住宅区3幢1单元501室，让他回家谈。"

"他不在飞峰吗？"

"下午4点以后，他老婆、孩子在。"

"涛哥，这动静有点大啊。"大黑心狠人不傻，控制不好一越界问题就大了。

"这还大？你当着他老婆、孩子面和他谈，就说，以前的事必须立即放手，他就懂了。晚上飞峰宾馆全套，另外拿3万元给兄弟喝杯茶。"

姚芬华兴高采烈地去护士站结账退房，她拿着退回的13000元现金再回病房时，3名身穿深藏青的男子表情严峻地簇拥着石海涛走出病房，姚芬华立即明白这是怎么回事，不过她仍然上前问道："你们是干吗的？"

石海涛神色自如地抢先说："别多事，这里收拾完就回家吧。"

姚芬华绝望地看着石海涛走到走廊的尽头转弯不见了踪影，她腿一软坐在了地上。

第四十八章　用计引得狗咬狗　弱女智斗凶歹徒

石海涛并没有被双规，而是由外汇银行沿江市分行的纪检部门配合飞峰县公安局的行动对石海涛进行了一次戒勉谈话。

宋昭军自被押钟山县看守所后便以沉默应对各种询问，他相信石海涛的能力，也相信他绝对不会坐视不管。他想：“只有咬牙抗过这一关，回家过年还是有希望的。”

宋昭军唯一一次回答的问题，是针对他不明的资产来源，他轻蔑地一笑说：“你们抓我的地方是财富遍地的地方，只要有一双识宝的慧眼，哪有挣不到钱的人？”末了还加了一句：“除非他是傻子。”

同样，王春山和焦娇的审讯工作也不顺利，焦娇除了哭便一问三不知，王春山更是狡辩有术，俨然成了爱岗敬业的好干部。

会议室里，戴政委、葛其明、卫兵、王唱等人汇总、分析、研究审讯方案。

王唱向大家汇报审讯结果，他说：“宋昭军的心理素质很强，也很敏感，他始终摆出不屑和你一谈的架式。”

葛其明负责王春山的审讯，他说：“王春山就是个老皮条，你说一句，他能说上十句，就是没一句在点子上，他历数了他在蚕茧收购中的成绩，大有不评上劳模绝不罢休的决心。”

戴政委问：“精细化工厂的厂长有没有抓获？”

葛其明说：“还没有，可能是法院冻结他们的资金，已经惊动了他，他一定是隐匿起来，我对该厂的会计进行询问，他们的会计几乎是个摆设，没询问出结果。”

“圣兔礼品与金牛公司那 600 万元的往来款是什么情况？”

“圣兔礼品是购买飞峰外汇银行处理的资产，这笔款经宋昭军手通过圣兔礼品转到金牛公司，然后分多次从那儿提取现金走的。”

卫兵说：“这么说石海涛一定参与或主持了这笔资金，我们是不是可以逮捕石海涛？”

葛其明说：“现在还不行，没有证据表明石海涛参与其中，只有等宋昭军的口供了，然后击破王春生，才能将石海涛绳之以法。”

卫兵说：“可是宋昭军死不开口，再让石海涛回到美国就麻烦了。”

戴政委说：“如果将蚕茧公司、精细化工厂、金牛公司，可能还有圣兔礼品公司串起来考虑，关键在宋昭军，钥匙却在石海涛那儿，宋昭军最后的一根救命稻草在石海涛那里，他指望着石海涛会救他。”

葛其明眼睛一亮说：“让宋昭军见见石海涛？”

戴政委说：“让宋昭军看到石海涛被我们公安机关所拘捕，让他失去最后的希望。”

“打草惊蛇，这办法可以一试，我们可以请外汇银行出面，然后由我们演场戏给宋昭军看。”

飞峰县飞峰山一处山坳之中，依山傍水修建着两幢 3 层小楼，高高的围墙昭示着这里不同一般的民居宅院。

载着宋昭军的一辆普通面包车驰了进去，院内已经有一辆闪着警灯的桑塔纳在下人。“王春生？”宋昭军在车窗里看到王春生的背影，他心里一惊，正待细看时那人已经被带进了房间。

可是，后面宋昭军真真切切地看到焦娇被押下车，两眼红肿、蓬头垢面，失去了往日的娇媚。

宋昭军心里升起阵阵寒意：“完了！”

王唱在一旁注意着宋昭军的神态，他微微一笑说：“见到熟人了吧，你要感兴趣的话我们会让你越见越多。”

宋昭军把头使劲地扭过去。

王唱说：“走吧。”

王唱把宋昭军安排到一间靠院子的房间，这房间像是休息室般地布置，只是铁门、铁窗让人感到有一点森严，一名年轻的警察看守着宋昭军。宋昭军坐在临窗的床沿上心里却翻腾着往日所干的事情，他努力压制自己不去想那些不该做的事情，他心里默念着：“坦白从宽，牢底坐穿。抗拒从严，回家过年。”

就在宋昭军胡思乱想之时，一阵警笛由远处传来，一会儿来到大门前，警笛渐止，大门打开，警车驰进院子。年轻警官立即让宋昭军离开窗户，但他自己却好奇地向外张望，宋昭军悄悄地蹭到窗边伸头一看，顿时魂飞魄散，手脚发软，石海涛夹在几名身着统一制服的人中间向楼房走来：“石行长！”宋昭军跌坐在床上，原存着一丝幻想彻底破灭了，他脑子里一团糨糊，脸上像失血般地惨白，冷汗一下子冒了出来。

不知过了多久，王唱坐在了宋昭军的对面，宋昭军失神地看了看王唱又低下了头。

王唱说："怎么还不愿交代吗？这是给你最后的机会，不要你死抗着，别人正在抓紧时间争取宽大处理呢。"

"我，我做的一切真的是职务行为，我顶多就是违反信贷制度。"

"你到现在还执迷不悟，人家都往外择，你呀，还往自己身上拢，给你听段录音。"王唱拿出一部微型录音机，他打开放音键，说，"这里面说话人的声音你应该能辨别出来吧，你听听他是怎么将责任推给你的。"

王唱放的录音是刚刚和石海涛的戒勉谈话的最后部分，谈话是由市分行纪检书记刘炳南受省分行纪检部门委托而主持的，谈话内容出乎石海涛的意料，不咸不淡、波澜不惊，无非是石海涛在担任飞峰县支行行长期间呆账、呆滞贷款居高不下，经济效益低下，希望他在担任市分行副行长期间加强学习，以效益为中心干好本职工作。

最后，一位自称是省分行纪检二室的张主任问："石海涛，以下的问话请你如实问答。精细化工厂骗取固定资产贷款进行对外投资，这件事你知道吗？"

石海涛语言严谨地说："不能说是骗取固定资产贷款，精细化工当初立项时，是飞峰县经技委推荐的高科技项目，是县委、县政府确定的重点扶持项目，我们发放固定资产贷款进行了严格的考察并经市分行信管部门审批得以发放的，该项目没能成功有许多客观上的因素，不是我们行一家能够左右了的。"

"根据我们核查精细化工公司的采购设备看，他们是以次充好套取贷款，去购买企业股份，你怎么解释？"

石海涛心想这么多天没了宋昭军的音讯，恐怕真的逃出国了，不如把责任推到他的身上，于是他接着说："关于对外投资，我不太清楚，我是一行之长，不可能所有的事都知道，宋昭军是项目负责人，可能只有他知道是怎么回事。"

又问："蚕茧公司挪用收购资金投资海南房地产一事你有什么解释？"

石海涛微微一笑说："这是机关办公司的产物，我们行也不能脱俗，这个情况我们行有专门的汇报材料，你们可以在市分行纪检室查到。同样，我们也根据中央要求及时进行清理，对不能偿还投资的海南公司进行了诉讼。有关细节还是宋昭军同志负责的，你们可以找他了解情况。"

"涂根生购买你们行资产的650万元，通过金牛家具公司的账户分笔取走。石海涛，650万元中你拿了多少？"

石海涛瞪大眼睛激动道："我拿这650万元？同志说话要负责任的！"

刘炳南说："石海涛你冷静点，我们不冤枉一个好人，也不会放过一个坏人的，你如实交代问题。"

张主任说：“石海涛你没听懂吧？这样说吧，你们于1998年核销盛发服装有限公司的650万元，后由现在的圣兔礼品公司实际控制人涂根生以650万元购买，其款项并没有上缴或上报市分行，你在其中得到多少好处？”

石海涛方寸大乱，立即矢口否认，他说：“不会吧，这事情我记得，是宋昭军负责处理的，这钱应该汇到市分行核销专户上，难道他贪污了这650万元？”

“你的意思是，你不知道这个情况？”

“不知道。”石海涛破口骂道，“宋昭军这小子，枉我对他的信任，居然做出对不起人民、对不起党的事情，我向组织检讨，是我用人不察，我接受组织批评。”

王唱关掉录音机说：“听明白了吧，要不要听听王春生是怎么说的？不过你听过王春生的录音就没有了自首情节了，你不说没关系，我们可以用证据证死你。以后法院量刑的时候只会就高判。”

宋昭军连声说：“我交代，我交代。”

宋昭军顺着王唱的问话开始交代，包括石海涛如何结识涂根生，如何将正常贷款转为呆账进行核销，并低价出售获取非法所得。石海涛如何与精细化工厂厂长密谋套取固定投资贷款，将大部分贷款购买风茂电器有限公司股票并取得分红。王唱在宋昭军的交代中获得此前不为所知的重要信息，蚕茧公司由于较早投资海南房产，已经进行了两轮开发，分得利润3000多万元，全部被他们一分而空，宋昭军因此也分得现金300万元。

王唱说：“你说的这些我们都了解到了，否则也不会找你，你还有所保留啊，今年元旦你潜入你们行的档案室准备烧毁会计档案了吧。”

宋昭军傻傻地看着王唱半晌才问：“你是怎么知道的？”

王唱冷笑一声，说：“你不知道吧，门外有支枪正瞄着你的脑袋！”

宋昭军打了个寒战说：“难怪那天我浑身不自在，感情是在鬼门关上走了一圈。”

“那就痛痛快快地交代吧。”

“没有什么可交代的了，以前在农行时候的事情算不算？”

“算，不过先把在外汇银行的事说清楚。”

“没什么了。”

“看来你坏事干得太多了，我提醒你一句，你刚到飞峰县外汇银行干出纳时都干了些什么？”

宋昭军脱口而出：“6万元新钞。”说完他恐慌地看着王唱，叹了口气说：“你们是怎么知道的？”

王唱打趣道：“考考你智商，你猜一猜。”

宋昭军苦笑道：“别猜了，姜扬吧。我当时已经非常、非常小心了，是绝对不会留下任何痕迹的，只有在账上还能推断是我当班，而且是那天进行过新钞兑换的。姜扬，你行！我愿赌服输，我认罪。”宋昭军彻底崩溃了，他的心理防线突破便如同竹筒倒豆子，一股脑儿地倒了出来，甚至连石海涛如何骗取三等功，如何得到信用社工作的，又如何将别人的事迹安在自己身上得到领导赏识而提升的，利用他与于兰花的奸情掌控他，帮助石海涛做假账挪用信用社300万联行资金，又一次次地逃避上级部门的审计，最后宋昭军心有不甘地说：“王警官，你必须承认我算是机灵的吧？”

王唱轻蔑一笑说：“宋昭军，你知道你什么时候被盯上的吗？”

宋昭军想想说：“是不是石行长回国的时候？”

王唱摇摇头说：“你还记得你们营业部一次人员调动吗？”

宋昭军失声喊道：“那么早！”他沮丧地说：“人道是，法网恢恢，疏而不漏，我是天天盼着把我给漏掉，但我还是没逃脱这茫茫法网。”

王唱把笔录放在宋昭军面前，让他一一签字，按上鲜红的手印，有意无意地问：“据我所知，石海涛还在沿江市分行连江办事处工作过一段时间，你知道他在那里的情况吗？”

“这我真的不知道，他和分行副行长王得江关系不同一般，那时王得江是办事处主任。”

“那行，今天就到这儿，你详细地写份交代材料，包括这些钱的去向，这对你的量刑十分重要。”

“是。”

王唱拿着材料来到值班室，葛其明正在看着材料，见王唱兴奋地进来，问：“成了？”

“成了，全招了，可以拘捕石海涛了。”

“已经拘了，你那边宋昭军一开口，我们这边就不能放他走了。”

“太好了。”王唱高兴得像个孩子。

葛其明正要向王唱说什么，他的电话急促地响了起来，他看看电话号码依稀有些眼熟，他按下接听键，只听电话里急切地说：“钱神、钱神。”

葛其明答道：“孔方兄，请讲。”

“我是飞峰外汇行的赵宁，姜行长妻子和孩子在家中被3名不知身份的绑匪绑架了，他们要求姜行长单独相见，并威胁说，如果发现报警就立即撕票，我正和姜行长向家中赶去，约50分钟能赶到，请指示。”

葛其明考虑了一下说："赵主任，现在绑匪身份不明，你们千万要冷静，先让姜行长接触一下，问清绑匪有什么要求。如果有可能你接近房间，以便增援姜行长，我让卫兵和王唱先去接应你们，我随后就到。"

葛其明挂断电话对王唱说："姜行长的妻子和孩子在家中被绑架，情况不明，外汇行的赵宁已经和姜行长往家中赶去，你和卫兵立即前去接应。"

"绑匪有什么要求?"

"只说是要和姜扬单独见面。"

"绑匪不要钱只见人，有点奇怪。"

"我怀疑是石海涛或王春山指使人干的。"葛其明从抽屉里找出石海涛的手机开机后查看通话情况，发现上午石海涛与一名叫黑子的通过电话，说："黑子不是我们飞峰的混混头吗?"

"是，我们早就想办他了，可是，稍微够上刑案的都让他手下顶杠了。葛大，打个电话过去震慑他一下。"

"不行，现在情况不明，不能刺激他，我去找石海涛了解情况，随后赶到。王唱，你一定要保护人质安全，行动吧。"

"遵命!"王唱转身出发。

葛其明来到看押石海涛的房间，石海涛和衣躺在床上，葛其明走进去说："石行长。"

石海涛支撑着身体半躺着，说："其明呀，好久不见了，没想到在这里见了，我输了，认栽。"

葛其明正色地说："我这里没有输与赢，只有对与错。"

"现在对于我来说，对与错不重要，输与赢才是关键。"

"是非不分走的是一条末路，掉下悬崖是必然的。"

"我已经和小卫说了，我都认，既然来到这里就不打算出去了。"石海涛用手往脖子上比画一下，说，"命也给你了。"

"说这话就小气了，命运始终掌握在自己手中，进来在你，出去也在你，拿命玩玩也在你。省点精神吧，何必再生点事出来。"

石海涛顿时来了精神，说："你话中有话呀。我想想，是不是姜扬家来客人了?"

"是你指使的吧，停止吧。你都这样了，没必要再为自己罪上加罪。"

石海涛双手高举，神情得意地说："与我无关，大概是路不平有人去踩吧。"

葛其明蔑视地说："有脸说路不平，一个好端端的银行被你都弄成什么样了。收手吧，算你犯罪中止，就不加你刑了。"

石海涛气急败坏地喊道："加刑？你当我是小孩子，一个要判死刑的人还怕多少罪加身？这个姜扬，一步一步地把我拉向深渊，我不会放过他的。"说完石海涛发疯般地狂笑着。

"你疯了。"葛其明甩门出去，对外面的看守说，"立即审讯石海涛，直到他说为止。"

石海涛看着关上的门自言自语地说："这帮小子，终于动手了，可惜一切都晚了。"

过了元旦没多久，大学开始放寒假，大学生们就像潮水一样，瞬间就消失得干干静静，偌大的校园顿时冷冷清清，教师们也都开始享受假期，连带着他们的宝宝们也早早享受假期待遇。

徐涵雨也在下午 4 点以前结束幼儿园的工作，带着米豆和浩浩回家，浩浩家就在徐涵雨家前面一幢楼，妈妈因为一项省级科研项目经常很迟回家，因此浩浩也就成了徐涵雨家的常客。

两个孩子到了家摆脱妈妈的羁绊，就像两只快乐的小鸟顿时在房内飞了起来，捉了会儿迷藏米豆拿出小红帽和狼外婆的拼图，两人七手八脚地拼着图。

徐涵雨见两个孩子安静下来，她拿出一摞照片小样，仔细地端详、比较、揣摩，她想选出一些精品和有代表意义的作品汇编成册，交给市分行工会，对这段为时不长但却丰富多彩的业余工作做一次小结。

"咚、咚、咚"一阵敲门声，米豆像蝴蝶般地飞到门口，她打开门发现来的人不认识，她问："请问你找谁？"

门外一位身着花衣服的青年男子问："这是姜行长家吗？"

"是，他不在家。"米豆说完准备关门。

略显斯文的人进门说："好可爱的娃娃，叔叔抱抱。"

米豆向后退了两步，说："你怎么进来了？"

浩浩抢先一步到米豆身前，问："你是谁？"然后呼叫徐涵雨："阿姨，有人找姜叔叔。"

说话间房间里又进来一个面目可憎约 30 多岁的壮汉，他把房门关上一拧门栓将门保险起来，此人就是石海涛请来的大黑。

浩浩将身后的米豆往后推推。

"你们是什么人？请出去！"徐涵雨来到门前。

"真漂亮。"大黑说，"你就是姜扬的老婆吧，姜扬欠我们的钱，我们要找他来谈谈。"

徐涵雨斩钉截铁地说："不可能，我们从不欠别人的钱。"

大黑口吻轻薄地说："可能他在外面干了什么见不得人的事，没让你知道呗。"

徐涵雨将浩浩和米豆掩在身后，说："胡说八道，再不出去我要报警了。"

大黑从风衣里拔出雪亮的砍刀狠狠地说："都别废话了，坐到沙发上。"

徐涵雨抱着米豆牵着浩浩坐到沙发上，米豆吓得眼泪在眼眶里打转，她咬着嘴唇不让眼泪流下来。

徐涵雨厉声说："你们想干什么？"

大黑狠狠地说："实话告诉你，你男人太喜欢管闲事，我要找他来谈谈，这是你的电话吧？"大黑在茶几上拿起电话，他在号码簿上找到名叫老公的号码与手中的纸条核对一下，便拨出电话……

姜扬此刻在金牛家具公司和信贷科的同志一道盘点金牛公司资产，他想借信贷科科长调整之时，也借盘查金牛家具公司资产之机，让信贷人员的风险意识得到充分的提高。

为了不耽误正常的信贷业务，盘查时间安排了一周，在每天的下午，信贷科一干人都轮换前来工作。这里面还掺杂一位局外人，他就是新任办公室主任——赵宁，按他的话说是把握机会多学业务。

这几天下来，赵宁是前后左右地跟着姜扬，拎包端水乐此不疲，搞得姜扬浑身不自在，直到一天赵宁借口安排职工宿舍，把一名从部队退伍到行里的警卫安排与姜扬同住，姜扬才理会到是什么意思，不能拒绝善意，姜扬也就默认了杨福康和赵宁的安排。

别说，在部队锻炼过的干活就是不一样，盘点是个力气活，尤其是家具既笨又重，赵宁脱下棉衣，只穿着一件军黄的绒衣一件件搬下又一件件搬回原位，姜扬在一旁记录着库存数量。

猛然，一阵电话铃声响起，在寂静的仓库里显得那么突兀，姜扬和赵宁相互看看均想，谁的电话？

赵宁拿起两个包听听，说："姜行长，你的电话。"

"你接。"姜扬手中又是账薄又是计算器的手不得闲。

赵宁从包里拿出手机看看是徐涵雨的电话，说："姜行长，是嫂子电话。"

姜扬把手中的东西放下接听电话："喂，涵雨。"

电话里传出男人的声音，一听就是飞峰当地人，他说："你是姜扬吧？"

姜扬警觉道："你是谁？"姜扬异常的声音引来赵宁，姜扬打开免提示意赵宁靠过来一同听。

"我是谁不重要，重要的是你现在要做什么。"

“你怎么用的是我爱人的电话?”

“我在你家里啊，一个大行长，家里装修不怎样啊。”

“别废话，立即从我家滚出去。”

“姜大行长，别发火啊，只要你答应我们的要求，我们立即就滚，而且还把地拖干净。否则，姜夫人，还有小弟弟、小妹妹的安全就不能保证了，我的小弟们脾气不太好。”

“别乱来，什么要求?”

“我们的要求对你来说是举手之劳，同意了我们就是兄弟，以后在飞峰我保你横着走。”

姜扬立即说：“行，我答应你，你可以从我家出去了。”

“别，我没文化但我不傻，我还没说什么事你就答应了。这样，我给你 1 个小时时间，我们见面谈。”

“行，我立即回来，你别乱来。”

“我警告你别报警，警察来了，我兄弟一紧张没准干出不靠谱的事。”

……

大黑挂上电话拿着砍刀在手上敲着，对徐涵雨说：“电话你都听到了，你们老老实实地等着。”

突然，一阵布谷鸟的叫声打破了宁静的客厅，把正在做美梦的大黑和他的两个马仔吓了一跳，他们四处张望寻找声音的来源，原来是客厅里的音乐闹钟报着半点时，16：30 分。大黑和两个马仔刚刚松口气，只见米豆“嗖”地从妈妈身上跳下来，一眨眼就来到钢琴前，打开琴盖弹了起来。这是米豆练琴的时间，从 3 岁开始几乎是雷打不动，平时一般要弹奏的都是练习曲，现在米豆弹奏的是黑猫警长的主题歌，米豆气急之下呼唤黑猫警长捉拿坏人，维持正义。

大黑吼道：“你不想活了!”

徐涵雨和浩浩抢到米豆身边，徐涵雨怒视着大黑说：“一个七尺的大汉，怕一个孩子弹钢琴，丢人!”

米豆眼含泪水，小手拼命地在钢琴上飞舞，琴声高亢激扬。

“大哥。”略显斯文的人说，“你让她弹上琴也没关系的，她弹得可好听了。”

大黑挥挥手说：“你看着她。”

略显斯文的人说：“小姑娘，继续弹吧，我女儿听了一定很喜欢。”

米豆抹去眼中的泪花，问：“也是女孩子呀，多大了?”

“3 岁啦。”

“妹妹也会弹琴吗?”

“不会，农村的孩子没那个福气。”

米豆“嗖”地又从琴凳上下来，一转眼进了房间，等略显斯文的人反应过来追去，米豆又从房间里出来，手里抱着一个大熊猫玩具和一架玩具电子琴，她塞到略显斯文的人的手中说：“这是我最最喜欢的玩具，送给妹妹玩。”说完米豆又回坐到琴凳上认真地练琴。

略显斯文的人拿着玩具不知说什么好，当歹徒嘛，就要心狠手毒，可是面对天真烂漫的米豆，再狠的心都要被熔化，何况他们充其量也就是街头的混混。

“大哥。”冷峻的气氛被米豆一搅和顿时轻松了许多，徐涵雨抓住机会说，“我知道你们也是受人指使而来，来了就是为求财，可是你们有没有想过，你们有命挣这钱，却没命花这钱。”

“别胡说八道！”大黑喊道。

略显斯文的人和花衣人问：“怎么说？”

“我说的是事实，你们私闯民宅是其一，使用凶器挟持人质那是绑架罪，两罪名加起来没有10年、8年的你们出不来的。”

“真的吗？”

“我们学校家属区处处有监控，就是安装着摄像机，你们一举一动早就被摄下来。”

大黑：“再说我砍了你。”

“大哥，如果是真的，我们怎么办？”

“这……”

徐涵雨说：“收手还来的及，这叫犯罪中止，只要向警方说清楚就行，我给你们证明。”

略显斯文的人和花衣人面面相觑，最后同时说：“大哥，我不干了。”两人站在徐涵雨、米豆、浩浩和大黑之间，大有保护她们的意思。

……

赵宁开着车一路狂奔，就在米豆弹琴时来到楼下，姜扬听到女儿呼唤的琴声心如刀割，他下车准备冲上楼去，赵宁一把拉住姜扬，问：“这是小米豆的琴声？”

姜扬点点头。

“这就说明她们没事。”赵宁抬头看看楼房，说，“我从这里上去进到你家的阁楼，伺机将嫂子和米豆与绑匪隔开，你在门外接应我，等我打开门就冲进去，我们俩保证嫂子们的安全没有问题。”

姜扬看看楼房问：“这能上得去吗？”

"没事。"赵宁指着姜扬腰笑笑说，"把裤带解给我。"又去车上取出警示牌绑牢掖在身后，又找了一截铜丝递给姜扬，说，"先用这个当裤带，将手机调到振动，等我通知。"说完赵宁一猫腰就上了1楼的窗台，然后手搭2楼的阳台边缘人悬在空中，墙的寄缝、窗边都成了他的支撑点，不一会儿便上了5楼，5楼到6楼是最难攀援的，光秃秃的没有任何支撑点，不仅如此还飞出一截墙沿，是一道不可逾越的屏障。好个赵宁一只手固定好身体，另一只手取下皮带，向竖在墙头的避雷网甩去，一次、二次……终于挂住，赵宁用左手替换了右手，然后收紧皮带一使劲，人便向上蹿了上去，避雷网承受不了赵宁身体的分量，向外倾斜。千钧一发之际赵宁的另一只手已经搭上墙头，紧跟着双手一使劲人翻进了平台上，赵宁稍事休息打开透气的窗子蹑手蹑脚地从阁楼上下到5楼。

客厅中大黑向两个马仔大声吼道："你们还想跟着我混吗?"

"老大，想。可是不能把命搭上啊，听这位大姐的，我们收手吧。"

赵宁在墙角悄悄观察客厅里的动静，看见浩浩在自己不远处，他想想摘下胸前的行徽，对着浩浩滚去，行徽悄无声息地滚向浩浩，在浩浩面前转了一圈停下来。

浩浩发现脚边突然出现一个圆圆的东西，他捡起来一看，是一枚漂亮的徽章，他四处张望发现躲在楼梯旁的赵宁。

赵宁对他指指徐涵雨，浩浩拽拽徐涵雨偷偷指了指楼梯，徐涵雨顺着手指看去，赵宁在向她招手示意她带着孩子过来，徐涵雨立即抱起米豆，牵着浩浩向楼梯跑去。

赵宁一个箭步冲到门前，迅速打开房间大门，又向前跃到客厅当中挡住三人的去路。

大黑发现苗头不对挥着砍刀冲到赵宁面前向赵宁砍去，赵宁不急不慌，等砍刀带着风声砍到面前，他微微侧身让过刀锋，左手钩住大黑持刀的右手，右肘狠狠击向大黑的右肘关节，"当"一声砍刀落地，大黑惨叫一声捂着右肘摔倒在地。大门外冲进王唱、卫兵和姜扬，王唱一手用枪指着大黑的头喝道："手抱头，蹲下。"另一只手对赵宁竖起大拇指。

略显斯文的人和花衣人腿一软，立即抱着头半蹲半跪着，花衣人嘴里不停地嚷嚷道："我们已犯罪中止了，那位大姐可以证明的。"

……

石海涛、宋昭军、王春生、焦娇、地毯厂、精细化工厂相继归案，李平受到党纪、政纪处分，倒是涂根生和石海平并无违法之事，在接受公安询问、调查后各自回家。

飞峰县一阵不大不小的风波就此平息，飞峰县外汇银行也平稳地度过了人员交替，业务平稳增长。

1 月 26 日飞峰县华宝寺大雄宝殿奠基的日子，清晨 4 点华宝寺就开始举行诵经祈福，主持静山率八大法师、百名僧人、数百名居士，口诵经文，八方来客也越聚越多，大殿内庄重肃穆，在僧人们连绵不断的心经、大咒经、四分律、十诵律、五分律等一一诵出，一种神秘的震撼占据每位诵经和听诵经的人们。大殿内、外只有诵经声，连殿外的鸟兽也避到远处才敢大声喧闹。上午，华宝寺还举行布萨羯磨、护戒诵戒、大座讲经、三皈五戒等一系列的活动，而一场声势浩大的水陆法会也将于次日启动。

华宝寺大雄宝殿奠基仪式上由姜扬代表外汇银行飞峰县支行上台与华宝寺主持静山签约。一番讲究的礼仪后进行奠基仪式，一尊汉白玉的奠基石上刻“奠基”两个金光闪闪的大字，上书：飞峰山华宝寺，奠基石背面详尽地叙述了建造大雄宝殿的起因。

姜扬也受邀请奠基填土，蒋红卫在姜扬身边问：“急着走吗?”

姜扬，“蒋书记有事?”

蒋红卫指指“将军亭”说：“我们去上面看看。”

“好的。”

“转过围墙有条山道，我们从那里上去。”

去将军亭先从华宝寺走乾隆小道向下 500 米，再顺着山坳向上，有条用窄窄的青石铺成的阶梯小道，一条小溪顺山蜿蜒而下，陡峭处山泉跌落水花四溅泻玉沁芳，岩涧松涛阵阵绿竹青青叠翠，一路行去风光绮丽，心旷神怡。

此情此景姜扬不觉口占一诗：“清泉溪流滴水岩，嫩笋青青欲指天。美酒酿就千家醉，篁竹换来万屋新。”

“啪、啪、啪”，蒋红卫的掌声在山谷中回荡，他赞道：“好诗，好志向。姜行长，谢谢你为飞峰所做的一切。”

“这是我的责任。”

“好，责任两字说易做难，不同的岗位有不同的责任，权力越大责任越重。姜行长，你说到了，也做到了。”

“是啊，原来我只是干干业务，做做单纯的工作，现在是战战兢兢如履薄冰，不敢有一丝懈怠。”

蒋红卫气喘吁吁地说：“这就是有责任心，有担当。我这个县委书记不好当啊，飞峰县是传统的农业县，虽说近些年调整产业结构，下大力气招商引资，发展工业。但是，要让飞峰富就必须让飞峰的农民富起来，仅靠工业是不行的。”

姜扬也开始大口喘气，他说："不去考虑不知道，听蒋书记这么一说也是，飞峰县有50多万农民，再强的工业也不能招那么多的劳力。"

"就是，所以我们飞峰还是要向土地要效益。"

"向土地要效益？"

蒋红卫指指山上的"将军亭"说："上去再说，气接不上了。"

姜扬也叉着腰吃力地攀登，说："好，我的气也接不上了。"

姜扬已记不清有多少次上这"将军亭"，但这两次上来有着不同以往的感受，心中有股说不清的豪迈和担当。

两人气喘如牛地爬上"将军亭"，末冬的阳光已经展现它的威力，两人在温暖的阳光下已经见汗，他俩相视一笑。蒋红卫抚摸着石碑说："姜扬啊，你想过吗？打江山、守江山都是为了什么？"

姜扬如实回答："从未在这里想过，但我懂书记的意思，都是'为人民服务'。"

"对啊，我这书记也好，你这银行的行长也罢，我们的共同目的都是建设这美好的家园。"

末冬即过，初春将至。田间地头已经有了春天的景象，阳光下如绿毯一样展开，到处都是生机勃勃。

"蒋书记您有什么计划？"

蒋红卫继续说："我们有过一个规划，聘请滨江农业大学教授和滨江省农业研究所的研究员对我们飞峰县进行考察、规划，在精准农业上下功夫。"

"精准农业？这是第一次听说，想必是有的放矢的意思。"

"是啊，万事俱备，只欠资金了。"

姜扬想想说："蒋书记，我们银行的最大特点是资金的流动，在流动中支持企业的发展，一旦失去流动性说明我们的贷款就出现问题，呆滞、呆账的问题就会随之而来。"

蒋红卫"哈哈"一笑说："姜行长，顾左右而言他，你是担心资金安全，这我理解，我们在发展农村经济时党委一班人有过共识，就是用受益的当地政府财政收入担保，这一措施就是要让银行和其他投资机构放心，我们的政府是有担当的。"

"那么投资主体如何确定？"

"先培植专业户、尖子户，有条件的直接成立专业合作社，他们是投资主体，乡财政担保，县级项目由县财政担保。"

姜扬又思忖一番，说："蒋书记，我这次去参加会议，如果有机会一定向谢行长或徐行长汇报，争取得到他们的首肯和支持，如果这个宏伟的蓝图得以实现，我们飞峰县定会是另一番模样。”

蒋红卫紧握姜扬的手，激动地说：“有位志同道合的战友是令人开心的事，当浮一大白。”蒋红卫大手一挥，说：“姜行长，如果这一蓝图得以实现，3 到 5 年我们飞峰县将是牛羊满地、鱼虾跃波、瓜果飘香的人间仙境。”当即俩人席地而坐，就外汇银行如何参与调研，姜扬如何向上汇报，如何成立专业合作社，如何认定贷款，县、乡财政如何担保等具体问题进行探讨。

……

1 月 27 日下午 2 点，上海金茂大厦 85 层装修豪华的凯悦大酒店的会议大厅，外汇银行总行刘行长亲自主持会议，他说：“今天我们移师到世界第三、中国第一，高达 420.5 米的高楼上，号称中国金融心脏的金茂大厦来开这个研讨会，就是要让同志们感受一下这金融心脏的高度，我们现在处在第八十五层离地很远，离观光厅很近，会后同志可以再上 3 层楼到观光厅，请同志们在这个高度上看看外面的世界。但是，大楼再高也要扎根在地底下，而且越高就要扎得越深，如果扎得不够深、不够牢靠，我们的腿就要打颤了，就要发软了，这也是我们安排在这里开这个会的另一个目的。”台下一阵哄笑。刘行长翻了翻发言目录简要，说：“今天我们探讨基础方面的问题、制度和管理，是为了夯实我们外汇银行的根基，我们外汇银行的根是扎在基层，我们的储蓄所、分理处、办事处、县支行。下面就欢迎一位来自滨江省沿江市飞峰县支行的行长上台演讲，他的名字叫姜扬。”

姜扬当行长不久，别说这么大的场面，就连市分行的主席台都难得一上，他拘谨地上台，中气不免不稳，声音略带颤抖，好在他亲身经历，又多次斟酌行文，除了开场几句吃了两个螺蛳外，后面进入状态越说越顺。姜扬的汇报朴实无华，没有华丽修辞；没有成绩炫耀，只是将落实制度、充实细则说清、说透，他只用了 5 分钟的时间就清清楚楚地将他们所采取的措施展现在各与会者面前。姜扬汇报结束台下传出寥寥掌声，比他上台时则相去甚远。

刘行长笑着说：“看来诸位对姜行长的报告不是太感兴趣。”刘行长话音落下，台下补充响起掌声。刘行长仍笑道：“违心、违心，各位行长、处长，我拿到这个稿件时也有这个感觉，这是什么报告？词藻平淡没有才华，就随手扔在一边，可是慢慢就回过味来。你们发现吗？姜行长这个报告，没有一句废话、官话、套话，全是大实话，全是他们在基层实干的工作。你们不知道，他们在工作实践中一个《信贷人员终身追责制》震慑了相联的信贷人员，挽回了两亿的违规贷款，追回大部分已经上报的核销呆账贷款；一个《优质文明操作规范》让工作效率提高了 30%，这就是我为什么安排他第一个上台的原因。姜扬呀，你做个报告还要带个解说，而且还是我这个总行长担任，但愿下面没我什么事了。”台下轰堂大笑，笑声中都带着几分赞许，在笑声中各分行行长似乎感觉到总行对县支行管理上的布局。

姜扬带着羞涩回到座位上，他有幸参加本系统最高级别的会议，当然不会浪费这次机会，研讨会开得精彩纷呈、丰富多彩，姜扬自是受益匪浅。

会后，谢炳林通知姜扬参加第二天下午表彰大会，飞峰行被评为外汇银行全国先进集体，他个人评为全国先进个人。

姜扬看准空闲时间向谢季风汇报飞峰县县委书记蒋红卫的蓝图。

谢季风回答很干脆，他说：“你专门向我汇报，说明你对这项目已经看好，既然看好一切严格按照程序进行。”

“是。”姜扬知道风筝的那头松手了，他顿时觉得肩上一沉。

第四十九章　纵火骗保酿惨剧　囚牢之中话自由

1 月 26 日是春儿和杏儿两人的大喜之日，厉晓萍亲自安排举行两人的婚礼。此时已近春节，生产任务都在零星扫尾，总经理厉晓萍既为两人办喜事又权当上层干部会餐，这叫一举两得。

这天中午圣兔公司的食堂摆了两桌饭，为春儿和杏儿办一次婚礼。让涂二叔暂为俩人的长辈坐上首席尊位，厉晓萍则又当主持人又当证婚人，并在婚礼上宣布春儿担任 3 车间主任的职务。这对春儿和杏儿来说叫双喜临门，一场热闹的婚礼后他们便返回在农村的家乡，那里可有一套严格的婚礼程序要走。

春儿和杏儿回家的婚宴一摆就是 7 天，早、中、晚顿顿不少，不过这都由村上的同族妇女们张罗，不用主家操一点心。春儿的喜事就这样办完了，可程序还没走完，一般来说三五天后杏儿要回娘家，可离春节靠得近，就一次把两件事办了，春儿和杏儿俩商量后决定春节初二一齐回杏儿家，把杏儿回娘家和春儿拜老丈人一并进行，好让杏儿回家多待两天，他们要在初七清早动身回飞峰县。虽然总经理厉晓萍反复叮嘱，在家多住些日子，但做人要忠厚，春儿是车间主任，杏儿是仓库保管员，他们有一种感恩般的冲动要为公司多干一些事情。

时近中午，春儿和杏儿拎着大包、小包辗转来到给了他们幸福和希望的圣兔礼品公司，这大包、小包里寄托着春儿和杏儿两家的情意，杏儿的妈妈更是把花生、瓜子、山核桃、栗子、米糕、面豆等用次品宣纸包了一层又一层防潮，装在那些寄来寄去的布袋里，再塞进旅行包直至塞不进为止。

可是，公司大门紧闭着，任凭春儿如何使劲敲打，大铁门发出“咣咣”巨响，旷野中发出阵阵回声，声音消沉后没有人出来应答一声。

春儿说：“怎么没人？奇怪。”平时初七已经有工人开始返厂。

杏儿说：“算了，看来是没人在。”

“我去镇上打个电话。”

“不用，我们先找地方住下来。”

“行，我们去圣陶宾馆住两天。”

所谓圣陶宾馆就是家3层楼家庭式的小旅馆，老板是当地人，宾馆开办时大家叫她沁姐，久而久之就叫成了亲姐，沁姐倒也乐享其叫。1楼是小饭店，几桌散座，两个包间，2楼是3人、4人间的通间，3楼的一半自己住，另一半装了3个标准间，圣陶宾馆在镇的尽头离圣兔礼品公司大约不到500米，春儿和杏儿虽不常去，但时间一长彼此都认识。

春儿和杏儿拎着大包、小包艰难地来到圣陶宾馆，宾馆大门没开，边门半掩着，杏儿边叫边进门："亲姐、亲姐在吗？"

"在。"应声出来的亲姐长着可爱的圆圆脸、一双瑞凤眼任何时候都给人有亲切之感，亲姐也穿着中式红夹袄，比起杏儿更见成熟、俏丽、干练。她看到春儿和杏儿立即说："哟，是春儿和杏儿呀，新年好，恭喜发财，祝小两口新婚快乐，长长久久……"亲姐随口就是一串祝福词，让春儿和杏儿都接不上话茬儿。她看看春儿手中的行李，说："怎么没地住？快进屋，外面挺冷的。"亲姐帮助春儿拿了些行李到前厅，又张罗着倒茶，拿花生、瓜子。

这时春儿、杏儿才得空道福："亲姐新年好。""祝亲姐新年大发。"

亲姐问："怎么这么早就来了？"

"明、后天就要准备开工前的设备等检查，所以我要早点来。"

"哦，春儿当车间主任了，是要好好干。不过，我听说今年要过正月十五才开工呢，你们没听说吗？"

"没有，我们走得早，励总倒是让我们十五、十八来都行，我们也不能真的那时来吧。"

"说得也对，人嘛都要自觉。听说涂总和励总出门了，你打个电话问问？"

春儿想想说："大过年的，下午去向师傅拜年时再问。"

"这样吧，你们就在我这里住下，就住在3楼的标准间，我给你们换张大床。"

"谢谢亲姐，床就不用换了。"春儿说完递上300元。

亲姐用手一挡，说："钱就不用了，床一定要换，一对蜜月中小夫妻哪能让你们分居呀。"

春儿被挡，他是个大男人不好硬塞，他向杏儿努努嘴，杏儿会意接过钱硬塞到亲姐的怀里说："亲姐，你不收这钱我们就走了。"

"行，这钱我收下，不过这些天就在我家吃饭，早、中、晚3顿，我们吃什么你们就吃什么。"

"可是这点钱……"

"杏儿，再说就没意思了，本不该收你们这钱，看你们这样不收是不罢休的，谁家没个三亲四朋的？你们就当走个亲戚串门还不行？"

杏儿说："谢谢亲姐照顾。"

亲姐拿起放在地上的包，说："走，上楼休息去，一会儿吃中饭。"

杏儿舒服躺在宽大的双人床上，虽然花点钱但感觉忒好，有说不清道不明的欲望伴随着无名的冲动，她对春儿喊道："春，上床来。"

春儿在地下倒腾着，从大包里翻到小包，然后用宣纸一一包上，他说："你先休息一会儿，我给亲姐准备点礼品。"

杏儿从床上一轱辘滚到床边，趴在床上头搭在床沿上，指挥着春儿说："多放点糖、红蛋，还有巧克力。"

"知道了。"春儿将准备好的礼品分别放进两只布袋，说，"一个袋子里是糖和红蛋，一个袋子里是干果什么的，好区分。"

春儿忙得正欢，楼下喊道："春儿、杏儿，开饭喽!"

杏儿"嗖"地从床上溜下来，打开门喊道："来了。"

飞峰县农村过年的菜丰盛而又方便，以腌制品为主打，咸鱼、咸肉等一共 8 个凉菜；一条新鲜的红烧鲢鱼是必不可少的，而且这条鱼不是吃的，寓意"年年有余"之谐音；六道红烧菜，炒菜根据冬天蔬菜情况定；一锅老母鸡汤。

春儿和杏儿都不会喝酒，尤其是白酒，可架不住亲姐劝，再看看酒杯特小，8 个满杯才够一两，当地叫牛眼杯，就喝两杯吧。可是真正喝起就不是那么回事了，什么"好事成双""事事如意""六六大顺"一系列说辞，一人 6 杯，一轮下去 36 杯喝下半斤开外了。杏儿已经喝得兴致高涨打算一一回敬，好在春儿还算清醒，他端起酒站起来说："谢谢大伯、大妈、大哥、亲姐和表姐、表姐夫，我和杏儿祝各位身体健康、万事如意、全家幸福，我喝 6 杯表示感谢，各位意思、意思就行。"说完春儿连干 6 杯。

亲姐也端起酒杯说："祝两位新人百年好合，早生贵子。"亲姐也一干 6 杯，然后说："我们不能欺负这对小夫妻，这里也算他们的新房，吃完饭就入洞房吧。"

春儿拍拍肚子说："再也吃不下了。"

"那就喝碗鸡汤，好好补补，给我们生个胖宝宝。"

杏儿喝了酒，脸上已经够红的，经亲姐一说就更红嫩欲滴。

春儿和杏儿一早奔波，加上喝了酒，心中也适意安逸一觉睡到日到西山，去师傅家拜年肯定是不行了，两人去镇上转转吧。

集镇上已经有许多人来来往往，他们与熟悉的人打打招呼，发发喜糖，也接受了人们的祝福，杏儿觉得小镇是那么可爱、温情。

杏儿和春儿回到房间一番温存后就早早入睡了，温暖的大床、温暖的怀抱。

得其夫人生无憾；得其妻人生何憾？

“咚、咚、咚”，一阵急促的敲门声，门外传来亲姐急切的声音：“春儿主任，你看看是不是你们厂失火呢。”

春儿急忙披衣起床打开房门，不远处黑夜的天空有隐隐红光闪耀，杏儿也披着衣服出门，春儿说：“是失火了。”

“快，救火去！”

春儿和杏儿急忙穿衣下楼，春儿发现院里有辆自行车，他带上杏儿拼命向厂区赶去。

杏儿的判断没错，是新建的仓库燃起熊熊大火，春儿带着杏儿来到公司门口，大门已经被推倒在一边，火光映红了半个公司，仓库方向有人们的呼喊声，春儿加快速度来到仓库。

一群人正在用水桶、脸盆向仓库里泼水，可此时仓库大火已然成燎原之势，火从中间部分而起，正向两边蔓延，那点水可谓杯水车薪。大火在黑暗中越发怪异，像一群从星际下来的怪兽，发着炽热的光芒，扭曲着变化莫测的身躯，向四处挥舞着奇形怪状的触角，将能够触及到的一切化成它的同谋，它席卷着仓库里的一切，火焰变化着身姿吞噬着人们的心血，它让人们在绝望中证明它的存在，它用“呼啦、呼啦”的怪叫声，伴随玻璃和仓库里陶瓷的爆裂声向人们宣战，它向天空怪笑着宣告它的威力；它嘲笑那些试图用水浇灭它的愚笨之举，它漠视他们的自不量力，它狞笑着扑向人们，它要将人们撕成灰烬，要将他们化成一阵清烟，让他们消失在无边无际的夜空之中。

杏儿跳下自行车立即被眼前的景象惊呆了，她眼里饱含着泪水傻傻地看着大火在仓库里横行肆虐，心里只有一个念头：“这是我的仓库、是我的小精灵……”她突然不顾一切地冲向仓库，她要去拯救那些可爱的陶瓷精灵。

“杏儿，危险！”

“别进去！”

杏儿不知哪来的勇气和速度，将这些警告甩在身后，她一头冲进仓库里，抱起纸箱往外冲，她这时才发现仓库里的烈焰向她猛烈扑来，她的头发立即在高温中卷曲，她顿时愣在当场，就在烈焰要亲吻她的时候，火焰又从身后嗅到清新的空气，那是从破碎的窗子和烧塌屋顶给予火焰难以拒绝的诱惑，它立即转身回扑，杏儿在恐惧中仿佛看见涂二叔在火焰中踌躇而行，火焰转瞬之间又被杏儿身后的大门涌进的空气所吸引，再次带领新占领的阵地更凶猛地向杏儿扑来……

春儿一把没抓住杏儿，情急之下也跟着往里冲，旁边有人一把拉住他，说：“春儿主任，不能进！”

春儿急忙挣脱指着里面说："杏儿。"话音刚落"哗"一桶水从上淋到下，不知谁将一床棉被蒙住他，紧接一桶水塞进他的手中，春儿立即向里冲，旁边救火的人群将水不停地浇在棉被上……

杏儿浑身僵硬地看着烈焰扑来，她感觉身处一座熔炉之中，随时化成一阵清烟。一桶冷水从头而下，紧接着眼前一黑被蒙上了棉被，烈焰"呼"地从身上掠过。

"走。"耳边响起春儿的坚定声音。

两人在棉被的掩护下冲出仓库，仓库在他们身后不断坍塌着，最后轰然倒塌，火焰更加放肆地、尽情地向人们宣告它们的胜利……

人们无奈地看着这座堆满货物的仓库化为灰烬，杏儿顾不上自己的惨状抱着春儿失声痛哭，这里是她的阵地，这里有她的希望和骄傲，这里更有着涂总和厉总对她的信任。这一切就在她的眼前，用这种惨烈的方式结束了她获得不久的责任、信任和尊严。

……

初八上班，姜扬跟着运钞车一个、一个网点地拜年。网点的员工们收入高了，任务也取消了，个个都喜气洋洋的，见到给他们带来变化的行长自然是客气有加，这一圈比平时足足多出 20 分钟。

姜扬回到办公室惊喜地发现，戴政委和葛其明坐在他办公室里，看到他进来都站起来抱拳恭喜道："姜行长，新年好。"

姜扬连忙道："戴政委、葛大新年好，怎劳两位大驾光临，岂不折煞小弟了，快快请坐。"

姜扬准备泡茶。

葛其明说："姜行长别忙了，我们一会儿就走。"

姜扬对葛其明看看，问："有事？"

"姜行长是这样的，宋昭军和石海涛两个就像一对活宝，宋昭军呢'呱呱'地一个劲地说，什么都交代，交代完了就编，编得我们都不信。那个石海涛呢什么都认，编的也认，自始至终只有 3 个字'我干的'。问题就来了，什么他都认等于他什么都不认，当然就凭现在我们掌握的事实和证据，他是看不到明年的太阳的。可他不认罪是对法律的挑衅，是对我们警察的漠视，作为法律工作者是不能容忍的，他现在心理防线很顽固，所以想请你找石海涛谈谈，看看能不能打碎他行尸走肉、徒具形骸般的躯壳。"

"姜行长，让你直接面对石海涛似乎有些不妥，你完全可以不去。"戴政委关切地说。

“我愿意去，他不敢面对的应该是我，是我们飞峰银行，我真的想问问他怎么下得去手？”

“那就好，你看什么时候方便？”

“时间什么时候都行，我觉得要找个日子去。”

“正月十五日。”戴政委和葛其明异口同声道。

一双手，白皙修长，十指交叉相扣放在搁板上，手上戴着亮晶晶的手铐，石海涛手、脚戴着重铐被牢牢固定在特制的坐椅上，他正垂着头想着心思。

石海涛突然看到一双脚出现在他的眼前，他抬起头看看，是姜扬！他的老部下姜扬站在他面前，石海涛努力挺直身板，下颌微微扬起直视着他，只是眼睛里已没有了光泽，他心灵之火已经熄灭。

姜扬没去在意石海涛刻意表现出来的动作和神情，他站在石海涛的面前，掏出一包已打开的中华香烟对石海涛说：“抽支烟吧，是你最喜欢的中华烟。”

石海涛警觉地看着姜扬。

“怎么烟都不敢抽了？今天是正月十五，我来看看你。”

石海涛心里泛起一阵阵涟漪，他看了一眼姜扬说：“正月十五了，算了，不抽也罢，有今天没明天，闻闻吧。”姜扬取出一支放到石海涛的鼻前，石海涛贪婪地深深嗅着他熟知却已远去的中华烟特有的淳厚香气。

狱警端上一杯茶说：“经领导批准，用姜行长专门带来的碧螺春泡的。”

石海涛接过纸杯深深地闻了闻，这也是久违的味道，纸杯在石海涛手中微微颤抖、变形，他喝了口茶将纸杯放下，纸杯歪在搁板上。

石海涛看了一眼对姜扬说：“你心很细，你怎么不来一棵？”

姜扬说：“不了，我已经不再抽烟。”

石海涛奇怪地看着姜扬说：“你的烟瘾不小啊，戒了？什么时候戒的？”姜扬说：“也不叫戒，只是不抽了，我双规的那天。”

石海涛有点好奇地问：“此话怎讲？”

姜扬说：“我一直认为抽烟是一种习惯，是一种习惯下的心理暗示，我已不需要这种心理需求，所以我不是戒而是不抽了。”

石海涛从干涸的嗓子里艰难地发出几声笑声：“呵……不容易，是个人物。”他猛地打飞面前的水杯声嘶力竭喊道：“可你想没想过，你的成功是以把我送上断头台为代价的！而你是我一手培养、一路蔽护下成长起来的，你就没一点一滴报恩的想法？”

狱警冲上前大声喝道：“你老实点！”

姜扬挥手止制道：“没事，让他发泄一下，他还在封建、狭隘、利己主义圈子里打转。”

姜扬冷冷地对石海涛说：“我就知道你会这样看问题，否则就不是你了。”

石海涛惊讶地看着姜扬。

“不仅如此，还包括一批像你这样的人都会同样看待这个问题。其实这个问题一点都不新鲜，中国古代官场上就是门生制，既使在科举制下凭自己本事考上来的举人老爷们，也得要在当朝掌权大吏中拜老师找靠山，依附着大树向上攀爬，而当朝大员们也乐于培植自己的势力，形成私人依附关系。所以，一旦门生有了反叛的举动便离经叛道、大逆不道，被天下人唾骂、被天下人遗弃。但他们维护的是什么呢？完完全全的个人利益，这就是封建的旧中国所残留的已腐败发臭的残汤剩饭，被你们这帮人捡起来当着圣经在用。”

石海涛嘴角露出不以为然的蔑笑。

姜扬稍停厉声道：“睁睁眼吧，现在是什么时代，什么社会了?！国家赋予你的权力，不代表你就可以为所欲为地侵占国家和人民的财产！你们哪里还有‘为人民服务’这个概念，你们有的只是人民为你们服务。”

“切。”石海涛脸上露出不屑的神情。

姜扬盯着石海涛的眼睛说：“‘滴水之恩，当涌泉相报’，这个纯美的民间传说，被你们当成用人的标准和行为准则。你把国家和人民的财产当成私人的铺子来经营，把国家和党的干部当成你家的佣人、丫头来使唤。我想问你：你想要报的是谁的恩？报的是什么恩?”

石海涛有点语塞：“你没看到社会上存在诸多不公吗？比如说官场吧，你能说公平吗？一人当官亲戚、朋友、同盟等等都有或多或少的好处。你看看哪个好点的单位不晃动领导家子女、亲戚的身影？哪个赚钱的工程的背后不都有某些高官肮脏的黑手？你说我不采取一点办法我能翻身吗？谁愿意过穷日子？谁愿意生活在屈辱之中?”

姜扬说：“你的立论是错误的，非你即我、非此即彼，只是给自己的行为找个借口罢了。不否认社会上存在着许多弊病，清除这些垃圾是我们每位公民的责任，更不用说我们是一名中共党员了。如果心灵里是黑暗的，你的眼睛看到的只有黑暗。”

石海涛有意动动身体，把镣铐弄得当当作响：“你什么时候练出说教的本领了，我以前还真的没看出来，这改变不了是你把我送上断头台的事实，你要知道你并不是一名政法工作者。”

姜扬看着石海涛戴的镣铐说：“从表象看来是我把你送进这森严的监狱，但是，自从你的双手伸向国库的刹那起，镣铐已经戴到你的身上。看起来你给我的是一道多项选择题，我可以有诸多选择，可是你想到吗？正确答案只有一个，就是你现在坐的位置！你说我是说教，如果一个简单的说教就能改变你，你今天还会坐在这里吗？错误是掩盖不住的，只会越盖越错，当时只要有一人勇敢地站出来，你就不会在犯罪的道路上越跑越远。道理存在人的心中，社会大众认可了就是公理，如果需要通过一定的程序也可上升到法律、法规的层面。显然你的处世逻辑是与社会公理格格不入的，所以你沦落到这个下场是必然的，你应该有这个心理准备。”

石海涛用一种怪怪的眼神看着姜扬：“我真看不来你怎么有这样的觉悟了，你是有备而来啊。”

姜扬笑了笑说：“你说我是有备而来也算是吧，我原本没有那么高的觉悟，你也知道我是搞业务的，我对这些争争斗斗的事不感兴趣。只是在发现你一系列的案情的过程中才有了‘悟’，有了‘悟’也就产生了‘觉’。”

石海涛心情逐渐放松了许多，姜扬点了支烟给石海涛说：“还是抽一支吧。”

石海涛深深地吸了一口对姜扬说：“有那么悬乎吗？都参上‘禅’了。”

姜扬夸张地用力点点头：“不简单，何止是不简单，是非常地不简单！”

石海涛说：“愿闻其详。”

姜扬起身帮石海涛重新泡了杯茶说：“好吧，让你心里也少了点遗憾。”

姜扬站在石海涛的面前说：“对于如何利用人性的贪欲我且放下不谈，这是所有经济做案共性方面的东西，没有欲望的膨胀就不会有贪欲作祟，一旦贪欲支配了行动，犯罪就开始了，而且这个贪欲会在体内深深扎下根，左右着一生，欲罢不能。”

石海涛垂头看看手上的镣铐叹道：“是啊，欲罢不能，欲罢不能啊。”

姜扬继续说：“你之所以隐藏这么深、这么久的关键是在用人上，‘知人善任’让你发挥得淋漓尽致。”

石海涛说：“何以见得，我看你不是看走眼了吗？”

姜扬说：“我注意到你的用人手段，你把你需要使用的人分为两类，一类是能帮你做事的人，第二类是能帮你干活的人。对待第一类人的使用确实够气派的，不吝任何机会，不吝任何职位，不惜花费大心血进行培养、推荐，看起来是步闲棋，但每每到关键的时候这些棋子就发挥巨大的作用，实质是处心积虑啊。第二类人是你的敛财的核心层，其实人并不多，但都在关键岗位，相互之间没有多少私人联系，只是在需要的时候你才会动用他们，只要向每个关联人发出单个信息，当每个单一的指示被一一执行了，你的目的就达到了。如果当某个节点受到阻挠时你只要跟这个节点的上司打个招呼，事情就很容易过去了，因为这些都是你埋下的闲棋，报恩的传统在悄悄影响着他们，在这种心理的左右下这些项目便顺利通过。中庸文化渗透到中国人的骨髓里呢，抓住人性弱点，顺其自然，把不同类型的人用在他适合的地方，做他们愿意做的事，倒也暗合道家理念‘道法自然’。你抓住人性的规律，利用他们在火中取栗并非难事，既然顺其自然就无须刻意掩盖，所以埋藏之深啊。”

石海涛：“你总结得挺形象的，那你是个另类？”

姜扬想想又说：“另类？如果你说是就算是吧。有个道理我思考了很久，就是‘正义’感。我们平民老百姓按照自己的生活轨迹享受美好生活就行，根本就没有那么刻意去考虑正义这个问题，随着对案情的了解和深入，心中的正义感才被不断地激发出来，不经历就不知道，“正义”这个词不是简单存在的，它深深埋在心的深处，当罪恶逐渐暴露的时候，“正义”也逐步占据了心灵，社会公理被颠覆了，就会有人站出来维护正义，恰巧这个人是我，我想任何一个有正义感的人都会这么做，可能就不是你说的‘看走眼’那么简单，这个另类也可能不止我一个了。”

石海涛捧着茶杯沉默许久才对姜扬说：“老弟啊，我还可以这样称呼你吗？”

姜扬说：“当然，我一直把你当作大哥。”

石海涛欣慰一笑：“谢谢，这些日子在这四方屋里也想了很多，老人们说得对啊，孽是自己作的，罪就得自己扛。你今天一席话确也打开我心中许多结，从这方面看我还得谢谢你，但你今天来不仅仅就为了看看你的胜利成果吧。”

姜扬提高了声音说：“是的，我是来救你一命的！”

石海涛情绪激动了起来：“救我一命！当真你不知道我这是要宣判死刑的吗？”

姜扬说：“知道！但你还有活命的机会！”

石海涛不解地看着姜扬：“我还有生的机会？”

姜扬立即说：“对！你还有自我救赎的机会！”

石海涛口中喃喃念道：“不可能、不可能……”眼中闪烁着对生的渴望。

姜扬：“进则死，退则生，在乎一念之间。我想问个问题，当你一次一次伸向国库时你怕吗？”

石海涛惨然一笑说：“你调起我的求生欲望，又顾左右而言他，你不觉得残酷点吗?!”

姜扬说：“对不起，我不是有意的，我只说有‘生’的机会，既然是机会就必须自己去把握，任何人替代不了你。这‘生’的机会取决你心里还有多少贪欲！如果你不愿回答也没关系，我可以告诉你‘生’之门。”

石海涛说：“我误解你了，那我们还是把‘死’谈个痛快吧，谈完‘死’再谈我如何能‘生’。”

石海涛喝了口水接着说：“没有人天生就会贪的，但欲望人人都有，当欲望极度膨胀的同时贪欲也在跟随膨胀，这时贪欲就偷偷藏心里，只要某个事件或某个时机的触引下，你就不由自主地去做了不该做的事。至于说到‘怕’这个问题很难简单说清楚，是个复杂的心理过程，我第一次得手的200万用了3年多时间才掩盖住，开始时寝食难安，后来变成了日常事务，一会儿补这里漏洞一会儿补那里漏洞，来不及或者想不到怕。有了这笔资金打底，我的升迁之路就畅通无阻了。随着地位的提高，权力增大，只要胆子够大、脑子敢想，伸手弄点钱就是毛毛雨的事。好比说国家的钱在你右口袋里，你只要把它放到你的左口袋里，这钱就是你的呢。”石海涛向往地继续说：“你没有贪念就不知道这个‘贪’字有多大的诱惑力啊，只要有机会就想伸手捞一把，后来到了不捞就手痒，捞不到就感到遗憾，甚至感到耻辱。”

姜扬说：“好一副贪官嘴脸！”

石海涛撇撇嘴对姜扬说：“你别小看了，这样的人多了去了，学你的话这就是人性！好人有好人的处世原则，坏人也有坏人的生存方式，不同的世界观有着不同的处世哲学。人性这东西说它近你总是看不清、摸不着，说它远可它自从生起就附着在身上伴随一生，人性一旦被邪恶左右了，这辈子回头就难喽。”

姜扬叹道：“研究够深的，这样的人不容易找吧？”

石海涛轻蔑一笑说：“随手扔出一块骨头都会引来一群饿狗，况且我扔出去的都是一块块肥肉。当然，我不能像过去那样四处救火，所以真正能用的人不多，如何安排好这些人还是费点脑筋的。”石海涛说完便沉思起来，姜扬也默默地看着他。一会儿石海涛神色黯然地说：“细想想我是给自己掘了一座坟墓。”

姜扬说：“苦海无边，回头是岸！”

石海涛喊道：“我回得了头吗？我所做的一切不都交代了嘛，包括我没做过的。”

姜扬道：“能！你有减轻你罪名的机会！”石海涛不解地看着姜扬。

姜扬说：“你想想还有没交代的吗？”

石海涛摇摇头没说话，镣铐随着他的摆动“哗哗”作响。

姜扬狠狠地说：“死到临头了，你还是逃脱不了那个‘贪’字！是‘贪’钱还是贪‘生’，只有你自己选择了！我问你，还有2000多万非法所得为什么不交代。”

石海涛失言道："你怎么知道？"

姜扬道："要让人不知，除非己莫为，你不说我们就不知道了嘛。"

石海涛回过神来说："姜老弟，好厉害的一招啊。不过别蒙我，如果认定我有这钱就不会结案了，你没有证据吧？"

姜扬说："有没有这钱你心里最清楚，如果有证据，你不交代就不能判你呢？"姜扬接着说："石大哥，人都活不了，还霸那钱干什么？你的活命机会就在这里，趁人民法院还没审判，好好想想，主动交代，救自己一命，还社会一个公理！"姜扬"啪"地将飞峰行损益表拍在石海涛面前愤怒地说："这才是我们飞峰行该有的！"

石海涛看着熟悉的损益表，上面的位数让他反应迟顿，他心中默数了一下吃惊地问："盈利 1000 多万？"

"心中有愧了吗？"

石海涛低下头看着那张令他震惊的薄薄的纸。

姜扬："春天到了，今天的天气特别晴朗，站在飞峰山顶可以看得很远，风景很美。"

石海涛脸上不由自主地呈现向往的神情。

"还抽烟吗？"

石海涛木然地摇摇头。

姜扬转身离去，沉重的铁门关上，声音在审讯室里回荡，姜扬的脚步声渐渐远去。

石海涛还坐在那里看着报表、铁门、铁窗，心里盘旋着"生"和"死"二字……

十五月圆每月升，今夕独不照铁瓮。

石海涛囚禁在小小的囚牢里，看着北边的铁窗外露出一缕清辉，那是一年中最圆、最亮、最美的月亮发出的，那个狭窄的铁窗每天都会漏进或明或暗的月光，只是他从未在意，因为这一切与他无关了。

石海涛猛地站起来对着铁窗高喊："姜扬，你来干什么！"一声高呼被水般月光仔细洗过的夜空和黑黝黝的山林吸去得无影无踪，没有一丝丝回声，山林仍是那么静谧，仿佛没有发生任何事情。

小屋里回荡的巨响把石海涛吓得清醒过来："我能生？"他在小屋中转了两圈心里自问："生是什么？"

"活下去呗。"石海涛回答道。

“活下去有趣吗?”他心里在问。

“有，奢侈、富足、贫穷、艰难、痛苦、委屈、屈辱和像我一样的人不都是为了活吗?”

“屈辱……”石海涛在墙角蹲下抱着头，嘴里喃喃道，“妈妈，你活得好吗?”

石海涛生活在一个平常的农村家庭，3 岁时父亲上河修水利，为救同村伙伴们用肩膀硬生生地扛住即将坍塌的高高界墙而被活活埋在泥土里。妈妈披上红带、红花风光了一个上午，200 元抚恤金，把妈妈定义为英雄的妻子而成道德上的禁区。壮劳力没了，钱顶了一年半载也没了，英雄被人遗忘，生活越来越艰难。可英雄妻子的盛名抬升自己的道德要求，英雄妻子的盛名让失偶男人望而怯步。可妈妈年轻和美貌不乏招来猥琐、淫荡的眼光，甚至赤裸裸地纠缠，有鳏夫、有无赖、有村上的干部，甚至还有他们大队的大队长。妈妈咬着牙挣着微薄的工分，下河网小鱼、小虾，摘莲蓬、菱角，愣是没饿着食量不输大人的石海涛。直到一天，石海涛拖着两条鼻龙，手里拿着两页铅印的纸张对妈妈说，我要上学。妈妈才意识到孩子长大了，光糊张嘴是不行了……

石海涛从墙角霍地站起来，急促地走了两圈，“妈妈，我不怪你！我不能怪你。”石海涛顿时泪水如泉水般地涌出。

当天晚上，妈妈给石海涛蒸了平时舍不得吃的咸肉，早早将他安顿睡觉。就在那天晚上一个黑影撇进他们家，草屋多出了奇怪的声音，从此石海涛的衣服补丁越来越少，菜里的肉越来越多，镇上的中心小学多了一个小学生。许多年以后石海涛才明白那个奇怪的声音意味着什么，那个声音啮咬着他的自尊，他的尊严一天天、一年年被撕成碎片。石海涛在同伙们的嘲笑中长大，一天他发现，同伙从嘲笑变成了尊重、敬畏，他在同伙眼里慢慢成了干部子女。妈妈先成了大队妇女主任，后来又当上镇里的妇女主任，因为那个黑影当上了镇里的书记。

“今夜的月亮漂亮吗?”月亮有盈亏，白玉有瑕疵。石海涛发现月亮的美不在满月之时，而是美在望月时。月亮又大又圆又亮，可月亮上的桂花、白兔乃至圣洁的嫦娥竟是坑坑点点，丑陋无比，从此石海涛再也不去欣赏满月了，并经常发表感叹，看东西还是远点美，不能太真切了。人也如此，若近若离最是贴切。离石海涛最近的人是宋昭军，不是不想远点，是没办法，事情必须要他去做。其他人都隔着一层纱，既神秘又威严，近而修炼成“百人誉之不加密，百人毁之不加疏”的境界。可笑！什么是？什么非？有钱了就是是，做砸了就是非，这都不懂，太搞笑了。石海涛对着铁窗“哈哈”狂笑一阵，他指着狭窄的天空骂道：“什么皎洁的月亮，什么月亮代表我的心，那就是一块连地球不如的大石头。”

“妈的！这个宋昭军什么都说，什么都敢编。”石海涛嘴上骂着，嘴角却露出丝笑容，他理解宋昭军、懂宋昭军，他把宋昭军纳入他麾下就准备了诸多后果。宋昭军的知无不言，言无不尽，尽而胡编，他全盘接收，他明白，招也是死，不招也是死。但心里的对抗远远大于嘴上，他的笔录签字把这个心态暴露无遗，笔录上写道：“以上口供都是真的。”石海涛把“都”字的“者”部和耳朵旁分得很开，但又相联，看似随意的一点，却将那个耳朵旁组合成一个“不”字，乍一看没问题，细细看来他是写了：“以上口供者不是真的。”

“妈的，你宋昭军什么都能说，没关系的事也胡说八道。”石海涛突然想起葛其明问及他的家事，“这和我搞钱有关系吗？狗东西，宋昭军！”石海涛狂怒了，他对着铁床猛踢一阵。

“宋昭军，没想到吧，老子还有用！杠杠地有用！”石海涛得意地踱着步子，突然他回过味来叫道，“庸医！庸医！害老子当了他妈的一辈子缩头乌龟。妈妈，您怎么什么话都听呢？”石海涛痛苦地闭上眼睛，他仿佛不愿再睁眼看看事实。

石海涛在妈妈和那个黑影的庇护下茁壮成长，当他成为一位响当当青年，当上生产队会计时，黑影退出了他们的生活。年纪轻轻能够当上生产队会计，仕途就此打开了，县城里有至少一半的官都是从生产队会计开始的，妈妈规划的路太平坦了，心中的阴影也逐渐平复。

芬儿也长大，漂亮的瓜子脸，身材越来越有女人味了，平坦的胸部渐渐把衬衫撑起绷绷的，惹得石海涛不时地想看两眼。芬儿比石海涛的命还苦，8 岁时爹娘全无，石海涛妈妈收养了她，当作他的媳妇，妈妈高调地为他们举行了订婚仪式，向人们庄重宣布芬儿是石海涛的人了。一颗手榴弹炸掉了他幸福生活，为了几条鱼，为了向大家证明他的牛，去山坳的深潭炸鱼，“轰”的一声毁了他的生殖能力——县里的大夫是这样诊断的。

“妈妈你也太能干了。”石海涛哭笑不得，牺牲媳妇、借种延续香火、石海涛荣立三等功、特招进信用社，一连串的招数应接不暇，人们还没反应过来，一切便已尘埃落定。

屈辱哽在石海涛心头，好在石海涛从小就培养了对屈辱的免疫力，他忍受了屈辱获得了利益也算是较为理想的结果。

石海涛蹲在墙角深深地一声叹息，叹尽这么多年搁在心里的愤懑。

“连月光对我都那么吝啬，我花钱买行吗？”石海涛久久盯着身上看，他发现水一般的月光透过狭小的铁窗，连他的身体都照不全。

“唉，栽了，栽在一个不知天高地厚、不谙世事的臭小子手上。这个姜扬死脑筋，抓了我的把柄就不知道捞点钱，你向我捞钱，比我处心积虑地捞钱要容易得多，傻小子！”石海涛心中有诸多不服。

“只差一步。”石海涛在黑暗中比画着，“就这么一小步啊，要钱我给你钱，要官我给你官，你就不能放放手吗！”石海涛他心中那个遗憾啊，他哀求地嚎道。

“魏行长、王行长，我对得起你们了，做人就要有担当……”突然，石海涛警觉地四处张望，闭上嘴。石海涛在囚室来回踱步，越走越慢，最后盘腿坐在床上如老衲坐定一般……

“哎，姜扬的老婆和小孩怎么样了？徐涵雨端庄贤淑，米豆活泼可爱，还聪明伶俐，没伤到她们吧？”石海涛越想越觉惭愧，越想越觉丢人，“这不是我干的事啊，不行，我要问问。”

“看守、看守。”石海涛大叫道。

王唱来到石海涛的囚屋，问：“什么事？”

“徐涵雨和米豆怎么样了？没受伤吧？”

王唱轻蔑地一笑，说：“两位弱女子让你派去的 3 个壮汉投降了两个，大黑被赵宁一招击倒。”

“无能、无能！”石海涛又狂躁起来。

王唱又是轻蔑地一笑，说：“就你这能耐！”

石海涛愣在当场，万念俱灰，他无力地说：“王警官，请你拿些纸和笔，我交代。”

……

次日，王唱眼睛里挂着血丝来到戴政委办公室，戴政委和葛其明坐在沙发上，茶几上摆放着一只大陶罐。王唱进门说：“招了，石海涛全都招了。”王唱将手中的记录递给葛其明。葛其明仔细翻看，是一张列表，一笔笔写下作案时间、单位、金额、增值、支出、存款行、存款金额及说明，最后写道：这些我资助 50 多名贫困学生，有的学生已经走向社会，还有一些学生仍然需要我的资助，后面附详细名单。葛其明说：“还是不肯认罪。”

“不错了，要不是姜扬，你那张值钱的纸还没影呢。”

“是、是，这钱要先存在外汇银行。”

戴政委拍拍罐子说：“石海涛老婆送来的，罐子里有 1000 万元的人民币存单；50 万美元，300 万港币，100 万人民币现金，另外还有 20 根金条。”

“这么狠。”

“请姜行长派人过来，我们全都交给他们保管吧。”

“好，应该的，我打电话。”

……

一会儿姜扬带着两位职员过来，公安财务和职员交接，相互签字，姜扬看看单子也签了字，说："戴政委、葛大，存单大部分不是本地银行的，这需要公安的扣压证明。现金的存款单一会儿送来，金条先存在我们的金库里。"姜扬对两位职员说："你们先回去办吧。"他自己却坐了下来。

戴政委和葛其明对视一下，静等姜扬开口。

姜扬等人们出去，说："戴政委、葛大、王警官，这里有问题了。"

"有问题?"三人同志齐说。

"是……"

"别说，我想想。"

戴政委也意识到，他拿起签字笔在手上写了一个字："钱"。然后递给葛其明说："一个字。"

葛其明在手上写了个字，将笔递给王唱，姜扬笑着攥着拳头，说："我写好了。"

戴政委说："开!"

大家一齐伸出手，大家手上都写了一个字："钱"。

"钱不对。"

"是，钱多了。"

"钱是哪里来的?"

大家一齐站起来："走。"

"叮……"戴政委办公室上电话铃响了，戴政委犹豫一下回去接听电话，他听着脸色越来越沉重，他挂上电话说："石海涛自杀了。"

"什么？自杀了。"

"他写完这些以后，对看守说要补睡觉不要打扰他，他把衣服撕了一条条的搓成绳子上吊了。不能理解的是，门上就有地方生根，他偏偏费神尽力地挂在高高窗子的铁槛上。"

"只能结案了。"

戴政委心有不甘地说："结案吧。"

第五十章　剥茧抽丝破疑惑　困兽尤斗生歹毒

冬去春回，万物复苏。飞峰县外汇银行在制度建设、人事考评、财务公开和奖惩薪酬的四轮驱动下，存款支援贷款，贷款推动存款，外汇结算增厚利润，这一切标志着飞峰行进入一个良性发展的轨道。

华宝寺项目、唐铸锅炉企业升级稳步有序地推进，林宗森盯着，丁志华负责实施，一切大顺。

综合农业几经学习、考察、调研，终于通过市分行高度认可，项目得到支持，由周世民、陶珊珊负责，综合农业面广、量大、事杂，放贷对象素质相对较低，有太多的解释工作和法律文书要做，姜扬也把主要精力放在这项工作上。

这天晚上八点半姜扬还在办公室审查综合农业项目的合同资料，他的手机响打破了办公室的宁静，打开手机一看是陈勇来的电话，只听手机里喊道："出来。"

姜扬知道是约他出去喝酒便道："不去，我忙着呢。"

陈勇嘲笑道："这世界就你一个人忙，你忙有用吗，天还不是黑下来了。"

姜扬笑骂道："就是，要不是我把天忙黑下来，你还下不了班呢。"

陈勇笑道："中国人民还要感谢你呢，你就不怕感谢信太多压死你，别多话，给你10分钟'虾无双龙虾馆'见。"

姜扬说："我真的有事。"

"你不来我来。"

10分钟后陈勇抱着一箱啤酒进门。

姜扬看看他说："这么晚不在家守着老婆，找我这个单身汉干吗。"

陈勇反击道："查你的岗，帮弟妹看住你。"

姜扬不屑地说："少来，不跟你学坏就不错了。说吧，什么事？"

"没事就不能找你喝两杯呢。"

陈勇打了个响指，门外进来两位保险公司员工，放下两大盆龙虾后出门。

姜扬喝着啤酒、吃着龙虾，哼了哼说："你啊，有这么好心？无利不起早，有什么事？”

陈勇笑道：“就你猴精，事是没有，疑问有一个，心烦找你说道说道。”

姜扬松了口气说：“我还以为多大事，不让我安生。”

陈勇说：“你别急，听完了没准比我还急。”

姜扬刚放下的心又被提起来嚷嚷道：“你这家伙是存心不让我吃好，快快说来。”

陈勇嘿嘿一笑说：“你还是快吃点吧，不然我一说你就吃不下了。”

姜扬气急道：“你这样我更吃不下了。”

陈勇冷冷道：“圣兔礼品公司的事。”姜扬听这么一说便悠闲地喝了口酒摆摆手说：“哦，跟我们没什么关系，你们要赔 2000 多万吧，还我们贷款足够了。”

陈勇看了姜扬一眼说：“你不觉得这把火烧得有点怪？”

姜扬不以为然地说：“没看出来。”

陈勇没好气地说：“因为你没去看！只知道保险公司赔钱不影响你们贷款安全就行。”

姜扬立即说：“难道不是吗？”

陈勇假装阴险哼哼两声说：“别得意，你们贷款拿到拿不到还两说呢，到时候别怪我没提醒你。”

姜扬做个鬼脸说：“你别吓我，我就不信你们保险费敢耍赖。”

陈勇辩解道：“不是我们要耍赖，是这场火疑点太多。”

姜扬收起嬉笑，问：“当真啊，你们发现了什么？”

“不是我发现什么，而是什么都没发现，这火发生的时间、地点，发生的原因，保险的标的与烧毁的标的等等，太精准了。”

姜扬眉头一扬说：“你心里先认定他是坏人，所以他就有罪了。”

陈勇想了想解释说：“起火时间大年初七的夜里，起火原因一目了然，保险标的与被毁标的一致，保险金额与赔偿金额基本一致，一切丝丝入扣，现在所有与火灾的有关人员全部不知去向，一切就像计划好的，不能不令人生疑，如果是预谋好的也保不定会摆你们一道。”

姜扬喝着酒心里揣摸良久才说：“我是市行派来帮助开展信贷工作，莫名其妙地来到这个位置上，但我肯定不是来搞侦破案件的。这家公司我所知道的是，企业资产优良，信贷资产优良，企业领导是省优秀企业家，还是中外合资企业，你说我能乱怀疑人家吗？这把火我也听说了是有利于企业，但就因对企业有利就去怀疑他们吗？这是你们保险公司的狭隘。”

“你是没听懂我的话啊，这么快就推得这么干净。”

“嗯？你说什么呢？”

“我说没准你们行也会被人摆一道。”

姜扬放下手中的啤酒杯和龙虾，盯住陈勇，说：“话中有话呀，说吧，什么情况？”

陈勇犹豫了一下说：“你听好了，圣兔礼品公司理赔账户在江城市城市信用社。”

“开玩笑，不可能的，我们有你们保险合同复印件。”

“我不能确定你们那份的真假，但我们的合同上是开户在江城市城市信用社的圣兔礼品厂。”

“圣兔礼品厂？”

“可能是原来的厂没有注销，所以……”

“切，他们玩这套！”姜扬拿出电话要打。

陈勇按住姜扬，说：“你等等，听我说完。”陈勇从包里拿出一沓材料递给姜扬，说：“这是仓库的原、辅材料、产成品、半成品的库存表，你看看。”

姜扬认真地翻看，说：“这库存表和报给我们的不一样，这种企业看着是外资企业，管理上和乡镇差不多，多口径不一致也是正常的，你和仓库保管员谈过吗？”

“仓库保管员在救火中受伤，回家了。”

姜扬看看桌上几乎没动的两大盆蒜香和十三香龙虾，说：“我们在这里说不清楚，你再上一盆椒盐的，我叫两人过来一道解决。”

姜扬的办公室里，丁志华和陶珊珊核对着两沓材料，姜扬和陈勇坐在沙发上等待结果，姜扬也拿着材料边翻边说：“陈总我们都是同行，理应相互支持，要是你们这事不出来，你是不打算把真相告诉我了？”姜扬对圣兔礼品公司的资产状况还是有所了解的，这场火灾的损失动不了圣兔礼品公司的基础。

陈勇连忙解释说：“不是，我也是今天下午才知道，消防那边有结论了，是意外失火，因电线被老鼠啃咬而造成短路产生火光引发仓库大火。一有结论我们就必须启动理赔程序，因数额巨大要报市、省公司批准，理赔员让我签字时我才发现。”

“你们可以以实际投保人圣兔礼品厂与资产实际拥有的圣兔礼品公司名称不符拒绝赔付。”

“没用的，他们一直按圣兔礼品厂向我公司报报表，工商注册也是圣兔礼品厂。最近公司的电话都要打爆了，这个涂根生还真有点能耐，原来飞峰县的县委书记现任省人大副主任也打电话关心此事，压力山大啊。”

“处心积虑呀。”姜扬把手中的材料扔在一边沉思着。

丁志华说：“姜行长、陈总，数据核对过来，总额基本没变，就是一些科目和子目有所调整，原、辅材料科目下的数额下降，半成品和产成品的数额上降。”

丁志华说完看看姜扬，姜扬用赞许的眼光鼓励着他。

丁志华心中一暖继续说：“这简单改变科目，已经违背了产品增值原理，原、辅材料在进行加工过程中增值，虽然没有实现销售增值，但在财务上应该反映出劳动成果部分，即工人在劳动过程中的各种成本。我仔细核查过，工人工资，水、电等管理费用丝毫没有增加。”丁志华说完停了下来。

姜扬期待地看着丁志华，丁志华迟疑地低下头，姜扬问：“有没有结论或推断?”

“有是有，可是……”

“大胆推断，不算你诽谤。”姜扬话语一落，大家都笑了起来。

“虚报库存。”

陈勇疑惑地说：“虚报库存？不会吧？他们历年都是这样的。”

丁志华和姜扬看着陈勇，陈勇想想一拍巴掌说：“问题就在这历年上，丁科长你说说。”

“他们的虚报其实也不算是虚报。”

陶珊珊在一旁说：“这不等于没说嘛。”

丁志华对陶珊珊笑笑，对她说：“为什么说不算虚报呢？因为，库存里有实在的物品，那是历年报废的原、辅材料。”

陶珊珊倒吸一口凉气，说：“乖乖，有这么多?”

“他们公司生产的是收藏级的陶瓷娃娃，废品率高，当然利润也高，应该在调整当年损益时予以报废核销，他们把这些一直当成库存原、辅材料加以保留，现在转到产成品上。”

姜扬点点头，对陶珊珊说：“你有什么补充或见解?”

陶珊珊措手不及，心里有些慌乱，她连忙推辞：“没有、没有。”

姜扬不依不饶地说：“你再想想，你觉得哪些地方不合理，或者感觉不对的地方?”

陶珊珊顺着焦点问题说：“库存不对。”姜扬对她点点头，陶珊珊受到鼓舞，说：“陶瓷娃娃季节性很强，这季节不应该有这么高的库存，而且，这部分库存一直居高不下。我觉得那个老仓库里的200多万元的产成品，才是他们真实的库存商品。字体上也有问题，应该是两个人写的，虽然字非常接近，但有大部分字体不是十分流利，起笔和收笔……”陶珊珊拿起材料边看、边翻、边说：“你看这个‘3’收笔往上收的不自然，‘4、7、9’向下自然竖时太生硬，尤其是‘零’就没有那个人写得连贯。”

陈勇问：“这能说明什么？仓库保管员轮休什么的，来个代代班也正常。”

陶珊珊自信地说：“代班本来很正常，但要刻意掩盖些什么就不正常了。我们发现，每到关键的数据时都是那位写字流畅的人所为。”

姜扬拍起巴掌，说：“丁科长和小陶分析得精彩啊，我非常开心。陈总，还有什么疑问？”

“外汇银行的成功绝不是偶然的，惭愧啊，我要好好向你学习。”陈勇的双眼不住地在丁志华和陶珊珊身上打转。

“嗨、嗨，干吗呢？这都是我们行的宝贝，门儿都没有。”姜扬看穿陈勇的心事。

“嘿嘿，没事。”陈勇将目光收回来，他还是忍不住对丁志华和陶珊珊说：“两位如果来我们公司，我保证高官厚禄。”

“送客，我这不是引狼入室嘛，走吧、走吧。”姜扬向外轰陈勇。

“别，还没有解决办法呢？”

“这我帮不了你，你恐怕要找到仓库保管员了解真相了。”

“这样，你明天去摸摸底，我们再商量对策。”

姜扬心里也挂牵着圣兔礼品公司，他也在想一个稳妥的解决办法。不过，送上门的肥肉不吃白不吃，他对陶珊珊眨眨眼说：“我明天有个综合农业协调会，开完会快 10 点多了，再赶到圣兔太辛苦了。”

陶珊珊哪知道姜扬什么意思，但起哄她会，说：“保不定还要留那里吃饭呢。”虽然意思没表达到位，但意思也有了，明天没空。

陈勇狡黠的眼睛转了一圈便懂了什么意思，说：“我们公司最近推出一个新项目，估计前景不错，要不这户开在你们行？”

姜扬对陶珊珊示意，陶珊珊连忙说：“我明天就去找陈总。”

……

姜扬真的要开综合农业协调会，也真的开到十点半不到，还真的要留吃饭，不过姜扬心中有事，他要赶去圣兔礼品公司。

圣兔礼品公司大门紧闭，姜扬叫了半天才让小门里出现半边脸，她问：“干吗的。”

“找涂总。”

“不在！”半边脸要关门。

“等等，找厉总也行。”

“也不在!”不容姜扬再说，“咣”的一声，小铁门关上了。

姜扬没办法只好拨打陈勇手机：“陈总，我吃了闭门羹。”

“怎么呢?”

“涂总和厉总都不在，厂里好像没人。”

“你开车向集镇方向 500 米右手边。一家叫圣陶宾馆，我那里等你。”

“知道了。”姜扬驾车离去。

涂根生在办公楼上拿着望远镜向大门瞭望，涂根生说：“是外汇银行的姜扬，他来干什么?”

厉晓萍说：“管他呢，现在除了钱谁都不见。”

“夫人高见。”

“人不能太老实，我们就是吃了老实的亏。”

涂根生唯唯诺诺地说：“是、是。”

厉晓萍愤愤地说：“那个狗屁石海涛，用了我们的钱，竟然用假护照骗我们。”

“这假护照不是也顶用的嘛，我们不是外资嘛，这些年免税也不止那些钱。”涂根生低声下气地解释。

厉晓萍笑道：“他还真能忽悠，可我们出不去了呀。”

涂根生信誓旦旦地说：“这你放心，我们走西藏进尼泊尔，转道印度就行。”

“越境?”

“当然，那是我的地盘。”

“你就吹吧，机器的下家什么时候来?”

“不是听你通知嘛，这厂真卖?”

“卖!”

“你不是和菊花说好了吗?”

“那天冲动，我仔细想想还是卖了好，多留些钱给她，以后再接她出去。”

“好吧，听你的。”涂根生叹了口气。

“老涂，你和他们说，再让 10%，下午来签合同，钱最迟明天到账。”

“这行吗? 银行来了怎么办?”

“哼哼，姜行长这么能干，不也没进得了我们厂嘛。”

涂根生也拼了，说：“行，钱到手再说。”

姜扬来到圣陶宾馆，陈勇在门口等着他，看到姜扬车过来向他招招手，示意他停车下来。

姜扬在他身边停稳车落下玻璃说：“只看见半张脸，只有两个字：不在。走吧。”姜扬急着回去商量对策。

“下来，这家土菜做得不错，吃完饭再走”

“回去吃吧，我们食堂的菜也不错。”

“菜都定好了，不能倒了吧?!”

“行吧，我停车。”

姜扬停好车进到宾馆，只见靠窗的四人桌上已经摆放着6个凉菜、两只三两的酒杯和一瓶还有一半的刘伶醉金瓷老酒。

姜扬走到近前说：“怎么一个人干上了。”

“来、来，我们喝一杯。”

“我开车。”

“没关系的，我们保险公司专门和交警打交道。”

“喝酒不开车是我的原则，我也劝你别喝酒开车。”

陈勇看了看姜扬，说：“行，听你的，酒，我喝，回去跟你的车。我的车，让我的驾驶员来取，行了吧。”

姜扬坐下来，说：“我就以茶代酒吧，心到比酒到来得真诚。”

姜扬坐下后，菜就像流水般不停地上来，炒的、烧的、蒸的，本来四人位就小，这下好摆了一层还摞了一层。

陈勇说：“你发现吗？他们已经开始要流氓了，工厂停工关门，工人全部放假回家，仓库保管员杏儿和她的老公的住址、电话、身份证信息一概不知。”

“事有反常必成妖，我们那些分析形成不了证据，必须要有实证，估计你们翻不了案了。”

“除非要有当事人来印证这些资料。”

“妈的，一对狗男女。”陈勇两杯下肚，越想越气，一巴掌拍在桌上，桌上盘儿、碟儿一阵乱跳，洒得桌上全是汤、汁、水、酒。

亲姐拿了抹布、拖把和一大沓纸，刷刮等忙碌着，她也不忘打趣道：“陈总是嫌我们的菜不行呀，那今天我免您的单。”

“这话说的，祸是我惹的，板子却要打在你身上，这还有天理吗?”

亲姐说：“我们就是老百姓，天理是吃好、穿暖、身体健康、家庭和睦。”

姜扬在一旁笑着说：“这是真理，这是人们生存的本质，亲姐一语道破天机啊。”

亲姐拿起纸递给姜扬，说：“用这纸吸吸水特好。”

姜扬接过，他惊讶地发现这不是一般的纸，说：“亲姐好奢侈呀，居然用宣纸抹桌子。”

“什么奢侈呀，这是杏儿用来包瓜子、花生的，我看纸吸水不错，就裁了裁当餐纸用。”

“杏儿？就是那个圣兔礼品公司的仓库保管员？”

“是啊，出事的那天晚上，他们就住在我店里。”

陈勇惊喜地对姜扬看看，问：“你知道她在哪里吗？”

“回家了吧，听说她受伤了，她爱人伤得更重。”亲姐轻声说，“可能会留下残疾，涂总只给了他们3万元就打发了，缺德！”

陈勇追问道：“她家在哪里？”

“不清楚。”

“是泾县。”姜扬在一边说。

陈勇看看姜扬问：“你怎么知道？”

姜扬拿着手上的宣纸向陈勇挥挥说：“家家都会造宣纸，她家不是泾县是哪里？”姜扬对亲姐说：“她还有其他东西吗？”

“没有了，涂总派人把他们的东西全都一道拿走了。哎，对了，我这还有两块包袱皮。”

“快拿来看看。”

亲姐在柜台下找出两块包袱皮，陈勇急忙查看，包袱皮上果然有字，但字迹已经模糊，依稀看到寄件地址：滨??飞峰???公司，这是杏儿向家里寄的包袱。收件地址：?徽?泾县，后面就看不清了。陈勇又拿起另一块包袱皮，这块清楚多了，她家地址是：安徽省泾县青檀镇溪湾村。

陈勇连声说：“谢谢亲姐。”

“不谢，陈总平时那么照顾我，这还不是应该的，你们慢用。”

陈勇再也没心思吃喝了，他迫不及待地对姜扬说：“和我一道去。”

姜扬心里的事一点不比陈勇少，他说：“有地点了就不难找到她，我去没用，带个女同志去。”

“对，女人和女人好讲话。”陈勇立即打电话安排前去泾县，然后对姜扬说，“我在这里等他们过来，就不耽误你了，友情后补，随时保持联络。”

“好，我走了。”

姜扬开车回行，丁志华电话追了过来，“姜行长，圣兔礼品公司的菊花找你。”

“菊花？菊花是谁。”姜扬去得少，当然不知道。

“涂根生的前妻。”

“她没说什么事吗？”

“没有，非要跟你面谈。”

“我还有半个小时到，你把她请到我的办公室。”姜扬看看车上的时间，说，“如果没有吃饭，你让食堂炒两菜。”

“知道了。”

姜扬赶到办公室，菊花随着门响站了起来，姜扬一见面熟，说：“嫂子好，快请坐。”

姜扬的随和让菊花感觉自在许多，她坐下说：“姜行长，我听说过你，非常能干。”

“谢谢。”

菊花看看丁志华，欲言又止。

姜扬说：“嫂子有什么话尽管说，丁科长的人品你绝对放心，说不定还能帮着你。”

“好吧，我想咨询姜行长，如果公司转产你们行还会贷款吗？”

“这要看情况，如果转产比现在更好，我们没有理由不支持呀！”

“那么公司换老总呢？”

“企业负责人是我们银行考核企业的一项重要指标，关键还是看是否对企业有利。”

菊花深思着，姜扬和丁志华静静等待。一会儿，菊花说：“陶瓷娃娃已经走向末路，如果不转型圣兔公司必将没落。我考虑缩小规模，转型到儿童服饰上，用 3 年时间创建自己的品牌。姜行长、丁科长，不知你们能否同意我的意见。”

姜扬没想到一直在厨房默默地干着杂事，不为人所尊敬的菊花竟然出口不凡，他思忖地说：“一个产品的兴衰是由市场决定的，陶瓷娃娃走向没落是科技发展的必然。服饰市场竞争也是非常残酷的，我现在不能确定嫂子你在生产、销售方面准备如何，但我们可以为公司的转型提供信息、财务管理等方面的服务。”

“谢谢，谢谢姜行长的坦诚。”

“如果我来当公司总经理，姜行长有什么意见？”

姜扬心里虽然有些吃惊，但他仍然认真地问答：“考察一个人怎样无非是从德、能、勤、绩几个方面，而德永恒不变地放在第一位，嫂子只要认为自己能做得了，那一定能干好这个总经理。”

“这么说姜行长不反对我当总经理？”

姜扬对丁志华看看，丁志华说：“嫂子这些年虽然没有直接管理企业，但我知道当年你和涂总创业时没少出过力，既然嫂子考虑到企业转型，我想还是有的放矢的。现在我们不能向你打包票、拍胸脯，那是骗你，但我们可以负责地承诺，圣兔公司的发展我们将全力以赴地支持。”

菊花站起来向姜扬和丁志华深深鞠了一躬，头抬起来时已经泪流满面。她说：“涂根生和厉晓萍要把厂卖了。”

姜扬和丁志华同时说：“什么，卖厂？”

“是，今天夜里他们要运走设备。”

“菊花大姐，谢谢你能来报信，圣兔公司一直是我们银行支持的重点企业，这整套设备卖出去损失不是一点，重建这么一个规模企业那个投资就大了。你的想法和要求我们都了解了，你放心我们一定认真对待，力争保住这个企业。”

菊花又鞠一躬，说：“那我就不耽误你们，先走了。”

“好，我们就不送了，大姐也注意保密。”

“丁科长，圣兔礼品的事你怎么办？”

“姜行长，法院受理我们的诉讼是要在风险发生以后，而不是在事件未发生之前，菊花的信息就是再准确法院也不因此而立案的，法院这条路是不能走的。”

“那怎么办？”

“只有通过公安才能制止他们的行动。”

姜扬想了想说：“我们也不用找经侦大队了，我们就在圣兔公司守候，只要他们转移资产就捉他们个现行的，那时在用什么名义起诉都好办了。”

丁志华：“对呀，他们搬运设备要花很长的时间，那时我们再去都不迟。”

“我这就安排。”

“姜行长，一定要算我一个。”

下午，丁志华和赵宁一行来到圣兔礼品有限公司，他们远远地就看见公司大门前围着一群人，大门里外停着几辆大卡车。

丁志华和赵宁近前一看，只见菊花披头散发地坐在大门口的地上破口大骂：“你这个炮子、炸洋灰的，就这点家当你们都不放过，你们两个不要脸的狗男女，老娘一直让着你们，你们就当老娘好欺负，乡亲们评评理，这个厂我菊花付出的心血还少吗？他们走到哪里我不管，这个厂要养家糊口，你们欠着银行的贷款不还，就不怕遭报应……”原来是菊花看到拉设备的卡车来了，她再也忍不住心中的怒火，她要用自己的力量和方式捍卫她的尊严。

涂根生叉手站在一旁，手上、脸上有几道红印子，旁边一位戴着眼镜的中年男子问：“涂总，这是怎么回事？”

涂根生气愤而无奈地说：“别理她，她就是个疯婆子。”

菊花一听气得从地上爬起来要向涂根生扑去，丁志华拦住菊花说：“大姐，您消消气，我来说。”

丁志华来到戴着眼镜的中年男子面前说：“你好，我是飞峰县外汇银行的信贷科副科长，我姓丁，是负责该公司的信贷员，你们想购买的设备均为被我行抵押并登记的资产，如果要买卖的话必须经我行同意才行。”

戴着眼镜的中年男子说：“我才不管你们是银行还是法院，我们买卖自由。”

涂根生在一旁叫道：“对，别听他瞎说，我们公司设备我们有权处置。”

丁志华对涂根生冷笑一下，对戴着眼镜的中年男子说：“以前你们不知道这里关节，买卖没什么问题。现在，我已经把实情向你通报，如果你仍然坚持要买这些设备的话，就属于不当得利了，你们可能会惹上官司，不要钱货两空噢。”丁志华把抵押合同和清单展示给他看。

戴着眼镜的中年男子对涂根生说：“老涂，这就不厚道了，我们这么多年的老交情了，不玩了，走喽。”戴着眼镜的中年男子对卡车一挥手说：“掉头走。”

丁志华转头对涂根生说：“涂根生，你在不通知我行的情况下倒卖抵押资产，你公司的行径已经失去我行的信任，我行决定收回所有贷款。”

“我们贷款是有合同规定的，还没有到期，我们不想提前归还。”

“由于是你们违约在先，所以原合同已经不能规范我们的行为，明天我们将对你公司提起诉讼并对其财产进行诉讼保全。”

“你说我们违约就违约啦，有证据吗？”

赵宁举起手中的手机说：“刚才所有的话都录了音，现场都拍了照，还有在场的这么多人，你抵赖的了吗？”

涂根生一看就扑上去想夺手机，赵宁闪身躲过，顺势拿住他的手腕向反向一扳立即制住涂根生，说：“怎么，还想动粗吗？”

涂根生被赵宁不轻不重地控制住，但他感觉到赵宁手上的力量，他连忙说：“放手、放手，有话好说。”

赵宁放下手说：“涂总，我们行和你们合作多年了，对你们是不遗余力地支持，你有没有良心！”

“我不跟你说。”涂根生看看菊花“哼”了声掉脸就走。

菊花对着涂根生大声说：“我会去作证的！”

丁志华对菊花说：“大姐，你看……”

“我才不怕他们呢，明天我去银行找你们。”菊花也转身离去。

涂根生这几天郁闷之极，资产被保全并应外汇银行要求进行清算、更换法人，涂根生心里清楚，这些事情出来后他自己也无法在生意场上立足。现在他又接到保险公司通知因涉嫌骗保，将对圣兔礼品公司提交省公司进行重新调查，他的巨额赔偿的希望化为泡影。

涂根生扔掉电话对厉晓萍说："完了，保险公司不赔，白白浪费了我那么好的东西，浪费了我精心设计，二叔也白白死了。臭婆娘坏我好事，居然把我的厂弄走了。"

厉晓萍在一旁劝道："算了，不是还有三四百万嘛，我们去外地做生意。"

涂根生咬牙切齿地说："这一切都是那姜扬引起的，我饶不了他！"

姜扬终于迎来他轻松的时候，不论在身体上还是在心上，随着圣兔礼品公司债权的落实，他始终悬着的心放下了。该到筹划办公大楼的时候了，他看看时间11点20分，他便去了杨福康办公室说："杨行长，我们去看看基建工地，办公大楼要加紧了，你把能叫上的都叫上，我去找赵宁，让他把几份参考图带上。"

"什么人都叫？"

"当然，大家的大楼大家造，晚上我们开个开放会，想来参加的都可以参加，这几天就把方案定下来上报市行。"

"好的。"

姜扬和赵宁下到楼下，大门口已经聚了许多人，看见姜扬来了都七嘴八舌地说："姜行长，真的要我们去？"

"姜行长真的要听我们意见？"

"当然啦，我们的办公大楼不是有你们在里面办公吗？况且你们的人比我们的人多。"姜扬指指杨福康。

"呵呵！"人群都开心地笑着。

杨福康看看人数说："都上车，坐不下的等一下。"

赵宁说："我开偏三轮去。"

姜扬一时手痒，说："我来开，还能坐一个。"大家纷纷上车，姜扬开着偏三轮摩托车开道，后面跟着3台车向大楼新址进发。

陶珊珊最近比较忙碌。农户贷款大多以专业合作社形式统一签署，资料也都准备齐全，农业局专车接送，一路上秀美的田园风光让人心醉。这天她办完贷款，推辞了丰盛的农家午饭回行去。陶珊珊坐车路过十字路口发现一群本行的干部、职工在办公新址上指指点点，她连忙叫停汽车下车向路对面走去。

姜扬在接听谢季风打来的电话，谢季风说："姜行长，我接到省行通知，明天去省行报到。"

"谢行长，您调省行了，任副行长吗？"

“是的，你的一个汇报让我离开沿江了，目前基层处是我主要的工作。”谢季风依依不舍地说。

“祝贺您，有空常来飞峰。”

“那是当然，姜扬，王得江任沿江分行行长。”

“他不是要去江洲分行的吗?”

“魏行长出面向总行段副行长说情，因此他留在了沿江。姜扬啊，以后工作多注意点策略。”谢季放心不下。

“知道了，放心吧。”

“好，不多说了，事情比较突然，我有许多工作要交接。”

“谢行长，再见。”姜扬收起手机，他知道后面的路难走了，王得江对他的成见早到了忍无可忍的地步。

突然，姜扬耳边一声轻脆的喊声：“让开!”接着他被使劲地推了出来。

姜扬人没站稳，耳边又响起一声：“闪开!”接着一声闷响，这次姜扬看见了，杨福康的身体向空中飞去，就像体操运动员在练习一个高难度动作。

陶珊珊踉跄着对着姜扬冲来，姜扬连忙一把抱住陶珊珊，陶珊珊吓得脸上惨白，身上哆嗦。

一辆卡车急驰着向城外飞奔，赵宁指着卡车说：“涂根生!”

姜扬将陶珊珊交给王金铃，跳上偏三轮摩托，大声喊道：“送杨行长去医院，打 110 报警。”

赵宁也跟着跳进偏三轮的偏斗里，偏三轮箭一样地射了出去。

姜扬骑着偏三轮终于在快出城的路上追上了卡车，赵宁从车斗里站起来指着涂根生大声喊道：“停车!”

涂根生看到姜扬开着偏三轮在他的侧面，口里喊道：“你找死!”他猛地向左打方向撞向偏三轮，姜扬立即捏紧前刹，向左猛拐，偏三轮在原地来了 180 度掉头，将向前的冲劲化去。姜扬掉转车头又追了上去，赵宁半蹲在车斗上，一手牢牢抓车斗说：“靠上去，我上他的车。”姜扬不远不近地跟着卡车，涂根生驾着卡车左右晃动，见姜扬没有上来的意思便加速想迅速逃离，姜扬乘机加速与卡车并排，可是半蹲的赵宁几次都够不着卡车拦板。

姜扬放缓车速说：“我把车斗翘起来，你再试试，注意安全。”姜扬向右猛打一把方向，由于离心的作用，车斗立即腾空翘起，三轮车成了二轮车，他双手使劲稳住车身靠近车厢，可还是差一点。涂根生向左打方向再次撞向偏三轮。姜扬立即捏紧前刹，向左猛拐，偏三轮在原地来了 180 度掉头，姜扬加油追上去。

赵宁：“姜行长，把车开到卡车尾，然后急停掉头，把我抛上去。”

姜扬："这样太危险了。"

赵宁："我们必须亲手逮住他。"

姜扬："好，当心。"

姜扬加油冲向卡车尾，猛地刹车，方向向左打死，三轮车划着圆弧产生巨大的离心力。赵宁从车斗跃起向上一蹿搭住车拦板翻身上车，涂根生发现偏三轮靠近又打方向逼向姜扬，姜扬放缓车速跟在卡车后面。

赵宁上车迅速从前拦板下到副驾驶室，打开车门进入驾驶室，涂根生一愣油门稍松，卡车转速下降齿轮间咬合松开，赵宁借机一脚把挡位踢到空挡，一手拉死手刹，一手控制方向盘。

涂根生上前争夺，赵宁腾出手一招锁喉让涂根生感到死亡的力量。

卡车在公路上左拐右冲了一会儿停在路的中间，车门打开，赵宁一脚将涂根生踹出卡车，涂根生跌落在马路上，紧跟着赵宁跳下车一拳拳砸向涂根生……

医院抢救室的走廊里日光灯发出惨白的亮光，让人分不清现在是白天还是黑夜，姜扬来来回回地走个不停，赵宁在一旁劝道："姜行长，回去休息吧，明天还去市分行开会呢。"

姜扬停下脚步，两眼全是血丝，说："不去，明天的会不参加了。"

"不行吧，现在是王得江当行长。"赵宁担忧地说。

"我不能把老杨扔下不管，他可是为了救我。"

"话不能这么说，那你又是为了谁呢？再说你在这里也没用，省里的最好专家都请来了，应该没事的"

"你不用说了，反正我要等老杨没事。"

姜扬这一等就等了 3 天，第三天的傍晚杨福康悠悠醒来，头晕目眩，由于镇痛棒的作用倒不是很痛，只是浑身到处不得劲。他艰难地扭头，可平常随意的动作，现在怎么那么困难？这是在哪里？一片白茫茫的真干净。

"醒了。"这声音有男、有女，都非常熟悉。哭泣声，一个女人在哭，是绢子，我老婆，她哭什么？我怎么了？要死了吗？当兵的不怕言死，但真正觉得要死还是有点恐怖。

"杨行长，终于醒了，喝点水。"水进了口中，"啊"，是那么甘甜，通过舌头、咽喉进入身体，他能感觉到这清泉般的水向身体里渗透，舒服！人的满足竟然会在极端痛苦时也能获取。杨福康渐渐有了生气，随着水一点一点地喂下去，他终于在喉咙里发出点声音。

"喂米汤。"又有声音说，杨福康这时感到肚子的饿，"这个好，弄点肉吃才好。"

一碗米汤下肚，杨福康的头脑活泛了，他喃喃说：“姜行长。”

“我在。”

“小陶没事吧？”

“没事，她很好。”

“哦。”杨福康长长叹口气。

“都是我，是我连累了你们。”姜扬仍然处在自责中。

杨福康挣扎地往上起，姜扬按住他说：“别动，你身上多处骨折。”杨福康有心无力只能作罢，说：“姜行长，你千万别这么说，你来到飞峰一举一动我都看在眼里，你又为了谁呢？”

姜扬默然了，心中也充满感激，昨天刘炳南专门来了一趟，也说过这句话，他说：“谢谢理解和支持。”

杨福康用微弱的声音说：“有你这样的行长，我不怕再来一次！”

姜扬又是一阵感动，人人心中一杆秤此话一点没错，既然醒来他明天就要去市行报到，他说：“杨行长，多谢一直支持，你好好养伤，我先回去了。”

人人心中一杆秤此话不假，就要看怎么秤了，姜扬来到市分行，王得江客气且亲切地说：“姜扬呀，最近辛苦了，由于你出色的工作表现，将要把你调到市行委以重任。

熙熙攘攘的人群，呼啸而过的车流，一座美丽而现代化的城市。

一个十字路口，红绿灯变化着让拥挤的交通变成流畅坦途。

“姜扬！”

姜扬站在这繁忙和秩序井然的十字路口的人行道上，木然地看着既充满生机又是那么陌生的城市，他没有熟知的亲戚、朋友、同学或见过一面、对视一眼、说上一句话、哪怕吵上一架的人，眼前的这一切似乎与他毫无关系，但又是他的希望所在。姜扬手上拿着什么？工商营业执照正、副本，企业标准代码证，法人登记证，税务登记证。

“你要干吗！”

姜扬依然那么木然，他看着红绿灯一动不动。

“你要干吗？”过路口？绿灯亮了呀，向右？顺路走就行，向左？不是这个道口呀，“动了，他动了。”

姜扬迈步向马路中间走去。

“停！停！危险！”

姜扬像飘移一样到了马路中央，大小汽车从他身上驰过。

“不!”谢季风高喊着，他浑身是汗从梦中惊醒。

啊，是梦，一场惊梦，谢季风打开灯坐起来：“我是怎么了？这个梦是什么意思?”谢季风自言自语说：“我是不是该去飞峰行看看了?”

……

姜扬也做了个梦：天空中异光闪烁，无数架奇形怪状的飞行器在四处搜索，一道道刺眼的光束在高楼、平地扫射，人们在光束中哀嚎、挣扎，他们在恐惧中被飞行器吸到未知的空间。

姜扬在四处逃避，大楼的角落、街道的广告牌下，那束可怕的光束一次次地从他身旁划过……

一束光终于无情地包裹着他，无处可逃、无处可遁，姜扬举起手中的一张纸，一张薄薄的、微不足道的一张账页，纸在光束中不断旋转变大，直到完全将姜扬遮掩、庇护，光束暗淡了变换着色彩，直至离他而去。

姜扬醒了：“那些人去了哪里？他们会活下来吗？会过得好吗?”姜扬没有答案。

他想：“梦不是黑白的吗？那光怎么是彩色的？管它了，黑白也好，色彩也罢，生活依在，生命依旧。”

早晨，姜扬和徐涵雨牵着米豆走出家门，外面阳光灿烂。

今天姜扬要去人事处报到，就任宣教处副处长……